Virginia Henley

Die unbeugsame Braut

Buch

Lady Georginas vier Schwestern haben allesamt hervorragende Partien gemacht, und natürlich wird von der jüngsten Tochter der Duchess of Gordon erwartet, es ihren älteren Schwestern gleichzutun. Doch als Georgy erfährt, wen ihre Mutter als Gatten für sie ausersehen hat, ist sie fassungslos: Sie soll den verkommenen Duke of Bedford heiraten, der überall im Land illegitime Kinder von zahllosen Geliebten hat. Die eigensinnige Georgy denkt gar nicht daran, sich den Plänen ihrer Mutter stillschweigend zu fügen, und versucht alles, um die Verlobung mit dem ungeliebten Mann zu verhindern. Denn ihr Herz schlägt längst für den attraktiven John Russell, den jüngeren Bruder des Dukes. Die Funken sprühen gewaltig, wann immer Georgina und John aufeinandertreffen – doch John ist verheiratet und an seine sterbenskranke Frau gebunden. Er darf seinen leidenschaftlichen Gefühlen für Georgina nicht nachgeben und muss zusehen, wie sein verdorbener Bruder um die junge Frau wirbt, die er selbst liebt. Als Johns Frau stirbt und der lüsterne Duke Georgina brutal bedrängt, kommt es zu einem schrecklichen Skandal …

Autorin

Virginia Henley ist eine der beliebtesten Autorinnen historischer Liebesromane, und ihre Romane finden sich regelmäßig auf den Bestsellerlisten. Ihre Bücher wurden in vierzehn Sprachen übersetzt. Sie wurde vielfach ausgezeichnet, unter anderem mit dem »Lifetime Award« der Romantic Times, dem Waldenbook Bestseller Award und dem Maggie Award von den Georgia Romance Writers.
Virginia Henley lebt mit ihrem Mann in St. Petersburg, Florida.
Weitere Informationen finden Sie unter www.virginiahenley.com

Liste lieferbarer Titel

Die Waffen des Herzens (35258) – Kerker der Liebe (35575) – Nacht der Verführung (35726) – Gefährliche Begierde (35994) – In den Armen des Normannen (36035) – Die irische Wildkatze (36173) – Schwert und Samt (36713) – Der Wolf und die Lilie (36983)

Virginia Henley

Die unbeugsame Braut

Roman

Aus dem Amerikanischen
von Anke Koerten

blanvalet

Die Originalausgabe erschien 2008 unter dem Titel
»The Decadent Duke« bei Signet, New American Library,
a division of Penguin Group (USA) Inc., New York.

FSC
Mix
Produktgruppe aus vorbildlich
bewirtschafteten Wäldern und
anderen kontrollierten Herkünften

Zert.-Nr. SGS-COC-1940
www.fsc.org
© 1996 Forest Stewardship Council

Verlagsgruppe Random House FSC-DEU-0100
Das für dieses Buch verwendete FSC-zertifizierte Papier
Holmen Book Cream liefert Holmen Paper, Hallstavik, Schweden.

1. Auflage
Deutsche Erstausgabe Dezember 2009 bei Blanvalet,
einem Unternehmen der Verlagsgruppe Random House GmbH, München.

Redaktion: Ulrike Nikel
Umschlaggestaltung: HildenDesign, München
Umschlagillustration: © Oliviero Berni via Agentur Schlück GmbH:
MD · RF
Satz: DTP Service Apel, Hannover
Druck und Einband: GGP Media GmbH, Pößneck
Printed in Germany
ISBN: 978-3-442-37406-9

www.blanvalet.de

· 1 ·

Buckingham House
Pall Mall, London

»Ich finde es schrecklich, dass du heute heiratest!« Lady Georgina Gordon versuchte krampfhaft ihre Tränen zurückzudrängen und schlang die Arme um ihre Schwester.

Über Lady Louisas Gesicht glitt ein Schatten. »Nicht traurig sein, Georgy. Ich weiß, dass ich dir fehlen werde, aber wir können uns doch ganz oft besuchen, bestimmt.« Die drei anderen Schwestern der Braut drängten Georgina beiseite und zupften Louisas Brautschleier zurecht.

Am liebsten hätte Georgina sich die Zunge abgebissen. Dass sie ausgerechnet der Schwester, die ihr am nächsten stand, womöglich Gewissensbisse wegen ihrer Heirat eingeredet hatte, war das Allerletzte, was sie wollte. »Rede keinen Unsinn! Du wirst mir nicht fehlen!«

Lady Louisa wechselte einen vielsagenden Blick mit ihren älteren Schwestern Charlotte, Madelina und Susan. »Warum bist du dann traurig?«

»Bin ich nicht.« Georgina wischte mit einer entschlossenen Handbewegung die Tränen fort. »Es ist nur so komisch, dass dein Hochzeitstag jetzt wirklich gekommen ist.«

Die hübsche Braut mit dem tizianroten Haar schaute sie irritiert an. »Georgy, das soll der glücklichste Tag meines Lebens sein.«

»Beachte sie nicht weiter, Louisa. Du kennst sie ja und weißt, dass sie immer nur an sich denkt.« Charlotte verdrehte die Augen. »Am

Hochzeitstag der eigenen Schwester Tränen zu vergießen, weil man ihr das Glück nicht gönnt, zeugt von schlechten Manieren.«

Georgina stand vor Verblüffung der Mund offen. »Lass dir gesagt sein, dass meine Tränen purem Selbstmitleid entspringen. Nachdem es der unermüdlichen, ehrenwerten Duchess of Gordon, unserer lieben Mutter, gelungen ist, den armen Charles Cornwallis für Louisa an Land zu ziehen und eine Lady Brome aus ihr zu machen, bin nun ich die Nächste, die in den Brennpunkt ihrer mütterlichen Heiratspolitik gerät. Sie wird erbarmungslos Jagd auf jeden Marquess und jeden Herzog im Alter zwischen neun und neunzig machen, bis sie für mich einen stupiden Ehemann ergattert hat.«

»Charles heiratet mich aus Liebe«, sagte Louisa wie zur Verteidigung.

Georginas Tränen gingen in einen Lachanfall über. »Liebe hat bei eurer Eheanbahnung absolut keine Rolle gespielt. Du bist eine Gordon, und der gesellschaftliche Rang ist das Einzige, was in der Familie zählt. Du kannst nicht abstreiten, dass Mutter zielstrebig den Duke of Manchester für Susan und den Erben des Duke of Richmond für Charlotte anvisiert und verfolgt hat, bis sie beide zur Strecke bringen konnte.«

»Georgina ist nicht ganz richtig im Kopf«, sagte Charlotte geringschätzig. »Das kommt daher, dass sie die jüngste und kleinste des Wurfes ist.«

»Und was bist du? Das älteste Biest?«, gab Georgina spöttisch zurück.

»Countess Biest, wenn ich bitten darf.«

»Ja, Countess. Mit dir hat alles angefangen. Seitdem du Colonel Charles Lennox, den Earl of March und Erben des Herzogtums Richmond, abbekommen hast, kannte Mutters Ehrgeiz für uns plötzlich keine Grenzen mehr. Ihre Titelsucht ist geradezu unersättlich.«

»Das lässt sich nicht leugnen«, musste Charlotte zugeben. »Mutters Handeln entspringt eher dem Streben nach Geld und Ruhm als liebevoller, mütterlicher Fürsorge. Wir alle wurden auf ein einziges Ziel hin erzogen – eines Tages einen möglichst hochwohlgeborenen Titelträger vor den Altar zu schleppen. Und ich bin mir nicht sicher, dass mein lieber Earl of March sich zu einem Antrag durchgerungen hätte, wäre ich nicht die Tochter des Duke und der Duchess of Gordon.«

»Zu keinem Heiratsantrag jedenfalls«, bemerkte Georgina beiläufig.

Die Schwestern lachten über den Witz. Als Jüngste der Familie war die altkluge kleine Schönheit von ihren Geschwistern nach Strich und Faden so vergöttert und verwöhnt worden, dass sie sich alles herausnehmen durfte. Allerdings hatte die ganze Töchterschar eine höchst unkonventionelle Erziehung genossen. In wechselnder Umgebung zudem, denn sie waren gependelt zwischen dem Märchenschloss Gordon Castle im schottischen Hochland, einer eleganten Residenz in Edinburgh, einem großen, wenn auch unprätentiösen Anwesen in Kinrara am wilden River Spey und dem weitläufigen Stadtpalais an der Londoner Pall Mall, wo sich auch alle zur Feier der bevorstehenden Hochzeit zusammengefunden hatten, die das große Sommerereignis zu werden versprach.

Aufgeregt rauschte Jane Gordon in Louisas Zimmer und stieß einen tiefen Seufzer der Erleichterung aus. »Premierminister Pitt und der liebe Henry Dundas sind gerade eingetroffen. Und der Prince of Wales und der Duke of York müssen ebenfalls bald da sein – ich habe sie durch den Garten von Carlton House herüberkommen sehen.«

Die Ankunft dieser erlauchten Gäste war freilich nicht der Grund für ihre nicht zu verkennende Erleichterung. Es waren der junge Bräutigam und sein Vater, die ihr bis zuletzt Kopfzerbrechen bereitet hatten. Der Marquess of Cornwallis, ein hochrangiger General der königlichen Armee und ehemaliger Generalgouverneur von Indien, hatte sich nämlich zunächst der Verlobung widersetzt, da er die bei den Gordons verbreitete und berüchtigte Anlage zum Wahnsinn fürchtete. Bis die Brautmutter ihm unter dem Siegel der Verschwiegenheit anvertraute, dass in Louisas Adern nicht ein einziger Tropfen Gordon'sches Blut fließe.

»Ist Charles schon da?«, fragte Louisa.

»Was für eine törichte Frage, meine Kleine. Natürlich ist dein verliebter Bräutigam mit deinem zukünftigen Schwiegervater bereits eingetroffen. Was für ein großes Glück, dass ausgerechnet der Bischof von Lichfield und Coventry ein Bruder des Marquess of Cornwallis ist und heute die Trauung vollziehen wird.«

»Es wird bestimmt die Hochzeit der Saison«, sagte Georgina augenzwinkernd zu ihrer ältesten Schwester.

»Der Saison?«, warf die Mutter ein. »Es wird die Hochzeit des Jahrzehntes! Noch prunkvoller als die Vermählung der Princess Royal.«

»Ich glaube, dahinter steckt Absicht«, entgegnete Charlotte trocken.

Louisa griff nach dem Brautstrauß. »Wir müssen uns beeilen.«

»Wo denkst du hin, ganz im Gegenteil. Wir werden uns vornehm verspäten und alle gehörig auf die Folter spannen, bis sie einen Blick auf die hold errötende Braut werfen dürfen.«

»Ich habe meinem lieben Ehemann geraten, sich von den königlichen Prinzen fernzuhalten. Ein Pistolenduell im Morgengrauen wäre das Allerletzte, was wir brauchen können.« Lennox hatte sich kurz vor seiner Heirat mit dem Duke of York duelliert.

»Nun, ein Hochzeitsduell würde uns gewiss einen Platz in den Annalen sichern«, scherzte Georgina.

Jane Gordon warf den Kopf in den Nacken und lachte genüsslich. »Mein Wort darauf, dass dieser Streifschuss für Fredericks Aussehen eine deutliche Verbesserung bedeutete.«

»Das war nicht der einzige Vorteil«, ergänzte Georgina. »Wäre Lennox nicht nach Edinburgh versetzt worden, weil er die Kühnheit besessen hatte, den Sohn des Königs anzuschießen, hätte er Charlotte nie geheiratet.«

Die Duchess of Gordon hob ihren Blick zum Himmel und murmelte mit gespielter Frömmigkeit: »Amen.«

»Ist deine Erzrivalin, die Duchess of Devonshire, eigentlich schon aufgekreuzt?«

»Noch nicht, Susan, obwohl ich glaube, dass sie nicht wird widerstehen können.«

»Wollen wir wetten?«, rief Georgina fröhlich aus. »Ich setze ein Pfund darauf, dass sie genau dann im Ballsaal erscheint, wenn wir unseren Auftritt haben, und dass sie die Federn des Prince of Wales in ihrer Perücke trägt.«

»Ich halte dagegen«, erklärte Charlotte. »Der versammelte Gordon-Clan ist zu furchteinflößend und zu einschüchternd!«

Georginas spöttischer Blick glitt durch den Raum. »Ihr schüchtert auch mich ganz schön ein.«

»Kleine Schwindlerin«, tadelte ihre Mutter. »Du fürchtest doch weder Tod noch Teufel, Georgy!«

»Schluss mit dem Unsinn!«, mahnte Charlotte. »Bringen wir die Trauung hinter uns, ehe der Bräutigam sich in letzter Minute aus dem Staub machen kann. Ich gehe voran.«

»Vergesst nicht, liebreizend zu lächeln«, wies die Duchess of Gordon ihre Töchter an. »Dass wir den jungen Cornwallis einfangen konnten, hat uns den wohlverdienten Neid der tonangebenden Kreise eingetragen, doch lasst euch ja nicht einfallen, auch nur einen Anflug von Selbstgefälligkeit in euren hübschen Gesichtern aufblitzen zu lassen.«

»Liebe Gemeinde, wir haben uns im Angesicht Gottes und der hier Versammelten zusammengefunden …«, setzte James Cornwallis, seines Zeichens Bischof von Lichfield und Coventry, salbungsvoll an.

Und im Angesicht der formidablen Duchess of Gordon, fügte Georgina insgeheim hinzu. Sie blickte zu ihrem Bruder, Lord George

Huntly, hin, der ihre Mutter zu ihrem Ehrenplatz geleitet hatte. In seinem Kilt sah er wirklich schmuck aus. Sie erwiderte das teuflische Grinsen, das er ihr zuwarf.

»Charles Cornwallis, willst du diese Frau zu deiner dir angetrauten Ehefrau nehmen?«, stellte der Bischof die entscheidende Frage.

Charlie sieht so jung und verletzlich aus, dachte Georgina und spürte eine Anwandlung von Mitleid. *Wir Gordons sind schon ein komischer Haufen – der arme Kerl weiß nicht, worauf er sich einlässt.* Ihr Blick glitt zum geröteten Gesicht des Marquess of Cornwallis. *Nicht nur, dass der Arme unter der Fuchtel seines Vaters steht, jetzt bekommt er auch noch eine schreckliche Schwiegermutter dazu und gerät vom Regen in die Traufe.*

Der Bischof rückte seine purpurrote Mitra zurecht und räusperte sich. »Louisa Gordon, willst du diesen Mann zu deinem dir angetrauten Ehemann nehmen?«

Meine Schwester wird Charlie glücklich machen und dafür sorgen, dass er seine Schüchternheit verliert. Louisa und ich hatten zusammen immer einen Heidenspaß. Sie wird mir unendlich fehlen. Georginas Gedanken flogen zurück zu der Zeit, als ihre Mutter die beiden jüngsten Töchter auf ihre mittlerweile berühmt gewordene Rekrutierungsmission im schottischen Hochland mitgenommen hatte. Die unerschrockene Herzogin hatte mit König George III. gewettet, sie würde mehr Rekruten anwerben als jeder seiner königlichen Offiziere. Angetan mit neuen Black-Watch-Tartans und mit kecken Hochlandmützen auf dem Kopf, hatten die schönen Gordon-Ladys in Begleitung von sechs Dudelsackspielern jeden Markt und jede Messe auf dem riesigen Besitz der Gordons abgeklappert. Ein Kuss und eine Guinee als Belohnung winkten jedem, der sich für das Regiment anwerben ließ.

Auf diesen Märkten war die Atmosphäre manchmal so sinnlich aufgeheizt gewesen, dass Louisa und ich uns wie richtige Flittchen aufführten. Und die schneidigen Hochländer waren so scharf auf un-

sere Küsse, dass wir in knapp drei Monaten tausend Mann rekrutieren konnten.

»Wer übergibt diese Frau diesem Mann zur Ehe?«

Stolz trat Alexander, vierter Duke of Gordon, in seinem festlichen Kilt vor. »Ich.«

Georgina sah, dass ihr Vater neben ihre Mutter trat. *Ein schönes Paar. Seit der letzten Hochzeit war es ihr längstes Beisammensein ohne Streit. Ich wünschte, sie könnten einander ertragen. Ich habe Papas schwarzes Haar und Mamas impulsives Wesen geerbt. Ich liebe beide über alles, so wahr mir Gott helfe.*

»Da Charles und Louisa in den heiligen Ehestand treten wollen, erkläre ich sie hiermit zu Mann und Frau. Im Namen des Vaters und des Sohnes und des Heiligen Geistes. Amen.« Bischof Cornwallis klappte sein Gebetbuch zu und bedachte die Jungvermählten mit einem heiligmäßigen Lächeln.

Am anderen Ende des Ballsaales flüsterte George, Prince of Wales, seinem guten Freund Francis Russell, Duke of Bedford, zu: »Das ist ein *fait accompli*, Francis, du kannst also aufatmen. Meinen Glückwunsch, dass du den Fängen der Duchess of Gordon entkommen konntest und noch einmal der gefürchteten Institution der Ehe entronnen bist.«

»Jane hatte mich für Louisa aufs Korn genommen, aber rotes Haar hat mich noch nie lange gefesselt. Nach einer kleinen Tändelei schwand mein Interesse rasch. Und was die Ehebande betrifft, so ist die Ehe meines Bruders John für mich ein derart abschreckendes Beispiel, dass ich mir geschworen habe, diesen Fesseln um jeden Preis auszuweichen.«

Bei dem Gedanken an seine eigene katastrophale Ehe mit seiner Cousine Caroline von Braunschweig überlief Prinny, wie der Thronfolger im Freundeskreis genannt wurde, ein Schaudern. *Ich benötigte solche Mengen Brandy vor der Zeremonie, dass mir nur im Gedächtnis geblieben ist, wie mein treuer Freund Francis mich stüt-*

zen musste. »Jammerschade, dass Amore und Ehe nicht Hand in Hand gehen.«

»*Au contraire*! Die Liebe mit einer Ehefrau gehört zu den süßesten Freuden des Lebens, solange man nicht ihr Mann ist«, scherzte Russell.

»Lady Melbourne sieht heute besonders verführerisch aus.« Sowohl der Prinz als auch Bedford durften sich einst ihrer Gunst erfreuen, und jeder von ihnen hatte mindestens eines ihrer Kinder gezeugt. Prinnys Blick wanderte zu der Dame in Elizabeth Melbournes Begleitung. Er seufzte aus tiefstem Herzen. Obwohl er Georgianna, Duchess of Devonshire, jahrelang seine tiefste Liebe beteuert und ihr sogar eine Haarlocke von sich geschenkt hatte, weigerte sie sich standhaft, seine Geliebte zu werden. Er musste sich mit ihrer hingebungsvollen Freundschaft begnügen, die sie vor ihren aristokratischen Freunden offen zur Schau stellte. Prinny hob den Blick von Georgiannas üppigem Busen. Sentimentale Tränen stiegen ihm in die Augen, als er sah, dass sie die Federn trug, die er ihr verehrt hatte. Wie von einem Magneten angezogen, drängte es Prinny zur Duchess of Devonshire, und Bedford folgte ihm.

Die Herzogin schwenkte ihren Fächer aus Straußenfedern und deutete einen anmutigen Knicks an. »Eure Hoheit … Francis – ich bin entzückt, dass Sie beide zu erscheinen geruhten. Damit ist die Gefahr der Langeweile gebannt.«

Der Prince of Wales führte ihre ausgestreckte Hand theatralisch an die Lippen. »Meine teuerste Georgianna, stets zu Euren Diensten.« Es folgte eine elegante Verbeugung vor Lady Melbourne. »Lizzie, du siehst wie immer charmant aus.«

»Umwerfend«, ergänzte Bedford mit lüsternem Blick. »Ich wüsste eine verlässliche Kur gegen Langeweile.«

»Der Teufel soll dich holen, Francis. Deine Kur dauert neun Monate«, sagte Lady Melbourne angriffslustig. »Und bilde dir nicht zu viel auf deinen Junggesellenstatus ein. Früher oder später verfängst auch du dich in einer zarten Falle.«

Die protokollarisch versierte Duchess of Gordon kam, um Seine Königliche Hoheit, den Prince of Wales, vor den anderen Gästen zu begrüßen. »Welch eine Ehre, Eure Hoheit.« Aus ihren Worten war jedoch herauszuhören, dass sie es mehr als Ehre für ihn und weniger für sich meinte. Ihr nur angedeuteter Knicks bestätigte diesen Standpunkt. Doch weil die beiden Herren dabei einen Blick auf ihre prachtvollen Brüste erhaschen konnten, übersahen sie dieses Zeichen mangelnden Respektes.

»Liebste Jane«, flötete die Duchess of Devonshire, »Sie haben sich selbst übertroffen. Der junge Cornwallis ist ein wirklich guter Fang.«

Jane erwiderte, dabei einen Blick auf Francis Russell werfend: »Sie hätten den sehen sollen, der mir durch die Netze geschlüpft ist.« Sie schlug sich auf den Schenkel und lachte laut über ihren eigenen Witz.

Die Männer und Lizzie stimmten sichtlich amüsiert in ihr Gelächter ein.

»Georgianna, Liebste, Sie werden bald für Ihre eigenen Töchter Jagd auf Heiratskandidaten machen. Soll ich Ihnen meinen Strick borgen und Ihnen einen echten gordischen Knoten beibringen?«

»Meine liebe Jane, die Devonshire-Mädchen werden keinen Strick brauchen«, entgegnete die Herzogin zuckersüß.

Jane Gordon war zu gutmütig, um sich über diese Replik zu ärgern. »Ihr Witz wird nur von Ihrer Schönheit übertroffen«, erwiderte sie generös.

»Darf ich hoffen, dass Sie heute Ihren herrlichen Hochlandlachs servieren werden, meine Teuerste?« Prinny lief sichtlich das Wasser im Mund zusammen. »Das ist es doch, was die Einladungen der Gordons zu den beliebtesten in London macht – dies und der berühmte Whiskeypunsch.«

Dem Herzog gehörten ausgedehnte Lachsfischgründe am River Spey, und die aus Schottland eintreffenden Wagen waren zudem immer fässerweise mit schottischem Whiskey beladen.

Die Gordon-Schwestern umringten die Braut. Georgina drückte Louisa einen Kuss auf die Wange. »Du bist nun Lady Brome und Mutters Kontrolle entzogen. Jetzt kannst du die Schwingen ausbreiten wie ein Falter!«

»Ihr zwei Wildfänge wart ja nie zu bändigen«, meinte Charlotte spöttisch. »Es gab ständig Tumult und Wirbel.«

Louisa protestierte. »Georgy war immer die Anstifterin. Ich bin nur auf ihre verrückten, aber spaßigen Ideen eingegangen.«

»Das glaube ich dir gern. Sie stellt eine dreifache Bedrohung dar. Der kleine Racker hat Mutters Schönheit, ihren hinreißenden Busen sowie ihre Unerschrockenheit geerbt.«

»Du vergisst meinen Sinn für spitzzüngigen Humor«, wandte Georgina ein.

»Richtig, auch das hast du von Mutter mitbekommen.« Charlotte nickte in Richtung der Herzogin. »Siehst du, im Moment genießt sie ihr königliches Publikum.« Sie erspähte die Duchess of Devonshire. »Ach, ich glaube, ich schulde dir eine Guinee, Georgy.«

»Die möchte ich nicht, dafür aber eine Einladung nach Marylebone Manor. Es wird mir nämlich ganz anders bei dem Gedanken, dass ich jetzt das einzige Küken im Nest bin und damit Mutters einziges Opfer. Glaubst du, Lennox hätte etwas dagegen, wenn ich dich besuche?«

»Himmel, nein. Er ist mit diesem dummen Marylebone Cricket Club, den er in Dorset Fields gegründet hat, vollauf beschäftigt. Die Kinder werden begeistert sein, dich bei uns zu haben, Grund genug, dass auch ich dich zwei Wochen lang ertragen kann.«

»Georgina, auf Kimbolton Castle bist du ebenfalls stets willkommen«, rief Susan der Schwester ins Gedächtnis.

»Keine Angst, du und dein hübscher Duke of Manchester seid die nächsten Kandidaten auf meiner Liste.«

»Schön ist, wer schön handelt«, erklärte Susan mit einer Kopfbewegung, die besagen sollte, dass das Eheleben nicht immer reines Glück bedeutete.

»Bitte, keine trüben Betrachtungen vor der Braut. Sonst wirst du bei ihr womöglich noch Abscheu vor der Ehe wecken«, mahnte Charlotte.

Georgina lachte laut auf. »Wenn unsere Eltern nicht schon ihren Abscheu geweckt haben, werden die trivialen Zwistigkeiten des Duke und der Duchess of Manchester sie kaum beeindrucken.«

»Wie wahr!« Charlotte sah ihre Schwester Madelina an, die im vergangenen Jahr Witwe geworden war, sich aber wieder vermählt hatte. »Du hast immerhin schon den zweiten Ehemann. Sicher kannst du der Braut weise Worte der Ermutigung mit auf den Weg geben.«

»Richte dich auf ein Leben auf dem Land ein und halte deinen Mann von Politik, Dirnen und privaten Spielsalons in London fern.«

»O Gott, Madelina, dein Leben muss ja trüb wie abgestandenes Wasser sein. Aber eine von uns musste ja nach unserem Vater geraten.« Der Herzog zog nämlich das Landleben auf seinen schottischen Besitzungen allem anderen vor und ließ sich in London nur blicken, wenn es unvermeidlich war. Alexander und Jane Gordon gingen bereits seit zehn Jahren getrennte Wege.

Georginas Blick wanderte durch den ganzen Raum – ihre Augen suchten die Mutter. *Gottlob finde ich Politik so faszinierend wie sie*, dachte sie. Jane hielt gerade mit dem Prince of Wales und der Duchess of Devonshire Hof. *Die beiden Rivalinnen haben weit mehr gemeinsam, als sie zugeben würden. Beide sind Gastgeberinnen für politisch interessierte Zirkel, und beide stehen gerne im Mittelpunkt. Beide sind schöne, sinnliche Frauen, die in Bezug auf Kleider, Dekoration, kulinarische Ansprüche und geistreiche Unterhaltung in der Gesellschaft den Ton angeben. Beide sind mit mächtigen Herzögen des Königreiches verheiratet, von denen sie mit mehr als einer Geliebten schamlos betrogen wurden.*

Georgina schloss die Augen, bis die Enge aus ihrer Brust gewichen war. Trotz ihres geselligen Naturells war sie verletzlich und oft unsicher, eine Folge der Entfremdung zwischen den Eltern seit den Tagen ihrer Kindheit. *Niemals werde ich in die Falle einer lieblosen Ehe tappen*, schwor sie sich. *Niemals werde ich mich zum Opfer machen lassen!*

Georgina bewegte sich inmitten der illustren Gäste völlig unbefangen. Sie erblickte den Marquess of Lansdowne mit zweien seiner Söhne, von denen sie wusste, dass beide sie nur zu gerne aufs Tanzparkett führen würden.

Georgina blieb stehen, um Lord und Lady Holland zu begrüßen und mit ihnen zu plaudern, damit sie sich gut aufgenommen fühlten. »Beth, wie schön, Sie wiederzusehen. Henry, Sie müssen mit mir unbedingt einen schottischen Reel tanzen, wenn es so weit ist.« Die beiden waren sich auf dem Kontinent begegnet und hatten sich ineinander verliebt, obwohl Beth bereits verheiratet war. Die romantische Liaison führte zur Scheidung von ihrem Exgemahl, und Henry erwies sich als Ehrenmann und heiratete sie anschließend auf der Stelle.

Lord und Lady Jersey bemerkte Georgina allerdings zu spät, um den üblichen launigen Artigkeiten ausweichen zu können. Tapfer kämpfte sie darum, ernst zu bleiben. Es war auch eine zu komische Konstellation: George, der Earl of Jersey, fungierte als Kammerherr des Thronfolgers, während seine Frau Frances als momentane Herrin von Prinnys Schlafgemach galt.

Die Countess hob ihre Lorgnette. »Du bist die jüngste der Gordon-Mädchen, wenn ich mich nicht irre. Was für ein hübsches kleines Ding.«

»Vielen Dank, Lady Jersey.« *Und du bist die Gegenwärtige, wenn ich nicht irre!*

Frances Jersey beobachtete aus zusammengekniffenen Augen, wie Georgina den Premierminister und sodann Henry Dundas, Kriegsminister in Pitts Kabinett, unbefangen und vertraulich begrüßte. Das junge Mädchen stellte sich auf die Zehenspitzen und drückte jedem der Gentlemen einen Kuss auf die Wange.

»Ich bin noch immer nicht dahintergekommen, ob Jane Gordon mit William Pitt oder mit Henry Dundas schläft. Was meinst du, George?«, spekulierte Lady Jersey.

»Ich meine, dass Leute, die im Glashaus sitzen, keine Steine werfen und keine derartigen Mutmaßungen anstellen sollten.«

»Unsinn! Pikante Spekulationen sind die Würze im Leben einer Frau.«

Georgina erspähte ihren Bruder im Gespräch mit einem modisch gekleideten und hochmütige Überlegenheit zur Schau stellenden Herrn. »Hallo, George. Versprichst du mir, den ersten Strathspey mit mir zu tanzen?«

»Mit Vergnügen, meine Liebe«, versicherte Lord Huntly galant.

Francis Russell, der Duke of Bedford, blickte auf das auffallend schöne Geschöpf hinunter, dessen schimmernde schwarze Locken auf dem Hinterkopf kunstvoll aufgetürmt und mit Rosenknospen geschmückt waren. Die junge Frau trug ein elegantes weißes Empirekleid, das ihre vollen, straffen Brüste vollendet zur Geltung brachte. Sein arroganter Gleichmut schwand jäh, als er spürte, wie sein Glied hart wurde.

»Huntly, ich möchte dieser reizenden jungen Göttin, die du offensichtlich für dich reserviert hast, unbedingt vorgestellt werden.«

»Sie ist meine Schwester und für dich tabu, Bedford. Ihr gesellschaftliches Debüt steht erst bevor.«

Georgina schenkte dem jungen Herzog ein keckes Lächeln. »Wenn ich in die Gesellschaft eingeführt werde, wird es mir ein Vergnügen sein, Ihre Bekanntschaft zu machen, Mylord.«

Die Anrichten in den beiden Speiseräumen bogen sich unter erlesenen Köstlichkeiten, wie sie in der feinen Londoner Gesellschaft gerade en vogue waren. Außerdem gab es zusätzlich eine Auswahl deftigerer Speisen, die einem eher ländlichen Geschmack entsprachen oder für Männer mit großem Appetit gedacht waren – wie für die königlichen Prinzen, die bekanntermaßen tagtäglich der Todsünde der Völlerei frönten.

Die livrierte Dienerschaft der Duchess of Gordon schenkte eifrig Champagner oder den berühmten Whiskeypunsch nach, sodass die Gäste keinerlei Hemmungen mehr kannten, als die Musik einsetzte.

Nach einiger Zeit wichen elegante Kontretänze und Kotillons lebhafteren ländlichen Weisen, und der gedrängt volle Ballsaal hallte vom fröhlichen Gelächter der Gäste wider, die sich nun erst richtig amüsierten.

Als um Mitternacht Braut und Bräutigam die Hochzeitstorte anschnitten, brachte man Trinksprüche auf das junge Paar aus und wünschte ihm Glück und reichen Kindersegen. Die gesamte Gästeschar strömte ins Freie, um den beiden nachzuwinken, als sie mit einer Kutsche in die Flitterwochen entschwanden. Dann liefen alle zurück in den Ballsaal, um sich den wilden und unbestritten skandalösen schottischen Tänze hinzugeben, bei denen sich Arme und Beine verschlangen und anstößig hüpfende Brüste den engen Miedern zu entschlüpfen drohten, während unter gefährlich hoch schwingenden Röcken und Kilts gelegentlich feine Unterwäsche oder gar eine blanke Kehrseite hervorblitzte.

Erst um sechs Uhr morgens fand das Fest ein Ende. Arm in Arm mit ihrer Mutter verabschiedeten die Gordon-Schwestern ihre todmüden Gäste.

Georgina beobachtete, wie der Prince of Wales sich schwankend die Vordertreppe heruntertastete. »Jede Wette, dass er nicht nur einen Schluck zu viel intus hat!«, raunte sie ihrer Mutter zu.

· 2 ·

Georgina öffnete nur zögernd die Augen und blinzelte unter ihren langen Wimpern. Was zum Teufel war das? Sie vernahm ein Krachen, gefolgt von lauten Stimmen. Verflixt und zugenäht – es war wieder einmal so weit!

Ihr Herz sank, als sie erkannte, dass ihre Eltern sich heftig zankten. In solchen Situationen pflegten sie keinerlei Rücksicht zu nehmen: Weder Jane noch Alexander Gordon verschwendeten dann auch nur einen einzigen Gedanken darauf, ob Familienmitglieder oder Bedienstete sie hören konnten.

»Keinen einzigen Penny mehr!« Die tiefe Stimme des Herzogs klang wie Donnergrollen. »Nein, nicht einen roten Heller!«

»Elender Schwachkopf! Mit dem Almosen, das du mir zugestehst, kann ich nicht auskommen.« Die Herzogin war auf Kampf aus.

»Almosen?«, ereiferte sich ihr Mann. »Nur ein habgieriger Geier wie du würde viertausend Pfund Sterling so nennen!«

»Schottischer Geizkragen! Knickriger Pfennigfuchser! Einer der vermögendsten Männer des Landes erwartet, dass seine Gemahlin ihr Dasein wie eine Bettlerin fristet. Ich kann mich ja in der Gesellschaft nicht mehr hoch erhobenen Hauptes blicken lassen.«

»Der Geizkragen hat soeben zweitausend Pfund für diese noble Prunkhochzeit springen lassen. Du trägst deinen Kopf so hoch, dass er bis in die Wolken reicht. Wenn du nicht Acht gibst, wirst du tatsächlich irgendwann verarmen.«

»Komm mir nicht mit Drohungen, du ungehobelter Hochlandrüpel«, schrie Jane in höchsten Tönen.

Georgina, deren Schlafzimmer direkt über der Bibliothek lag, zog die Knie an und stützte ihre Stirn darauf. *Bitte, hört auf!*

»Ich bin von geradezu sträflicher Großzügigkeit, Weib. Louisa hat eine Mitgift von dreitausend Pfund bekommen, obwohl sie nicht mal meine Tochter ist.«

»Unfassbar, dass du so unverblümt über Louisas Legitimität zu reden wagst, während sich auf Gordon Castle mindestens ein halbes Dutzend deiner Bastarde tummelt.«

»Du weigerst dich ja, mein Bett zu teilen«, beschuldigte er sie im Gegenzug. »Ich bin ein Mann und kein verdammter Mönch.«

Georgina zog mit zitternden Händen die Decke über den Kopf.

»Alexander Gordon – Gockel des Nordens! Dich würde ich nicht einmal mehr mit einer Kneifzange anfassen«, schwor Jane.

Die Tür zur Bibliothek wurde mit lautem Krachen erneut zugeschlagen. Georgina sprang aus dem Bett, riss die Tür zu ihrem Schrank auf und ging daran, Kleider in einen großen Reisekoffer zu stopfen. Als er voll war, warf sie einen Schlafrock über ihr Nachthemd und flüchtete in den Ostflügel, in dem sich die meisten Gästezimmer befanden.

Vor der Tür ihrer Schwester Charlotte blieb sie stehen und klopfte leise an.

»Herein.«

Georgina drehte den Knauf und öffnete die Tür. Ihre älteste Schwester setzte sich mühsam auf und lehnte sich gleich wieder in die Kissen. »Ach, du bist noch im Bett.«

»Natürlich! Wo sollte ich sonst sein? Wie spät ist es überhaupt, zum Teufel?«

»Schon neun vorbei. Ich habe gepackt.« Georgina zögerte. »Hast du den Streit nicht gehört?«

»Ich hörte etwas, aber das Geschnarche von Lennox übertönt alles.« Sie warf einen Blick auf ihren schlafenden Ehemann. »Und worum ging es bei der Auseinandersetzung?«

»Um Geld. Wie immer.«

»Das hätte ich mir denken können.« Jetzt erst fiel Charlotte die Blässe ihrer Schwester auf. »Georgy, reg dich nicht so auf. Wenn du etwas gegessen hast, wirst du dich besser fühlen. Ich komme mit auf dein Zimmer, dann können wir dort frühstücken. Champagner–Charlie kann unterdessen weiter ausschlafen.«

Die Schwestern gingen gemeinsam in Georginas geräumiges Schlafgemach, und Charlotte zog an der Klingelschnur. Sie inspizierte das Gepäck ihrer Schwester. »Du wirst feste Schuhe brauchen. Die Gegend um Marylebone Manor herum ist sehr ländlich.«

Ein Mädchen erschien auf das Klingeln hin und knickste. »Die Herzogin bittet Sie, unten mit ihr zu frühstücken.«

»Woher wusste sie, dass Charlotte und ich schon wach sind?«

»Das wusste sie nicht. Mylady sagte, jede ihrer Töchter wäre ihr recht.«

»Um sie zusammengeschart wie eine schnatternde Gänseherde«, schnaubte Charlotte verächtlich.

»Das mag für dich gelten«, protestierte Georgina. »Ich bin ein Schwan.«

Charlotte seufzte resigniert. »Sehr wahrscheinlich braucht sie Verstärkung. Sag Mutter, dass wir kommen.«

Die Schwestern machten sich nicht die Mühe, sich anzukleiden, sondern begaben sich in ihren Schlafröcken und Hausschuhen nach unten. Im Hause Gordon herrschte Freizügigkeit – alle durften sich nach Belieben kleiden und sagen, was sie wollten.

»Guten Morgen, meine kleinen Mädchen. Sicher werdet ihr mir beipflichten, dass die Hochzeit ein wahrer Triumph war! Ich kann es kaum erwarten, was die *Times* darüber schreibt.« Jane war nicht anzusehen, ob der Streit sie berührt oder auch nur den kleinsten Schatten auf ihren spektakulären gesellschaftlichen Erfolg geworfen hatte.

»Du besitzt die Zähigkeit einer echten Hochländerin. Du erstaunst mich immer wieder. Ich weiß nicht, wie du das schaffst, Mama«, erklärte Charlotte.

»Du vergisst eines: Lange bevor ich eine Gordon wurde, war ich eine Maxwell. Ausdauer ist mir angeboren.«

Als Georgina sah, wie ihre Mutter die silbernen Deckel auf der Anrichte hob und Räucherschinken, Lammnieren und Eier auf ihren Teller häufte, unterdrückte sie ein Schaudern. Sie selbst begnügte sich mit einer Schüssel Haferflocken mit reichlich Sahne und Honig. »Charlotte hat mich zu sich eingeladen, und ich habe angenommen«, sagte Georgina in dem Versuch, allen eventuellen Plänen ihrer Mutter zuvorzukommen. *Dass es eine Selbsteinladung war, das braucht Mama nicht zu wissen,* überlegte sie.

»Ich dachte, wir könnten heute ins Theater gehen oder vielleicht nach Ranelagh hinausfahren und Musik hören, doch ihr überlasst mich offenbar meinem Schicksal.«

»Damit hast du die Chance, ein wenig Zeit mit Papa zu verbringen«, sagte Charlotte mit ernster Miene.

»Du weißt, dass er London nicht länger als fünf Minuten erträgt«, konterte die Mutter. »Er kehrt noch heute nach Fochabers zurück.«

»Wann?« Georgina ließ ihren Löffel sinken.

»Meines Wissens ist er schon fort – was kümmert's mich«, antwortete Jane leichthin.

Ihre jüngste Tochter sprang so jäh auf, dass sie dabei fast den Stuhl umwarf. Ohne Abschied konnte sie ihn nicht fortgehen lassen, schoss es ihr durch den Kopf. Georgina lief hinauf zum Schlafgemach, das ihr Vater immer bewohnte, wenn er im Haus an der Pall Mall weilte. Zu ihrer großen Enttäuschung fand sie es leer vor und sah, dass man bereits die Betten abgezogen hatte. Eilig lief sie zum Fenster. Die schwarze Reisekutsche stand wartend vor den Ställen, und die beiden Clevelandfüchse waren für die lange Fahrt schon angespannt.

Georgina flog förmlich die Treppe hinunter, lief durch die Küche und erreichte atemlos den viersitzigen Wagen ihres Vaters. »Papa, du wolltest doch nicht etwa ohne Abschied fort?«

Alexander Gordon schloss seine atemlose Tochter in die Arme. »Mein Kleines, ich dachte, du würdest noch ganz fest schlafen. Wird dein alter Papa dir fehlen?«

Sie drückte ihr Gesicht an seinen Pelerinenmantel. »Das weißt du doch. Ich hatte gehofft, dich in deinem Kilt zeichnen zu können. Du hast in deinem Festtagsstaat einfach großartig ausgesehen.«

»Alle meine Mädels haben zwar Zeichenunterricht erhalten, du aber bist die einzige wahre Künstlerin, Georgy. Deine Zeichnung, die mich beim Angeln im Spey zeigt, hüte ich wie einen Schatz. Wenn du wieder nach Fochabers kommst, gehen wir angeln, nur wir beide.«

»Noch ehe der Herbst um ist, werde ich kommen – das verspreche ich.«

»Braves Mädchen. Nun, jetzt geht es nach Hause. Ich kann es kaum erwarten, den Londoner Mief aus den Nüstern zu kriegen und meine Lungen mit der frischen schottischen Luft zu füllen.«

Ohne das Stallpersonal zu beachten, das ihr Negligé anstarrte, stand Georgina da und winkte, bis das große Gefährt mit dem Gordon'schen Wappen das Tor passiert hatte und Richtung Piccadilly abbog.

Drei Stunden später bestieg sie selbst die Kutsche ihrer Schwester Charlotte, auf deren Schlägen das herzogliche Wappen der Richmonds prangte. Charles Lennox, der im Sattel eines Vollblüters saß, sprengte nach einem Abschiedsgruß an seine Gemahlin davon und eilte ihnen voraus.

Als sich die Kutsche mit einem Ruck in Bewegung setzte, schimpfte Charlotte. »Verfluchter Kutscher! Mein Magen rebelliert, noch ehe wir losfahren.«

Georgina warf ihr einen nachdenklichen Blick zu.

»Ja, ich bin wieder schwanger.« Charlotte seufzte tief. »Sechs Kinder in acht Jahren, und jetzt hat es mich schon wieder erwischt. Es scheint zu genügen, dass Lennox seine Hose auf mein Bett wirft ...«

»Na ja, wenigstens sind alle Kinder von deinem Mann.« Georgina sah sie mit liebevollem Lächeln an. »Damit stellst du in der Londoner Gesellschaft sicher einen einsamen Rekord auf.«

Charlotte lachte spöttisch: »Ich habe weder Zeit noch Lust, mir einen Liebhaber zu nehmen.«

»Zweifellos gehört dies zu einem teuflischen Plan, mit dem Lennox dich fest an sich bindet«, zog Georgina die Schwester auf. Sie fuhr sich mit der Zunge über die Lippen und platzte dann mit ihrer Frage heraus. »Wer ist Louisas Vater?«

Charlotte starrte ihre jüngste Schwester lange an, bevor sie berichtete, was sie wusste. »Als Mutter in deinem Alter war, verliebte sie sich bis über beide Ohren in einen Edinburgher Burschen aus dem Clan der Frasers. Er wurde mit den Highlander-Einheiten nach Amerika in den Krieg geschickt, um gegen die Unabhängigkeitsbewegung zu kämpfen, und als sie hörte, er sei gefallen, brach ihr diese Nachricht das Herz. Ihre Mutter drängte sie, den reichen und mächtigen Duke of Gordon zu erhören – eine einmalige Chance für ihre Familie. Und nachdem sie ein Jahr lang um ihre erste Liebe getrauert hatte, gab sie dem ständigen Druck nach und erfüllte den Wunsch ihrer Mutter.

Als sie mit mir im sechsten Monat schwanger war, kam ein Brief von Fraser aus Amerika. Auf dieses Lebenszeichen hin erlitt sie einen Schock und brach zusammen. Vater verzieh ihr wohl niemals, dass sie lieber einen anderen als Ehemann gehabt hätte.«

»Ja, die Erkenntnis, nur zweite Wahl zu sein, war sicher ein verheerender Schlag für seinen Stolz«, sagte Georgina mit tief empfundenem Mitgefühl. »Du glaubst also, die beiden wurden ein Paar, als Mutters Jugendliebe nach Schottland zurückkehrte?«

»Wenn man zwei und zwei zusammenzählt, drängt sich einem diese Erklärung geradezu auf. Louisa hat das auffallende Haar der Frasers geerbt, und etwa neun Monate vor ihrer Geburt kehrte der junge Mann mit seinem Regiment aus Amerika zurück.«

Georgina fiel etwas ein. »Die Frasers stammen doch aus Struy, unweit von Mutters geliebtem Kinrara. Hat sie deshalb dort die Sommer verbracht?«

»Vermutlich. Wenngleich der junge Fraser vor Jahren wieder nach Amerika ging.«

»Ein Glück für uns, dass sie nicht mit ihm durchgebrannt ist«, meinte Georgina trocken.

»Und dafür ihre hohe Position als Duchess of Gordon aufgegeben hätte? Nie im Leben! Als sie Vater heiratete, hat sie beschlossen, dass ihr Kopf immer die Oberhand über ihr Herz behalten sollte. Deshalb auch die Art, wie sie uns erzog – schließlich und endlich vielleicht die klügste Entscheidung, Georgy.«

Aber glücklich sind sie nicht miteinander geworden. Georgina behielt diese Feststellung jedoch klugerweise für sich. *Vielleicht hat ja auch Charlotte sich von ihrem Verstand und nicht vom Herzen lenken lassen, als sie den künftigen Duke of Richmond zum Mann nahm.* Sie schloss die Augen. *Das werde ich nie tun. Nie werde ich einen Mann heiraten, den ich nicht von ganzem Herzen liebe!*

Ein lauter Chor von »Mama! Mama! Georgy! Georgy!« empfing die Schwestern beim Betreten von Marylebone Manor. Lord John und Lord James, die vierjährigen Zwillinge, und die dreijährige Lady Sarah schlangen, dabei vor Freude hüpfend, die Arme um die Röcke ihrer Mutter. Die fast sechs Jahre alte Lady Mary dagegen stürzte sich auf ihre Lieblingstante und rief ganz selig: »Ich wusste nicht, dass du kommen wolltest!«

Georgina hob die Kleine hoch und wirbelte sie im Kreis herum. »Überraschung! Überraschung!« Da sie Kinder über alles liebte und es kaum erwarten konnte, eigene zu haben, stand zu vermuten, dass Mutterschaft der einzige Aspekt der Ehe war, den sie uneingeschränkt positiv betrachtete.

Mit einem noch nicht ganz zweijährigen Mädchen auf dem Arm trat jetzt eine Kinderfrau hinzu. Georgina fragte Mary: »Wie heißt das Baby doch gleich …? Ich habe es vergessen.«

Mary kicherte belustigt. »Sie heißt Georgina!«

»Ein sonderbarer Name … ich kann ihn mir einfach nicht merken!« Georgina zählte die Kinder laut durch. »Eins, zwei, drei, vier, fünf – da fehlt doch noch jemand.«

»Ja, Charles ist nicht da. Als Papa nach Hause kam, sind die beiden zusammen zu den Stallungen gegangen.«

»Mit seinen fast neun Jahren zieht er wohl Männergesellschaft vor?«

»Dieses Jahr werde ich sechs«, erklärte Mary wichtigtuerisch. »Kann ich deinen Hut aufprobieren, Tante Georgy?«

»Darf ich dann auch einmal deinen haben?«

»Ich trage doch keinen«, gab Mary kichernd zurück.

»Nein, tust du nicht. Dann leihe ich dir eben meinen.« Sie stellte Mary auf den Boden zurück, nahm ihren breitkrempigen Strohhut mit den hübschen, gerafften Satinbändern ab und setzte ihn ihrer Nichte auf. »Du siehst himmlisch aus, Lady Mary.«

»Ach danke, Lady Georgy.«

»Ich störe euch nur ungern bei eurer gegenseitigen Bewunderung«, mischte sich Charlotte ein, »aber du musst mit hinaufkommen und entscheiden, welches Schlafzimmer du möchtest.«

»Wir möchten das rosa Zimmer«, sagte Mary ohne Zögern.

»Danke, Miss Naseweis«, erwiderte Charlotte.

»Komm.« Georgina nahm Mary bei der Hand und folgte der Schwester. Die drei jüngeren Kinder bildeten den Abschluss und bewältigten die Treppe auf allen vieren. »Vorsicht, nicht hinfallen«, ermahnte sie die Kleinen über die Schulter hinweg.

»Wenn sie hinfallen, werden sie wieder aufstehen. Wie sollten sie es sonst lernen?«, meinte Mary altklug.

»Niemand hat dich und mich aufgehoben«, rief Charlotte ihrer Schwester in Erinnerung. »Und sieh doch, wie selbstständig wir geworden sind.«

»Wir waren undisziplinierte Rangen«, stimmte Georgina zu und entschied sich für das rosa Schlafgemach.

Mary blickte hingerissen zu ihrer Tante auf. »Wirst du mir beibringen, eine undisziplinierte Range zu sein?«

»Das werde ich«, versprach Georgina feierlich. »Gleich morgen fangen wir damit an.«

Eine Stunde später hatte sie ihre Sachen ausgepackt und gesellte sich zur Teezeit zu den Nichten und Neffen, die sich jetzt im Kinderzimmer befanden. Inzwischen war auch der neunjährige Charles aus den Stallungen zurück.

»Ach, Tante Georgy. Spielst du heute mit uns?«

»Natürlich. Was wollen wir denn spielen? Verstecken?«

»Nein, die Kleinen verstecken sich immer so, dass man sie gleich sieht. Lass uns lieber Fangen spielen.«

»Ha! Glaubst du, mich könntest du erwischen?«, forderte Georgina den Neffen heraus.

»Ich lande einen guten Schuss«, erklärte Charles und stopfte sich ein halbes Kuchenstück in den Mund.

»Aber, aber, eine Flinte zu benutzen – wie unfair!«

Der Junge erstickte fast vor Lachen, und Georgina versetzte ihm einen Klaps auf den Allerwertesten.

»Ich mag keine Himbeermarmelade. Da sind zu viele Kerne drin«, jammerte Mary. Sie war entschlossen, die Aufmerksamkeit ihrer Tante zurückzugewinnen.

»Himbeerkerne verleihen Zauberkräfte«, sagte Georgina und löffelte Marmelade auf Marys Teekuchen.

Die Augen des Mädchens wurden groß wie Untertassen. »Dann möchte ich doch etwas von der Marmelade.« Mary änderte ihre Ansicht und vertilgte den Kuchen.

Charles rümpfte die Nase. »Warme Milch ist was für Babys«, sagte er und blickte missbilligend in seinen Becher.

»Dann bitten wir vielleicht deinen Vater, er soll dir stattdessen ein Bier heraufschicken.«

Der Stammhalter der Lennox' und nach Großvater und Vater

der nächste Duke of Richmond lachte so ausgelassen, dass er vom Stuhl fiel.

Kaum hatte das Kindermädchen den Tisch abgeräumt, als Charles sagte: »Ich zähle bis zehn, damit du einen Vorsprung hast.«

Georgina sprang auf und lief wie der Wind los. Die Kinderzimmer lagen im Erdgeschoss, wo die späte Nachmittagssonne durch die nach Westen blickenden Fenster hereinfiel. Sie rannte den Gang entlang, durch das Speisezimmer, an der Bibliothek vorüber und in den großen Salon.

In diesem Moment trat George Finch, der Earl of Winchilsea, ein guter Freund von Lennox und kricketbegeistert wie dieser, aus der Bibliothek, um der wilden Jagd nachzublicken. Er staunte nicht schlecht, als er einen schönen Wildfang sah, der über die Lehnen zweier Sessel kletterte, um den beiden kreischenden Kindern zu entkommen, die hinterherliefen.

»Lass dich von dem Krach nicht stören, George. Wenn meine jüngste Schwägerin da ist, herrscht immer Tollhausstimmung«, fühlte sich Lennox zu erklären bemüßigt.

»Eine bezaubernde Nymphe, die man allzu gern verfolgen möchte …«

»Das wäre nicht angebracht. Sie hat ihr gesellschaftliches Debüt noch vor sich.«

Der Earl zog bedauernd eine Braue hoch. »Eine verbotene Frucht also.«

»Und noch nicht reif! Wie du siehst, liebt Lady Georgina noch Kinderspiele.«

»Na, habe ich eben Pech gehabt.« Winchilsea ließ sich sein Glas nachfüllen.

Am Abend beim Dinner bot die junge Frau in ihrem hübschen, eleganten Kleid allerdings ein völlig anderes Bild als das wilde Geschöpf, das über die Salonmöbel gesprungen war.

Als Georgina dem Earl of Winchilsea vorgestellt wurde, leuchteten ihre ausdrucksvollen grünen Augen auf. »Ich bin entzückt, Ihre

Bekanntschaft zu machen, George, und freue mich schon, morgen von Ihnen eine Kricketlektion zu bekommen.« Jane Gordon hatte ihrer Tochter beigebracht, bedenkenlos dem Ego eines Mannes zu schmeicheln und mit Gentlemen ungeachtet ihres Standes völlig ungezwungen umzugehen. Darin liege das Geheimnis, das männliche Geschlecht zu bezaubern, hatte sie gesagt.

»Lady Georgina, Sie möchten wirklich Kricket spielen?«

»Warum nicht? Ich spiele Tennis, und wenn ich in Schottland bin, spiele ich oft Golf.«

Der Earl war von der lebhaften Schönen völlig hingerissen und las ihr jedes Wort von den Lippen ab. Als Georgina nach dem Essen ihre Finger in eine Kristallschüssel tauchte, flüsterte er ihr zu: »Diese Berührung könnte Wasser in Wein verwandeln. Fast wäre ich versucht, es zu trinken.«

Sie erwiderte mutwillig: »Soll das Mädchen das Wasser für Sie aufbewahren, in dem ich heute meine Füße wasche?«

Als Georgina am nächsten Morgen erwachte, entdeckte sie neben sich im Bett Mary. »Wie bist du nur hereingekommen?«

»Durch Zauberkraft«, erklärte das Mädchen ernsthaft.

»Ach ja, das macht sicher die Himbeermarmelade. Was möchtest du an diesem warmen, sonnigen Tag denn unternehmen?«

»Könnten wir den Wald durchstreifen? Nur wir beide?«

»Dürfen wir denn den Wald durchstreifen?«

»Ja, wir dürfen!« Marys Gesicht leuchtete vor Freude auf.

Georgina umfasste eines von Marys pummeligen Füßchen und inspizierte es. »Bist du überhaupt gut zu Fuß?«

»Ich kann meilenweit laufen.«

Georgina griff nach der großen Zehe des Kindes. »Dieses kleine Schweinchen ging auf den Markt.« Sie griff nach der nächsten Zehe. »Und dieses blieb daheim. Dieses kleine Schweinchen bekam Roastbeef. Aber dieses kleine Schweinchen ging leer aus«, schloss sie traurig.

»Ach, armes Schweinchen«, sagte Mary mit echtem Mitgefühl.

Georginas Miene wechselte von Kummer zu Freude. »Dieses kleine Schweinchen schrie auf dem ganzen Heimweg: Weh mir, weh mir.« Sie ließ den Fuß los und kitzelte Marys Bauch.

Das Kind wand sich kichernd, die Kissen flogen, und die beiden rollten lachend vom Bett.

Ein Stubenmädchen trat mit einem Frühstückstablett ein. »So, das wär's, Miss Unfug. Deine Nanny hat dich gesucht.«

»Ich bin schon ein *großes* Mädchen«, protestierte Mary.

»Sag der Nanny, dass sie in meiner Obhut ist. Die großen Mädchen verbringen heute den Vormittag gemeinsam.«

»Sehr wohl, Mylady.« Das Mädchen knickste und ging.

»Bald werde ich so groß sein wie du.« Mary stellte sich auf Zehenspitzen neben ihre Tante. Da Georgina nicht besonders groß war, reichte ihr die Nichte bis knapp unter die Brust. »Bald werde ich dir bis zu den Titten reichen.«

Georgina verbarg ihre Belustigung. »Dein Vokabular ist bemerkenswert für eine junge Lady.«

Bald hatten die »großen Mädchen« alles auf dem Frühstückstablett vertilgt.

»Geh und zieh dich an. Nimm ein altes Kleid, das einen Waldlauf aushält, und vergiss die Schuhe nicht.«

Georgina wählte ein schlichtes, austernfarbenes Kleid aus Baumwollbatist, das ziemlich unscheinbar wirkte. Wenn es schmutzig wurde, machte es nichts aus – zudem man den Schmutz darauf gar nicht sehen würde. Sie zog Strümpfe an und schlüpfte in die festen Wanderschuhe. Dann bürstete sie ihre dunklen Locken und ließ sie offen auf die Schultern fallen.

Kurz darauf machte sie sich mit Mary auf den Weg. Sie ließen die Gärten von Marylebone Manor hinter sich und erklommen eine bewaldete Anhöhe, die als Primrose Hill bekannt war, während Wolken von winzigen Mücken sich über ihren Köpfen sammelten. Georgina riss Zweige ab und reichte Mary einen. »Schwing ihn wie einen Zauberstab, und die Mücken werden verschwinden … husch!«

Mary machte es ihr nach und wedelte mit ihrem Zauberstab eifrig hin und her. »Husch! Husch!« Das Kind lachte entzückt. »Ich kann wirklich zaubern!«

Sie stiegen zum Primrose Hill hinauf und blickten ins Tal hinunter zu den dichten Wäldern.

Eine Feldmaus suchte Schutz unter großen Klettenblättern, und Mary quiekte vor Vergnügen. Der Lärm schreckte zwei Eichhörnchen auf, und ein brauner Hase hoppelte panisch davon. Mary legte den Finger an die Lippen: »Pst!«

Sie hielten inne und lauschten. Georgina konnte das Rauschen von Wasser und die Rufe von Kindern hören. Sie gingen den Hang hinunter und traten aus dem Wald heraus auf eine Wiese, die durchflossen wurde von einem breiten Bach, der irgendwo in die Themse mündete. Zwei Jungen standen mit Angeln am Ufer.

»Laute Rotzbengel!«, murmelte Mary.

Es war ein Schimpfwort, das ihre kleine Nichte eigentlich nicht verwenden durfte, doch aus persönlicher Erfahrung wusste Georgina, dass selbst herzogliche Kinder gegen so etwas nicht gefeit waren. Im Gegenteil, denn für sie hatte es einen besonderen Reiz.

Als sie sich dem Bach näherten, sah Georgina, dass die Burschen, deren Alter sie auf elf oder zwölf schätzte, fast so groß waren wie sie. Dann bemerkte sie einen viel kleineren Jungen am Ufer sitzen. Die drei mussten Brüder sein.

»Na, Glück gehabt?«

»Nein, sie beißen nicht«, gab der Älteste zur Antwort.

»Ja, weil es hier zu seicht ist. Wenn ihr etwas fangen wollt, müsst ihr in die Mitte waten, wo das Wasser tiefer ist.«

»Sind Sie sicher?«, sagte der Dunkelhaarige mit dem ernsten Gesicht.

»Natürlich bin ich sicher. Wenn ich in Schottland im Spey angle, wate ich immer hinaus. Ich zeige es euch.«

»William, gib ihr deine Angelrute«, wies der Ältere seinen Bruder an.

»Mary, setz dich ans Ufer und sieh zu.« Georgina schleuderte ihre Schuhe von sich, raffte die Röcke, nahm die Angel, die William ihr reichte, und watete hinaus, bis das Wasser ihr über die Knie reichte.

Nach nur zwei oder drei Minuten biss ein Fisch an und zappelte am Haken, dass das Wasser nur so spritzte.

»Einer hat angebissen! Einer hat angebissen!« Die beiden Jungen wateten aufgeregt hinaus, um besser sehen zu können.

Georgina überließ die Angel wieder William, um ihm die Freude am Fang zu gönnen. Auch die beiden Kinder, die bislang am Ufer geblieben waren, kamen nun zu ihnen ins Wasser. »Ich heiße Johnny«, sagte der kleinste der Brüder schüchtern.

»Hallo, Johnny. Du hättest deine Schuhe ausziehen sollen.«

»Ich habe meine ausgezogen«, machte Mary sich wichtig.

In diesem Moment durchschnitt eine barsche Stimme jäh die Stille. »Francis! William! Was zum Teufel treibt ihr hier?«

Georgina, die sich abrupt umdrehte, glitt auf einem Stein aus und verlor den Halt. Es konnte nicht ausbleiben, dass sie durch und durch nass wurde. Ein auffallend großer Mann von mächtiger Statur kam auf sie zu. Er hatte tiefschwarzes Haar und war offensichtlich wütend. Sie hatte oft erlebt, dass ihr Vater die Fassung verlor, doch die finstere Miene dieses Mannes jagte ihr mehr Furcht ein, als es der Duke of Gordon je vermocht hätte.

Die älteren Jungen beeilten sich, aus dem Wasser zu kommen, aber der Kleine rührte sich nicht.

»Ihr solltet auf Johnny Acht geben!«, donnerte der Mann los. »Wie gut, dass ich gekommen bin, um nach euch zu sehen.« Sein düsterer, vorwurfsvoller Blick umfasste die durchnässte Georgina. »Kleines Mädchen, fällt dir nichts Vernünftigeres ein, als meine Söhne ins tiefe Wasser zu locken?«, fragte er streng.

»Es ist doch nur ein Bach«, widersprach sie.

Er zog seine Schuhe aus und rollte die Hosenbeine hoch. Dann watete er hinaus ins Wasser und holte seinen Sohn. »Johnny, du wirst wieder krank werden.« Drohend stand er vor Georgina, und sein Zorn ließ sein Gesicht dunkel und unheimlich aussehen.

Der Mann wirkte äußerst einschüchternd auf sie. Es war nicht nur sein Zorn, der ihr Angst machte – es war die nur mühsam gezügelte, unbändige Wut in seinen Augen, die sie erschreckte. *Sollte er dieser Wut jemals freien Lauf lassen, würde es sein, als öffneten sich die Pforten zur Hölle.*

»Nach Hause mit dir, kleines Mädchen! Und nimm deine Schwester mit. Ein Wunder, dass du nicht ertrunken bist!«

Georgina war zutiefst gekränkt. *Kleines Mädchen, unerhört!*

Er sprach zu ihr, als sei sie ein Gassenkind und nicht die Tochter eines Herzogs.

»Hast du gehört, kleines Mädchen? Geh nach Hause!«

Sie nahm ihren ganzen Mut zusammen, um ihm gebührend zu antworten. Georgina warf ihr Haar über die Schulter zurück, reckte ihr Kinn und rief unverfroren: »Ach, geh zum Teufel … alter Mann!«

Er schaute sie an, als wollte er sie schlagen. Sie aber erwiderte trotzig seinen finsteren Blick, während er seinen Sohn aus dem Wasser trug. Die beiden älteren Jungen hatten sich inzwischen aus dem Staub gemacht. Mit Mary an der Hand watete sie ans Bachufer. Sie zogen die Schuhe über ihre nassen Strümpfe, und Mary äffte Georgina nach, indem sie laut rief: »Alter Mann!«

· 3 ·

John Russell schleppte seinen durchnässten Sohn zu dem Haus, das er für den Sommer am Dorset Square gemietet hatte.

»Verzeih, Papa«, sagte Johnny zerknirscht.

»Schon gut. Aber deine Mutter wird in Ohnmacht fallen, wenn sie dich so sieht. Du weißt doch, dass sie ständig kränkelt.« Er wusste noch, welche barschen Worte er seiner Frau entgegengeschleudert hatte, als sie sich heftig gegen einen Landaufenthalt der Söhne ausgesprochen hatte: *Elizabeth, um Himmels willen, lass die Jungen mal richtige Jungs sein. Das ganze Jahr über sind sie in der Schule eingesperrt. Es sind ihre Sommerferien. Deine Sorge, es könnte ihnen etwas zustoßen, macht dich langsam überängstlich.*

John betrat das Haus und hoffte, seinen Sohn nach oben schaffen zu können, ehe Elizabeth ihn entdeckte.

»Ist Johnny nass geworden?« Die Stimme seiner Frau bekam einen hysterisch hohen Ton. »Sicher hat er sich eine Lungenentzündung geholt! Ich sagte ja, dass er nicht ins Freie soll.«

»Er ist wohlauf«, beruhigte John sie. »Bitte, fasse dich.«

»Nie hörst du auf mich. Dunkle Vorahnungen sagen mir, dass Johnny etwas Schreckliches zustoßen wird.«

»Ja, ich kenne deine düsteren Gedanken, meine Liebe. Ich bringe ihn hinauf und sorge dafür, dass er trockene Sachen anzieht.«

Elizabeth Russell litt an akuter Melancholie, die sich seit der Geburt des dritten Kindes immer stärker ausgeprägt hatte. Seit fast neun Jahren war sie depressiv und ständig niedergeschlagen. Ihr Mann hatte alles versucht, um ihre trüben Stimmungen und ihre zahlreichen Ängste zu zerstreuen, doch vermochte nichts die dunklen Schatten, die auf ihrem Gemüt lasteten, zu vertreiben.

John brachte seinen Sohn in sein Zimmer. Als ein Hausmädchen ihm zu Hilfe kommen wollte, winkte er sie fort, schloss die Tür und zog dem Jungen seine nassen Sachen aus. Er nahm aus einer Kommode trockene Kleidungsstücke, die er dem Jungen reichte. »Du wirst keine Lungenentzündung bekommen, Johnny, ganz sicher nicht. Aber deine Mutter ist gegen ihre Ängste einfach machtlos.«

»Ich wünschte, sie könnte glücklich sein«, sagte der Kleine traurig.

»Ja, aber ihre Ängste sollten *dich* nicht daran hindern, glücklich zu sein.«

Johnny, der gerade sein Hemd zuknöpfte, blickte auf. »Im Wasser zu waten, hat mich glücklich gemacht«, murmelte er.

Der Vater lachte laut auf. »Da bin ich aber froh. Trotzdem geh ja nicht wieder ins Wasser, wenn ich nicht bei dir bin.«

Seine älteren Söhne stießen die Tür auf und traten ein. Sie hatten sich bereits umgezogen. Francis sagte: »Wir sind durch den Hintereingang herein und dann ganz leise nach oben, damit Mama uns nicht sieht und sich womöglich aufregt.«

Wut stieg in John auf, weil seine Söhne sich heimlich ins Haus schleichen mussten, und es dauerte einen Moment, bis er sich wieder in der Gewalt hatte. *Ich hätte sie zu Hause in Devon lassen sollen.*

Die Jungen besuchten die angesehene Westminster School, und sobald die Sommerferien begannen, brachte John Elizabeth nach London, damit sie zum einen mit den Kindern zusammen sein und zum anderen ihren Arzt konsultieren konnte. Da sie jedoch im Stadthaus der Familie am Russell Square unter dem Lärm und dem Verkehr einer Großstadt litt, hatte John es auf ärztlichen Rat hin vorgezogen, diesmal ein Haus in einem ländlichen Vorort zu mieten, und inständig gehofft, die idyllische Umgebung würde ihre Nerven beruhigen.

Der Arzt hatte ihm außerdem unter vier Augen anvertraut, dass seine Frau schwindsüchtig aussähe und Spaziergänge in der frischen Landluft sicher wohltuend wirken würden. Wenngleich John sehr skeptisch war, was die Diagnose Schwindsucht betraf, so wusste er doch, dass ständiges Liegen und dumpfes Vor-sich-hin-Brüten in abgedunkelten Räumen den Zustand seiner Frau nur verschlechtern konnten. Das Reiten hatte sie schon vor Jahren aufgegeben, und jetzt weigerte sie sich sogar, überhaupt noch einen Fuß vor die Tür zu setzen. *Sie genießt es förmlich, krank zu sein und in einer regelrechten Begräbnisstimmung zu verharren. Ich hätte sie in Devonshire lassen sollen.*

»Samstag findet ein Kricketmatch statt. Möchtest du hingehen?«

»Ja, gerne!« William spielte in der Juniorenmannschaft von Westminster.

»Nur wir vier?«, fragte Francis eifrig.

»Ja, nur wir Männer. Eure Mutter macht sich nichts aus Sport.«

Die Butterblumen und Gänseblümchen ließen zwar bereits ihre Köpfe hängen, doch Charlotte nahm den Strauß, den Mary für sie gepflückt hatte, freudig in Empfang. »Danke für die Blumen, mein Schatz. Sie sind wunderschön. Wie ich sehe, habt ihr draußen eine herrliche Zeit verbracht.«

»Woher weißt du das?«, fragte die Tochter mit großen Augen.

»Kinder sind am glücklichsten, wenn sie schmutzig oder nass sind.« Sie beäugte Georgina. »Sogar erwachsene Kinder. Da ihr beide schmutzig *und* nass seid, war der Ausflug mit Sicherheit ein Erfolg.«

»Wir haben einen bösen Mann gesehen«, erklärte Mary. »Einen alten, bösen Mann, der sagte, wir sollten nach Hause verschwinden. Georgy hat ihm geantwortet, er soll sich zum Teufel scheren.«

»Wirklich?« Um Charlottes Lippen zuckte es amüsiert. »Wo blieb da bloß Lady Georginas berühmter Charme, der alle Männer schwach werden lässt?«

»Dagegen schien er völlig immun zu sein«, erwiderte Georgina. »Dieser anmaßende Kerl nannte mich *kleines Mädchen*. Am liebsten hätte ich ihm einen Tritt vors Schienbein versetzt.«

Charlotte lachte. »Und was hat dich davon abgehalten?«

»Die Angst, mir die Zehen zu brechen«, gab die Schwester wahrheitsgemäß zurück. *Dieser Kerl hatte höchst bedrohlich gewirkt, dunkel und herrisch. Ein richtiges Ungeheuer! Er sah doch tatsächlich so aus, als würde er nicht davor zurückschrecken, mir eine Tracht Prügel zu verabreichen.*

Es war noch früh am Nachmittag, als Georgina hinter den Stallungen zu dem Platz ging, wo ihr Schwager zu Übungszwecken feste Krickettore aufgestellt hatte.

Sie trug ein frisches blaues Leinenkleid und hatte ihre dunklen Locken zurückgebürstet und mit einem Band zusammengebunden. Sie begrüßte ihren Schwager, der gerade seinem Freund George Finch den Ball zuwarf, mit einem warmen Lächeln. »Charles, Kricket ist bei dir kein Hobby mehr, sondern schon eine Besessenheit«, neckte sie ihn.

»Ich gestehe es«, gab er mit einem Grinsen zurück. »Winchilsea und ich haben Samstag ein Match.« Da Lennox Sussex im Unterhaus vertrat, spielte er im Sussex-Team.

Der Earl versäumte es, sich auf den Ball zu konzentrieren und verfehlte ihn – seine Aufmerksamkeit galt nämlich allein der Erscheinung in Blau. Er fragte: »Möchten Sie mitkommen und das Match ansehen?«

»Riesig gern, George.«

»Wunderbar! Wie wär's jetzt mit der versprochenen Lektion? Kommen Sie, ich zeige Ihnen, wie man den Schlagstock hält.«

Georgina wusste zwar genau, wie man ein Schlagholz zu halten hatte, wollte dem Earl aber den Spaß nicht verderben. Sie zwinkerte Lennox zu, der an der Abwurfstelle stand, und trat zu Winchilsea.

Er reichte ihr das Schlagholz, legte die Arme um sie und erklärte: »Es gibt da einen speziellen Trick. Man muss vor allem den Ball im Auge behalten.«

»Ich fühle mich sehr geehrt, dass Sie bereit sind, Ihre Geheimnisse mit mir zu teilen, George«, entgegnete sie mit bewusst übertriebener Schmeichelei.

Lennox, dem die Schwingungen zwischen seinem Freund und seiner jungen Schwägerin nicht entgingen, dachte bei sich, dass er sich unlängst vermutlich geirrt hatte. Georgina war vielleicht doch schon reif, sehr reif sogar.

Elizabeth Russell zog sich wie immer früh in ihr Gemach zurück, während John mit seinen Söhnen das Abendessen einnahm. Nach Tisch spielten die beiden älteren Jungen noch eine Partie Schach. Dem Kleinen dagegen las der Vater vor dem Einschlafen eine Geschichte vor und ging anschließend in seinem Arbeitszimmer die Post aus seinem Wahlkreis durch. Er fand das wichtig, weil es ihm Einblick in die Probleme der Leute, deren Interessen er vertreten sollte, verschaffte.

Sein Großvater hatte ihm beigebracht, dass Reichtum und Privilegien eine große Verantwortung jenen gegenüber bedeuteten, die weniger vom Glück begünstigt waren. John war es daher ein echtes Bedürfnis, die Interessen der Menschen von Tavistock zu vertreten und sich im Unterhaus unermüdlich für eine Verbesserung der Lebensbedingungen unter der arbeitenden Bevölkerung einzusetzen. Lehnte die Regierung seine Anträge ab, realisierte und finanzierte er einige der Maßnahmen aus eigener Tasche.

Dies hatte schon immer einen Streitpunkt mit Elizabeth dargestellt, die entschieden dagegen war, auch nur einen Teil ihres Vermögens für die »unteren Klassen hinauszuwerfen«, wie sie es geringschätzig formulierte. John behielt deshalb seine Pläne inzwischen lieber für sich und diskutierte mit ihr nicht mehr über seine politische Arbeit.

Nachdem er seine Schreibarbeit beendet hatte, ging er zu Bett und war eine Stunde später eingeschlafen. Wie immer suchte ihn der ewig gleiche Traum heim. *Er saß auf seinem Jagdpferd und ritt über eine sonnenbeschienene und blumenbestandene Wiese. Der betäubende Duft war berauschend – ebenso wie das überschäumende Gefühl von Freiheit, das er empfand.*

Eine Begleiterin war an seiner Seite. Eine Frohnatur, die das Leben liebte und es in vollen Zügen genoss. Ihre Leidenschaft galt der Natur, Kindern und Tieren, und er wurde nie müde, ihr Lachen zu hören. Sie ritten um die Wette auf einen Hügel zu, und John wusste, dass er sie gewinnen lassen würde. Es war einfach zu schön anzusehen, wie sie sich über ihren Sieg freute.

Plötzlich ging ein Sommerregen auf sie nieder und durchnässte sie, doch seine Begleiterin verlangsamte ihr Tempo nicht. Sie galoppierte die Anhöhe hinauf, glitt aus dem Sattel und erklomm einen großen Felsblock. Oben angekommen, hob sie die Arme und hielt ihr Gesicht dem Regen entgegen, als wäre es ein Lebenselixier.

John, der am Fuß des Felsens stand, streckte die Arme aus. »Spring! Ich fange dich auf!«

Ihr silberhelles Lachen war das Schönste, was er je gehört hatte. Ohne zu zögern, warf sie sich mit totaler Hingabe in seine wartenden Arme. Er fing sie auf und rollte mit ihr über den Boden, bis er sie unter sich im nassen Gras festhielt.

Als er ihren weichen, warmen Mund in Besitz nahm, schmeckte dieser nach köstlichem Lachen und sinnlicher Vorfreude. Es war schwindelerregend und berauschend zu wissen, dass sie die Liebe mit ihm ebenso ersehnte wie er. Ihre Leidenschaft weckte in ihm den heißen Wunsch, ihren Körper und ihre Seele zu besitzen und sie zu bewegen, ihm ihr Innerstes auszuliefern.

Sie war eine seltene, ganz besondere Frau, die imstande war, seinen Schmerz und seine Wut sowie die dunklen Gedanken, die ihn quälten, auszulöschen. Er konnte sich in den verlockenden, süßen Tiefen ihres Körpers verlieren. Sie ließ es zu, dass er jede sündige Fantasie auslebte, nach der er dürstete und nach der er sich verzehrte.

Er genoss das Spiel der Verführung, da es ihrer beider Verlangen steigerte und ihnen die selige, fast unerträgliche Wonne bescherte, die eine Flucht aus der Realität ermöglichte.

Der intensive und berauschende Zustand, den sein Liebesspiel in ihr weckte, entrückte ihn an einen Ort, wo nur satte, dunkle Empfindungen existierten. Er gab sich einer Leidenschaft hin, die so heftig war, dass sie ihm exquisite Lust, gefolgt von Ruhe und tiefer Befriedigung verschaffte.

John erwachte mit dem gewohnten Gefühl eines jähen Verlustes aus dem immer wiederkehrenden Traum, dessen Einzelheiten ihm ganz lebhaft und sehr deutlich vor Augen standen. Das Einzige, woran er sich nie erinnern konnte, war das Gesicht seiner lebensfrohen Begleiterin. Und obwohl er sich nicht oft den Luxus der Selbstbeobachtung gönnte, kam er zu dem Schluss, dass er sich an ihr Äußeres deshalb nicht erinnerte, weil sie eine mythische Gestalt war – es gab gar kein Gesicht, keine Frau. Sein Traum war die Verkörperung eines unterdrückten Verlangens nach mehr Lachen, Freude und Freiheit in seinem Leben.

Am Freitagabend kamen Gäste zum Dinner nach Marylebone Manor, die ebenfalls am nächsten Tag zum Lord's Cricket Ground wollten, den Lennox und Winchilsea seit seiner Eröffnung finanziell unterstützten. Wieder einmal war Kricket das Gesprächsthema der Herren.

Beim Dessert riss Charlotte die Geduld. »Lady Georgina und ich werden unseren Nachtisch im Salon zu uns nehmen«, wies sie den Diener an. »Also wirklich, meine Herren, da sind ja die Gespräche im Kinderzimmer anregender.«

Die Gentlemen erhoben sich und entschuldigten sich betreten, als die Damen das Speisezimmer verließen. Georgina machte es sich im Salon auf dem Sofa bequem, zog die Beine unter sich und griff nach einer Mappe mit Zeitungsausschnitten, in der sie einige Artikel über ihren Schwager Charles entdeckte, die sie rasch überflog. Der Earl of March wurde darin als renommierter Kricketspieler gerühmt, der als Torhüter wie auch als Schläger seinen Mann stünde. Sie blätterte weiter und fand etwas, das sie mehr interessierte.

»Ach, hier ist ein Artikel aus der *Times* über den Ball, der im Pantheon zur Feier anlässlich der Genesung des Königs von seiner schweren Krankheit gegeben wurde. Du und Mutter, ihr hattet doch die Schirmherrschaft übernommen. Und ich war schrecklich neidisch, weil ich zu jung war, um mitgehen zu dürfen. Es hört sich an, als wäre es eine großartige Sache gewesen. Sie las vor:

Über zweitausend Gäste durchtanzten die Nacht, tranken Champagner und sangen »God save the King«. Die Duchess of Gordon und ihre Tochter, die Countess of March, hatten die Gäste gebeten, in Weiß und Gold zu erscheinen. Der Ball wurde von Jane, Duchess of Gordon, am Arm von Premierminister Pitt unter lautem Beifall eröffnet.

»Es war wirklich ein gesellschaftliches Ereignis erster Ordnung und unglaublich kostspielig«, bestätigte Charlotte. »Offiziell war es ein Ball zur Feier von König Georges Genesung, in Wahrheit aber sollte damit William Pitts politischer Sieg gewürdigt werden.«

»Ja, ich habe gehört, dass der Prince of Wales, bestärkt von seinem Freund Charles James Fox, die Regentschaft für seinen Vater übernehmen wollte, als dieser diese rätselhaften Anzeichen einer geistigen Erkrankung zeigte. Eigentlich der normale Weg. Doch Pitt wollte seinem Rivalen Fox keinen großen Einfluss auf die Regierung zugestehen, und so ersann er diesen geschickten Schachzug mit der Regency Bill, derzufolge das Parlament ein Mitspracherecht bei der Ernennung eines Regenten hat. Und bis die Geschichte angesichts endloser Debatten durch beide Häuser des Parlaments durch war, hatte sich der König erholt und konnte seine Amtsgeschäfte wieder aufnehmen. Und Pitt hatte seinen Erzfeind ausmanövriert. Vorerst wenigstens. Man weiß ja nie …«

»Für eine junge Dame aus erster Familie kennst du dich mit Politik aber gut aus«, bemerkte Charlotte voller Bewunderung.

»Kein Wunder. Dank Mutters Liaison mit Henry Dundas, unserem geschätzten Kriegsminister, erfahre ich von allen Vorgängen innerhalb der Regierung aus erster Hand. Ich muss zugeben, dass Politik mich fasziniert.«

»Macht soll als Aphrodisiakum wirken – Mutters langjährige intime Freundschaft mit ihrem schottischen Landsmann ist der beste Beweis.«

»Louisa und ich waren oft auf der Besuchergalerie im Unterhaus und haben uns die Reden angehört. Zu unserem großen Vergnügen natürlich in Männerkleidung. Jetzt muss ich mir eine andere Begleitung, besser gesagt, einen anderen Komplizen suchen.«

»Sicher wird Huntly dir den Gefallen tun. In Begleitung unseres Bruders wirst du dich nicht verkleiden müssen.«

»Ich denke, dass mein Debüt mir einen großen Vorteil verschaffen wird. Ich werde nach Belieben Gesellschaften, Bälle und Soireen der ersten Kreise besuchen können.« Georgina rümpfte die Nase. »Leider gibt es dabei auch einen Nachteil – ich werde auf dem Heiratsmarkt präsentiert.«

»Es ist unglaublich, doch als ich debütierte, nahm Mutter für mich ihren lieben Freund und Verbündeten William Pitt aufs Korn. Sie hatte es sich in den Kopf gesetzt, uns zu verkuppeln, und schleppte mich immer wieder zu Besuchen nach Wimbledon in sein Haus mit. Pitt zollte mir zwar respektvolle Aufmerksamkeit, doch erreichte unsere Beziehung nie das amouröse Stadium. Schließlich muss es Mutter wohl gedämmert haben, dass der Premierminister eingefleischter und nicht zu bekehrender Junggeselle ist.«

»Ach, das ist ja köstlich. Ich bin so froh, dass du dir von ihr keinen Ehemann hast aufdrängen lassen, Charlotte. Ich möchte ebenfalls selbst meine Wahl treffen.«

»Ach, mach dir nichts vor, Georgina«, sagte ihre Schwester trocken.

»Ich möchte …« Georginas Stimme verlor sich.

»Was möchtest du, meine Liebe?«

»Ich wünschte, Vater und Mutter hätten sich nicht so entfremdet. Glaubst du, sie waren je ineinander verliebt?«

»Das kann ich nicht sagen. Zwischen ihnen gab es bestimmt eine starke körperliche Anziehungskraft. Lust war also sicher vorhanden – von Liebe weiß ich nichts.«

»Sie war unbestritten eine gute Ehefrau und Mutter. Obgleich sie ihrer Herkunft nach bei weitem nicht so vornehm war wie die Gordons, macht sie sich in ihrer Rolle als Herzogin großartig. Sie war Vater immerhin eine unersetzliche Hilfe, weil sie sich aufopfernd um seine Pächter gekümmert und mitgeholfen hat, sein Vermögen zu mehren. Du weißt ja, dass sie die Textilindustrie im Hochland förderte, indem sie das Tragen von Tartans mit traditionellem Schottenkaro in der Gesellschaft salonfähig machte. Außerdem brachte sie den Bauern bei, wie man Flachs anbaut und verarbeitet, und sie drängte Vater und andere Grundbesitzer zum Bau von Mühlen.«

»Ja, sie war wirklich sehr engagiert. Zweifellos hat sie dazu beigetragen, dass durch die Gründung von Spinnereien, Webereien und Färbereien die in Schottland herrschende Armut gelindert wurde«, pflichtete Charlotte der Schwester bei. »Sie trat auch dafür ein, schon die Kinder mit den Grundlagen des Ackerbaus vertraut zu machen, um sie auf die Übernahme der väterlichen Höfe vorzubereiten.«

»Für mich ist es vor allem bewundernswert, wie sehr sie sich für Politik interessiert. Sie hat mir erzählt, ihr Engagement sei erwacht, als ihr klar wurde, dass nur durch langfristige Lösungen das schreckliche Elend nachhaltig zu bekämpfen sei. Aber sie ist in ihren Interessen nie einseitig geworden. Denk nur daran, wie unermüdlich sie die Künste fördert – erst in Schottland, dann in England. Und als Gastgeberin ist Mutter unübertroffen. Kein Mann könnte sich eigentlich eine bessere Partnerin wünschen.«

»Stimmt! Aber Vater hat sich dafür mit einer Schar von Bastarden revanchiert. Das ist der Dank.«

»Ich beklage zwar Mutters recht schamlose Jagd auf vornehme Ehemänner für ihre Töchter, bin aber sehr stolz auf ihre sonstigen Fähigkeiten. Sie ist eine Kraft, mit der man rechnen muss.«

»Du bist ihr sehr ähnlich, Georgina.«

»Nun ja, sie hat uns alle nach ihrem Vorbild zu Menschen erzogen, die das Leben in vollen Zügen genießen.«

»Du hast nicht nur ihre Lebenslust, sondern auch ihre Schönheit geerbt, wenngleich du zarter, edler und kultivierter bist. Aber dass du Mutters Urwüchsigkeit nicht mitbekommen hast, ist nur ein Glück für dich. Die letzte des Wurfes entpuppte sich eben als strahlendes Juwel.«

»Sei vorsichtig mit deinem Lob, Charlotte. Leider besitze ich eine Unzahl von Fehlern, die zu verbergen mir nicht immer gelingt.«

Am nächsten Morgen trafen sie sehr früh auf dem Lord's Cricket Ground ein, und Georgina konnte zu ihrer großen Belustigung beobachten, wie eine Schafherde zusammengetrieben und vom Feld gescheucht wurde. Die Tiere durften hier grasen, um den Rasen kurz zu halten. »Ihr Gentlemen tut gut daran, euch heute im Match wacker zu schlagen, damit es später nicht heißt, die Schafe hätten ein größeres Recht auf den Rasen als ihr.«

»Kricketfans sind gegen Beleidigungen immun«, versicherte Charlotte. »Ehe das Spiel beginnt, wollen wir uns ein wenig umsehen, damit wir mit unseren eleganten Hüten angeben und über die Aufmachung der anderen Damen lästern können.«

Georgina war von Kopf bis Fuß in makelloses Weiß gekleidet. Neben ihrem modischen, breitkrempigen Hut diente ihr ein mit Rüschen besetzter Schirm als zusätzlicher Sonnenschutz.

Die beiden Schwestern schritten durch die Menge und tauschten Grüße mit Freunden und Bekannten aus, die gekommen waren, um den Wettkampf in einer Sportart zu sehen, die in der Oberschicht immer mehr Anhänger fand.

»Lady Stafford hält sich in diesem ekelhaften Grün wohl für unwiderstehlich, obwohl sie in Wahrheit nur Abscheu erregt!« Charlotte warf einen Blick über die Schulter. »Wo ist der Junge nur hin?« Sie hatte ihren ältesten Sohn zum Match mitgenommen.

»Charlie ist bei seinem Vater«, beruhigte Georgina sie. »In seinem Alter fürchtet man nichts mehr, als in den Ruf eines Muttersöhnchens zu geraten.«

Die Damen beendeten ihren Rundgang und kehrten zu Lennox und Winchilsea zurück, die sie im Gespräch mit einer Gruppe von Gleichgesinnten antrafen.

Plötzlich blieb Georgina wie angewurzelt stehen. *Verflixt und zugenäht!* In eine Unterhaltung mit ihrem Schwager vertieft, entdeckte sie den schwarzhaarigen, dominierend und bedrohlich wirkenden Teufelskerl, dem sie am Tag zuvor beim Bach begegnet war. Die beiden schienen sehr vertraut miteinander zu sein, wie Freunde eigentlich. *Eine zweite Begegnung mit diesem ungehobelten Menschen ist das Allerletzte, wonach mir der Sinn steht.* Georgina wandte den Kopf und drehte ihren Sonnenschirm so, dass der große, dunkle Mann sie nicht erkennen konnte.

»Ist etwas?«, fragte Charlotte.

»Irgendwo da hinten muss ich meine Handschuhe verloren haben. Ich sehe mich rasch um und komme dann nach.«

Georgina ging den Weg zurück, den sie gekommen war – entschlossen, zwischen sich und den eingebildeten Kerl, der sie gestern beleidigt hatte, eine gehörige Distanz zu legen. Das Dröhnen in ihren Ohren war so laut, dass es alle anderen Geräusche übertönte. *Warum läufst du weg? Nur ein Feigling tritt den Rückzug an*, hielt ihre innere Stimme ihr vor. *Ich laufe nicht weg*, beruhigte sie sich selbst. *Ich weiche nur einer unangenehmen Begegnung aus. Überhebliche, dominante Mannsbilder, die ihre angebliche Überlegenheit für gottgegeben halten, kann ich nicht ausstehen.*

Georgina gesellte sich erst kurz vor Spielbeginn wieder zu ihrer Schwester, die bereits ihren Sitz eingenommen hatte.

»Na, hast du deine Handschuhe gefunden?«

»Nein. Vielleicht habe ich sie zu Hause vergessen.« Ihr Blick glitt über die Tribüne und suchte verstohlen nach dem dunklen Mann mit den ernsten Zügen. Schließlich erspähte sie ihn am Rand des Spielfeldes. Dort hatte er für seine drei Söhne einen Vorzugsplatz gefunden, von dem aus sie das Match aus der Nähe verfolgen konnten. Sie drehte ihren Schirm so, dass der Mann ihrer Sicht entzogen war.

Das Spiel begann, doch fiel es Georgina schwer, sich auf das Geschehen auf dem Rasen zu konzentrieren. Zu ihrem großen Ärger schien der dunkle Unbekannte ihre Gedanken anzuziehen wie ein Magnet. Trotz ihrer Abneigung reizte er ihre Neugier. Sie vergaß sogar den Spielstand und wusste am Ende nicht einmal, wer als Sieger vom Platz ging.

»Charlotte, dein Mann spielt famos.«

»Gottlob hat das Team aus Sussex gewonnen, denn andernfalls wäre es heute mit ihm nicht auszuhalten. Los, gehen wir zu unserem Wagen. Lennox und Winchilsea sind jetzt noch stundenlang mit Feiern und Trinken beschäftigt.«

Später versuchte Georgina beim Dinner ihre Neugier zu befriedigen. »Vor dem Match sah ich dich in ein Gespräch mit einem großen, dunkelhaarigen Mann vertieft«, sagte sie beiläufig zu ihrem Schwager.

»Ich sprach mit so vielen«, entgegnete Lennox. »Kannst du ihn näher beschreiben?«

»Er hat dunkle, stolze Züge und war in Begleitung seiner kleinen Söhne.«

»Ach, das war John Russell, Lord Tavistock. Er sitzt als Abgeordneter seines Distriktes im Unterhaus. Er gilt als begabter Redner, der bei den Parlamentssitzungen immer Eindruck macht. Ein anständiger Bursche mit festen Grundsätzen, der sich mit all seiner Kraft für seine Leute einsetzt.«

Stark und eindrucksvoll, das trifft haargenau zu, dachte Georgina.

»John Russell? Er ist der jüngere Bruder des Duke of Bedford«, sagte Charlotte. »Die Brüder verloren früh die Eltern, den Marquess und die Marchioness of Tavistock. Sie wurden von ihren Großeltern, dem vierten Duke of Bedford und seiner Gemahlin, großgezogen, und Francis folgte dem Großvater als Herzog. Merkwürdig, wie verschieden sich Brüder entwickeln können. Bedford will von einer Ehe nichts hören, während John es nicht erwarten konnte. Gegen den ausdrücklichen Wunsch seiner Großmutter heiratete er mit nur neunzehn Jahren in Brüssel Elizabeth Byng. Er hatte sich ganz jung zur Infanterie gemeldet und kämpfte in Belgien gegen die französischen Revolutionstruppen.«

»Apropos Großmütter, Elizabeth Byngs Großmama war eine Lennox«, bemerkte Charles. »Johns Frau ist daher entfernt mit mir verwandt.«

»Du lieber Gott, mich würde nicht wundern, wenn der gesamte britische Adel durch Heirat verwandt wäre«, meinte Charlotte trocken.

»Charlie ist etwa gleich alt wie Johns Jüngster. Sie haben sich so gut vertragen, dass ich ihn zu uns eingeladen habe. Sie wohnen den Sommer über in einem Haus ganz in der Nähe, drüben auf der anderen Seite von Dorset Fields.«

Verdammt! Ich muss dem eingebildeten Teufel um jeden Preis ausweichen. Wenn ich Glück habe, kommt er gar nicht.

»Wir sollten die Russells im August zu den Rennen in Goodwood einladen.« Goodwood war der Besitz des Duke of Richmond unweit von Chichester in Sussex. Das prachtvolle Herrenhaus barg nicht nur viele Kunstschätze, sondern verfügte auch über eine eigene Rennbahn.

Georginas Laune sank. Jetzt bedauerte sie, Charles nach dem Mann gefragt zu haben, doch sie beschwichtigte ihren Ärger, indem sie sich einredete, nicht das geringste Interesse an dem rüpelhaften Kerl zu haben. *Ich werde in diesem Jahr die Rennen in Goodwood auslassen.* »Wenn wir schon vom Duke of Bedford sprechen

– auf Louisas Hochzeit hat er so unverschämt mit mir geflirtet, dass unser Bruder ihn in die Schranken weisen musste. Es war höchst amüsant.«

Georgina hatte es geschafft, das Thema zu wechseln, und unternahm nun den entschlossenen Versuch, Bedfords Bruder aus ihren Gedanken zu verbannen. In der Nacht freilich suchte John Russell sie in ihren Träumen heim.

Sie angelte mit ihrem Vater im River Spey, watete hinaus – dorthin, wo das Wasser tiefer war und die Lachse sich mühsam gegen die Strömung flussaufwärts durchkämpfen mussten. Das Frühlingstauwetter hatte den reißenden Fluss gefährlich anschwellen lassen, und Georgina glitt auf einem Stein aus und verlor den Halt. Ihr Kopf geriet unter Wasser, und plötzlich war sie hilflos und in ernster Gefahr.

Da tauchte aus dem Nichts ein kräftig gebauter Mann mit schwarzem Haar auf. Ohne zu zögern, stürzte er sich ins tosende Wasser und schwamm zu ihr hin. Seine Arme umschlossen sie, er hob sie an seine breite Brust. Ganz schwach vor Erleichterung klammerte Georgina sich an ihn, als er sie aus dem Wasser trug. Seine Arme waren dermaßen stark, dass sie sich im Leben noch nie so sicher gefühlt hatte.

»Ein Wunder, dass du nicht ertrunken bist, kleines Mädchen!« Sie blickte lächelnd in seine dunklen Augen empor. Er war zornig, wusste aber, dass sie eine erwachsene Frau war. Dass er sie »kleines Mädchen« nannte, war eine Liebkosung. Ihr gefiel es, dass er sie gerettet hatte und vor Gefahr bewahren wollte. Nie zuvor hatte sie so zärtliche Fürsorge von einem Mann erfahren. Es war ein berauschendes Gefühl.

»Danke, alter Mann«, flüsterte sie herausfordernd.

· 4 ·

Wie fühlst du dich, Elizabeth?« John Russell trat an das Fenster im Wohnzimmer seiner Frau, um frische Luft in den stickigen Raum einzulassen.

»Bitte, lass das Fenster zu. Zugluft schadet mir. Heute Nachmittag, als ihr alle fort wart, war es herrlich ruhig. Ich glaube, die Jungen sind zu viel für mich.«

John erkannte den anklagenden Ton und rang um seine Fassung. *Was ist das für eine Mutter, die ihre eigenen Kinder nicht erträgt?* Freundlich sagte er jedoch: »Ich hoffe sehr, dass du uns beim Dinner Gesellschaft leistest.«

»Nein, ich bin nicht hungrig. Ich möchte nur meine Ruhe. Ich glaube, ich gehe zu Bett und lasse mir von Gertrude etwas hinaufbringen.«

»Wie du möchtest.« John hob ihr Wollplaid hoch und half ihr beim Aufstehen. Er spürte, wie sie unter seiner Berührung erstarrte, und zog rasch seine Hände zurück. Sie hatte seit fast neun Jahren keine Intimität mehr zugelassen.

John begleitete seine Frau nach oben zu ihrem Schlafzimmer. Am Ende der Treppe stand der kleine Johnny. »Es war ein tolles Kricketmatch!«, sagte er mit einem glücklichen Lächeln zu Elizabeth.

»Deine Mutter fühlt sich nicht wohl.«

»Das tut mir leid, Mama. Soll ich dir etwas vorlesen?«

»Nein! Ich habe schreckliche Kopfschmerzen. Lass mich in Ruhe, Johnny.«

John sah die Freude aus dem Gesicht seines kleinen Sohnes schwinden und verkniff sich eine harsche Antwort. »Ich schicke dir

Gertrude«, sagte er knapp. *Ich hätte sie in Devon lassen sollen. Früher oder später werde ich die Beherrschung verlieren. Wenn ich mich noch viel länger zusammenreißen muss, gibt es eine Eruption wie bei diesem verdammten Vesuv.*

Am nächsten Morgen schlug John Russell seinen Söhnen vor, zu viert Kricket zu üben. William holte sein Schlagholz, er selbst schnitt Holz ab, stellte provisorische Tore auf und brachte die nächsten drei Stunden damit zu, den Jungen den Ball zuzuwerfen. Er wollte, dass sie in der frischen Sommerluft ein wenig trainierten, ihren Spaß hatten und die ewige Missbilligung sowie die ständigen Klagen der Mutter für kurze Zeit vergessen konnten.

Als es Zeit zum Lunch war, schickte er die Kinder zum Händewaschen und begab sich selbst zu seiner Frau. Wie immer fand er Elizabeth, verpackt in wärmende Plaids, auf ihrer Chaiselongue vor. Die Fenster waren ebenso geschlossen wie die Läden davor, um nur ja keinen Sonnenstrahl einzulassen. John verschränkte die Hände im Rücken, um nicht unwillkürlich alles aufzureißen. »Hoffentlich fühlst du dich heute besser.«

»Ich spüre eine Enge in der Brust. Und ständig diese Angst, keine Luft zu bekommen. Ich fürchte zu ersticken.«

Ich würde auch ersticken, wenn ich Stunden in diesem überheizten Raum verbringen müsste. »Das tut mir leid, meine Liebe. Ein kleiner Spaziergang im Garten würde dich leichter atmen lassen.«

»Nein, der Blumenduft bereitet mir Kopfschmerzen, und was ist, wenn mich eine Biene sticht? Als Kind ist es mir passiert. Aus irgendeinem Grund haben Bienen es auf mich abgesehen.«

Es ist sinnlos, sie zu bitten, dass sie mit uns zu Mittag isst – sie würde nur Ausflüchte erfinden, um meinem Wunsch nicht nachkommen zu müssen. »Gestern traf ich Charles Lennox und seine Frau beim Kricketmatch. Er ist mit seiner Familie derzeit ganz in der Nähe, auf Marylebone Manor. Er hat uns zu sich eingeladen. John ist ungefähr im Alter seines ältesten Sohnes.«

»Charles ist mit einem dieser schrecklichen Gordon-Weiber verheiratet. Zweifellos hat sie ihn nur des Geldes wegen genommen und weil er der nächste Duke of Richmond wird.«

»Aber Charlotte ist die Tochter eines Herzogs. Alexander Gordon ist sehr begütert. Er hat ausgedehnte Besitzungen in Schottland.«

»Und jede Menge illegitime Sprösslinge.« Elizabeth kniff den Mund missbilligend zusammen. »Seine Treulosigkeit erinnert mich an deinen Bruder Francis.«

John ballte die Fäuste. Seine Bindung an den Bruder war, da sie so früh ihre Eltern verloren hatten, sehr eng. »Francis ist unverheiratet und daher nicht treulos. Soll ich die Einladung nun annehmen?«

»Sie haben einen ganzen Stall voll Kinder, vermutlich samt und sonders ungezogene Rangen. Ich würde das nicht aushalten. Du weißt, dass meine schwache Gesundheit Geselligkeiten nicht zulässt. Es kommt nicht infrage. Verlang es also erst gar nicht von mir.«

»Natürlich nicht. Das kann ich verstehen. Trotzdem möchte ich die Einladung annehmen. Die Jungen werden sich freuen. Lady Lennox werde ich dein Bedauern ausdrücken.«

»Ja, das wäre das Beste.« Sie drückte matt ihre Hand an die Stirn. »Du wirst froh sein, wenn es mich nicht mehr gibt.«

Wie oft habe ich dieses Klagelied schon gehört? »Wir fahren morgen hin. Dann hast du eine ganze Weile die Ruhe, die du dir wünschst.«

Georgina war vor ihrem morgendlichen Ausritt auf dem Weg zum Stall. Die Schwester hatte ihr angeboten, ihre Lieblingsstute Barleybree zu reiten. Sie selbst war aufgrund ihrer Morgenübelkeit nicht in der Lage mitzukommen.

Als sie das Geklapper von Pferdehufen hörte, warf Georgina einen Blick zu den Toren von Marylebone Manor und sah, dass sich vier Reiter näherten. Ein Mann und drei Jungen auf ihren Ponys!

Der Anblick versetzte sie in Panik. »Guter Gott … er!«, flüsterte sie.

Georgina blickte verzweifelt an ihrem alten Reitrock hinunter und strich über den Ärmel ihrer schäbigen Tweedjacke. Entschlossen machte sie kehrt und flüchtete sich ins Haus.

Sie lief die Treppe hinauf zu ihrem rosafarbenen Schlafgemach und riss die verspiegelte Tür der Garderobe auf. *Ich brauche etwas, das mich wie eine Dame von Welt aussehen lässt.* Zögernd glitt ihre Hand über die Kleider. *Ich muss älter aussehen … ich muss größer aussehen. Ach verdammt, nichts passt richtig.*

Schließlich entschied Georgina sich für ein Morgenkleid in einem schönen Apricot. Ärmel und Saum waren mit einem klassischen griechischen Muster in sattem Bernsteingelb bestickt. Die schlanke Empirelinie wirkte elegant und raffiniert – nicht etwa mädchenhaft und lieblich.

Dann bürstete sie ihre Locken auf dem Hinterkopf zusammen, um an Größe zu gewinnen, und befestigte sie mit zwei Schildpattkämmen. Sie selbst schmückte sich mit langen Bernsteinohrringen, puderte dann die Nase, betonte ihre Lider mit Khol und benutzte einen Hauch Lippenrouge. Schminke galt zwar als skandalös für eine junge Dame, die noch nicht debütiert hatte, doch Georgina scherte sich keinen Deut um Konventionen. Sie griff nach ihrem kleinen Elfenbeinfächer und begutachtete sich im Spiegel.

»Lady Georgina, Sie sehen mindestens zwei Jahre älter und zwei Zoll größer aus«, sagte sie mit befriedigtem Nicken zu ihrem Spiegelbild. Ehe ihr Selbstvertrauen sie im Stich ließ, ging sie aus dem Schlafzimmer und hinunter ins Erdgeschoss.

Kinder liefen ihr über den Weg, voller Erwartung angesichts des bevorstehenden Besuches. Charles und Charlotte waren in ein Gespräch mit ihrem Gast vertieft, und Georgina hörte ihn sagen: »Meine Frau lässt sich entschuldigen. Elizabeth ist ein wenig wetterfühlig.«

»Das letzte Mal sah ich sie anlässlich eines Empfanges bei der

Königin. Mir scheint, seither sind Jahre vergangen. Richten Sie ihr liebe Grüße aus.« Beim Anblick von Georgina riss Charlotte die Augen auf. »Das war aber ein kurzer Ausritt.«

Georgina klappte den Fächer auf. »Ich habe meine Absicht geändert.«

»John, ich möchte Sie meiner Schwester vorstellen.«

Er wandte sich um, und sein dunkler, bezwingender Blick umfasste sie von Kopf bis Fuß. Er zog die Brauen zusammen, als stünde er vor einem Rätsel. »Sind wir einander schon begegnet, Mylady?«

Georgina schwenkte ihren Fächer. »Nicht offiziell, Mylord.«

Charlotte machte die beiden miteinander bekannt. »John, das ist meine Schwester Lady Georgina. Georgina, sicher kannst du dir denken, dass du John Russell, Lord Tavistock, vor dir hast.«

»Bitte, verzeihen Sie, dass ich Sie angestarrt habe, aber Sie kommen mir bekannt vor. Ich bin sicher, Sie schon gesehen zu haben«, sagte er.

»Sie haben ein sehr kurzes Gedächtnis, Lord Tavistock. Es ist erst wenige Tage her, dass Sie mich gescholten haben.«

»Verzeihen Sie, Mylady. Ich bin ratlos …«

»Ich werde es weder vergeben noch vergessen … alter Mann.«

Georgina erlebte die Genugtuung, seine Miene zu beobachten, als er ungläubig die Verbindung zwischen ihr und dem Mädchen herstellte, das er am Fluss beschimpft hatte.

»Ich entschuldige mich untertänigst«, sagte er glatt.

»Lügner! Untertänigst ist ein Wort, das in Ihrem Repertoire nicht vorkommt.«

Charlotte spürte, wie sich ihr die Nackenhaare sträubten. Die Spannung zwischen Russell und Georgina war mit Händen greifbar.

Charles war es, der dem betretenen Schweigen ein Ende machte. »Ich bin ein schlechter Gastgeber. Komm in den Salon, John. Ich habe frisch gebrautes Bier anzubieten, das du probieren solltest.«

»Wenn Sie mich entschuldigen wollen«, sagte Georgina kühl.

»Ich gehe lieber zu den Kindern und frische die Bekanntschaft mit Ihren Söhnen auf.«

John Russell kniff die Lippen zusammen und nickte ihr knapp zu.

Befriedigt registrierte sie das Aufblitzen von Zorn in seinen Augen. Schaudernd fragte Georgina sich, welcher Provokation es bedurfte, damit er dem mühsam gezügelten Groll, der hinter der glatten Oberfläche lauerte, freien Lauf ließ.

Nachdem Georgina gegangen war, schritt Charlotte voraus in den sonnendurchfluteten Salon. Während ihr Mann Bier einschenkte, sah sie John Russell mit fragendem Blick an.

Er lächelte reumütig. »Ich bin Ihrer Schwester neulich begegnet, als sie und meine Söhne mitten im Tybourne standen und angelten.«

»Ach, das erklärt alles! Sie sind der mürrische Kerl, der sie *kleines Mädchen* nannte und ihr riet, nach Hause zu gehen.«

John stimmte in das Gelächter ein. »Und sie gab mir unverblümt zu verstehen, ich solle mich zum Teufel scheren.«

»Ihre Worte haben sie zutiefst gekränkt. Ihr Leben lang wurde sie als Jüngste in der Geschwisterschar gehänselt. Und was ihre geringe Körpergröße betrifft, ist sie in dieser Hinsicht sehr empfindlich. Sie müssen meiner Schwester verzeihen, denn sie ist noch sehr jung.«

»Ich fürchte, Ihre Schwester wird *mir* nicht so rasch verzeihen.«

»Es sieht Georgy gar nicht ähnlich, sich so abweisend zu geben. Normalerweise ist sie jederzeit für Spaß und Unfug zu haben.«

Als die Herren ihr Bier getrunken hatten, erhob sich Charles. »Ich zeige dir jetzt das Pferd, von dem die Rede war. Die junge Stute wäre ein hervorragendes Reitpferd für Francis, wenn er sich schon zu alt für ein Pony fühlt.«

»Zu Beginn des Schuljahres wird er dreizehn. Er ist der festen Meinung, Ponys wären etwas für Kinder.«

»Stimmt. In diesem Alter war ich beispielsweise überzeugt, reif für die Armee zu sein.«

Georgina hatte ein Krocketspiel auf dem Rasen arrangiert und die Spieler in drei Mannschaften eingeteilt. Francis und William Russell spielten gegen Johnny Russell und Charlie Lennox, während sie mit der kleinen Mary antrat.

Obschon Johnny noch nie Krocket gespielt hatte, gewannen er und sein Partner Punkt um Punkt, und der Junge war hellauf begeistert.

»Ich glaube, Kricket ist mir lieber«, erklärte William hingegen.

»Ja, weil du verlierst«, neckte Georgina ihn.

»Jungen sind schlechte Verlierer«, streute Mary Salz in die Wunde.

»Mädchen auch. Jeder möchte gewinnen«, sagte Georgina. »Wie beim Kricket kommt es auch hier darauf an, den Ball im Auge zu behalten. Du und Francis, ihr schwingt eure Schläger zu heftig.«

»Keine guten Tipps, Georgy, sonst verlieren John und ich am Ende«, protestierte Charlie.

Es war zu spät, als dass die älteren Jungen noch etwas aufholen konnten, und John und Charlie konnten den Sieg für sich beanspruchen. Als Francis seinen Vater mit Charles Lennox auf dem Weg zu den Stallungen sah, bat er Georgina, ihn und seinen Bruder zu entschuldigen.

Sie war einverstanden und blickte Francis und William nach. »Vor dem Lunch haben wir ausreichend Zeit für ein weiteres Match«, sagte sie zu den jüngeren Kindern. Johnnys Jubel über den Gewinn hatte sie so gefreut, dass sie ihn noch einmal siegen sehen wollte. »Ich habe eine Idee: Ich werde die Köchin um ein Lunchpaket für euch bitten, damit ihr hier draußen essen könnt.«

»Hurra!«, rief Charlie laut, holte mit seinem Schlagholz aus und traf vor lauter Schwung seinen eigenen Fuß. »Verdammt!«

Johnny erschrak, doch als er sah, dass Georgina über Charlies Kraftausdruck nur lachte, verzog sich sein Mund zu einem Lächeln.

Nach dem Spiel nahm Georgina ihren Fächer vom Gartensitz. »Mary, nicht schmollen. Die jungen Herren haben uns zu Recht geschlagen.« Gefolgt von ihrer Nichte, ging sie zum Kücheneingang und traf prompt auf Charlotte, die mit der Köchin etwas besprach. »Ich dachte, es wäre vielleicht eine gute Idee, wenn die Kinder draußen auf dem Rasen ein Picknick machen könnten. Die Russell-Jungen dürften sich im Kinderzimmer bei den Kleinen ebenso wenig wohlfühlen wie im Speisezimmer bei den Erwachsenen.«

»Eine famose Idee, Georgina.« Charlotte gab den Küchenmädchen Anweisung, einen Lunch für die Kinder zusammenzustellen, und sah dann ihre Schwester nachdenklich an. »Hast du die Absicht, dich im Speisezimmer manierlich aufzuführen?«

»Ich hatte es nicht vor.« Georgina sagte es leichthin.

»Wollen wir wetten?«, forderte Charlotte die Schwester heraus, wohl wissend, dass Georgina einer Wette nie widerstehen konnte. »Eine Guinee, dass du es nicht schaffst, John Russell so zu verzaubern, wie es dir bei anderen Männern gelingt.«

»Das will ich überhaupt nicht! Vielleicht bleibe ich draußen und esse mit den Kindern.«

»Wage es ja nicht, Georgy. Das wäre eine Brüskierung unseres Gastes.«

»Sein finsteres Aussehen lässt vermuten, dass er zu einem Gegenschlag durchaus imstande ist. Jede Wette, dass er nicht davor zurückschrecken würde, eine Frau zu schlagen.«

»Ach, du hast also Angst vor ihm?«

»Angst? Du beliebst zu scherzen! Voran, die Wette gilt!« Georgina spürte, wie jemand an ihrem Rock zupfte.

»Ich möchte mit dir essen«, sagte Mary.

Georgina bückte sich und senkte ihre Stimme. »Ich muss mit dem alten Mann essen. Wäre für dich ein Picknick mit den Jungen nicht lustiger? Wenn dir etwas nicht schmeckt, kannst du es an die Hunde verfüttern.«

Das brauchte man Mary nicht zweimal zu sagen. »Wirst du nach dem Lunch wieder nach draußen kommen und mit uns spielen?«

»Keine zehn Pferde könnten mich zurückhalten.«

Als John Russell mit seinem Gastgeber das Speisezimmer betrat, sah er, dass die Damen bereits anwesend waren. Seine guten Manieren geboten ihm, dass er Georgina Gordon den Stuhl zurechtrückte, doch war er auf eine spitze Bemerkung gefasst. Zu seiner Verwunderung dankte ihm die junge Dame mit einem anmutigen Lächeln.

Er nahm seinen Platz ein und wandte sich an die Hausfrau. »Mylady, das Rasenpicknick war eine blendende Idee. Meine Söhne werden das für sie neue Erlebnis aus ganzem Herzen genießen.«

»Es war eigentlich die Idee meiner Schwester. Wenn wir uns in Kinrara auf dem Gutshof meiner Mutter aufhielten, veranstalteten wir bei günstigem Wetter immer Picknicks im Freien.«

»Kinder geben sich gerne ungezwungen, und die freie Natur bietet das ideale Terrain für aufregenden Spaß und Spiele«, setzte Georgina hinzu.

Ich wünschte, meine Söhne hätten mehr Gelegenheit, unbekümmert zu sein.

»Wir haben uns allerdings wie Verrückte ausgetobt, muss ich leider sagen«, bemerkte Charlotte.

»Manche von uns tun das noch immer.« Georginas grüne Augen blitzten. Ihre Aufmerksamkeit galt nun voll und ganz John Russell.

Warum starrt sie mich so hingerissen an?

»Verzeihen Sie, dass ich sie anstarre, Mylord. Meine Neugier hat die Oberhand über meine Manieren gewonnen. Würden Sie mir etwas erklären?«

»Ich will mein Bestes tun, Lady Georgina.«

»Die Mode schreibt für Gentlemen Perücken vor, Sie aber zeigen Ihr eigenes Haar. Sehen Sie mit Perücke so scheußlich aus?«

Er ignorierte die beabsichtigte Spitze. »Es ist eine politische Meinungsäußerung, die zeigen soll, dass ich gegen Pitts Entscheidung opponiere, die Mehlsteuer zu erhöhen«, sagte er unverblümt.

Georgina machte große Augen. »Das ist eine Bekundung Ihres

Mitgefühls für die Armen, die Mehl für ihr tägliches Brot brauchen und nicht zum Pudern von Perücken. Wie mutig von Ihnen, Mylord.«

»O Gott, lassen Sie nicht zu, dass sie damit anfängt, John. Politik ist für sie eine Leidenschaft«, erklärte Charlotte.

John begegnete Georginas Blick. *Sie sind eine Tory, und ich bin ein Whig. Wir stehen somit auf Kriegsfuß miteinander.*

»Gehören Sie zu den parlamentarischen Reformern?«, fragte sie eifrig.

»Allerdings, das tue ich.« Er vermochte den provokanten Ton seiner Worte nicht zu unterdrücken.

»Fabelhaft! Und was ist mit Irland? Sind Sie für die Unabhängigkeit der Insel?«

»Das bin ich.« Seine Stimme verriet, dass er von dem, was er sagte, zutiefst überzeugt war. »Meine politische Philosophie beruht auf dem Prinzip, dass alle Regierungen dem Wohl vieler und nicht dem Nutzen einiger weniger dienen sollten.«

Charlotte und Charles wechselten einen Blick. Es war, als wären sie plötzlich unsichtbar und ihre Gäste allein in diesem Raum.

»Bestimmt ist das ein Kampf gegen viele Widerstände«, meinte Georgina.

»Das entspricht meinem Naturell«, entgegnete John.

Georgina schaute lächelnd in seine Augen. »Daran zweifle ich nicht.«

Sie schmeicheln mir mit Absicht und hängen an meinen Lippen, Lady Georgina Gordon. Trotz Ihrer Jugend besitzen Sie Routine im Kokettieren. Sein ruhiger Blick glitt über ihre formvollendete Figur und blieb an ihrer vollen, sinnlichen Unterlippe hängen. *Sie sind doch tatsächlich geschminkt.* Der Gedanke schockierte ihn, dass ein so junges Mädchen zu künstlichen Mitteln griff. *Ich wette, dass Sie gerissen und berechnend sind. Im Moment sind Sie honigsüß, doch weiß ich aus Erfahrung, Lady Georgina, dass Sie ein hitziges Temperament besitzen.*

Plötzlich schien Georgina sich der anderen am Tisch bewusst zu werden. »Verzeiht, dass ich euren Gast so sehr in Anspruch nehme.«

John hörte, dass sie die Speisen lobte – es ging um Currygarnelen –, und merkte jetzt erst, was er zu sich nahm.

Als sie ihm ihre Aufmerksamkeit entzog, empfand er es als spürbaren Verlust. Sofort schalt er sich einen Einfaltspinsel. Er hatte sich von ihren weiblichen Tricks umgarnen lassen. Sie hatte ihn mit Absicht dazu gebracht, von sich zu sprechen, und ihn dann wie eine Forelle an der Angel zappeln lassen. John wunderte sich, dass er sie jemals für ein kleines Mädchen hatte halten können. Sie war so alt wie Eva, die ewige Verführerin.

Die Damen sprachen nun von der Hochzeit ihrer Schwester Louisa und über die Gäste, die zugegen gewesen waren. »Ich bin so froh, dass Lord und Lady Holland der Einladung gefolgt sind. Ich bewundere Beth wirklich sehr. Sie hat großen Mut bewiesen, indem sie den Klatsch ignorierte.«

»Lord Holland ist ein guter Freund von mir«, erklärte John.

Wieder widmete Georgina ihm ihre Aufmerksamkeit. »Henry ist ein reizender Mensch und hat vorzügliche Manieren.«

Das soll wohl heißen, dass ich weder Charme noch Manieren habe.

»Auf der Hochzeit lernte ich noch einen anderen charmanten Gentleman kennen. Der Duke of Bedford bat meinen Bruder Huntly, mir vorgestellt zu werden.«

»Mein Bruder Francis erfreut sich bei Damen großer Beliebtheit.«

»Ach, sein pikanter Ruf erklärt also, warum mein Bruder sich weigerte, ihn mir vorzustellen?«

Francis' Vorliebe gilt älteren, sehr erfahrenen und verheirateten Frauen. Es ist undenkbar, dass er ein unschuldiges junges Mädchen kompromittiert, mag es auch noch so heftig flirten … Wenigstens hoffe ich, dass es undenkbar ist.

»Mein gesellschaftliches Debüt steht kurz bevor. Ich versprach Ihrem Bruder, dass ich entzückt wäre, seine Bekanntschaft zu machen, sobald ich in die Gesellschaft eingeführt wurde.« Ihre Augen blitzten spitzbübisch.

»Sie sind unverbesserlich«, murmelte er.

»Sie Schmeichler! Charlotte, du schuldest mir eine Guinee.«

John kniff die Augen drohend zusammen. Am liebsten hätte er den kleinen Teufelsbraten übers Knie gelegt und ihm eine Tracht Prügel verabreicht.

Um das unheilvolle Schweigen zu brechen, sprang Charles in die Bresche und ging zum Thema Pferde über. »Was hältst du davon, dass dein Sohn Francis ausprobiert, ob das Pferd, von dem ich gesprochen habe, zu ihm passt?«

»Ausgezeichnete Idee«, pflichtete John ihm bei und entzog der verwöhnten jungen Schönheit, die sich beim Lunch auf seine Kosten königlich amüsiert hatte, seine Aufmerksamkeit.

Kaum wurde das Dessert serviert, als Georgina sich erhob. »Wie immer – der Lunch bei dir war köstlich, Charlotte. Die Speisen waren delikat und die Konversation anregend. Jetzt aber muss ich den Kindern helfen, tüchtig Wirbel zu machen.«

»Ein Zeitvertreib, der dir perfekt entspricht«, erwiderte Charlotte trocken.

Georgina lief hinauf, um sich umzukleiden, ehe sie wieder hinausging. Sie betrachtete das elegante apricotfarbene Morgenkleid im Spiegel. *Du hast deinen Zweck erfüllt und dem alten Mann gezeigt, dass ich eine erwachsene Frau bin, doch heißt es jetzt für dich zurück in die Garderobe. Ich möchte den Nachmittag nicht in ein Korsett eingezwängt verbringen.*

Als sie in ihrem alten Reitrock hinaus ins Freie trat, räumten die Diener eben die Reste des Picknicks weg. »Wo sind alle anderen?«, fragte sie Mary.

»Die Nannys haben die Kleinen zum Mittagsschlaf geholt.«

Johnny blickte von dem Mops auf, den er fütterte. »Meine Brüder sind mit Vater und Lord Lennox dabei, sich ein Pferd anzusehen, Mylady.«

»Nenn mich Georgy. Wer für ein Bootsrennen auf dem Karpfenteich ist, ruft jetzt ›Aye, aye Captain‹.«

»Ich möchte Captain sein«, forderte Charlie. »Spielen wir Piraten.«

»Ich möchte auch Captain sein«, drängte Mary.

»Ihr alle könnt Captains sein. Charlie ist Captain Entermesser. Mary ist Captain Widerborst und Johnny Captain Halsabschneider.«

Johnny lächelte scheu, sichtlich erfreut über seinen Namen.

»Und was ist mit dir, Georgy? Wer wirst du sein?«, fragte Charlie.

»Ich werde Captain Spucknapf sein.« Sie spuckte zur lautstarken Erheiterung der Jungen ins Gras.

»Ich gehe und hole meine Boote«, bot Charlie an.

»Warum machen wir uns nicht eigene Boote? Es gibt viel Zeug, das auf dem Wasser schwimmt.« Sie holte ein Messer aus ihrer Tasche, und sofort waren die drei Kinder auf und davon. Sie fanden einen halb verrotteten Baumstamm, und Charlie brach ein Stück Holz für sein Boot ab.

»Ich möchte ein Stück Borke für mein Boot, damit es leichter und schneller ist«, sagte Johnny.

Als Georgina ihm ihr Messer überließ, damit er sich ein Stück Rinde abschneiden konnte, war er selig.

Mary entdeckte ein verlassenes Vogelnest und bestand darauf, dass dies ihr Boot sei – trotz Georginas Warnung, dass es vielleicht nicht schwimmen würde. »Ich bin Captain Widerborst, also widersprich mir nicht!«

Sie benutzten Zweige als Masten und Blätter als Segel, und Mary füllte ihr Nest mit Weißdornbeeren.

»Ich brauche ein Entermesser«, eröffnete Charles seiner Tante, »so eines wie das von Captain Halsabschneider.« Sie schnitt ein paar Zweige und streifte die Blätter ab.

»Du musst beim Sprechen immer spucken, Captain Spucknapf«, mahnte Mary.

Sie brachten ihre Piratenschiffe zu einer Probefahrt an den Karpfenteich. Die Jungen erzeugten Wellengang, damit ihre Boote Fahrt aufnehmen konnten. In einer knappen halben Stunde war Marys Schiff gesunken, doch als die kleinen roten Beeren tapfer weiterschwammen, war sie getröstet.

Die beiden Jungen verdoppelten ihre Bemühungen um den Sieg und schlugen mit ihren Entermessern auf das Wasser, um große Wellen zu erzeugen. Als sich ein Unentschieden abzeichnete, geriet das Rennen zu einer Seeschlacht, bei der die zwei Kapitäne pitschnass wurden. Mary spornte sie gemeinsam mit Georgy an, wobei abwechselnd geschrien oder gespuckt wurde.

Nachdem die Kinder den Nachmittag mit ausgelassenen Spielen in vollen Zügen genossen hatten, ging Georgina ihnen voraus zum Haus. Charlotte empfing sie mit resigniert verdrehten Augen, als sie sah, in welchem Zustand sich alle befanden.

»Wir brauchen ein Feuer. Was wäre mit der Bibliothek?«, fragte Georgina.

»Sofort, sobald ihr euer nasses Schuhwerk ausgezogen habt. Ich hole trockene Sachen.«

Alle vier entledigten sich ihrer Schuhe und trugen sie zur Bibliothek.

»Johnny, übernimmst du das ehrenvolle Amt des Feuermachens?«

Allein der Gedanke an diese normalerweise Erwachsenen vorbehaltene, verantwortungsvolle Tätigkeit ließ die Augen des Jungen aufleuchten. Charlotte kam mit trockenen Sachen, legte sie hin und ging rasch wieder.

Georgina zog ihre Strümpfe aus, und die Kinder folgten ihrem Beispiel. Sie versprach, sich die Augen zuzuhalten, und schwor, nicht zu gucken, während die Jungen sich trockene Hemden und Hosen anzogen. Als sich alle bequem am Feuer ausstreckten, sagte

Georgina: »Wie wär's mit einer Geschichte? Auf den Bücherregalen drängen sich Abenteuerbücher nur so.«

Das Nachmittagslicht schwand am Himmel, als die Männer und älteren Jungen von ihrem Ausritt zurückkehrten. Francis war überglücklich, dass der Vater ihm den Wunsch nach einem Pferd erfüllt hatte, was in William die Hoffnung nährte, dass auch er bald ein richtiges Reittier bekommen würde.

John Russell bedankte sich bei Charlotte für den schönen Tag. »Es war sehr großzügig von Ihnen, für Johnnys Unterhaltung zu sorgen. Wo finde ich ihn?«

»Es war uns ein Vergnügen. Sie sind jederzeit willkommen.« Sie deutete den Gang entlang. »Sie finden ihn in der Bibliothek.«

John hörte die Stimme seines Sohnes, noch ehe er die Tür erreicht hatte. Johnny las laut aus *Robinson Crusoe* von Daniel Defoe vor, während seine Zuhörer wie gebannt vor dem Feuer saßen.

Sein Blick wurde von Georgina angezogen, die hingerissen dem Vortrag des kleinen Jungen lauschte. Ganz offensichtlich war es nicht nur die spannende Abenteuergeschichte, die sie in den Bann schlug.

Trotzdem war sie die Erste, die John Russell reglos in der Tür stehen sah. »Johnny, dein Vater ist da. Danke, dass du uns unterhalten hast. Du liest besser vor als viele Erwachsene.«

Widerstrebend klappte Johnny das Buch zu und reichte es Georgina.

Sie hob seine inzwischen trockenen Sachen auf und reichte sie seinem Vater.

»Es tut mir leid, Mylord. Wir haben wieder im Wasser gespielt, obwohl ich weiß, dass Sie solche sündigen, hemmungslosen Vergnügungen missbilligen.«

Er wusste, dass sie ihre Wort mit Absicht wählte, um ihn zu provozieren. Anstatt darauf einzugehen, nahm er die Kleider in Empfang und nickte höflich. Er verbarg seine Belustigung, als er eine flüchtige Enttäuschung über ihr Gesicht huschen sah, weil sie ihm keine wütende Erwiderung hatte entlocken können.

Auf dem Weg nach Hause ritt John neben seinem Jüngsten.

»Es war wundervoll, Papa. Georgy ist so spaßig.«

»Du darfst sie nicht so nennen. Sie heißt Lady Georgina.«

»Ja, ich weiß. Aber sie wirkt nicht wie eine Lady.«

»Nein, wirklich nicht.« *Sie ist ein unverschämter Fratz.*

· 5 ·

John Russell war außer sich und wies die Kammerzofe seiner Frau zurecht. »Gertrude, Sie sollen das doch nicht! Kaum hatte ich die Tür geöffnet, kam mir schon der Geruch von Laudanum entgegen. Dabei habe ich ausdrücklich verboten, meiner Frau dieses grässliche Zeug zu verabreichen.«

»Mylord, ich schwöre, dass ich es ihr nicht gegeben habe.«

»Es gibt auch falsche Schwüre«, entgegnete er knapp. Gertrudes Gesicht war die Angst anzumerken, auf der Stelle entlassen zu werden. »Na schön, ich kümmere mich darum.«

Er ging wieder hinauf ins Schlafgemach seiner Frau und machte sich auf die Suche. Er zog jede Lade auf und öffnete jeden Schrank. Er schaute im Nachttisch und im Waschtisch nach. Er durchsuchte ihren Wandschrank und durchwühlte die Tasche jedes einzelnen Kleidungsstückes. Als er die braune Flasche in einer ihrer Hutschachteln entdeckte, stieß er einen wüsten Fluch aus.

Er trat ans Bett und starrte auf die schlafende, reglose Gestalt hinunter. Bleich und ätherisch wirkte sie mit ihren geschlossenen Augenlidern – fast erinnerte sie ihn an das Bildnis einer Heiligen. *Der Arzt glaubt, sie leide an Auszehrung. Nie würde er sich träumen lassen, dass eine so vornehme Dame süchtig sein könnte.* Ruhelos durchmaß John den Raum und überlegte sein weiteres Vorgehen.

Er erwog, die Schwestern seiner Frau um Rat zu fragen. Lucy, verheiratete Baroness Bradford of Bradford, würde sich vielleicht überreden lassen, auf einen kurzen Besuch herzukommen. Er konnte eine Nachricht in die Park Lane schicken, aber sehr wahrscheinlich würde Lucy den Sommer in Bradford-on-Avon verbringen und gar nicht in ihrem Stadthaus in London sein.

Isabelle, die zweite Schwester, war die Marchioness of Bath. Von ihr wusste er, dass sie sich den Sommer über auf Longleat aufhielt. *Sowieso könnte ich dieses Geheimnis der sittenstrengen Isabelle kaum anvertrauen. Die leiseste Andeutung eines Skandales wäre für sie schlimmer, als lebendig begraben zu werden.*

Der Einzige, dem ich mich anvertrauen kann, ist mein Bruder Francis. Es gibt wenig, was ihn schockiert. Ich werde die Jungen nach Woburn bringen – ein paar Tage Tapetenwechsel tun ihnen gut. Für Elizabeth muss ich eine Pflegerin engagieren, denn mir ist jetzt klar, dass Gertrude sich gegen sie nicht durchsetzen kann.

»Guter Gott, diese Kutsche fährt, als würde sie an einem Wagenrennen teilnehmen. Wer zum Teufel könnte da in aller Herrgottsfrühe kommen?« Charlotte und Georgina waren im Vorratsraum neben dem Wintergarten damit beschäftigt, Duftwässerchen aus Sommerrosen und Jasmin herzustellen.

Georgina ging an die Tür, um besser sehen zu können. »Ich fürchte, es ist Mutter. Sei auf alles gefasst – sie sieht aus, als wäre sie auf dem Kriegspfad.« Die Schwestern eilten zur Eingangshalle.

Jane Gordon fegte herein und schob den Diener beiseite – zum Zeichen, dass sie nicht angemeldet werden wollte. Sie warf ihren Mantel ab, behielt aber ihren bändergeschmückten Hut auf, der ihr bei der wilden Fahrt verrutscht war und nun schräg und verwegen auf ihrem Kopf saß.

»Ich bin ruiniert! Alle Welt wird mich auslachen! Als führende Gastgeberin der Torys werde ich von diesen Laffen zum Gespött gemacht!«

»Was? Wie? Wer?« Charlotte folgte ihrer Mutter in den Salon, und Georgina versuchte, nicht zu lachen, obwohl die Szene zu komisch war.

»Dies!« Mit melodramatischem Schwung und schwer atmend vor

Empörung schleuderte sie ihnen ein Buch entgegen. Ihre Gesichtsfarbe näherte sich unschön dem Purpurton ihres Hutes an.

Georgina griff nach dem Buch. »*Ein Winter in London,* von T.S. Surr«, las sie vor.

»Das stehe ich nicht durch!«, jammerte Jane aufgebracht und ließ Anklänge ihres schottischen Dialektes hören.

»Setz dich erst einmal, Mama«, forderte Charlotte sie ungerührt auf.

Jane durchmaß den Raum, machte kehrt und lief unruhig wieder zurück. »Ich setze mich erst, wenn dieser elende Wicht seine gerechte Strafe erhält. Der Teufel soll den Kerl holen. Wäre ich ein Mannsbild, würde ich ihn zum Duell fordern!«

Georgina schlug das Buch auf und las laut vor: »*Als die Duchess of Drinkwater auf der Londoner Szene erschien, war die Duchess of Belgrave alles andere als amüsiert.*« Ihr war sofort klar, dass es sich um einen satirischen Roman handelte und ihre Mutter sich in der Duchess of Drinkwater wiedererkannte.

»Weiter … lies vor!« Janes Hut hing schräg über einem Auge.

»*Die Duchess of Drinkwater betrat das Feld der Mode und warf der Belgrave den Fehdehandschuh hin: ein Ereignis, dessen Wirkung auf die elegante Welt nur mit jener eines Erdbebens zu vergleichen ist oder mit den Erschütterungen der Moral durch die Französische Revolution.*

Vor dieser Herausforderung hätten Zweifel daran, dass der Wille der Belgrave das Gesetz der Modewelt darstellte, als Hochverrat gegolten. Wie groß müssen Erstaunen, ja Entsetzen einer Gefolgschaft gewesen sein, die erleben musste, wie die Duchess of Drinkwater das Banner der Revolte gegen jene Person schwang, der ihre Treue und Verehrung gegolten hatten, und nun für ein Bekenntnis eintrat, das allen Prinzipien diametral entgegengesetzt war, denen sie sich zuvor gebeugt und an die sie geglaubt hatte …

Jane entriss ihrer Tochter das Buch und schob ihren Hut zurück. »Hör dir das an: *Die Herzoginnen trafen nie ohne Anzeichen dro-*

hender Feindseligkeiten aufeinander. Durch häufiges, der Duchess of Belgrave geltendes Schulterzucken zerriss die Schirmherrin schottischer Tänze die Schulterträger an sechzehn Kleidern. Schließlich folgte eine offene Kriegserklärung beider Parteien, und die Duchess of Drinkwater führte den Erstschlag, indem sie eine große Gala an just jenem Abend gab, für den ihre Rivalin bereits eine Einladung angekündigt hatte.« Sie klappte das Buch zu. »Zwischen der Duchess of Devonshire und mir herrscht keine Rivalität. Wir sind engste Freundinnen! Wie kann dieser Schuft es wagen, solch verleumderischen Humbug zu verbreiten?«

»Ich glaube nicht, dass jemand dich erkennt«, sagte Georgina in dem beruhigendsten Ton, zu dem sie fähig war.

»Er nennt mich *Schirmherrin schottischer Tänze.* Unglaublich!«

»Allerdings«, musste Georgina zugeben.

»Er lässt dich in einem besseren Licht erscheinen als die Duchess of Devonshire. Sie steht eindeutig als Verliererin da«, versicherte Charlotte ihr.

»Glaubst du?«, fragte Jane, sichtlich bemüht, alles mit den kritischen Augen der Gesellschaft zu sehen.

»Wirf diesen skurrilen Schund ins Feuer. Und dann gehst du hoch erhobenen Hauptes ins Theater. Noch besser, du erscheinst auf einer der Gesellschaften der Duchess of Devonshire«, riet Charlotte ihr.

Georgina schnappte nach Luft, als ihre Mutter das Buch ins Feuer warf.

»Georgy, pack deine Sachen. Wir werden beides machen.«

»Aber Susan hat mich nach Kimbolton eingeladen«, protestierte Georgina.

»Die Vergnügungen, die der Duke und die Duchess of Manchester auf Kimbolton bieten, sind für dich viel zu freizügig. Ihre Gäste dürfen reden, was sie denken, und tun und lassen, was sie wollen. Sogar illegitime Verbindungen werden ermutigt. Sobald du bei Hof vorgestellt wurdest, darfst du sie einmal besuchen. Bis dahin aber könnte ein Aufenthalt auf Kimbolton Castle deinem Ruf schaden.«

Mit verzweifeltem Seufzen fügte Georgina sich der Forderung ihrer Mutter. »Ich gehe hinauf und packe.«

Charlotte folgte ihrer Schwester.

»Warum zum Teufel hast du ihr geraten, das Buch ins Feuer zu werfen?«, fragte Georgina. »Ich konnte es kaum erwarten, es zu lesen.«

»Ich besitze selbst ein Exemplar. Das kann ich dir borgen, du musst es mir aber unbedingt zurückgeben.«

»Du listige Hexe! Warum hast du das nicht gleich gesagt?«

»Es könnte deinem Ruf schaden«, neckte Charlotte die Schwester.

Mary stürmte atemlos von ihrem Lauf die Treppe herauf ins rosa Schlafgemach. »Ich möchte nicht, dass du fortgehst, Georgy!«

»Falls du hinter der Tür gelauscht hast, wie ich argwöhne, müsstest du wissen, dass Großmama mir keine andere Wahl gelassen hat.«

»Wer ist die Duchess of Drinkwater?«, flüsterte das Mädchen.

Georgina holte ihre Sachen aus dem Schrank und ging daran, sie zusammenzulegen. »Sie ist ein Titan, dem man gehorcht.«

»Es ist Großmama, nicht wahr?«

Georgina nickte. »Nicht weitersagen, versprich es mir.«

Mary legte die Hand aufs Herz. »Es bleibt unser tiefes, dunkles Geheimnis.«

Herausgeputzt in einem modisch gestreiften Kleid aus Crêpe de Chine, im Haar juwelenbesetzte Federn, stieg die Duchess of Gordon am Haymarket aus ihrer Kutsche. Georgina, die ihr folgte, trug ein schlichtes Empirekleid aus weißer und grüner Gaze mit einer passenden Stola. Ihre dunklen, hoch aufgetürmten Locken wurden von einem grünen Band und einer mit Edelsteinen besetzten Libellenspange zusammengehalten.

Beim Betreten des King's Theatre schritt die Herzogin mit stolz erhobenem Haupt voran und begab sich in ihre Privatloge im Parkett, wo Mutter und Tochter ihre Sitze einnahmen.

»Ich kann mir nicht denken, dass dir diese Mozart-Oper zusagen wird, Mama. *La Clemenza di Tito* ist eine düstere Geschichte und handelt von einer Frau, die die Ermordung des römischen Kaisers Titus plant.«

»Ich bin hier, um gesehen zu werden, und nicht, um die Oper zu genießen. Sie wird ohnehin auf Italienisch gesungen, sodass ich kein Wort verstehen werde – übrigens wie der Großteil der Leute hier, glaube mir.«

»Du wirst heute nicht viele Damen der Gesellschaft antreffen. Diese Aufführung werden nur begeisterte Opernliebhaber über sich ergehen lassen.«

»Ach, da ist ja der Premierminister. Er hat einen so kultivierten Geschmack.« Jane, die ihr Kinn mit kokettem Lächeln vorschob, wurde belohnt, als William Pitt sich höflich erhob, um ihr zuzunicken.

Just als die Ouvertüre begann, erschienen der Prince of Wales und sein enger Freund Fox in der königlichen Loge, die jener der Gordons direkt gegenüberlag.

»Ach, was für ein Glück, dass ich mich heute entschlossen habe, die Federn des Prinzen zu tragen. Du irrst dich gewaltig, Georgina. Ich genieße die Oper ungemein.«

Georgina vertrieb sich die Zeit, indem sie das Publikum beobachtete und zählte, wie viele der Besucher eingenickt waren. Fast wäre es ihr selbst passiert, als der Brand von Rom sie aufschrecken ließ.

Als ihre Mutter sah, dass Prinny lebhaft applaudierte, spendete auch sie begeistert Beifall. »Der Prince of Wales wird zwar oft wegen seines ausschweifenden Lebens getadelt, doch lässt sich nicht leugnen, dass sein Kunstverstand über alle Zweifel erhaben ist.«

Georgina griff nach Fächer und Stola und stand auf.

»Meine Liebe, wir haben keine Eile. Wir müssen unseren Abgang so organisieren, dass wir mit dem Prinzen im Foyer zusammentreffen.«

»In diesem Fall bleibt mir noch Zeit für ein Nickerchen. Bis Prinny und Fox ihre Leibesfülle von der königlichen Loge in die Lobby geschleppt haben, vergeht bestimmt eine Ewigkeit.«

»Georgina, das war unfreundlich – sehr amüsant, aber nicht passend.«

Janes Zeiteinteilung war perfekt – sie hatte auf ihrem Weg in die ersten Kreise der Gesellschaft eine beträchtliche Übung bei solchen Sachen bekommen. Da Fox den Prinzen begleitete, stand zu vermuten, dass die beiden einen Ort ansteuerten, wo man spielen konnte. »Eure Königliche Hoheit, diese Oper war ein wahrer Triumph. Nicht nach allgemeinem Geschmack natürlich. Nur ein echter Opernliebhaber weiß das zu würdigen.«

»Euer Gnaden, welch reizende Begegnung.« Er führte ihre dargebotene Hand mit einer galanten Verbeugung an seine Lippen. Prinny würde niemals vergessen, dass Jane Gordon zwischen ihm und seinem königlichen Vater vermittelt hatte, als sein Schuldenkonto astronomische Höhen erreicht und George III. ihm alle Mittel entzogen hatte. Sie jedoch konnte damals den König überreden, nicht nur die Schulden zu begleichen, sondern seinem Sohn auch die Einkünfte aus dem Herzogtum Cornwall zu überlassen, die bisher ihm zugeflossen waren. Ohne die Vermittlung der Duchess of Gordon hätte der verschwenderische Prinz seiner Bauleidenschaft nicht länger frönen können, und Carlton House wäre nicht die prächtigste Residenz Londons geworden.

Jane sagte in vertraulichem Ton: »Ich habe eine Einladung unserer gemeinsamen Freundin, der Duchess of Devonshire. Da der Abend noch jung ist, dachte ich mir, ich könnte auf eine nette Partie Pharo vorbeischauen.«

»Was für ein erstaunlicher Zufall …! Charles und ich sind ebenfalls auf dem Weg nach Devonshire House.«

»Dann sind wir so frei, uns Ihnen anzuschließen, Hoheit. Es wäre undenkbar, die Ehre königlicher Begleitung nicht zu nutzen. Ich werde meinen Kutscher anweisen, Ihrem Wagen zu folgen.« Sie wandte sich an Fox. »Sie sehen gut aus, Charles. Das ist Georgina, meine jüngste Tochter. Sie hat noch nicht debütiert, aber Sie wissen ja, wie unnötig streng die gesellschaftlichen Regeln für junge Damen ihres Alters sind.«

Beide Gentlemen küssten Georgina betont galant die Hand.

Mama ist eine wahre Meisterin der Manipulation. Der Prinz ist Wachs in ihren Händen. Wenn wir unseren großen Auftritt in Devonshire House haben, wird die Duchess of Drinkwater der Duchess of Belgrave sicher anvertrauen, Seine Königliche Hoheit habe darauf bestanden, dass wir ihn begleiten.

Francis Russell, Duke of Bedford, hatte den ganzen Abend in jenem der üppig ausgestatteten Gesellschaftsräume von Devonshire House zugebracht, der ausschließlich als Spielsalon diente. Er und seine Gastgeberin sowie Sir Robert Adair und der Earl of Lauderdale spielten Loo, sein Lieblingsspiel. Wie immer gewann Francis, und die Herzogin verlor.

Die Bank war auf fünfhundert Guineen angewachsen. Francis machte mit einem letzten Trumpf einen Stich, während die Duchess of Devonshire verzweifelt ablegte und ihr Blatt mit einer neuen Karte ergänzte. Trotzdem konnte sie keinen Stich machen und verlor die gesamte Summe an Francis, den Gewinner.

»Ach, Loo, Sie haben verteufeltes Glück.« Loo war Georgiannas Spitzname für Bedford, weil er dieses Spiel liebte und meist gewann. Sie stand auf. »Dieses Spiel bringt mir Unglück. Ich weiß gar nicht, warum ich spiele!«

Francis stand auf und ging um den Tisch herum. »Das Vergnügen Ihrer Gesellschaft ist mir Belohnung genug.« Er senkte die Stimme. »Sie schulden mir nichts, meine Teuerste.«

»Loo, Sie vergessen den diskreten Kredit von sechstausend vor einem Jahr. Ich bin untröstlich, dass ich Ihnen noch keinen Penny zurückzahlen konnte.«

Ich habe nichts vergessen, Georgianna. Ich weiß, dass Devonshire Ihre Spielschulden nicht mehr bezahlt, und bin Realist genug, um zu wissen, dass Sie mir das Geld nie zurückzahlen werden.

Ihre Aufmerksamkeit wurde von den Neuankömmlingen abgelenkt. »Ach, der liebe Prinny und …« Der Herzogin blieb buchstäblich der Mund offen stehen, als sie sah, dass der Prince of Wales mit der Duchess of Gordon am Arm eintrat. Ihr fließendes Kleid blähte sich wie ein Segel, und ihre gewaltige Frisur drohte umzukippen, während sie durch den Raum glitt.

»Eure Hoheit … Euer Gnaden, welche Ehre.«

Während Prinny galant Georgiannas Hand küsste, sagte Jane: »Seien Sie versichert, dass die Ehre ganz auf meiner Seite ist. Es ist viel zu lange her, seitdem ich Devonshire House besuchte. Bliebe ich noch länger aus, würden die Klatschmäuler lästern, dass wir Rivalinnen seien.«

»Ach, Sie haben auch dieses grässliche Machwerk von Surr gelesen. Der Mann sollte öffentlich gegeißelt werden. Zwischen uns besteht nicht die geringste Rivalität, wie jeder mit nur einem Quäntchen Intelligenz wissen müsste.«

»Deshalb habe ich das Angebot Seiner Hoheit angenommen, mich nach Devonshire House zu begleiten. Damit demonstriere ich der Welt unsere Freundschaft und strafe den lächerlichen Schund Lügen.«

Die Duchess of Devonshire reichte jetzt Charles Fox, einem Mann von enormem Charme und großer Wärme, die Hand. »Ich heiße Sie mit offenen Armen willkommen, Mylord, da Sie der einzige Mann meiner Bekanntschaft sind, der gewagter spielt als ich.«

»Und mit ähnlich verheerenden Resultaten.« Fox verneigte sich mit einem Handkuss. »Für mich stehen die Chancen besser, mir noch einmal ein Bein zu brechen, als die Bank zu knacken, Euer

Gnaden.« Zwei Jahre zuvor hatte er sich bei einem dummen Wettlauf im Garten von Devonshire House ein Bein gebrochen.

Francis Russell durchschritt den Raum und begrüßte seine Freunde.

»Loo, hier kommen würdige Partner für Sie. Ich wechsle den Spieltisch und versuche es beim Pharo mit meiner Freundin Jane.«

Francis war nicht von seinen Freunden, sondern von der jungen Schönheit angelockt worden, die still hinter ihrer Mutter stand. »Wir begegnen uns wieder«, murmelte er, während er sie mit seinen Blicken entkleidete.

»Sie sehen Ihrem Bruder gar nicht ähnlich«, platzte Georgina heraus.

»Sie kennen John?«

»Nicht sehr gut. Warum nennt man Sie Loo?«, fragte sie unschuldig.

»Weil ich beim Loo-Spiel immer gewinne.« *Verdammt, ein Hauch dieser Frau, und ich bin erregt.* Eigentlich erstaunlich, dass er ein so junges Ding begehrte.

»Also dann, Loo-Heil!«, murmelte Georgina, und ihre Augen blitzten vor boshafter Belustigung.

Nun erst bemerkte die Duchess of Devonshire Jane Gordons Tochter. »Georgina, meine Liebe, Sie werden meine Töchter und Caroline im Musikzimmer antreffen.« Sie winkte einen Diener in roter und sepiabrauner Livree herbei, gab ihm Instruktionen, und Georgina folgte dem Mann die marmorne Treppe hinauf.

Einem teuflischen Impuls folgend, drehte sie sich um und blickte zurück. Wie vermutet sah Bedford ihr mit einem hungrig-lüsternen Ausdruck nach. »Verdammt! Ich glaube, ich habe eine Eroberung gemacht«, murmelte sie. »Der eine Russell verachtet mich, dem anderen gefalle ich!«

»Dorothy, es ist Lady Georgy!«, rief Harriet Cavendish beglückt aus.

»Was für eine schöne Überraschung.« Georgianna Dorothy Cavendish wurde mit ihrem zweiten Vornamen gerufen, um sie von ihrer Mutter zu unterscheiden.

»Eine Überraschung auf jeden Fall«, sagte Caroline Ponsonby ätzend.

Als Vorbereitung auf die Bälle, die sie nach ihren Debüts besuchen würden, nahmen die Mädchen gemeinsam Tanzstunden. Die älteste Tochter der Duchess of Devonshire war keine Schönheit, machte diesen Mangel aber durch ihr liebes, sanftes Wesen wett.

Ihre Cousine Caro, die von früher Kindheit an in Devonshire House lebte, war das Gegenteil von süß: zaundürr, von neidischem Wesen und mit einer spitzen Zunge ausgestattet.

»Mutter sagt, dass ich mein Debüt ein Jahr früher machen darf. Wir werden also alle zusammen debütieren! Ist das nicht aufregend, Georgy?«

»Ja, die Einladungen sind aufregend; weniger schön finde ich es, dass man gleichzeitig auf dem Heiratsmarkt feilgeboten wird.«

»Ich glaube, da hast du nicht viel zu befürchten«, höhnte Caroline. Sie war erst fünfzehn und grün vor Neid, weil sie noch ein oder zwei Jahre warten musste, ehe sie der Königin vorgestellt wurde.

»Beachte Caro nicht weiter. Du bist absolut zauberhaft, Georgy. Sind unten heute interessante Gentlemen zu Gast?«, fragte Dorothy neugierig.

»Mutter und ich sind mit dem Prince of Wales und Charles Fox gekommen.«

Caroline rümpfte die Nase. »Beide sind so fett und rot, dass man sie kaum auseinanderhalten kann.«

»Charles ist älter als Prinny«, sagte Georgina trocken.

»Ich finde Seine Königliche Hoheit stattlich und warmherzig. Er betet Mutter geradezu an«, erklärte Dorothy. »Wen hast du unten sonst noch gesehen?«

»Ich wurde von einem Diener so rasch nach oben gebracht, dass ich nur noch Francis Russell sehen konnte.«

»Den Duke of Bedford?«, fragte Dorothy atemlos. »Ich habe ihn nur von weitem gesehen. Er soll der begehrteste Junggeselle von ganz England sein.«

»Du himmelst ihn wohl aus der Ferne an«, neckte Harriet sie.

Ihre Schwester errötete. »Nein, tue ich nicht, dummes Ding. Aber ich freue mich, ihm vorgestellt zu werden … und den anderen passenden Junggesellen natürlich.«

»Ich habe seinen Bruder kennen gelernt«, vertraute Georgina ihr an. »Die Russells haben etwas an sich, das mich nervös macht. Sie benehmen sich wie Götter, die vom Olymp auf uns minderwertige Sterbliche hinunterblicken.«

»Einige von uns *sind* minderwertig«, sagte Cousine Caro mit Betonung.

»In deinem Fall verspreche ich, darüber hinwegzusehen, meine Liebe.«

»*Touché*, Georgy!« Harriet kicherte.

»Gehen wir doch zur Treppe. Vielleicht können wir einen Blick auf einige von Mutters Gästen erhaschen«, schlug Dorothy vor.

Sie verzehrt sich nur nach einem Blick auf Bedford. Er mag ja einer der ersten Herzöge des Königreiches sein, doch ist mir entgangen, was ihn so attraktiv macht. Das Bild seines Bruders John stand ihr jäh vor Augen. Sein schwarzes Haar, seine dunklen Augen und die dominante Persönlichkeit bildeten einen scharfen Kontrast zu seinem Bruder Francis. Sie fragte sich, warum der überhebliche Kerl ihr immer wieder in den Sinn kam. Sie beschloss, von nun an den *alten Mann* aus ihren Gedanken zu verbannen.

· 6 ·

Zwei Tage später machten John Russell und seine drei Söhne sich zur Abfahrt nach Woburn Abbey in Bedfordshire bereit. Ehe sie losfuhren, wollte der kleine Johnny sich von seiner Mutter verabschieden.

Kaum sah sie ihn, richtete sie sich in ihrem breiten Bett auf Händen und Knien auf und knurrte ihn an wie ein wildes Tier. »Deinetwegen bin ich seit neun Jahren krank. Ich wünschte zu Gott, ich hätte nie einen dritten Sohn geboren!«

Johnny starrte sie erschrocken an. »Es tut mir ja so leid, dass ich an deiner Krankheit schuld bin, Mama. Ich wünsche aus ganzem Herzen, du wärst gesund.«

»Elender kleiner Lügner. Ich brachte mit dir einen Dämon zur Welt! Wie dein Vater kannst du es kaum erwarten, eiligst von mir wegzukommen. Ihr werdet überglücklich sein, wenn ich endlich unter der Erde liege.«

Aus Johnnys Gesicht wich jegliche Farbe. »Bitte, stirb nicht, Mama«, stammelte er erschüttert.

Als John Russell mit der neuen Pflegerin, die er eingestellt hatte, das Zimmer betrat, wechselte Elizabeths Miene von Wut zu Kummer. Sie glitt unter ihre Decke zurück und lag wie eine verwundete Märtyrerin da, bereit, ihr Leiden klaglos zu ertragen. »Leb wohl, meine Liebe. Da das Haus während unserer Abwesenheit angenehm ruhig sein wird, kannst du dich ausruhen und erholen.«

»Sie lassen Ihre Gemahlin in guten Händen zurück, Lord Tavistock«, versicherte die neue Pflegerin in ruhigem, Kompetenz verratendem Ton.

»Bist du fertig, Johnny?« Sein Sohn wirkte klein und blass. Ein paar Tage auf Woburn würden ihm guttun.

John hatte sich entschieden, die Kutsche zu nehmen. Nicht weil seine überängstliche Frau dagegen war, dass die Jungen ritten, sondern weil im Stall seines Bruders eine große Auswahl an Vollblütern stand.

Er hörte, wie seine älteren Söhne sich stritten, wer neben dem Vater sitzen durfte, als aber Johnny mit flehendem Blick seine Hand ergriff, wies John seinem Jüngsten den begehrten Ehrenplatz zu.

Der Verkehr auf der Marylebone Road war so dicht, dass er seine ganze Aufmerksamkeit beanspruchte. Doch sobald London hinter ihnen lag, konnte John seinen Gedanken freien Lauf lassen.

Elizabeths Ängste waren irrational. Er dachte an den zornigen Wortwechsel, weil er für Francis ein Pferd gekauft hatte. »Du forderst das Schicksal geradezu heraus! Du kannst doch nicht vergessen haben, dass dein eigener Vater ums Leben kam, weil sein Pferd ihn abwarf? Mich verfolgen dunkle Vorahnungen, die mir sagen, dass einer meiner Söhne auf die gleiche Art den Tod finden wird. Warum tust du absichtlich Dinge, die mir Angst einjagen?«

»Deine dunklen Vorahnungen stammen aus einer Flasche«, hatte er dagegengehalten.

»Du kennst kein Erbarmen! Warum enthältst du mir die einzige Arznei vor, die mich beruhigt und mir friedlichen Schlaf schenkt?«

John hatte sich auf die Zunge gebissen und war krampfhaft bemüht gewesen, nicht die Geduld zu verlieren. »Bei Schulbeginn wird Francis dreizehn. Wenn er der einzige Junge in seiner Klasse wäre, der noch immer auf einem Pony reitet, würden ihn die anderen erbarmungslos hänseln.«

»Es bedarf nicht eigens der Erwähnung, dass die männliche Spezies grausam ist, Mylord. Schließlich musste ich es am eigenen Leibe erfahren. Ich bin eine treue Ehefrau, die ihrem Mann drei Söhne geschenkt hat, und was habe ich davon? Du lebst die meiste Zeit getrennt von mir in London.«

»Elizabeth, das haben wir schon bis zum Überdruss durchgesprochen. Ich vertrete Tavistock im Parlament. Mir wäre nichts lieber, als in London mit dir als Gastgeberin ein offenes Haus zu führen. Es würde mir und den Leuten, die ich vertrete, nützen. Um das Haus auf dem Russell Square würden dich die meisten Frauen beneiden, doch hast du mir deutlich zu verstehen gegeben, dass dir das Leben in London unerträglich ist. *Du* warst es, die sich für Devonshire entschieden hat.«

»Vielleicht bleibt mir nicht mehr viel Zeit. Dann wirst du glücklich sein! Ich habe das Gefühl, dass ich nicht mehr lange auf der Welt sein werde.«

Es hatte ihn große Mühe gekostet, ruhig Blut zu bewahren. Aber so etwas musste er sich immer wieder anhören …

»Papa, bin ich … ein Dämon?«

Die leise, traurige Stimme seines Sohnes riss ihn aus seinen Gedanken. Er sah lächelnd auf ihn hinunter. »Nein, Johnny. Du bist wie dein Vater ein ganz gewöhnlicher Sterblicher, mir freilich mit deiner lebhaften Fantasie voraus. Hast du etwas über Dämonen gelesen?«

Er schüttelte den Kopf. »Nein, Sir.«

Johnny klang zutiefst verstört. »Wie kommst du dann auf Dämonen?«

Wieder schüttelte der Junge den Kopf und presste die Lippen zusammen.

»Johnny, du weißt hoffentlich, dass du mir alles sagen kannst.«

Der Junge zögerte lange und platzte dann heraus: »Mama … Mama hat gesagt, sie hätte einen Dämon in die Welt gesetzt. Sie sagte, ich sei schuld, dass sie seit neun Jahren krank ist.«

Allmächtiger! Wie kann diese Irre es wagen, seinen Geist zu vergiften! »Johnny, deine Mutter meint die Worte, die sie sagt, nicht so. Ihre Medizin ist schuld, dass ihr so schreckliche Dinge in den Sinn kommen. Ihr Leiden hat mit dir absolut nichts zu tun. Du musst es mir glauben. Versprich mir, dass du nicht mehr an das denken wirst, was sie gesagt hat.«

»Ich verspreche es«, flüsterte der Kleine ernst.

John ließ den Pferden die Zügel schießen, und das Gespann legte sich mächtig ins Zeug. *Warum lasse ich nicht einfach zu, dass dieses böse Weib Opium nach Belieben konsumiert? Früher oder später nimmt sie eine Überdosis, und ich bin sie los.* John schüttelte den Kopf, um die bösen Gedanken zu verscheuchen, die sogar dem Teufel die Schamröte ins Gesicht getrieben hätten. *Ich darf solch gemeinen Wünschen nicht nachhängen, mag es mich noch so reizen. Ich muss lernen, meine Wut zu beherrschen.*

Das Tempo der galoppierenden Pferde half mit, seinen Zorn abzukühlen. Er blickte auf seinen Sohn hinunter und bemerkte, dass um Johnnys Mund noch immer ein trauriger Zug lag. Er zog sachte die Zügel an, bis die Pferde langsamer liefen. »Möchtest du es versuchen?«

Johnnys düstere Miene hellte sich auf. »Ich soll das Gespann lenken?«

Sein Vater nickte und nahm den Jungen auf den Schoß. Dann überließ er ihm die Zügel und nickte ihm mit aufmunterndem Lächeln zu. Nach einer Meile fing er zu singen an, und als seine Söhne einstimmten, wurde es ihm leichter ums Herz. Vor allem freute er sich auf eine Woche der Ruhe und ohne seine kranke Frau Als sich sein schlechtes Gewissen regte, verdrängte er diese Gedanken energisch.

Auf Woburn angekommen, überließ John den Wagen einem Stallburschen, und die älteren Söhne halfen ihm, ihre Reisetaschen abzuladen.

»Dürfen wir uns die Pferde ansehen, Papa?«, fragte Johnny eifrig.

»Mir wäre lieber, wenn Onkel Francis euch bei eurer wilden Jagd durch den Stall begleitet.« Er reichte ihm eine kleine Reisetasche. »Kannst du die tragen?«

Johnnys Lächeln verriet, wie froh er war, sich nützlich machen zu dürfen.

Sie hatten sich gerade ein Stück vom Stall entfernt, als zwei Pferde auf den Hof sprengten. Francis Russell und die Frau in seiner Begleitung zügelten ihre edlen Vollblüter. »John, das nenne ich eine Überraschung! Ich bin erst heute aus London zurückgekehrt.« Er saß ab und warf die Zügel seiner Begleiterin zu.

John nickte der Frau kurz zu. »Mrs. Hill.« Sie war eine der zahlreichen Mätressen seines Bruders und angeblich eine ehemalige Bordellbesitzerin. Francis, der sich mit ihr nie in Gesellschaft zeigte, hatte sie in einem Cottage auf dem Gelände von Woburn untergebracht. Sie war nicht nur seine Gefährtin im Bett, sondern eine kühne Reiterin, die ihn auf der Jagd und bei ausgedehnten Ritten auf seinem waldreichen, viele Morgen umfassenden Besitz begleitete.

Francis begrüßte seine Neffen und schlug seinem Namensvetter auf die Schulter. »Na, seit dem letzten Mal bist du tüchtig gewachsen. Hoffentlich machst du das Beste aus dem Sommer. Es wird nicht lange dauern, bis du der Familientradition folgst und nach Cambridge gehst, so ist es doch?«

»Ganz recht, Sir. Es ist mein letztes Jahr in Westminster.«

»William, auch du schießt in die Höhe.« Er sah Johnny an und runzelte die Brauen. »Wie alt bist du? Sieben?«

»Acht, fast neun, Sir.«

»Der Kleinste. Na, hoffen wir, dass du bald zu wachsen anfängst.«

Johnny drängte sich Schutz suchend näher an seinen Vater heran.

»Dafür ist seine Intelligenz umso größer«, sagte John zu seinem Bruder, »und sein Wissensdurst ebenfalls. Johnny verschlingt die Bücher geradezu.«

»Ich glaube, ich habe erst mit vierundzwanzig mein erstes Buch aufgeschlagen«, erklärte Francis launig.

»Du sagst das, als wärst du stolz darauf«, antwortete John unverblümt.

»Stolz ist eine Stärke und keine Schwäche der Russells«, erwiderte Francis in der ihm eigenen schleppenden Redeweise.

Als sie das Herrenhaus betraten, wurden sie von Burke, dem Butler, empfangen, der das Personal anwies, den Gästen das Gepäck abzunehmen, die Schlafräume vorzubereiten und zum Abendessen vier Gedecke mehr aufzulegen. Er kümmerte sich schon viele Jahre um die Belange des herzoglichen Haushaltes.

Ein Diener erschien mit Erfrischungen für die Neuankömmlinge. Zu Lammpastete und Fruchttörtchen gab es Bier für die Männer und Fruchtsaft für die Jungen.

»Papa hat ein Pferd für mich gekauft«, berichtete Francis stolz.

»Es wird auch Zeit, dass du dein Pony aufs Altenteil schickst. Und was ist mit dir, Will?«

»Ich gebe die Hoffnung nicht auf«, gab William zurück.

»Überlass das nur mir. Wir werden dich auf ein Reittier setzen, das eines Russells würdig ist. Was sagst du dazu, John?«

»Mal sehen«, meinte sein Bruder, der sich nicht festlegen wollte.

»Also, warum lauft ihr Jungs nicht los und seht euch die Pferde an? Sucht euch die Tiere aus, die ihr reiten könnt, während ihr hier seid.«

Das ließen sich die drei nicht zweimal sagen, jedoch nicht, ohne vorher fragend zum Vater zu blicken.

»Los dann. Wir kommen bald nach. Behaltet Johnny im Auge.«

»Ich dachte, ich würde dich am Russell Square antreffen. Was ist passiert?«, fragte Francis.

»Elizabeth wurde in London immer rastloser, deshalb habe ich auf Anraten des Arztes ein Haus in Dorset Fields gemietet.«

»Und? Hat sich die Situation verbessert?«

»Nein, nicht wirklich. Der Arzt stellte bei ihr nicht nur Melancholie fest – er meinte außerdem, sie sehe aus wie eine Schwindsüchtige.«

»Da haben wir's. Vielleicht ist das die Wurzel allen Übels.«

»Das Aussehen kann trügen. Sie sieht auch wie ein Engel aus, doch ist sie alles andere als das.«

»Du glaubst nicht, dass sie schwindsüchtig ist?«, fragte Francis.

»Ihr Unglück ist das Laudanum. Sie ist süchtig nach dem verdammten Zeug.«

»Sie leidet also an den blauen Teufeln? Das tut mir leid, John. Opium zehrt das Gehirn auf.«

»Was soll ich machen? Bitte ich ihre Schwestern, zu kommen und eine Zeit lang bei ihr zu bleiben, würden sie ihr Geheimnis erfahren. Die beiden sind so sittenstreng, vor allem Isabelle, dass der Schock sie glatt um den Verstand bringen würde. Du bist der Einzige, mit dem ich offen reden kann. Ich musste während meiner Abwesenheit für Elizabeth eine Pflegerin einstellen.«

Francis goss zwei Brandys ein und reichte eines der Gläser seinem Bruder. »Wenn sie nicht schon zu weit fortgeschritten ist, wäre Abstinenz die einzige Antwort. Du kannst sie vielleicht überwachen, während du den Sommer über zu Hause bist, aber was ist, wenn die Parlamentssitzungen beginnen?«

»Genau«, sagte John mit einem Blick über den Rand seines Glases.

»Halte sie einen Monat lang von dem Zeug fern, und wenn du dann deine Arbeit aufnimmst, schick sie nach Bath zur Kur. Viele Damen gehen dorthin, um das eine oder andere Leiden auszukurieren. Ihre Schwester besitzt in Longleat ein schönes Haus. Dort kann sie sich erholen und wird vielleicht sogar aus ihrer Melancholie gerissen. Die Marchioness of Bath soll dir ruhig einen Teil deiner Bürde abnehmen. Und wenn sie schockiert sein sollte … na, wenn schon! Kümmert dich das auch nur einen Deut?«

»Nicht wirklich. Es wäre aber ein Wunder, wenn Isabelle mit Elizabeths tiefer Depression und ihren dunklen Vorahnungen zurechtkäme. Ich habe diese Zustände bis zum Überdruss miterlebt – sie werden mir immer unerträglicher.« John trank seinen Brandy aus.

»Großmama war damals strikt gegen deine Heirat.«

»Ja, ich weiß, doch glaubte ich in meiner jugendlichen Naivität, wahnsinnig verliebt zu sein. Die Ehe hat mich von dem Glauben an etwas so Lächerliches wie Liebe geheilt. Falls es sie wirklich gibt, was ich ernsthaft bezweifle, ist sie von trügerischer Flüchtigkeit.«

»Hättest du nur auf die herrschsüchtige alte Dame gehört und Elizabeth kein Kind gemacht«, rief Francis ihm in Erinnerung.

»Niemals werde ich bereuen, dass ich meine Söhne habe. Vater zu werden ist das Beste, was mir jemals widerfahren ist. Leider verfiel Elizabeth nach Johnnys Geburt immer mehr in Melancholie und Depressionen. Manchmal befürchte ich, dass sie den Verstand verliert.«

»Auf deine Frau kann ich verzichten, um deine Söhne beneide ich dich jedoch sehr.«

»Du meinst wohl, du neidest mir legitime Söhne.«

»Genau. Bastarde habe ich ohne Zahl. Das Schöne an diesen illegitimen Kindern ist freilich, dass man mit ihren Müttern nicht verheiratet ist.«

»Was könnte ich einer so überzeugenden Logik entgegenhalten?«

»Nimm noch einen Brandy.«

»Wir sollten lieber im Stall nachsehen, welche Streiche deine Neffen ausgeheckt haben. Brüder können sehr erfinderisch sein, was Unfug betrifft, wie du sicher noch weißt.«

Im Stall angelangt, sahen sie, dass Francis und William sich ihre Pferde schon ausgesucht hatten und es kaum erwarten konnten, sie im Park von Woburn auszuprobieren. Ihr Onkel gab den Stallburschen Anweisung, die Pferde aus ihren Boxen zu führen, doch das Satteln übernahmen die Brüder selbst.

Johnny streichelte eine Stallkatze. »Hast du keine Ponys, Onkel Francis?«

»Leider nein. Aber wir werden ein Pferd passender Größe für dich finden.«

Der kleine Junge blickte seinen Vater unsicher an, und dieser erlebte einen Moment des Zweifels. Er dachte an Elizabeths dunkle Vorahnungen, weil sein Vater an den Folgen eines Reitunfalls gestorben war. Energisch verdrängte John die Angst um seinen Sohn. »Sicher besitzt Onkel Francis ein Damenpferd, mit dem du zurechtkommst. Was ist mit Grey Lady dort drüben?«

»Ein lammfrommes Tier. Wir satteln sie, und du kannst mit ihr eine Runde durch den Park traben. Und wenn du gut mit ihr auskommst, reiten wir morgen auf die Jagd. Woburn umfasst dreitausend Morgen Land.«

»Keine Versprechungen«, sagte John bestimmt. »Nur nichts überstürzen.«

Als sich zeigte, dass Johnny die sanfte Grey Lady zuverlässig beherrschte, war sein Vater sehr stolz auf ihn und erklärte sich, nach hartnäckigen Überredungsversuchen seiner Söhne, schließlich mit einem Jagdausflug am morgigen Nachmittag einverstanden.

Den Rest des Tages beschäftigten sich die drei Brüder mit den Tieren auf der großen Farm, die zu Woburn gehörte. Hier gab es Rinder, Schafe, Schweine, Ziegen, Gänse, Wildvögel und eine Herde gezähmter Wildtiere. In den großen Zwingern wurden Jagdhunde und ein paar Windhunde gehalten.

Nachdem die Kinder zu Bett gegangen waren, saßen John und Francis abends mit ihren Brandygläsern vor dem Feuer in der großen, gemütlichen Bibliothek. »Ich möchte dir danken, dass du den Jungen einen so schönen Tag ermöglicht hast. Ihre Ferien waren bis jetzt wegen der Verfassung ihrer Mutter nicht sehr vergnüglich.«

»In ihrem Alter sollen Jungen sich nach Herzenslust austoben und laut sein dürfen, wie es dir und mir möglich war.«

»Letzte Woche waren wir bei einem Kricketmatch. Charles Lennox spielte mit und lud uns für einen Tag nach Marylebone Manor ein. Sein ältester Sohn ist in Johnnys Alter. Das ist eigentlich der Grund, weshalb ich für Francis das Pferd kaufte.«

»Lennox ist mit Lady Charlotte Gordon verheiratet. Bei Gott, eine feine Familie! Die Duchess of Gordon wird ›Einpeitscherin‹ genannt. Sie ist berüchtigt wegen ihrer hemmungslosen Jagd auf herzogliche Ehemänner für ihre Töchter. Hinter mir war sie auch her und wollte mich für Louisa haben, erwischte stattdessen aber Charlie Cornwallis. Ich war unlängst Gast auf ihrer Hochzeit.«

»Du bist dem gordischen Knoten entronnen?«

»Vergiss nicht, dass die jüngste Gordon-Tochter, Lady Georgina, eine temperamentvolle Schönheit ist. Ich habe mein Auge auf sie geworfen – sie ist verlockend wie die Sünde!«

Georginas Bild erschien in aller Deutlichkeit vor Johns geistigem Auge. Die Worte seines Bruders waren für ihn ein echter Schock. Francis fühlte sich bisher immer zu erfahrenen Frauen wie Lizzie Melbourne hingezogen, sodass John oft den Eindruck gehabt hatte, er suche eine Mutterfigur. »Ich kenne die Dame. Sie ist blutjung.« Sein Ton war tadelnd.

»Ein kleiner Leckerbissen. Bei der Hochzeit bat ich Huntly, der reizenden Göttin vorgestellt zu werden, die er bei sich hatte. Er klärte mich auf, dass sie seine Schwester und für mich tabu sei, da sie noch nicht debütiert habe. Georgina aber versprach mir mit verlockendem Lächeln, nach ihrem Debüt entzückt zu sein, meine Bekanntschaft zu machen. Sie fühlte sich sichtlich zu mir hingezogen.«

In seiner Fantasie vermeinte John ihre Worte deutlich zu hören. »Sie ist blutjung«, wiederholte er.

»Jung oder nicht, nach ihrem Debüt wird sie nicht mehr unantastbar sein. Ich wette hundert Guineen, dass ich mit der kleinen Wildkatze im Bett lande.«

»Verdammt, Francis, ich schließe keine Wette darüber ab, ob du eine Jungfrau in dein Bett kriegst. Wie kommst du auf eine so verwerfliche Idee?«

»Ich habe auch Louisa Gordon in mein Bett gelotst«, erwiderte sein Bruder lüstern grinsend. »Die Nächste auf meiner Liste ist Lady Georgina. Sie besitzt ein Paar köstliche Titten, alter Mann.«

Alter Mann! So hat Georgina mich genannt. John stand abrupt auf. »Für mich ist heute Schluss. Gute Nacht, Francis.«

Als John Russell sich entkleidete, wurde er von kaltem Zorn erfasst. Da sie die Eltern verloren hatten, als John zwei Jahre alt gewesen war, hatte sich zwischen den Brüdern eine ungewöhnlich starke Bindung entwickelt.

Francis führte das freizügige Leben eines Junggesellen, doch John hatte ihn nie wegen seiner zahlreichen Affären verurteilt. Jede seiner Geliebten schien ein anderes Bedürfnis abzudecken, und John hatte die sexuellen Ausschweifungen des Bruders immer entschuldigt.

Am Ende einer ausgedehnten Reise durch Frankreich hatte Francis sich in Paris Lord und Lady Maynard angeschlossen und über Jahre hinweg mit dem Ehepaar in einer *ménage à trois* gelebt. Die viel ältere und sehr gebildete Frau hatte eine berüchtigte Vergangenheit.

Das Interesse des jungen Mannes an Nancy Maynard war jedoch wohl nicht nur körperlicher Natur gewesen. Sie brachte ihm auch die Liebe zu Literatur und Poesie nahe, was zur Folge hatte, dass Francis Ovid auswendig zitieren konnte. Die Vorstellung allerdings, dass sein Bruder Georgina Gordon Reime von Ovid vortrug, heizte Johns Wut an.

Nackt trat er ans Fenster und starrte blicklos hinaus in die dunkle Nacht. *Warum zum Teufel bringt mich Francis' lüsternes Interesse an Georgina Gordon so in Rage? Die junge Frau bedeutet mir absolut nichts.* Trotz allem, was er sich sagte, blieb die Tatsache, dass er wütend war, weil sein Bruder mit ihm hatte wetten wollen, ob er Georgina in sein Bett bekommen würde. *Es hätte mich ohne Ansehen der Person bei jedem unschuldigen jungen Mädchen aufgebracht.* Eine innere Stimme bohrte: *Bist du sicher, alter Mann?*

Francis erkannte seine illegitimen Sprösslinge wie selbstverständlich an. Neben einem Kind mit Lizzie Melbourne hatte er zwei mit Marianna Palmer, seiner momentanen Geliebten, die ihm zu Diensten war, wenn er in London weilte.

Uneheliche Kinder galten in der feinen Gesellschaft als Selbstverständlichkeit, vom Prince of Wales angefangen bis hin zu den unteren Adelsrängen. Fast betrachtete man sie als schickes Beiwerk. *Ich habe stets die Augen vor den Fehltritten meines Bruders verschlossen. Warum finde ich sie plötzlich so verdammt abstoßend?*

John kannte die Antwort: Lady Georgina Gordon. Die kleine Schönheit konnte noch so feurig und keck sein – sie war ein junges, unschuldiges Mädchen, das es verdiente, vor den Verführungsversuchen eines Mannes beschützt zu werden, auch wenn er einer der ersten Herzöge des Königreiches war. Die Absichten seines Bruders waren alles andere als ehrenwert, und morgen würde er es ihm sagen.

Eine Bewegung in der Dunkelheit fesselte Johns Aufmerksamkeit. Ein Nerv zuckte in seiner Wange, als er Francis das Haus verlassen und jenen Weg einschlagen sah, der zum Cottage von Molly Hill führte. Seine lebhafte Fantasie malte sich Francis aus, wie er, komplett mit Reitgerte, einen lustvollen sexuellen Galopp mit seiner pferdegesichtigen Maitresse absolvierte. *Horrido!*

In jener Nacht war Johns Schlaf gelinde gesagt unruhig. Stundenlang wälzte er sich hin und her, bis er endlich einschlief und gleich zu träumen begann. *An einem warmen Sommertag ritt er allein durch den Wald. Er fühlte sich frei und lebendig und erstaunlich ruhig, als er plötzlich einen verzweifelten Schrei hörte. In der Meinung, es handle sich um ein in eine Falle geratenes Tier, machte er sich auf die Suche. Dabei geriet er immer tiefer in den Wald, wo die Bäume dichter standen und sein Pferd sich nur schwer seinen Weg bahnen konnte. Als sich vor ihm eine Lichtung öffnete, war er erleichtert, doch nicht lange.*

Die verzweifelten Schreie stammten nicht von einem Tier, sondern von einem blutjungen Mädchen, dem Gewalt angetan wurde. Sie wehrte sich mit aller Kraft, war aber dem starken Mann nicht gewachsen. John saß wie der Blitz ab, packte den Kerl und versetzte ihm einen Kinnhaken. Zu seinem Entsetzen musste er entdecken, dass es sich um seinen Bruder Francis handelte. Voller Wut schlug er jetzt noch erbitterter zu.

Als der Übeltäter schließlich die Flucht ergriff, wandte sich John dem jungen Mädchen zu, und sein Herz krampfte sich zusammen, denn er erkannte Georgina Gordon. Rasch streifte er sein Hemd ab und bedeckte die Blöße der misshandelten Schönen.

Doch Georgina warf das Hemd von sich. »Geh zum Teufel, alter Mann!«, rief sie.

John starrte sie nur an, wie gebannt von ihren schlanken Beinen, der schmalen Taille und den vollen Brüsten. Heißes Verlangen wallte in ihm auf, er wollte die verlockende Schönheit unbedingt besitzen. Der Blick seiner dunklen Augen, der über ihren hellen Körper glitt, drohte sie zu versengen wie eine Kerzenflamme.

»Von Ihrer Schwester weiß ich, dass Sie jederzeit für Spaß und Tollerei zu haben sind. Das möchte ich jetzt sehen, kleines Mädchen.«

Die Spitze ihrer Zunge berührte in einer aufreizenden Geste ihre Lippen. »Die Natur liefert die ideale Kulisse für alle möglichen erregenden Späße und Spiele.«

»Ich muss Sie warnen, dass ich Sie jetzt haben möchte.«

Sie schüttelte ihre frechen Löckchen und sagte herausfordernd: »Das wird ein harter Kampf.«

»Das entspricht meinem Naturell.«

Georgina blickte ihm lächelnd in die Augen. »Das bezweifle ich nicht.«

John kam ihr ganz nahe und nahm sie in seine Arme. Doch als er ihre sündig lockenden Lippen küssen wollte, spürte er eine Hand auf seiner Schulter. Er drehte sich um und starrte in das Gesicht seines Bruders Francis.

Mein Gott, ein Rollentausch! John erstarrte in Erwartung eines Kinnhakens, doch zu seiner Verwunderung holte Francis nicht zum Schlag gegen ihn aus. Er überreichte ihm stattdessen hundert Guineen. »Ich habe verloren. Du gewinnst die Wette, alter Mann!«

John erwachte schweißgebadet. Es dauerte einige Augenblicke, ehe er erfasste, dass er nicht im Wald war, sondern im Bett auf Woburn lag. Wenngleich erleichtert, dass die Episode keine Wirklichkeit, sondern nur ein böser Traum gewesen war, machte er sich dennoch seine Gedanken. Warum hatte er das alles geträumt? Das mit dem Kinnhaken als Reaktion auf Francis' Übergriffe ließ sich leicht erklären, war er doch am Abend zuvor außer sich vor Wut gewesen über die unverblümten Absichtserklärungen des Bruders, Georgina in sein Bett zu locken. Es verwunderte ihn jedoch, dass er ebenfalls in seinem Traum versucht hatte, Georgina zu verführen.

Vermutlich lag es an dem sexuellen Frust der vergangenen neun Jahre. Vielleicht hatte er seine physischen Bedürfnisse unbewusst in seinen Traum übertragen. *Das erklärt aber noch immer nicht, warum ich ausgerechnet Lady Georgina Gordon zum Objekt meiner Begierde gemacht habe. Sie ist mehr Kind als Frau, und ich bin fünfzehn Jahre älter als das Mädchen.* John schnitt eine Grimasse. *Deshalb nennt sie mich alter Mann.*

Bis vor neun Jahren war John Russell ein treuer Ehemann gewesen. Und auch später hatte er sich trotz gelegentlicher Affären niemals eine Geliebte genommen. Seine Beziehung zu Lady Sandwich hatte nur einige Male intimere Formen angenommen – ansonsten war er der verwitweten Anne weniger in tiefer Leidenschaft als vielmehr in Zuneigung und Respekt verbunden.

Da er selbst kein Heiliger war, hatte er die zahllosen Liaisons seines Bruders nie verurteilt. Er wusste ja, dass der engere Freundeskreis um den Prince of Wales berüchtigt war für seine lockere Moral. Plötzlich aber empfand John Abscheu vor dem wollüstigen Interesse seines Bruders an jungen, unschuldigen Mädchen. Als

Francis ihm verraten hatte, dass er auch Lady Louisa Gordon verführt habe, war John zutiefst schockiert gewesen. Das Bild Louisas und Georginas blitzte vor seinem Auge auf. *Die Gordon-Töchter sind höchst unkonventionell erzogen worden. Vielleicht hat die Mutter sie sogar gedrängt, bei ihrer Jagd auf reiche, vornehme Ehemänner bis zum Äußersten zu gehen, und ihnen gepredigt, Schönheit und Freizügigkeit seien eine unwiderstehliche Kombination.* Ein Gedanke, der ihn noch mehr aufbrachte.

Am nächsten Morgen unterbreitete John dem Bruder nach dem Frühstück einen Vorschlag. »Wie wär's mit einer Tennispartie auf deinem großartigen Platz, Francis? Ein Doppel wäre für die Jungen eine gute Übung.«

»Wunderbar – ich freue mich schon darauf, John. Mein Namensvetter und ich treten gegen dich und William an. Was sagst du dazu, Francis?«

»Klingt verdammt gut, falls du die Geduld aufbringst, mit einem blutigen Anfänger zu spielen.«

»Dein jugendlicher Elan wird deine mangelnde Übung wettmachen.«

Sie begaben sich zu der überdachten Anlage, und Johnny bot seine Dienste als Balljunge an. Mit einer Münze wurde um den ersten Aufschlag gelost, und Francis verlor.

John lächelte voller Vorfreude, ehe er seiner innerlichen Wut freien Lauf ließ, sodass der Bruder bald ins Keuchen geriet und seine liebe Not hatte, die Bälle zu erwischen. *Geschieht dir recht,* dachte John rachsüchtig. Sein Zorn verlieh ihm ungeheure Kräfte, und schon nach kurzer Zeit gewann er das Match.

»Wann zum Teufel hast du so gut Tennis gelernt?«, wollte Francis wissen. »Ein Glück, dass wir nicht um den Sieg gewettet haben.«

»Da du Spaß und Spiele liebst, wollen wir um hundert Guineen auf eine zweite Partie wetten. Ich gebe dir die Chance, dich zu revanchieren.«

»Diesmal könnte ich William als Partner nehmen.«

»Abgemacht!« John schäumte noch immer. Für gewöhnlich war er kein ernsthafter Gegner für Francis, heute aber hatte er das unersättliche Verlangen, ihm den Teufel auszutreiben – auch wenn es nur symbolisch war.

Nach dem Match war Francis völlig außer Atem und drückte die Hand auf eine Stelle in seiner Leiste, die ihn seit seiner Kindheit plagte.

»Alles in Ordnung?«, fragte John besorgt.

»Mein verdammter Bruch. Andernfalls hätte ich dich haushoch geschlagen.«

Dieser Satz nahm John die Freude über den Sieg. Sein Bruder konnte Niederlagen nicht ertragen und hatte immer Ausflüchte parat. Er spürte, dass sein Ärger und seine Empörung fast verraucht waren. Fast, aber nicht ganz. Er nahm sich felsenfest vor, dem Bruder unverblümt ins Gesicht zu sagen, dass seine unehrenhaften Absichten in Bezug auf Lady Georgina nicht nur schamlos waren. Sie waren rundweg inakzeptabel und schändlich.

· 7 ·

Georgina hielt geduldig still, während die Modistin ihr das Hofkleid für den Empfang bei Königin Charlotte anprobierte.

»Es muss ganz schlicht sein«, betonte die Duchess of Gordon immer wieder.

»Weiß macht sich sehr vorteilhaft zu Lady Georginas Farben«, sagte Madame Chloe wahrheitsgemäß.

»Ja, das finde ich auch. Einige andere Debütantinnen, speziell eine, deren Namen ich nicht nennen möchte, werden dagegen in einem schlichten weißen Kleid unscheinbar und blass aussehen.«

Ehe ihre Mutter doch noch enthüllen konnte, dass sie die Tochter der Duchess of Devonshire meinte, warf Georgina rasch ein: »Aber ein bisschen Dekoration möchte ich schon haben: vielleicht einen Spitzenbesatz an den Ärmeln und eine weiße Rose an der hohen Taille unter der Brust.«

»Ja, eine Blüte vor dem Aufblühen«, lächelte ihre Mutter zum Zeichen ihres Einverständnisses.

Georginas Augen blitzten belustigt, doch schaffte sie es, nicht laut aufzulachen.

»Wann kann das Kleid fertig sein, Madame Chloe?«

»Ich habe zurzeit so viele Bestellungen für Hofroben«, antwortete die Modistin vage.

»Aber Sie werden doch die Gordons vorziehen?«

»Mama, es ist noch so viel Zeit.«

»Nein, gar nicht. Du musst dich noch in diesem Kleid malen lassen, bevor du der Königin vorgestellt wirst. Es geht hier um eines der wichtigsten Ereignisse in deinem Leben, Georgina. Ich habe nur mehr eine Tochter, die ich in die Gesellschaft einführen soll. Und wir haben uns, wie es scheint, das Beste für den Schluss aufgehoben. Also muss alles bis ins kleinste Detail geplant werden. Wir müssen sofort mit deiner Gästeliste anfangen.«

»Gästeliste?«

»Für den Ball anlässlich deines Debüts. Es ist eines der mit größter Spannung erwarteten Ereignisse des Winters. Wir müssen dafür sorgen, dass es besonders großartig und festlich wird.«

O Gott, ich werde vor einer endlosen Reihe potenzieller Ehemänner paradieren müssen, damit Mutter ihrem Ruf als erfolgreichste Kupplerin Londons gerecht wird.

Georgina fühlte sich wie in einer Falle, und das Verlangen zu entkommen wurde immer stärker und raubte ihr fast den Atem. Ein Plan schoss blitzartig durch ihren Kopf. »Vielleicht könnte das Kleid doch bis Freitag fertig sein, weil Mutter schon für die nächste Woche Porträtsitzungen arrangiert hat.«

Die Herzogin bedachte ihre Tochter mit einem zustimmenden Blick.

Sobald das Porträt fertig ist, fahre ich nach Schottland und besuche Papa. Ich werde ihn bitten, mit mir zurückzufahren und mich zu meiner Vorstellung bei Hof zu begleiten. Wenn ich ihm nicht um den Bart gehe und ihn überrede, wird er bestimmt nicht kommen. Der Gedanke, dass ihr Vater nur wenig Interesse an ihr zeigte, tat weh, und sie fühlte sich zutiefst verletzt. Sie schloss die Augen. *Jetzt muss ich nur noch Mama überreden, dass sie mich gehen lässt,* dachte sie sehnsüchtig.

»Das Farnkraut verfärbt sich schon.« Georgina blickte aus dem Fenster der Kutsche und nahm die unvergleichliche Schönheit der schottischen Landschaft in sich auf.

Helen Taylor, ihre ehemalige Kinderfrau, war ihr als Reisegefährtin mitgegeben worden. »Ach ja, in London ist in der zweiten Augusthälfte noch Sommer, aber hier oben färbt der Herbst schon das

Land, und wenn erst der September da ist, werden die Nächte verdammt kalt, mein Lämmchen.«

»Lange können wir ohnehin nicht bleiben. Ich habe Mutter mein Ehrenwort gegeben, dass ich Mitte September wieder in London sein werde. Sonst hätte sie mir die Fahrt gar nicht erlaubt.« *Außerdem musste ich versprechen, dass ich Papa überreden werde, die Kosten für meinen Ball zu übernehmen.*

Der Kutscher manövrierte das Gefährt durch die engen Straßen von Edinburgh, wo vor der Weiterfahrt ins Hochland eine Übernachtung geplant war. Als sie vor dem eleganten Stadthaus am George Square anhielten, kam ein Diener die Eingangsstufen heruntergeeilt und öffnete den Wagenschlag.

»Willkommen in Edinburgh, Lady Georgina. Seine Gnaden setzte mich von Ihrer Ankunft nicht in Kenntnis.«

Ihre Augen leuchteten auf. »Mein Vater ist hier?«

»Seine Gnaden hat oben auf der Burg zu tun, wird aber bald wieder da sein. Jetzt laden wir Ihr Gepäck ab, und Sie machen es sich im Haus bequem.«

Drinnen begrüßte Georgina die Haushälterin. »Würden Sie wohl für Helen ein Bad vorbereiten lassen? Nach der langen, strapaziösen Kutschfahrt tut es ihr sicher gut, wenn sie sich in heißem Wasser ausgiebig aufwärmen kann.«

»Ich und meine alten Knochen segnen dich dafür, mein Lämmchen.«

»Ein Schlückchen Whiskey kann auch nicht schaden«, ordnete Georgina an. »Ich mache mich indessen ans Auspacken.«

Als der Duke of Gordon nach Hause zurückkehrte, lief Georgina ihrem Vater in die Arme. »Ich bin ja so glücklich, dich hier in Edinburgh anzutreffen. Damit bleibt mir die kalte, zugige Burg erspart. Ich …« Sie verstummte jäh, als ihr Blick auf die Frau fiel, die ihren Vater begleitete.

Jean Christie, Alexanders langjährige Geliebte, knickste andeutungsweise. »Lady Georgina.«

Die unscheinbare Jean war die Demut in Person, das genaue Gegenteil der umtriebigen Herzogin, die überall auffiel. Ihr Vater hatte die Geliebte nie versteckt, und Georgina war ihr schon oft begegnet. Heute aber schockierte sie der Anblick, denn die Frau war hochschwanger. *O Gott, das wievielte Mal, das vierte oder fünfte?*

»Bitte entschuldigen Sie mich, Mylady. Ich weiß, dass Sie beide allein sein wollen«, sagte Jean, ehe sie sich diskret zurückzog.

Georgina verbarg rasch die Enttäuschung, die sie empfand. Als Großsiegelbewahrer von Schottland war der Duke of Gordon oft auf Edinburgh Castle anzutreffen, doch nahm er sicher nicht immer seine Geliebte mit. »Du warst auf der Burg?«, fragte sie.

»Ja, während Jean ihren Arzt konsultierte. Ich habe sie in die Stadt gebracht, solange das Wetter es noch zulässt. Möchtest du nicht mit uns nach Gordon Castle kommen? Wir könnten gemeinsam auf die jährliche Schnepfenjagd gehen.« Er sah, dass sie ein Schaudern unterdrückte. »Das besprechen wir bei Tisch, mein Mädchen. Dann kannst du deinem alten Vater berichten, was dich bedrückt.«

Während Georgina sich Gesicht und Hände wusch und sich umkleidete, spürte sie, dass die Freude darüber, wieder einmal in Schottland zu sein und ihren Vater zu besuchen, einen gehörigen Dämpfer bekommen hatte. Doch als sie sich hinunter zum Dinner begab, war sie fest entschlossen, sich nicht von ihrer Enttäuschung die Laune trüben zu lassen. Erleichtert sah sie, dass sie wenigstens beim Essen nur zu zweit sein würden.

»Na, heute Abend siehst du aber sehr erwachsen aus, Mädel.«

»Letzten Monat bin ich achtzehn geworden.«

»Wirklich? Geburtstage kann ich mir einfach nicht merken.«

Zu viele Kinder von zu vielen Müttern, dachte Georgina. »Ich hatte kürzlich eine Porträtsitzung in meiner Hofrobe.«

»Anstelle eines Geschenkes bezahle ich das Porträt. Wer hat es gemalt?«

»John Hoppner.«

»Das sieht deiner Mutter ähnlich, einen so teuren Maler zu wählen. Hat er seine Sache wenigstens gut gemacht?«

»Ja, das Bild gefällt mir. Ich sehe darauf sehr verführerisch aus.«

»Aber sollte das erste Porträt einer Debütantin nicht dazu dienen, sie jung und unschuldig wirken zu lassen?«, fragte der Herzog augenzwinkernd.

»Das verlangt die Konvention, doch ich stamme schließlich aus einer höchst unkonventionellen Familie, oder etwa nicht?«, sagte sie mit Betonung.

»Zumindest von deiner Mutter-Seite her«, stimmte er zu.

»Erwarte ja nicht, dass ich nicht loyal zu Mutter stehe. Ich liebe euch beide.«

»So sollte es auch sein, meine liebe Tochter. Also, was hat dich so aus der Fassung gebracht, dass du auf und davon nach Schottland bist?«

Wie soll ich das beantworten? Ohne unloyal zu klingen, kann ich doch nicht sagen, dass Mama mich ungerührt auf dem Heiratsmarkt feilbieten und mich an den wichtigsten Titelträger verhökern wird. »Es ist meine letzte Verschnaufpause, ehe die Wintersaison mit allem Trubel einsetzt. Außerdem wollte ich dich bitten, zu meiner Vorstellung bei Hof nach London zu kommen.«

Alexander Gordon runzelte die Stirn. »Tja, das könnte schwierig werden. Jeans Kleines soll Anfang Oktober kommen.«

Die Enttäuschung, die Georgina bislang im Zaum gehalten hatte, überwältigte sie nun. Ihr Mund war wie ausgetrocknet, und sie schluckte schwer. »Ich verstehe«, sagte sie leise.

»Braves Mädchen. Also, wie wär's, wenn wir morgen im River Esk Forellen angeln? Der Spey ist es nicht, aber immerhin das Beste rund um Edinburgh.«

»Das wäre wundervoll, Papa. Ich nehme meinen Zeichenblock mit.«

»Und ich ziehe meinen Kilt an. Wir brechen zeitig auf … sagen wir um fünf?«

Georgina lächelte. »Ich werde bereit sein. Die Köchin soll uns ein Picknick einpacken.«

Oben sagte sie Helen, dass sie früh zu Bett gehen wolle, damit sie um fünf ausgeschlafen sei. »Hoffentlich hältst du es hier ohne mich aus. Aber Jean Christie ist ja da.«

»Ach, die Frau ist so zurückhaltend, dass sie für mich kein Problem darstellt, mein Lämmchen. Ist sie dir unangenehm?«

»Nein, nicht wirklich. Ich war nur erschrocken, als ich sah, dass sie noch ein Kind bekommt.«

Helen nickte verständnisvoll. »Was man nicht ändern kann, muss man hinnehmen.«

»Du bist eine weise Person.« Georgina seufzte. »Gute Nacht, Helen.«

In den folgenden beiden Wochen verbrachten der Duke of Gordon und seine Tochter viele schöne Stunden zusammen. Sie fischten im River Esk, segelten im Firth of Forth und spielten Golf. Der Vater ließ für sie einen Kilt mit den schwarzweißen Gordon-Karos anfertigen, dazu eine Mütze und eine schwarze Samtweste. Er schenkte ihr eine silberne Brosche, die die Form einer Distel hatte und in deren Mitte ein riesiger, purpurfarbener Amethyst prangte.

Als der Herzog offiziell in Holyrood Palace zu tun hatte, durfte Georgina ihn begleiten. Die Residenz des britischen Königshauses in Schottland war ein Ort, dessen bezwingender Atmosphäre sie sich noch nie hatte entziehen können. Wie immer suchte sie auch diesmal die Gemächer auf, die Mary Stuart, die berühmte Königin, bewohnt hatte, und starrte den Blutfleck auf dem Holzboden an, der die Stelle markierte, an der angeblich Marys *Liebhaber* ermordet worden war.

So viel Unglück wurde durch eheliche Untreue von Männern und Frauen verursacht. Ich will keine Ehe, wie du sie hattest, Mary. Auch möchte ich keine Ehe, wie meine Eltern sie führen. Georgina schloss die Augen und wünschte sich inbrünstig einen Mann, der sie so tief lieben würde, dass er nie mehr eine andere auch nur ansehen wollte.

Alexander Gordon lud seine Tochter an einem Abend in einen beliebten Austernkeller am Canongate ein, wo der berühmte Geiger Neil Gow aufspielte und wo um Punkt zehn der schottische Tanz begann. Zu Ehren der Gordons, die langjährige, treue Gäste waren, spielte Gow einen Tanz, dessen Melodie aus der Feder des Herzogs selbst stammte.

»Ach, ich wünschte, Neil Gow würde nach London kommen und auf meinem Ball aufspielen«, seufzte Georgina wehmütig.

»Deine Mutter veranstaltet also wieder einen ihrer pompösen Bälle? Sag ihr, sie soll es sich ja nicht einfallen lassen, mir die Rechnung aufzuhalsen.«

Georgina versuchte sich wegen seiner unverblümten Worte nicht zu kränken, schaffte es aber nicht ganz. Als einer der reichsten Grundherren Schottlands konnte er sich ein Fest zu Ehren ihres Debüts sehr wohl leisten. *Aber ich bin nicht seine jüngste Tochter – er hat noch andere, uneheliche Kinder. Ist es denkbar, dass er Jean Christies Kinder mehr liebt als uns?* Rasch verdrängte sie diesen Gedanken. *Kein Selbstmitleid, Georgina Gordon*!

Nach zwei Wochen merkte sie ihrem Vater an, dass es ihn juckte, wieder in sein Hochlandschloss zurückzukehren. Georgina sagte ihm liebevoll Lebewohl, ehe sie mit Helen Taylor die Kutsche bestieg, die sie heim nach London bringen sollte. Es war ein angenehmer Besuch mit einigen Wermutstropfen gewesen, aber die vielen, schönen gemeinsamen Unternehmungen mit ihrem Vater entschädigten sie für die kleinen Enttäuschungen.

Sie hatte viele Skizzen von ihm gemacht und fühlte sich sehr geschmeichelt, dass er alle behalten wollte. Nur eine, die beim Angeln im River Esk entstanden war, behielt sie selbst als Andenken. Während der Wagen flott dahinholperte, zog sie die Zeichnung heraus und betrachtete sie.

»Diese Skizze meines Vaters erinnert mich an jemanden«, sagte sie zu Helen. »Wer könnte das nur sein?«

»Der Herzog ist eine sehr markante, stattliche Erscheinung mit seinem schwarzen Haar. Es gibt nicht viele wie ihn.«

Und plötzlich wusste Georgina, an wen ihr Vater sie erinnerte. *An John Russell, Lord Tavistock! Wenn auch jünger, sieht der abweisende, herrische Kerl mit dem tiefschwarzen Haar fast aus wie Papa. Verdammt, ich wollte das Bild rahmen lassen und in meinem Schlafzimmer aufhängen, aber immer wenn ich es ansehe, werde ich an den alten Mann erinnert.* Rasch steckte sie das störend ähnliche Porträt zurück in ihren Malkasten.

»Es freut mich, dass du eine junge Dame mit Prinzipien bist. Du hattest versprochen, Mitte September zurück zu sein, und da bist du wirklich«, empfing Jane die Tochter. »Eigentlich kein Wunder – du gerätst in jeder Hinsicht mir nach.«

»Vater war in Edinburgh. Mir wurde dadurch die lange Fahrt ins Hochland erspart.«

»Wirklich? Und was machte er in Edinburgh?«

Georgina war zu klug, um Jean Christie zu erwähnen. »Sein Aufenthalt hing wohl mit seinen offiziellen Verpflichtungen als Großsiegelbewahrer zusammen.«

»Ich verstehe. Und zeigte sich der hohe Herr auch nur annähernd einverstanden, für deinen Debütball aufzukommen?«, fragte ihre Mutter trocken.

»Er bot an, mein Porträt zu bezahlen.«

»Das sollte er auch. Ich habe Hoppner bereits mitgeteilt, dass die Rechnung vom Duke of Gordon beglichen wird. Und wie steht es nun mit den Kosten für den Ball?«

Georgina ließ seine eindeutige Ablehnung unerwähnt. »Ich bin gar nicht sicher, ob er überhaupt zu meiner Vorstellung bei Hof kommen wird.« *Tatsächlich weiß ich genau, dass er nicht kommt.*

»Hm! Er hat wohl anderweitige Verpflichtungen?«

»Zweifellos wichtige geschäftliche Angelegenheiten.«

»Kann ich mir denken – sehr wichtige, als größter Gockel des Nordens!«

Georgina lachte. *Allerdings verdammt wichtige ... Wenn ich nicht lache, muss ich weinen.*

»Aber jetzt bist du zurück, und wir dürfen keine Zeit mehr verlieren. Ich werde Madame Chloe für morgen bestellen. Du musst eine komplett neue Garderobe bekommen, Georgina. Ich werde alles in meiner Macht Stehende tun, um deine Saison zu einem spektakulären Ereignis zu machen. Es wird bestimmt die beste Investition, die ich jemals getätigt habe.«

Georginas Gefühle schwankten zwischen Auflehnung und Resignation. *Eine erfolgreiche Saison wird nach den Resultaten auf dem Heiratsmarkt bewertet und nicht nach schönen Kleidern und Bällen.* Sie seufzte. *Helen hat ganz richtig gesagt, dass man erdulden muss, was nicht zu ändern ist.* »Ich begebe mich ganz in deine Hände, Mama.«

Nachdem sie ihre Sachen ausgepackt und in den Schrank gehängt hatte, holte Georgina die Zeichnung, die den Vater beim Angeln zeigte, hervor. Sie betrachtete sie lange und eingehend. *Meine Fantasie spielt mir einen Streich. Papa sieht dem Ekel John Russell überhaupt nicht ähnlich.*

Sie hatte einst ihren Bruder in der Uniform eines Colonel gemalt. Dieses Bild nahm sie jetzt aus dem Rahmen und ersetzte es durch jenes des Vaters. Sie hängte es auf und trat zurück. Alexander, Duke of Gordon und Gockel des Nordens, wie er genannt wurde, starrte sie mit wehendem Haar an. Georgina tastete nach der silbernen Distel mit dem Amethyst an ihrem Hals. *Du liebst mich! Ich weiß es!*

Am nächsten Morgen traf Georgina im Frühstückszimmer auf ihren Bruder. »Ach, George, du kannst mir einen großen Gefallen tun.«

»Für dich tue ich alles, Georgy. Um was geht es?«

»Heute Morgen habe ich einen Termin bei Madame Chloe wegen meiner neuen Garderobe, aber nachmittags würde ich zu gern die Besuchergalerie im Unterhaus aufsuchen und brauche Begleitung.«

»Ach, du hast ein Auge auf jemanden geworfen, so ist es doch?«, neckte er sie.

»Wo denkst du hin! Louisa und ich waren regelmäßig dort, um uns die Redner anzuhören. Ich bin an Politik schließlich sehr interessiert, George.«

Er ging auf ihre Erwiderung nicht ein. »Setz dir bloß niemanden aus dem Unterhaus in den Kopf – Mutters Ansprüchen entsprechen nur die Mitglieder des Oberhauses.«

»Da beide Häuser wieder Sitzungen abhalten, werde ich nächste Woche auch den Lords einen Besuch abstatten, wenn du so lieb bist und mich begleitest.«

Jane betrat das Frühstückszimmer. »Ach, da bist du ja, Georgina. Madame Chloe ist eben eingetroffen.«

George zwinkerte seiner Schwester zu, ehe ihre Mutter sie entführte, damit sie abgemessen, angepasst, gestoßen, gezerrt und gepiekst werden konnte.

Obschon Debütantinnen traditionsgemäß ausschließlich in Weiß eingekleidet wurden, bestand Georgina darauf, dass ihre neue Garderobe auch Farbe aufweisen musste.

Und sie wusste genau, welche Farben ihr dunkles Haar und ihre helle Haut vorteilhaft betonten. Pastelltöne wie Pfirsich, Schlüsselblumengelb, Lavendel und Grün schmeichelten ihr ungemein. Als ihre Mutter gegen das leuchtende Pfauenblau, das Georgina gern gehabt hätte, protestierte, zeigte sie sich kompromissbereit und akzeptierte einen weißen, die Farbe dämpfenden Überrock.

Zu jedem Kleid brauchte man passende Fächer und Schuhe, dazu Mäntel und Capes, von denen einige mit Schwanenfedern oder weißem Fuchspelz verbrämt waren.

»Für heute Nachmittag ist eine Coiffeuse bestellt – wegen neuer Perücken und juwelenbesetzten Kopfputzes. Ich lasse für mich auch etwas anfertigen, wenn sie schon da ist«, erklärte die Herzogin.

»Tut mir leid, ich gehe nachmittags mit George aus.«

Die Mutter widersprach nicht. Wenn George mit seiner Schwester ausging, würde er vor den männermordenden Frauenzimmern sicher sein, die ihm schamlos nachstellten. »Dann soll die Coiffeuse eben morgen kommen.«

In ihrem besten Straßenkleid aus cremefarbenem Leinen und einem mit Blumen geschmückten, sommerlichen Hut bemühte Georgina sich, auf dem Weg zum Unterhaus mit ihrem Bruder Schritt zu halten. »Mir fällt auf, dass die an Besessenheit grenzende Zielstrebigkeit unserer Mutter, ihren Nachwuchs zu verheiraten, sich nicht auf ihren einzigen Sohn erstreckt.«

»Ihre Besessenheit grenzt an Fanatismus. Sie mischt sich in mein Leben genauso ein wie in deines und das deiner Schwestern. Der Not gehorchend, legte ich mir eine Taktik der Geheimhaltung zu, was mein Interesse für das andere Geschlecht betrifft. Mutter machte bislang jeder Beziehung ein Ende, wenn mir eine junge Dame gefiel, und trieb mich in die Arme von Frauen, die höchst unpassend waren, wenn du verstehst, was ich meine.«

»Ich verstehe. Sie ermutigt dich, dein lockeres Leben beizubehalten, weil sie hofft, dass du mit regelmäßigen Vergnügungen zufriedenzustellen bist und nicht auf die Idee kommst zu heiraten. Sie ist überzeugt, dass es auf der ganzen Welt keine Frau gibt, die für dich gut genug ist.«

»Womit sie natürlich Recht hat«, scherzte er.

Georgina schmunzelte. »Wie ich hörte, nennt man dich Prince of Wales des Nordens.«

»Ein wenig schmeichelhafter Vergleich. Prinny muss mindestens einen Zentner mehr als ich wiegen.«

In Georginas Augen blitzte Neugierde auf. »Gibt es eine spezielle junge Dame, der dein geheimes Interesse gilt?«

Er zwinkerte ihr zu. »Würde ich es dir sagen, bliebe es nicht mehr lange ein Geheimnis.«

Sie stiegen die Treppe hinauf und betraten die Galerie, die an diesem Tag nicht allzu voll war. Einige wenige Ehefrauen wollten ihre Männer hören, ein paar junge Burschen beobachteten ihre Väter, die unten im Parkett des Unterhauses saßen.

Georgina nahm nicht Platz, sondern stellte sich an die Brüstung, um besser hinunterblicken zu können. Sie sah ihn sofort. Da er als einziger Abgeordneter keine Perücke trug, war sein schwarzes Haar inmitten der gepuderten Köpfe leicht auszumachen.

Ihr Blick wanderte zu William Pitt, dem Premierminister, der mit einem Stapel Papiere dastand. »Trotz der erfolgreichen Niederschlagung des irischen Aufstandes wäre Selbstzufriedenheit nicht angebracht. Wenn man keine Lösungen für die religiösen und politischen Probleme Irlands findet, werden immer wieder Unzufriedene versuchen, die Monarchie zu stürzen. Ich bin überzeugt, dass die einzige Antwort eine Union Großbritanniens mit Irland ist.«

Laute Rufe, zustimmende wie ablehnende, folgten seinen Worten. Es dauerte eine Weile, bis die Ordnung wiederhergestellt war.

Georgina sah, dass sich John Russell erhob. Er brauchte die Bank nicht zu erklimmen, um bemerkt zu werden, da er um einen Kopf größer war als die meisten anderen.

»Das Haus erteilt dem ehrenwerten Abgeordneten von Tavistock das Wort.«

John Russell sprach ohne Manuskript aus dem Stegreif. Seine tiefe, ernste Stimme war deutlich bis zur Galerie hinauf zu hören. »Verehrter Mr. Prime Minister, ehrenwerte Abgeordnete. Sie wissen sehr wohl, dass ich für die völlige Unabhängigkeit Irlands eintrete.«

Jubel und Missfallensbekundungen begleiteten seine Worte.

Ungerührt fuhr Russell fort: »Da die meisten von ihnen noch immer im dunklen Mittelalter zu leben scheinen und meinen Vorschlag nicht einmal in Betracht zu ziehen bereit sind, unterstütze ich voll und ganz den Vorschlag des Premierministers, ein Unionsgesetz zu verabschieden – vorausgesetzt, wir lassen die Gleichstellung der Katholiken zu.«

Wieder gab es Jubel und Buhrufe.

Pitt hob die Hand. »Die irischen Katholiken besitzen seit mehr als einem Jahrzehnt das Stimmrecht, aber jedes Gesetz, das vorsieht, Katholiken ins Parlament zu entsenden, wird von Seiner Königlichen Hoheit George III. blockiert. Ich darf Ihnen in Erinnerung rufen, dass wir dem König zu Diensten sind.«

»Der König ist verrückt!«

Georgina konnte nicht unterscheiden, von wem dieser schockierende Zwischenruf kam, doch bald ging es zu wie in einem Tollhaus. Einige Abgeordnete droschen gar mit ihren Schuhen auf die Bänke ein.

Charles Fox erhob sich und hob beide Arme. Alles verstummte, um ihm Gehör zu verschaffen. »Noch einmal: Ich beantrage ein Gesetz, das die Regentschaft des Kronprinzen ermöglicht.«

Auf seine Worte folgten Gelächter und Beifall seitens seiner Freunde aus den Reihen der oppositionellen Whigs.

Pitt erwiderte: »Wir sind uns der Ambitionen des ehrenwerten Mitgliedes dieses Hauses bewusst, Premierminister zu werden. Leider kann ich Ihnen im Moment nicht entgegenkommen.«

Trotz des allgemeinen Gelächters war jetzt John Russells tiefe Stimme zu vernehmen. »Es ist nicht zum Lachen, dass neunzig Prozent der Iren nicht für das irische Parlament kandidieren dürfen, weil sie Katholiken sind. Und Sie haben Recht, Mr. Pitt – wir sind dem König zu Diensten. Aber ich darf Sie respektvoll daran erinnern, dass der König auch dem Volk zu Diensten sein sollte.« Das gesamte Haus spendete lauten Beifall.

Georgina hing an Russells Lippen. *Den Mann selbst finde ich abscheulich, seine Ansichten teile ich jedoch voll und ganz.*

»Beobachtest du Charles Lennox?«, fragte ihr Bruder.

Georgina blinzelte. *Charlottes Mann habe ich gar nicht gesehen.*

Ihr Blick schweifte über die Bänke. *Ach, da ist ja auch Lord Holland. Wie konnte ich Henry nur übersehen*? Sie kannte die Antwort nur zu gut. Sie hatte allein Augen für John Russell gehabt. Widerstrebend musste sie sich eingestehen, dass der unleidliche Kerl der einzige Grund für ihren heutigen Besuch war.

Zu ihrer Enttäuschung endete die Sitzung abrupt. Es wurde beschlossen, die Behandlung des Antrages auf die nächsten Sitzungstage zu verschieben.

George hatte es nicht eilig, die Galerie zu verlassen, und langsam gingen sie die Treppe hinunter. Inzwischen waren auch die Abgeordneten unterwegs zum Ausgang. »Lass dir Zeit, Georgina. Wir wollen auf Lennox warten. Ich möchte ihn sprechen.«

Wider besseres Wissen ging sie darauf ein. Eigentlich wollte sie vermeiden, dass John Russell von ihrem Besuch auf der Galerie erfuhr.

»Charles, hierher!« George rief laut nach seinem Schwager und winkte ihm zu.

Lennox wechselte über die Schulter ein paar Worte mit einigen Leuten hinter ihm, und alle drängten sich durch die Menge zu George hin.

»Möchtest du nächstes Wochenende die Rennen in Newmarket besuchen?«

»Sehr gern, George.« Charles drehte sich zu Lord Holland um. »Und du, Henry? Nächstes Wochenende Newmarket?«

»Warum nicht? Ich bin schon eine Ewigkeit nicht mehr bei den Rennen gewesen.« Er richtete die Frage an seinen Freund John Russell. »Was ist mit dir, John?«

»Tut mir leid. Meine Söhne sind wieder in der Schule, und ich habe versprochen, sie an diesem Wochenende in Westminster zu besuchen.«

Georginas Augen begegneten Russells Blick. Rasch blickte sie weg und lächelte Lord Holland zu, der sich nie eine Chance entgehen ließ, mit ihr ein wenig zu flirten. »Wie steht es mit Ihnen,

Henry? Ich fand es heute höchst interessant, Sie von der Galerie aus zu beobachten.«

»Sie wissen genau, wie man einem Mann schmeichelt, Lady Georgina. Aber eigentlich war es John, der heute Aufmerksamkeit verdiente.« Er wandte sich an Russell. »Ihr Bruder Francis hat Beth und mich für das folgende Wochenende nach Woburn zu den Rennen eingeladen. Hoffentlich werden Sie ebenfalls anwesend sein. Beth und ich haben Ihre Frau schon eine wahre Ewigkeit nicht mehr gesehen.«

»Meine Frau ist bei ihrer Schwester Lady Bath zu Besuch, doch was mich betrifft, so lasse ich mir das jährliche Rennen auf Woburn nicht entgehen.« Johns dunkler Blick glitt über Georgina und blieb an den leuchtenden Mohnblumen auf ihrem Hut hängen. Ein Wangenmuskel zuckte. *Das übermütige kleine Biest will unbedingt auffallen und die Blicke aller Männer auf sich ziehen, um im Mittelpunkt der Aufmerksamkeit zu stehen.*

»Dann sind wir uns einig«, sagte George. »Nächstes Wochenende Newmarket und übernächstes Woburn.«

»Werden Sie Ihren Bruder begleiten, Lady Georgina?«, fragte Lord Holland. »Beth würde sich über Ihre Gesellschaft freuen.«

Georgina sah die missbilligende, finstere Miene des alten Mannes.

»Nein«, sagte George fest. »Meine Schwester debütiert erst in der ersten Oktoberwoche.«

Georginas Blick glitt über Russells Gesicht. Sie lächelte liebreizend. »Alle Pläne sollten dem Glück vieler und nicht dem Vorteil einiger weniger dienen.«

John Russell wusste, dass diese ironische Anspielung ihm galt. Er hatte genau diese Worte im Hinblick auf die Regierung ausgesprochen, als sie gemeinsam auf Marylebone Manor diniert hatten. *Dem Mädchen gebührt eine ordentliche Tracht Prügel.*

· 8 ·

Georginas bevorstehendes Debüt schien jede einzelne Stunde eines jeden Tages in Anspruch zu nehmen. Neben Anproben für ihre neue Garderobe mussten Einkäufe in der Bond Street erledigt werden. Die Gästeliste für den Ball zusammenzustellen, kostete sie einen ganzen Tag, und doch brachte ihr die Arbeit nur Schelte seitens ihrer Mutter ein, weil sie so viele wichtige Leute übersehen hatte. Gemeinsam machten sie sich an die Ergänzungen.

»Das sind ja insgesamt dreihundert Gäste!«, protestierte Georgina.

»Ein Debütball hat nur Sinn, wenn man ihn ganz groß aufzieht. Und du kannst sicher sein, dass die Duchess of Devonshire zum Ball ihrer Tochter Dorothy die erste Gesellschaft vollzählig einladen wird.«

Die Duchess of Belgrave darf keinesfalls die Duchess of Drinkwater ausstechen! »Da fällt mir ein, dass ich heute eine Tanzstunde in Devonshire House habe.«

»Nein, ich habe veranlasst, dass zur Abwechslung der Tanzmeister die nächsten zwei Wochen zu uns kommt. Die Cavendish-Mädchen werden ihre Stunden hier nehmen.«

»Du lieber Himmel, allmählich entwickelt sich alles zu einem Zweikampf der mütterlichen Rivalinnen«, stellte Georgina amüsiert fest.

»Unsinn! Wir haben es so arrangiert, dass die Debütbälle unserer Töchter auf verschiedene Abende fallen. Ich werde die Einladungen unverzüglich drucken lassen, und unser Diener soll sie persönlich zustellen.«

Am Tag darauf genoss Georgina die Atempause, die ihr der Besuch des Oberhauses mit ihrem Bruder gewährte: keine endlosen Diskussionen für heute über Kleider, Gäste, Speisen und Blumenarrangements.

Von der Galerie aus erspähte sie sofort einige bekannte Gesichter. »Ach, dort ist ja der Duke of Devonshire.«

»Allmächtiger! Der Mann ist bekannt für sein ausschweifendes Nachtleben; er verbringt jeden Abend im Brook's Club und lässt sich volllaufen, bis seine Backenzähne schwimmen. Heute sieht man ihn wahrscheinlich zum ersten und einzigen Mal in diesem Jahr im Parlament.«

»Er lächelt nie.« In Georgina regte sich Mitgefühl mit seiner Familie.

»Er kann nicht lächeln. Seine Gesichtsmuskeln sind durch das Bleipulver gelähmt, mit dem er seine Röte abdeckt.«

»Heute bekomme ich aber eine Lektion nach der anderen.« Ihr nimmermüder Blick glitt suchend über die Bänke. »Dort ist Susans Mann. Der Duke of Manchester sieht zu Tode gelangweilt aus. Ich glaube nicht, dass er zuhört.«

»Natürlich nicht. William ist viel zu sportlich, um stillzusitzen und einer Debatte über die irische Frage zu folgen.«

»Ein auffallend gut aussehender Mann.« *Susan hat gut gewählt.*

»Ja, die Frauen sind verrückt nach ihm.«

Dann war ihre Wahl vielleicht doch nicht so gut!

»Francis Russell wird in die Debatte eingreifen.«

Da dies der Mann war, den sie eigentlich hatte sehen wollen, konzentrierte sich Georgina auf ihn und hörte ihm aufmerksam zu. *Obwohl die vorgebrachten Argumente Hand und Fuß haben, wirkt der Duke of Bedford völlig gleichgültig und unbeteiligt.* Sie beobachtete, wie er seine Kontrahenten mit höhnischen Antworten bedachte. »Bedford behandelt alle voller Verachtung«, sagte sie zu ihrem Bruder.

»Ja, Francis hat schreckliche Manieren.«

Das muss in der Familie liegen!

»Zum Glück ist er so reich, dass er damit durchkommt.«

Sie wechselte das Thema. »Das Oberhaus soll die Regierung kontrollieren, indem es deren Aktivitäten kritisch unter die Lupe nimmt. Aber es kann auch das Unterhaus durch ein Veto blockieren, oder?«

»Erstaunlich, dass du dich für diese politischen Palaver interessierst.«

Georgina blickte auf Francis Russell hinunter. *Er sieht besser aus als sein düsterer Bruder John und wirkt, als wäre er einem Modejournal entsprungen, doch macht er einen dekadenten Eindruck und verströmt eine Atmosphäre der Lüsternheit. Sicher ist er genusssüchtig bis zum Exzess! Aber vielleicht kann er als einer der reichsten Herzöge von England gar nicht anders sein.*

Um Punkt vier endete die Debatte. Die vornehmen Herren hatten weit wichtigere Interessen zu verfolgen, als sich um Regierungsangelegenheiten zu kümmern. Ihre Clubs winkten, wo sie ihren Zwillingslastern, dem Trinken und dem Spielen, ungehemmt frönen konnten.

George versuchte seinen Schwager einzuholen, als er das Gebäude verließ, doch wartete bereits die Kutsche des Duke of Manchester vor dem Portal.

Georgina starrte hinter William Montagu her. »Wer zum Teufel war die Dame in seinem Wagen? Ganz sicher nicht Susan.«

George zuckte mit den Schultern. »Eine seiner *petites amies* könnte ich mir denken.«

Georgina war schockiert und empört um ihrer Schwester willen.

»Huntly, was machen Sie hier?«, fragte Francis Russell, während sein Blick über Georgina glitt.

»Hallo, Bedford. Ich habe eben Manchester verfehlt. Ich wollte ihn fragen, ob er dieses Wochenende zu Ihren Rennen nach Woburn kommt.«

»Ja, Manchester hat meine Einladung angenommen. Darf ich hoffen, dass auch Lady Georgina mitkommt?«

»Hoffen darf man immer, Euer Gnaden«, erwiderte Georgina kühl.

»Sie wird nicht mitkommen. Meine Schwester hat nur gescherzt.«

»Ganz sicher«, bemerkte Bedford gedehnt.

»Wir besuchten letzte Woche das Unterhaus, als Ihr Bruder dort gerade die irische Frage diskutierte.«

»Und wie schneide ich bei dem Vergleich ab?«, fragte Francis selbstzufrieden.

»Ihr Bruder ist viel leidenschaftlicher.«

»Nicht in allem.« Seine Worte waren von gezielter Gewagtheit.

»Das bleibt abzuwarten, Euer Gnaden. Guten Tag.«

George musste seiner Schwester nachlaufen, die sich brüsk umgedreht hatte und einfach gegangen war. »Du solltest mit Bedford nicht so scherzen. Er ist als Frauenheld bekannt.«

»Nach allem, was ich in letzter Zeit so sah – welcher der Herren von Stand ist das nicht?«

»Er ist zügelloser als die anderen. Seine Geliebten sind Legion. Ich möchte ja nur, dass du auf der Hut bist, Georgy. Nach deinem Debüt werden die Männer dich umschwärmen wie Bienen den Honigtopf.«

»Ich habe es nicht eilig, in Ehefesseln gelegt zu werden, zumal nicht mit einem Mann, der einen ganzen Stall von Geliebten hat.«

»Ehefesseln ist ein Begriff, den sonst nur Männer verwenden.«

»Bis jetzt. Vielleicht führe ich eine neue Mode ein.«

»Du unterschätzt Mutters Qualitäten als Kupplerin. Nicht umsonst nennt man sie ›Einpeitscherin‹.«

Mama angelte sich einen mächtigen Herzog und ergatterte große Titel für meine Schwestern, doch möchte ich zu gerne wissen, ob eine von ihnen wirklich glücklich ist. Schaudernd schickte Georgina ein stilles Stoßgebet zum Himmel.

»Frierst du?«, fragte George besorgt.

»Nein, nein, ich hatte nur so etwas wie eine böse Vorahnung.«

Francis Russell fuhr zum Stadthaus der Bedfords am Russell Square. Seiner Familie gehörten nicht nur das Anwesen und der gesamte Platz, sie besaß auch ganz Bloomsbury. Wenn die Brüder sich in London aufhielten, bewohnten sie verschiedene Flügel des stattlichen Hauses, pflegten aber abends nach den Parlamentssitzungen oft gemeinsam zu speisen.

Francis fuhr durch die schmiedeeisernen Tore und übergab seine offene Kutsche einem Stallburschen. Als er durch den Garten auf das Haus zuging, stieß er auf seinen Bruder. »Hallo, John. Warum dieses Stirnrunzeln?«

»Francis, der Garten ist total verwahrlost und verwildert, ein richtiger Urwald. Ich dachte, du wolltest jemanden beauftragen, die Anlage neu zu gestalten, damit es hier endlich zivilisierter aussieht.«

»Ach, mir bleibt dazu nie die Zeit. Du machst dir um alles viel zu viele Gedanken. Immer stellst du die Pflicht über das Vergnügen und erwartest von mir dasselbe.«

»Wenn du keine Zeit hast, Francis, werde ich die Sache in die Hand nehmen. Humphrey Repton ist ein angesehener Landschaftsgärtner und genau der Mann, den wir brauchen.«

»Wenn Repton dir zusagt, dann ist er auch für mich in Ordnung. Aber jetzt lass uns zu Tisch gehen. Begleitest du mich anschließend zu Brooks?«

»Nein, danke. Ich arbeite an der Rede, die ich morgen im Parlament halten werde. Die irische Frage muss einer Lösung zugeführt werden.«

»Schon wieder Pflicht vor Neigung. Während deine Frau auf Besuch bei ihrer Schwester ist, könntest du dir ein wenig Vergnügen gönnen.«

»Ich werde dieses Wochenende nach Woburn zum Rennen kommen.«

Im Speisezimmer betrachtete Francis seinen Bruder bei Tisch mit kritischen Augen. »Du bist mit deinem dunklen Haar ziemlich auffallend. Ich erwäge, ebenfalls auf meine Perücke zu verzichten. Das könnte sich als neue Mode durchsetzen.«

»Ich trage mein eigenes Haar aus Protest gegen die Mehlsteuer. Mit Mode hat das nichts zu tun.«

»Wenn ich es täte, John, hätte es vor allem mit Mode zu tun. Du weißt, dass bei mir das Vergnügen vor der Pflicht rangiert.«

»Das weiß ich nur zu gut, Francis.«

»Du sagst es so, als würde ich meine Pflicht vernachlässigen.«

»In einem Punkt bist du absolut pflichtvergessen. Als Duke of Bedford brauchst du einen Erben. Du verfügst über ein Riesenvermögen, besitzt zahlreiche Liegenschaften in London sowie Güter in allen möglichen Grafschafen. In Bedford, Buckingham, Cambridge, und wo sonst noch. Du brauchst einen Sohn und Erben, dem du dies alles übergeben kannst und der deinen Namen weiterträgt.«

»Um einen Erben zu bekommen, müsste ich heiraten«, entgegnete Francis trocken.

»Allerdings. Mit sechs-, fast siebenunddreißig wird es höchste Zeit, sich nach einer passenden Frau umzusehen.«

»Du kannst es nicht lassen, mir in diesem Punkt Vorhaltungen zu machen, und wie immer muss ich, wenn auch ungern, zugeben, dass du Recht hast. Allerdings ist mir nach wie vor der Gedanke unerträglich, mich auf eine einzige Frau festzulegen.«

»Ich habe meine Zweifel, ob du das könntest, ja, ob du es überhaupt versuchen würdest. Nichtsdestoweniger wächst die Notwendigkeit, die Sache mit dem Erben in Angriff zu nehmen, mit jedem Jahr. Außerdem brauchst du eine legitime Ehefrau, die auf Woburn für dich repräsentieren kann.«

Francis seufzte und leerte sein Glas Rotwein. »Eine politische Allianz zwischen dem führenden Whig-Herzog und der Tochter der führenden Whig-Gastgeberin würde zweifellos die Erwartungen der Gesellschaft erfüllen.«

»Guter Gott, die Tochter der Devonshires ist den Kinderschuhen kaum entwachsen. Francis, wo denkst du hin?«

»Die junge Dame wird bald debütieren. Ich bin zu ihrem ersten Ball eingeladen.«

»Dann ist sie höchstens achtzehn«, protestierte John.

»War Elizabeth nicht ebenfalls in diesem zarten Alter, als ihr geheiratet habt?«, fragte Francis mit einem süffisanten Lächeln.

»Ja, aber ich war selbst noch blutjung und nicht wie du ein Mann in den mittleren Jahren.«

»Herrgott, erst drängst du mich zu heiraten; und wenn ich mir die Sache überlegen will, kommst du mir mit Einwänden.«

John hob die Hand. »Verzeih, Francis, ich habe kein Recht, mich in dein Leben einzumischen. Ich wollte dich ja nur dazu bringen, eine Heirat wenigstens in Erwägung zu ziehen. Bei der Wahl deiner Ehefrau werde ich dir nicht dreinreden. Meine eigene Ehe berechtigt mich bei Gott nicht dazu, mich als Beispiel hinzustellen.«

»Du brauchst dich nicht zu entschuldigen, John. Du warst immer ein Fixpunkt in meinem Leben. Deine Entschlossenheit ist wie ein Fels für mich.« Er wechselte das Thema. »Prinny kommt zum Rennen nach Woburn, ebenso sein Bruder Edward. Ich wette bei jedem Rennen mit ihm. Der Dummkopf ist spielsüchtig.«

John zog seine dunklen Brauen zusammen, erstaunt darüber, dass Francis seine eigene Spielsucht nicht durchschaute. *Mund halten, John.*

»Ich würde gerne am Wochenende eine Landpartie machen. Das Herbstlaub wird herrlich aussehen.« Jane Gordon hielt es für selbstverständlich, dass Georgina sich ihr anschließen würde.

»Und was schwebt dir als Ziel vor?« Die Tochter wusste, dass ihre Mutter selten etwas ohne Hintergedanken plante.

»Kimbolton. Deine Schwester besitzt prachtvolles georgianisches Silber, das ich mir für deinen bevorstehenden Ball gern ausborgen würde.«

»Genügt es nicht, ihr eine Nachricht zu schicken? Sie würde bestimmt alles mitbringen, was du möchtest, wenn sie und William zu meiner Vorstellung bei Hof kommen.«

»Das stimmt, meine Liebe. Aber Kimbolton birgt ja so viele Schätze. Sicher sehe ich dort noch andere Dinge, mit denen ich selbst die illustresten Gäste gebührend beeindrucken könnte.«

Georgina lächelte versonnen. *Also das steckt dahinter.*

Als die Reisekutsche im Hof der alten Abtei von St. Albans anhielt, damit die Pferde getränkt werden konnten, nutzten Georgina und ihre Mutter die Gelegenheit, um sich die Beine zu vertreten.

Die Duchess of Gordon erhielt vom Benediktinerprior gegen eine kleine milde Gabe die Erlaubnis, den berühmten Turm besteigen zu dürfen, von dem aus sich ein spektakulärer Blick auf die majestätischen Chiltern Hills in ihrem herbstlich farbenfrohen Prunkkleid bot.

Georgina sah Tränen in den Augen ihrer Mutter glänzen. »Es erinnert dich an Schottland, oder? Lass nicht zu, dass es dich traurig macht, Mama.«

»Diesen Sommer kam ich ja nicht dazu, mein geliebtes Kinrara zu besuchen«, sagte Jane wehmütig. »Wie mir die Wälder mit dem Jungwild fehlen.«

»Deine kostbaren Erinnerungen sind für immer in Herz und Seele bewahrt. Nächsten Sommer wirst du alles doppelt genießen.«

»Ja, dann werde ich frei wie ein Vogel sein – natürlich nur, wenn wir dich bis dahin glücklich verheiratet haben.«

Ich zweifle nicht daran, dass du alles tun wirst, um mich unter die Haube zu bringen, Mama. Wie glücklich ich sein werde, hängt freilich von mir und meinen eigenen Entscheidungen ab.

Ehe sie weiterfuhren, erfrischten sie sich mit dem berühmten, von den Mönchen gebrauten Bier. Jane erlaubte dem Kutscher sogar einen großen Humpen gegen den Durst, ehe er wieder den Kutschbock erklomm.

Georgina legte ihren Mantel ab, da es ziemlich warm geworden war, seitdem sie London verlassen hatten. Nach einer Weile sah sie ihre Mutter fragend an. »Ich glaube, er hat sich verfahren. Die Stadt Baldock liegt im Norden. Und dann müssen wir noch durch Tempsford, ehe wir Kimbolton Castle erreichen.«

»Schon gut, Georgy. Ich habe dem Kutscher meine geänderten Pläne mitgeteilt.«

»Nanu, eine Änderung?«

»Mir fiel ein, dass an diesem Wochenende die Rennen auf Woburn stattfinden. Susan wird ihren Mann wahrscheinlich zu diesem großen Ereignis begleiten. Es wäre vielleicht Zeitvergeudung, nach Kimbolton zu fahren.«

Plötzlich eingefallen, dass ich nicht lache! Ich wusste, dass du einen Hintergedanken hattest, doch ahnte ich nicht, wie durchtrieben du sein kannst. Ich bin nicht annähernd so gewitzt, wie ich immer geglaubt habe.

»Welch ein Glück, dass es bei den Rennen in Woburn von passenden Junggesellen nur so wimmeln wird, Georgina.«

Von denen der lasterhafte Duke of Bedford nicht der Geringste unter den Herren sein wird. Sie wollte den Mund aufmachen und protestieren, als ihr einfiel, dass der gefährliche Teufel John Russell auch dort sein würde. Ganz plötzlich entschied Georgina sich für kluges Schweigen.

»Verdammt will ich sein«, erklärte George Gordon, Lord Huntly, als er neben seiner jüngeren Schwester im Gleichschritt dahinging, während die Mutter ihnen auf direktem Weg zur Rennbahn vorauseilte. »Die Einpeitscherin hat ihre Pläne für die Treibjagd der Saison schon fertig. Wie zum Teufel hat sie dich dazu gebracht, dass du mitkommst?«

»Sie hat mich ausgetrickst! Angeblich war Kimbolton unser Ziel. Ihre Schachzüge sind so durchschaubar, dass ich mich richtig gedemütigt fühle«, gestand Georgina errötend.

»Na ja, du und ich, wir wissen, was sie vorhat, aber die anderen haben vielleicht keine Ahnung.«

»Das sind doch keine Idioten, George.« Georgina sah, wie Prinny mit seinem Bruder Edward über die drolligen Kapriolen eines als Jockey verkleideten Affen lachte. »Ich habe mich geirrt – es sind Idioten.«

»Sie lässt den Köder vor Bedford baumeln, doch glaube ich nicht, dass er dir in Anwesenheit deiner Mutter, deines Bruders und zweier Schwäger zu nahe treten wird. Übrigens sieht der Köder sehr appetitlich aus.«

»Ich habe diese Aufmachung gewählt, weil ich glaubte, es ginge nach Kimbolton. Für ein Rennen ist sie zu dramatisch.«

»Du bist entschieden ein Renner«, scherzte George.

»Vater hat für mich diesen Black-Watch-Kilt in Edinburgh anfertigen lassen, in dem ich viel Beine zeige. Ich wusste ja nicht, dass ich Publikum haben würde.«

George lachte. »Alle Gentlemen werden darum beten, dass der Wind auffrischt.«

»Wenn das der Fall ist, ziehe ich einfach meinen Mantel wieder an.« Sie erwiderte sein Augenzwinkern. »Oder vielleicht auch nicht, je nach Laune.«

»Schottland über alles!«, riefen sie einstimmig.

Georgina sah, dass ihre Mutter sich zu Susan unweit der Tribüne gesellte, und entschied, dass es ihre Chance war, der mütterlichen Kontrolle zu entwischen. Ihr Bruder erklärte ihr, dass sie für das erste Rennen zu spät gekommen sei, doch werde das zweite bald starten. »Borg mir bitte eine Guinee, George, und zeig mir einen Buchmacher. Dann lasse ich dich gern laufen.«

»Gemacht!«, sagte er und kramte in seiner Tasche nach einer Münze.

Der Mann, der die Wetten entgegennahm, sprach mit dem Earl of Lauderdale und schien Probleme mit dem ausgeprägten Akzent des Schotten zu haben.

»Ich werde für Sie die Dolmetscherin spielen, James, wenn Sie mir verraten, wer in diesem Rennen an den Start geht.«

»Lady Georgina, Sie haben mich gerettet. Sagen Sie diesem Bürschchen, dass ich auf mein eigenes Pferd, auf Strathspey, wetten möchte.«

»Wie viel?«

»Hundert Guineen.«

»Mehr nicht? Immer der sparsame Schotte. Sie haben doch sicher großes Vertrauen in Ihr eigenes Pferd, James?«

»Los, dann eben zweihundert. Strathspey kann nicht verlieren.«

Georgina erledigte die Wette für Lauderdale und bedachte ihn mit einem kecken Lächeln. »Danke für den Tipp.« Sie lauschte aufmerksam, als er die Namen anderer Pferde im Rennen nannte, und wandte sich wieder dem Buchmacher zu, um ihre eigene Guinee zu setzen. Dann lief sie zur Tribüne, um das Rennen nicht zu verpassen.

Im Vorübergehen spürte sie, dass alle Köpfe sich nach der jungen Dame in Kilt und Weste umdrehten. Sie tastete nach dem großen Amethyst an ihrer Distelbrosche. *Papa, du hast mich zum Ereignis der Woburn-Rennen gemacht. Ich kann jetzt davonlaufen und mich verkriechen, oder ich kann auf öde Wohlanständigkeit pfeifen und mich mutig präsentieren.*

Georgina holte Lord Lauderdale ein. Da er Schotte und obendrein Witwer war, fühlte sie sich bei ihm sicher. Verärgert biss sie sich auf die Lippen, als er laut seinen guten Freund Francis Russell rief. Wie erwartet blieb der taxierende Blick des Duke of Bedford anerkennend an ihren Beinen hängen, ehe er zu ihrem Gesicht glitt.

»Welch angenehme Überraschung! Ihr Bruder sagte mir unmissverständlich, dass Sie meine Einladung für das Wochenende nicht annehmen würden.«

»Ach, über das Wochenende bleibe ich nicht, Euer Gnaden. Meine Mutter hat mit meiner Schwester, der Duchess of Manchester, in einer Familienangelegenheit dringend etwas zu besprechen. Danach fahren wir bald wieder ab.«

»Aber sicher nicht vor dem Hauptrennen um den Woburn Gold Cup? Ich bestehe darauf, dass Sie bleiben und meine Gastfreundschaft in Anspruch nehmen. Es wäre mir eine Ehre, als Ihr Begleiter fungieren zu dürfen, Lady Georgina.«

Sie gab ein wenig nach. »Nun, zumindest das nächste Rennen werde ich mir ansehen, da ich eine Wette platziert habe.«

Lauderdale schlug Bedford auf den Rücken. »Strathspey ist das Pferd, auf das man setzen sollte. Hoffentlich haben Sie richtig gewettet, Francis.«

»Allerdings, James, da keines meiner eigenen Pferde in diesem Rennen läuft. Die Quote ist zwar nur zwei zu eins, wer aber auf einen Favoriten setzt, denkt nicht an Geld.«

So kann nur einer reden, der reicher als Krösus ist. Georgina trat näher an die Brüstung. »Es geht los!« Gebannt sah sie zu, wie die Pferde an ihnen vorüberrasten und unter ihren donnernden Hufen eine Staubwolke aufwirbelten. Zugleich aber spürte sie deutlich, dass Bedfords Blick auf ihr ruhte. *Auch Mama wird mich mit angehaltenem Atem beobachten. Mach dir nur ja keine übertriebenen Hoffnungen, Duchess of Drinkwater.*

Die Endphase des Rennens war aufregend, und es erhob sich lautes Stimmengewirr, als Strathspey und ein zweites Pferd Kopf an Kopf in die Zielgerade galoppierten. Dann ein allgemeines Aufseufzen, denn Strathspey wurde mit nur einer Kopflänge geschlagen.

»Hölle und Teufel!«, rief Lauderdale sichtlich betroffen. »Tut mir leid, Mädchen, dass Sie Ihren Einsatz verloren haben.«

»James, bitte … Ich habe nicht verloren, sondern gewonnen.«

»Wie das?«, rätselte er, während Bedford aufmerksam lauschte.

»Ich habe auf Silky Sullivan, nicht auf Strathspey gesetzt. Ein irisches Pferd wird ein schottisches immer schlagen. Ich dachte, das wüsste jeder – vielleicht aber doch nicht, da die Quote zwanzig zu eins stand.«

Vor Lachen brüllend, warf Francis Russell den Kopf in den Nacken. Er lachte noch schallender, als er sah, dass sein Freund puterrot vor Zorn anlief. »Ein Witz auf deine Kosten, James – sich von einem kleinen Mädchen auf seinem ureigenen Gebiet schlagen zu lassen!«

»Und wie viel haben Sie denn verloren, Euer Gnaden?«, fragte Georgina betont höflich. »Ach, ich weiß nicht – es geht nicht ums Geld, sondern um Triumph oder Verlustschmerz.«

Francis schob seine Finger unter ihr Kinn und sah sie an. Aus seinem Blick sprach unverhülltes, heißes Begehren. »Sie genießen es, grausam zu sein. Das könnte sich eines Tages umkehren, Gnädigste, und Sie werden um Gnade flehen.«

»Geben Sie sich oft Illusionen hin, Euer Gnaden?«, fragte sie zuckersüß. »Entschuldigen Sie mich, Gentlemen, ich hole jetzt meinen Gewinn ab.«

Georgina entfernte sich so rasch, dass sie ganz atemlos beim Buchmacher ankam und ihm ihren Wettschein präsentierte. Als er ihr zwanzig Guineen in die Hand drückte, fühlte sie sich so reich, wie sie es sich nie erträumt hätte. Niemals bisher hatte sie mehr als einen Sovereign als Taschengeld zur Verfügung gehabt.

Rasch drehte sie sich um und stieß beinahe mit John Russell zusammen, der ebenfalls gekommen war, um seinen Gewinn abzuholen.

Sein dunkler, missbilligender Blick registrierte ihren kurzen Kilt, und sie spürte, wie ihre Wangen brannten. Am liebsten wäre sie im Boden versunken. Ihre Freude über den Gewinn war verflogen. *Warum zum Teufel weckt er in mir immer das Gefühl, eine unverschämte Göre zu sein*? Sie reckte ihr Kinn und sagte abwehrend: »Ich habe auf den Sieger gesetzt.«

»Gratuliere. Wetten sind offenbar Ihre Leidenschaft. Auch ich setzte auf das irische Pferd.«

»Fünfundzwanzig Pfund bringen hundert, Mylord.« Der Buchmacher fragte, ob er für das Woburn Cup Rennen schon gesetzt habe.

»Noch nicht. Setzen Sie meinen Gewinn auf Gimcrack.«

»Und Sie, Mylady?«

»Ich weiß nicht, wer läuft.«

Der Buchmacher reichte ihr eine Liste.

Sie spürte Russells missbilligenden Blick auf sich. *Der dunkle Teufel sieht so bedrohlich aus, als wollte er mich schütteln.* Der Gedanke bewirkte, dass ihre Kühnheit die Oberhand gewann. »Ich setze fünfzehn Guineen auf Thunderpot!«, sagte sie trotzig. »Der Name ist wohl eine beschönigende Umschreibung für Nachttopf.«

John Russell blieb ernst. »Sie haben eine Neigung zu vulgären Ausdrücken. Für eine junge Dame höchst unpassend.«

»Fehlt Ihnen jeder Sinn für Humor, Lord Tavistock?«

»Nicht ganz.« Sein Blick wanderte bedächtig über ihren Kilt und ihr Wams. »Es gibt unendlich viele Dinge, die mich amüsieren.« Er verbeugte sich höflich. »Guten Tag, Lady Georgina.«

Wieder habe ich den Kürzeren gezogen – ich wünsche, ich hätte ihn gegen das Schienbein getreten. Als sie sich den Vorgang vorstellte, lächelte sie. *Mein Kilt wäre in die Höhe geflogen und hätte mehr als meine Beine enthüllt!*

Sie gesellte sich zu Mutter und Schwester auf die Tribüne. »Wenn Susan einverstanden ist, ihr herrliches Silberservice für meine Debütparty zur Verfügung zu stellen, sehe ich keinen Grund, länger hierzubleiben.«

»Wir fahren nicht vor dem Hauptrennen ab«, erklärte die Herzogin. »Ich habe auf Royal Charge, das Pferd des Prince of Wales, gesetzt. Den Tipp gab mir Charles Fox.«

»Das ist aber sehr riskant. Fox ist kein Glücks-, sondern ein Unglückspilz.«

Susan lachte über den Scherz ihrer Schwester. »Ich bat William, für mich auf Godolphin zu setzen. Ein herrlicher Hengst.«

»William oder Godolphin?«, fragte Georgina unschuldig.

Susans Lächeln verschwand. »Leider beide. Manchmal wünsche ich, es wäre nicht so.«

»Und was ist mit einer Privatwette? Ich setze fünf Pfund auf Gimcrack.«

Susan war einverstanden. »Das ist der Favorit. Er gehört Bedford.«

»Das wusste ich nicht.« *John Russell setzt fünfhundert Pfund auf das Pferd seines Bruders.*

»Ich setze mein Geld auf Messenger«, erklärte Susan, die die Pferde genau musterte, als diese zum Start geführt wurden.

»Georgy, ich sah dich mit Francis Russell scherzen. Hoffentlich ließ er eine Andeutung fallen, dass er unseren großen Ball zu beehren gedenkt«, sagte Jane.

Georgina lächelte betont süß. *Da ich seine Einladung ablehnte, wäre es ein Wunder, wenn uns die Ehre der Gesellschaft des Duke of Bedford zuteilwürde.* »Er ließ nichts dergleichen verlauten, Mama.«

»Sie starten!« Susan fasste aufgeregt nach Georginas Arm.

»Los, Messenger!«, feuerte sie das Pferd begeistert an, auf das sie gesetzt hatte.

»Royal Charger führt«, rief Jane und schnellte von ihrem Sitz hoch. »Ich werde mit Prinny im Kreise der Gewinner sein, wenn er den Gold Cup empfängt!«

Georgina sah, dass Gimcrack und Thunderpot Kopf an Kopf liefen. *Sollte Thunderpot gewinnen, fällt für mich eine erstaunliche Summe ab!* Gimcrack ließ ihr Pferd hinter sich und plötzlich, ganz wider alle Vernunft, wünschte sie sich, Gimcrack möge gewinnen. Ihre Erregung wuchs, als er unerbittlich alle vor ihm laufenden Pferde überholte, und als er die Führung übernahm, hüpfte sie auf und nieder und rief seinen Namen. »Gimcrack! Gimcrack!«

»Er gewinnt! Er gewinnt!«

»Georgy, die Quote war zwei zu eins. Ich schulde dir nur zehn Pfund. Dafür lohnt sich die Aufregung kaum.«

John Russell hat tausend Pfund gewonnen! Ich freue mich für ihn. Es kümmert mich keinen Deut, dass ich fünfzehn Guineen mit Thunderpot verlor.

»Was für ein Zufall, dass Bedfords Pferd gewann. Es gehört sich, dass wir zu ihm gehen und ihm gratulieren.«

Georgina stieß insgeheim eine Verwünschung aus und verdrehte die Augen, als sie Susan ansah. Sie stellte sich Francis Russell vor, wie er den Woburn Gold Cup präsentierte, und spöttelte: »Bedford wird völlig von den Socken sein.«

· 9 ·

Die erste Oktoberwoche verflog so rasch, dass sie in Georginas Erinnerung verschwamm. Am Tag vor ihrer Vorstellung bei Hof trafen ihre Schwestern mit ihren Ehemännern im Haus an der Pall Mall ein. Die Damen verbrachten einen ganzen Nachmittag damit, einander die Roben vorzuführen, die sie tragen wollten. Die Herren zogen sich ins Kartenzimmer zurück und diskutierten die Vorzüge verschiedener Rennpferde und die Höhe der Beträge, die sie in Newmarket und Woburn verloren hatten.

An jenem Abend lag Georgina wach im Bett, zu aufgeregt, um einzuschlafen. Sie stand auf und ging ans Fenster, um die Sterne am mitternächtlichen Firmament zu betrachten. »Ich wünschte, Papa wäre gekommen«, flüsterte sie wehmütig. Ihr Widerwille vor dem Empfang bei Hof wurde noch gesteigert, weil der Vater nicht zur Stelle sein würde und als moralische Stütze wegfiel. Ihr Selbstvertrauen war auf dem Tiefpunkt. *Man wird glauben, seine Abwesenheit beweise einen Mangel an Liebe und Fürsorge. Aber das stimmt nicht!* Da erblickte sie eine Sternschnuppe und äußerte stumm einen Wunsch.

Am nächsten Morgen schlief Georgina sehr lange, und als sie hinunter zum Frühstück ging, traf sie ihre Geschwister samt Anhang an, die alle gleichzeitig redeten. Niemand beachtete sie wirklich, und so schob sie ihr Essen lustlos auf dem Teller herum.

Schließlich fasste Louisa nach ihrer Hand und drückte sie. »Na, was ist los?«

»Keinen Appetit«, murmelte sie.

»Die Nerven«, erklärte Charlotte gewohnt weise.

Georgina rang sich ein leeres Lächeln für Louisa ab. »Bist du glücklich?«

»Ich bin Lady Brome, und eines Tages werde ich die Marchioness of Cornwallis sein. Natürlich bin ich glücklich.«

Georgina starrte ihre hübsche, rothaarige Schwester an. *Können Titel eine Frau wirklich glücklich machen? Bin ich ohne Titel zum Unglücklichsein verurteilt?*

Wieder drückte Louisa die Hand ihrer Schwester, um sie zu beruhigen. »Keine Bange, Georgy. Ich bin zuversichtlich, dass du uns alle übertrumpfen wirst!«

»Du bist die Schönheit der Familie«, sagte Charlotte munter. »Wir erwarten von dir Großes.«

Georginas Herz sank. Verzweifelt wünschte sie, sie könnte sich in Luft auflösen.

Einer nach dem anderen stand vom Tisch auf, völlig von den Vorbereitungen für die Zeremonie im St. James's Palace in Anspruch genommen. Schließlich saß Georgina allein da und wurde von unerklärlicher Trägheit erfasst. Als sie merkte, dass plötzlich hektische Bewegung im Haus herrschte und das Personal emsig hin und her lief, war ihr klar, dass eine wichtige Person eingetroffen sein musste. Ihre Starre abschüttelnd, verließ sie das Frühstückszimmer. Als sie an einem Fenster vorüberging und zufällig hinausblickte, sah sie eine große, schwarze Reisekutsche in der Auffahrt stehen.

Georgina lief durch die Eingangshalle, riss die Haustür auf und eilte die Stufen hinunter. Ihre Lethargie von vorhin war vergessen. »Papa! O Papa! Du bist doch gekommen! Ach, ich bin ja so glücklich und aufgeregt. Ist das nicht ein herrlicher Tag?!« Lachend und zugleich weinend warf sie sich in seine ausgestreckten Arme.

»Sieh mal, wen ich mitbringe, mein Mädchen!«

Georgina blickte zu dem Mann, der eben aus der Kutsche stieg. »Mr. Gow! Mr. Gow! Sie werden morgen auf meinem Ball spielen! Willkommen in London, Mr. Gow. Vater hätte mir kein schöneres Geschenk mitbringen können.«

Den Arm um seine Tochter gelegt, ging Alexander Gordon auf das Haus zu. »Wie viele sind denn zu diesem großartigen Ball eingeladen?«

»Dreihundert«, musste sie widerstrebend zugeben.

»Mir sind diese verdammten Anlässe verhasst, erwarte also nicht, dass ich für diese hochnäsigen englischen Snobs den Gastgeber spiele. Aber heute begleite ich dich an den Hof. Es wird mir ein Vergnügen sein, dich der Königin vorzustellen.«

Sie sah ihm lächelnd in die Augen. »Danke, Papa.«

Um ihr gutes Verhältnis zueinander zu bekunden, legten der Duke und die Duchess of Gordon die kurze Strecke von der Pall Mall zum St. James's Palace gemeinsam in einer Kutsche zurück. Mit ihnen fuhren Lord Huntly, ihr Sohn und Erbe, und ihre jüngste Tochter Lady Georgina. Hinter ihnen rollten die Gefährte des Duke und der Duchess of Manchester, des Earl und der Countess of March sowie von Lord und Lady Brome und zuletzt der Wagen von Madelina und ihrem Ehemann, Sir Peter Palmer.

Vor dem Palast angekommen, musste die Gordon-Prozession über eine halbe Stunde warten, ehe alle aussteigen konnten, da sich vor dem Eingang die Kutschen stauten. Das Herzogspaar nahm Georgina in die Mitte, die übrige Familie folgte.

In der großen Menge, die sich zum Audienzsaal bewegte, wo die Debütantinnen der Königin Charlotte vorgestellt werden sollten, erspähte Georgina die übertrieben hohe und mit Straußenfedern dekorierte Perücke der Duchess of Devonshire. Ihr Blick glitt über das starre, bleiche Antlitz des Gemahls dieser Dame, und schließlich sah sie auch Lady Dorothy, die Tochter der beiden. Die Erscheinung der Freundin, die zwar ein exquisites weißes Musselinkleid und eine Perücke ähnlich wie sie selbst trug, wurde beeinträchtigt durch ihre Größe und die linkische Art, sich zu bewegen. Auch ihr ständig leicht geöffneter Mund trug nicht dazu bei, ihre Attraktivität zu heben.

Georgina schenkte ihrer Freundin flüchtig ein ermutigendes Lächeln. *Ich bin froh, dass Papa da ist. Seine Nähe gibt mir so viel mehr Selbstvertrauen.* Um sich blickend, sah sie etwa ein Dutzend junger Damen, die wie sie der Vorstellung harrten. Sie kannte deren Namen, da sie die Liste gesehen hatte, die Eltern der Mädchen freilich waren ihr vertrauter, weil diese oft auf den Gesellschaften im Hause ihrer Mutter zu Gast gewesen waren.

So sah sie die Schwester der Duchess of Devonshire, Lady Bessborough, die ihre Tochter Caroline Ponsonby sowie Harriet Cavendish mitgebracht hatte. Georgina lächelte den Mädchen zu, doch Caro streckte ihr die Zunge heraus. Leider entging dies Jane Gordon nicht, die im Gegenzug Lady Bessborough hochmütig die kalte Schulter zeigte.

Als endlich die Türen zum Audienzsaal geöffnet wurden, betraten die Wartenden, hintereinander in einer Reihe schreitend, den langen Raum mit den königlichen Porträts und kostbaren Wandteppichen, um sich dann an den Wänden entlang aufzustellen. Der Zeremonienmeister rief die Namen der einzelnen Familien sowie die der Debütantinnen auf, die in alphabetischer Reihenfolge vorgestellt wurden. Jedes der Mädchen ging allein die ganze Länge des Saales entlang und trat vor die in einem Sessel thronende Königin Charlotte hin.

Jane murmelte hinter ihrem Fächer: »Sehr erfreulich, dass Premierminister Pitt erschienen ist, um seinen Respekt zu bekunden.« Ein wenig ungehalten fuhr sie fort: »Zu schade, dass unsere Tochter erst nach den Töchtern der Devonshires an die Reihe kommt.«

Der Zeremonienmeister wartete, bis die Königin, die am anderen Ende des Saales saß, ihr Gespräch mit Lady Henrietta Coyningham beendet hatte; dann las er von einer Karte ab: »Lady Dorothy Cavendish, Tochter des Duke und der Duchess of Devonshire.«

Die Herzogin versetzte ihrer Tochter einen Schubs, und Lady Dorothy trat vor und ging ungelenk und zögerlich auf die Königin zu, dabei den Kopf vorstreckend wie eine Schildkröte.

Als Georgina ihre Mutter murmeln hörte: »Erst der Kopf, der Hintern kommt gleich nach«, tat es ihr für ihre Freundin bis ins Herz weh. Dann sah sie, wie ihre Mutter dem Zeremonienmeister die Einladungskarte mit ihrem Namen übergab.

Nun war die Reihe an ihr. Sie klappte den Fächer zu, zupfte die Handschuhe zurecht und schob stolz ihr Kinn vor.

»Lady Georgina Gordon, Tochter des Duke und der Duchess of Gordon of Banffshire, Schottland.«

Georgina fühlte sich wie von einer strahlenden Aura umgeben. Ihre Lippen teilten sich zu einem halben Lächeln, und sie hatte das Gefühl, förmlich durch den langen Audienzsaal zu schweben. Vor der Königin angelangt, versank sie in einen anmutigen, tiefen Knicks und wartete, bis Charlotte sie aufgerichtet hatte.

»Es ist eine besondere Freude, die jüngste Tochter unserer lieben Freunde, des Duke und der Duchess of Gordon, kennenzulernen«, sagte die Königin.

Mit reizendem Lächeln erwiderte Georgina: »Es ist eine große Ehre, Ihnen vorgestellt zu werden, Eure Hoheit.«

Die strahlende Schönheit und Anmut der jungen Debütantin entlockte dem Publikum ein kollektives, hingerissenes Seufzen.

Nachdem alle jungen Damen vorgestellt worden waren, erhob die Königin sich und führte die Gäste in einen Empfangsraum, in dem die Anrichten an den Wänden sich unter Horsd'œuvres, üppigen Desserts und deutschen Weinen bogen.

Jane Gordon, die in der Gunst der Königin ganz oben stand, brachte ihr ein Glas goldenen Rheinwein. Ihr entging nicht, dass ein Ausdruck der Panik über Charlottes Gesicht huschte, als der König eintrat und sich unter die Gäste mischte. »Ist etwas?«, murmelte sie.

»Der König ist heute nicht ganz bei sich. Könnten Sie mir helfen, Lady Gordon?«, flüsterte die Königin ihr zu.

Jane warf einen kurzen Blick auf den König, der in etwas gehüllt war, das einem purpurroten Morgenmantel glich. Er hatte Alexander erkannt und war mit ihm in ein angeregtes Gespräch vertieft. »Überlassen Sie alles mir, Eure Hoheit. Die Duchess of Devonshire bittet um Ihre Aufmerksamkeit.«

Jane gab William Pitt ein Zeichen, und gemeinsam näherten sie sich dem König und dem Duke of Gordon. »Wenn Sie es nicht mit einer Regentschaft des Prinzen zu tun bekommen wollen, schaffen Sie Seine Hoheit lieber hinaus«, flüsterte sie Pitt zu.

Die beiden sahen, dass Alexander Gordons Miene höchste Besorgnis verriet, während er des König abgehackten, immer wieder von einem fragenden »Was? Was?« unterbrochenen Worten lauschte.

Der Premierminister verbeugte sich höflich vor dem König und schlug verbindlich vor: »Warum ziehen wir uns nicht zurück, damit wir die Sache ungestört weiter besprechen können, Eure Hoheit?«

Georges hervortretende blaue Augen starrten Pitt an. Als er ihn erkannte, nickte er hastig. »Genau! Genau!«

Vom Premierminister und dem Duke of Gordon flankiert, zog George III. sich aus dem Audienzsaal zurück.

Jane ging wieder zur Königin und überhäufte die Duchess of Devonshire mit Komplimenten wegen des Auftretens ihrer Tochter. »Auf Georginas morgigem Debütball könnte Lady Dorothy meine Tochter leicht in den Schatten stellen.«

Susan, die die Worte gehört hatte, raunte ihrer Schwester zu: »Wie kann sie solch schreienden Unsinn äußern und erwarten, dass die Duchess of Devonshire ihr glaubt?«

»Ach, alle Mütter halten ihre Gänse für Schwäne«, sagte Charlotte trocken. »Auch unsere.«

Um elf Uhr war der Empfang vorüber, und die Gordons fuhren in ihrer Kutsche nach Hause.

Jane fragte ihren Ehemann: »Was geschah, als du mit dem König nach draußen gegangen bist?«

Georgina sah, dass ihr Vater seine Hand auf die ihrer Mutter legte. »Das sage ich dir, wenn wir allein sind.«

Heute gehen sie miteinander sehr freundschaftlich um. Das Leben ist viel angenehmer, wenn sie die Form wahren. Hoffentlich halten sie durch, bis Papa abreist. Das würde meinen Ball zu einem echten Erfolg machen. Georgina kreuzte die Finger und wünschte es sich ganz fest.

Als die Familie komplett im Haus an der Pall Mall eingetroffen war, ließ Jane Gordon Champagner servieren und brachte einen Toast aus. »Auf Georgina! Ihre Vorstellung war ein grandioser Erfolg. Sie war bei weitem die schönste Debütantin dieser Saison.«

»Hört! Hört!« Alexander hob sein Glas. Er war der Einzige, der einen Whiskey vorgezogen hatte. »Ich möchte einen Toast auf meine Frau Jane ausbringen, die bei der Erziehung unserer Töchter und unseres Sohnes, der einem herzoglichen Haus alle Ehre macht, Großartiges geleistet hat.«

»Auf Mama!«, riefen die Sprösslinge im Chor.

Georgina sah, wie ihre Muter unter dem seltenen Kompliment ihres Mannes errötete. Sie wirkte in diesem Moment noch attraktiver und beschwingter als sonst.

Es folgten immer neue Trinksprüche auf die Debütantin, die jedoch zunehmend anzüglicher wurden. Schließlich hob der Bruder sein Glas. »Auf eine erfolgreiche Saison. Ich wette, dass Georgina den Gold Cup im Rennen zum Traualtar gewinnt.«

»Der Teufel soll dich holen, George! Das hört sich ja an, als sei ich ein junges Pferd, das zugeritten werden muss.« Boshaft setzte sie hinzu: »Ich möchte zumindest bis nach meinem Ball warten.«

Alle bejubelten ihren schlagfertigen Witz, doch bald löste sich die fröhliche Runde auf. Ein Paar nach dem anderen zog sich zurück in die Schlafgemächer. Georgina sah, dass ihr Vater der Mutter etwas zuflüsterte. Jane griff nach der Whiskeykaraffe, und dann begaben auch sie sich ins obere Geschoss. Georgina stellte ihr leeres Glas ab und folgte ihnen.

Als sie sah, dass ihre Eltern gemeinsam das Zimmer der Herzogin betraten, redete sie sich energisch ein, dass dies nichts weiter zu bedeuten habe. *Sicher möchten sie nur allein sein, um ungestört über das sonderbare Benehmen des Königs reden zu können.*

Georgina ließ ihre Tür angelehnt, damit sie mitbekam, wenn der Vater sich in seine eigenen Räumlichkeiten im Ostflügel begab. Nachdem eine halbe Stunde vergangen war, hörte sie deutlich das kehlige Lachen ihrer Mutter.

Lieber Gott, Mama hätte nie zugelassen, dass er zu ihr ins Bett steigt, wenn sie wüsste, dass er Jean Christie schon wieder ein Kind gemacht hat. Ich hätte es ihr sagen sollen – ich hätte nicht den Mund halten dürfen! Schuldbewusstsein packte sie. Sie ließ die Haarbürste sinken und sah in den Spiegel. Plötzlich wurde ihr klar, dass Jean Christie die Entbindung bereits gut überstanden haben musste, denn andernfalls wäre ihr Vater nicht nach London gekommen. *Ich hätte es wissen müssen.*

Sie ging an ihre Schlafzimmertür und lauschte, um sich zu beruhigen. *Sie reden nur über den König.* Doch die Sache ließ ihr keine Ruhe. Sie brauchte den Rat ihrer Schwestern Susan und Charlotte. Die beiden würden wissen, ob es richtig gewesen war, der Mutter die niederschmetternde Nachricht von einem weiteren unehelichen Kind vorzuenthalten.

Sie schlich über den Korridor zu Susans Zimmer, klopfte leise, öffnete und trat rasch ein – unangemessenerweise, wie ihr sofort aufging. Der Anblick, der sich Georgina bot, raubte ihr buchstäblich den Atem. Kleidungsstücke lagen überall verstreut im Raum, und Susan und William trieben es splitternackt mitten auf dem Boden. »Allmächtiger! Du reitest ihn!«

Der ausgestreckt auf dem Boden liegende Montagu grinste sie an. »Du bist es, die sie auf die Idee brachte, Georgy. Willst du mitmachen?«

Georgina ging rückwärts aus dem Zimmer und schloss die Tür. Es war das erste Mal, dass sie mit einem Sexualakt konfrontiert worden war, und sie war schockiert. Nun bereute sie, dass sie überhaupt auf die Idee gekommen war, sich an Susan zu wenden. Charlotte mit ihrem praktischen Verstand war es, die ihr raten konnte. Sie eilte in den Ostflügel, an den leeren Gemächern ihres Vaters vorüber, und blieb an der Tür ihrer ältesten Schwester stehen. »Darf ich eintreten?« Sie drehte den Knauf, und die Tür schwang auf.

Charlotte, den gewölbten Bauch von einem züchtigen Nachthemd bedeckt, saß auf der Bettkante. Vor ihr stand ein nackter Charles, dessen Glied in ihrem Mund steckte.

»Es … es … tut mir leid«, stammelte Georgina.

Charlotte ließ einen erstickten Laut hören, Charles errötete bis zu den Haarwurzeln, und Georgina ergriff die Flucht.

Sie war noch keine fünf Minuten auf ihrem Zimmer, als auch schon Charlotte anklopfte und eintrat. »Du siehst ja gespenstisch bleich aus. Komm her und setz dich.«

Georgina ließ sich von ihrer Schwester zu einem Sessel führen.

»Was du gesehen hast, hat dich so aus der Fassung gebracht?« Charlotte setzte sich auf das Bett und legte die Hände auf ihren schwangeren Leib.

»Ich hätte nicht so hereinplatzen dürfen.«

»Und ich hätte die Tür abschließen sollen. Also, das wäre erledigt, jetzt reden wir darüber, was du gesehen hast.«

»Ich wusste nicht … nie hätte ich mir vorgestellt …«

»Wirklich! Ich hatte ja keine Ahnung, dass du so unschuldig bist. Aber du weißt doch, was sich zwischen Mann und Frau abspielt … wie man Babys macht.«

»Natürlich weiß ich über die Fortpflanzung Bescheid – zumindest theoretisch. Und auf der Farm habe ich oft gesehen, wie es unter Schafen zugeht.«

»Zwischen Mann und Frau gibt es viele Formen der Intimität. Wenn man während der Schwangerschaft nicht mehr so ohne weiteres miteinander schlafen kann, dann brauchen Männer auf andere Weise eine sexuelle Entspannung. Wenn sich nämlich kein Ventil für ihre Triebe bietet, können sie derart lüstern werden, dass sie zu allem fähig sind. Sie suchen sich dann eine Frau, die sie befriedigt – so einfach ist das.«

»Du willst mir also damit sagen, dass eine Frau sich den Forderungen ihres Mannes fügen muss, und mögen diese noch so abstoßend sein?«

»Georgy, Sex ist nicht abstoßend, nicht mit dem richtigen Partner. Manchmal kann er wirklich herrlich und zutiefst befriedigend sein, und das nicht nur für den Mann. Wir alle sind sexuell orientierte Wesen und begehren Intimitäten, empfinden Lust. Man muss nur den richtigen Partner finden, und deshalb gibt es die Zeit der Werbung.«

Georgina versuchte zu begreifen, was Charlotte ihr gerade auseinandersetzte.

»Und was ist mit der Liebe? Gibt es sie überhaupt?«

»Wenn man Glück hat. Doch ist es in jeder Beziehung so, dass einer immer stärker liebt als der andere.«

»Oder *lüsterner* ist als der andere.«

»Genau.«

»Ich wollte dich eigentlich aufsuchen, um deinen Rat zu erbitten, wegen Mutter.«

»Wie das?« Charlotte lachte. »Sie sollte die sein, die dir Ratschläge gibt. Was hat sie denn jetzt wieder angestellt?«

»Sie hat Vater in ihr Zimmer gelassen und sehr wahrscheinlich auch in ihr Bett. Hätte ich ihr erzählt, was ich weiß, würde sie das nie getan haben. Und jetzt plagt mich mein schlechtes Gewissen.«

»Und was weißt du?«

»Als ich in Schottland war, habe ich Jean Christie gesehen – hochschwanger. Er hat also mit ihr schon wieder einen Bastard gezeugt. Als ich ihn bat, zu meinem Debüt zu kommen, lehnte er mit der Begründung ab, das Baby wäre im Oktober fällig. Wahrscheinlich kam er nur, weil es inzwischen da ist. Mutter habe ich kein Sterbenswörtchen erzählt, weil ich sie nicht kränken wollte.«

»Also, ich hätte auch nichts gesagt, Georgy. Ich denke, du hast richtig gehandelt.«

»Aber er benutzt sie. Er verführt sie nur, weil er, nun ja, lüstern ist, wie du es nennst.«

»Vielleicht ist sie das heute auch.«

»Glaubst du, es wäre möglich, dass sie ihre Differenzen vergessen und wieder zueinanderfinden?«

»Es tut mir leid, wenn ich deine Hoffnung zerstören muss, Georgy, aber das ist so gut wie ausgeschlossen. Mutter würde niemals ihr Leben in London als führende Tory-Gastgeberin aufgeben, und Vater wäre nie bereit, auf sein Leben in den Highlands zu verzichten. Auf seine großen Passionen wie das Jagen und Fischen.«

»Und das Vögeln«, stieß Georgina hervor.

Charlotte zuckte mit keiner Wimper. »Wenn zwei Menschen in einer unpassenden Verbindung gefangen sind und eine Scheidung nicht infrage kommt, ist es nur natürlich, dass sie sich Partner außerhalb der Ehe suchen. Deshalb sind Affären in unserer Gesellschaft so häufig, und niemand hat im Grunde etwas dagegen.«

Georgina sah ihre Schwester mit scheuem Lächeln an. »Wie naiv von mir, eine dauerhafte Versöhnung zu erwarten.«

»Für eine junge Debütantin ist Naivität eine bezaubernde Eigenschaft.« Charlotte drückte ihrer Schwester einen Kuss auf die Stirn. »Gute Nacht, mein Schatz.«

Georgina entkleidete sich und ging zu Bett. Reglos lag sie in der Dunkelheit und dachte über die Dinge nach, die sie an diesem Abend erfahren hatte. *Nun, zumindest bin ich jetzt viel weniger naiv als noch heute Morgen!*

Jane Gordon drehte sich auf den Rücken und öffnete einladend ihre Beine. Als Alexander sich dazwischendrängte, stöhnte sie voller Erwartung. Sie griff nach unten und umfasste seinen schweren Sack. Als sich ihre Finger fest um sein hartes Glied legten, daran entlangstrichen und die geschwollene Spitze drückten, war es an Alexander zu stöhnen.

»Ich konnte dich immer heiß machen, mein Mädchen«, sagte er, vergrub sein Gesicht zwischen ihren üppigen Brüsten und genoss es, die Erregung ihres Körpers förmlich zu riechen. Dann drang er mit einem kräftigen Stoß in sie ein.

»Du bist heute geil wie ein Bulle. Bist wohl ausgehungert nach dem Körper einer richtigen Frau.« Sie schlang ihre Beine um sein Hinterteil und bewegte sich mit ihm. Seine kraftvollen Stöße waren für sie noch befriedigender als das Streicheln seiner Finger, mit dem er sie erregt und zum Orgasmus gebracht hatte, noch ehe sie sich auch nur ausgezogen hatte.

Beide kannten nur ein Ziel. Jeder wollte, dass der andere stöhnte und raste, vor heißem fleischlichen Verlangen schier wahnsinnig. Jedem ging es darum, unter Beweis zu stellen, dass nur er allein die unersättlichen sexuellen Bedürfnisse des anderen zu befriedigen vermochte.

Mit wilder Entschlossenheit, mit geballten Fäusten und zusammengebissenen Zähnen setzte Alexander alles daran, seinen eigenen Höhepunkt hinauszuzögern, bis er spürte, wie das Innere seiner Frau sich stark pulsierend zusammenzog. Nun erst ließ er zu, dass auch er kam. Mit einem befriedigten Aufstöhnen brach er auf ihr zusammen und blieb reglos liegen, das Gefühl der Sattheit auskostend, das diese üppige Frau ihm bescherte.

Als er schließlich die Energie aufbrachte, sich von ihr herunterzurollen, verfolgten seine Augen Jane, wie sie aufstand und durch den Raum ging, um ihm einen Whiskey einzuschenken. Es war diese Geste, die ihn zu einem Geständnis bewog: »Jane, ich muss dir etwas sagen.«

Georgina war eben eingeschlafen, als ein schriller Aufschrei die Stille durchschnitt. Glas ging in Scherben. Georgina sprang aus dem Bett. *Mama hat die Karaffe nach ihm geworfen!*

Sie riss die Tür auf und stand ihrem Vater gegenüber. Er trug seinen Morgenmantel und hielt die Hofgarderobe, die er im Palast getragen hatte, im Arm. Georgina fuhr nervös mit der Zunge über ihre Lippen. »Ich schwöre, dass ich nichts verraten habe.«

»Ich selbst war es.«

»Nachdem du sie verführt hast«, schleuderte ihm seine Tochter erbost entgegen.

»Sie war es, die mich verführte, weil sie dachte, mir auf diese Weise die Kosten für den Ball aufladen zu können.«

Nun ergriff Georgina wieder einmal Partei für ihre Mutter. »Und die solltest du auch bezahlen, Alexander Gordon. Verbuch den Betrag einfach unter Schmerzensgeld.« Sie warf die Tür ins Schloss und suchte Zuflucht in ihrem Bett.

· 10 ·

»Es ist zum Gotterbarmen, Susan. Ich kriege Bauchschmerzen, wenn ich nur zusehe, wie eng du Georgys Korsett schnürst«, sagte Charlotte.

»Ich fühle mich kein bisschen eingeengt«, erklärte Georgina lachend und hob die Arme, damit man ihr das Kleid über den Kopf ziehen konnte.

»Vielleicht bist du schon abgestumpft. Wenn dir schwindlig wird, dann nur deswegen, weil dir das Blut zu Kopfe steigt«, warnte Charlotte sie.

»Übermütig ja … aber nicht schwindlig«, beruhigte Georgina sie.

Alle drei schauten gebannt in den Spiegel, als das Kleid über Georginas Hüften glitt und bis zu den Fesseln fiel. Es war eine herrliche Kreation aus durchscheinender weißer, mit Silber abgesetzter Seide.

»Deine Titten kommen gut zur Geltung. Ist das die züchtige Debütantin, die vor noch nicht vierundzwanzig Stunden Ihrer Königlichen Hoheit vorgestellt wurde?«, zog Charlotte sie auf.

»So unschuldig bin ich nicht mehr nach den schockierenden Bildern, die sich mir gestern geboten haben«, sagte sie todernst. »Im Palast meine ich. Ich dachte schon, die Brüste der Duchess of Devonshire wetteiferten miteinander, welche zuerst aus dem Ausschnitt hüpfen würde, die linke oder die rechte.«

»Dann legte die Duchess of Drinkwater ihren Umhang ab und gewann den ersten Preis«, erklärte Susan.

Die Schwestern wurden wieder ernst, als Georgina sich weigerte, eine Perücke aufzusetzen.

»Ich werde mein eigenes Haar frisieren und eine neue Mode kreieren. Als Schmuck nehme ich zwei mit Silbermünzen verzierte Schmetterlinge.«

»Na ja, bei deinen schönen schwarzen Locken wäre es wirklich schade, sie zu bedecken«, musste Susan zugeben.

»Es ist dein Ball – mach, was du willst!«, erklärte Charlotte kategorisch.

Auf den Einladungen stand, dass der Ball um zehn Uhr abends beginnen sollte, doch trafen viele Gäste bereits viel früher ein. Die herzogliche Familie Gordon hatte sich im geräumigen Foyer aufgereiht, um die Gäste zu empfangen. Jane Gordon hatte vorsichtshalber George Grenville, den Marquess of Buckingham, von dem sie das Haus an der Pall Mall gemietet hatten, gebeten, offiziell als Gastgeber zu fungieren.

»Sie erweisen uns eine große Ehre, George. Zwar konnte der Herzog doch noch aus Schottland herkommen, aber ich bezweifle, ob Alexander zu mehr als nur einem quasi symbolischen kurzen Auftritt bereit ist.«

»Die Ehre ist ganz meinerseits, Euer Gnaden. Neben einer der gefragtesten Gastgeberinnen einen Ball zu eröffnen, stellt für mich eine besondere Auszeichnung dar. Ach, hier kommen ja schon der Prince of Wales und sein Bruder Edward, der Duke of Kent.«

»Guten Abend, Eure Königlichen Hoheiten. Es ist mir ein besonderes Vergnügen, Sie auf Lady Georginas Ball zu begrüßen«, flötete Jane.

Prinny küsste ihre Finger. »Den würde ich um nichts auf der Welt verpassen. Hallo, Buckingham. Wo Sie das Zepter schwingen, ist Vergnügen garantiert.«

»Willkommen, Königliche Hoheit.« Jane beugte das Knie zu einem zweiten Knicks vor Prince Edward. »Nachdem Sie nun eingetroffen sind, kann der Ball beginnen.«

Die königlichen Brüder schritten die Empfangsreihe entlang. Vor

Georgina angekommen, ergriff jeder eine ihrer Hände, und gemeinsam führten sie das bezaubernde Mädchen in den Ballsaal, in dem sich bereits über zweihundert Damen und Herren aus allerhöchsten Kreisen versammelt hatten.

Die Menge brach in Beifall aus, als die Ehrengäste erschienen, und Georgina schritt mit strahlendem Lächeln langsam durch den riesigen Saal, um sich bei allen für ihr Kommen zu bedanken.

Weitere Gäste trafen kurz hintereinander ein, und Georgina hielt inne, um mit Lord und Lady Holland zu sprechen. »Beth, Henry, ich bin überglücklich, dass Sie beide kommen konnten. Ich erkläre Sie zum schönsten Paar des Abends.«

»Bitte keine Schmeicheleien, er ist schon eingebildet genug«, sagte Beth scherzhaft.

»Eingebildet genug, um Sie um den ersten Strathspey zu bitten, meine teuerste Georgina«, fügte Henry augenzwinkernd hinzu.

»Abgemacht! Ihren Namen brauche ich nicht auf meiner Tanzkarte zu vermerken. Ich werde Sie nicht vergessen, Henry.« Plötzlich entdeckte Georgina neben Lord Holland Francis Russell.

»Euer Gnaden.« *Sie sind ohne Einladung gekommen!* Sie bot ihm ihre Hand, die er an seine Lippen führte, um ihre Finger zu küssen.

Sein Blick ruhte auf ihrem Busen, als er gedehnt sagte: »Es wäre eine Auszeichnung, mit Ihnen den Ball zu eröffnen, Lady Georgina.«

»In der Tat.« Sie schenkte ihm ein entzückendes Lächeln. »Aber diese Auszeichnung wurde bereits Lord Henry Petty gewährt.«

Die Augen des Duke of Bedford wurden schmal, als der jüngste Sohn des Marquess of Lansdowne kam, um die schöne Debütantin zu ihrem ersten Tanz zu entführen, einer munteren Weise, die der schottische Geiger Neil Gow anstimmte, den der Duke of Gordon aus Schottland mitgebracht hatte.

»Aufgeblasene junge Rotznase«, bemerkte Francis Russell.

»Petty ist gleich alt wie Lady Georgina. Zweifellos hat die Herzogin den Eröffnungstanz mit dem jungen Edelmann arrangiert«, meinte Lord Holland.

»Sie haben gewiss Recht, Henry. Ich tanze währenddessen mit Ihrer reizenden Gattin und gebe Ihnen Gelegenheit, sich in Geduld zu üben.«

Ständig stieg die Zahl derjenigen, die Georgina auf die Tanzfläche führen wollten, sodass sich eine lange Schlange tanzlustiger Gentlemen bildete. Bis Mitternacht tanzte sie mit dem Premierminister und jedem anwesenden Tory-Mitglied des Parlaments. Nach Mitternacht kamen die Whigs an die Reihe.

Schließlich forderte sie der Earl of Winchilsea, dem sie bei Charlotte begegnet war, auf. Sie blickte lächelnd zu ihm auf. »George, jede Wette, dass mehr als die Hälfte der anwesenden Gentlemen nach dem König benannt wurde.«

»Ich bedauere, dass es ein so wenig origineller Name ist, Mylady.«

»Bitte kein Bedauern. Ich selbst wurde nach George III. benannt.«

Für die Quadrille hatte Prince Edward sich vormerken lassen. Bei diesem Tanz standen die Paare aufgereiht da, und die erhobenen Arme des ersten Paares bildeten einen Bogen, unter dem die anderen durchtanzen mussten. Dann kehrte sich die Reihe um. Die Quadrille sorgte stets für Verwirrung und bot viel Grund für Gelächter.

Die gute Stimmung ermutigte den Marquess of Buckingham, ein Blindekuhspiel anzukündigen, und Lord Huntly ließ sich freiwillig als Erster die Augen verbinden. Die in Georginas Bruder verliebte Dorothy Cavendish richtete es so ein, dass sie es war, die er fing. Ihr lautes Gequietsche erleichterte es ihm, ihre Identität zu erraten. Als Dorothy an die Reihe kam, packte sie Lord Holland, der wiederum Georgina fing und erkannte.

»Ich glaube, Sie haben gemogelt, Henry. Ich wette, dass Sie die ganze Zeit sehen konnten, dass ich es war.«

»Welcher Mann würde nicht mogeln, um Sie in die Hände zu bekommen, meine teuerste Georgina?« Lord Holland legte ihr die Binde über die Augen und band sie so fest, dass sie nichts sehen konnte, ehe er sie dreimal um die eigene Achse drehte.

Es dauerte nicht lange, jemanden zu fangen, da die Herren sich um sie drängten. Georgina merkte sofort, dass es Francis Russell war, und sie wusste auch, dass er es geplant hatte. »Ist es Seine Hoheit, der Prince of Wales?«, fragte sie unschuldig. Sie wusste, dass dies Bedford beleidigen musste, denn Prinny war ausgesprochen beleibt.

»Nein, nein, nein!«, riefen alle. »Noch einmal raten!«

»Ist es Lord Lauderdale?« Sie nannte einen anderen gewichtigen Freund Bedfords. »Nein? Ich gebe es auf.« Sie nahm die Augenbinde ab und heuchelte große Verwunderung.

»Kleine Hexe ... Sie wussten genau, mit wem Sie es zu tun hatten«, beschuldigte Francis sie.

»Sicher wäre es Ihnen unangenehm gewesen, wenn ich die Wahrheit gesagt hätte – dass ich nämlich vermutete, es sei der Teufel«, spottete sie.

Als Buckingham sah, dass Bedford keine Lust hatte, sich die Augen verbinden zu lassen, gab er dem Orchester ein Zeichen, einen schottischen Reel zu spielen.

Georgina ließ sich erweichen und lächelte Bedford zu. »Ich versprach Ihnen, dass ich nach meinem Debüt mit Vergnügen Ihre Bekanntschaft machen würde.«

»Halten Sie immer Ihre Versprechen, Mylady?«

»Allerdings, Mylord.«

»In diesem Fall tanzen wir den nächsten Tanz zusammen, wenn Sie versprechen, dass ich Sie später zu Tisch begleiten darf.«

»Tut mir leid, aber das habe ich bereits dem Prinzen zugesagt.«

Francis Russell ergriff ihre Hand und führte sie auf die Tanzfläche. »Ich werde Edward einfach raten, er soll sich trollen.«

»Man warnte mich bereits, dass Ihre Manieren schockierend seien.«

Aus seinem Blick sprach ein Ausdruck, der an Lüsternheit grenzte. »Schockiere ich Sie, Georgina?«

»Aber gar nicht. Ich kenne jemanden, der noch viel grässlichere Manieren hat als Sie.«

Der Herzog sah beleidigt aus. »Nennen Sie ihn.«

»John Russell.«

Sie blickte auf und entdeckte ihren Vater. »Hier kommt der Gockel des Nordens, der mit seiner Tochter den ersten Reel tanzen möchte.« Sie entzog Bedford ihre Hand. »Sicher entschuldigen Sie mich, Euer Gnaden.«

Gespeist wurde erst um drei Uhr morgens. Eine Schar junger Gentlemen umschwärmte Georgina und begleitete sie in den Speisesaal. Sowohl Prince Edward als auch der Duke of Bedford waren über die Konkurrenz nicht gerade erbaut.

Je mehr Georgina Francis Russell neckte und seine Annäherungsversuche zurückwies, desto entschlossener schien er, sie zu erobern. Ihre frische Schönheit war ein allzu verlockender Kontrast zu seinen alternden Geliebten und stellte eine unwiderstehliche Herausforderung für den Frauenhelden dar.

»Edward, Sie wetten doch so gerne. Tausend Guineen darauf, dass ich es eher schaffe, das kleine Biest zu verführen als Sie.«

»Bedford, Sie verlieren. Ein Prinz sticht einen Herzog allemal aus. Damit habe ich die Chance, etwas von dem Geld zurückzubekommen, das ich bei den Rennen an Sie verloren habe.«

Am Russell Square schloss der Duke of Bedford die Eingangstür mit seinem Schlüssel auf. Sein Bruder John, der eben heruntergekommen war, beäugte seine Abendkleidung. »Guten Morgen. Du kommst gerade rechtzeitig zum Frühstück.«

»Ich bringe keinen Bissen hinunter. Bin voll bis oben.« Trotzdem folgte er John ins Frühstückszimmer. »Eines kann ich dir sagen: Die Duchess of Gordon lässt großzügig auftischen. Kein Wunder, dass die Royals sich keine ihrer Einladungen entgehen lassen. Du hättest mitkommen sollen. Unsere Bekannten waren vollzählig anwesend.«

»Warum sollte ich einen Debütball besuchen?«

»Wegen der Speisen, der Musik – wegen der reizenden Gesellschaft. John, du läufst Gefahr, zu einem Stockfisch zu vertrocknen. Es geht bei diesen Bällen nicht nur darum, mit Debütantinnen zu tanzen.«

»Es wird aber erwartet. Nicht mit der Debütantin zu tanzen, wäre ein Zeichen für schlechte Manieren.«

»Schlechte Manieren, ja. Genau deswegen habe ich nicht mit Lady Georgina getanzt. Ich tue selten das, was man erwartet. Der freche Fratz erklärte mir, ich hätte ein schockierendes Benehmen.«

»Die junge Dame könnte selbst ein paar Lektionen in puncto Anstand vertragen.«

»Ich hätte nichts dagegen, ihr ein paar Unterweisungen zu erteilen, aber Anstandsregeln wären nicht darunter«, sagte Francis gedehnt.

»Ich hätte nicht gedacht, dass jungfräuliche Debütantinnen nach deinem Geschmack sind.«

»Ach komm, ich wette, du hättest auch nichts dagegen, es mit ihr zu treiben. Ihr habt ja schon verbal die Klingen gekreuzt. Du musst sie attraktiv finden, und nach allem, was sie über dich sagte, hast du ganz sicher ihr Interesse geweckt.«

»Was genau hat Georgina Gordon über mich geäußert?«

»Sie sagte, sie würde jemanden kennen, der noch abscheulichere Manieren hätte als ich. Ich fragte sie nach dem Namen, und sie nannte deinen.«

John lachte auf, als er an ihre erste und an die letzte Begegnung dachte.

»Sieh an, du kannst also doch noch lachen. Begleite mich morgen zum Ball bei den Devonshires. Dort wird es sicher viel Amüsantes für dich geben.«

Es war zwei Uhr am Nachmittag, bis alle Damen des Hauses Gordon sich erhoben und sich im Frühstückszimmer eingefunden hatten, um die Gesellschaftsseiten der verschiedenen Blätter zu studieren.

»Hört zu, was die *Times* zu sagen hat.« Georgina benetzte ihre Lippen und las vor: *»So reizend und schön die übrige weibliche Nachkommenschaft der Herzogin zweifellos ist, scheint Lady Georgina sie jedoch zu überstrahlen. Ihre mit Zauberkraft ausgestatteten Augen setzten manch jugendliches Herz in Brand und verschuldeten manch wehmütigen Blick.«*

Charlotte las aus ihrer Zeitung vor: *»Lady Georginas faszinierende Erscheinung, ihr Liebreiz und ihr anmutiges Auftreten entzückten die ganze Gesellschaft und ließen sie die Härten der Jahreszeit und die Sorgen der Welt vergessen.«*

Jane unterbrach sie. »Der Wetterbericht interessiert niemanden. Was steht über mich da?«

»Hier«, sagte Susan. *»Fröhlichkeit und Großzügigkeit herrschten allenthalben. Nie war die edle Gastgeberin aufmerksamer, freundlicher und großzügiger, und nie wirkte sie in all den Jahren bestrickender oder jugendlicher.«*

Jane, die sich wie ein Schneekönig freute, sagte dazu: »Man kann sich darauf verlassen, dass die *Times* immer die reine Wahrheit schreibt.«

»Da steht noch mehr über mich. Es wird geschildert, wie ich den Ball mit Lord Henry Petty eröffnete. Sogar Neil Gow mit seinen munteren Weisen wird erwähnt. *»Der Marquess of Buckingham empfing die Gäste, und wo er sein Zepter schwingt, sieht man nur fröhliche und gut gelaunte Mienen.«*

Charlotte ergänzte: *»Die ungeduldigen Damen holten bald die Herren zu einer weiteren Quadrille aus dem Speisesaal. Nach zwei* *oder drei ländlichen Tänzen ging man zu schottischen Reels über, die erst um sechs Uhr morgens ein Ende fanden, als alle mit sichtlichem Bedauern von einer Gesellschaft Abschied nahmen, die blendende Unterhaltung geboten hatte.*«

»Was für ein Triumph!«, jubelte Jane. Ihre Hochstimmung verflog jedoch sofort. »Steht denn nirgends, dass der Prince of Wales und sein Bruder uns beehrt haben?«

Susan griff zu einer anderen Gesellschaftsseite und überflog sie rasch.

»Doch, hier steht alles. Es hätte sich um ein Ereignis von unüberbietbarer Eleganz gehandelt, worauf eine genaue Beschreibung der Roben und des Haarschmuckes der Damen folgt.«

»Lies das letzte Stück vor«, bat Georgy eindringlich.

Susan fuhr fort: »*Die unvergleichliche Lady Georgina überstrahlte alle anderen Debütantinnen.*«

»Verdammt, der kleine Mistkäfer wird sich noch Allüren zulegen«, lästerte Charlotte.

»Der *unvergleichliche* kleine Mistkäfer, wenn ich bitten darf!«

Jane zog die Brauen zusammen. »Georgina, ich habe den Duke of Bedford nicht mit dir tanzen sehen. Sicher wäre Seine Gnaden geneigt gewesen, wenn du ein wenig deinen Charme hättest spielen lassen, um ihn zu ermutigen.«

»Ich habe mein Bestes getan, ihn zu *entmutigen*.«

»Wie bitte? Ich hoffe sehr, dass das ein Witz sein sollte. Dir ist doch sicher klar, dass der Duke of Bedford der begehrteste Junggeselle des ganzen Königreiches ist.«

»Francis Russell ist an einer Ehe nicht interessiert«, warf Louisa ein und schüttelte ihre roten Locken.

»Wie die meisten Herzöge«, hob ihre Mutter hervor. »Nur weil du keinen abgekriegt hast, darfst du deine Schwester nicht entmutigen. Georgina, es liegt an dir, deine weibliche Raffinesse und deine Reize spielen zu lassen, um seine Aufmerksamkeit zu fesseln. Das wäre der erste Schritt. Hast du erst sein Interesse geweckt, werde ich mein Möglichstes tun, ihn zu ermutigen und eine Beziehung zu fördern.«

Georgina warf Charlotte einen besorgten Blick zu.

»Georgina wurde gestern sehr umschwärmt. Sicher wäre es zu früh, nur einen einzigen Mann aufs Korn zu nehmen.«

»Herzöge sind dünn gesät, Charlotte, zumal solche, die ledig und sehr vermögend sind. Wir dürfen nicht zulassen, dass dieser uns durch die Finger schlüpft. Wir alle müssen Georgina mit vereinten Kräften beistehen. Jede von euch muss in den kommenden Wochen eine Gesellschaft geben und dafür sorgen, dass Francis Russell eine Einladung erhält. Wir werden unsere Strategien koordinieren.«

»Mama, das hört sich ja an wie die Planung eines militärischen Feldzuges«, protestierte Georgina.

»Um einen solchen handelt es sich auch«, bestätigte Jane. »Man muss die Kräfte des Feindes binden, ehe man *en masse* seine Abwehr bezwingt und ihm den Gnadenstoß in dem Moment versetzt, wenn er am verwundbarsten ist.«

Georgina fuhr mit der Zunge über ihre plötzlich trockenen Lippen. »Und was ist der letzte Schlag?«

»Du verführst ihn natürlich.« Die Herzogin nahm die Blätter an sich, um sich die Artikel noch einmal zu Gemüte zu führen. »Georgina, was gedenkst du morgen zum Ball der Devonshires zu tragen?«

»Ich bin nach meinem eigenen Ball noch gar nicht zu Atem gekommen.«

Charlotte zeigte Mitgefühl. »Arme Georgy. Von nun an wirst du in einen endlosen, irren gesellschaftlichen Wirbel gestürzt. Gottlob muss ich mich nur pro forma in Devonshire House zeigen. Anschließend geht es sofort nach Goodwood, damit die Kinder etwas Zeit mit ihren anderen Großeltern verbringen können.«

»Goodwood House wäre ein spektakulärer Rahmen für deinen Ball, Charlotte. Das prachtvolle Haus der Richmonds mit seinem unendlich kostbaren Interieur wird Bedford gebührend beeindrucken. Sicher wird die Duchess of Richmond das Ihrige tun, um unsere unvergleichliche Georgina zu lancieren.«

»Also, dann amüsiere dich schön in Devonshire House, Georgy. Sobald ich gepackt habe, fahren wir nach Kimbolton. Mir fehlen die Kinder«, gestand Susan.

»Kimbolton Castle ist geradezu ideal für große Einladungen. Diese vielen Schlafräume – da lassen sich Wochenendgäste gut unterbringen. Ich rechne mit dir, Susan«, mahnte Jane.

»Georgy, sieh zu, dass du ausreichend Ruhe findest«, riet Susan. »Wenn du eine Einladung annimmst, kommst du nicht vor sechs Uhr morgens ins Bett.«

· 11 ·

John Russell öffnete die Nachricht, die ein Parlamentsbote ihm überbracht hatte, und las: *Ich würde ein Wort unter vier Augen sehr zu schätzen wissen.* Signiert waren die Zeilen mit P, und John wusste, dass sie von William Pitt stammten. Nach Sitzungsschluss am Nachmittag begab er sich in den Privatraum des Premierministers.

William Pitt empfing ihn mit einem festen Händedruck. »Ich danke Ihnen für Ihr Kommen, Russell. Bitte, nehmen Sie Platz. Wenn wir auch auf verschiedenen Seiten des Parketts stehen, verbinden uns im Moment gemeinsame Interessen.«

John nickte. »Die Union von Großbritannien und Irland.«

»Ich möchte einen entsprechenden Antrag einbringen. Wenn Sie dafür unauffällig Stimmung machen und mir ein Dutzend Whig-Stimmen garantieren, könnten wir die Sache im Unterhaus durchbringen. Ist die Union erst einmal erreicht, wird die Gleichberechtigung der Katholiken bald folgen.«

»Und der Widerstand des Königs?«

Pitt drückte die Finger gegeneinander. »Das ist eine heikle Sache, eine, die ich mit keinem anderen Whig besprechen würde. Kann ich mich auf Ihre absolute Verschwiegenheit verlassen? Werden Sie im Sinne des Allgemeinwohls entscheiden und nicht nach einer Regentschaft rufen, die das Parlament schwächen würde?«

»Sie haben mein Wort.«

»Nach meinen letzten Begegnungen mit dem König wurde mir klar, dass er keinen Durchblick mehr bei politischen Problemen hat.«

»Kurz gesagt, Sie werden ihm gegenüber die Katholikenfrage nicht erwähnen?«

»Genau.«

»Das Unionsgesetz müsste von den Parlamenten beider Länder genehmigt werden«, gab John zu bedenken.

»Lord Castlereagh, der es als Minister für irische Angelegenheiten eigentlich wissen sollte, versicherte mir, das irische Parlament werde der Union zustimmen, wenn wir versprechen, dass nach Inkrafttreten des Gesetzes Katholiken für das Parlament kandidieren dürfen, und wir die Zölle auf irische Güter abschaffen.«

Dank der uralten Tory-Methode der Schiebung und Bestechung wirst du dies erreichen. Das ist zwar gegen meine Prinzipien, dennoch bin ich bereit mitzumachen, um die Gleichstellung der Katholiken durchzusetzen. »Ich verschaffe Ihnen die nötigen Whig-Stimmen, Mr. Prime Minister.«

Pitt rieb seine Nase. »Ihr Bruder Bedford ist ein vertrauter Freund des Prince of Wales und von Charles Fox, wenn ich nicht irre.«

»Ich verstehe, Sir. Was Sie mir unter dem Siegel strengster Verschwiegenheit über den König anvertrauten, werde ich auch bei meinem Bruder nicht zur Sprache bringen.«

Pitt stand auf und schüttelte John Russell die Hand. »Meinen tief empfundenen Dank, Lord Tavistock.«

Auf der Fahrt zum Russell Square entschied John, dass sein guter Freund Holland der erste Whig-Abgeordnete sein würde, den er ansprechen wollte. Aus irgendeinem Grund ließ Henry Holland sich seit zwei Tagen nicht im Unterhaus blicken. John beschloss, ihn am Abend aufzusuchen.

Am Russell Square wurde er von Francis begrüßt. »Hallo, John. Hoffentlich verschont uns der Regen. Kann ich dich nicht doch noch überreden, heute zum Ball der Devonshires mitzukommen?«

»Nein, ich muss nach Kensington, um mit Henry zu sprechen.«

»Die Hollands werden nicht da sein, John. Sie sind wie alle unsere Bekannten in Devonshire House.«

»Glaubst du?«, fragte John skeptisch.

»Ich weiß es. Sie waren bis sechs Uhr morgens auf dem Ball der Gordons. Lady Holland wird sich eine Einladung der Devonshires sicher nicht entgehen lassen.«

»Das erklärt, warum Henry seit zwei Tagen nicht im Unterhaus war. Francis, ich habe es mir überlegt. Ich werde den Ball doch besuchen.«

Es war zehn Uhr vorüber, als die Kutsche der Russells vor den Toren von Devonshire House vorfuhr. Leere Fahrzeuge füllten den Hof und standen hintereinander aufgereiht in der Auffahrt, sodass John vorschlug, der Kutscher solle den Wagen besser nach Hause zurückfahren.

In der Eingangshalle hatte ein ganzes Heer von Dienern Aufstellung genommen, um den Gästen die Mäntel abzunehmen. John bemühte sich, ihre Livreen in den Farben Rot und Sepiabraun zu übersehen. *Francis hat nicht übertrieben, als er sagte, ich würde hier viel Amüsantes entdecken.*

»Loo!« Die Duchess of Devonshire eilte herbei und umarmte Francis. »Ihre Gegenwart ist eine Garantie dafür, dass der Debütball meiner Tochter zu einem Triumph wird.«

»Euer Gnaden, ich habe es gewagt, meinen Bruder John mitzubringen.«

»Lord Tavistock, Sie erweisen uns eine große Ehre.«

John küsste ihre ausgestreckte Hand und brachte es mit eiserner Entschlossenheit fertig, ihre hohe, mit rosa Straußenfedern geschmückte Perücke nicht ungebührlich anzustarren. »Die Ehre ist ganz meinerseits.«

Sie wandte ihre Aufmerksamkeit wieder Francis zu, hängte sich bei ihm ein und geleitete ihn in den Ballsaal, wo sie ihn sodann direkt ihrer Tochter zuführte.

John, der ihnen an die Tür des Saales folgte, erspähte seinen Freund Lord Holland: »Henry, dich wollte ich sprechen.«

»John, ich freue mich, dich hier zu treffen. Beth wird entzückt sein. Sie tanzt im Moment mit Richard Sheridan. Genehmigen wir uns unterdessen einen Drink. Es gibt hier drei Räume mit Erfrischungen.«

Bei einem Glas Burgunder lenkte John das Gespräch auf die Politik. »Pitt will einen Antrag über die Union mit Irland einbringen und darüber abstimmen lassen. Wenn du und ich und ein paar weitere Whigs dafür stimmen, geht die Sache durch.«

»Mit meiner Stimme kannst du rechnen, John. Was ist mit Lennox? Er ist heute da. Ach, wer vom Teufel spricht – da kommt Charles ja.«

»Trink mit uns ein Gläschen«, lud John ihn ein, »während ich schamlos um deine Stimme werbe.«

»Du hast mich gerade noch rechtzeitig erwischt. Charlotte sehnt sich nach ihrem Bett. Wir sind nur auf einen Sprung da, um einer gesellschaftlichen Verpflichtung nachzukommen.«

John erklärte Charles, dass seine Stimme benötigt werde, um Pitts Antrag durchzubringen.

Lennox zeigte sich nur allzu gern bereit. »Wir fahren morgen nach Goodwood. Verständige mich also, wann die Abstimmung stattfindet, damit ich zur Stelle sein kann.«

Georgina wünschte ihrer Schwester eine gute Nacht, und Charlotte flüsterte ihr ins Ohr: »Deine Schönheit strahlte heute so lebendig, dass du alle anderen Debütantinnen in den Schatten gestellt hast.«

Als Charlotte und Lennox gegangen waren, wandte die Duchess of Gordon ihre Aufmerksamkeit ihrer jüngsten Tochter zu. »Der Duke of Bedford ist da, wenngleich unsere Gastgeberin ihn seit seiner Ankunft in unverschämter Weise mit Beschlag belegt.«

»Es ist mir nicht aufgefallen. Ich habe mit Prince Edward den Kotillon getanzt.« *Und hatte verdammte Mühe mit seinen wanderlustigen Händen.*

»Königliche Prinzen können keine Heirat bieten – Herzöge können es«, betonte ihre Mutter. »Du bist von Natur aus flirtfreudig,

Georgina. Wenn Bedford dich anspricht, kannst du ihn sicher zum Tanzen verleiten.«

»Ich werde mein Bestes tun.« *Mama wird weder rasten noch ruhen, ehe ich nicht mit dem arroganten Kerl tanze, also bringe ich die Sache lieber hinter mich.*

Georgina erblickte ihre Freundin Dorothy und gesellte sich zu ihr. »Du bist heute sehr begehrt. Nicht einen einzigen Tanz hast du ausgelassen.«

»Ja, auch dein Bruder hat mit mir getanzt. Was für ein hübscher junger Mann!«

Georgina erspähte Francis Russell, der direkt auf sie zukam. Sie holte tief Atem und lächelte ihm zu.

Der Duke of Bedford ignorierte sie völlig. »Lady Dorothy.« Er ließ eine elegante Verbeugung folgen. »Würden Sie mir die Ehre erweisen und mir gestatten, Sie zum nächsten Tanz zu führen?«

Kichernd ließ Dorothy zu, dass er ihre Hand ergriff.

Georgina war amüsiert. *Er zahlt mir meine schroffen Zurückweisungen heim.* Sie erblickte ihre Freunde Beth und Henry Holland und ging auf sie zu. Ehe sie die beiden erreichte, trat ein in elegantes Schwarz gekleideter Gentleman zu ihnen. Sie blinzelte ungläubig, als sie John Russell erkannte.

Lady Holland wurde plötzlich ganz aufgeregt. »John, mein Lieber, wie schön, Sie hier zu sehen.«

Russell führte ihre Finger an seine Lippen. »Beth, Sie sehen heute bezaubernd aus – wie immer übrigens.«

Sie schlug ihm kokett mit dem Fächer auf den Ärmel. »Sie alter Schmeichler.«

Allmächtiger, wie kindisch Beth sich aufführt. Sie findet den dunklen Teufel tatsächlich attraktiv.

Russells Blick glitt höflich zu Georgina, die zu ihrem großen Verdruss spürte, dass sie wieder einmal errötete. *Fahr zur Hölle! Immer übst du diese beunruhigende Wirkung auf mich aus.*

Beth sagte anmutig: »Gestatten Sie, dass ich meine Freundin

Lady Georgina Gordon vorstelle. Sie hat ihr Debüt soeben hinter sich gebracht.«

Johns Augen begegneten jenen des Mädchens. »Die Lady und ich kennen einander schon.«

»Ach, wie dumm von mir«, meinte Beth lachend.

Ohne den Blick von Georgina zu wenden, sagte er: »Darf ich Sie um den nächsten Tanz bitten, Mylady?«

»Danke, John«, erwiderte Beth. »Sehr gerne.«

Georgina wusste, dass er sie gemeint hatte. Er schenkte ihr ein bedauerndes, Entschuldigung signalisierendes Lächeln. *Wir kommunizieren eben wortlos. Wir können die Gedanken des anderen lesen.* Sein Lächeln hinterließ bei ihr ein Gefühl sonderbarer Atemlosigkeit.

Lord Holland sagte beglückt: »Somit kann ich mit der schönsten Debütantin der Saison tanzen. Darauf musste ich den ganzen Abend warten.«

Als das Tanzparkett sich leerte und ein Kontretanz angesagt wurde, sagte Henry wehmütig: »Pech gehabt.«

»Tut mir leid, Henry. Zu schade, dass heute keine Reels getanzt werden.«

Die Gentlemen führten die Ladys auf das Parkett, und die Paare nahmen in zwei einander gegenüberstehenden Reihen Aufstellung. Bei einem Kontretanz wurden ständig die Partner gewechselt, sodass am Ende jeder Herr mit jeder Dame getanzt hatte.

Georgina merkte, dass ihr nächster Partner John Russell sein würde, und erlebte einen Anflug von Panik. Als sie aufeinander zutraten und er ihre Hände erfasste, platzte sie heraus: »Ist Ihre Gattin heute hier?« Wieder errötete sie. *Verdammt! Der arrogante Teufel wird womöglich glauben, ich hätte eine Schwäche für ihn.*

»Warum fragen Sie?«

»Weil wieder einmal meine Neugier über meine guten Manieren siegt. Ich möchte wissen, wie sie aussieht.«

»Meine Frau sieht aus wie ein Engel.«

Sein Ton verriet Endgültigkeit und gab ihr zu verstehen, dass das Thema für ihn erledigt war. Er legte die Hand an ihre Taille, um sie im Kreis zu drehen, und sie glaubte, die Wärme seiner Haut durch das zarte Material ihres Kleides zu spüren. Wieder wurde sie rot, ein Schauer überlief sie. Seine dunklen Augen sahen es, und ihre Röte wurde noch intensiver.

Georgina fühlte sich plötzlich schwach und war unendlich erleichtert, als er zur nächsten Dame schritt. Ihr neuer Partner war der Earl of Lauderdale. Sie hatte also Gelegenheit, ihre Fassung wiederzuerlangen.

Der Earl zwinkerte ihr zu. »Schottische Mädchen sind die besten Partnerinnen.«

»Beim Tanz oder in der Ehe, Lord Lauderdale?«

»Nennen Sie mich doch James. Bei beidem, wenn ich es recht bedenke. Ich wünschte, die Musik würde einen flotten Reel spielen.«

Nachdem die Partner wieder ein halbes Dutzend Male gewechselt hatten, sah Georgina, dass der nächste Mann in der Reihe Francis Russell war. Sie verbarg ihre Belustigung darüber, dass er sie nicht länger ignorieren konnte.

Er nickte höflich, ohne zu lächeln.

»Euer Gnaden, was für eine Ehre.«

»Ganz meinerseits.« Sein Ton war kühl und distanziert.

»Allerdings.«

In seinen Augen flammte es auf – ein Beweis, dass er weder kühl noch distanziert war. »Sie spielen aufreizend Katz und Maus.« Er legte seine Hand an ihre Taille und drückte sie. »Ich würde lieber andere Spiele mit Ihnen spielen, Georgina.«

Er flirtet in unverschämter Weise mit mir, doch empfinde ich außer Abscheu gar nichts. »Vielleicht das Loo-Spiel?« Sie zügelte ihren Sarkasmus, wohl wissend, dass sie ihn in wenigen Augenblicken los sein würde.

»Wie wäre es mit einem Pfänderspiel«, sagte er anzüglich.

Georgina glaubte die Worte ihres Bruders zu hören. *Du solltest mit Bedford nicht so schäkern. Er ist als notorischer Frauenheld verschrien.*

Nach dem Kontretanz wurde Georgina von ihrer Mutter zur Rede gestellt.

»Ich hoffe sehr, du hast Bedford beim Tanz ermutigt.«

»Das war nicht nötig. Sein Betragen war äußerst vertraulich.«

»Großartig! Ich wusste ja, dass er dir nicht würde widerstehen können, wenn du deinen Charme ins Spiel bringst.«

»Lady Gordon«, ertönte es dröhnend mit schottischem Akzent, und Lord Lauderdale neigte sich zu Jane. »Dieser Ball kann sich mit Ihrem nicht vergleichen. Hier versteht man es nicht, einen richtigen Reel zu spielen.«

»James, Sie sind zu gütig.«

Georgina sah John Russell direkt auf sich zukommen. Sie bekam weiche Knie.

Er nickte ihrer Mutter höflich zu. »Lady Gordon.« Dann sprach er mit Lauderdale. »James, wenn ich Sie den Damen entführen darf, würde ich mit Ihnen gerne ein Glas trinken.«

»Ein solches Angebot kann ich nicht ausschlagen. Holland sagte, Sie würden mich suchen.« Er verbeugte sich galant vor Jane und Georgina. »Die Damen entschuldigen uns?«

Der ungehobelte Mensch ignoriert mich völlig. Georgina war zutiefst gekränkt und starrte ihm nach, von einem sonderbaren Gefühl des Verlassenseins erfasst. *Sollte mich dieser Rüpel zum Tanz auffordern, gebe ich ihm einen Korb!*

Georgina wurde von Lord Althorp, dem Sohn des Earl of Spencer gerettet. Jack, Lady Dorothys Cousin, ein rothaariger Junge von achtzehn Jahren und ein Freund Georginas, war für jeden Spaß zu haben.

»Jack, ich bin ja so froh, dass du da bist. Ich habe dich schon gesucht, konnte dich aber nicht finden.«

»Ich bin eben erst gekommen. Heute gab es in Spencer House einen Riesenkrach. Da die Duchess of Devonshire Vaters Schwester ist, bestand er darauf, dass wir alle kommen müssten. Mutter aber weigerte sich standhaft, weil sie ihre Schwägerin nicht ausstehen kann.«

Georgina lachte. »Die arme Lavinia hat den Kürzeren gezogen.«

»Aber gar nicht«, sagte Jack grinsend. »Sie ging stattdessen mit einem alten Verehrer ins Theater.«

Nach einem Tanz mit Jack verspürte Georgina Durst und suchte einen der Räume auf, wo Erfrischungen bereitstanden. Im Eingang traf sie erneut auf John Russell.

Ein Anflug von Belustigung huschte über sein Gesicht. »Suchen Sie zufällig mich, Lady Georgina?«

Eingebildeter Kerl! »Leider muss ich Sie enttäuschen. Ich suche nur ein Glas Champagner.«

Die Belustigung schwand aus seiner Miene. »Sind Sie für Champagner nicht zu jung?«

»Gott schickte uns in seiner Güte die Trauben, um Groß und Klein zu erfreuen; kleine Narren werden zu viel trinken, und große Narren gar nicht«, zitierte sie eine alte Weisheit.

John verspürte das Verlangen, sie zu beschützen. »Wein kann einem die Sinne rauben und eine junge Dame in Schwierigkeiten bringen.«

»Das hoffe ich. Schwierigkeiten sind meine zweite Natur.«

»Neigen Sie immer zu Extremen?«

»Allerdings. Extreme sind entweder schwarz oder weiß – deshalb liebe ich sie.«

Georgina kehrte in den Ballsaal zurück und wurde wieder von Prince Edward zum Tanzen aufgefordert. Er versuchte sie zu einem Stelldichein zu überreden, sie aber erteilte ihm eine Abfuhr. Dennoch fühlte sie sich den Annäherungsversuchen des Prinzen hilflos ausgeliefert und suchte die sichere Gesellschaft Lord Hollands. Nach dem Tanz mit Henry hatte Georgina zu ihrer Selbstsicherheit zurückgefunden und tanzte in weiterer Folge mit Lord Petty und dem Earl of Winchilsea. Anschließend bat Lord Granville Leveson Gower sie um einen Tanz.

Nach so vielen Tänzen empfand Georgina den Ballsaal zunehmend als zu warm und stickig, und sie fächelte sich Kühlung zu, um wieder zu Atem zu kommen. Sie sah, dass ihre Mutter, die in ein Gespräch mit der Gastgeberin vertieft war, den Kopf hob und den Blick durch den Ballsaal wandern ließ. *O Gott, sie sucht mich.* Georgina schlüpfte hinaus auf einen Balkon und atmete tief die frische Luft ein.

Sie hob ihr Gesicht dem dunklen Himmel entgegen und betrachtete versonnen die funkelnden Sterne. Nach einigen Augenblicken köstlicher Einsamkeit nahm sie Tabakduft wahr, ein Zeichen, dass sie nicht mehr allein war. Sie blickte den Balkon entlang und sah das Aufglimmen einer Zigarre.

»Verzeihung, ich wollte Sie nicht stören.«

»Sie stören mich nicht, kleines Mädchen.«

Ihr Atem stockte, als sie die tiefe Stimme erkannte.

»Sie!«, stieß sie in anklagendem Ton hervor.

»Offenbar erwarteten Sie jemand anderen.«

Diese Unterstellung empörte sie. »Sie glauben doch wohl nicht, ich hätte hier auf dem Balkon ein Stelldichein arrangiert?«

»Ich glaube, dass Sie imstande sind, alles zu arrangieren, was Sie wollen, Georgina Gordon.«

Nun flammte Zorn in ihr auf. *Warum sind wir bei jeder Begegnung wie Feuerstein und Zunder*? Die Antwort lag auf der Hand. Dieser gewitzte Teufel kannte sie zu gut. Gegen ihn war sie machtlos.

»Zum Teufel mit Ihnen, alter Mann!«

· 12 ·

Georgina! Dass du mir ja nicht einschläfst! Ich bin von dir sehr enttäuscht.« Jane Gordon schüttelte den Arm ihrer Tochter.

Nach dem Ball, der die ganze Nacht gedauert hatte, war Georgina in dem Moment eingeschlafen, als sie sich in der Kutsche für die Heimfahrt zurechtgesetzt hatte.

»Lady Dorothy hat es doch wirklich irgendwie fertiggebracht, dass Francis Russell sie zu vier Tänzen aufforderte, während du nur zwei Minuten beim Kontretanz geschafft hast.«

»Es ist ja kein sportlicher Wettbewerb, Mama.«

»Aber genau das ist es: die Gordons gegen die Devonshires. Und wir verlieren. Haushoch!«

»Wieso glaubst du das?«

»Dorothys Mutter vertraute mir höchst selbstgefällig an, dass sie Bedford für nächste Woche nach Chatsworth eingeladen haben und dass er kommen wird!«

Eine Woge der Erleichterung erfasste Georgina. Wenn der Herzog Lady Dorothy den Hof machte, konnte sie ihn von der Liste möglicher Bewerber streichen.

»Na ja, das können wir allerdings schon lange«, fuhr die Mutter fort. »Ich werde Susan schreiben und sie veranlassen, Bedford sofort nach seiner Rückkehr eine Einladung für ein Wochenende auf Kimbolton Castle zu schicken. Cambridgeshire ist viel günstiger gelegen und die Fahrt dorthin um diese Jahreszeit weniger mühsam als nach Derbyshire.«

Georgina stieg aus der Kutsche, in Gedanken schon in ihrem Bett, ihrer letzten Zuflucht, doch blieb ihre Mutter ihr auf den Fersen und ließ nicht von ihrem Thema ab. Sie war fest entschlossen, den begehrtesten Junggesellen der Zeit um jeden Preis und mit allen Mitteln aus den Klauen der Duchess of Devonshire zu reißen. *Hölle und Teufel, ich möchte nur ins Bett.*

»Francis, ich bin froh, dass du mich gestern überredet hast, auf den Ball der Devonshires zu gehen. Dort traf ich mehr Whigs an als im Unterhaus.«

»So ist es doch immer. Devonshire House ist wie ein Privatclub, Spieltische eingeschlossen. Ich wurde für nächste Woche nach Chatsworth House eingeladen.«

»Hast du akzeptiert?«, fragte John seinen Bruder.

»Na ja, es geht wohl darum, dass mir ihre Tochter präsentiert werden soll. Ich muss Chatsworth mit allem Drum und Dran erst einmal sehen, um abzuschätzen, ob sich das Opfer lohnt, dafür eine Ehe einzugehen.«

John verkniff sich die bissige Bemerkung, die ihm auf der Zunge lag. Stattdessen sah er die soeben eingetroffene Post durch und öffnete einen Brief von seiner Frau.

John,
da du es nicht über dich bringst, mehr als einen Brief pro Woche zu schreiben, schließe ich daraus, dass du mich nicht mehr liebst. Das Ausbleiben von Briefen ist ein weiteres Zeichen deiner völligen Zurückweisung.
Schon seit einiger Zeit lässt du es an Zärtlichkeit fehlen. Mir ist klar, dass dir nichts mehr an meiner Freundschaft liegt und du mich wegen meines seelischen Tiefs verachtest.
Ich bin in der Gegenwart meiner teuren Schwester Isabelle sehr glücklich. Eine Trennung wäre für uns beide vermutlich besser.
Elizabeth

John verschluckte eine Verwünschung. Er wusste, dass Elizabeth das genaue Gegenteil meinte, wenn sie so etwas vorschlug.

Er hatte seine Söhne in der Westminster School jede Woche besucht und ihr in allen Einzelheiten über ihre Fortschritte berichtet. *Nie fragt sie nach ihrem Befinden oder erwähnt auch nur ihre Namen in ihren Briefen. Einziger Zweck ihrer Schreiben ist es, mich zu verurteilen, weil ich angeblich meine arme Frau vernachlässigt und schlecht behandelt habe.*

»Von Elizabeth?«, fragte Francis.

John blickte auf. »Ja, ich muss mir die Zeit nehmen und zu ihr nach Longleat fahren.«

»Leider müssen wir beide der Pflicht gehorchen. Du musst nach Longleat und ich nach Chatsworth. Zuvor aber möchte ich noch meinen Schatz Marianna aufsuchen. Ihre Labungen werden mich gegen den nächtlichen Hunger wappnen, der mich auf der Fahrt in den Norden plagen wird.«

Nachdem Francis gegangen war, warf John den Brief seiner Frau ins Feuer und sah zu, wie die Flammen ihn verschlangen.

Ich kann Pitt jetzt sagen, dass ich ihm die nötigen Stimmen verschaffe. Sobald das Gesetz verabschiedet ist, werde ich Elizabeth besuchen.

»Also, ich habe an Susan geschrieben und der Vollständigkeit halber auch gleich an Charlotte, um sie zu bitten, den Ball auf Goodwood mit der großen Gesellschaft auf Kimbolton abzustimmen«, erklärte Jane. »Wir werden dem Duke of Bedford zeigen, was wahre Gastlichkeit ist.«

Georgina wählte ihre Worte sehr sorgfältig. »Mama, ich bin nicht sicher, ob wir den Duke of Bedford noch weiter ins Visier nehmen sollten. George sagte, Francis Russell sei als Frauenheld bekannt. Seine Geliebte ist Marianna Palmer.«

»Mrs. Palmer ist nur eine Bürgerliche. Man kann doch nicht erwarten, dass ein Mann von Mitte dreißig enthaltsam lebt. Das wäre höchst eigenartig. Ein Mann von Welt ist genau das, was eine unerfahrene junge Frau aus erstem Hause als Ehemann braucht.«

»Aber ich habe mir keinen Herzog in den Kopf gesetzt. Charlotte ist mit ihrem Earl sehr glücklich. Ich hatte immer viel Spaß mit Jack Spencer, und er wird die Earlswürde von seinem Vater erben.«

»Lord Althorp ist doch ein grüner Junge. Es würden Jahre vergehen, ehe du Countess wirst.«

»In Devonshire House habe ich viele andere Gentlemen kennengelernt. Der Earl Grey ist beispielsweise sehr attraktiv.«

»Etwas Unpassenderes hättest du wirklich nicht finden können. Grey ist nämlich zufällig der Liebhaber der Duchess of Devonshire.«

Georgina riss die Augen auf. »Ich hatte ja keine Ahnung.«

»Du bist sehr unschuldig, was diese Dinge betrifft, und so sollte es auch sein.«

»Ich mag unerfahren sein, bin aber nicht völlig ahnungslos, Mama. Mein eigener Vater hatte mehr als eine Geliebte, und ich habe Grund zu der Annahme, dass Manchester Susan auch nicht ganz treu ist.«

In Windeseile änderte Jane ihre Meinung: »Ach, ganz gut, wenn ein junges Mädchen weiß, wie es im Leben zugeht. Eine Dame von Welt muss lernen, die Schwächen ihres Gatten zu akzeptieren und zu übersehen.«

»Schwächen? Du meinst wohl Exzesse!« Georgina fiel noch ein junger Mann ein, der einen günstigen Eindruck auf sie gemacht hatte. »Ich habe außerdem mit einem anderen Earl getanzt, der fabelhafte Manieren hatte – mit Granville Leveson Gower.«

»Ich irrte offensichtlich mit meiner Aussage, du hättest nichts Unpassenderes als Lord Grey wählen können. Noch unmöglicher ist Lord Granville. Er soll der Vater zweier Kinder von Lady Bessborough sein.«

Georgina verschlug es die Sprache. »Doch nicht etwa Caro?«

»Nein, nicht Caroline. Es sind zwei der jüngeren Ponsonby-Sprösslinge.«

»Hätte ich das gewusst, würde ich nicht mit ihm getanzt haben.«

»Wenn du jedem Gentleman einen Korb gibst, der außereheliche Kinder hat, wirst du den ganzen Abend als Mauerblümchen dasitzen. Die vornehme Gesellschaft sieht über diese Dinge hinweg, und das musst du auch, Georgina.«

Ich wünschte, Louisa wäre noch zu Hause, damit wir diesen Klatsch austauschen könnten. Solche Fehltritte würden sie ebenfalls unglaublich schockieren.

Am nächsten Morgen wurden für Georgina Blumen von Lord Henry Petty abgegeben. Damit nicht genug, lud er sie für diesen Abend mit seiner Familie ins Drury Lane Theatre ein. Da *The Rivals* von Richard Sheridan gegeben wurde, sandte sie ihm umgehend ihre schriftliche Zustimmung.

Der junge Mann traf ein und half ihr in seine Kutsche.

»Haben Ihre Eltern sich anders entschlossen, Henry?«

»Nein, sie sind schon vorausgefahren. Ich habe eine Gelegenheit gesucht, mit Ihnen allein zu sein, Georgina.« Er nahm ihre Hand, saß da und schaute sie an.

Sie war verwirrt, fühlte sich zugleich geschmeichelt, und da die Strecke bis zum Theater nur kurz war, überließ sie ihm ihre Hand.

Lord und Lady Lansdowne erwarteten sie im Foyer, und als sie ihre Plätze einnahmen, kam Georgina zwischen Henry und seinem Vater zu sitzen. Sobald das Stück aber begonnen hatte, vergaß sie das alles und ließ sich nach Bath und in die Welt von Lydia Languish und Jack Absolute versetzen. Da die Heldin romantischen Liebesidealen nachhing, gab sich der reiche Held als armer Soldat aus.

Georgina kam aus dem Lachen nicht mehr heraus. Der Autor benutzte seine Charaktere, um sich über die Gesellschaft lustig zu machen, und in Mrs. Malaprop, die unbedingt eine reiche Partie für Lydia wollte, erkannte sie ihre eigene Mutter wieder.

Auf der Heimfahrt ergriff Lord Petty erneut ihre Hand. »Henry, es war herrlich. Sheridans Charaktere sind umwerfend amüsant.«

Henry zog sie an sich und küsste sie.

Georgina wehrte sich nicht. Es war ein netter Kuss, und sie fand Henry süß. Doch als der Wagen vor dem Haus an der Pall Mall anhielt, entzog sie sich ihm sacht.

»Lady Georgina … Georgy, ich bin verliebt in dich. Ich möchte dich heiraten«, platzte der junge Lord heraus. »Verzeihung, aber das ist nicht die Art, einen Antrag zu machen.« Er setzte neu an. »Mylady, würden Sie mir die Ehre …«

Georgina war wie betäubt. Rasch legte sie ihm ihre Finger auf die Lippen. »Bitte nicht, keinen Antrag, Henry.« *Lieber Gott, ich darf ihn nicht kränken. Er ist so jung und ernsthaft.*

»Verzeihen Sie«, sagte er zerknirscht. »Es ist zu früh. Ich hätte erst um Erlaubnis bitten sollen, Ihnen den Hof machen zu dürfen. Vergeben Sie mir. Es ist nur so, dass ich so viele Rivalen im Wettstreit um Ihre Hand haben werde …«

»Henry, meine Saison hat eben erst begonnen. Und Rivalen gibt es keine. Es ist zu früh für mich, an eine Ehe zu denken.« Er sah so unglücklich aus, dass es ihr bis ins Herz wehtat. »Ich möchte, dass wir Freunde werden.«

Er half ihr beim Aussteigen und brachte sie an die Tür. »Gute Nacht, Georgina. Danke für den wundervollen Abend.«

»Danke, Henry.« Sie küsste ihn auf die Wange und ging ins Haus.

»Na, hat dir das Stück gefallen, meine Liebe?«, erkundigte sich ihre Mutter.

»Ja, das schon, aber ich fühle mich schrecklich. Auf der Rückfahrt gestand Henry mir seine Liebe, und ich musste ihn unterbrechen, als er mir einen Antrag machen wollte.«

»Was für ein Glück, dass du ihn nicht angehört hast. Eine unglaubliche Kühnheit. Petty ist ein jüngerer Sohn ohne die geringste Aussicht, jemals von seinem Vater den Titel des Marquess of Lansdowne zu erben.«

Es ist aber nicht der fehlende Titel, der mich davon abhielt, ihn in Erwägung zu ziehen. Es ist sein Alter. »Henry ist doch fast noch ein Junge.«

»Genau. Ein Edelmann reiferen Alters wie der Duke of Bedford wäre eine viel passendere Partie.«

Es war nicht das Bild von Francis Russell, das Georgina ganz plötzlich in den Sinn kam, sondern das seines Bruders John.

Als in der Woche darauf William Pitt im Unterhaus den Antrag einbrachte, eine Union mit Irland einzugehen, wurde das Gesetz mit einer stattlichen Stimmenmehrheit angenommen.

»Meinen Glückwunsch, Mr. Prime Minister.« John Russell schüttelte Pitt die Hand. »Dies bedeutet für Irland einen Riesenschritt nach vorn.«

»Ich bin Ihnen für Ihre Unterstützung und die Whig-Stimmen, die Sie für mich gewannen, Dank schuldig.«

John Russell war glücklich über das Ergebnis und die kleine Rolle, die er dabei gespielt hatte. Er wusste, dass die Gleichstellung der Katholiken jetzt nicht mehr lange auf sich warten lassen würde. Er erspähte Charles Lennox. »Vielen Dank, dass du heute zur Abstimmung nach London gekommen bist. Ich weiß es zu schätzen.«

»Du kannst dich revanchieren, indem du zu dem Ball kommst, den Charlotte für ihre Schwester plant. Lady Georginas Saison muss ein Bombenerfolg werden, sonst macht die verehrte Frau Mutter der ganzen Familie das Leben zur Hölle und gibt uns die Schuld.«

John wurde einer Antwort enthoben, als Lord Holland zu ihnen trat. »Sollen wir heute bei Brooks feiern?«

»Tut mir leid, Henry«, sagte John mit einem Auflachen. »Ich bin von diesem Club ausgeschlossen, weil ich mich weigere, eine Perücke zu tragen. Jetzt haben wir die Abstimmung hinter uns, und ich kann nach Longleat fahren, um Elizabeth aufzusuchen.«

John kehrte an den Russell Square zurück, wo er allein speiste und sich dann um die Tavistock und seine Wähler betreffende Korrespondenz kümmerte. Er sah dies nicht als Last, sondern als Privileg an. Die Einwohner dieses Ortes in Devonshire zu vertreten, verschaffte ihm große persönliche Befriedigung.

Er zog sich spät zurück, und als er im Bett lag, fiel ihm Francis ein, der gestern zu seinem Besuch nach Chatsworth abgereist war. John konnte sich Lady Dorothy Cavendish beim besten Willen nicht als Braut seines Bruders vorstellen. *Falls er sie heiraten sollte, gilt der naiven jungen Frau jetzt schon mein Mitgefühl. Francis würde sie nach Woburn verbannen und für den Rest ihres Lebens schamlos vernachlässigen.*

Seine Gedanken wanderten zu der anderen jungen Debütantin, zu Georgina Gordon, und unwillkürlich verglich er beide. Man konnte sich die temperamentvolle Schönheit, die nichts Naives an sich hatte, als fügsame Ehefrau nicht vorstellen, egal wen sie heiratete. *Die freche kleine Hexe wird ihre Anbeter tüchtig zum Narren halten. Wer immer sie erwischt, wird sie zähmen müssen.*

Dann dachte er an Elizabeth. Er wusste, dass die Briefe, in denen sie ihre Vernachlässigung beklagte, ein Körnchen Wahrheit enthielten. *Hoffentlich hat der Besuch bei ihrer Schwester sie von ihrer Melancholie geheilt.* Er wusste, dass die schwarzen Gedanken eine bisweilen an Wahnsinn grenzende Manie waren, und wünschte um seiner Söhne willen und nicht zuletzt um seinetwillen, sie würde Heilung finden.

Ehe ich sie nach Longleat brachte, konnte ich sie einen Monat lang davon abhalten, Laudanum zu nehmen, und jetzt ist sie seit fünf Wochen dort. Ich hätte Isabelle warnen sollen, dass sie nach dem Schlafmittel süchtig ist, und ihr von der schrecklichen Wirkung erzählen, die es für ihren Zustand hat. Andererseits bin ich sicher, dass ihre Schwester ihr dieses Teufelszeug nicht besorgen wird.

John fragte sich, ob er sich nicht einer Selbsttäuschung hingab, wenn er glaubte, seine Frau könne dauerhaft von dem Mittel entwöhnt werden. Er war überzeugt, ihre Melancholie werde sich geben, sobald sie von ihrer Sucht geheilt war. Entschlossen verdrängte er die Gedanken an Elizabeth, drehte sich um und schlief endlich ein.

Ein Klopfen an der Tür weckte ihn. Er setzte sich auf und zündete eine Lampe an. »Was ist?« Er wusste, dass es noch nicht Morgen war.

»Es tut mir leid, Sie stören zu müssen, Sir, doch traf eben ein Bote mit einer Nachricht ein. Er sagt, es sei dringend.«

»Ist die Nachricht für mich oder meinen Bruder?«

»Für Sie, Sir – aus Longleat.«

John runzelte die Brauen. *Wie immer Ärger mit Elizabeth.* »Ich komme gleich hinunter. Machen Sie Feuer im Salon. Der Bursche hat einen langen, kalten Ritt hinter sich.«

John, der nackt zu schlafen pflegte, griff nach einem Hausmantel und folgte dem Diener nach unten.

Der Bote stand in der Eingangshalle und stampfte mit den Füßen. »Mylord, ich bringe eine dringende Nachricht von der Marchioness of Bath.«

»Treten Sie ein, guter Mann, und wärmen Sie sich auf.« John nahm den Brief in Empfang und ging in den Salon voraus, wo der Diener das Feuer frisch angefacht und die Lampen angezündet hatte. John schenkte dem Boten ein Glas Whiskey ein.

Er erbrach das Wachssiegel, zog den Brief aus dem Umschlag und hielt ihn ins Licht.

Lord Tavistock,
kommen Sie unverzüglich und möglichst schnell.
Elizabeth erlitt einen schrecklichen Rückschlag.
Die Lage ist sehr ernst.
Isabelle, Marchioness of Bath

»Meiner Frau geht es sehr schlecht. Ich fahre sofort los. Die Nachricht ist knapp gehalten. Können Sie mir mehr sagen?«

»Der Arzt war zweimal im Haus. Mehr weiß ich nicht, Mylord.«

»Ich nehme meine Kutsche. Sie können Ihr Pferd hier einstellen.« Er wandte sich an den Diener. »Würden Sie wohl dafür sorgen, dass der gute Mann sich stärken kann, während ich meine Sachen packe?«

John entschied, dass er schneller vorankommen würde, wenn er seinen offenen Phaeton nahm, und noch ehe er Richmond erreichte, war der Bote fest eingeschlafen. Obwohl er in einem Wirtshaus in Basingstoke nur anhielt, um den Pferden eine Rast zu gönnen, sie zu tränken und selbst etwas zu sich zu nehmen, dauerte es den ganzen Tag, um Longleat House in Warminster zu erreichen.

Während der langen Fahrt hatte er viel Zeit, darüber nachzudenken, was Isabelle gemeint hatte, als sie schrieb, die Lage sei ernst. Aus Erfahrung wusste er, dass seine Frau oft vor drohenden Gefahren warnte, und die dunklen Ahnungen von Untergangs- und Katastrophenszenarien mochten jemandem, der Elizabeth in ihrem Wahn noch nie richtig erlebt hatte, als sehr bedrohlich erscheinen.

John hoffte, dass es sich nicht um etwas wirklich Ernstes handelte. Er war zuversichtlich, dass er sie beschwichtigen konnte – das hatte er bislang noch bei jedem neuen Ausbruch von Melancholie geschafft. Sehr wahrscheinlich wollte ihre Schwester Isabelle sie loswerden und hatte ihn zu diesem Zweck kommen lassen.

Longleat war ein prachtvolles Haus aus der Tudorzeit, weit eindrucksvoller als so manches Schloss. John übergab sein Gespann einem Stallburschen und bat ihn, die Pferde gründlich trockenzureiben.

Der Butler nahm seinen Pelerinenmantel in Empfang und führte ihn einen langen Gang entlang zum kleinen Salon.

»Gott sei Dank, dass du gekommen bist.« Isabelles Hände lagen verkrampft ineinander. Ihr Gesicht war eine ausdruckslose Maske.

»Sag mir, was geschehen ist.«

Da hörte er einen Schrei, und nun erst bemerkte er, dass Lucy, die zweite Schwester seiner Frau, sich ebenfalls im Raum befand. Als Lady Bradford schluchzend ihre Hände vors Gesicht schlug, regte sich Besorgnis bei John. »Führt mich zu Elizabeth.«

»Ich kann sie nicht mehr sehen«, stöhnte Lucy.

Johns Besorgnis steigerte sich.

Isabelle sah ihm nicht in die Augen. »Komm mit, John.« Sie führte ihn zur großen Treppe, und sie begaben sich in das obere Geschoss. Dort öffnete die Marchioness of Bath die Tür zu einem Gästezimmer und ließ ihn eintreten.

John trat an das Bett, auf dem seine Frau mit geschlossenen Augen lag. »Elizabeth.« Er kniete nieder, und als er sie berührte, glaubte er für einen Augenblick, er hätte eine Tote vor sich. Aber nein, ihre Haut war trotz ihrer Reglosigkeit warm. Seinen Zorn zügelnd, blickte er zu Isabelle auf. »Sie ist bewusstlos. Wie lange dauert dieser Zustand schon an?«

»Ja, ich weiß. Als ich sie nicht wecken konnte, schickte ich sofort nach dir.«

»Wann ist es passiert?«, herrschte er sie an. »Und wie ist es dazu gekommen?« Er stand auf und starrte auf Elizabeth hinunter, wobei er sich vorstellte, er würde ihren Leichnam sehen.

»Wir waren eine Woche in Bath zur Kur. Leider besserte sich durch die Anwendungen ihr Zustand nicht. Gestern Morgen wurde sie ohnmächtig, worauf ich meinen Arzt kommen ließ. Wir brachten sie zu Bett, und er verabreichte ihr eine Arznei. Zur Dinnerzeit konnte sie nicht geweckt werden, also schickte ich wieder nach dem Arzt. Als er eintraf, sagte er, er könne nichts mehr für sie tun. Sie würde entweder von selbst wieder zu sich kommen oder gar nicht«, schloss sie. »Dr. Neville riet mir, sofort nach dir zu schicken.«

Johns Blick fiel auf die braune Flasche auf dem Nachttisch. »Was hat er ihr verabreicht?«, wollte er wissen.

»Elizabeth bat ihn um Laudanum. Sie sagte, es sei das einzige

Mittel, das die schmerzhaften Symptome ihrer Schwindsucht lindere und sie einschlafen lasse.«

»Elizabeth leidet nicht an Schwindsucht! Sie ist süchtig nach Laudanum, einem Opiat. Das ist es, was sie fast getötet hat!«

»Wie kannst du es wagen, von meiner Schwester etwas so Infames zu behaupten? Ich bin außer mir, dass du auch nur andeuten kannst, sie sei süchtig.« Isabelles Gesicht verriet Entsetzen, sie bewegte sich auf die Tür zu. »Ich lasse dich mit deiner Frau allein, damit du sie um Verzeihung bitten kannst.«

John ging wieder ans Bett und starrte auf Elizabeth hinunter. »Ich muss dich tatsächlich um Vergebung bitten, weil ich nicht wachsamer war. Ich hätte dich von deiner Sucht heilen sollen.« Er war wütend auf sich, seine Frau, ihre Schwester Isabelle und den Arzt. Sie alle waren schuld, dass seine Söhne beinahe ihre Mutter verloren hätten.

Zornig schlug er die Decken zurück, schwang seine Frau über die Schulter und hielt sie mit einem Arm fest. Kopf und Arme hingen schlaff über seinen Rücken hinunter. John schritt zur Tür, riss sie auf und marschierte den Gang entlang, bis er ein Badezimmer fand. Er trat ein und stieß die Tür mit dem Fuß zu.

Er legte seine Frau auf den Boden und füllte kaltes Wasser in die Wanne. Er hoffte, dass der Kälteschock dafür sorgte, dass sie wieder zu sich kam.

Dann hob er Elizabeth mit unsanften Händen hoch und tauchte sie ein. Doch keine Reaktion erfolgte. Er drückte sie mit einem wüsten Fluch abermals unter Wasser – noch immer nichts. Erneut sank ihr Kopf zur Seite und fiel auf ihre Schulter.

Als er sie ein drittes Mal untertauchte, fing sie zu husten an. Er hob ihren Kopf an und schlug ihr ins Gesicht. Beim nächsten Hustenanfall beugte er sie nach vorn und schlug ihr mit der flachen Hand einige Male energisch auf den Rücken.

Sie stöhnte, ihre Augen öffneten sich zitternd und schlossen sich wieder.

»Du elendes Frauenzimmer, wach endlich auf!«, rief er. John versetzte seiner Frau ein halbes Dutzend Ohrfeigen, erst auf eine Wange, dann auf die andere.

Elizabeth schnappte nach Luft und stöhnte wieder.

»Hörst du mich?«, donnerte er. »Kannst du mich hören, Elizabeth?«

Ihre Augen öffneten sich zu schmalen Schlitzen, und sie nickte langsam.

John packte ihre Schultern und schüttelte sie. »Dass du ja nicht wieder einschläfst. Sprich mit mir!«, herrschte er sie an.

»Tu mir nicht weh«, flehte sie leise.

»Du tust dir selbst weh, du dummes Ding!« *Ruhig, John. Wenn du deinen Zorn nicht bezwingst, ist die Hölle los.*

»Ertränk mich nicht.« Fest umklammerte sie seine Hände.

»Ich sollte dich ertränken«, murmelte er. Als er sie aus dem Wasser hob und auf die Füße zu stellen versuchte, gaben ihre Knie nach, ihr Körper sackte zusammen, sodass er sie auffangen musste.

Er riss ihr das nasse Nachthemd herunter, nahm sie auf seine Arme und trug sie nackt zurück in ihr Schlafgemach. Dort stieß er die Tür mit dem Fuß zu, setzte sie in einen satinbezogenen Sessel und befahl: »Sitz aufrecht, lass dich nicht wieder zusammensacken.« Dann ging er an den Waschtisch und griff nach dem Wasserkrug. Dass sich darin eigentlich nur Wasser zum Waschen befand, kümmerte ihn nicht.

John füllte ein Glas und hielt es ihr an die Lippen. »Trink!«

Als er sah, dass ihre Lider sich schlossen und sie wieder wegdämmerte, spritzte er ihr Wasser ins Gesicht, bis sie prustend zu sich kam.

Wieder füllte er das Glas, führte es an ihre Lippen, und diesmal gelang es ihm, ihr das Wasser einzuflößen. »Wir müssen das Gift aus deinem Kreislauf schwemmen.«

John war so unerbittlich, dass sie nicht anders konnte, als ihm zu gehorchen. Angeekelt blickte er auf ihr wirres, nasses Haar und ihren spindeldünnen Körper hinunter. *Ich will sie nicht. Warum also versuche ich, sie zu retten.*

Es dauerte fast vier Stunden, um vier Glas Wasser in sie hineinzuzwingen. Mitternacht war längst vorbei, und sie fauchte und spuckte, war inzwischen hellwach und auf Streit aus. Und John kam diesem Wunsch nur allzu gern nach.

»Du bist ein brutaler Unmensch!«

»Einen Monat lang konnte ich dich von diesem Gift fernhalten und glaubte, eine Kur in Bath mit deiner Schwester würde dir helfen, die Sucht zu überwinden. Meine Hoffnungen erfüllten sich nicht, wie immer in deinem Fall.«

»Du wirst erst glücklich sein, wenn du mich getötet hast«, kreischte sie.

»In deinem benommenen Zustand braucht es nicht viel, um das zu erreichen.«

»Ich hasse dich! Ich hasse dich!«, schrie sie.

»Hass ist oft eine Straße mit zwei Richtungen.«

»Du bist so selbstgerecht und herrisch und setzt dich mit harter Hand über alle meine Wünsche hinweg.« Dramatisch schleuderte sie ihm ihre Anklage entgegen.

»Man muss der Wahrheit ins Auge sehen, Elizabeth. Du bist diejenige, die uns mit ihrer Opiumsucht terrorisiert und beherrscht.«

»Und du machst mir das Leben unerträglich«, schrie sie.

»Es ist die Hölle auf Erden.« Plötzlich dachte John daran, dass alle im Haus sie hören konnten. Nicht nur die Schwestern seiner Frau würden Zeugen ihrer lautstarken Auseinandersetzungen werden, sondern auch das Personal. Und bestimmt glaubten sie Elizabeth.

John ging zur Kommode, entnahm ihr ein sauberes Nachthemd und machte sich daran, es seiner Frau anzuziehen.

»Rühr mich nicht an!«, schrie sie gellend.

»Glaub mir, dich zu berühren, ist fast mehr, als ich ertragen kann.« Er schob ihre Arme durch die Ärmel und zog das Hemd über ihren nackten Körper. Dann drehte er sich um und ging hinaus. Er war so wütend, dass er die Tür zuknallte.

John suchte sich ein paar Türen weiter ein Zimmer und warf sich dort in einen Sessel. Zu aufgewühlt, um sich aufs Bett zu legen, lehnte er bloß den Kopf zurück und bemühte sich, den Aufruhr in seinem Inneren zu beruhigen. In zwei Stunden würde der Tag heraufdämmern, und er würde seine Wache wieder aufnehmen müssen.

In ihrem eigenen Schlafgemach lag die entsetzte Marchioness of Bath schreckensstarr in ihrem Bett. Sie hatte mit angehört, wie Elizabeth ihren Mann beschuldigte, sie ertränken zu wollen. Hatte ihre Schreie und ihr Stöhnen vernommen, die lauten, streitenden Stimmen, das Krachen und Schlagen der Türen. Fast schien es ihr, als versuchten John und Elizabeth einander umzubringen. Doch Isabelle hielt sich heraus aus den Streitigkeiten, wollte in diese grässliche Situation nicht hineingezogen werden.

Wie gut, dass Elizabeth wieder zu sich gekommen ist. Morgen werde ich darauf drängen, dass sie abreisen. Ich lasse nicht zu, dass auf so schreckliche Weise Aufruhr in mein Haus gebracht wird.

· 13 ·

Als ein Stubenmädchen an seine Tür klopfte, wurde John aus einem traumlosen Schlaf gerissen. Er strich sich das Haar aus der Stirn. »Ja?«

»Entschuldigen Sie die Störung, Sir. Ich habe einige Male an der Tür Ihrer Frau geklopft, doch sie meldet sich nicht.«

Er rappelte sich aus dem Sessel hoch und öffnete die Tür. »Danke. Ich kümmere mich um sie«, sagte er leise.

Das Mädchen folgte ihm den Gang entlang. John ging an das Bett, auf dem seine Frau reglos und mit geschlossenen Augen lag. »Elizabeth.« Er kniete nieder und berührte sie. Sie war kalt und steif und leblos. »Allmächtiger, meine Frau ist tot«, äußerte er benommen und ungläubig.

Das Mädchen schnappte nach Luft und schlug die Schürze vor ihr Gesicht. »Ich werde Ihrer Ladyschaft melden, dass wir den Arzt brauchen.«

John hielt den Blick auf die Tote gerichtet und versuchte zu begreifen, was vorgefallen war. Instinktiv warf er einen Blick auf den Nachttisch, auf dem wieder eine braune Flasche stand. Er griff danach und sah, dass sie leer war. »Herrgott!«

Isabelle kam eilends herbei, blieb aber auf der Schwelle stehen. »Ist es wahr? Ist sie …?« Sie blickte John mit anklagenden Augen an. »Gott möge dir verzeihen!«

Nicht imstande, seinen Blick von Elizabeth loszureißen, kämpfte er darum, ihren Tod zu begreifen. Zugleich versuchte er abzuschätzen, wie viel Zeit vergangen war, seitdem sie sich würgend und schreiend seinen Bemühungen widersetzt hatte. Zwei, höchstens drei Stunden. *Sie hat sich selbst getötet!* Ob mit Absicht oder nicht, konnte er nicht beurteilen.

»Ich habe nach dem Arzt geschickt«, informierte Isabelle ihn in scharfem Ton.

Als John aufblickte, wandte sie sich bereits zum Gehen. Wieder starrte er auf seine Frau hinunter. Ihr blondes Haar umrahmte in feinen, nun trockenen Strähnen das Gesicht. *Sie sieht aus wie ein Engel.*

Er durchmaß den Raum, während ihm immer stärker bewusst wurde, dass seine Frau und die Mutter seiner Kinder tot war. Seine Gefühle unterdrückend, begann er darüber nachzudenken, was nun alles erledigt werden musste. Die Patronatskirche und die Grabstätte der Russells lagen in Chenies, ein paar Meilen von Woburn entfernt. Die Beerdigung würde im engsten Kreis der Familie stattfinden. Er ging ans Fenster und starrte blicklos hinaus in den Garten.

Ein Klopfen an der Tür rief ihn wieder in die Gegenwart zurück. Dr. Neville trat ein und näherte sich dem Bett. John sah, dass er nach einem Puls tastete, obwohl er wusste, dass er keinen finden würde.

»Mein tiefstes Beileid, Lord Tavistock.« Er griff in seine Tasche. »Ich muss den Totenschein ausstellen. Falls es Ihnen ein Trost ist – Ihre Frau ist friedlich von uns gegangen.«

Offenbar hat man Sie von unserem heftigen Streit nicht in Kenntnis gesetzt. Dr. Neville übergab John den Totenschein.

»Sie geben als Todesursache Auszehrung an. Meine Frau hatte aber nicht die Schwindsucht, Dr. Neville. Sie litt an akuter Melancholie und war süchtig nach Laudanum, mit dem Sie sie versorgten«, sagte er unverblümt.

»Da die Tragödie sich auf Longleat ereignete, ist es für die Marchioness of Bath viel günstiger, wenn als offizielle Todesursache ihrer Schwester Schwindsucht genannt wird.«

»Die Marchioness of Bath kümmert mich keinen Deut. Ich bin

nicht der Mensch, der die Wahrheit mit Lügen vernebelt, nur weil die Tatsachen unangenehm sind. Man kann keine Krankheit erfinden, nur um das Gesicht zu wahren.«

»Es handelt sich um eine heikle Situation, Mylord. Böse Zungen könnten eine Überdosis als Selbstmord, wenn nicht gar Schlimmeres deuten.«

O Gott, ist es etwa möglich, dass ihre Schwestern glauben, ich hätte sie getötet?

»Abgesehen von der Marchioness of Bath müssen Sie auch an Ihren Bruder, den Duke of Bedford, denken. Sie werden doch nicht wollen, dass er mit einem Skandal in Verbindung gebracht wird.«

»Mein Bruder wusste von Elizabeths Sucht.«

»Dann bitte ich Sie, an Ihre Söhne zu denken, Mylord. Ihnen zuliebe werden Sie doch vermeiden wollen, dass an ihrer toten Mutter auch nur der Hauch eines Verdachtes hängen bleibt. Es wird für sie ohnehin sehr schwer, und Sie werden sicher alles in Ihrer Macht Stehende tun, um ihnen zusätzlichen Schmerz zu ersparen.«

Aus Johns Blick sprach tiefer Kummer. Sein Schuldgefühl war grenzenlos. *Den Jungen zuliebe werde ich tun, was ich tun muss.* Er faltete den Totenschein zusammen und steckte ihn in die Tasche. »Ich bitte mich zu entschuldigen, Doktor. Ich habe viel zu erledigen.«

»Die Nachricht war ein großer Schock. Ich bin gekommen, sobald es mir möglich war.« Francis Russell umarmte seinen Bruder. Er war erst nach der Beerdigung in Woburn eingetroffen.

»Ich hielt es nicht für nötig, die Beerdigung hinauszuschieben, Francis. Ihre Schwestern wollten sie möglichst rasch begraben sehen und hatten es sehr eilig, wieder nach Hause zu kommen. Meine Beziehung zu ihnen ist zum Zerreißen gespannt. Würden sie nicht einen Skandal fürchten, hätten sie mich vermutlich beschuldigt, meine Hand beim Tod Elizabeths im Spiel gehabt zu haben. Ich bin deinem umsichtigen Butler zu großem Dank verpflichtet. Er war mir eine große Hilfe, denn er hat für die Beerdigung alles arrangiert und sich mit größter Umsicht bereitwillig um Elizabeths Familie gekümmert, was mir natürlich sehr lieb war.«

»So ist er immer. Woburn läuft wie eine gut geölte Maschine. War Elizabeths Tod ein Selbstmord?«, fragte sein Bruder rundheraus.

»Sie starb an einer Überdosis Laudanum. Ich habe keinen Beweis, dass Absicht dahintersteckte, obwohl ich es leider vermute.«

»Um Gottes willen, John, plag dich bloß nicht mit Vorwürfen.« Francis wechselte das Thema. »Sind die Jungen da?«

»Ja. Ich habe entschieden, dass sie bei der Beerdigung ihrer Mutter zugegen sein müssten, um Abschied nehmen zu können. Ein paar schulfreie Tage können nicht schaden. Ich wollte eine Weile mit ihnen zusammen sein, ehe ich sie wieder nach Westminster zurückbringe. Ihr Leben soll so normal verlaufen, wie es unter diesen Umständen möglich ist.«

»Und du solltest deine normalen Gewohnheiten bald wieder aufnehmen. Es ist der beste Weg, um einen Verlust zu verarbeiten.«

John nickte. »Es ist der einzige Weg.« *Meine Söhne erlitten einen Verlust, was aber empfinde ich?* Er prüfte seine Gefühle. *Wenn ich brutal ehrlich bin, wiegen Wut und Schuldgefühl schwerer als mein Kummer.*

»Ich möchte einen Trinkspruch ausbringen.« Die Duchess of Gordon hob ihr Champagnerglas, und die Dinnergäste folgten ihrem Beispiel. »Ich gratuliere unserem verehrten Premierminister Pitt. Sein Antrag auf eine Union mit Irland erlangte letzte Woche Gesetzeskraft.«

»Hört! Hört!«, ertönte der Chor der Tory-Abgeordneten, die Jane zu einer festlichen Dinnerparty eingeladen hatte.

Georgina, die zwischen Pitt und Lord Apsley saß, wandte sich an den Premierminister. »Wie viele Sitze werden die irischen Mitglieder erhalten?«

»Hundert im Unterhaus und zweiunddreißig im Oberhaus. Wie

für den Fall der Annahme des Gesetzes versprochen, beantragte ich auch die Aufnahme von Katholiken.«

»Das wäre ein großartiger Fortschritt.« Georginas ausgeprägtes Gefühl für Gerechtigkeit ließ sie stets für die Schwachen eintreten. *Pitt ist heute stolz wie ein Hund mit zwei Schwänzen. Und John Russell wird sehr glücklich sein. Wenn Irland auch nicht unabhängig wurde, wird er zumindest unerbittlich für die Gleichstellung der Katholiken eintreten.* Sie lächelte, als sie an ihr Gespräch dachte. *Als ich ihn warnte, dass der Kampf um Unabhängigkeit sehr hart sein würde, erklärte er, er hätte das richtige Naturell dafür. Er ist sehr willensstark. Das bewundere ich an ihm.*

Lord Apsley machte mit einem Räuspern auf sich aufmerksam, und Georgina fiel plötzlich ein, dass ihre Mutter ihn neben sie gesetzt hatte, weil er Erbe der Earlswürde von Bathurst und eines fünfzehntausend Morgen großen Gutes in Cirencester war. Sie schenkte ihm ein Lächeln. *Er sieht recht nett aus, wenn man eine Vorliebe für einen blassen Teint, helle Brauen und blaue Augen hat. Ich persönlich ziehe dunkle, gefährlich aussehende Männer vor.*

George Canning wandte sich an William Wilberforce. »Mich wundert, dass Henry Addington heute nicht da ist.«

Jane Gordon hatte es gehört. »Henry schickte mir eine Nachricht, dass er sich verspäten wird. Er wurde in den Palast zum König gerufen.« Henry Addington war nicht nur Sprecher des Unterhauses, sondern auch einer der Leibärzte des Königs. »Seine Königliche Hoheit war in letzter Zeit nicht er selbst. Sicher sind wir alle sehr gespannt zu hören, wie es um den König steht. Ich bete um eine rasche Genesung.«

Henry Dundas tätschelte ihre Hand. »Amen, meine Liebe.«

Als das Dessert serviert wurde, musste Georgina ihre Belustigung verbergen. Lord Apsleys bewundernder Blick verfolgte sie bei jedem Bissen, den sie zum Mund führte. Boshaft leckte sie sich die Lippen, um den armen Teufel zu reizen. Als sie fertig war, murmelte sie: »Ob ich noch eine Portion nehmen sollte?« Sie sah, wie in seinen Augen Begehren aufglomm. »Nein, so gierig darf ich nicht sein.« Seine sichtliche Enttäuschung weckte Bedauern in ihr, und sie nahm sich vor, ihn nicht mehr zu necken.

Die Gesellschaft wollte sich eben mit den Drinks in den Salon zurückziehen, als Addington eintraf.

»Henry, Sie haben das Dinner versäumt. Nehmen Sie doch Platz, ich werde Ihnen noch ein Gedeck bringen lassen«, forderte Jane ihn auf. »Sie können uns dabei von Ihrem Besuch beim König berichten.«

Henry Addington wirkte sehr aufgewühlt. »Meine liebe Herzogin, danke, aber ich könnte keinen Bissen hinunterbringen. Eigentlich möchte ich mit Pitt ein Wort unter vier Augen sprechen, wenn ich darf.«

»Aber Henry, wir sind loyale Torys und unter uns. Geheimhaltung ist nicht nötig, da wir alle wissen, dass der König an Anfällen von Depressionen leidet, die mit geistiger Verwirrung einhergehen«, erklärte Pitt.

»Heute war Seine Königliche Hoheit ganz klar – und er bekam einen Wutanfall.« Addington zögerte. Er durfte über den Zustand seines Patienten nicht sprechen, doch handelte es sich diesmal nicht um seinen Gesundheitszustand. Addington spürte, dass er keine Wahl hatte und den Premierminister darüber informieren musste, was der König befohlen hatte.

»Was hat ihn denn so aufgebracht?«, hakte Pitt nach.

»Das neue Gesetz über die Union mit Irland. Na ja, das Gesetz an sich nicht, wohl aber Ihr Vorsatz, den Katholiken Gleichstellung zuzugestehen. Der König ist empört, dass Sie ihn nicht konsultierten, ehe Sie sich so weit vorwagten. Er ist entschlossen, das Gesetz zu blockieren.« Der Leibarzt holte tief Luft und platzte heraus: »Seine Königliche Hoheit hat *mir* befohlen, als sein Premierminister zu fungieren.«

Alle Anwesenden waren wie vom Donner gerührt.

Georgina sah ihre Mutter an, da sie der Meinung war, sie sollten sich zurückziehen, damit die Parlamentarier die Sache ungestört besprechen konnten, doch schüttelte die Herzogin den Kopf und legte den Finger an die Lippen. Die Damen blieben also sitzen und hörten zu.

Laut durcheinanderredend, wurde zunächst der allgemeinen Empörung und Missbilligung Ausdruck verliehen, bis George Canning sich mit einem Vorschlag an William Pitt wandte. »Sie müssen den Antrag auf Gleichstellung der Katholiken fürs Erste fallen lassen.«

»Ich habe feierlich und in gutem Glauben versprochen, dafür einzustehen, dass Katholiken ins Unterhaus gewählt werden können, wenn ich genügend Stimmen für das Unionsgesetz bekomme.«

»Alle werden wissen, dass es der König ist, der das Gesetz blockiert, und nicht Sie.«

Der Premierminister stand hoch erhobenen Hauptes auf. »Es war mein Fehler, Gentlemen. Ich war mir meines Einflusses so sicher, dass ich es versäumte, den König zu informieren. Da ich mein Versprechen nicht halten kann, bleibt mir keine andere Wahl, als mein Amt zur Verfügung zu stellen.«

Georgina argwöhnte, dass Pitts ausgeprägter Stolz ihn zu dieser dramatischen Entscheidung bewog. Die Kränkung, die ihm der König zufügte, indem er Addington zum Premierminister machte, war unerträglich für ihn.

Die Abgeordneten sprachen sich heftig gegen einen so drastischen Schritt aus, während Addington händeringend dastand.

Pitt machte der Diskussion ein Ende und kam zum Kern der Sache. »Ich trete zurück, und der Sprecher des Hauses wird Premier, wie Seine Königliche Hoheit es wünscht. Eine andere Vorgehensweise würde unsere Partei schädigen und die Whigs an die Macht bringen. Wenn wir eine Herrschaft des Thronfolgers und von Charles Fox verhindern wollen, müssen wir dem Wunsch des Königs entsprechen.«

Die Duchess of Gordon verließ den Raum und kam mit einem Fässchen schottischem Whiskey wieder, wohl wissend, dass alle jetzt dringend eine Stärkung brauchten. Nachdem alle ihre Gläser geleert hatten, löste sich die Gesellschaft auf, und die Gäste empfahlen sich.

»Eine schreckliche Nachricht – es ist schier unerträglich. Wir Gordons waren immer treue Stützen des Königs, dem unsere Liebe und Verehrung galt. Jetzt fürchte ich aber, dass George III. geistig verwirrt ist. An dem Abend, als du der Königin vorgestellt wurdest, sprach dein Vater mit mir darüber.«

»Die Situation ist über alle Maßen traurig. Mir tut die Königin leid.«

»Es könnte nicht schlimmer sein. William Pitt ist der beste Premierminister, den das Land je hatte. Seine Fähigkeiten übersteigen jene seines Vaters bei weitem. Addington kann ihm nicht das Wasser reichen.«

Georginas Bruder betrat den Salon. »Es war doch gerade erst Mitternacht. Ist deine Dinnerparty schon zu Ende?«

»Ich habe eine schlimme, eine fast unglaubliche Nachricht.«

»Hallo, George. Du bist aber früh zu Hause«, empfing ihn seine Schwester.

»Auch ich bringe eine Neuigkeit. Bei Brooks traf ich Lord Holland. Henry berichtete mir, dass John Russell vor einigen Tagen seine Frau begraben musste.«

»O nein …!« Georgina erbleichte.

»Großer Gott! Ein Unglück kommt selten allein!« Jane schenkte sich von dem Whiskey nach und überlegte, was dieser Trauerfall für ihre Pläne bedeutete. »Elizabeth ist keine Blutsverwandte des Duke of Bedford, er wird also keine offizielle Trauerzeit einhalten. Für ihn liegt kein Grund vor, seine gesellschaftlichen Verpflichtungen einzuschränken. Trotzdem will ich Charlotte und Susan sofort schreiben und vorschlagen, sie sollen ihre Bälle auf nächsten Monat verschieben.«

Georgina war tief in Gedanken versunken und hörte kein einziges Wort, das ihre Mutter sagte. *John Russell muss völlig gebrochen sein. Wie schrecklich, seine Frau in so jungen Jahren zu verlieren. Ob er diesen Verlust jemals verwinden kann?* Das Bild des kleinen Johnny stand plötzlich vor ihren Augen, lieb und schüchtern, wie sie ihn erlebt hatte. Sie spürte eine Enge in der Kehle, denn der kleine Junge tat ihr bis ins Herz leid.

»Ich frage mich, ob der Besuch des Herzogs in Derbyshire abgesagt wurde? Sicher ist er sofort bei Erhalt der Nachricht nach Woburn zurückgekehrt.«

»Holland sagte, er hätte es direkt von Francis Russell erfahren, also muss er wieder in London sein«, erklärte George.

»Hm, ich möchte doch wirklich wissen, ob sich zwischen Bedford und der Tochter der Devonshires während seines Besuches etwas angebahnt hat? Sicher drängte ihn die Herzogin, sich zu erklären. Nur darum ging es ja bei dieser Einladung nach Chatsworth. Ich bin aufs Äußerste gespannt, ob es eine Verlobungsanzeige gibt. Wegen des Todesfalles wird man sich damit vielleicht Zeit lassen. Ach, meine Liebe, hat man je etwas so Verzwicktes erlebt?«

»Sicher wirst du einen Weg finden, es auszukundschaften, liebste Mama«, sagte George. »Und was ist die zweite Neuigkeit, die euch so in Aufregung versetzte?«

»Ach ja, eine sehr aufwühlende. William Pitt musste als Premierminister zurücktreten.«

Georgina ging leise hinaus, während ihre Mutter sich in allen Einzelheiten über die politischen Probleme ausließ.

Nachdem sie sich entkleidet hatte, betrachtete sie die Zeichnung, die ihren Vater beim Angeln zeigte. »Es besteht wirklich eine Ähnlichkeit mit John Russell. Ob ich ihn beim Zeichnen vor Augen hatte?« *Der Mann kommt mir in den merkwürdigsten Momenten in den Sinn.*

Und jetzt waren Russell und seine Söhne von dieser Katastrophe betroffen worden, und sie bedauerte die Frechheiten, die sie ihm an den Kopf geworfen hatte. Eigentlich war es für sie nur ein lustiges Spiel gewesen, spitze und boshafte Bemerkungen zu machen. Ein

Spiel allerdings, das auch ihm zu gefallen schien. Jetzt bereute sie, dass sie mit Absicht unfreundlich gewesen war. Sie verspürte den Impuls, ihm sofort einen Kondolenzbrief zu schreiben und warf einen Blick auf ihren Schreibtisch. *Nein, es ist besser, wenn der Brief von der Familie und nicht allein von mir kommt.*

»Es war ein langer Tag.« Am Russell Square ging John zu seinem Bruder in die Bibliothek und legte einen Stapel Kondolenzbriefe ungeöffnet auf den Schreibtisch. Dann schenkte er sich einen Drink ein. »Ich habe die Kinder wieder zur Schule gebracht und mit allen ihren Lehrern gesprochen. Sie versicherten mir, ich würde sofort verständigt, falls meine Söhne sich auffällig verhalten sollten. Auch mit dem Direktor hatte ich ein Gespräch und blieb dann in Westminster, um mit Johnny zu essen. Es war ein schmerzlicher Abschied – hoffentlich kommt er über das alles hinweg.«

»Natürlich schafft er das, Kinder können sehr zäh sein«, versuchte Francis ihn zu beruhigen. »Hast du schon das Neueste gehört?«

»Was denn?« John leerte sein Glas.

»William Pitt ist heute zurückgetreten.«

Der müde Ausdruck in Johns Gesicht wich und machte Überraschung Platz.

»Der König stemmt sich gegen die Wahl irischer Katholiken ins Unterhaus, deshalb trat Pitt zugunsten von Addington zurück.«

»Verdammt! Ich hätte wissen müssen, dass die Gleichstellung der Katholiken ein zu hochgestecktes Ziel war!«

»Warum trat er als Premier zurück?«

»Aus Prinzip natürlich, doch ist es auch ein sehr gewitzter Schachzug. Stellt er sich dem König entgegen, könnte dies die Regierung stürzen und uns Whigs an die Macht bringen. Pitt brachte das Opfer für die Torys.«

»Ein Opfer ist etwas, das meinen Horizont übersteigt«, sagte Francis trocken. »Ich muss schleunigst nach Carlton House. Prinny wird am Boden zerstört sein, weil die Regierung nicht gestürzt ist. Er wird mich brauchen, damit ich ihm beistehe, den grausamen Wind, den das Schicksal ihm ins Gesicht bläst, besser zu ertragen.«

Nachdem Francis gegangen war, sann John darüber nach, wie es im Parlament unter Henry Addington weitergehen sollte. Nun, es war anzunehmen, dass nach dem Wechsel an der Spitze des Kabinetts alles weiterhin glatt verlaufen würde. Obwohl tief enttäuscht, dass die irische Frage einer Lösung nicht näher gekommen war, lenkten ihn die politischen Wirren immerhin von seiner eigenen aufgewühlten Seelenlage ab. In der Hoffnung, anschließend besser schlafen zu können, gönnte John sich noch einen Drink und begab sich zur Ruhe.

Kurz vor Tagesanbruch setzte der Traum ein, der ihn regelmäßig heimsuchte.

Er saß im Sattel seines Jagdpferdes und ritt über eine besonnte, mit Blumen bestandene Wiese. Der würzige Duft und das hochgestimmte Freiheitsgefühl, das er empfand, waren gleichermaßen berauschend.

Die neben ihm dahinsprengende Begleiterin war eine Frohnatur, die ihr Leben liebte und es in vollen Zügen genoss. Ihre große Leidenschaft galt neben der Natur Kindern und Tieren. Nie wurde er müde, ihr Lachen zu hören. Sie ritten um die Wette auf einen Hügel zu, und John wusste, dass er sie gewinnen lassen würde, weil es ihm ein Vergnügen war, ihre Freude angesichts des Sieges zu erleben.

Plötzlich überraschte sie ein Sommerregen, der sie völlig durchnässte. Doch die Lady ritt unverändert schnell weiter, sprengte die Anhöhe hinauf, glitt aus dem Sattel und erklomm einen Felsblock. Sie streckte die Arme aus und hob ihr Gesicht dem Regen entgegen, als wäre dieser ein Lebenselixier.

John saß am Fuß des Felsens ab und hob die Arme. »Spring, Georgy! Ich fange dich auf.«

Nie hatte er etwas Lieblicheres gehört als ihr silberhelles Lachen. Ohne zu zögern, warf sie sich ungehemmt in seine wartenden Arme.

Er fing sie auf, und dann rollte er mit ihr weiter, bis sie unter ihm im nassen Gras lag.

Als er ihren weichen, warmen Mund küsste, schmeckte er nach köstlichem Lachen und sinnlicher Erwartung. Es war berauschend zu wissen, dass sie ihn ebenso begehrte wie er sie. Die Reaktion, die ihre Leidenschaft in ihm weckte, war ein starker Anreiz, ihren Körper und ihre Seele in Besitz zu nehmen und sie zu verführen, ihm ihr Innerstes preiszugeben.

Sie war einzigartig, eine Frau, die allen Schmerz, alle Wut und dunklen Gedanken, die ihn plagten, auszulöschen vermochte. Er konnte sich in den lockenden, süßen Tiefen ihres Körpers verlieren, wo sie ihm gestattete, jede sündige Fantasie auszuleben, nach der er sich verzehrte.

Er kostete die Verführung aus. Sie steigerte ihrer beider Verlangen und brachte jene selige, fast unerträgliche Lust mit sich, die ihm wie nichts anderes gestattete, der Realität zu entfliehen.

Das intensive Delirium, das seine Liebe in ihr entfachte, entführte ihn in ein Reich satter, dunkler Empfindungen. Er erlebte eine mächtige Leidenschaft, gepaart mit höchster Lust, der Frieden und tiefe Befriedigung folgten.

John wusste, dass er noch nie im Leben so glücklich gewesen war. Das Lachen und die neu gefundene Freiheit ließen sein Herz vor Freude überfließen. »Georgina, du sollst wissen, dass ich dich heiraten möchte.«

Sie sah lachend zu ihm auf. Ihre grünen Augen funkelten vor Belustigung. »Wieso hat es so lange gedauert?«

»Weil ich bis jetzt nicht frei war.«

John erwachte mit einem Ruck. Er wusste, dass er diesen Traum schon öfter hatte, diesmal aber besaß seine Begleiterin Gesicht und Namen. *Georgina Gordon.* Er verdrängte den Traum, weil er ihn nicht analysieren wollte. Weil er es nicht wagte. Freude und Glück, die er empfunden hatte, verflogen rasch und hinterließen nichts als schreckliche, schuldbewusste Reue.

· 14 ·

Charlotte und Charles sind wieder in London.« Jane Gordon reichte die Nachricht, die sie von ihrer ältesten Tochter erhalten hatte, an Georgina weiter, während sie sich dem Rest der Morgenpost widmete, die eben abgegeben worden war.

»Charlotte schreibt, dass sie den kalten Nebel nicht mehr aushalten konnte. Goodwood House und Chichester sind so nahe an der Küste, dass der November dort immer trüb ist.«

»Fife House in Whitehall wird viel geeigneter für die Gäste sein, die sie zu dem für dich geplanten Ball einlädt. Wir müssen hinfahren und ein Datum festlegen.«

Mama wird für Charlotte planen. Die Ärmste muss sich wohl ihren Wünschen beugen.

»Wir haben heute etliche Besuche zu machen. Ich muss Henry Addingtons Gattin aufsuchen. Sicher hat er Mary Anne über den Zustand des Königs mehr verraten als uns, und da ich eine alte Freundin der königlichen Familie bin, wird sie mir alles erzählen. Streng vertraulich, versteht sich.«

»Versteht sich.« *Dann wirst du es Henry Dundas verraten, der keine Zeit verlieren wird, es an William Pitt weiterzuleiten.*

»Anschließend besuchen wir George Cannings neue Frau. Sicher hat er ihr anvertraut, wie die Tory-Anhänger die Lage beurteilen.«

»Bist du sicher, dass er mit seiner jungen Frau über Politik spricht?«

»Ganz sicher. Joan ist eine reiche Erbin und hat die Hand auf dem Geldbeutel. Canning würde ohne ihr Wissen und ohne ihren Rat keinen Schritt tun.«

»Deine Gerissenheit erstaunt mich, Mama.«

»Eine Frau muss gewitzt sein, um sich in dieser Männerwelt zu behaupten, Georgina. Du tätest gut daran, von mir zu lernen.« Jane rief einen Diener herbei und ordnete an, ihre Kutsche gleich nach dem Lunch vorfahren zu lassen.

»Zuletzt, obwohl es keineswegs der unwichtigste Besuch ist, möchte ich noch Lady Spencer sprechen. Du weißt, dass sie die Schwägerin der Duchess of Devonshire ist. Von ihr kann ich hoffentlich erfahren, ob sich zwischen dem Duke of Bedford und dem Devonshire-Mädchen während seines Besuches auf Chatsworth irgendetwas Nennenswertes getan hat.«

»Lavinia Spencer spricht mit ihrer Schwägerin kein Wort mehr. Sie weiß sicher nichts.«

»Ganz im Gegenteil, meine Liebe. Lavinia wird es sich zur Aufgabe gemacht haben, alles, aber auch alles in Erfahrung zu bringen. Ach, hier kommt der Lunch.«

Das enorme Interesse ihrer Mutter am Duke of Bedford ließ Georgina an John Russells Verlust denken. Er und seine Söhne waren ihr nicht aus dem Sinn gegangen, seit sie die traurige Neuigkeit erfahren hatte. *Ich mag mir gar nicht vorstellen, wie allein er sich jetzt fühlen muss.*

Georgina stocherte lustlos in ihrem Essen herum. Ihre Stimmung wirkte sich auf ihren Appetit aus. Sie lächelte bedauernd, als das Mädchen eintrat, um das Essen abzuräumen. Doch als sie das Dessert ablehnte, runzelte ihre Mutter die Stirn.

»Dieses graue, trübe Wetter macht dir zu schaffen. Bevor wir unsere Besuche machen, musst du hinaufgehen und einen deiner neuen Hüte aufsetzen, damit der Tag heiterer wird.«

Um vier Uhr nachmittags hatte Georgina das Gefühl, sie müsse laut schreien. Beim Besuch bei Mary Anne Addington war die Gesundheit des Königs bis zum Überdruss besprochen worden. Aus dem Bulletin des Arztes ging hervor, dass der arme alte George erneut am Rande des Wahnsinns dahintaumelte.

Der Besuch bei Joan Canning war ihr endlos erschienen. Die Dame hechelte nicht nur alle Abgeordneten der Torys durch, sie gab auch persönliche Details über deren Frauen und Kinder preis. Während Jane dies alles begierig aufsog, fühlte Georgina sich davon abgestoßen. Als sie endlich gingen, beschloss sie, dass es ihr reichte. *Mama kann Lavinia Spencer ohne mich besuchen. Wenn ich noch einmal Tee und Klatsch serviert bekomme, muss ich mich übergeben.*

Sie wartete, bis die Herzogin in den Wagen eingestiegen war. »Wir sind nahe Whitehall. Ich möchte bei Charlotte vorbeischauen und Pläne für den Ball besprechen. Wenn du Lavinia Spencer in meiner Gegenwart über den Duke of Bedford ausfragst, sieht es aus, als würde ich verzweifelt auf ihn Jagd machen.«

»Sehr schön. Richte Charlotte aus, sie solle sich auf mindestens zweihundert Gäste einstellen. Und ich möchte sicher sein, dass Charles dich nach Hause bringt.«

Georgina zog ihre Handschuhe aus und stopfte sie in ihr Täschchen. Dann ging sie die Tothill Street entlang in Richtung Parliament Square. Fife House, Charlottes eindrucksvolles Stadtdomizil am Whitehall Place, war nur eine halbe Meile entfernt. *Der Spaziergang wird meinen Kopf klären.*

John Russell verbrachte den Großteil des Tages im Parlament und verließ es kurz nach vier Uhr. Was für eine verdammte Zeitverschwendung! Heute war rein gar nichts weitergegangen. Fruchtlose Diskussionen und dramatisches Händeringen – es wäre ein Wunder, wenn wir noch in diesem Jahr alles über die Bühne bringen. Unsäglich, wie sich Whigs und Torys tuschelnd in Gruppen zusammengedrängt haben wie ein Haufen alter Weiber!

John schüttelte die Politik mit einem Achselzucken ab und dachte an seine Söhne. Die Westminster School befand sich in unmittelbarer Nähe, und als er zum Parliament Square ging, kämpfte er mit sich, ob er nach ihnen sehen sollte oder ob ein Besuch sie seelisch zu stark aufwühlen würde. *Ich sollte wenigstens nachschauen, ob bei Johnny alles in Ordnung ist.*

Als John kehrtmachte, um sich zur Schule zu begeben, sah er sich plötzlich Georgina Gordon gegenüber. Er blieb abrupt stehen, und die schockierenden Einzelheiten seines erotischen Traumes überfluteten erneut seine Sinne.

Ihre Überraschung, ihn zu sehen, war geradezu greifbar. »Lord Tavistock, John … bitte nehmen Sie mein tiefstes Beileid für Ihren schweren Verlust entgegen. Es muss im Augenblick für Sie und Ihre Söhne sehr belastend sein.« Sie legte die Hand auf seinen Ärmel. »Sie sollten in einer so schweren Zeit mit Ihren Söhnen nicht allein bleiben. Und Weihnachten würde sicher besonders schmerzlich. Sie sollen wissen, dass Sie herzlich willkommen sind, wenn Sie Charlotte und Charles in ihrem Haus hier in Whitehall besuchen, und ich lade Sie ein, bei uns an der Pall Mall vorbeizuschauen, falls Ihnen nach Gesellschaft zumute ist.«

John entzog ihr seinen Arm, als würde ihre Berührung ihn versengen, und starrte missbilligend die Fülle hellrosafarbener Lilien an, die ihren Hut schmückten. Schuldgefühl, weil er im Traum mit ihr Liebe gemacht und sie gebeten hatte, seine Frau zu werden, nagten an seinem Gewissen, als sei es Wirklichkeit gewesen. »Mylady, ich bin seit kurzem erst verwitwet und stehe auf dem Heiratsmarkt nicht zur Verfügung.« Sein Ton war vernichtend, seine Miene steinern. »Ihre schamlose Jagd nach einem Ehemann ist mir ein Graus.«

Diese brutale Beleidigung raubte Georgina den Atem. Am liebsten hätte sie in sein finsteres Gesicht geschlagen, entschied sich aber, ihn stattdessen verbal zu züchtigen.

Sie schob ihr Kinn vor, ihre zusammengekniffenen Augen blitzten. »Sie zu mögen, Russell, ist nicht schwer – es ist unmöglich. Ich wollte Ihnen mein aufrichtiges Beileid ausdrücken, und Sie werfen mir meine Anteilnahme wie ein Stück Dreck vor die Füße.« Sie lächelte zuckersüß. »Was lässt Sie eigentlich glauben, ich wäre an einem gewöhnlichen Lord interessiert, wenn ich doch einen Herzog dazu bringen könnte, um meine Hand anzuhalten?« Sie warf den Kopf so entschlossen zurück, dass ihre rosa Lilien verführerisch wippten. »Und nicht nur irgendeinen Herzog, wie ich hinzufügen darf. Wir kennen beide den Gentleman, den ich meine. Er gefällt mir. Ihnen einen guten Tag, Lord Tavistock.«

»Georgy! Georgy!« Mary tanzte um ihre Lieblingstante herum. »Du hast schon wieder einen neuen Hut.«

»Einen, den ich sehr mag, also wag es ja nicht, ihn zu ruinieren.« Georgina sah ihre Schwester Charlotte an. »Ich habe einen anstrengenden Nachmittag hinter mir. Was bin ich froh, dass du wieder in London bist – ich brauche dringend zivilisierte Gesellschaft.«

»Der Nachmittag muss wirklich sehr anstrengend gewesen sein, wenn dir die Bewohner von Fife House zivilisiert vorkommen.«

»Siehst du, schon hast du mich aufgeheitert.«

»Wie ich sehe, konntest du deiner Hüterin entkommen.«

»Mutter ist bei Lavinia Spencer, um herauszubekommen, ob etwas Interessantes über den Besuch des Duke of Bedford auf Chatsworth durchsickerte.«

»Mary, es ist Zeit für deinen Tee. Lauf in dein Kinderzimmer, während ich mit Tante Georgina plaudere.«

»Ihr wollt mich nur loswerden«, jammerte das Mädchen.

»Und ich werde mich durchsetzen. Also, hinaus mit dir!«

»Ich komme später zur dir«, versprach Georgina, die Charlotte in den kleinen Salon folgte.

»Wenn es der Duchess of Devonshire nicht geglückt sein sollte, Francis Russell für ihre Tochter einzufangen, ist Mutter offenbar wild entschlossen, ihn für dich zu kapern.«

»Ja, leider ist sie nicht davon abzubringen.«

»Dir liegt wohl nicht viel an Bedford?«

»Gar nichts. Aber ich habe die Absicht, sein Interesse zu wecken.«

»Jetzt sprichst du in Rätseln. Willst du dich nur amüsieren? Ich dachte, du ziehst Geplänkel mit seinem Bruder vor?«

»Wie kommst du darauf?«, erwiderte Georgina scharf.

»Reiß mir nicht gleich den Kopf ab.«

»Tut mir leid, Charlotte. Ich nehme nicht an, dass du die traurige Nachricht schon kennst: John Russells Gattin starb vor einer Woche.«

»Elizabeth? Nein, ich hatte keine Ahnung. Wir sind erst gestern spätabends aus Sussex eingetroffen. Ach, ich muss ihm sofort schriftlich kondolieren. Die armen Kinder!«

»Ich stieß auf dem Parliament Square mit ihm zusammen. Da ich die schrecklichen Dinge, die ich früher zu ihm gesagt habe, plötzlich sehr bedauerte, platzte ich mit Beileidsbekundungen für ihn und seine Kinder heraus. Dann redete ich noch etwas von Alleinsein zu Weihnachten und dass du und Charles ihn hier in Fife House sicher gerne empfangen würdet. Ich lud ihn sogar in die Pall Mall ein, für den Fall, dass er sich einsam fühlt.« Georgina griff sich mit einer abwehrenden Geste an den Hals. »Das alles brachte ich so unbeholfen vor, dass er sich sofort auf den Schlips getreten fühlte und eiskalt entgegnete, dass er auf dem Heiratsmarkt nicht verfügbar sei.«

»Und was hast du auf diese gezielte Beleidigung erwidert?«

»Am liebsten hätte ich mich auf ihn gestürzt, um ihm für seine Unverschämtheit die Augen auszukratzen. Stattdessen fragte ich ihn zuckersüß, wie er nur auf den Gedanken käme, dass ich einen gewöhnlichen Lord nehmen würde, wenn ich doch einen Herzog haben könnte.«

»Guter Gott, er muss annehmen, dass du seinen Bruder gemeint hast!«

»Um jeden Zweifel auszuschließen, setzte ich hinzu, dass wir beide wüssten, wen ich meinte.« Sie biss sich auf die Lippen. »Charlotte, was um alles in der Welt soll ich jetzt machen?«

»Du wirst den Duke of Bedford heiraten müssen.«

»Auf jede dumme Frage gibt es eine noch dümmere Antwort. Aber jetzt ist mir etwas eingefallen … Ich brauche Bedford nicht zu heiraten, es genügt, wenn ich mich mit ihm verlobe.«

»Das ist alles?«, fragte Charlotte trocken. »Hat Louisa nicht diesen Weg gewählt und ist in einer Sackgasse gelandet?«

»Ich bin nicht Louisa«, versicherte Georgina.

»Ach, ich höre die Haustür. Wahrscheinlich ist es Charles. Er wird vom Tod Elizabeths schon gehört haben – du weißt ja, dass sie entfernt verwandt waren. Er wird staunen, dass ich es schon weiß.«

»Es gibt noch etwas, mit dem er herausplatzen wird. William Pitt ist als Chef der Regierung zurückgetreten, da der König Henry Addington bat, dieses Amt zu übernehmen.«

»Du bist eine veritable Nachrichtenquelle.«

Statt des erwarteten Charles Lennox betrat kurz darauf die Duchess of Gordon den Salon. Sie stürmte geradezu herein und schien überhaupt sehr aufgeregt. »Inmitten der Lawine schlechter Nachrichten habe ich zumindest eine winzige gute Neuigkeit für euch. Offenbar ging der Duke of Bedford auf Chatsworth keinerlei Verpflichtung bezüglich der Devonshire-Tochter ein. Und er hält für seine verstorbene Schwägerin keine Trauerzeit ein.«

»Sieh an, horrido!«, rief Charlotte aus. »*Vom Anblick zum Tod am Morgen.*« Die Worte aus Woodcock Graves Jagdballade waren Jane und Georgina vertraut.

»Hast du dich schon auf ein Datum für deinen Ball festgelegt, Charlotte? Der zwanzigste November wäre ideal.«

»Das ist ja schon nächste Woche. Da haben wir kaum Zeit, die Einladungen auszusenden.«

»Wir schreiben sie heute Abend. Ich bleibe und helfe euch.«

»Das hatte ich befürchtet«, murmelte Charlotte respektlos.

»Hat Georgy dir schon gesagt, dass du zweihundert Gäste einplanen sollst?«

»Zu dieser wichtigen Einzelheit sind wir noch nicht gekommen.

Wir sprachen eben über William Pitts Rücktritt. Warum nur hat der König Addington ins Amt berufen?«

»Weil er mal wieder eine verrückte Phase hat«, erwiderte Jane sachlich. »Wir wissen es von Mary Anne Addington, die wir heute besuchten. Hat deine Schwester es dir nicht erzählt? Die arme Charlotte tut mir ja so leid. Die Ärmste weiß nie, wie sie dran ist. Kein Wunder, dass sie bei Empfängen so jämmerlich wirkt, so schlaff und mutlos.«

»Mama, du würdest eine gute Königin abgeben.«

»Nein, würde ich nicht, Charlotte. Eine Königin spielt neben dem König immer nur die zweite Geige, mag er noch so wirr im Kopf sein, während eine Herzogin ihrem Mann sagen kann, er soll ihr den Buckel runterrutschen!«

Georgina lachte. »Wenn man dich so hört, muss das Leben als Herzogin geradezu unwiderstehlich sein. Ich glaube, ich wäre bereit, einen gewissen herzoglichen Fuchs in seinem Bau aufzuscheuchen.«

»Du bist eine Gordon, Liebling. Du kannst alles erreichen, was du möchtest«, erklärte Jane. »Mit ein wenig Hilfe deiner Mutter natürlich. Wann wird in diesem Haus gespeist? Dann könnten wir uns anschließend an die Einladungen machen.«

»Ach, genau die richtige Zeit für einen Besuch bei Mary«, erklärte Georgy. »Ich hoffe, einmal eine Tochter zu haben wie sie.«

»Eines nach dem anderen. Erst muss man die Hochzeit planen, ehe man an Kinder denken kann.«

»Ich erwäge immerhin bereits eine Verlobung.« Georgina zwinkerte Charlotte zu.

»John, die Aasgeier sind schon da und ziehen ihre Kreise.« Francis schenkte zwei Brandys ein und reichte einen seinem Bruder.

Dieser zog eine seiner dunklen Brauen hoch. »Du meinst, ich würde das brauchen?«

»Jetzt nimm dich zusammen. Adair verriet mir heute, es gebe

Spekulationen, du hättest nachgeholfen, Elizabeth ins Jenseits zu befördern.«

»Ich bin Zyniker genug, so etwas erwartet zu haben. Meine einzige Befürchtung ist, dass diese schmutzigen Gerüchte meinen Söhnen zu Ohren kommen. Klatsch kann ein wildes Tier sein, das Menschen und ihren Ruf in Stücke reißt.«

»Ich habe den Tratsch im Keim erstickt und Adair anvertraut, dass deine Ehe eine echte Liebesheirat war und dein Herz und deine Seele der Dame gehörten, die du mit neunzehn Jahren geheiratet hast. Des Weiteren erzählte ich, dass du an gebrochenem Herzen leidest. Dies alles wird bald in den Clubs die Runde machen.«

»Francis, mir zuliebe brauchst du nicht zu lügen«, antwortete John matt.

»Nun, ganz gelogen war es ja nicht. Bei deiner Heirat warst du überzeugt, in Elizabeth verliebt zu sein.« Francis betrachtete die bernsteinfarbene Flüssigkeit in seinem Glas. »Eines sage ich dir aber: Meine Abneigung gegen die Ehe ist gewachsen. *Bis dass der Tod uns scheidet*, und all das.«

Das Bild Georginas blitzte vor John auf. Eigenartig, doch er war sehr erleichtert, dass Francis kein Interesse an der Gordon-Tochter mehr zeigte.

»Vielleicht ganz gut. Wenn du eine junge Debütantin zur Frau nimmst, wird sie dich aller Wahrscheinlichkeit nach überleben.«

»Halt deinen verdammten Mund!«

John wechselte das Thema. »Wie hat Prinny die Nachricht aufgenommen, dass die Regierung nicht gestürzt wurde?«

»In Carlton House zerfloss man in falschem Mitgefühl. Der Prinz heulte wie ein Kind an den trockenen Zitzen seiner Mutter. Ich goss ihm einen sehr großen Brandy ein, an dem er nuckeln konnte.«

John blickte angewidert in sein eigenes Glas und stellte es ab.

Der Earl und die Countess of Lennox, die Duchess of Gordon, ihr Sohn und Erbe Lord Huntly sowie Lady Georgina standen in der

Empfangshalle von Fife House, um die vornehmen Gäste zu begrüßen. Charlottes Kinder waren in ihren eigenen Trakt im ersten Stock, weitab von dem eleganten Ballsaal, verbannt worden.

Unter den Ersten, die eintrafen, waren die Hollands. »Beth, wie schön, Sie zu sehen.« Georgina schenkte Henry ein strahlendes Lächeln.

»Darf ich um den ersten Reel bitten, falls nicht schon ein anderer um diese Ehre bat?«

»Henry, es wird mir ein Vergnügen sein«, erwiderte Georgina.

Jane Gordon begrüßte Lord und Lady Spencer und deren Sohn Jack überschwänglich. »Lavinia, ich bin ja so glücklich, dass Sie sich zum Kommen entschlossen haben.« Sie hatte die Einladung nur unter der Bedingung angenommen, dass ihre Schwägerin, die Duchess of Devonshire, nicht unter den Gästen sein würde.

Charlotte war insgeheim erstaunt, als die Princess Royal mit ihrem Bruder Edward erschien. Die Damen knicksten vor Augusta Matilda. »Welch eine Ehre, Eure Hoheit.«

Als die Prinzessin außer Hörweite war, ermahnte Jane Charlotte. »Hoffentlich ist dein Büffet reichlich bestückt. Tilly, der Bandwurm, frisst für zehn.«

Georgina versuchte ihr Lachen mit dem Fächer zu tarnen. »Fressgier ist in der königlichen Familie offenbar sehr verbreitet.«

Als Nächste traf Lady Melbourne in Begleitung ihres Sohnes William Lamb ein. Da sie in Whitehall Nachbarn waren, hatte Charlotte sich verpflichtet gefühlt, sie einzuladen.

Jane empfing sie begeistert. Lizzie würde ihrer besten Freundin, der Duchess of Devonshire, berichten können, wie Francis Russell sich um Lady Georgina bemüht hatte. Vorausgesetzt natürlich, der Duke of Bedford tauchte überhaupt auf. Jane flüsterte ihren Töchtern hinter ihrem Fächer zu: »Lizzie ist eine hingebungsvolle, wenngleich nicht keusche Mutter.«

Georgina erstickte fast vor Lachen über diese Bemerkung.

Als der Earl of Winchilsea, Charles Lennox' Freund, erschien, hängte Georgina sich bei ihm ein. »George, ich habe schon auf Sie gewartet. Gehen wir voraus in den Ballsaal.«

Erst zwei Stunden später traf Francis Russell mit seinen erklärten Freunden, dem Prince of Wales und dem Earl of Lauderdale, ein. Das Trio hatte in Devonshire House erst noch ein paar Runden gespielt und sich dann mit der zweideutigen Ausrede bei der Gastgeberin entschuldigt, man habe noch in Whitehall zu tun.

Georgina und Prince Edward hatten eben einen flotten Strathspey getanzt, als Russell und Lauderdale daherkamen. Francis hob amüsiert eine Braue. »Na, heute kein Kilt, Georgy?«

»Nur meine engsten Freunde nennen mich Georgy, Loo.« Sie neckte ihn mit seinem eigenen Spitznamen. »Woher das plötzliche Interesse an Kilts?«

Mit wissendem, ein wenig anzüglichem Lächeln zitierte Lauderdale den Barden Robert Burns – sinngemäß, da in London kaum jemand die Verse im schottischen Dialekt verstehen würde.

Sie schürzt ihr feines Röckchen,
Und zeigt blank, was sie hat.
Sie tanzt den Reel schnell rundherum
Und springt und hüpft ganz hoch,
So leichtfüßig wie keine.

Georgina lachte laut auf. »Ein passender Text! Schade, dass niemand das Original versteht.«

»Ich würde eine Wette wagen, wie Ihre blanken Reize aussehen«, sagte Bedford schleppend und stieß den Prinzen beiseite.

»Man warnte mich, Sie seien ein Frauenheld.«

»Fühlen Sie sich deshalb zu mir hingezogen?«

»Eigentlich ist es eher das Herrenhaus als der Herr, das anziehend wirkt.«

»Woburn und Bedford sind unzertrennlich – man kann das eine nicht ohne das andere haben.«

»Schade.« Georgina genoss das Wortgefecht.

»Aha, Francis, es sieht aus, als hättest du in dem schottischen Mädchen eine ebenbürtige Partnerin gefunden.« Lauderdale zwinkerte ihr mit breitem Grinsen zu.

»Und Partnersuche ist der vorrangige Zweck dieser Debütbälle. Ergreifen Sie die Flucht, solange Sie die Chance haben, Bedford«, drängte sie ihn spöttisch.

»Vor einer Herausforderung bin ich noch nie davongelaufen«, erwiderte er in trägem Ton.

»Ach, ich höre den Auftakt zu einem Reel. Mit welchem der Herren soll ich tanzen?« Sie musterte die drei Gentlemen. »So wie ich ein irisches Rennpferd einem schottischen vorziehe, versteht es sich von selbst, dass ein Schotte einen Reel besser tanzt als ein Engländer. Wollen wir, James?«

Obschon Francis die Neckerei gutmütig aufzunehmen schien, vermutete Georgina, dass der arrogante Herzog alles andere als amüsiert war.

Als der Reel verklang, begleitete Lauderdale sie zurück zu Bedford. Georgina widersprach nicht und schenkte Francis ein aufmunterndes Lächeln. Er unterließ es zwar, sie zum nächsten Tanz aufzufordern, schlug aber einen kleinen Spaziergang vor.

»Wollen wir ein wenig promenieren und sehen, mit welchen Erfrischungen unsere reizende Gastgeberin uns erfreut?«

»Ein glänzender Vorschlag.« Sie legte ihre Hand auf seinen Arm und ließ sich von ihm in den Raum mit den Getränken führen. »Ich glaube, wir beide könnten einen Drink vertragen.«

»Champagner?«

»Perfekt.« Georgina hob ihm ihr Glas entgegen. Sie trank ein wenig und setzte es ab. »Ich weiß, dass Sie mich entschuldigen werden, denn ich versprach meiner Lieblingsnichte, ihr von den Petit Fours eines hinauf ins Kinderzimmer zu bringen. Lady Mary wird sich sicher weigern, zu Bett zu gehen, ehe ich nicht mit der Näscherei da war.«

»Ein eigensinniges kleines Ding.«

»Genau wie ihre Tante, wie ich stolz sagen kann.«

»Eine vornehme Dame ins Bett zu bekommen, erfordert ein gewisses Geschick, über das nur wenige verfügen.«

»Lady Melbourne und ich besprachen vorhin genau dieses Thema«, erwiderte Georgina mit einer Unschuldsmiene, die die gezielt sarkastische Bemerkung und das boshafte Funkeln in ihren Augen Lügen strafte.

»Georgy! Georgy! Ich wusste, du würdest kommen!«

»Und ich wusste, dass du mit bloßen Füßen in der Tür stehst.« Sie übergab Mary die Süßigkeit, hob die Kleine hoch und trug sie zu ihrem Bettchen.

»Du siehst so hübsch aus wie dieses Gebäck«, stellte Mary fest, pflückte ein gezuckertes Veilchen ab und leckte an der Glasur.

»Und du siehst so hübsch wie eine Prinzessin aus, viel hübscher als die richtige Princess Royal unten im Ballsaal.«

»Trägt sie eine Krone?«

»Ein Diadem, glaube ich.«

»Ich wünschte, ich hätte eines«, sagte Mary wehmütig.

Georgina nahm den Rosenblütenkranz aus ihrem Haar und drückte ihn auf Marys Kopf. »Ihr Wunsch ist mir Befehl, Hoheit.«

»Kann ich ihn behalten?«

»Darf ich ihn behalten«, korrigierte die Tante sie. »Ach zum Teufel – ja, du kannst ihn haben.«

»Hast du heute mit dem Prinzen getanzt?«

»Ja, und er machte mir unerhörte Komplimente.«

»Schön, dass du dich amüsierst. Und danke, dass du gekommen bist.«

»Wenn ich einmal ein kleines Mädchen habe und du schon groß bist, kannst du dich revanchieren. Gute Nacht, Liebes.«

Als Georgina wieder im Ballsaal erschien, war sofort ihre Mutter zur Stelle.

»Ich dachte, du wärst mit Francis Russell bei den Erfrischungen.«

»War ich auch, aber dann habe ich mich entschuldigt, um kurz hinauf zu Mary zu gehen.«

»Du hast den Duke of Bedford tatsächlich stehen lassen?«, fragte Jane ungläubig.

»Er ist ein Mann, der die Jagd genießt.«

»Geh sofort zu ihm und entschuldige dich.«

Georgina zog eine Schulter hoch. »Wenn du darauf bestehst.«

Sie traf Bedford in der Gesellschaft von Prinny an, der breite Schneisen in die Platten mit Räucherlachs schlug. »So, es dauerte nicht lange, und ein kleines Mädchen ist jetzt sehr glücklich.« Sie hielt Ausschau nach einem der kleinen, glasierten Kuchenstücke und fand keines mehr.

Francis hielt eine Serviette in der Hand, die er nun auseinanderfaltete und den Schatz enthüllte, den sie barg. »Ich habe eines für Sie aufgespart.«

Georgina nahm das Stück und leckte die Glasur ab. »Sie wissen wirklich, wie man eine Dame in Versuchung führt«, sagte sie anerkennend und insgeheim lächelnd. Als sie die kleine Köstlichkeit gegessen hatte, erklärte sie: »Ich bin jetzt zum Tanzen bereit, wenn Sie es auch sind.«

»Weiteren Versuchungen kann ich nicht widerstehen«, entgegnete er galant. Auf dem Weg in den Ballsaal zog Francis sie in einen Vorraum, der als Garderobe diente. Dort nahm er sie in die Arme und ergriff von ihren Lippen mit einem langen Kuss Besitz.

»Ihr Kuss schmeckt nach kandierten Veilchen«, murmelte er.

»Für Sie sicher das erste Mal.«

»Aber nicht für Sie – Sie wurden schon zuvor geküsst, habe ich recht, Lady Georgy?«

»Allerdings, Lord Loo«, murmelte sie und setzte dann boshaft hinzu: »Zum Glück bin ich sehr wohl imstande, weiteren Versuchungen zu widerstehen.«

· 15 ·

»Georgina, ich finde es sehr ermutigend, wie du dich heute auf dem Ball verhalten hast.« Die Duchess of Gordon, ihr Sohn und ihre jüngste Tochter saßen in ihrer Kutsche, nachdem sie Charlottes Haus in den frühen Morgenstunden verlassen hatten. »Der Herzog schenkte dir sehr viel Aufmerksamkeit. Ich weiß, dass ich dir geraten habe, deine Zeit nicht mit Prince Edward zu vertun, aber Bedford bemerkte wohl das Interesse des Prinzen, und dadurch wurde sein eigenes geweckt.«

»Bedford ist doch ein Frauenheld«, warnte George nicht zum ersten Mal.

»Alle Männer sind Frauenhelden, wenn sie normal sind. Es bedarf nur der richtigen Frau, um sie zu formen«, erklärte die Herzogin.

So wie du es mit deinem Herzog gemacht hast, Mama? Georgina zog es jedoch vor, diese zynische Frage unausgesprochen zu lassen.

Jane ihrerseits hatte keine Lust, weiter auf die Einwände ihres Sohnes einzugehen, sondern wandte sich wieder Georgina zu. »Ja, ich bin sehr erfreut«, kam sie auf ihr Lieblingsthema zurück. »Das Interesse eines Mannes wie des Duke of Bedford zu wecken und zu halten, wird nicht einfach sein. Tatsächlich stehst du damit vor einer gigantischen Aufgabe. Wenn es dir aber glückt, winkt dir ein Lohn, wie du ihn dir in deinen kühnsten Träumen kaum je vorgestellt haben dürftest.«

Georgina wog das Für und Wider ab, die Hoffnungen ihrer Mutter zu schüren. Aus reinem Übermut platzte sie heraus: »Francis Russell hat mich heute geküsst.«

»Ach, mein Kind! Siehst du, was man erreicht, wenn man sich nur richtig dafür einsetzt?« Janes Gesicht strahlte, als könnte sie schon die Hochzeitsglocken läuten hören.

Als Francis mich küsste, stellte ich mir für einen Augenblick vor, es wäre John. Georgina war sich dabei sehr sündig vorgekommen. Jetzt ließ die Erinnerung sie wohlig erschauern, und sie gab sich Tagträumen hin. *Mama glaubt, Bedford zu angeln, wäre eine gigantische Aufgabe, aber John zu betören und für sich zu gewinnen, wäre eine tausendmal schwierigere Herausforderung. Ich möchte wetten, dass er meinen Anblick verabscheut. Allein der Gedanke an solch ein ebenso gewagtes wie reizvolles Unternehmen feuert meine Fantasie an und lässt meinen Atem stocken.*

»Es schneit! Seht doch, wie dick die Flocken sind«, sagte Huntly.

Plötzlich nahm Georgina ihre Umgebung wieder wahr. »Ach, wie schön! George, lass den Kutscher anhalten. Ich möchte aussteigen und im Schnee herumlaufen.«

»Georgy, bist du verrückt?« Jane zog den Mantel enger um sich.

»Einem plötzlichen Impuls nachzugeben, ist immer gut.« Huntly klopfte mit dem Silbergriff seines Stockes gegen das Wagendach. »Georgy und ich gehen von hier aus zu Fuß. Wenn der Morgenverkehr erst richtig eingesetzt hat, wird von der weißen Pracht bald nur noch Matsch übrig sein.«

»Gottlob bin ich nicht mehr jung und töricht«, erklärte Jane.

Georgina stieg aus und hob ihr Gesicht zum Himmel, um die Schneeflocken auf Lippen und Wimpern zu spüren.

Wieder warnte ihr Bruder sie vor Bedfords loser Moral.

»George, es ist ja nur ein Spiel! Und dabei schlage ich zwei Fliegen mit einer Klappe: Mutter freut es, und ich amüsiere mich königlich.«

»Und wenn seine Zuneigung ernsthafte Formen annehmen sollte?« Er hörte sie lachen. »Er bedeutet dir doch absolut nichts, oder?«

»Genau. Ich hätte es nur nicht so dezent formuliert.«

George schüttelte den Kopf und setzte sich in Bewegung. Als sie ihn ein Stück weiter vor sich sah, fand sie, dass er ein perfektes Ziel abgab. Sie nahm eine Handvoll Schnee, formte einen Ball und warf nach dem Bruder. »Getroffen!«

George drehte sich um und eröffnete seinerseits eine Schneeballschlacht.

Seine Schwester freute sich wie ein Kind, und ihr frohes Lachen schwebte die Straße entlang. Sie bückte sich, formte einen neuen Schneeball und schleuderte ihn mit voller Kraft in die Richtung des Bruders.

Doch George duckte sich, und das kalte Geschoss traf einen Jungen, der in einiger Entfernung die Straße entlangging. Zu ihrer Überraschung stieß der Bursche einen Freudenschrei aus und nahm die Attacke als Aufforderung, sich an der Schlacht zu beteiligen. Er zögerte nicht, nun seinerseits die junge Lady mit Schneebällen zu bombardieren. Plötzlich erkannte er sie und lief auf sie zu. »Georgy! Ich freue mich ja so, Sie zu sehen!«

»Johnny, bist du es? Was treibst denn du hier in aller Herrgottsfrühe?«

»Ich war die Nacht über bei meinem Vater. Er bringt mich zurück in die Schule.«

»Ach, ich verstehe.« Georgina entdeckte jetzt erst, dass Johnny tatsächlich von seinem Vater begleitet wurde. Ihr Herz flog dem Jungen zu. »Gefällt dir die Schule, Johnny?«

»Ich mag den Unterricht und die Bücher, aber …« Er zögerte. »Die Nächte sind nicht angenehm.«

»Das ist nur zu verständlich.«

»Ich liebe Schnee – hoffentlich bleibt er bis Weihnachten liegen.« Seine eifrige Miene veränderte sich, als ihm einfiel, dass Weihnachten eine traurige Zeit sein würde.

Sie spürte einen Kloß in der Kehle. »Ich freue mich, dass wir uns getroffen haben.«

»Es war schön, Sie zu sehen, Georgy, ich meine – Lady Georgina.«

Sie näherte sich ihrem Bruder, der stehen geblieben war, um mit Russell zu sprechen. Sie hörte George sagen: »Bitte, nehmen Sie mein Beileid zu Ihrem Verlust entgegen.«

»Danke, Huntly«, erwiderte Russell knapp.

Seine dunklen Augen schweiften nur einen Moment über Georgina, doch spürte sie, dass er das Abendkleid unter ihrem Samtmantel sah und nun wusste, dass sie sich die ganze Nacht amüsiert hatte. Dann gingen Russell und Johnny weiter. Sie ärgerte sich, dass ein flüchtiger Blick von ihm genügte, um ihr Herz schneller schlagen und ihren Puls rasen zu lassen. Und das, obwohl ihr klar war, dass er sie offensichtlich gründlich missbilligte.

»Der Ärmste!«, sagte George.

»Bemitleide ihn nicht, um Himmels willen. Das ist das Allerletzte, was er möchte.«

»Er scheint nie zu lächeln.«

»Er gehört zu den Menschen, die ihre Gefühle verbergen«, beruhigte sie ihren Bruder.

Georgina spürte allmählich die Kälte und beschleunigte ihren Schritt. Zeit, ins Warme zu kommen. Als die Geschwister vor ihrem Haus an der Pall Mall anlangten, ließ George sie allein die Stufen hinaufgehen.

»Bist du noch nicht reif fürs Bett?«, fragte sie erstaunt.

Er sah sie mit rätselhaftem Lächeln an. »Doch, bin ich, aber nicht für dieses hier.«

Du hast also doch irgendwo ein Frauenzimmer versteckt. Wenn ich nicht so kalte Zehen hätte, würde ich dir folgen.

Als John Russell und sein Sohn die Tore der Westminster School erreichten, sagte Johnny in leicht trotzigem Ton: »Lady Georgina gefällt mir. Sie ist immer so …« Er fand nicht die richtigen Worte.

»So lebendig?«, schlug sein Vater vor.

»Ich …, ich wollte nicht respektlos gegenüber Mama sein«, murmelte er.

»Das weiß ich, mein Junge. Der Schnee erinnert mich daran, dass Weihnachten bevorsteht. Dein Onkel Francis feiert das Fest immer auf Woburn, und deine Brüder sagten, sie würden dort gerne ihre Schulferien verbringen. Was hältst du von Woburn?«

»Wirst du da sein?«

»Ich werde bis kurz vor Weihnachten dort sein, dann aber möchte ich nach Tavistock. Im Laufe der Jahre ist es zur Tradition geworden, dass ich um diese Zeit bei meinen Wählern bin, bei all den fleißigen, redlichen Menschen, die sich freuen, das Weihnachtsfest nach alter Tradition zu begehen.«

»Könnte ich … würdest du …« Johnnys Stimme verlor sich, als wären alle seine Hoffnungen aussichtslos.

»Ob ich dich mitnehmen würde?«, beendete der Vater den Satz anstelle seines Sohnes. »Wenn du glaubst, dass du lieber mit mir nach Tavistock fährst, anstatt bei deinen Brüdern auf Woburn zu bleiben, nehme ich dich natürlich mit.«

»Ich bin dort am glücklichsten, wo du bist, Papa.«

Tief gerührt legte John den Arm um seinen Sohn und zog ihn an sich.

War die gesellschaftliche Szene schon im November turbulent gewesen, so brach im Dezember ein wahrer Wirbelwind von Einladungen zu Partys und Bällen über das Haus der Gordons herein.

Georgina hatte es sich angewöhnt, da zu sein, wenn die Post kam. Sie wollte die Einladungen durchsehen, ehe ihre Mutter sie in die Hand bekam. So konnte sie bereits im Vorfeld jene aussortieren, die vermutlich todlangweilig werden würden.

Heute aber öffnete sie ein Kuvert, das sie neugierig machte, weil es nur an sie und an niemanden sonst adressiert war. Es handelte sich um eine Einladung zu einem Modeabend. Ganz unten stand ganz klein gedruckt: *Masken nach Wunsch*. Sie wusste nicht, wem sie die Einladung zu verdanken hatte, doch lag die angegebene Adresse sonderbarerweise ganz in der Nähe des Hauses an der Pall Mall.

Sie steckte die rosa Einladungskarte in ihr Täschchen, und später am Morgen schlenderte sie an dem hohen Haus vorüber. Sie hatte keine Ahnung, wer dort wohnte, doch war ihre Neugier geweckt. Auf der Stelle entschied sie, dass sie hingehen würde.

Die Duchess of Gordon erhielt für den gleichen Abend eine Einladung zu einer musikalischen Soiree bei Lady Lavinia Spencer, die sie für sich und ihre jüngste Tochter annahm.

In letzter Minute jedoch schützte Georgina Kopfschmerzen vor und bat die Mutter, sie zu entschuldigen. Jane nahm es gelassen.

»Da Lavinia und ihre Schwägerin, die Duchess of Devonshire, nicht miteinander sprechen, wird der Duke of Bedford vermutlich ohnehin nicht anwesend sein. Deshalb ist es nicht tragisch, wenn du die Soiree versäumst. Vielleicht solltest du früh zu Bett gehen und einen ausgiebigen Schönheitsschlaf nachholen.«

Nachdem ihre Mutter das Haus verlassen hatte, ging Georgina hinauf in ihr Schlafzimmer, öffnete ihren Kleiderschrank und versuchte mit kritischem Blick die richtige Wahl für den Modeabend zu treffen.

Ich wünschte, Louisa wäre noch da. Sie würde ohne Zögern mitmachen. Wir hatten so viel Spaß miteinander. Georgina hatte ihre Schwester seit deren Hochzeit nicht oft gesehen, da sie mit ihrem Ehemann auf Brome Hall in Suffolk lebte. Louisa war zwar auf Charlottes Ball gewesen, doch hatte ihre Aufmerksamkeit zu Georginas großer Enttäuschung den ganzen Abend lang ihrem Mann Charles gegolten.

Ich sollte eigentlich Helen mitnehmen, aber bestimmt wird sie mich bei Mama verpetzen. Ihr erzählen, dass meine Kopfschmerzen nur vorgetäuscht sind und ich in Wirklichkeit zu einer anderen Einladung will.

Georgina lächelte insgeheim. *Masken nach Wahl.*

Sie wählte ihr aufwändigstes Abendkleid, eines in lebhaftem

Pfauenblau. Um ihre Identität zu tarnen, setzte sie eine Perücke auf und verbarg ihr Gesicht hinter einer schwarzen, mit Ziermünzen geschmückten Maske, die zu einem Katzenkostüm gehörte, das sie vor Jahren auf einer Kinderparty getragen hatte.

In ihren Samtmantel gehüllt, wartete Georgina am oberen Treppenabsatz, bis die Halle leer und kein Dienstbote mehr zu sehen war. Dann lief sie rasch hinunter und schlüpfte durch die Haustür hinaus. Sie fühlte sich frei wie ein Vogel, und als sie die Pall Mall entlangging, war ihr nach Singen zumute.

Ihre Beklommenheit vor dem Unbekannten unterdrückend, stieg sie die Stufen zu dem angegebenen Haus hinauf und betätigte energisch den Türklopfer. Der Butler, der daraufhin erschien, sah in seiner gold- und purpurfarbenen Livree aus, als stünde er einem königlichen Haushalt vor. Georgina präsentierte ihre rosa Einladungskarte und wurde mit einer förmlichen Verbeugung ins Haus gebeten.

»Hier entlang, Mylady.«

Sie folgte dem Diener eine gewundene, vergoldete Treppe hinauf zu einem von Kristalllüstern erhellten Ballsaal. Vom Boden bis zur Decke verspiegelte Wände vermittelten eine palastartige Atmosphäre. Der Raum war halb voll mit Gästen, mehr Männern als Frauen, und ihr fiel auf, dass die meisten Damen Masken trugen. Sie staunte nicht schlecht, als sie sah, dass die Diener, die Champagnergläser auf Tabletts anboten, weiblichen Geschlechts waren.

Das Orchester spielte ein barockes Stück von Händel, doch niemand tanzte. Drei der Gentlemen waren alte Bekannte: Francis Russell und zwei königliche Prinzen: Frederick, der Duke of York, und Edward, der Duke of Kent. Welch ein Glück, dass sie eine Maske trug, denn so konnte sie inkognito bleiben, solange sie nicht mit ihnen sprach und sich durch ihre Stimme verriet. *Was für ein Spaß!*

Als die Gastgeberin zu ihr trat, um sie zu begrüßen, wusste Georgina, dass sie diese Frau noch nie im Leben gesehen hatte. »Meine Liebe, willkommen bei unserem Modeabend. Die Vorführung wird sofort beginnen. Es ist für jeden Geschmack etwas Reizvolles und Verlockendes dabei. Fassen Sie Mut und bieten Sie mit, wenn Ihnen etwas gefällt.«

Sie fordert mich auf zu bieten … Das heißt, dass die Modelle verkäuflich sind. Wie wunderbar! Georgina beobachtete, wie die Gastgeberin sich mit einer nicht mehr ganz jungen Dame unterhielt, die sie gleich an ihrer Gestik erkannte. Unverkennbar handelte es sich um Lizzie Melbourne! Wer der Mann in ihrer Begleitung war, wusste sie jedoch nicht – keinesfalls handelte es sich um Lord Melbourne.

Um nicht allein dazustehen, trat sie zu einem Trio maskierter Damen, die hinter ihren Fächern tuschelten und lachten. Sie verstummten, als ihre Gastgeberin in die Mitte des Ballsaales trat und die Hände hob. »Ich danke Ihnen für Ihr Kommen. Vergessen Sie nicht, dass Weihnachten vor der Tür steht und Geschenke gebraucht werden. Ich fordere die Herren auf, sich großzügig und spendierfreudig zu zeigen. Die einzigartigen Modelle, die Sie gleich sehen werden, wurden unter großem Kostenaufwand aus Paris importiert.«

Alles lachte.

»Meine Damen und Herren, ich bin stolz, Ihnen die *Demoiselles de Maison Rouge* präsentieren zu können!«

Begeisterter Applaus setzte ein, doch als das erste Mädchen über das Parkett stolzierte, wurden frenetische Pfiffe laut, die Anerkennung bezeugten, aber auch eine unverkennbare Lüsternheit.

Georgina traute ihren Augen nicht und starrte das Modell da vorne ungläubig an. Es trug ein fließendes, völlig durchsichtiges rotes Gewand, das mehr ent- als verhüllte. Deutlich war die helle Haut ihrer Brüste und Schenkel zu sehen, und das Schamhaar schimmerte dunkel durch die feine rote Seide.

Noch ehe Georgina sich wieder gefasst hatte, schwebte ein anderes Mädchen über das Parkett des Ballsaales. Es trug ein mit Rüschen besetztes weißes Korsett, dazu Spitzenstrümpfe und mit glitzernden Steinen besetzte Strumpfbänder. Zwischen Hüften und Schenkeln war sie völlig nackt. Als sie aufreizend den Raum durchmaß, hüpften ihre blanken Hinterbacken. Sie hielt eine rote Rose in der Hand, die sie den pfeifenden Männern zuwarf.

Als Francis Russell sie auffing und sofort laut sein Angebot machte: »Zwanzig Guineen«, war Georgina schockiert. Die Angebote folgten nun immer rascher und entfesselter, und ihr dämmerte, dass die Männer hier nicht nur ein modisches Kleidungsstück kauften.

Ein Mädchen in einem schwarzen, mit rosa Schleifchen verzierten Schnürleib berührte zuerst ihre Brüste mit einem winzigen Fächer und strich mit einer anzüglichen Bewegung über ihren Venushügel. Zwei der anwesenden Frauen schien das so zu amüsieren, dass sie unter heiserem Lachen sogar zu bieten begannen.

Georginas Schock wich Wut. *Zum Teufel, wer hat mir diese Einladung geschickt?* Sie blickte hinüber zu den königlichen Prinzen. Frederick bot soeben einen geradezu obszönen Betrag für eine füllige Blondine mit Silberquasten. *Charlottes Mann Charles hatte sich mit ihm duelliert. Könnte es sein, dass er sich auf diese Weise an unserer Familie rächen will?* Sie verwarf den Verdacht, denn das Duell lag schon viele Jahre zurück, und zudem sah Frederick nicht aus, als sei er nachtragend.

Will die Gastgeberin sich womöglich einen Scherz erlauben, indem sie eine in der gleichen Straße wohnende Debütantin einlädt? Was aber hat sie durch die Kränkung einer Gordon-Tochter zu gewinnen?

Georginas Blick wanderte langsam durch den Ballsaal, und als er am Duke of Bedford hängen blieb, wusste sie genau, wem sie diese anstößige Einladung zu verdanken hatte. Sie fand dies alles andere als amüsant.

Je länger sie darüber nachdachte, desto wütender wurde sie. Wütend auf sich, aber auch auf Francis Russell. *Ich hätte nicht kommen sollen. Ich muss hier ganz rasch weg.*

Ein Blick zur Tür zeigte ihr, dass der Ehemann ihrer Schwester Susan eintrat. Der Duke of Manchester war nicht allein. Die Frau an seinem Arm war die gleiche, die sie damals vor dem Oberhaus in seiner Kutsche gesehen hatte.

Empört eilte sie durch den Raum, bis sie vor ihrem Schwager stand. Sie schob die Hand der Frau von seinem Arm. »William, du musst mich sofort nach Hause bringen.«

»Allmächtiger, Georgina! Was treibst du denn in einem Bordell?«

»Ich bin zufällig hier hineingeraten, während du offenbar mit Absicht gekommen bist. Wie auch immer, jedenfalls brauche ich jetzt deinen Schutz.«

»Natürlich, meine Liebe.« Er bot ihr galant seinen Arm.

Georgina warf einen Blick zurück, und ihre boshafte Ader regte sich. »Einen Moment, ich bin gleich wieder da.«

Hoch erhobenen Hauptes marschierte sie durch den Saal, bis sie vor dem Herzog und Prince Edward stand. Sie hob die Hand und versetzte Francis Russell eine Ohrfeige. »Schwein!«

Sie wusste, dass er ihre grünen, durch die Maske leuchtenden Augen erkannte. Der Prinz, der nicht wusste, wer sie war, fühlte sich durch den Angriff auf seinen Freund beleidigt und packte ihren Arm. Sie schüttelte ihn ab und ohrfeigte auch ihn. »Freund eines Schweins!«

Die Menge um sie herum teilte sich wie das Rote Meer beim Auszug der Kinder Israels, als Georgina über das Parkett fegte, den Arm des Duke of Manchester nahm und den Raum verließ.

Als sie die Pall Mall entlanggingen, sagte Georgina: »Vorsicht ist der bessere Teil der Tapferkeit, heißt es. Wenn du nicht verrätst, wo ich heute war, werde ich nicht petzen, wo und mit wem ich dich traf, William.«

Ihr Schwager brachte sie an die Tür und verabschiedete sich mit einem Handkuss.

Der Duke of Bedford empfand Stolz und Niedergeschlagenheit zugleich. *Das kleine Luder ist wirklich gekommen!* In dem Moment, als Georgina ihn ins Gesicht schlug, flammte rasende Lust in ihm auf, schoss wie ein Flächenbrand durch seine Adern und endete mit dem unvermeidlichen Ergebnis in seinen Lenden. Doch war noch etwas anderes geschehen, als er in ihre funkelnden grünen Augen blickte. Sein Herz schien einen Schlag lang auszusetzen, als er erkannte, wie begehrenswert sie war. Da er jedoch befürchten musste, dass sie aufgrund dieser Gemeinheit nie wieder ein Wort mit ihm wechseln würde, überfiel ihn ein Anflug von Traurigkeit.

»Wer zum Teufel war dieses freche Luder?«, fragte Edward, der sich die Wange rieb.

»Sie haben sie nicht erkannt?«, fragte Francis erstaunt.

»Sie ist eben mit Manchester weggegangen. Ist sie eine seiner Huren?«

»Ich habe nicht die leiseste Ahnung, wer sie war«, log Francis in einer Anwandlung von Beschützerinstinkt. »Sie muss etwas gegen Sie haben«, setzte er boshaft hinzu.

»Die erste Ohrfeige galt aber Ihnen.«

»Weil ich Ihr Freund bin. Welchem weiblichen Wesen haben Sie in letzter Zeit etwas angetan?«

»Mehr, als ich an einer Hand abzählen kann«, gab der Prinz angeberisch von sich.

Francis Russell begutachtete die halb nackt posierenden Frauen und verlor plötzlich den Appetit auf die Nutte im weißen Rüschenkorsett. *Würde Georgina diese weißen Spitzenstrümpfe und die glitzernden Strumpfbänder tragen, wäre das eine ganz andere Sache.*

»Mir gefällt das Weibsstück auch, das Sie ersteigert haben, Francis«, bemerkte der Prinz verdrossen.

»Dann bedienen Sie sich doch. Ich gehe zu Brooks.«

Es war vier Uhr morgens, als Bedford an den Russell Square zurückkehrte. Im Club hatte er verloren, weil seine Gedanken nicht beim Spiel, sondern anderswo gewesen waren. Das Bild von Georgina Gordon tauchte immer wieder vor seinem inneren Auge auf und brachte ihn aus dem Konzept. Schließlich gab er es auf, drückte dem Portier, der seine Kutsche herbeiholte, ein Trinkgeld in die Hand und konnte sich nun in Gedanken voll und ganz auf das Objekt seiner Begierde konzentrieren.

Während er sich entkleidete, spielte er das Spiel »Was wäre wenn«. John hatte ihm Vorhaltungen gemacht und ihm ins Gewissen geredet, er solle eine Ehe in Erwägung ziehen, und zum ersten Mal im Leben dachte er ernsthaft über eine Heirat nach.

Es wäre höchst erregend, Georgina ins Bett zu bekommen. Sie ist eine Mischung aus Unschuld und Unerschrockenheit. Es müsste ein Vergnügen sein, sie auch in sexueller Hinsicht Wildheit und Hemmungslosigkeit zu lehren. Er griff in seinen Schritt. *Verdammt, mein Schwanz ist so hart, dass ich damit Nüsse knacken könnte.*

Ihm fiel die Mutter der jungen, sinnlichen Schönheit ein. Obwohl er Jane Gordon nicht gerade schätzte, erzählte man sich von ihren Qualitäten im Bett gerade Legendäres. Vielleicht war die Tochter ihr ja nachgeraten. Francis Russell begann in schwülen Träumen zu schwelgen. Diese Georgy wurde immer reizvoller, immer erstrebenswerter für ihn.

Als er merkte, dass er nie Schlaf finden würde, wenn er sich nicht irgendwie Erleichterung verschaffte, läutete er und ließ ein Hausmädchen kommen.

· 1 6 ·

Da Susan und ihr Herzog in diesem Jahr den ganzen Gordon-Clan zu den Weihnachtsfeiertagen ohnehin nach Kimbolton einladen, habe ich deiner Schwester geraten, deinen Ball am zwanzigsten Dezember zu geben, damit wir nicht gleich nach London zurückmüssen.«

»Eine fabelhafte Idee, Mama. Kimbolton Castle ist ein so faszinierender Ort. Die arme Königin Katharina von Aragon wurde dort vor über zweihundert Jahren in der letzten Zeit ihres Lebens festgehalten, und ich hoffe, einen kurzen Blick auf ihren Geist erhaschen zu können, der angeblich durch die Gänge schwebt.«

»Katharinas Geist ist durch die ausschweifenden Partys, die Susan und William auf dem Schloss veranstalten, bestimmt aus ihrer Ruhe aufgestört worden«, meinte Huntly spöttisch.

»Ich weiß nicht, warum du ihnen so etwas unterstellst, George. Die Gesellschaften der Manchesters sind völlig harmlos und unbeschwert und sorgen lediglich für Freude und Frohsinn unter den Gästen.«

George wiederholte die Worte, die seine Schwester zur Beschreibung der Lustbarkeiten benutzt hatte. »Fast getroffen. Das Wort, an das ich dachte, beginnt auch mit dem Buchstaben F.«

»Mama, du hast mir Kimbolton bis nach meinem Debüt verboten«, rief Georgina der Mutter in Erinnerung. »Ich werde untröstlich sein, wenn es nicht wenigstens eine illegitime Liaison unter den Gästen gibt!«

George zwinkerte. »Du wirst sicher nicht enttäuscht. Ich gehe und reinige meine Waffen. Sicher wird es eine Jagdpartie geben.«

»Ich gab Susan übrigens einen Wink, den Duke of Bedford für ein paar Tage einzuladen«, vertraute Jane ihnen an.

»George, kannst du mir in diesem Fall eine deiner Flinten borgen?«

»Soll das witzig sein, Georgina?«, fragte Jane mit gespielter Strenge.

»Nun, du kannst nicht abstreiten, dass wir auf der Pirsch sind, liebe Mama. Ach, da kommt die Post.« Sie öffnete einen Umschlag, der das herzogliche Wappen der Manchester trug. »Susans Einladungen sind spektakulär. Sie müssen ein Vermögen kosten.«

»Eben deswegen strebe ich für dich auch eine Ehe mit einem Herzog an, Georgy. Dann wirst du dir alle deine Wünsche leisten und deinen Launen nach Belieben frönen können.«

»Hier ist eine Nachricht von Susan. Sie hat Bedford für drei Tage eingeladen, vom neunzehnten bis zum einundzwanzigsten. Also müssen wir am Tag vor dem Ball dort sein.« Georgina überflog die Einladung. »Ach, wie aufregend! Susans Ball ist ein Maskenball.«

»Wir müssen uns sofort an die Arbeit machen und unsere Kostüme vorbereiten. Wir dürfen keine Zeit verlieren.«

»Die Näherinnen haben keine Zeit zu verlieren. Mama spricht, als hätte sie die Absicht, ihr Kostüm selbst zu schneidern«, flüsterte Georgina ihrem Bruder zu.

»Ich habe mitgehört! Glaub ja nicht, ich könnte es nicht. Ich kann sehr gut mit Nadel und Faden umgehen und habe diese Fertigkeit an meine Töchter weitergegeben, wie es sich für eine fürsorgliche Mutter gehört.«

»Ich entschuldige mich vielmals. Du bist ein wahres Musterexemplar von Mutter«, neckte Georgina sie. »Warum gehst du nicht als Göttin Diana?«

»Ich verstehe die Anspielung sehr wohl, Georgy. Göttin der Jagd – das ist sogar für mich leicht durchschaubar.« Jane stimmte in das Gelächter ein. »Du könntest als die arme Katharina gehen, wenn sie dich schon so sehr fasziniert, meine Liebe.«

»Niemals! Sie war viel zu gut und fromm.«

»Georgy würde etwas Verruchteres vorziehen, jemanden wie Anne Boleyn etwa«, zog ihr Bruder sie auf.

»Nie im Leben würde ich eine der Gemahlinnen Henrys VIII. darstellen wollen. Ich wäre nie so unbedacht, einen lasterhaften Weiberhelden zu heiraten!«

»Warum verkleidest *du* dich nicht als Jagdgöttin Diana?«

Georginas Augen blitzten vor Übermut. »Bei Gott, das werde ich tun! Dazu brauche ich nur einen Bogen und ein paar Pfeile. Die Goldfarbe habe ich bereits.«

»Hier ist ein Brief von den Manchesters. Zweifellos eine Einladung.« John übergab Francis die Post, die auf Woburn eingetroffen war.

»Die habe ich bereits erwartet. Sie kommt verspätet, weil sie erst am Russell Square abgegeben und uns nachgeschickt wurde.« Bedford öffnete das Kuvert. »Verdammt, sie ist schon für den Zwanzigsten! Welches Datum haben wir heute?«

John warf einen Blick auf die Zeitung. »Den Achtzehnten.«

»Herrje, man erwartet mich schon morgen.«

Die Vorstellung, dass Francis drei Tage in Gesellschaft der begehrenswerten Lady Georgina verbringen würde, erfüllte John mit Unmut.

»Schick eine Entschuldigung. Ein Bote kann sie heute Abend zustellen. Kimbolton ist nicht so weit von Woburn entfernt.«

»Eine Entschuldigung? Bist du verrückt? Diesen Ball möchte ich auf keinen Fall verpassen. Ihre Wochenendeinladungen sind legendär. Nach dem Besuch bei den Devonshires auf Chatsworth, einem wahren Mausoleum, werde ich mich auf Kimbolton Castle fühlen wie von den Toten auferstanden. Ach, verzeih meine dumme Anspielung.« Francis entschuldigte sich mit der Aufrichtigkeit des wahren Hedonisten. »Ich werde spät am Abend des Einundzwanzigsten wieder zurück sein. Es macht dir doch nichts aus, deine Fahrt nach Tavistock bis zu meiner Rückkehr aufzuschieben, Alter?«

»Natürlich nicht.« John änderte spontan seine Reisetermine. »Meine Pläne sind nicht unumstößlich. So kann ich in den Weihnachtsferien mehr Zeit mit meinen Söhnen verbringen.«

»Ich brauche ein Kostüm für den Maskenball. Was würdest du vorschlagen?«

»Nun, du könnest als Casanova erscheinen.«

»John, bei deinem trockenen Humor weiß ich oft nicht, ob du es ernst oder scherzhaft meinst. Aber der Vorschlag hat durchaus seine Meriten. Als Genussmensch, der Mode, Tafelfreuden, Weine und Frauen zu schätzen weiß, habe ich mit dem guten alten Giacomo viel gemeinsam.«

Du hast völlig Recht, Francis. Du weißt nicht, wann ich ernst bin und wann ich scherze.

»Ich besitze einen fabelhaften Frack aus Goldbrokat, den ich einst in Venedig anfertigen ließ. Casanova trug sein langes schwarzes Haar gepudert und parfümiert, wie ich es auch tun werde. Dazu die goldene venezianische Maske sowie eine Duellpistole, und meine Verkleidung ist komplett.«

»Niemand wird dich erkennen«, sagte John ohne einen Anflug von Sarkasmus.

»Casanova war ein Frauenheld, der Charme, List, Aggression und Einschüchterungstaktiken bei seinen Eroberungen einsetzte.« Francis zwinkerte ihm zu. »Wie gesagt, wir haben viel gemeinsam.«

»Sehr oft hinterließ der Gute Kinder und Schulden, vor denen er flüchtete.«

Francis lachte. »Na ja, was Bastarde anlangt – *mea culpa*, aber Geld bin ich noch nie schuldig geblieben.« Er schaute auf die Uhr. »Herrje, bis morgen früh werde ich niemals reisefertig sein.«

»Ich bin mir sicher, Mr. Burke wird das schon organisieren und alles Nötige zusammenpacken. Dir ist hoffentlich klar, wie gut du dran bist, ihn als Butler zu haben.«

»Im Gegenteil. Er ist gut dran, mich als Herrn zu haben.«

Vielleicht meinst du es scherzhaft, doch wette ich ein Pfund gegen eine Prise Dreck, dass es dein voller Ernst ist, Francis.

»Eben hatte ich eine brillante Idee. Komm doch mit nach Kimbolton zum Maskenball. Offiziell bist du zwar noch in Trauer, aber in Maske und Kostüm wird dich niemand erkennen.«

»Brillant, allerdings«, sagte John trocken. »Verliere ja keine Zeit damit, mich an dem Abend ausfindig zu machen.«

»Ich denke nicht daran! Die unwiderstehliche Lady Georgina wird meine Zeit völlig in Anspruch nehmen. Wenn ich sie mit der Tochter der Devonshires vergleiche, erscheint es mir unglaublich, dass ich eine Ehe mit dem linkischen Mäuschen überhaupt in Erwägung gezogen habe.«

John erstarrte. »Ich lasse dir jetzt Zeit fürs Packen. Die Jungen spielen vor dem Zubettgehen noch eine Partie Schach. Ich will nach ihnen sehen. Sollte ich dich am Morgen nicht mehr antreffen, wünsche ich dir viel Vergnügen bei den Gordons. Tu nichts, was ich nicht auch tun würde.«

»Ich werde mehr tun, als mich nur zu vergnügen«, erwiderte Francis anzüglich grinsend. »Maskenbälle sind nur ein Vorwand für erotisches Getändel. Ich bin sicher, meine Wette mit Edward zu gewinnen.«

John bewahrte nur mühsam seine Fassung. Er argwöhnte, dass es bei der Wette um Georgina ging. Beinahe hätte er seinem Bruder ins Gesicht geschlagen. *Francis hat mich völlig korrekt geschildert – ich betrauere Elizabeth nur äußerlich. Meine geheimen Gedanken, die Georgina Gordon gelten, würden dem Teufel die Schamröte ins Gesicht treiben.*

John traf William und Francis beim Kartenspiel an. »Was wurde aus der Schachpartie?«, erkundigte er sich

»Johnny schlägt uns immer«, erklärte Francis. »Der kleine Scheißer ist für uns zu klug.«

»Welches Kartenspiel ist das denn?«

»Loo – Onkel Francis hat es uns beigebracht. Zu zweit macht es nicht viel Spaß. Spielst du mit, Papa?«

»Eigentlich sehe ich es nicht gern, wenn ihr Karten spielt. Macht ihr das auch in der Schule?«

Seine Söhne wechselten schuldbewusste Blicke.

»Los, teil aus. Eins spiele ich mit.« John nahm seine Karten und warf eine Guinee in den Topf. Er wusste, dass die Söhne nur über zwei Guineen Taschengeld verfügten. Als sie alles gesetzt hatten, was sie besaßen, machte John die letzten beiden Stiche und nahm ihr Geld an sich.

»Es ist nicht das Spiel, das ich missbillige, sondern der Einsatz. Gute Nacht, Jungs.«

Dann ging er zu Johnny, den er im Bett bei der Lektüre eines Buches antraf. »Wie ich hörte, hast du deine Brüder beim Schach haushoch geschlagen.«

»Ich konnte es nicht glauben, aber beiden unterliefen mit ihren Türmen schreckliche Schnitzer.«

John lächelte wissend. »Während sie an einen Angriff denken, denkst du an die Vorbereitung von Angriffen. Ach, übrigens, unsere Pläne haben sich geändert. Wir fahren erst am zweiundzwanzigsten Dezember nach Tavistock.«

»Ich freue mich schon auf Devon.«

»Ich auch. Gute Nacht, Johnny. Verbrauch nicht zu viel Öl für die Lampe.«

»Du bist die Bosheit in Person, Georgy. Wir laden Bedford eigens ein, damit ihr euch besser kennenlernen könnt, und du machst dich mit Absicht rar, wo du doch in der großen Halle stehen und ihn empfangen solltest«, klagte Susan.

»Er kam früh – offenbar konnte er es kaum erwarten, mich zu sehen.«

»Du und dein loses Mundwerk. Was ist mit der Jagdpartie, die William arrangiert hat?«

»Ich werde ablehnen. Das flache Land hier ist den Winterstürmen zu stark ausgesetzt.«

»Die Stürme in den Fens kommen immer erst im März – jetzt haben wir Dezember. Wirf dich in dein Reitkleid, Georgy, sonst hetze ich die Hunde auf dich. Es wurden drei Tage mit Unterhaltung aller Art ausschließlich deinetwegen geplant, also tust du gut daran, mitzumachen, Miss Widerspruchsgeist.«

»Wie könnte ich einer so reizenden Aufforderung widerstehen?« *Damit bekomme ich die Chance, mit meinem neuen Reitkleid aus apricotfarbenem Samt Eindruck zu schinden.*

Georgina ließ sich beim Ankleiden für die Jagd ausreichend Zeit. Nachdem sie ihre langen schwarzen Reitstiefel angezogen hatte, setzte sie einen flotten Hut auf, dessen schwarze Straußenfeder sich neckisch bis unter ihr Kinn bog. Sie griff zu Skizzenblock und Kohlestiften und stieg dann langsam die prächtige Treppe in die große Halle hinunter.

»Fast wären wir ohne dich losgeritten«, erklärte ihr Bruder.

Sie warf einen Blick zu Francis Russell hinüber, der gerade einen Schluck aus seiner Sattelflasche nahm. »Das wäre freilich unverzeihlich gewesen.«

Bedford stellte sein leeres Trinkgefäß ab. »Wie Sie majestätisch die Treppe herabschritten – ein höchst eindrucksvoller Auftritt.« Er bemerkte den Block in ihrer Hand. »Zeichnen Sie, Lady Georgina?«

»Unter anderem«, gab sie vielsagend zurück. »Die ursprüngliche Natur liegt mir besonders.«

»Mensch oder Tier?«, fragte er gedehnt.

»Ich möchte Wasservögel zeichnen. Eine viel zivilisiertere Beschäftigung, als Tiere zu jagen und zu töten, meinen Sie nicht auch, Sir?«

»Nie habe ich behauptet, dass ich zivilisiert bin«, spottete Francis.

»Sie sind wenigstens ehrlich.«

»Brutal ehrlich sogar.«

Dieses Großmaul will immer das letzte Wort haben. Das liegt wohl in der Familie. Georgina schalt sich insgeheim, weil sie an John dachte. Sie schenkte Francis ein strahlendes Lächeln. »Gehen wir, Euer Gnaden, ehe William und Susan vor Wut schäumen.«

Gemeinsam gingen sie zu den Stallungen, wo die anderen Teilnehmer der Jagdgesellschaft und ihre Helfer sich bereits versammelt hatten. Bedford half Georgina in den Sattel, und dann preschten sie über den raschelnden Laubteppich unter den großen, kahlen Ulmen hinter den anderen Reitern her, weiter durch das Tor und über den Doppelgraben, der das Schloss zusätzlich zu einem mächtigen Mauerring umgab. Der Herzog warf einen Blick zurück auf Kimbolton. »Es hat etwas wirklich Großartiges und Feudales an sich.«

»Es ist eine ehemalige Festung, die die Straße von Bedford nach Huntingdon beherrschte. Die Bewohner von Bedford scheinen damals eine Bedrohung dargestellt zu haben.«

»Die stellen wir immer noch dar«, versetzte er.

»Besser Vorsicht als Nachsicht«, erwiderte sie, nur damit er nicht das letzte Wort behielt. Sie spornte ihr Pferd zu einem Galopp an, überholte Susan und deren Stallknecht und schloss zu William und George auf.

Im ausgetrockneten Röhricht rannten die Hunde voran und scheuchten einen Schwarm Marschenten auf, die laut quakend gegen diese rüde Störung protestierten, ehe einige den Jagdflinten zum Opfer fielen.

Georgina zügelte ihr Pferd und hielt es zurück, bis die gesamte Gesellschaft, Francis Russell eingeschlossen, an ihr vorbei war. Dann wendete sie ihr Tier und ritt in eine andere Richtung, wo sie Ruhe für ihre Skizzen zu finden hoffte.

An einem stillen Fleckchen saß sie ab und ging langsam zum Rand eines Salzwassertümpels. Sie hob ihren Samtrock und kniete nieder, um einen Grünreiher beim Fischen zu zeichnen.

Mit angehaltenem Atem beobachtete sie, wie er seinen Hals lang machte, um einen Frosch zu fangen, und war erleichtert, als er ihn verfehlte. Einen Herzschlag später fing der Reiher stattdessen einen kleinen Fisch und warf ihn so geschickt hoch, dass er in der richtigen Lage wieder in seinem Schnabel landete und er ihn schlucken konnte. Sie wusste, dass der Vogel den ganzen Tag jagen musste, um seinen Nahrungsbedarf zu decken.

Rasch skizzierte sie den Reiher und gab sich Mühe, den entschlossenen Blick seiner kleinen gelben Augen festzuhalten. Sie zeichnete den Fisch in seinem Schnabel und die winzigen Wassertropfen, die von seinem Schwanz perlten. Sie brachte sogar den in Panik davonschwimmenden Frosch zu Papier.

Georgina war in ihre Arbeit so vertieft, dass sie erschrak, als der Reiher sich jäh mit einem Klageruf in die Luft erhob. Aufblickend sah sie Francis Russell an ihrer Seite. Sie lächelte insgeheim. Tief in ihrem Inneren hatte sie erwartet, dass er sie suchen würde.

Er betrachtete eingehend ihr Werk. »Sie sind eine richtige Künstlerin.«

»Erstaunt Sie das? Etwa weil ich Debütantin bin, geeignet nur für Flirten und F…ummeln?« *O Gott, sie hatte etwas anderes sagen wollen!*

»*Mea culpa*. Sie besitzen verborgene Talente, Georgina.«

»Sie dürfen mich mit Lady Georgina ansprechen.«

»Nie fand ich diese Anrede unpassender«, sagte er gedehnt.

Sie streckte die Hand aus, und als er ihr beim Aufstehen half, schaffte sie es, ihre Reitstiefel in voller Länge zu enthüllen. »Ach, tut mir leid, Francis, meine Hände sind schwarz von der Zeichenkohle. Ich habe Sie schmutzig gemacht. Ihre Hände passen jetzt zu Ihrem Ruf«, neckte sie ihn.

Er bückte sich und säuberte die Hände im Wasser, dann nahm er sein Taschentuch, befeuchtete es und reinigte ihre Hände. Er trat noch einen Schritt näher und strich mit dem Finger die schwarze Feder entlang, die sich unter ihrem Kinn ringelte.

»Wenn Sie *Lady* für unpassend halten, was schlagen Sie dann vor?«, fragte sie kokett.

»Schwanzfopperin.«

Georgina schnappte nach Luft und hob den Arm, um ihm einen Schlag in sein unverschämt grinsendes Gesicht zu versetzen.

Francis Russell packte jedoch ihre Hand, drückte sie hinter ihren Rücken und zog Georgina an sich, um sie zu küssen.

Sie lachte höhnisch. »Dieses Wort habe ich noch nie gehört. Ich weiß nur, dass es höchst unanständig ist. Aber in einem haben Sie recht – ich foppe Sie. Gnadenlos.«

Sofort ließ er sie los, als er merkte, dass sie ihn auslachte. *Sie war in Flirtlaune, und ich griff zu wie ein vernarrter Idiot. So wie von ihr erwartet. Und so wie sie mich gereizt hat. In Wahrheit konnte ich nicht anders. Sie ist ein verdammt unwiderstehliches Frauenzimmer.*

Beim Dinner hatte Susan dafür gesorgt, dass der Duke of Bedford neben Georgina saß. Während der ersten drei Gänge fiel es Francis schwer, seine Hände daran zu hindern, heimlich umherzuwandern. Gewohnt, seinen Impulsen nachzugeben, zumal was Frauen betraf, und wohl wissend, dass die Dame sehr wahrscheinlich dem Ehrengast keine Szene machen würde, gab er schließlich der Versuchung nach und strich verstohlen über den festen Schenkel, der seinen fast berührte.

Georgina lächelte ihren Tischnachbarn verführerisch an, stieß aber im Schutz ihrer Leinenserviette ihre Dessertgabel heftig in seine Hand.

Francis schaffte es gerade noch, den Schmerzensschrei, der sich ihm entringen wollte, in schallendes Gelächter zu verwandeln, denn zum Glück hatte Huntley eine amüsante Bemerkung gemacht.

»Autsch! Das war aber witzig, George.« Georgina lachte fröhlich. »Sinn für Humor ist bei einem Mann eine sehr anziehende Eigenschaft.«

In Verkennung der wahren Sachlage bedachte die Duchess of

Gordon ihre jüngste Tochter mit einem zufriedenen Blick. »Leider hat mein Gatte einen eher mürrischen schottischen Humor. Er missbilligt Spaß und Fröhlichkeit völlig. Zum Glück geraten meine Töchter ihrer Mutter nach.«

Georgina verdrehte vielsagend die Augen, als sie Francis ansah, und diesmal war sein Lachen echt. Sie stimmte mit ein. »Ich will großmütig sein und Ihnen Ihre Übergriffe vergeben.« *Eher soll mich der Schlag treffen!*

Nach Tisch begab sich die Gesellschaft ins Spielzimmer, wo alle bis auf Georgina sich schottischen Whiskey einschenken ließen. »Mir ist Champagner viel lieber«, vertraute sie Francis an.

»Ich werde Sie daran erinnern, wenn Sie nach Woburn kommen.«

»Soll ich denn nach Woburn kommen?«

»Allerdings.«

»Ich habe William gebeten, einen Tisch für das Loo-Spiel vorzubereiten«, teilte Jane Gordon den Gästen mit. »Ich weiß, dass Sie alle es sehr gut beherrschen.«

»Ich ziehe Pharo vor«, warf Georgina ein. »Sicher werden Sie mir den Gefallen tun, Francis?« Sie tat, als entginge ihr der missbilligende Blick ihrer Mutter. »Da Sie derjenige sind, der vermutlich den höchsten Einsatz wagt, können Sie die Bank übernehmen, Euer Gnaden.«

Francis verbeugte sich vor der Gesellschaft. »Wenn alle einverstanden sind?«

»Ach, wir sind es gewöhnt, Georgys Launen nachzugeben«, entgegnete Susan achselzuckend.

»Es gibt nichts Schöneres, als verwöhnt zu werden«, murmelte Georgina gespielt schuldbewusst.

Sie setzten sich an den großen Spieltisch und als William das komplette Pik-Blatt auflegte, entschied sich Georgina wieder einmal für das Gegenteil. »Pik ist nicht mein Fall. Nehmen wir lieber

Herz.« Sie warf Francis einen Blick zu. »Oder vielleicht Karo? Ich kann mich nie entscheiden, was mir besser gefällt. Soll die Bank für mich wählen.«

»Ich glaube, alles würde Ihnen besser entsprechen als Herz, also auch Karo.«

Was sich wie ein harmloses Geplänkel anhörte, war ein gezielter Seitenhieb. Die Retourkutsche auf ihre spitze Bemerkung, dass es das Herrenhaus sei, das ihr gefalle, und nicht der Herr. *Falls er damit andeuten will, dass ich das Haus haben kann, wenn ich ihn als Ehemann nehme, gerate ich nicht im Mindesten in Versuchung.*

Es wurde zwei Stunden lang gespielt, und als ihr die Chips ausgingen, spielte sie um Gunstbeweise. »Ich weiß, dass ein Gentleman von einer Lady nie Spielschulden einfordert«, sagte sie provokant.

Sie fuhr mit der Zungenspitze den Rand ihres Glases entlang. »Ich hatte schon genug Wein und Champagner und mehr als genug Karten. Ich werde jetzt aufbrechen und in den dunklen Korridoren den Schatten der armen Königin Katharina suchen.«

»Ach, Liebling, dort oben ist es unheimlich«, warnte ihre Mutter sie. »Du brauchst einen Begleiter mit starkem Schwertarm als Beschützer.«

»Würden Sie mir die Ehre erweisen, Euer Gnaden?«, fragte Georgina mit ernstem Gesicht.

Oben in den finsteren, unheimlichen Gängen machte sie sich einen Spaß daraus, sich ihm fortgesetzt zu entziehen. Bedford aber erwies sich als hartnäckiger Jäger. »Immer wieder gelingt es Ihnen, wie ein Jagdhund meine Witterung aufzunehmen.«

Seine Arme umschlossen sie, und er zog sie so dicht an sich, dass sie seine heftige Begierde deutlich spüren konnte. »Sehen Sie, was Sie mir antun?«

»Ist dies die Folge einer jeden weiblichen Duftspur oder einer besonderen?«

»Es ist nicht nur Ihr Duft, der mich entflammt, Füchslein – es ist Ihr Wesen. Sie sind eine aufregende Frau, und Sie wissen das genau.« Er küsste ihre Lippen und drang mit der Zunge in ihren Mund ein.

»Ich dachte, ein Gentleman fordert nie Spielschulden von einer Dame ein«, spottete sie.

»Ich bin kein Gentleman.«

Lachend entzog sie sich ihm. »Das sagte schon Ihr Bruder.«

»Es ist nicht das erste Mal, dass Sie meinen Bruder erwähnen.«

»Wir sind wie Feuerstein und Zunder. Immer fliegen die Funken.«

Francis drückte sich noch dichter an sie und rieb seine Erektion an ihrem Venushügel. Sie entzog sich ihm. »Nicht nötig, dass Sie Ihre Waffe entsichern – heute ist kein Gespenst da. Wollen wir zurück zur Gesellschaft?« Sie entfloh geschickt seinen Zudringlichkeiten, wohl wissend, dass er ihr überallhin folgen würde.

Einige Zeit darauf begaben sich die Damen nach oben in ihre Gemächer und überließen die Herren ihrem Whiskey und ihren Zigarren.

Jane küsste ihre Töchter auf die Wangen. »Susan, es war eine Meisterleistung, Georgy diese gloriose Gelegenheit zu verschaffen.« Sie drückte die Hand ihrer Jüngsten »Und ich bin überglücklich, dass du das Beste daraus machst. Gute Nacht, meine Mädchen.«

Zehn Minuten später betrat Georgina das Schlafzimmer ihrer Schwester. Sie setzte sich auf Susans Bett, schlug das Buch auf, das sie dabeihatte, und las eine Rede der Duchess of Belgrave vor.

Die Stadt muss im Sturm genommen werden. Während kalte, berechnende Frauen wie die Duchess of Drinkwater mit der Knauserigkeit der Menschen aus dem Norden nur spärliche Mittel in den Kampf werfen, weil sie mit unserer Schwäche rechnen, müssen wir durch ein nie gesehenes Aufgebot von Pracht, Geschmack und Geld ihre armseligen Vorbereitungen übertrumpfen und zu einem Schlag ausholen, der alle ihre Bemühungen für den Rest der Saison zunichtemacht … Ich bin ganz entschieden für eine großartige Maskengala.

Die beiden Schwestern wussten vor Lachen nicht ein noch aus. Tränen strömten ihnen über die Wangen, als William die Tür öffnete.

»Was ist so lustig, meine Liebe?«

»Männer!«, riefen sie wie aus einem Mund und erlitten einen neuen, vollends unbeherrschbaren Lachkrampf.

· 17 ·

Mr. Burke, ich möchte mit meinen Söhnen gerne im Wald einen Weihnachtsbaum für die große Halle auf Woburn aussuchen. Wenn mein Bruder dies aber selbst machen möchte, warten wir lieber bis zu seiner Rückkehr.«

»Seine Gnaden wählt nie den Baum aus oder kümmert sich um die Weihnachtsdekorationen. Das überlässt er mir und dem Personal. Da wir dies heute ohnehin vorhatten, fügen sich unsere Pläne gut zusammen, Mylord.«

»Fein, dann sage ich den Jungen Bescheid. Ich nehme an, dass Sie einen Wagen und einige kräftige Burschen mitnehmen, die den Baum zum Haus schaffen?«

»Wir nehmen zwei Wagen, einen für den Baum, den anderen für Stechpalmen, Mistelzweige und Efeu – das sammeln die Hausmädchen. In den Wäldern an der nördlichen Gemarkung hat man die größte Auswahl.«

Als John und seine Söhne im Sattel saßen, ritten sie vor den Wagen her, auf denen der Butler und seine zahlreichen Helfer folgten, nordwärts. »Wie gut, dass es gestern geschneit hat. So in Weiß sieht alles gleich viel schöner aus.«

»Können wir beim Baumfällen helfen?«, fragte William.

»Ja, wir alle dürfen mit Hand anlegen. Mr. Burke hat mehrere Äxte mitgenommen.«

Sie waren fast eine Stunde unterwegs, als sie zu einem Bestand hoher Fichten kamen. John drehte sich nach Burke um, doch der Butler schüttelte den Kopf und bedeutete ihnen, noch ein Stück weiter nach Norden zu reiten. »Hoffentlich ist dir nicht kalt, Johnny?«

»Nein, Papa. Der Ritt ist wunderbar. Ich habe so viele Hasen gesehen und einmal sogar Rotwild.«

Sie ritten einige Meilen weiter, bis sie in einen Wald gelangten, in dem prächtige, hohe Tannen zwischen Lärchen aufragten. Die Reiter stiegen von ihren Pferden, die Wagen hinter ihnen hielten an. »Ihr Jungs dürft den Weihnachtsbaum aussuchen«, wies John sie an.

»Ich glaube, Francis und William sollten das machen. Ich werde Weihnachten doch nicht da sein«, wandte Johnny ein.

Die Hausmädchen sprangen von ihrem Gefährt und arbeiteten sich tiefer ins Dickicht vor, wo Efeu und Misteln an den Baumstämmen emporrankten.

»Mit einer Axt kann ich ohnehin nicht umgehen, ich helfe lieber, den Efeu abzuschneiden, und sammle ein paar Tannenzapfen«, schlug Johnny vor.

Sobald ihr Vater eine Kerbe in einen Baum geschlagen hatte, machten sich erst Francis und dann William an die Arbeit. Sie legten sich mit all ihren Kräften ins Zeug, schafften es aber nur, den dicken Stamm bis zur Hälfte zu spalten. Dann gaben sie es auf und überließen die Axt ihrem Vater.

John legte seinen Mantel ab und ging ans Werk. »Ihr habt die Schwerarbeit schon geleistet. Jetzt geht es ganz rasch.« Schon durchschnitt ein peitschender Knall die kalte Luft, und die Jungen riefen: »Geschafft!«

Als der Baum langsam zu Boden sank, sah John ein Pferdegespann mit einem Schlitten näher kommen. Der Baum krachte dicht vor dem Gefährt zu Boden, die erschrockenen Pferde bäumten sich laut wiehernd auf. Es kostete den Kutscher viel Kraft und Geschick, die Tiere wieder unter Kontrolle zu bringen.

John erkannte seinen Bruder, der die Zügel der zitternden Pferde hielt, während sich neben ihm Lady Georgina Gordon leichenblass an die Seitenwand des Schlittens klammerte. John war außer sich, weil Francis Georgina in Gefahr gebracht hatte. »Das war verdammt unvorsichtig. Es hätte euch das Leben kosten können!« Er hieb die Axt in den Baumstumpf, ging zu den Pferden und beruhigte sie.

Francis gab sich vor seiner schönen Begleiterin ungerührt. »Dann wärst du der neue Duke of Bedford. Man würde bloß nie glauben, dass es ein Unfall war, mein Alter.«

John fand diese Bemerkung überhaupt nicht komisch. »Lady Georgina, alles in Ordnung?«

»Ja, danke. Nur wenige Grundherren holen sich selbst ihren Christbaum aus dem Wald. Ich hätte geschworen, wir wären gerade über meinen Vater gestolpert.«

Francis lachte seinen Bruder aus. »Ein wahrer Jammer, mein Alter, dass du als Vaterfigur wahrgenommen wirst.«

Georgina sah ihren Begleiter mit hochgezogenen Brauen an. »Könnten *Sie* einen solch riesigen Baum mit der Axt fällen, Euer Gnaden?«

»Dafür habe ich Diener, meine Teuerste.«

»Wie schade, Francis.« Sie verzog geringschätzig ihre Lippen.

»Bei diesem Schmollmund weiß ich nie, ob Sie mich küssen oder anspucken wollen«, sagte er schleppend.

»Ich garantiere Ihnen, dass es nicht Ersteres ist«, erwiderte sie frech.

Nun war es an John, seinen Bruder auszulachen. Doch sollte dieser Heiterkeitsausbruch seine wahren Gefühle verbergen. Er sah, wie die beiden einander anschauten, hörte ihr Geplänkel und spürte, wie sich in ihm alles zusammenkrampfte.

Da trat Johnny aus dem Dickicht. »Ich hörte das Gewieher – was ist passiert? Ach, da sind ja Georgy und Onkel Francis. Mit dem Schlitten – was für ein Riesenspaß!«

»Hallo, Johnny. Möchtest du mitfahren?« Sie übersah geflissentlich das Stirnrunzeln ihres Begleiters.

Johnny sah seinen Vater an. »Ich … ich möchte keineswegs stören, Lady Georgina.«

»Unsinn!« Sie sah die unwillige Miene seines Vaters. »Ich bestehe darauf. Du kannst mit uns fahren, während der Baum auf den Wagen geladen wird. Komm und setz dich zwischen uns.«

»Wenn Sie näher zu mir rücken«, schlug Francis vor, »kann Johnny außen sitzen, wo er die bessere Sicht hat.«

Georgina vereitelte seinen Vorschlag. »Er soll neben Ihnen sitzen, Francis, damit Sie ihm kurz die Zügel überlassen können.« Sie hob die Hand in der Erwartung, dass John Russell ihr vom Schlitten herunterhelfen würde, damit Johnny in der Mitte Platz nehmen konnte.

Wirklich ergriff er ihre dargebotene Hand und drückte sie fest. Nicht so fest, dass es schmerzte, aber fest genug, um ihr zu verstehen zu geben, dass er ihre Tricks durchschaute.

Georgina schmunzelte. Ihre boshafte Befriedigung, weil sie seinen Bruder nach ihrer Pfeife tanzen lassen konnte, war John nicht entgangen. Es amüsierte sie, dass sie sich wortlos verständigen konnten. Nachdem Johnny auf den Schlitten geklettert war, sprang auch sie hinauf, und die Pferde zogen an.

Francis ließ sie nicht zu schnell gehen, legte den Arm um seinen Neffen und überließ ihm die Zügel, um Georgina eine Freude zu bereiten. »Du musst sie immer in der Hand haben – lass ihnen ja nicht ihren Willen. Es sind Stuten und im Moment noch immer recht nervös.«

»Sie sind also nicht der Meinung, dass man weiblichen Wesen ihren Willen lassen sollte?«

»Bei einem bestimmten weiblichen Wesen würde ich mich überreden lassen.«

»Ein bestimmtes weibliches Wesen schert sich um Ihre Zustimmung vielleicht keinen Deut. Es könnte sich als störrisch erweisen und zügellos das Weite suchen.«

»Zügellos?«, fragte er süffisant. »Ist das eine Verheißung?«

Nach zehn Minuten übernahm Francis wieder die Zügel, wendete und fuhr zurück. Bei den Wagen angekommen, sprang Georgina heraus und hob Johnny vom Schlitten. »Du hast dich wacker gehalten.«

»Danke, Mylady. Danke, Onkel Francis.«

Georgina warf keinen einzigen Blick in John Russells Richtung, wusste aber, dass er sie beobachtete.

Als sie wieder auf den Schlitten kletterte, versuchte Francis es erneut. »Möchten Sie näher heranrücken und selbst fahren, Georgina?«

Sie lächelte strahlend. »Ja, das würde ich sehr gern.«

Francis hüllte sie in die Felldecke und winkte seinem Bruder augenzwinkernd zu.

John war der Verzweiflung nahe. Ihm war das Lächeln, mit dem sie Francis angesehen hatte, nicht entgangen, und auch nicht, mit welcher Selbstverständlichkeit sein Bruder sie berührte. Man musste den Eindruck gewinnen, sie stünden im Begriff, sich ineinander zu verlieben.

Wieder auf Woburn, brachten John und seine Söhne den ganzen Nachmittag damit zu, mit Burke und seinen Helfern den Weihnachtsbaum in der großen Halle aufzustellen und zu schmücken. Sie halfen den Hausmädchen, Unmengen von Tannenzweigen, Stechpalmen, Efeu und Misteln ins Haus zu schaffen. Dann wurden vom Dachboden Kisten mit Weihnachtsschmuck, mit Girlanden, Glöckchen und viel rotem Band geholt.

An jenem Abend wickelten Johns Söhne nach dem Dinner Geschenke ein und legten sie unter den Weihnachtsbaum. Müde, aber glücklich und voller Vorfreude auf die bevorstehenden Feiertage gingen sie zu Bett. John war sehr erleichtert, dass seine Jungen ihren Kummer offenbar überwunden hatten und wieder zur Ruhe gekommen waren.

Heute war es John selbst, der unruhig und aufgeregt war. Er ging in die Bibliothek, um sich ein Buch zu holen, doch fand er nichts, was sein Interesse geweckt hätte. Deshalb stieg er hinab in die alte

Waffenkammer. Nicht zum ersten Mal versenkte er sich in die Betrachtung der Lanzen, Streitkolben, Piken und Schilder, die im Laufe der Jahrhunderte zur Kriegführung benutzt worden waren. Dann besichtigte er die Schwerter- und Schusswaffensammlung seines Bruders, in der einige Exemplare seine besondere Beachtung fanden. Auf einem Bord lagen alte Messer und Dolche auf einem großen blauen Samttuch mit Silberbordüre.

Normalerweise konnte er Stunden in dieser Kammer verbringen und die Ausstellungsstücke betrachten, doch heute war er in Gedanken bei Francis und dem Maskenball auf Kimbolton Castle. *Du hältst die Ungewissheit nicht aus – ist es nicht so*, verspottete er sich selbst. Die Antwort wusste er. Er würde keine Ruhe finden, ehe er es nicht selbst gesehen hatte. *Dann geh doch! Was hindert dich daran?*

John wickelte die Dolche in den blauen Samt, nahm ein Schwert und einen Schild von der Wand und trug alles in sein Schlafgemach, wo er schwarze Kniehosen und hohe schwarze Reitstiefel anzog. Dann schnitt er ein Loch in das Samttuch, groß genug, dass er den Kopf hindurchstecken konnte. *Das gibt einen passablen Wappenrock. Hoffentlich gebe ich einen passablen französischen Musketier ab.* Er durchsuchte den großen Kleiderschrank, in dem alte Sachen aufbewahrt wurden, bis er einen breitkrempigen schwarzen Kavaliershut mit einer Straußenfeder fand.

John nahm ein Bad und rasierte sich, ließ dabei aber die Oberlippe aus. Er steckte seinen Finger in den Lampenzylinder und schwärzte den Schatten seines Schnurrbarts mit Ruß. Als er Wappenrock, Hut und schwarze Augenklappe anlegte, wusste er, dass ihn niemand erkennen würde.

Die Aussicht auf ihren ersten Maskenball als Erwachsene erfüllte Georgina mit überschäumender Freude. Da die feine Gesellschaft ihre Neugier nicht zügeln konnte und sich auch nicht die kleinste Einzelheit einer möglichen Bedford-Gordon-Verbindung entgehen lassen wollte, sagten alle, die Rang und Namen hatten, ihr Kommen zu. »Wir erwarten mindestens zweihundert Gäste … die Hälfte davon Männer«, sagte Susan stolz.

Sie war als Katharina von Aragon verkleidet – ein Kostüm, das sie sich kurz nach ihrer Heirat mit dem Duke of Manchester hatte anfertigen lassen, weil sie es passend für ihre neue Heimat Kimbolton Castle fand. Jetzt half sie Georgina und stülpte ihr eine Perücke mit langem, goldfarbenem Haar auf den Kopf. »Warte, ich verstecke alle dunklen Strähnen darunter. So, jetzt bist du eine perfekte Diana. Wenn du deine wahre Identität preisgibst, wird dein Ruf zum Teufel sein – mit einer nackten Schulter und diesem skandalös kurzen Röckchen.«

»Wozu ist ein Ruf denn sonst gut?«, fragte Georgina vergnügt, als sie ihre geflügelte goldene Augenmaske anlegte und ihr Spiegelbild bewunderte. »Mein Rock ist nicht so kurz wie der Kilt, den Vater für mich schneidern ließ.«

Sie rückte den Köcher mit den Pfeilen zwischen ihren Schulterblättern zurecht und griff nach dem goldenen Bogen. »Du gehst voran, Susan. Ich schätze, dass der Duke of Bedford schon draußen auf der Lauer liegt, um herauszufinden, was für ein Kostüm ich trage.«

»Welch ein Spaß! Ich tue so, als wäre ich du, und führe ihn in die Irre – na ja, zumindest bis zum Ballsaal.«

Susan ging hinaus, und noch ehe sie die Hälfte des Ganges hinter sich gebracht hatte, spürte sie einen Männerarm um ihre Taille und hörte geflüsterte Worte.

»Ich bin Francis. Wie wäre es mit einem Rendezvous, meine Süße?«

»Sie verwechseln mich, Euer Gnaden. Ich bin nicht auf dem Markt, um einen Herzog einzufangen, da ich bereits einen habe.«

Er fasste sich rasch. »Casanova zieht eine Herzogin jeder anderen vornehmen Dame vor.«

»Wirklich? Ich kenne eine Debütantin, die am Boden zerstört

sein wird«, neckte sie ihn »Würden Sie Ihre Gastgeberin zum Tanz führen?«

Georgina wartete zehn Minuten, ehe sie vorsichtig die Tür ihres Gemaches öffnete und hinausspähte. Da der Korridor leer war, gelangte sie unbeobachtet in den Ballsaal und mischte sich unter die Menge.

Die Beleuchtung war gedämpft, die Musik einschmeichelnd, die Stimmung bereits spürbar gelockert. Eine großzügige Auswahl an Getränken verleitete die Gäste dazu, sich gütlich zu tun. Überall Gelächter und Geflüster, aber auch gewagtes Getändel und erste intime Berührungen – Erwartung und Indiskretion lagen spürbar in der Luft.

Georgina bekam Anträge von einem hinreißenden Räuber, einem Sultan, zwei Königen und einem Mönch, der es darauf anlegte, sie auszuziehen. Bald hatte sie den am auffälligsten verkleideten Gast ausgemacht und vermutete den Duke of Bedford hinter der Maske. *Heute gibt Francis sich noch anmaßender als sonst. In seinem venezianischen Kostüm hält er sich doch tatsächlich für Casanova!*

Sie beobachtete, wie er um einige weibliche Gäste herumstrich. Alle warfen sich ihm praktisch an den Hals, was aber sein Interesse nicht zu wecken schien. *Er weiß genau, dass Georgina Gordon sich nicht so benehmen würde. Das wird ein Heidenspaß!*

Während sie auf Casanova zuging, griff sie nach zwei Gläsern Madeirawein und reichte ihm eines. Mit heiserer Stimme erklärte sie: »Nach langer Pirsch habe ich meine Beute gesichtet und durchbohre Sie nun mit meinem Pfeil.«

»Als größter, jemals lebender Liebhaber wette ich, dass Sie von meinem Pfeil durchbohrt werden wollen«, erwiderte er genüsslich. »Die Linie formiert sich zur Linken, teuerste Lady.«

Georgina tat, als wäre sie beleidigt und ging weiter. Dank ihres aufreizenden Kostüms wurde sie bald von Männern nur so umringt. Es machte ihr Spaß zu raten, wer sich hinter den Verkleidungen verbarg. Die meisten waren leicht zu erkennen wie etwa Jack Spencer, der als Puck daherkam, komplett mit Bockshörnern und Schweif. Sie verriet ihm, wer sie war, ließ sich jedoch von ihm strengste Geheimhaltung schwören.

Georgina erkannte auch Prince Edward, der in einer echten Dragoneruniform mit Säbel erschienen war. Sein Griff an ihr Hinterteil und seine unanständigen Zudringlichkeiten verrieten ihr, dass er schon zu viel getrunken hatte. Sie kam ihm zuvor, als er nach einem Glas Champagner griff, und entfernte sich vorsichtig.

Als sie Lord Holland mit Römerhelm und Ledertunika erblickte, überlegte sie, an ihm ein Exempel zu statuieren. Wenn es ihr gelänge, Henry zu täuschen, würde es ihr bei jedem gelingen. Sie entnahm ihrem Köcher einen Pfeil und stieß damit gegen seinen Brustharnisch. »Hier ist *meine* tödliche Waffe ... möchtest du mir deine zeigen, Liebster?«

Henry lachte herzlich. »Vermutlich hat meine Frau eine ihrer Freundinnen angestiftet, mich in Versuchung zu führen und zu testen, ob ich den Köder schlucke.«

»Sie sind sehr scharfsichtig, Mylord. Ich sagte zu Beth, dass ich Sie nicht zu etwas Obszönem verleiten könnte – zu etwas Laszivem vielleicht, aber niemals zu etwas Obszönem.«

Sie fürchtete, dass das Geplänkel ihm ihre Identität verraten würde, deshalb nahm sie ihm das Glas aus der Hand und trank einen Schluck von seinem Scotch. *Das wird ihn von der Fährte ablenken, da er weiß, dass ich Champagner vorziehe.*

Sie suchte Casanova und sah ihn zu ihrem Missvergnügen mit einer flammenhaarigen schottischen Königin Mary in ein Gespräch vertieft. *Mist! Mama wird Bedford bestimmt verraten, dass ich Diana, die Jagdgöttin, bin.* Georgina sah, wie sein Blick durch den Saal glitt, und als er sie erspähte, fühlte sie sich wie ein an der Wand aufgespießter Schmetterling.

Als Francis direkt auf sie zusteuerte, trank sie den Scotch aus und stellte das Glas ab. Sie verspürte plötzlich Schwindelgefühle.

Francis ergriff ihre Hand. »Georgina, Sie sind eine boshafte Spötterin. Sie amüsieren sich auf meine Kosten.«

»Wie bin ich froh, dass Sie Ihre Sprache mäßigen, Euer Gnaden. Letztes Mal nannten Sie mich eine Schwanzfopperin.« Kaum war ihr das anstößige Wort entschlüpft, wusste sie, dass es ein Fehler gewesen war. *Verdammt, das bedeutet, Öl ins Feuer zu gießen.*

Er legte den Arm um ihre Mitte und zog sie an sich.

Sie versuchte, ihn mit dem Pfeil abzuwehren. »Zurück, oder ich durchbohre Ihr Herz.«

»Das haben Sie bereits getan, wie Sie sehr wohl wissen. Ich glaube, Sie machen ebenso gerne Eroberungen wie ich. Höchste Zeit, dass wir nähere Bekanntschaft schließen. Gehen wir doch hinauf in mein Gemach.«

»Wäre Casanova der geeignete Lehrer für eine Debütantin?«

»Absolut. Bei mir kämen Sie in den Genuss einer Reitstunde.«

»Meinen Sie nicht auch, dass Tanzen romantischer wäre? Wenn Sie mich jetzt aufs Parkett führen, werde ich später vielleicht geneigt sein, Ihren Vorschlag in Betracht zu ziehen.« *Gottlob ist es ein Kontretanz mit ständigem Partnerwechsel.*

Ein falscher Schritt zeigte Georgina, dass sie bereits zu viel getrunken hatte. Nachdem sie ihr Gleichgewicht wiedergefunden hatte, ermahnte sie sich zur Vorsicht. Das Dumme war nur, dass ihre Lust an diesem gefährlichen Spiel nicht zu bremsen war.

Der Musketier überblickte den Ballsaal und sah, dass Casanova den Arm um eine Göttin gelegt hatte und ihr beim Tanz etwas ins Ohr flüsterte. Sofort regte sich bei ihm der Verdacht, dass nur Georgina so unerschrocken sein konnte, ein derart aufreizendes Kostüm zu wählen. *Francis verabredet ein Stelldichein. Wird sie nachgeben?*

John verbeugte sich vor einer Dame in einem altmodischen Krinolinenkleid und bat sie zum Tanz. *Es wird nicht lange dauern, und ich werde der Partner der göttlichen Jägerin sein.* Er absolvierte die Figuren des Kontretanzes, bis Diana vor ihm stand. Als er sich förmlich verbeugte, bemerkte er, dass ihr Knicks etwas unsicher ausfiel. *Die Kleine hat zu viel getrunken. Ihre Hemmschwelle ist sicher auf den Nullpunkt gesunken.*

John nahm wahr, dass sie ihn mit unverhohlener Bewunderung musterte. Sie ließ ihre Zunge spielen, als lecke sie sich seinetwegen die Lippen. *Ist sie flatterhaft? Wie weit wird sie gehen?* Etwas trieb ihn dazu, es herauszufinden.

Kaum war der Tanz zu Ende, ging er direkt auf sie zu. »Mademoiselle«, murmelte er mit verführerischem französischem Akzent. »Würden Sie machen *promenade avec moi?*«

Seufzend blickte sie zu ihm auf. »Ach … mit Ihnen lustwandeln? *Oui.*«

John, der genau wusste, wo sein Bruder sich befand, nahm Georginas Hand und führte sie in die entgegengesetzte Richtung. »Die Galerien des Schlosses üben auf die Fantasie eine unwiderstehliche Anziehungskraft aus, *n'est-ce pas?*«

Ihre Denkfähigkeit war schon beeinträchtigt, als sie zu übersetzen versuchte. *Ist es nicht so?* »*Oui, oui, Monsieur.*« Wie hypnotisiert ließ sie sich aus dem vollen Ballsaal hinausführen, eine Treppe hinauf und in eine der nur schwach beleuchteten Galerien. Der Schatten eines anderen Paares huschte vorüber und verschwand in der Dunkelheit.

Sie blieben stehen. Er überragte sie um ein ganzes Stück. Stille hüllte sie ein. »Sie sind eine hinreißende Diana.«

Er wird mich küssen. Lieber Gott, ich bete darum, dass er mich küsst.

Seine Fingerspitzen liebkosten ihre nackte Schulter. Sie schauderte und empfand aufwallendes Verlangen.

»Ich kenne das prachtvolle Bild der Diana von Batoni. Ihr Kostüm ist nicht ganz korrekt, denn eine der schönen Brüste sollte ebenfalls entblößt ein.« Sein Mund näherte sich ihr, und dann lagen seine Lippen auf den ihren.

Er war so unverschämt männlich, dass Georgina sich in einer

seligen Fantasie verlor, in der ihr Traumgeliebter ihre Sinne völlig beherrschte. Der französische Musketier war ganz Macht und Befehlsgewalt, und sie war schwach und zittrig, überwältigt von ihren Gefühlen und der aufsteigenden Lust.

Als sein Kuss drängender und tiefer wurde, stahlen seine Finger sich unter die Tunika, schoben sie über ihren Arm herunter, bis sie zur Taille fiel und beide Brüste entblößte. Er umfasste eine und strich mit dem Daumen über die zarte Knospe, bis diese sich durch die Liebkosung aufrichtete und rötete. Er verspürte das überwältigende Verlangen, sie mit dem Mund zu umfassen und ihre Süße zu kosten.

Als seine Lippen von ihrer Brustspitze Besitz ergriffen, entzog sich Georgina ihm. »Es… es tut mir leid, Mylord, ich sollte nicht mit Ihnen hier sein. Zu viel Wein raubte mir wohl die Sinne.« Sie zog die Tunika hoch und ergriff die Flucht.

John verharrte lange regungslos. *Du hast versucht, sie zu verführen.* Er fragte sich, ob Francis Erfolg beschieden sein würde, wo er versagt hatte. *Warum zum Teufel musstest du heute nach Kimbolton kommen?* Er wich einer Antwort aus, verließ rasch die Galerie und beschloss, unverzüglich nach Woburn zurückzukehren.

Als er durch den Ballsaal ging, befahl eine laute Stimme: »Halt!« Von der Anwesenheit eines Musketiers sichtlich irritiert, stellte sich ihm ein königlicher Dragoner entgegen.

»Du dreckige französische Memme! Du wagst es, dein Angesicht auf einem englischen Herrensitz zu zeigen?«

Es bedurfte der lallenden Sprache nicht, um John zu verraten, dass der Prinz schwer betrunken war. Zu seinem Missfallen verstummten alle, blieben stehen und beobachteten die Szene.

Edward hantierte mit seinem Säbel und schaffte es, ihn zu ziehen. »*En garde!*«, rief er.

»Ein guter Schwertkämpfer fängt keinen Streit an«, erklärte John.

Der Prinz holte mit seinem Säbel aus und schlug John den Hut vom Kopf.

Die Aussicht auf ein Duell verbreitete sich wie ein Lauffeuer, und die Gäste umdrängten die beiden Gegner. Der Duke of Manchester als Gastgeber und der Bruder des Prinzen versuchten den berauschten Herausforderer zur Vernunft zu bringen.

»Edward, das ist kein echter Musketier. Es ist nur eine Maske«, erklärte Frederick, der Duke of York. »Steck dein Schwert ein, ehe du dich verletzt.«

»Wer ist er dann? Im Namen des Königs fordere ich Sie auf, die Maske abzunehmen.«

Gefolgt von Francis Russell, gesellte Georgina sich neugierig zu den Zuschauern. Als sie sah, dass ihr verführerischer französischer Musketier an dem Wortwechsel beteiligt war, erschrak sie.

Edward, der sich nicht beschwichtigen ließ, griff nach der Maske des Musketiers und riss sie ihm vom Gesicht.

Georgina und allen Umstehenden stockte der Atem, als sie sahen, dass John Russell vor ihnen stand.

Zähneknirschend, die Hand am Schwertgriff, entfernte Russell sich von der Gesellschaft.

Sofort wurde hinter seinem Rücken getuschelt. »Dieser sittenlose Lump! Zu einem Maskenball zu kommen, wo er doch eben erst seine Frau begraben hat«, hörte man Lady Jersey flüstern.

»Und nach allem, was man so hört, ist er froh, dass er sie los ist. Gerüchte wollen wissen, dass er nachgeholfen hat«, setzte Lord Jersey hinzu, der ein Teufelskostüm trug.

»Das ist eine verdammte Lüge«, wies der Duke of Bedford kalt Prinnys Geliebte und ihren Hahnrei von Ehemann in die Schranken. »Mein Bruder liebte seine Frau innigst. John war ein guter Ehemann. Heute war er nur da, weil ich ihn dazu überredete. Seine Trauer hätte ihn beinahe verzehrt.«

»Ich bitte untertänigst um Entschuldigung, Euer Gnaden.« Sofort traten der Teufel und seine Mitstreiterin den Rückzug an.

Georgina schauderte. *Ist es möglich, dass er beim Tod seiner Frau die Hände im Spiel hatte?* Sie wollte es nicht glauben, und doch argwöhnte sie, dass er tief im Inneren ein gefährlicher und vielleicht sogar zur Gewalt fähiger Mensch war.

Sie hatte gehört, mit welchem Nachdruck Francis seinen Bruder verteidigte. Ihr dunkler Argwohn verflog, als Bedfords Worte in ihrem Bewusstsein nachklangen. *Mein Bruder liebte seine Frau innigst. John war ein guter Ehemann. Seine Trauer hätte ihn beinahe verzehrt.*

Georgina schloss die Augen. *Wie es wohl sein mag, von einem Ehemann innig geliebt zu werden? Das ist die Ehe, wie ich sie mir wünsche!*

Der Maskenball nahm ebenso seinen Fortgang wie das köstliche, skandalumwitterte Geflüster. Alle waren sich einig, dass es der Höhepunkt an Dekadenz sei, sich während der Trauerzeit in Gesellschaft zu amüsieren. Als die Gerüchte die Runde machten, wurden sie mit schamlosen Details über beide Russell-Brüder ausgeschmückt. Es schien klar, dass die Gordons den Duke of Bedford eingefangen und damit verhindert hatten, dass er sich mit der Tochter der Devonshires verlobte. Geheime Wetten wurden abgeschlossen, ob Lady Georginas Jungfräulichkeit Bedford verleiten würde, sein Junggesellendasein aufzugeben oder ob er sich die süße Beute ohne Ehefesseln holen würde.

· 18 ·

John Russell hat meine Brust in seiner Hand gehalten und mich geküsst! Wusste etwas in mir, dass er hinter der Maske steckte, als ich mich von ihm willig in die abgeschiedene Galerie führen ließ? Georginas Herz flatterte. Ich war völlig enthemmt und wurde schwach, als er mir französische Worte zuraunte. Schon bei der ersten Berührung sank ich in seine Arme.

Ihre Finger strichen über ihre Lippen; dann glitt ihre Hand tiefer und griff nach der Brust, die er umfasst gehalten hatte. *Wir sind Gegner. Er provoziert mich bis zum Wahnsinn. Doch ungeachtet dessen fühle ich mich sexuell zu ihm hingezogen.* Georgina fragte sich: *Ungeachtet dessen oder deswegen?* Sie schüttelte den Kopf. »Das ist absurd«, sagte sie laut.

»Die ganze Gesellschaft ist absurd.« Francis nahm ihre Hand und führte sie auf das Tanzparkett. Susan, die Gastgeberin, hatte beim Orchester eine flotte Weise bestellt und kündigte nun in der Hoffnung, die unglückliche Episode würde darüber vergessen, einen Labyrinthtanz an.

Georgina, deren Schwindelgefühl zunahm, wurde immer mehr von verstörenden Gedanken geplagt. Als Francis beim Tanz mit ihr sprach, nahm sie seine Worte gar nicht bewusst wahr und lächelte nur abwesend.

Eine Stunde später befand sie sich allein mit ihm in einer der Galerien und wusste nicht mehr, wie sie dorthin gelangt war. Als er sie in die Arme nahm, um sie zu küssen, protestierte sie: »Bitte, Francis, das dürfen Sie nicht.«

»Doch, ich muss. Leider habe ich mich in Sie verliebt.«

»Das ist absurd!«

»Ja, ich weiß. Nie habe ich eine Frau begehrt, wie ich Sie begehre. Ich kann nicht mehr länger warten. Sie treiben mich in den Wahnsinn. Kommen Sie mit!«

»Wohin?« In ihr regte sich Unmut.

»In mein Zimmer natürlich.« Seine Hand liebkoste ihre nackte Schulter. »Sie sind heute Nacht reif für die Liebe.«

Sie versuchte ihre Gedanken zu ordnen »Wir … wir können nicht gemeinsam gehen, Francis.«

»Verzeih. Ich vergaß, dass es für dich das erste Mal ist. Ich gehe zuerst; nach ein paar Minuten folgst du mir diskret. Du weißt, wo mein Gemach ist?«

»Ja, ja, natürlich.«

Die Rückfahrt nach Woburn Abbey ließ zwar John Russells Kopf klarer werden, kühlte aber nicht seinen Zorn ab. Er war außer sich, dass der betrunkene Prinz ihn demaskiert hatte, ebenso zornig aber auch über sich, weil er den Maskenball überhaupt besucht hatte.

Er stieß ein verbittertes Lachen aus, das seiner eigenen Torheit galt. »Lady Georgina Gordon ist nicht einmal ein Lippenbekenntnis wert. Meine Sorge, Francis könnte ihre Unschuld ausnutzen, war völlig unbegründet. Umgekehrt! Die Beute ist zum Jäger, besser zur Jägerin geworden«, murmelte er angewidert vor sich hin.

John brachte sein Pferd in den Stall und ging gleich hinauf in sein Gemach. Da er ohnehin nicht schlafen konnte, begann er, seine Sachen für die Fahrt nach Tavistock zu packen. Noch bevor sein Bruder aus Kimbolton zurückkehrte, wollte er aufbrechen.

Georgina erwachte mit einem Schlag und sah sofort nach, ob sie allein im Bett war. Sie atmete erleichtert auf, als ihre Gedanken klarer wurden. »Jetzt kann ich mich erinnern.« Sie hatte dem Duke of Bedford stumm nachgeblickt, als dieser im Dunkeln verschwand. Dann war sie in den Ballsaal gelaufen, um ihre Schwester zu suchen.

»Ich habe wohl zu viel getrunken und fühle mich überhaupt nicht wohl. Begleitest du mich bitte nach oben, Susan?«

Georgina verspürte einen Anflug von schlechtem Gewissen, weil sie Francis in dem Glauben gelassen hatte, sie würde in sein Zimmer nachkommen, obwohl sie in Wahrheit nie die Absicht gehabt hatte. *Der Duke of Bedford wird wütend sein. Aber man muss auch die gute Seite daran sehen: Vielleicht wird er mich von nun an in Ruhe lassen.*

Sie vermied es, zum Frühstück hinunterzugehen, und ließ sich ein Tablett aufs Zimmer bringen. Als ihre Mutter kam, wusste sie, dass sie in der Falle saß.

»Was machst du hier oben? Überall habe ich nach dir gesucht. Wer käme denn auf die Idee, dass du dich hier vergräbst.« Die Duchess of Gordon nahm ihrer Tochter ein Stück Toast aus der Hand. »Der dreitägige Besuch des Duke of Bedford wurde deinetwegen arrangiert, wie du sehr wohl weißt, mein Mädchen. Seit einer Stunde lauert er an der Treppe und wartet auf dich.« Jane holte kurz Atem. »Es ist ja schön und gut, die Spröde zu spielen, um Interesse zu wecken. Sobald aber sein Appetit angeregt ist, handelt es sich um kein Spiel mehr, sondern um eine todernste Aufgabe.«

Du klingst jetzt genauso wie die Duchess of Drinkwater, Mama. »Ja«, erwiderte Georgina nachdenklich, »wir müssen einen Schlag planen, der jede Bemühung unserer Rivalen lähmt.«

»Genau das ist der richtige Geist.« An Jane prallte die Ironie ab. »Man nennt uns nicht umsonst die ›tollen Gordons‹.«

»Mama, nicht so sehr toll als vielmehr maßlos und von sich eingenommen.«

»Genau – eine Gordon und ein Russell ergeben eine perfekte Verbindung.«

»Ich kleide mich sofort an und komme hinunter.«

»Zieh etwas an …«

»… das ihm den Atem raubt?«

Die Herzogin sah ihre Tochter mit prüfendem Blick an. »Wenn

du damit etwas meinst, das ihn bis ins Innerste erschüttert, so kommt das hin, Georgina.«

»Sie sehen absolut hinreißend aus.« Francis küsste ihr die Hand.

Allmächtiger, du hast sogar deine irritierende und arrogante, schleppende Redeweise abgelegt. Heute Morgen bist du der Ernst in Person. Georgina fand eine Lüge angebracht und fasste an ihre Stirn. »So fühle ich mich aber gar nicht. Gestern hat mich der Alkohol fast umgebracht. Ich kann mich an nichts mehr erinnern. Meine Schwester Susan sagt, sie hätte mich zu Bett bringen müssen.«

»*Pauvre petite*«, bemitleidete er sie.

Bitte, kein Französisch. Es bewirkt merkwürdige Dinge in mir. Mit ernster Miene sagte sie: »*Je ne parle pas français.*«

»Sie sind so unwiderstehlich widersprüchlich, Georgina.« Mit bewunderndem Blick sah er ihr durchscheinendes Morgenkleid an, das nur wenig von ihren jugendlichen Rundungen verbarg. »Sie haben den raschen Verstand und den verlockenden Körper einer Frau, während Ihre Jungfräulichkeit Sie an die Kindheit fesselt.«

Verdammt, es ist meine Jungfräulichkeit, die dich lockt. Für dich sicher etwas Neues, Bedford. Georgina wagte sich an die zweite Lüge. »Bitte, machen Sie sich nichts vor, Francis. Ich bin alles andere als rein.«

Sie sah die Auswölbung in seiner Reithose. *Hölle und Teufel! Alles, was ich tue und sage, erregt dich. Soll ich dich mit der Andeutung vertreiben, dass ich es mit einem Bediensteten getrieben habe?* Sie ermahnte sich zur Vernunft, denn ganz dumm durfte sie nicht wirken. »Ich hatte viele Anbeter und habe nach Heiratsanträgen mehr als einen Korb verteilt.«

»Ich nehme an, Ihre Bewerber waren keine Herzöge.« Da war sie wieder, seine arrogant schleppende Sprechweise.

Sie warf ihm einen gezierten Blick zu. »Eine Dame verrät dergleichen nie.«

»Die Redensart lautet: Ein Gentleman genießt und schweigt.«

Sie lachte ihm ins Gesicht. »Nach allem, was man so hört, glaubt ein Gentleman, er habe das Recht, mit jeder Eroberung zu prahlen.«

»Damit wäre bewiesen, dass er kein Gentleman ist. Herzöge des Königreiches sind aus anderem Holz geschnitzt, meine teuerste Georgina.«

»Francis, Sie vergessen wohl, dass mein Vater ebenfalls Herzog ist«, sagte sie trocken. Ein Blick aus dem Fenster zeigte ihr, dass Charlottes Kinder sich im schmelzenden Schnee mit Susans Sprösslingen tummelten. »Ach, Pfützen üben auf mich einen geradezu unwiderstehlichen Reiz aus. Kommen Sie mit, Euer Gnaden. Es gibt jetzt Spaß und Tollerei mit meinen Neffen und Nichten.«

»Zu dem Spaß und der Tollerei, die mir vorschweben, gehört kein Schnee.«

Wieder schlug ihre Neigung zur Boshaftigkeit durch. »Sind Sie sicher? Eine Abreibung mit Eis könnte sehr anregend wirken.« Sie öffnete einen Fensterflügel und rief Mary zu: »Ich komme jetzt hinunter zum Spielen.« Sie bedachte Francis mit einem flüchtigen Blick und mahnte: »Also, seien Sie auf alles gefasst.«

Georgina ging dem Duke of Bedford bis zum Abend aus dem Weg. Da es sein letzter Tag auf Kimbolton war, wagte sie es jedoch nicht, ihn etwa durch ihre Abwesenheit beim Dinner zu brüskieren. Als sich die Gordons einschließlich der angeheirateten Männer zu einem späten Mahl am großen Tisch zusammenfanden, fehlte lediglich Louisa. Sie und ihr Ehemann wurden erst am nächsten Tag erwartet, um die Feiertage mit der Familie zu verbringen. Ihr Schwiegervater, der Marquess of Cornwallis, weilte gerade in Frankreich, um einen Friedensvertrag mit Napoleon auszuhandeln.

Die Konversation war lebhaft und oftmals schlüpfrig, wobei die Herzogin und ihre schwatzhaften, temperamentvollen Töchter den Löwenanteil an unterhaltsamen Anekdoten beisteuerten, während die Männer lachten, tranken und versuchten, die kleinen Bosheiten der Damen, die sie gerne zur Zielscheibe ihrer Scherze machten, gelassen hinzunehmen.

Georgina, die Francis Russell aufmerksam beobachtete, stellte fest, dass er die Familienspäße zu genießen schien, als sei es für ihn eine einzigartig neue Erfahrung. Er lachte über die derbsten Scherze und sog die Schmeicheleien, mit denen Jane Gordon ihn überschüttete, genießerisch in sich ein.

»Lady Georgina, Sie versprachen mir einen Rundgang durch die Galerien, damit ich die Kunstschätze bewundern kann, deren sich dieses wundervolle Schloss rühmt. Also, wollen wir?«

Gerissener Bursche! Ein Versprechen zu erfinden und es vor allen laut kundzutun! Ich kann dich vor meiner Mutter jetzt nicht Lügen strafen, und ich kann nicht ablehnen, ohne unhöflich zu erscheinen.

»Ich wäre entzückt.« *Ich sollte es sein, obwohl davon nicht die Rede sein kann.* »Ich fürchte nur, Ihnen steht eine Enttäuschung bevor, Euer Gnaden. Die Gemälde hier können sich mit der Kunstsammlung auf Woburn Abbey bestimmt nicht messen.«

»Da Sie die Kunst offenbar lieben, sollten Sie unbedingt nach Woburn kommen, um sich die Bedford'sche Sammlung anzusehen. Ihre Mutter berichtete mir von Ihren zahlreichen Talenten.«

»Nicht von allen, wie ich hoffe«, murmelte sie. Sie sah Begehren in seinen Augen aufflammen und fürchtete, was auf sie zukam, sobald sie allein waren. *Jetzt ist die Reihe an mir, auf allerhand gefasst zu sein.* Sie griff nach ihrem Schal mit dem Paisleymuster und schlang ihn so um ihre Schultern, dass ihr Busen bedeckt wurde.

In der ersten Galerie angelangt, blieb Francis stehen, nahm sie in die Arme und küsste sie. Sein Mund schmeckte nach Brandy, und sie versuchte, sich ihm zu entziehen

Ihr Zurückweichen entlockte Francis einen Seufzer. »Ich weiß, dass Sie ans Heiraten denken, Georgina. Sie spielen ein kluges Spiel der Verlockung und Zurückhaltung, und obwohl ich es nur ungern eingestehe, bin ich Ihnen ins Netz gegangen. Nach reiflicher Überlegung habe ich mich entschlossen, Sie zur Duchess of Bedford zu machen.«

Du hast mich gar nicht gefragt. Du hast einfach entschieden.

»Euer Gnaden, Francis …! Ich weiß die große Ehre zu würdigen, doch kann ich Ihren Antrag leider nicht annehmen.«

Der verblüffte Herzog erstarrte. Dann lachte er und griff nach ihren Händen. »Du bist überwältigt? Hältst dich einer so hohen Position für unwürdig? Aber ich bin in dich verliebt und möchte dich als meine Herzogin.«

Gleich wirst du erfahren, dass du nicht alles haben kannst, was du willst. »Tut mir leid, Euer Gnaden, ich kann nicht.«

»Mit einem Nein gebe ich mich nicht zufrieden, weil ich weiß, dass du es nicht so meinst.«

Sie entzog ihm ihre Hände. »Sie geben sich einer Täuschung hin.«

»Verdammt, Georgina, willst du, dass ich um dich werbe wie ein jämmerlicher, liebeskranker Narr?«

»Das ist nicht meine Absicht.« *Es bedarf keiner Nachhilfe meinerseits, um dich jämmerlich erscheinen zu lassen.*

»Ich lade dich und natürlich auch deine Familie zur Neujahrsfeier nach Woburn ein. Bitte, lehne nicht ab, Georgina.«

Du glaubst wohl, ich ändere meine Meinung, wenn du mir deinen prächtigen Herrensitz vor die Nase hältst. Ganz klar, du denkst, ich sei käuflich. Eine unverzeihliche Beleidigung.

»Verzeih, ich sollte die Einladung auf die Duchess of Gordon ausdehnen«, beeilte er sich hinzuzufügen. »Du lenkst mich so ab, dass ich meine Manieren vergesse.«

»Sie treffen sie im Salon an.« Georgina knickste. »Gute Nacht, Euer Gnaden.«

»Heute Abend habe ich dich noch nicht erwartet. Ich war eben dabei, dir eine Nachricht zu schreiben.« John war erstaunt, als Francis eintraf. Er hatte angenommen, sein Bruder würde am nächsten

Morgen nach Woburn zurückkehren, und seine Kutsche ganz früh bestellt, damit er und Johnny schon unterwegs nach Tavistock sein würden, wenn Francis kam.

»Und ich hätte nicht erwartet, dich auf dem Maskenball zu sehen«, sagte Francis.

»Meine Neugier überwog mein Gefühl für das, was sich schickt.«

»Lady Jersey nannte dich sittenlos.« Er lachte auf. »Ausgerechnet dich. Ich war wütend, weil Prinnys Hure und ihr bemitleidenswerter Hahnrei von Mann andeuteten, du hättest bei Elizabeths Tod die Hände im Spiel gehabt. Ich war so empört, weil er sich ein Urteil über einen Russell anmaßte, dass ich ihn vor der ganzen Gesellschaft als Lügner geschmäht habe.«

»Danke für deine Unterstützung, Francis, doch kann ich meine Kämpfe selbst ausfechten.«

»Ach, ich bin nicht so weit gegangen, ihn zu fordern. Ich log einfach drauflos, verkündete lauthals, dass du deine Frau über alles geliebt hättest. Behauptete, du würdest dich verzehren vor Kummer. Das sollte ihrem Getuschel ein Ende bereiten.«

Johns Miene blieb angespannt. »Da kenne ich die Lästermäuler anders.« Wenn er nur daran dachte, wurde er über die Maßen wütend. »Ich hoffe nur, der Zwischenfall störte deinen Aufenthalt bei den Gordons nicht allzu sehr.«

»Aber gar nicht. Meine Werbung läuft glänzend, mein Alter.«

»Du machst Lady Georgina offiziell den Hof? Mit Aussicht auf Heirat?«

»Heirat? Nun, so weit würde ich nicht gehen, noch nicht. Aber eines ist sicher: Die kleine Kratzbürste ist wahnsinnig in mich verliebt.«

Warum frage ich überhaupt? »Die Jungen haben meine Weihnachtsgeschenke bereits geöffnet. Johnny und ich fahren bei Tagesanbruch ab. Deshalb wünsche ich dir frohe Weihnachten. Gute Nacht, Francis.«

»Ich weiß, dass du der Herr des Chaos bist, George, aber als was bist du verkleidet?«, fragte Charlie Cornwallis den Bruder seiner Frau.

»Als guter König Wenzeslaus natürlich«, gab Huntly zurück und schob seine Krone so schief, dass sie ein Auge verdeckte. »Ich verteile die Geschenke.«

Der Gordon-Clan hatte sich in der großen Halle auf Kimbolton um den Weihnachtsbaum versammelt. Georgina stand zwischen ihrer Schwester Louisa und ihrer Lieblingsnichte Mary, und der Geschenkestapel der Damen wuchs stetig. Verwundert betrachtete sie ein Geschenk, auf dem stand, dass es vom Weihnachtsmann stamme. Voller Ungeduld riss sie die Verpackung auf. Umso entsetzter war sie, als sie den Inhalt sah: ein mit Rüschen besetztes weißes Korsett, Spitzenstrümpfe und zwei silbern verzierte Strumpfbänder. »Verdammt!«, murmelte sie.

»Was hast du bekommen?« Marys Augen leuchteten vor Neugier.

Rasch verdeckte Georgina die Schachtel mit dem peinlichen Inhalt. »Nur ein Paar Strümpfe, Liebes. Und du?«

»Einen Hut! Einen richtig erwachsenen Hut mit schönen Federn. Er muss von dir sein.«

»Hast du die Karte nicht gelesen?«

»Das ist nicht nötig. Nur du kennst meine Herzenswünsche«, sagte Mary andächtig.

»Unsinn. Ich habe dir den Hut nur gekauft, damit du einen eigenen hast und nicht mehr meine ruinierst.«

Als die Geschenke ausgepackt waren, zeigte Louisa Georgina die vielen schönen Dinge, die sie bekommen hatte, und diese präsentierte der Schwester ihre Geschenke – bis auf jenes des verdammten Duke of Bedford. Sie lächelte, um ihren wachsenden Unmut zu verbergen.

»Du hast den Maskenball verpasst.« Georgina sammelte ihre Geschenke ein, um sie in ihr Zimmer zu schaffen.

»Maskierte Menschen machen mir Angst«, gestand Louisa. »Wie lief der Besuch von Francis Russell?«

»Er erfüllte Mutters Erwartungen, wenn auch nicht meine.«

»Und was ist mit seinen Erwartungen?«, fragte Louisa beklommen.

»Der Herzog ist zur Enttäuschung verdammt«, gab Georgina leise von sich.

»Gut so … denn er ist durch und durch nur auf das eine fixiert«, flüsterte Louisa ihr vertraulich zu.

Georgina blickte auf die Kartons hinunter. »Darauf wäre ich nie gekommen«, sagte sie spöttisch.

In ihrem Gemach angekommen, setzte sie sich an ihren Schreibtisch, um eine Nachricht zu Papier zu bringen. Noch immer kochte sie vor Zorn.

Der Weihnachtsmann muss sich geirrt haben, als er mir diese Gaben brachte. Ich gebe sie zurück, damit Sie den Irrtum korrigieren können. Diese Art von Geschenk ist unannehmbar. Ich schlage Juwelen vor.

»Wenn ich klar zu erkennen gebe, dass ich nur an seinem Vermögen interessiert bin, wird dieses Ekel endlich aufhören, mich zu verfolgen«, murmelte sie vor sich hin.

Sie packte den Karton wieder ein, adressierte ihn an den Duke of Bedford, Woburn Abbey, und bat den Butler der Manchesters, dafür zu sorgen, dass das Päckchen gleich am Morgen zugestellt würde.

Als es am nächsten Tag dunkelte, wurde von einem Diener aus Woburn Abbey für Lady Georgina eine kleine Schachtel abgegeben. Ihre Mutter nahm sie in Empfang und brachte sie der Tochter.

»Nun, willst du sie nicht öffnen? Sie kommt vom Duke of Bedford«, sagte sie atemlos.

Er ist auf meinen Bluff hereingefallen. Sie riss die Verpackung auf und hob den Deckel des kleinen Samtetuis. Darin lag ein Ring mit einem großen, ovalen, von Diamanten eingefassten Amethyst. Georginas Mut sank. Dann riss sie sich zusammen, schob ihn auf den Ringfinger der Rechten und sagte: »Sehr hübsch.«

»Es ist ein Verlobungsring! Er gehört auf die linke Hand, Georgy. Purpur und Weiß, das sind die offiziellen Farben der Russells.«

»Mama, es ist kein Verlobungsring. Es ist nichts, nur eine Art von Scherz zwischen mir und Francis.«

»Ein Geheimnis zwischen euch beiden.« Jane vermochte ihre freudige Erregung kaum zu zügeln.

Lieber Gott, sie wird die Neuigkeit überall verbreiten, wenn mir nicht etwas einfällt, um sie daran zu hindern.

»Mama, du darfst kein Wort darüber verlauten lassen, sonst ruinierst du alles.«

»Ich weiß, wie man ein Geheimnis bewahrt.«

»Das bezweifle ich sehr. Wenn es sich herumspricht, wird der Duke of Bedford die Freundschaft sofort beenden.«

»Meine Ansprache wird kurz und bündig sein.« John Russell bat mit erhobenen Händen um Ruhe. »Mein Sohn und ich hätten nirgendwo in England ein glücklicheres Weihnachtsfest verbringen können als hier in Tavistock.«

Der Gemeindesaal war bis zum Dach voll von Wählern, die er im Unterhaus vertrat. Menschen aller Altersklassen vom Baby bis zum gebrechlichen Greis. Viele hatten ihm zum Tod seiner Gemahlin kondoliert, obgleich sie Elizabeth nie begegnet waren und Sterben zudem für sie ein natürliches, alltägliches Ereignis und nicht weiter der Rede wert war. Die Leute liebten und respektieren John, weil er ihnen mit reichen Gaben, die er ihnen Jahr für Jahr zukommen ließ, das harte Leben etwas erleichterte.

»Euretwegen lohnt sich meine Arbeit. Wenn ich euch glücklich, gesund und in gesicherten Verhältnissen sehe, ist das für mich tausendfacher Lohn. Und es ist mir eine große Ehre, euch frohe Weihnachten und ein glückliches neues Jahr zu wünschen.«

Mit Rührung sah John, wie sein Sohn lachend mit einem Papierhut auf dem Kopf umhersprang und mit den anderen Kindern spielte. Seine älteren Söhne hätten mit diesen lieben, unverdorbenen Dorfjungen nicht so unbefangen umgehen können, da man ihnen auf der vornehmen Westminster School längst Standesdünkel beigebracht hatte. Johnny aber, der nach Freude und Kameradschaft hungerte, erlebte den schönsten Tag seines Lebens.

Das Bild der lachenden Georgina Gordon stand ihm deutlich vor Augen. *Sie besitzt so viel Lebendigkeit und Lebensfreude wie nur wenige Damen in ihren Gesellschaftskreisen. Kein Wunder, dass mein Bruder sich zu ihr hingezogen fühlt.* Er stellte sie sich vor, wie er sie zuletzt gesehen hatte – die grünen Augen halb geschlossen und durch die Schlitze ihrer Maske vor Verlangen funkelnd. Er spürte noch immer ihre weiche Brust in seiner Hand, schmeckte noch immer die Honigsüße ihres Mundes. *Wenn Francis ihr einen Antrag macht, wird sie die Frau meines Bruders.* John wollte an diese Möglichkeit nicht denken, Er nahm sich vor, Georginas Bild nie wieder heraufzubeschwören.

In jener Nacht aber hatte er im Schlaf keine Macht über seinen Willen. Wieder suchte John der immer gleiche Traum heim, und wieder war die Identität seiner Begleiterin nicht mehr verborgen. Als er Georgina küsste, schmeckte ihr Mund nach köstlichem Lachen und sinnlicher Verheißung.

· 19 ·

Georgina, ich glaube, jetzt hast du den Verstand vollends verloren. Warum willst du zu Silvester und Neujahr nicht nach Woburn?« Jane ließ ihrer Tochter keine Zeit zur Antwort. »Der Duke of Bedford hat es sich nicht nehmen lassen, mich persönlich einzuladen, und war so großzügig, unsere ganze Familie für morgen zur Silvesterfeier und zum Neujahrsfrühstück zu bitten.«

»Ich fühle mich nicht wohl.« Eine Ausrede, die auf schwachen Füßen stand, wie sie wusste.

»Es ging dir gut genug, um die Kinder gestern Abend bei einem Gespensterumzug anzuführen, in weiße Laken gehüllt und laut kreischend. Und es ging dir gut genug, um heute Morgen über die Möbel zu klettern und lauthals jodelnd Bergsteiger zu spielen.«

»Vielleicht fühle ich mich deswegen nicht wohl.«

»Kein Wort mehr. Das ist meine Chance, mich mit Woburn Abbey gründlich vertraut zu machen. Die Spröde zu spielen, wird allmählich langweilig. Jetzt folgt die nächste Phase des Eroberungsfeldzuges.«

Ich dachte, ich könnte mich nur zum Spaß mit Bedford verloben. Da er nun aber erwartet, dass ich ihn heirate, ist das Spiel gar nicht mehr lustig. »Und was ist die nächste Phase?«

»Nun ja, er wird die Verteidigungsanlagen deiner Festung belagern.«

»Tja, das ist der richtige Moment, ihn mit siedendem Öl zu übergießen.«

Ihre Mutter fixierte sie mit steinernem Blick. »Das ist der Zeitpunkt der Hingabe, Miss Unverschämt.«

Nie und nimmer! »Ich komme nur unter der Bedingung mit, dass Charlottes Brut und Susans Kinder auch mitfahren und vor dem Feuerwerk zum Jahreswechsel nicht ins Bett müssen.« *Eine Menschenmenge bietet Sicherheit,* dachte sie.

»Der Herzog versicherte mir, dass alle Gordons willkommen seien. Du musst aber Charlotte und Susan fragen, ob ihre Sprösslinge bis Mitternacht aufbleiben dürfen.«

Georgina war wie der Blitz auf und davon. *Ich konnte meine Schwestern bisher immer zu allem überreden, und heute wird es nicht anders sein.*

Georgina war entzückt, als sie bei der Ankunft auf Woburn Abbey am frühen Abend des nächsten Tages sah, dass die Gordons nicht die einzigen Gäste sein würden. »Henry, Beth. Ich hatte keine Ahnung, dass Sie beide auch da sein würden«, rief Georgina aus.

Lord Holland gab ihr einen Kuss auf die Wange. »Ihr Strahlen wird das Feuerwerk in den Schatten stellen.« Er blickte zu den Kindern, die aus drei Kutschen quollen. »Die weiblichen Gordons sind offenbar sehr gebärfreudig.«

»Ist es bei Charlotte nicht jeden Tag so weit?«, fragte Beth. »Das Feuerwerk könnte die Wehen auslösen, und sie bekommt ihr Kind womöglich auf Woburn Abbey.«

»Ausgeschlossen! Wer kommt sonst noch?«, wollte Georgina wissen.

»Prinny und Lauderdale. Wir lieferten uns auf der Fahrt hierher ein Wettrennen, und als wir sie überholten, drohte George mir mit seinem Stock.«

»Guter Gott!«, rief Georgina aus. »Hoffentlich verschont er mich mit seinem Stock, zumal mit dem, der den großen Knauf hat.«

»Welch lästerliche Reden«, sagte Beth lachend.

Mary schob ihre Hand in Georginas, und ihre Tante stellte sie Lady Holland vor. »Das ist Mary. Miss Widerspruchsgeist. Ich erteile ihr Lektionen im Unartigsein.«

»Da hast du die ideale Lehrerin, meine Kleine«, bemerkte Beth. »Da das Wetter so angenehm ist, soll heute Abend im Freien gespeist werden. Die Tische für das Büfett sind schon auf der Terrasse aufgebaut, von wo aus man einen guten Blick auf den Westgarten hat. Es wird wunderschön – überall in den Bäumen hängen chinesische Lampions.«

»Komm, das müssen wir uns ansehen«, drängte Mary.

Als die beiden den großen Rasen erreichten, liefen ihnen die beiden Russell-Söhne Francis und William über den Weg, die Burke behilflich waren, die Kerzen in den Lampions anzuzünden.

Verdammt, ich vergaß, dass John und seine Familie auch da sein würden.

»Ich weiß, wer du bist«, sagte Mary. »Du bist der Sohn des alten Mannes.«

»Alter Mann?«, rätselte William.

»So hat meine Tante Georgy doch deinen Vater genannt.«

»Ach ja, jetzt fällt es mir wieder ein.« Er sah Georgina an und lachte. »Damals am Fluss riefen Sie: *Geh zum Teufel, alter Mann.*«

Während Georgina gegen ihre Verlegenheit ankämpfte, fragte Mary neugierig: »Ist dein Bruder Johnny auch hier?«

»Noch nicht. Er war mit meinem Vater in Tavistock, wir erwarten ihn aber heute Abend zurück. Wäre doch schade, wenn er das Feuerwerk versäumt.«

Georgina erstarrte. *Lieber Gott, John wird wirklich da sein. Das wären also gleich zwei Russells, denen ich ausweichen muss!* Sie blickte auf und sah ihre Muter näher kommen, und das auch noch Arm in Arm mit dem Herzog.

»Willkommen auf Woburn, meine liebe Lady Georgina. Ich bin entzückt, dass Sie meiner Einladung gefolgt sind.« Er warf einen Blick auf ihre Hände, sah, dass sie seinen Ring an ihrer Rechten trug, und führte diese an seine Lippen. »Wie ich sehe, war mein Geschenk annehmbar.«

»Hm, sehr hübsch«, sagte sie leichthin. »Sie müssen mich entschuldigen, Euer Gnaden, denn ich muss Mary zu ihrer Mutter bringen.«

»Das übernehme ich, Georgina.« Die Herzogin packte die Hand ihrer Enkeltochter mit festem Griff und führte sie mit sich weg. Mit einem Blick über die Schulter sagte sie noch: »Ich überlasse dich den bewährten Händen unseres Gastgebers.«

Da auch der Butler und Johns Söhne sich entfernt hatten, waren sie plötzlich ganz allein, und Bedford legte den Arm um Georgina. »Ein gutes neues Jahr, Kratzbürste.«

Sie berührte einen der Papierlampions. »Ich hatte keine Ahnung, dass wir das chinesische Neujahrsfest feiern. Wie heißt es? Das Jahr des Schweins?« Sie schob seinen Arm weg. »Oder vielleicht nennt man es das Jahr des Ebers?«

»Sie sind eine boshafte Spötterin. Ist das die Rache dafür, weil ich Sie Kratzbürste nannte?«

»Nein, Euer Gnaden. So weit bin ich noch nicht. Wenn es aber der Fall ist, werde ich Sie nicht im Zweifel darüber lassen.« Sie sah den Prince of Wales und Lauderdale kommen. »Da kommt ja Ihr fetter Freund«, murmelte sie unhöflich.

»Lassen Sie ihn das nie hören«, warnte Francis sie. »Nicht einmal ich würde eine Bemerkung über seinen Leibesumfang wagen.«

»Wie beruhigend, dass es etwas gibt, wovor selbst Sie zurückschrecken.«

»Eure Hoheit, vielen Dank für Ihr Kommen. Ohne Sie würde der Feier etwas fehlen«, sagte der Herzog im Brustton der Überzeugung.

Indem sie Prinny und Lauderdale in ein amüsantes Gespräch verwickelte, sorgte Georgina dafür, dass sie mit Francis in den nächsten zwei Stunden nie allein war. Als das Feuerwerk begann, entschuldigte sie sich. »Ich habe versprochen, mir das Spektakel mit meinen Nichten und Neffen anzusehen. Jetzt kann ich mein Wort nicht brechen.«

Sie fand Mary und Charles, und gemeinsam ließen sie sich auf den Stufen der Terrasse nieder, um das Feuerwerk zu bestaunen. Es dauerte nicht lange, und Johnny Russell gesellte sich zu ihnen.

»Lady Georgina, ich bin ja so froh, Sie auf Woburn anzutreffen.«

Ihr Atem ging schneller. *Ob dein Vater uns beobachtet?* »Danke, Johnny. Na, hat es dir in Tavistock gefallen?«

»Ja, sehr. Es war das schönste Weihnachtsfest überhaupt.«

Johnny und Charles erneuerten ihre Freundschaft, und Mary, die nicht abseits bleiben wollte, machte mit. Während die Kinder beschäftigt waren, ließ Georgina verstohlen ihre Blicke über die Gästeschar gleiten, die sich auf der großen Terrasse zusammengefunden hatte. Plötzlich hielt sie die Luft an. Die hochgewachsene, dunkle Gestalt, die einsam an die Mauer gelehnt dastand, war John Russell. Sie hatte das Gefühl, eine Rakete wäre explodiert und hätte sie mit einem Regen kleiner, glitzernder Sterne überschüttet.

Plötzlich befand sich wieder der Duke of Bedford an ihrer Seite, und sie stand auf, bevor er sich neben ihr niederließ. Er hatte ein Fuchsfellcape dabei und trat hinter sie, um ihr den Pelz um die Schultern zu legen.

»Es gehört zu meinen Pflichten als Gastgeber, Sie warm zu halten«, flüsterte er ihr zu.

»Sie sind zu gütig.« *Und viel zu nahe.* Leuchtende blaue, rote und grüne Kugeln schossen in die Luft, gefolgt von einer lauten Explosion. Georgina tat, als würde sie erschrecken, und trat einen Schritt zurück, wobei sie mit ihrem Absatz den Fuß des Herzogs traf. Sie drehte sich um und entschuldigte sich. »Verzeihen Sie, Francis.« Ihre Stimmung sank, als sie sah, dass John Russell nicht mehr da war.

Beim Finale erhellte sich der Himmel in einem prächtigen, bunten Farbenspiel, und alles jubelte und klatschte. Francis riss Georgina in seine Arme und küsste sie heftig. »Ein glückliches neues Jahr, meine Liebe!«

Plötzlich war John Russell neben ihr. Ihre Blicke trafen sich kurz. »Komm, Johnny. Du hast den Anbruch des neuen Jahres erlebt – jetzt ist es Zeit fürs Bett.«

»Ein gutes neues Jahr, Papa.« Er sah Georgina und seinen Onkel mit gefurchter Stirn an und ging dann mit seinem Vater zum Haus. »Werden die beiden heiraten?«

»Ich weiß es nicht«, sagte John leise. »Ich will es nicht wissen.«

Georginas Mutter und Schwestern scharten sich um sie, und Neujahrswünsche wurden ausgetauscht, während der Prince of Wales und Lord Lauderdale Francis auf den Rücken klopften und mit ihm auf das neue Jahr trinken wollten.

Als alle ein Glas Champagner in der Hand hielten, verkündete Francis etwas, das Prinnys Herz erfreute. »Ich bin der Meinung, dass dies ein gutes Jahr für eine Regentschaft wird.«

Der Thronfolger genoss diese Worte, und Lauderdale sagte: »Darauf trinke ich.«

»Sie würden doch auf alles trinken«, neckte Georgina ihn.

Lauderdale zwinkerte ihr zu und stimmte mit seinem schweren schottischen Akzent vor allen anderen *Auld Lang Syne* an.

Als die Gläser geleert waren, entschuldigte Georgina sich damit, dass sie helfen müsse, die Kinder ihrer Schwestern zu Bett zu bringen.

»Dafür gibt es Kindermädchen«, wandte Francis ein.

»Ja, aber ich möchte sicher sein, dass auch Charlotte zu Bett geht.«

Mary, die dem Gespräch mit gespitzten Ohren gefolgt war, sagte: »Mama bekommt wieder ein Baby – hoffentlich wird es ein Mädchen.«

Francis schaute auf sie hinunter. »Sicher hofft deine Mutter auf einen Sohn.«

»Du bist der Bruder des alten Mannes. Was weißt du schon von diesen Dingen?«

Georgina verbarg ihre Belustigung. »Sie müssen ihr verzeihen,

Euer Gnaden. Das lose Mundwerk hat sie von mir. Unterricht im Schlimmsein, Sie wissen schon.«

Er drückte Georginas Hand. »Gehen Sie und bringen Sie die Kleine zu Bett. Und dann kommen Sie zu mir und geben *mir* Nachhilfe im Schlimmsein.«

Als Georgina wieder herunterkam, hielt sie sich entweder an ihren Bruder oder an ihre Freunde Henry und Beth. Es wurde vier Uhr morgens, ehe die Gesellschaft sich auflöste und alle sich zurückzogen.

Francis, der ungeduldig ausgeharrt hatte, nahm ihren Arm. »Als Gastgeber gebührt mir das Privileg, Sie zu Ihrem Gemach zu geleiten.« Er ging mit ihr den langen Weg, und kaum waren sie allein, blieb er stehen und nahm ihre Hände.

»Trotz deiner Ausweichmanöver habe ich die Absicht, dich zu meiner Herzogin zu machen. Georgina, du weißt, dass ich in dich verliebt bin.«

»Francis, ich möchte Sie nicht kränken, aber meine Antwort lautet noch immer Nein.«

»Warum?«

»Weil ich nicht in Sie verliebt bin.« Sie entzog ihm ihre Hand, streifte den Ring vom Finger und gab ihn zurück. »Gute Nacht, Euer Gnaden.«

Das Frühstück wurde am nächsten Morgen um elf Uhr serviert, und anschließend bat der Duke of Bedford die Duchess of Gordon um ein Gespräch unter vier Augen.

Freudige Erwartung ließ Janes Herz höher schlagen. »Euer Gnaden, es freut mich über alle Maßen. Mein Aufenthalt auf Woburn, mag er auch kurz gewesen sein, war mir ein großes Vergnügen. Wir müssen dies öfter wiederholen.«

»Lady Gordon, Jane … meine Gefühle für Ihre Tochter sind tief. Ihr Einverständnis vorausgesetzt, würde ich Sie gerne als Fürsprecherin gewinnen.«

»Euer Gnaden, Francis … Sie könnten keine bessere Verbündete finden als mich. Unsere Interessen sind ein und dieselben.«

»In London werden Ihre Tochter und ich sehr oft zusammentreffen, und ich werde ihr offiziell den Hof machen. Aber ich brauche Zeit – Zeit mit ihr allein, damit ich um sie werben kann und wir einander besser kennenlernen. Nach Woburn kann ich sie ohne ihre Familie nicht einladen, deshalb bitte ich Sie, ein Rendezvous in romantischer Umgebung zu ermöglichen, wo wir Ruhe finden und unsere Beziehung ohne das Beisein anderer vertiefen können.«

»Ich werde mich sofort darum kümmern, Francis, und es Sie wissen lassen, wenn alles arrangiert ist.«

»Lady Georgina kann sich glücklich schätzen, eine Mutter zu haben, der ihre Interessen so am Herzen liegen. Ihre Tochter ist sehr zurückhaltend, eine bewundernswerte Eigenschaft bei einem jungen Mädchen. Mir wäre lieb, wenn Sie ihr von unseren Plänen nichts verraten würden. Ich möchte, dass es für sie eine Überraschung wird.«

»Mein lieber Francis, Sie sind ja ein richtiger Romantiker«, sagte sie geziert. »Überlassen Sie nur alles mir.«

Jane glaubte, schon den Geschmack des Sieges auf der Zunge zu spüren. Sie war überzeugt, Francis Russell würde um Georginas Hand anhalten, wenn sie für das Paar ein intimes Stelldichein arrangierte. Sie zweifelte nicht daran, dass der Herzog sich Georgina als Duchess of Bedford erkoren hatte.

Nach London zurückgekehrt, verlor sie keine Zeit, ihren engsten Freundinnen unter dem Siegel strengster Verschwiegenheit anzuvertrauen, dass Francis Russell ihrer Tochter einen Ring geschenkt habe. Sie verriet auch, dass der Duke of Bedford als verschwiegener Mensch die Verlobung bis zur offiziellen Bekanntgabe in der Presse geheim zu halten wünsche.

Binnen weniger Stunden kam der Duchess of Devonshire diese

für sie niederschmetternde Nachricht zu Ohren, und sie eilte zu ihrer Freundin Lady Melbourne. Beide Damen waren außer sich. Die Herzogin musste sich ihrer größten Rivalin geschlagen geben, denn die Hoffnung auf diesen herzoglichen Schwiegersohn war endgültig dahin. Und für Lizzie Melbourne war es eine bittere Pille, dass ihr ehemaliger Liebhaber den Reizen eines unschuldigen Mädchens, dreißig Jahre jünger als sie, erlegen war.

Bis Mitte Januar hatte Georgina vier Bälle besucht, auf denen sie nur mit Francis Russell, Prince Edward und Lord Holland getanzt hatte. Schon glaubte sie, George Howard, Erbe des Earl of Carlisle, würde sie einmal auffordern, doch schritt er an ihr vorüber und bat stattdessen ihre Freundin Dorothy Cavendish um den Tanz. Es war der x-te Ball, auf dem sie sich wie ein Mauerblümchen fühlte, und als sie sich bei ihrem Freund Henry ausweinte, lieferte er ihr die Erklärung dafür.

»Der Duke of Bedford gab den jungen Kavalieren zu verstehen, dass sie in seinem ureigensten Revier wildern würden, falls sie Sie zum Tanz auffordern.«

Georgina war außer sich vor Zorn. »Seine Anmaßung ist unglaublich. Eine Unverschämtheit! Er hat nicht das geringste Anrecht auf mich. Wie Sie mit einem solchen Mann befreundet sein können, begreife ich nicht.«

»Nun, eigentlich ist John mein Freund. Francis und ich sind gute Bekannte, die sich in denselben Kreisen bewegen. Georgy, wenn er Sie noch nicht um Ihre Hand gebeten hat, wird er es sicher noch tun.«

»Aber ich möchte ihn nicht heiraten.«

»Sind Sie sicher, meine Liebe? Seit drei Jahrzehnten gab es keine junge Duchess of Bedford mehr. In ganz England und Schottland könnten Sie keine glänzendere Partie machen.«

»Mir ist bewusst, dass Bedford einer der ersten Herzöge des Königreiches ist und Woburn Abbey der vielleicht prächtigste Besitz des Landes, doch sind Titel und Vermögen keine Garantie für persönliches Glück.«

»Sie sind noch zu jung, um zu erkennen, dass es für Glück überhaupt keine Garantie geben kann«, sagte Lord Holland leise.

»Ja, ich bin jung, und ich sehe nicht ein, warum ich mich gleich in meiner ersten Saison in eine Ehe stürzen sollte.« *Ihre Frau Beth tat genau dies, verliebte sich dann in Sie und musste eine katastrophale Scheidung auf sich nehmen.*

»Mein bester Rat ist es, dem eigenen Instinkt zu vertrauen.«

»Danke, Henry. Sie waren sehr freundlich, mich anzuhören.«

Sie zeigte sich einverstanden, mit Francis zu speisen, schlug ihm dann aber ein Schnippchen, als der Prinz ihr ebenfalls seine Begleitung anbot. Das säte Zwietracht unter den Freunden, und verärgert warfen sie einander verletzende Bemerkungen an den Kopf. *Das ist ein Hahnenkampf, und ich bin schuld daran.* Sie schwor sich, es nie wieder zu tun.

Auf der Heimfahrt im Morgengrauen sagte sie zu ihrer Mutter: »Ich bin der Bälle überdrüssig. In London trifft man immer wieder die gleichen Leute, bis man laut schreien oder vor Langeweile sterben möchte. Jetzt versehe ich, warum Vater in Schottland lebt.«

»Du brauchst ein wenig Tapetenwechsel. Am zweiten Februar ist Susans Geburtstag. Wie wäre es mit einem Besuch auf Kimbolton Castle? Zu Weihnachten waren dort so viele Gäste, dass du nicht viel von deiner Schwester hattest.«

Welch wunderbare Chance, London zu entfliehen. »Ja, Mama, das wäre schön. Es gibt bestimmt einen frühen Frühling. Schneeglöckchen und Krokusse werden schon blühen.«

»Ich denke, ich werde nicht mitkommen. Mir ist in London nicht langweilig. Im Gegenteil, ich finde es anregend. Außerdem hat mich der liebe Henry Dundas für Freitag ins Theater eingeladen. Aber du scheinst wirklich einen Tapetenwechsel zu brauchen.«

Aha, deshalb möchtest du mich aus dem Haus haben. »Gut, morgen gehen wir einkaufen. Ich möchte ein Geschenk für Susans Geburtstag besorgen. Du musst mir etwas Geld borgen.«

»Die Rechnungen schicken wir einfach nach Edinburgh, an euren Vater.«

Kaum war Georgina zu Bett gegangen, eilte Jane an ihren Schreibtisch. Zum zweiten Mal in einer Woche schrieb Jane an Susan und brachte sodann eilig ein weiteres Schreiben an ihren Schwiegersohn, William Montagu, Duke of Manchester, zu Papier.

»Mein Kompliment für deine Fahrkunst, Toby. Du hast mich in Rekordzeit nach Kimbolton gebracht.«

Der junge Kutscher grinste. »Das war nur, weil die Duchess of Gordon nicht mitgefahren ist. Soll ich Ihr Gepäck hineintragen?«

»Nein, kümmere dich um die Pferde. Die große Kiste kannst du im Stall lassen, mein Gepäck und die beiden Körbe sollen die Diener holen.« Es war der erste Februar, und sie wollte Susan die Geschenke, die sie für die Schwester ausgesucht hatte, bereits heute übergeben. Die Präsente von Mutter und Bruder konnten bis morgen, bis zum eigentlichen Geburtstag, warten.

Susan, die sie an der großen Eingangstür erwartete, umamte sie herzlich. »Schön, dich hier einmal allein zu haben …, ich meine ohne unsere Mutter.«

»Ich weiß, was du meinst. Ich liebe sie heiß und innig, brauche aber eine kleine Atempause. Sie drängt mich ständig, ich solle mich mit dem verdammten Duke of Bedford verloben. Wenn ich einen anderen Mann nur anschaue, bekommt sie einen Anfall.«

Susan wechselte das Thema. »Du kommst gerade recht zum Lunch.«

»Sehr gut. Nachdem ich ausgepackt habe, könnten wir ausreiten und die kleine Jane mitnehmen. In den Wäldern müssten schon die ersten Blumen blühen. Es gibt nichts Schöneres als einen zeitigen Frühling. Sogar die Vögel fangen bereits an, Nester zu bauen.«

»Das klingt ja wundervoll. Den quengeligen kleinen George

überlasse ich seiner Kinderfrau. Bei diesem Ausflug bleiben wir Damen unter uns.«

Nach dem Lunch zogen die Schwestern ihre Reitkleider an und gingen mit der aufgeregt plappernden siebenjährigen Jane zu den Stallungen.

»Alles Gute zum Geburtstag, Susan! Du sollst mein Geschenk schon heute bekommen.«

Die Holzkiste enthielt einen roten, mit Silberglöckchen verzierten Ledersattel. »Georgina! Wie schön! Jetzt weiß ich, warum du unbedingt ausreiten wolltest.«

Sobald die Stallknechte die Pferde gesattelt hatten, stopfte Georgina ihre Zeichenutensilien in die Satteltasche, und die Schwestern ritten mit Jane zwischen sich hinaus in die Wälder von Kimbolton.

»Ich möchte auch Bimmelglöckchen, Mama.«

»Frag deinen Vater«, sagte Georgina lachend. »Er kontrolliert die Haushaltskasse.«

Sie kamen zu einer kleinen Waldlichtung, auf der bereits Sternhyazinthen blühten. Die drei stiegen ab, und das Kind begann sofort, Blumen zu pflücken.

»Jane, ich würde dich gerne zeichnen, wie du in den Blumen sitzt«, sagte Georgina. »Zu Hause kann ich die Skizze dann mit Farben ausmalen.«

Die drei verbrachten eine glückliche Stunde mit munterem Geplauder, während derer Georgina erst ihre Nichte allein und dann zusammen mit ihrer Mutter zeichnete. Jane war begeistert, dass die Tante sie als Blumenfee mit zarten Schwingen verewigte. In einer Ecke lugte ein Häschen unter einem großen Blatt hervor.

Die Zeichnung, die Mutter und Tochter darstellte, war weniger kindlich und hob die unverkennbare Familienähnlichkeit hervor.

Am Abend bat Georgina darum, den zweijährigen George baden zu dürfen.

»Georgy, du wirst eine viel aufopferndere Mutter werden, als ich es bin«, sagte Susan.

»Um deine Kinder beneide ich dich sehr, Susan.«

»Ich habe eben erst entdeckt, dass ich wieder guter Hoffnung bin«, vertraute die Schwester ihr an. Sie lachte: »Das Kindermachen koste ich voll aus, sie aber neun Monate auszutragen, ist eine mühsame Sache. Zudem verliert William sein Interesse an mir, sobald mein Umfang zunimmt.«

Georgina seufzte mitfühlend. »Deshalb habe ich es mit einer Heirat nicht so eilig. Ich warte lieber, bis ich einen Mann finde, der mich wirklich liebt.«

»Das hat wenig Sinn, Georgy. Alle Männer haben wanderlustige Augen und Hände – und Schwänze«, erklärte Susan.

»Erst sechsundzwanzig und schon so zynisch«, zog Georgina sie auf.

»Morgen siebenundzwanzig.«

An jenem Abend um etwa zehn Uhr beschloss Georgina, die von einer eigenartigen Stimmung erfüllten Räumlichkeiten Katharina von Aragons zu erkunden, in denen die unglückliche Königin die letzten Monate ihres Lebens verbringen musste.

Am Fuß der Galerietreppe, die zu Katharinas Privatkapelle führte, stand eine große Eichenholztruhe, in der sie ihre Gewänder und ihren Schmuck aufbewahrt hatte.

Georgina kniete nieder und strich mit den Fingern über die Initialen, die den Deckel zierten. »Dein Unglück ist hier noch spürbar. Sogar die Luft verströmt Melancholie«, murmelte sie schaudernd. »Du hast Glauben und Leben in die Hände deines Gemahls gelegt, und er verriet dich um einer anderen willen.«

Auf den Fersen kauernd, dachte Georgina an Anne Boleyn. *Sie liebte den König gar nicht. Über sieben Jahre lang hielt sie ihn auf Distanz, gab sich ihm erst unter dem Druck ihrer Familie hin. Ich kann ihr nachfühlen, wie ihr zumute war.* Sie legte eine Hand auf den Deckel wie auf eine Bibel. »Ich schwöre, dass ich mich dem Duke of Bedford nie hingeben werde«, flüsterte sie inbrünstig.

Am nächsten Tag machten Georgina und Jane besondere Pläne für Susans Geburtstagsdinner. Mit dem Küchenchef wurde vereinbart, dass er die Lieblingsgerichte des Geburtstagskindes zubereitete. Sie bestellten eine Torte mit siebenundzwanzig Kerzen und pflückten Frühlingsblumen für die Tischdekoration. Des Weiteren wurde mit den Musikern, die für die Unterhaltung zuständig waren, die Auswahl der Stücke besprochen. Alle Geschenke ließ Georgina in das Speisezimmer schaffen und auf einem Refektoriumstisch aufbauen.

William Montagu kehrte von der Jagd zurück und ging hinauf, um ein Bad zu nehmen und sich umzukleiden. Auch Georgina begab sich auf ihr Zimmer und zog eines ihrer neuen Kleider an, aus blassgelber, mit weißen Rosenknospen bestickter Seide. Eine der Kammerzofen ihrer Schwester half ihr mit der Frisur und flocht weiße Satinbänder durch ihre dunklen Locken. Zur Vollendung ihrer Aufmachung wählte sie Perlenohrringe, griff dann nach ihrem Fächer und eilte hinunter.

»Endlich!«, rief William in seiner gewohnt burschikosen Art aus.

»Wir haben eine reizende Überraschung für dich«, kündigte Susan an.

Georgina blieb auf der untersten Stufe wie angewurzelt stehen, und ihr Glücksgefühl schmolz wie Schnee in der Sonne dahin. Zwischen dem Duke und der Duchess of Manchester stand Francis Russell, Duke of Bedford.

·20·

Georgina zwang sich zu einer freundlichen Miene und legte eine Höflichkeit an den Tag, die in krassem Gegensatz zu ihren wahren Gefühlen stand. »Das nenne ich allerdings eine Überraschung. Ich wusste nicht, dass noch ein Gast zum Dinner geladen war.«

»Die Nähe von Woburn und Kimbolton macht uns praktisch zu Nachbarn«, sagte William in gutmütigem Ton.

Francis Russell bot Georgina seinen Arm. »Wieder zum Angriff bereit?«

»Ich hatte keine Ahnung, dass Sie bei der Armee waren.« Sie wollte ihn ärgern, denn sie wusste ganz genau, dass er nie gedient hatte.

»*Militans omnis amans* – jeder Liebhaber ist Krieger.«

Sie nahm seinen Arm und blickte zu ihm auf. »Ist das nicht Ovid?«

»Ganz recht, meine Liebe. Ich bin erstaunt, wenn auch höchst entzückt, dass Sie mit seinem unverhüllt sinnlichen Werk vertraut sind.«

Francis führte sie zu dem Stuhl Susan gegenüber. Georgina starrte eindringlich in die Augen ihrer Schwester, als wollte sie sagen: »Was zum Teufel führst du im Schilde?« Doch Susan tat so, als bemerke sie deren Unbehagen nicht.

Bei den hauptsächlich von den beiden Herzögen bestrittenen Tischgesprächen ging es um Themen wie Jagd oder Rudern. Der athletisch gebaute William Montagu war ein hervorragender Ruderer, und Georgina stellte unwillkürlich einen Vergleich zwischen den beiden an. *Beide Männer wirken bekanntermaßen unwiderstehlich auf Frauen, wobei mir Williams Attraktivität nicht ganz unbe-*

greiflich ist, doch will ich verdammt sein, wenn ich nachvollziehen könnte, was Frauen an Francis so sensationell finden. Abgesehen von seinem Titel und seinem immensen Vermögen natürlich.

Georgina ignorierte ihre Schwester geflissentlich und unterhielt sich vor allem mit der siebenjährigen Jane, die am Geburtstagsdinner nur teilnehmen durfte, weil sie bei der Vorbereitung mitgeholfen hatte.

Schließlich war der Moment gekommen, dass die Torte auf einem Wagen hereingeschoben wurde, und Georgina erhob sich, um die Kerzen anzuzünden.

»Du musst dir etwas wünschen, Mama. Und wenn du alle Kerzen auspusten kannst, geht es in Erfüllung.«

Susan stand mit gerührtem Lächeln auf. »Ach, ich habe keine Ahnung, was ich mir wünschen soll.«

Naheliegend wäre ein treuer Ehemann! Georgina schaute Francis an. »Ich weiß, was ich mir wünschen würde.«

»Ihr Wunsch ist mir Befehl, Teuerste«, sagte er mit einem begehrlichen Seitenblick.

Dann verschwinde! Sie schwenkte ihre Gabel wie einen Zauberstab und führte schnell ihre Serviette an die Lippen. Fast hätte sie die Worte laut ausgesprochen.

Jane schlang ihr Kuchenstück hinunter. »Jetzt musst du die Geschenke auspacken.« Sie sprang auf und ging daran, die vielen Präsente zu holen und sie vor ihrer Mutter auszubreiten.

Im ersten Päckchen, das Susan öffnete, war eine Reisedecke im Black-Watch-Schottenmuster, und sie musste nicht die beigelegte Karte lesen, um zu wissen, dass sie von ihrer Mutter kam.

Ihr Bruder George, der wusste, dass sie tagtäglich ausritt, hatte ihr eigens für sie angefertigte Reitstiefel geschickt.

Die kleine Jane überreichte ihr ein flaches Päckchen. »Ach, das ist das Bild, das Georgy von uns auf der Wiese gezeichnet hat. Und jetzt ist es sogar farbig ausgemalt. Vielen Dank. Ich werde es in Ehren halten.«

Als sie das Geschenk ihrer Tochter auspackte, kamen warme Pantoffeln zum Vorschein, die Jane selbst gestrickt hatte. »Es hat sich gelohnt, dass Großmama dir das Stricken beibrachte, und du hast es wirklich gut gelernt. Danke, mein Liebes. Vielen Dank.«

»Gefallen sie dir wirklich?«, fragte Jane ängstlich.

»Sie sind perfekt. Ich werde sie jetzt gleich anziehen.«

Georgina hätte ihre Schwester am liebsten fest in die Arme genommen. *Fast verzeihe ich dir, dass du Francis Russell eingeladen hast. Fast.*

Als Nächstes wickelte Susan das Geschenk ihres Mannes aus, und als sie das Rubinarmband sah, war sie sprachlos. »Womit habe ich das verdient?«, brachte sie schließlich heraus.

O Gott! Sie vermutet, er schenkt es ihr, weil ihn sein Gewissen plagt – und ich wette, dass sie Recht hat.

»Eine Herzogin zu sein, hat eben Vorteile«, sagte William galant.

Georgina fragte sich, ob die Bemerkung ihr gegolten hatte.

Schließlich öffnete Susan das letzte Geschenk. Es kam vom Duke of Bedford und war ein antiker Silberbecher, dessen Fuß mit blauen Lapislazulisteinen verziert war. »Francis, der ist ja wunderschön! Vielen Dank. Ich will ihn gleich einweihen.« Sie winkte einem Diener, der das Gefäß mit Champagner füllte. Er schenkte auch Georgina ein Glas ein und servierte den Herren Brandy. »Gehen wir in den Salon?« Susan sah ihre Tochter lächelnd an. »Zeit zum Schlafengehen, Jane. Lieb von dir, dass du mitgeholfen hast, mein Geburtstagsdinner so schön zu gestalten.«

Als Georgina ihrer kleinen Nichte nachblickte, hatte sie das Gefühl, ihre einzige Verbündete zu verlieren. Sie atmete tief ein und ließ sich von Francis aus dem Speisezimmer geleiten. Der beunruhigende Verdacht, dass es sich hier um eine Verschwörung gegen sie handelte, hatte sich bei Tisch verdichtet. Sie beschleunigte ihren Schritt und holte Susan ein. »Hat Mutter dich bearbeitet, ihn einzuladen?«, fragte sie mit gedämpfter Stimme.

»William war es, der ihn herbat«, murmelte Susan und wies damit jede Verantwortung von sich.

Inzwischen war es etwa zehn Uhr, und Georgina fragte sich, wie sie die nächsten beiden Stunden ertragen sollte, bis sie sich um Mitternacht endlich zurückziehen konnte, ohne unhöflich zu erscheinen. *Ich muss die Form wahren. Ich darf Susan nicht den Geburtstag verderben, indem ich schmolle.*

Die Herren sprachen von einem Rennen, das sie Ende des Monats in Newmarket besuchen wollten, und dies führte zu einer Diskussion über den Prince of Wales. Als Whigs befürworteten William und Francis eine Regentschaft des Kronprinzen.

Georgina bemerkte: »William, mich wundert, dass du die Tochter aus einer so eingefleischten Tory-Familie, wie wir es sind, zur Frau genommen hast. Eine solche Verbindung muss sein, als würde man Öl und Wasser mischen.« Natürlich meinte sie in Wahrheit die unpassende Kombination, die sie und Francis darstellen würden.

»Susan interessiert sich nicht für Politik«, erwiderte William.

»Aber ich! Politik gehört zu meinen großen Leidenschaften«, erklärte Georgina. »Hoffentlich wird Pitt bald wieder Premierminister.« In der Hoffnung, einen Streit provozieren zu können, warf sie den Fehdehandschuh hin, doch nahm ihn niemand auf.

Sie versuchte es mit einem anderen Thema und kam auf die Gegensätze zwischen Engländern und Schotten zu sprechen, zählte diese mit dem leicht zu durchschauenden Vorsatz auf, sich als Schottin von dem englischen Herzog zu distanzieren.

»Ich finde, dass Gegensätze eine zwar fatale, aber unwiderstehliche Anziehungskraft verursachen«, gestand Francis.

Georgina war kurz davor, irgendeine seiner Geliebten ins Spiel zu bringen, doch im Grunde waren diese Frauenzimmer ihr zu gleichgültig, um sie zum Gesprächsthema zu machen. *Ich muss diesem unwürdigen Spiel ein Ende bereiten. Da Francis Russell nach jeder Abfuhr beharrlicher wird, werde ich Mama entgegentreten und verlangen, dass sie endlich ihre Bemühungen einstellt. Das gibt zwar einen schrecklichen Krach, doch muss sie endlich begreifen, dass ich Bedford nie heiraten werde.*

Georgina gähnte. »Es war ein reizender Abend, jetzt fallen mir aber die Augen zu. Ich gehe zu Bett. Gute Nacht allerseits.«

Susan trank den letzten Schluck Champagner. »Ich gehe auch. Gute Nacht, Gentlemen.«

Gemeinsam stiegen die Schwestern die Treppe hinauf. »Ich weiß, dass du alles mit Mutter geplant hast. Es war ihre Idee, dass ich zu deinem Geburtstag nach Kimbolton fahren sollte«, warf Georgina ihr vor.

»Wir wollen für dich doch nur das Beste. Und es ist nicht zu übersehen, dass Francis verrückt nach dir ist.«

»Ich werde langsam auch verrückt. Schier wahnsinnig. Mach das ja nicht noch einmal!«

»Ich muss jetzt nach den Kindern sehen. Gute Nacht.«

Georgina ging in den Gästeflügel, erleichtert, endlich davongekommen zu sein und ihre Ruhe zu haben. Ihre Wut auf die Schwester hatte ein wenig nachgelassen. *Was Susan sagt, ist richtig. Meine Familie will wirklich das Beste für mich, doch stellt sie gesellschaftliche Stellung und Vermögen über alles und redet mir ein, es sei meine Pflicht, Englands vornehmsten Adligen zu heiraten. Kein Mensch ahnt, wie unglücklich ich sein würde.*

Georgina zog ihr Kleid aus und hängte es in den Schrank. Sie schleuderte ihre Satinschuhe von sich und setzte sich aufs Bett. Dann streifte sie Strumpfbänder und Strümpfe herunter. Im Hemd ging sie zum Waschtisch und goss Wasser aus dem Krug in die Schüssel. Sie sah in den Spiegel und hob ihre Hand, um die Schleifen aus ihrem Haar zu entfernen, als sie hörte, wie die Tür geöffnet wurde.

In dem Glauben, es handle sich um eine von Susans Zofen, drehte sie sich um – und schnappte nach Luft. »Was zum Teufel tun Sie denn da?«

Francis Russell zwinkerte ihr zu. »Na, was wohl?« Er verschloss die Tür, schob den Schlüssel in seine Tasche und stellte die mitgebrachte Champagnerflasche auf den Frisiertisch.

»Verlassen Sie sofort mein Zimmer!«

»Spiel nicht die Empörte, Pussy. Du wusstest doch, dass ich kommen würde.«

»Nichts wusste ich.« Sie erhob in Panik die Stimme. »Wagen Sie ja nicht, sich mir zu nähern! Verschwinden Sie! Auf der Stelle!«

Er zog seine Jacke aus und warf sie auf einen Stuhl. Sein Halstuch lockernd, trat er auf sie zu. »Dieses intime Stelldichein wurde vor einer Woche abgesprochen. Ich weiß, dass das alles neu für dich ist, aber das ist kein Grund, sich zu ängstigen.« Er zog das Band aus ihrem Haar und sah zu, wie es auf ihre Schultern sank.

Georgina wich zurück, bis sie mit dem Rücken an den Waschtisch stieß. Sie konnte nicht fassen, was hier vor sich ging. Lodernder Zorn ließ ihr Herz heftig schlagen. »Sie können unmöglich erwarten, dass ich mich mit Marianna Palmer und Ihren anderen Geliebten in eine Reihe stelle!«

»Natürlich nicht, denn du wirst meine Gemahlin werden.«

»Euer Gnaden, wenn Sie nicht auf der Stelle gehen, rufe ich meinen Schwager.«

»Von wem habe ich wohl den Schlüssel? Schrei nur, Kratzbürste. Dieses Schloss hat dicke Mauern. Niemand wird dich hören.«

Georgina wusste nicht, wie ihr geschah. »William gab Ihnen den Schlüssel?« *O Gott … William sah mich in dem Bordell an der Pall Mall, in das mich der verkommene Francis Russell hinterhältig gelockt hatte. Er glaubt, wir seien intim miteinander.*

Francis legte seine Arme um ihre Taille und zog sie an sich. »Man muss dich nur umwerben und in die richtige Stimmung bringen, meine Geliebte.« Er streifte den Hemdträger von ihrer Schulter und drückte seine Lippen auf die seidige Haut. »Ich glaube, hier ist eine Privatlektion in dem Fach angebracht, das als Vorspiel bekannt ist.«

Sie stieß ihn energisch von sich. Jetzt war sie nicht nur zornig, sondern auch ein wenig verängstigt. »Sind Sie denn wahnsinnig, Bedford? Ich habe nicht die Absicht, Sie zu heiraten. Ich sagte schon, warum – weil ich Sie nicht liebe. Schlimmer noch, ich kann Sie überhaupt nicht ausstehen.«

Er lachte. »Du wirst mich noch anflehen, dich zu heiraten, wenn ich erst mit dir fertig bin, meine Geliebte.« Er bekam ihr Hemd zu fassen, und als Georgina wegwollte, riss der Stoff. Er zog die Reste des dünnen weißen Materials von ihrem Körper und warf sie beiseite.

Georgina, die jetzt nur noch ein kleines Mieder trug, das ihre Brüste verhüllte, schrie laut. Verzweifelt versuchte sie, ihre unteren, nun völlig nackten Partien zu bedecken. Sie schrie abermals und setzte sich gegen ihn mit Tritten zur Wehr.

Er stürzte sich auf sie, seine Arme umschlangen sie wie ein Schraubstock. Mit kundigen Fingern öffnete er ihr Mieder und entblößte sie vollends.

Sie warf den Kopf zurück und schrie aufs Neue, während er sich in aller Ruhe auszog.

Allmählich dämmerte ihr, dass ihr niemand zu Hilfe eilen würde. Dieses Stelldichein war mit vollem Einverständnis ihrer Mutter und ihres Schwagers arrangiert worden. Sogar ihre Schwester war in den hinterhältigen Plan eingeweiht.

Als er sie trotz heftiger Gegenwehr hochhob und an seinen nackten Körper gepresst zum Bett trug, merkte sie, wie stark er war. *Er wird mir Gewalt antun … er wird mir seinen Willen aufzwingen. Meine Gegenwehr steigert nur sein Verlangen!* Ihre Augen schwammen vor Tränen, und sie wollte ihn schon anflehen, sie loszulassen. Doch als er sie aufs Bett fallen ließ und von oben betrachtete, machte es in Georgina klick. Ihre Angst wich schlagartig rasender Wut, die sich noch steigerte, als er mit seiner Erektion aufreizend über ihre Scham glitt. »Verdammter Bastard!« Sie schaffte es, die Knie anzuziehen und trat ihn mit aller Kraft in die Leistengegend.

Er schrie vor Schmerz auf und stieß zwischen zusammengebissenen Zähnen hervor: »Wärst du ein Mann, würde ich dich töten!«

»Wären Sie ein wirklicher Mann, hätte ich vielleicht Angst!«

Wie der Blitz schnellte sie vom Bett hoch, grub ihre Fingernägel fest in seine Schultern und zog das Knie an, um es ihm in den Unterleib zu rammen. Bedford krümmte sich vor Schmerzen, dann fiel er auf den Teppich und rollte herum. »Schwanzfopperin, elendes Luder! Du kriegst nur, was du herausforderst!«

Georgina wurde endgültig klar, dass sie mit ihm eingesperrt und die Gefahr keineswegs gebannt war. Vor Schmerz und Wut zwar wahnsinnig wie ein verletztes Tier, gewann seine Begierde wieder die Oberhand. Entsetzt sah Georgina, dass er sich mühsam aufrichtete, auf die Knie ging und Anstalten machte aufzustehen. Ihre Gedanken überstürzten sich. Wie kam sie hier bloß raus? Da fiel ihr Blick auf die Champagnerflasche – sie packte sie schnell, holte weit aus und ließ sie auf den Herzog niedersausen. Obwohl der Hieb ihn nicht allzu schwer traf, fiel er um wie ein gefällter Baum.

Sie kniete nieder und durchsuchte in rasender Eile seine Taschen, bis ihre Finger den Schlüssel ertasteten. Schnell erhob sie sich, rannte zur Tür und sperrte auf. Ein erleichtertes Schluchzen entrang sich ihrer Kehle, und schon wollte sie aus dem Raum stürzen, als sie merkte, dass sie völlig nackt war. Sie schnappte sich die Daunendecke vom Bett, wickelte sie um sich, schlüpfte noch rasch in ihre Schuhe und flüchtete.

Sie rannte in den Dienstbotentrakt und rief laut: »Toby! Toby! Ich brauche Hilfe! Wo bist du?« Sie war beinahe am Ende des Ganges angelangt, als sich eine Tür öffnete und Toby mit einer Kerze in der Hand heraustrat.

»Was ist passiert, Mylady?«

Sie schob ihn zurück in seine Kammer. »Zieh dich an, wir fahren gleich los.«

»Jetzt? Mitten in der Nacht?«

»Ja, jetzt – sobald es geht.« Da vom Personal der Manchesters niemand auf ihre Hilferufe reagiert hatte, wusste sie, dass die Leute entsprechende Anweisungen bekommen hatten.

Toby zog sich rasch an, fuhr in seine Stiefel und legte den schweren Kutschermantel an. »Sie werden draußen frieren, Mylady.«

Sie riss eine Decke von seinem Bett und drückte sie ihm in die Arme. »Beeil dich, Toby. Du bist der Einzige, dem ich vertraue und der mir hilft.«

Sie liefen durch die Finsternis zu den Stallungen. Ein Stallbursche schreckte auf und zündete eine Laterne an. Verblüfft starrte er die Schwester der Duchess of Manchester an, die in eine Daunendecke gehüllt vor ihm stand. »Brennt es?«

»Hilf Toby, unsere Pferde anzuspannen. Wir müssen fort.« Sie stieg in die Kutsche, und als sie sich in die Polster zurücklehnte, wurde ihr erst bewusst, dass sie nach dem brutalen Kampf wund an Brüsten und Schenkeln war.

Als die Pferde angespannt waren, trat Toby an den Wagenschlag.

»Fahr mich nach Schottland!«

»Lady Georgina, das wage ich nicht. Es würde mich meine Stelle kosten. Die Herzogin erwartet Kutsche und Gespann morgen zurück. Am besten wäre es, wenn ich Sie nach London brächte.«

»Nein! Nach Hause gehe ich nicht zurück!« *Der letzte Mensch, den ich sehen möchte, ist meine Mutter. Wir würden einander umbringen!* Sie überlegte verzweifelt, wohin sie sich sonst wenden konnte.

»Bring mich zu meiner Schwester Louisa. Sie lebt auf Brome Hall in Suffolk. Du hast doch keine Angst, in die nächste Grafschaft zu fahren?«

Der Hieb saß. »Ich bringe Sie dorthin, wenn Sie wünschen, Mylady.«

Als die Kutsche das Schloss hinter sich ließ und an Tempo gewann, hob Georgina die Füße auf die Sitzpolster und zog die Decke über sich. In der Dunkelheit ließ sie die vergangene Stunde Revue passieren. Als sie daran dachte, wie sein nackter Körper über sie geglitten war, würgte sie der Ekel. *Allein die Vorstellung genügt, dass mir speiübel wird!*

Als sie sich eine Träne von der Wange wischte, streifte sie ihr Ohr. Sie trug noch immer die Ohrringe. *Perlen bedeuten Tränen.* Die Weisheit des alten Sprichwortes festigte ihren Entschluss. *Verdammt will ich sein, wenn ich noch eine einzige Träne wegen dieses Lüstlings vergieße.*

Als die Morgendämmerung den Himmel erhellte, hielt Toby an einer Kreuzung an, unsicher, in welcher Richtung es weitergehen sollte.

Georgina machte die Tür auf und las die Wegweiser. »Nimm die Straße nach Eye. Dort wird man dir sagen können, wie man nach Brome Hall gelangt. Es liegt am River Dove.«

Es verging noch eine Stunde, ehe die Kutsche vor dem Herrenhaus vorfuhr. Georgina streckte sich und massierte einen Krampf im Bein, als die Pferde stehen blieben. Im Hof und im Stallbereich waren mehrere Bedienstete zu sehen. Toby stieg ab und öffnete den Wagenschlag.

»Erklär dem Stallpersonal, dass diese Pferde der Duchess of Gordon gehören. Sorg dafür, dass sie gefüttert und trocken gerieben werden.«

Ein livrierter Hausdiener kam die Stufen herunter, und als er einen Blick ins Wageninnere warf, machte er beim Anblick eines in eine Daunendecke gewickelten weiblichen Wesens große Augen. »Kann ich Ihnen helfen, Madam?«

»Weilt der Marquess of Cornwallis noch in Frankreich?«

Der Mann machte ein entsetztes Gesicht. »Leider ja, Madam.«

»Gut! Gehen Sie und sagen Sie Lady Brome, dass ihre Schwester Georgina eingetroffen ist. Sie könnten so gut sein und mir einen ihrer Mäntel bringen.«

In wenigen Minuten kam Louisa die Vorderstufen herunter,

gefolgt von einem Diener, der einen Samtmantel über dem Arm trug.

»Guter Gott, Georgy, war die Fahrt so kalt, dass du dich in eine Daunendecke wickeln musstest?«

»Ich bin darunter nackt und habe nichts zum Anziehen dabei.«

Louisa, an Georginas exzentrische Anwandlungen gewöhnt, nahm den Mantel und reichte ihn ihrer Schwester, die sich jetzt aus ihrer Decke befreite. »Mein Gott, du bist ja überall wund! Was hast du angestellt?«

Georgina hüllte sich in den Mantel und stieg aus. »Toby braucht für heute Nacht einen Schlafplatz. Wir sind den ganzen Weg von Kimbolton her ohne Pause gefahren. Aber als Erstes brauche ich ein Bad.«

»Wurdest du unterwegs überfallen?«, fragte Louisa beklommen.

»Überfallen wurde ich schon. Aber nicht von einem Wegelagerer, sondern von einem verdammten Herzog des Reiches.«

Louisa führte Georgina hinauf in ihr eigenes Schlafgemach und bat sodann ihre Zofe, ein Bad vorbereiten zu lassen. Nachdem ihre Schwester sich ins Badezimmer begeben hatte, öffnete sie den Schrank und holte eines ihrer hübschesten Nachmittagskleider heraus. Sie legte es aufs Bett und suchte auch noch nach Unterwäsche, Strümpfen und Strumpfbändern.

Schließlich kam Georgina zurück. »Ich habe mir in der Wanne fast die Haut abgeschrubbt, weil ich mich so beschmutzt fühlte.« Sie zog die Unterwäsche an, sodann Strümpfe und Strumpfbänder.

»Sag mir, was passiert ist.« Louisas Stimme klang gedämpft.

»Auf Mutters Vorschlag hin fuhr ich zu Susans Geburtstag nach Kimbolton. Ich hatte ja keine Ahnung, dass es sich um ein gemeines Komplott handelte, um mich Francis Russell in die Arme zu treiben.«

Louisa, deren Augen vor Schreck geweitet waren, setzte sich aufs Bett.

»Unglaublich, wie naiv ich war. Es war eine böse, unangenehme

Überraschung, als der Herzog zu Susans Geburtstagsdinner erschien, doch als ich sie deshalb zur Rede stellte, gab sie William die Schuld. Ich brachte den Abend hinter mich und zog mich um Mitternacht zurück. Dann aber kam der Schock meines Lebens. Bedford drang in mein Zimmer ein und sperrte die Tür mit einem Schlüssel zu, den ihm angeblich William zugesteckt hatte.«

»Der Herzog tat dir Gewalt an?«, flüsterte Louisa.

»Er griff mich an und war nahe daran, mich zu vergewaltigen. Wie kommst du darauf?«

Louisa wurde kalkweiß. »Er … er näherte sich damals auch mir mit Gewalt.«

»Er hat *was?*«

»Francis Russell nahm mich mit Gewalt. Ich setzte mich nicht zur Wehr. Ich dachte, er würde mich heiraten.«

»Warum hast du mir das nie erzählt?«

»Ich schämte mich so sehr. Es sollte niemand wissen. Dieses Schwein verlor sofort sein Interesse an mir, und mein Ruf wäre für immer ruiniert gewesen, wenn ich etwas verraten hätte.«

»Und wo spielte sich das ab?« Georgina war tief betroffen.

»Auch bei Susan und William. Allerdings nicht auf Kimbolton, sondern in ihrem Londoner Haus in Whitehall. Mutter spannte Manchester schon bei mir für ihre Heiratspläne ein. Ich kann William Montagu nicht ausstehen.« Ihre Stimme versagte, und schluchzend schlug sie die Hände vor Gesicht.

Georgina kniete vor ihr nieder und nahm sie in die Arme. »Liebste Louisa, das tut mir ja so leid. Wein dich ruhig aus, damit du es loswirst.« Sie hielt ihre Schwester umfangen, bis diese sich beruhigt hatte.

Louisa wischte sich die Augen. »Wie bist du ihm entkommen?«

»Ich habe diesem Wüstling eine Champagnerflasche auf den Kopf geschlagen. Er ist bewusstlos umgefallen.«

»Glaubst du, dass du ihn getötet hast?«, flüsterte Louisa.

»So viel Glück habe ich nicht«, sagte Georgina und zauberte mit dieser Bemerkung ein mattes Lächeln auf das Gesicht ihrer Schwester.

»Du hast mir so sehr gefehlt, Georgy.«

»Na, jetzt bleibe ich eine Weile hier. Toby kann morgen die Kutsche nach London bringen. Wenn ich Mutter jetzt gleich gegenüberträte, würde das Temperament mit mir durchgehen, und es gäbe einen wahren Vulkanausbruch.«

»Ich hätte damals etwas sagen sollen. Wenn Mutter gewusst hätte, was mir zugestoßen ist, hätte sie dich nie in seine Arme getrieben.«

»Louisa, deine Schuldgefühle kannst du dir sparen. Ich glaube, Mutter würde jedes Opfer bringen, nur um mich zur Duchess of Bedford zu machen.«

Georgina zog jetzt das hübsche, lavendelfarbige Nachmittagskleid an, das Louisa für sie bereitgelegt hatte, und dann gingen sie gemeinsam hinunter.

Charles Cornwallis kam aus der Bibliothek, in der er die Abrechnungen des Gutes geprüft hatte. »Georgina, wie schön, dass du uns besuchst.« Seine Wangen röteten sich. »Louisa hat dich so vermisst.«

»Danke, Charles. Brome Hall ist sehr anheimelnd.«

»Bei Gott, eure Geschmäcker sind aber ähnlich. Ich glaube doch tatsächlich, dass Louisa das gleiche Kleid hat wie du.«

Louisa verdrehte die Augen. »Ich glaube, du hast Recht, Charles. Was für ein guter Beobachter du doch bist.«

· 21 ·

Die Hand auf den Unterleib gepresst, schleppte Francis Russell sich auf Woburn durch die Bibliothek und ließ sich in den lederbezogenen Ohrensessel hinter dem Schreibtisch sinken.

Gewohnt, den Herzog zu jeder Tages- und Nachtzeit und in jedem nur möglichen Zustand heimkehren zu sehen, trat Burke an die Tür. »Euer Gnaden, kann ich etwas für Sie tun?«

Francis deutete auf das Beistelltischchen mit dem Brandy.

Der Butler brachte die Karaffe und ein Glas. »Noch etwas, Euer Gnaden?«

Der Herzog deutete auf die Tür. Burke verbeugte sich und zog sich zurück.

Francis goss sich ein volles Glas Brandy ein und leerte es hastig. Nach einigen Minuten war das quälende Pulsieren in seiner Leiste nicht mehr zu spüren, nur sein verletzter Stolz schmerzte nach wie vor unerträglich. Mit einem zotigen Fluch führte er die ganze Karaffe an die Lippen.

Noch nie hatte sich eine Frau seinen Annäherungsversuchen widersetzt. Es ging über seine Vorstellungskraft, dass irgendein weibliches Wesen sich ihm verweigern konnte – schon gar nicht eines, das er begehrte, wie er noch nie eine Frau begehrt hatte, und das er mit Aufmerksamkeiten überschüttete. Er konnte es nicht in sein Bewusstsein lassen, dass Georgina Gordon ihn nicht wollte, und so unterstellte er ihr ganz andere Beweggründe, die sein männliches Ego nicht verletzten. *Sie weigert sich, meine Geliebte zu werden, weil sie befürchtet, ich würde sie dann nicht heiraten. Warum sonst hat sie mir Mariannas Namen entgegengeschleudert? Die anderen Frauen in meinem Leben sind die wahren Hindernisse, die sie nicht toleriert und die sie von mir fernhalten. Georgina ist für ihr Alter sehr klug und glaubt, ich würde sie nicht zur Duchess of Bedford machen, wenn sie sich mir vor der Ehe hingibt.*

Dieser Gedanke besänftigte ihn und ließ das Geschehen auf Kimbolton in einem anderen Licht erscheinen. Er nahm noch einen ordentlichen Schluck Brandy, und als die tröstliche Wärme seinen Körper durchströmte, fiel ihm der Moment ein, als er in ihrem Schlafgemach zu sich kam und entdecken musste, dass sie verschwunden war. Er wusste, dass es einen heftigen Kampf gegeben hatte – seine Wunden waren der beste Beweis. Um eventuellen Vorwürfen seines Freundes William Montagu aus dem Wege zu gehen, hatte er Kimbolton vor Tagesanbruch verlassen.

Sie wird ihrer Schwester weiß Gott was für Geschichten auftischen. Es wäre besser, Manchester über meine Absichten zu informieren.

Francis zog aus einem Schreibtischfach einen Bogen mit aufgeprägtem Familienwappen, tauchte seine Feder ins Tintenfass und schrieb an Manchester.

Mein lieber William,
ich danke Dir für die herzliche Gastfreundschaft auf Kimbolton. Ich fühle mich verpflichtet, Dir mitzuteilen, dass meine Absichten bezüglich Deiner Schwägerin völlig ehrenhaft sind. Du sollst wissen, dass ich Lady Georgina bat, meine Frau zu werden. Obschon sie mich ihrer Liebe versicherte, wies sie mich wegen meiner Beziehung zu Mrs. Palmer ab. Es ist nun meine ernste Absicht, das Hindernis zu beseitigen, das Lady Georgina von einer Heirat abhält, und gebe dir mein Wort, dass die Affäre beendet ist.
Ich bitte Dich, ihr zu versichern, dass ich nach meiner Rückkehr nach London der Duchess of Gordon formell meine Aufwartung machen werde, um sodann, Georginas Einverständnis vorausgesetzt, unsere Verlobung bekannt zu geben.
Francis Russell, Duke of Bedford

Er faltete den Brief zusammen, adressierte den Umschlag und verschloss ihn mit Siegelwachs. Nachdem er sich noch mehr Brandy einverleibt hatte, entnahm er einem Schreibtischfach ein Büchlein, ein sehr intimes Tagebuch, in dem er seine sexuellen Affären und Eskapaden drastisch und in allen Einzelheiten festzuhalten pflegte. Die Kombination von obszönen Worten und Brandy ließ Realität und Wunschdenken verschwimmen. Als er die Seiten überflog, waren Stolz und Ehre ebenso wiederhergestellt wie sein Glaube an seine überlegene Männlichkeit. Er tauchte seine Schreibfeder in die Tinte und schrieb ganz oben auf eine neue Seite des Tagebuches Georginas Namen. Dann ließ er seiner Fantasie freien Lauf und schilderte, wie er dank seiner raffinierten Verführungskünste die Gunst der jungen Schönen gewonnen hatte. In deftigen Einzelheiten beschrieb er, wie er ihre Leidenschaft geweckt und sie dazu gebracht hatte, dass sie ihn anflehte, sie zu nehmen.

Francis legte befriedigt die Feder aus der Hand. Er war wieder im Reinen mit sich selbst. Kein Grund mehr für Selbstzweifel! Es erfasste ihn sogar ein Gefühl der Allmacht, das ihn vollends beruhigte, sodass er den Kopf auf die Arme legte und einschlief.

Auf Kimbolton verließ Susan den Dienstbotentrakt und ging zu ihrem Mann, um ihm zu berichten, was sie eben erfahren hatte. Ihr Blick fiel auf ein dralles Hausmädchen, das ihm gerade sein Frühstück auf einem Tablett bringen wollte. »Das nehme ich«, sagte sie entschlossen. Das Mädchen schien enttäuscht. *Zweifellos hat er sie in sein Bett gezerrt, wann immer es möglich war.*

Montagu streckte seine Arme aus und setzte sich auf, als Susan das Tablett auf ein Beistelltischchen stellte. »Ich hörte letzte Nacht jungfräuliche Schreie und nehme daher an, dass die Beziehung in ein neues Stadium eingetreten ist.«

»Bedford übernachtete nicht in seinem Gemach, aber Georginas Zimmer ist verwüstet. Als ich jedoch keine Spur von den beiden entdecken konnte, befragte ich das Gesinde. Es sieht aus, als wären die Turteltäubchen schon vor Tagesanbruch auf und davon.«

»Sicher hat er sie nach Woburn gebracht, um das Stelldichein dort allein mit ihr fortzusetzen. Sobald der Akt vollzogen war, konnten sie gewiss nicht voneinander lassen. Ich weiß noch, wie scharf du nach dem ersten Mal warst«, sagte er mit aufforderndem Seitenblick.

»Ich bin immer noch scharf auf dich.«

Er hörte ihr sinnliches Lachen. »Wie scharf? Komm, lass es mich fühlen.«

Susan, die sich nach seiner Berührung verzehrte, war sofort an seiner Seite.

Seine Hand verschwand unter ihren Röcken und glitt zwischen ihre Beine. »Hm, verlockend scharf und schon beim Gedanken an mich feucht.« Er zog seine Finger hervor und leckte sie ab.

Atemlos sah sie zu, wie er die Decke von seinem muskulösen Körper schob, um seine aufragende Männlichkeit zu enthüllen.

»Zu schade, dass du angekleidet bist«, neckte er sie.

»Das lässt sich rasch ändern.« Sie schleuderte ihre Schuhe von sich, von geradezu schmerzhafter Erwartung erfüllt.

Seine Hand drückte ihr Hinterteil. »Nicht nötig. Ich weiß, dass du es nicht erwarten kannst. Los, die Röcke hoch. Und jetzt setz dich auf mich!«

Flink hob Susan ihre Unterröcke und ließ sich rittlings auf seinen Hüften nieder. Als er sie herunterzog und schnell ganz tief in sie eindrang, entrang sich ihr ein spitzer Lustschrei.

William blieb reglos liegen und kostete die fiebrige Glut ihres Körpers aus. Susan, anfangs darauf bedacht, nicht zu laut zu werden, ließ alle Rücksicht fahren, gab sich ihrer Erregung hin und begann, ihn zu reiten.

Er zog sich halb zurück und umklammerte ihre Hüften, um sie an der Bewegung zu hindern. »Was möchtest du? Sag es, Susan.«

Sie biss sich auf die Lippen, wollte das Unterwerfungsritual vermeiden. Doch wusste sie, dass sein Wille stärker war als ihrer. Wenn sie nicht die Dinge aussprach, die er hören wollte, war er imstande, sie erregt und unbefriedigt zurückzulassen.

»Bitte, ich möchte, dass du Liebe mit mir machst«, flüsterte sie.

»Ich kann dich nicht verstehen, Susan.«

»Beeil dich, du sollst mich lieben, William.«

»Du musst es aussprechen, Susan.«

»Nimm mich, William! Ich liebe es, deinen Schwanz in mir zu spüren. Bitte mach, dass ich komme.« *Du grausamer, treuloser Bastard!*

Er lachte und stieß zu. Er war ein kräftiger Mann und drehte sich mit ihr herum, sodass sie unter ihm lag. Dann stieß er seine gewaltige Erektion in sie hinein, sein Glied hin und her bewegend wie einen Ladestock.

Als im Verlauf des Tages ein Brief des Duke of Bedford abgegeben wurde, las Montagu ihn, bevor er sich auf die Suche nach Susan machte.

»Sieht aus, als hätte Francis Georgina doch nicht nach Woburn entführt. Es hört sich an, als hätte das gerissene kleine Biest ihn nicht an sich herangelassen.«

»Woher weißt du das?«

»Offenbar war sie nicht bereit, ihre Beine für ihn breit zu machen, ehe er nicht Marianna Palmer den Laufpass gegeben hat. Francis ist so scharf darauf, Georgy ins Bett zu kriegen, dass er zu einem Heiratsantrag bereit ist. Indem sie nicht zuließ, dass er sein gutes Stück in sie hineinsteckte, hat Georgina ihn offenbar gefügig gemacht.«

»Aber wo kann sie sein, wenn sie nicht auf Woburn ist?«

»Offenbar reagierte sie auf seine sexuellen Annäherungen mit Geschrei, stellte ihr Ultimatum und rannte nach Hause zu Mutter.«

Susan nahm den Brief und las den letzten Satz laut vor: »… *dass ich mich strikt an die Regeln halten und der Duchess of Gordon in al-*

ler Form meine Aufwartung machen werde, um sodann, Georginas Einverständnis vorausgesetzt, unsere Verlobung bekannt zu geben.

»Mutter wird im siebten Himmel sein! Und wir haben unseren Beitrag zu dieser unvergleichlichen Verbindung geleistet. Hoffentlich weiß Georgina es zu würdigen.«

»Ich nehme an, meine Tochter hat sich entschlossen, ihren Besuch auf Kimbolton zu verlängern. Dem Himmel sei Dank, dass sie dich mit der Kutsche zurückgeschickt hat, Toby. In einer Mietdroschke durch die Stadt zu fahren, das wäre einfach unerträglich und eine höchst unpassende Art der Fortbewegung für eine Herzogin. Ich bin ja so gespannt und kann es kaum erwarten, den Brief zu lesen.«

Toby sah ihr erwartungsvolles Gesicht und wusste, dass seine nächsten Worte ihr Lächeln hinwegfegen würden. »Ich habe keinen Brief, Euer Gnaden.«

»Georgina hat mir nicht geschrieben? Wie überaus gedankenlos! Sie hätte mir wenigstens mitteilen sollen, wie ihr die Geburtstagsfeier gefallen hat und wie lange sie auf Kimbolton zu bleiben gedenkt.«

»Lady Georgina befindet sich nicht mehr auf Kimbolton, Euer Gnaden. Sie bestand darauf, dass ich sie zu ihrer Schwester nach Brome Hall fahre.«

»Warum zum Teufel wollte sie Kimbolton verlassen?«

Toby hatte nicht die Absicht zu verraten, dass Georgina mitten in der Nacht geflohen war, auch wollte er der Herzogin nichts von seinem Verdacht sagen. Sie würde es nicht wohlwollend aufnehmen, dass ein Bediensteter über intime Belange ihrer Tochter informiert war.

Ich weiß nur zu gut, warum sie geflohen ist! Das störrische, undankbare Ding rennt zu Louisa, um Bedford auszuweichen! Nach all der Mühe, die es gekostet hat, dieses intime Rendezvous zu arrangieren, ist das nun der Dank! Sie entließ Toby. »Sorg dafür, dass die Pferde trocken gerieben werden.«

Jane war wütend, nicht nur auf Georgina, sondern auch auf Susan und Louisa. *Töchter sind ein Fluch! Ärgerliche, undankbare Geschöpfe!* Die nächsten zwei Stunden schlug sie mit den Türen und tadelte die Dienstboten wegen nichts und wieder nichts. Ihre Verabredungen für den Abend sagte sie ab, da sie ihren Freunden nicht unter die Augen treten konnte. Stattdessen ging sie früh zu Bett und pflegte ihre Kopfschmerzen.

Als sie am nächsten Morgen einen Brief mit dem Wappen der Manchesters erhielt, riss sie ihn auf. Ihre Stimmung hob sich, als sie Susans Worte las.

Liebste Mama,
William und ich waren ratlos, als wir entdeckten, dass Georgina, ohne Dank und ohne eine Nachricht zu hinterlassen, Kimbolton mitten in der Nacht verlassen hat. Gestern kam dann ein Brief von Francis Russell, in dem er sich für unsere Gastfreundschaft bedankt und sich über seine Absichten äußert.
Georgina wird es freuen, wenn sie erfährt, dass ihr raffinierter Plan Wunder zu wirken scheint. Ich weiß nicht, wie viel dieses gerissene kleine Ding dir verraten hat, doch zwischen den Zeilen las ich, dass sie sich den amourösen Avancen Bedfords offenbar verweigerte und ihm ein Ultimatum stellte, ehe sie mit intakter Tugend das Weite suchte.
Der Herzog ist verliebt bis über beide Ohren und so scharf auf sie, dass er auf alle ihre Forderungen eingehen will, und schwört, seine Affäre mit Marianna Palmer zu beenden. Francis teilte uns mit, dass er dir nach seiner Rückkehr nach London seine Aufwartung machen wird und sodann die Verlobung öffentlich bekannt zu geben gedenkt.
Meinen Glückwunsch, Mama. Noch eine Tochter, die Herzogin werden soll.
Deine Dich liebende Tochter
Susan, Duchess of Manchester

Jane musste sich setzen, so überwältigt war sie. Ihr größtes und ehrgeizigstes Ziel schien erreicht. Ein befriedigtes Lächeln umspielte ihre Lippen, als sie den Brief ein zweites Mal las. *Meine kluge kleine Georgy. Töchter sind doch ein wahrer Segen!*

John Russell verließ angewidert das Unterhaus. Er drehte sich um, als er Lord Holland seinen Namen rufen hörte. »Die spärliche Anwesenheit heute war eine wahre Schande. Du und ich haben in dieser Woche jeder Sitzung beigewohnt, wo aber sind die anderen Mitglieder?«

»Wir haben jetzt Mitte Februar, und seit der weihnachtlichen Sitzungspause hat sich nichts getan. Die Abgeordneten müssten inzwischen längst wieder da sein. Mag sein, dass der frühe Frühlingsbeginn sie bewogen hat, länger auf dem Land zu bleiben.«

John dachte an seinen Bruder. Etwas hielt ihn auf Woburn zurück, doch er argwöhnte, dass es eher Besuche auf Kimbolton waren als das Erwachen des Frühlings. Er erwartete jeden Tag, dass Francis nach London käme und ihm berichtete, dass er Georgina Gordon einen Heiratsantrag gemacht hatte. Es war eine Nachricht, die John insgeheim fürchtete, und über diese Verbindung nachzudenken, war ihm verhasst. Er verdrängte den Gedanken und widmete sich wieder dem Gespräch mit seinem Freund Henry.

»Ich glaube, das Problem liegt bei Henry Addington. Ich wette, dass weder Whigs noch Torys mit ihm zusammenarbeiten wollen.«

»Zu Pitts Zeiten als Premierminister waren die Bänke immer voll.«

»Ja, weil die Mitglieder beider Parteien ihn respektierten.«

Henry seufzte. »Vielleicht wird man mit der Zeit auch Addington akzeptieren.«

»Niemals! Da machst du dir etwas vor. Es gibt jedoch eine Lösung.« John sah Holland nachdenklich an. »Wir könnten Addington um eine private Unterredung bitten, ihm ohne Umschweife sagen, wie die Dinge stehen und ihn bitten, zum Wohle des Landes zurückzutreten.«

»Den britischen Premierminister bitten, sein Amt niederzulegen? Das erfordert aber sehr viel Mut.«

John lachte. »Ich werde die Bitte vorbringen, wenn du mich begleitest.«

»Ich werde gerne als dein stummer Partner agieren.«

»Danke, Henry. Ich wusste, dass ich auf dich zählen kann. Offiziell werde ich um eine private Unterredung nachsuchen und mir zuvor meine Worte sorgfältig zurechtlegen. Sie sollen den Mann zu Tränen rühren und ihn zum Rücktritt bewegen, damit Pitt wieder das Amt übernehmen kann.«

Als John sich an jenem Abend notierte, was er bei Addington vorzubringen gedachte, stahl sich immer Georgina in seine Gedanken und erfüllte seine Sinne mit heißer Sehnsucht. Zum ersten Mal gestand er sich offen ein, wie sehr die lebensfrohe junge Schönheit ihn in ihren Bann geschlagen hatte. Nach den trostlosen Jahren seiner Ehe war er ausgehungert. Wünschte sich eine Gefährtin voller Lachen und Fröhlichkeit. *In dem Moment, als ich frei wurde, hätte ich zu ihr gehen und ihr sagen sollen, was ich empfinde, anstatt sie wegzustoßen.* Er verwünschte sich und schimpfte sich einen Narren. *Jetzt ist es zu spät, denn Francis fällt die süße Beute zu!* Scham überwältigte ihn, weil er eifersüchtig auf seinen Bruder war. Er musste seinem Verlangen, das keine Erfüllung finden konnte, ein Ende bereiten. *Du sollst nicht begehren deines Bruders Weib.*

Francis Russell hatte keine Eile, Woburn zu verlassen. Weil sein unbändiger Stolz es nicht zuließ, dass Georgina Gordon seine Pläne vereitelte, fasste er den Entschluss, sie um jeden Preis zu gewinnen. Auch wenn der Preis hoch war. Der Gedanke, Marianna Palmer aufgeben zu müssen, war frustrierend und beinahe lusttötend. Zum Glück gab es jedoch ganz in der Nähe ein Gegenmittel. Molly Hill sollte ihm helfen, seine gekränkte Männlichkeit wieder aufzurichten und ihm das Gefühl zu geben, in jeder Hinsicht der Stärkste und Beste zu sein.

»Euer Gnaden sind heute Abend aber früh dran. Ich bin noch beim Dinner.«

»Steh auf, Molly. Mein Appetit fordert Befriedigung.« Seine Reitpeitsche fegte das Geschirr vom Tisch.

Sie war es gewohnt, seine sexuellen Gelüste selbst an den ausgefallensten Orten zu bedienen und immer dann, wenn es ihn gerade überkam. Es konnte passieren, dass er bei einem gestreckten Galopp über die Flure sein Pferd plötzlich zügelte, sie aus dem Sattel zog und sie unter einer Hecke auf hartem Erdboden nahm. Neuerdings hatte sich sein Verlangen dramatisch gesteigert, und seine Unersättlichkeit forderte bereits einen ersten Tribut, denn in den letzten Nächten hatte es zwar gut angefangen, doch mangelte es ihm am Ende an Durchhaltevermögen. Stundenlang hatte Molly versucht, ihm Erleichterung und Befriedigung zu verschaffen, aber nichts, weder Mund noch Finger, hatte die erwünschten Ergebnisse gezeitigt.

Als er jetzt seine Reithosen öffnete, schien seine Einsatzbereitschaft außer Frage zu stehen. »Mylord scheinen unersättlich zu sein«, scherzte Molly.

Francis drückte sie auf den Tisch und schob ihre Röcke hoch. Er drang in sie ein und bewegte sich heftig und ausdauernd, bis nach kurzer Zeit seine anfangs beeindruckende Männlichkeit erschlaffte. Er stieß wüste Flüche aus, als er merkte, dass er wieder einmal nicht zum Schuss kommen würde.

Molly, die in jüngeren Jahren ein Bordell in London betrieben hatte, war durch nichts zu schockieren und kannte sämtliche Kniffe der Branche. »Francis, wir werden einen Weg finden.«

Widerstrebend zog er sich aus ihr zurück, und Molly richtete sich auf. Sie holte aus einem Schrank ein geheimnisvolles Pulver, mischte eine großzügig bemessene Menge mit Brandy und brachte die Mixtur ihrem deprimierten Liebhaber.

Binnen einer halben Stunde begann sich die Situation erfreulich zu verändern, denn sichtbar kehrte des Herzogs Lust zurück. Molly half ihm beim Ausziehen und führte ihn zu ihrem hohen Bett. Er stieg hinauf, legte sich hin und beobachtete ungeduldig, wie sie sich auszog, betrachtete ihre großen, wie Bälle hüpfenden Brüste, ihre starken, vom vielen Reiten festen und muskulösen Schenkel. »Streck dich aus, damit ich dich richtig massieren kann.«

Molly schüttete duftendes Öl auf ihre Handflächen und fing an, sein Hinterteil zu massieren, wobei die Kreise, die sie zog, immer kleiner und enger wurden. Sodann ließ sie einen glatten Elfenbeinstab in die Spalte zwischen seinen Pobacken gleiten. Seine Lenden begannen zu pulsieren, er wölbte das Hinterteil vom Bett. »Herrgott, wie gut das tut. Ich bin scharf wie ein Hengst. Rasch, leg dich hin und mach die Beine breit – wir müssen es ausnützen.«

Sobald Molly mit gespreizten Beinen auf dem Bett lag, bestieg er sie. Fing an, sich aufzubäumen und zuzustoßen wie ein wilder Bulle. Sein Höhepunkt kam jäh und mächtig. »O Gott, viel zu schnell vorbei«, stöhnte er.

Als er auf ihr zusammenbrach, atmete sie erleichtert auf. »Rühr dich nicht. Schließ die Augen, dann wirst du gleich einschlafen.«

Es vergingen keine zehn Minuten, und er wurde erneut steinhart, die Spitze seines Gliedes pulsierte. Mit Schrecken fiel Molly jetzt ein, dass sie das pflanzliche Aphrodisiakum wohl überdosiert hatte. Sie hatte schon Fälle erlebt, bei denen die Wirkung tagelang angehalten hatte.

Wieder bestieg er sie für einen längeren Ritt, und als sie genug hatte, brachte sie ihn mit dem glatten Elfenbeinstab zum Höhepunkt. Um Mitternacht fühlte Francis sich so potent und männlich wie nie zuvor in seinem Leben. Besaß er jetzt nicht die sexuelle Ausdauer von zehn Männern? Trotzdem fiel er endlich in einen tiefen Schlaf voller erotischer Träume, und als er in den frühen Morgenstunden erwachte, war er zu neuen Großtaten bereit.

Nachdem er sich jeder Öffnung an Mollys Körper bedient hatte, stellte sich bei ihm allmählich Sättigung ein. Nur eine allerletzte Runde wollte er noch durchstehen. Er wuchtete seine Geliebte aufs Bett, fiel wie ein hungriges wildes Tier über sie her und verbiss sich in ihren Brüsten. Dann erhob er sich, brachte sich in Position, um in sie einzudringen, doch ehe er zustoßen konnte, drang ein schrecklicher Schrei aus seiner Kehle. Francis sank auf das Bett, zog das Knie dicht an den Leib und rollte sich unter Schmerzen herum.

»Was ist denn, Francis?« Erschrocken sprang Molly auf.

»O Gott!« Er presste beide Hände gegen die Leiste. »Wieder der verdammte Bruch!« Stöhnend versuchte er sich aufzurichten, sackte aber unter Qualen zusammen. Langsam hob er seine Hände und gab den Blick auf einen großen, aus seiner Leiste hervortretenden Klumpen frei. Rasch drückte er seine Hände wieder darauf. »Burke soll kommen! Die Schmerzen sind unerträglich. Rasch!«

»Burke, Gott sei Dank! Bringen Sie mich nach Hause – ich brauche einen Arzt. Ich leide Höllenqualen!« Sein Stöhnen wurde immer unkontrollierter.

Ein Blick auf den nackten Mann, der sich auf dem Bett wälzte, verriet dem Butler, dass es um den Herzog schlecht stand und er dringend Hilfe brauchte. Sofort ergriff er die Initiative. »Mrs. Hill, ein Diener soll kommen, und wir müssen Dr. Halifax aus der Stadt holen.«

Burke ließ den Blick suchend durch den luxuriös ausgestatteten Raum wandern. Ein mehrteiliger, lackierter Bambuswandschirm erschien ihm als Tragbahre tauglich. Er löste eines der Teile, brachte es zum Bett und bettete den gepeinigten Herzog darauf. Er deckte ihn mit einer Decke zu, und als der Diener eintraf, trug er mit dessen Hilfe die sich unter Schmerzen windende und stöhnende Last hinauf zum Herrenhaus. Dort wurde der Duke of Bedford sofort auf sein eigenes Bett gelegt.

Begleitet von Schreien und Flüchen, wusch der Butler ihn, zog ihm ein frisches Nachthemd an und stützte ihn mit Kissen. In der

Hoffnung, seine Schmerzen lindern zu können, bis ärztliche Hilfe kam, goss er ihm einen großen Brandy ein.

Innerhalb einer Stunde erschien der Arzt, doch dem Kranken ging es immer schlechter. Burke informierte Dr. Halifax über den Stand der Dinge. »Seine Gnaden verletzte sich bei einer anstrengenden Tennispartie, vermutlich in der Leiste. Wir konnten ihn ins Bett schaffen, doch windet er sich seit dem unglücklichen Zwischenfall unter Schmerzen.«

Halifax hob das Nachthemd des Herzogs und sah die Auswölbung an seinem Unterleib. »Allmächtiger, Bedford! Das ist ja eine Darmverschlingung!«

»Um Himmels willen, helfen Sie mir, Halifax!«

»Ich gebe Ihnen etwas zur Linderung der Schmerzen.« Er entnahm seiner Ledertasche eine Flasche mit Laudanum und überreichte sie dem Butler, der dem Herzog sofort eine kräftige Dosis verabreichte. Der Arzt wartete ab, bis das Opiat zu wirken begann, ehe er behutsam seine Hände auf die Auswölbung legte.

Francis schrie auf.

Die Miene des Arztes wurde ernst. »Das ist eine sehr ernste Sache, Euer Gnaden. Leider muss ich einen Kollegen mit Erfahrung in innerer Medizin hinzuziehen.«

»Nein! Ich kann nicht warten. Sie müssen das verdammte Ding behandeln. Sie können nicht zulassen, dass ich noch mehr Schmerzen erdulden muss«, schrie Francis.

»Von außen lässt sich da nichts machen. Sie müssen von einem Chirurgen operiert werden.«

»Operiert?« In Bedfords Blick trat Panik.

»In Northampton kenne ich einen renommierten Operateur. Ich werde ihn sofort kommen lassen. Ihm können Sie vertrauen.«

»Nein! Diesen verdammten Knochensäger will ich nicht sehen.« Er zog die Knie hoch, um seine Schmerzen zu lindern. »Mich wird niemand aufschneiden!«

· 22 ·

John Russell verließ gemeinsam mit Lord Holland das Parlamentsgebäude. »Premierminister Addington gewährt uns morgen nach der Sitzung eine Unterredung in seinen Privaträumen.«

»Ich fürchte, dass ihm ein Schock bevorsteht.«

»Und wenn! Die Situation ist untragbar. Inzwischen müsste auch ihm klar sein, dass er unfähig ist, eine Regierung zu führen.«

Henry grinste. »Ich wette, es ist ihm klar, sobald du seine Versäumnisse auflistest.«

»Komm zu mir zum Dinner. Ich werde meine Rede an dir ausprobieren.«

Als die beiden am Russell Square eintrafen, wurde John bereits von einem Boten aus Woburn erwartet. Eine unheilvolle Ahnung überkam ihn, als der Mann ihm einen Brief übergab. *Hol dich der Teufel, Francis. Ich will das nicht lesen, falls du mir deine Verlobung mit Georgina ankündigst.*

Widerstrebend öffnete John das Schreiben, sah aber sofort, dass es nicht von Francis selbst kam. »Es ist von Burke.«

Lord Tavistock,
ich nehme es auf mich, Ihnen diese dringende Nachricht zu senden. Gestern erlitt Ihr Bruder eine Verletzung und leidet große Schmerzen. Dr. Halifax diagnostizierte die Auswölbung an seinem Unterleib als Darmverschlingung und beharrt darauf, einen Chirurgen zu Rate zu ziehen. Gegen den Willen des Herzogs schickte er nach einem Kollegen in Northampton.
Ich fürchte nun, dass Seine Gnaden sich weigern wird, den Chi-

rurgen zu empfangen. Halifax verabreichte ihm ein Beruhigungsmittel, das seine Pein jedoch nur teilweise lindert. Meiner Meinung nach ist Ihr Bruder nicht in der Lage, Entscheidungen von dieser Tragweite zu treffen. Wir alle würden Ihre Anwesenheit sehr begrüßen. Hier wird jemand mit kühlem Kopf gebraucht, der alles in die Hand nimmt und den Herzog überzeugt, sich ärztlichem Rat zu fügen. Jemand, der sich nicht scheut, der Autorität des Duke of Bedford entgegenzutreten.
James Burke, Butler

»Ich komme sofort«, sagte John zu dem Boten. Ein Bild tauchte jäh vor seinen Augen auf: Francis an dem Tag, als er ihn beim Tennis geschlagen hatte. Sein schlechtes Gewissen regte sich. Er gab Henry den Brief zu lesen.

»Ich komme mit.« Holland brachte rasch eine Nachricht an seine Frau zu Papier, und John beauftragte einen seiner Diener, sie zuzustellen.

John lenkte seinen Phaeton mit Höchstgeschwindigkeit und legte die vierzig Meilen von London nach Woburn in Rekordzeit zurück. Als er ankam, seufzte Burke voll abgrundtiefer Erleichterung auf. »Lord Tavistock, ich bin Ihnen sehr dankbar für Ihr Kommen.« Er sah Henry an. »Es tut mir leid, Lord Holland, aber Seine Gnaden möchte außer seinem Bruder niemanden sehen.«

»Nein, nein, ich bin Johns wegen hier. Machen Sie sich meinetwegen keine Gedanken.«

Als der Butler mit John die monumentale Treppe hinaufging, vertraute er ihm an: »Dr. Kerr, der Chirurg, traf vor zwei Stunden aus Northampton ein, doch weigert Seine Gnaden sich beharrlich, ihn zu empfangen.«

»Wo ist er?«

»Ich brachte ihn in einem Gemach im Haupttrakt unter und ließ das Dinner für ihn hinaufbringen.«

»Sobald ich bei Francis war, werde ich mit ihm sprechen.«

John öffnete die Tür und trat ans Bett seines Bruders.

»Gott sei Dank, dass du da bist!« Francis zog die Decke zurück und hob sein Nachthemd. »Sieh dir diese verdammte Beule an.«

Obwohl über die Größe der Auswölbung erschrocken, beherrschte sich John vor seinem Bruder und ließ sich nichts anmerken.

Dr. Halifax trat vor. »Mylord, ich verabreichte Seiner Gnaden ein Opiat zur Schmerzlinderung, doch bin ich damit am Ende meiner Weisheit. Ich zog einen Chirurgen zu Rate, aber …«

»Man will mich operieren! Ich will davon nichts wissen!«

»Doktor, ich möchte mit meinem Bruder unter vier Augen sprechen.« John wartete, bis der Arzt sich zurückgezogen hatte, und schloss die Tür. Er kannte Francis' Eigenwilligkeit und Sturheit, wusste aber, dass er ihn zu seinem Besten überreden musste, sich von dem Chirurgen untersuchen zu lassen. »Francis, Halifax ist nicht in der Lage, dir zu helfen. Der Mann weiß nicht mehr weiter. Der Arzt aus Northampton kennt sich mit dieser Art von Verletzungen aus. Wir brauchen seine Diagnose. Es ist sinnvoll, eine zweite Meinung einzuholen.«

Francis stöhnte vor Entrüstung und Schmerz. »Gut, soll er mich untersuchen, aber du musst bei mir bleiben. Ich lasse mich nicht aufschneiden.«

John ging an die Tür und bat Halifax, Kerr zu holen. Nachdem der Chirurg sich vorgestellt hatte, untersuchte er den Patienten. John musste sich sehr zusammenreißen, da Francis sich vor Schmerzen wand, als der Arzt die Hände auf die weiche Wölbung legte und den gesamten Bereich mit den Fingern abtastete.

»Euer Gnaden, Dr. Halifax hat mit seiner Diagnose Recht. Es handelt sich um einen Bruch der Eingeweide. Der medizinische Ausdruck dafür lautet Hernie. Eine Darmschlinge dringt dabei durch eine Schwachstelle im Unterleib und wird nun unerträglich gedrückt und eingeklemmt. Es gibt nichts, was schmerzhafter wäre. Leider lässt sich das nicht ohne Operation beheben.«

»Nein! Wenn man mich aufschneidet, ist das mein Tod! Hilf mir, John.«

John, der die Schmerzen und Angst seines Bruders nachempfinden konnte, wünschte aus ganzem Herzen, beidem abhelfen zu können. Er hatte das dringende Gefühl, ihn beschützen zu müssen. Francis, der nie ein Unglück erlebt hatte, konnte damit nicht umgehen. »Ich spreche mit den Ärzten. Versuch, nicht zu schreien, Francis. Das verstärkt nur deine Schmerzen.« Er ging mit den Ärzten hinaus, damit er offen über den Zustand seines Bruders sprechen konnte.

»Ich muss unverzüglich operieren«, sagte Dr. Kerr mit Nachdruck. »Es ist die einzige Lösung.«

Obwohl sehr beunruhigt, war John geneigt, dem Chirurgen beizupflichten. »Erklären Sie mir das alles noch einmal ganz genau, Doktor.« Er lauschte aufmerksam und kehrte schließlich an das Bett seines Bruders zurück. Dort setzte er sich und hoffte, in ruhiger Atmosphäre ein vernünftiges Gespräch mit Francis führen zu können.

»Die Operation ist nicht besonders gefährlich. Sie wurde schon vielfach erfolgreich durchgeführt. Es geht dabei darum, die ausgetretene Darmschlinge wieder zurückzuschieben und die Öffnung zu vernähen. Francis, du bist ein Mann in der Blüte deiner Jahre und erfreust dich ausgezeichneter Gesundheit. Du wirst dich ganz sicher rasch erholen.«

»Ich würde lieber abwarten, ob es nicht von selbst wieder gut wird«, stieß Francis hervor, der sich eigensinnig fremdem Rat verschloss.

Wenigstens brüllt er mich nicht mehr aus vollem Halse an. »Das Hinauszögern der Operation ist viel gefährlicher als der Eingriff selbst«, erklärte John ruhig, noch immer bemüht, den Bruder zu überzeugen.

»Wie das?«, wollte Francis wissen. Sein Gesicht war mittlerweile grau vor Schmerz.

John wollte keinesfalls die Angst seines Bruders schüren, indem er ihm eingehend schilderte, wie leicht eine eingeklemmte Darmschlinge platzen konnte, und entschied sich für sanfte Überredung. »Der Schmerz wird stetig stärker und dein Körper schwächer. Die Operation würde deinen Qualen ein Ende machen.«

»Wir wollen abwarten. Ich halte es noch eine Weile aus.«

John sah ihm an, dass lähmende Angst die Oberhand über seine Qualen gewann. *Armer Francis! Eine lange Nacht voller Schmerzen, und du wirst anders denken …* »Der Arzt soll dir wieder eine Dosis des Schmerzmittels geben. Ich bleibe die Nacht über bei dir. Vielleicht wirst du am Morgen eher geneigt sein, eine Entscheidung zu treffen.«

Sobald das Opiat zu wirken begann, hörte Francis auf zu stöhnen und lag ruhig da. Er nickte sogar für kurze Zeit ein. John hielt Wache an seinem Bett, wohl wissend, dass die unvermeidliche Entscheidung nur hinausgeschoben worden war. Der kurze Aufschub verschaffte ihnen lediglich eine kleine Atempause bis zum Morgen. John litt mit seinem Bruder.

Die Wirkung der Droge ließ lange vor Tagesanbruch nach. John brachte Francis ein Glas Wasser, half ihm, sich in das Nachtgeschirr zu erleichtern, und massierte ihm den Rücken, um seine Schmerzen zu lindern. Um den Bruder abzulenken, sprach John von ihrer Kindheit und den Hunden, die sie besessen hatten.

Francis bat ihn um einen Brandy, und John hatte keine Einwände. Doch der Geruch des Alkohols raubte dem Kranken den Atem und reizte ihn zu einem Hustenanfall.

»So geht es nicht weiter, Francis. Du musst dem Chirurgen deine Einwilligung zur Operation geben.«

»Wer ist denn dieser Kerr? Ich kenne ihn gar nicht! Erst vor zwei Tagen hörte ich von ihm.« Die Angst war in seine Augen zurückgekehrt.

»Recht hast du, Francis. Ich schlage vor, wir lassen den königlichen Leibarzt, Sir James Earle, kommen. Er ist der beste Mann im ganzen Land. Sollte er entscheiden, dass die Operation unumgänglich ist, werden wir beide viel mehr Zutrauen haben, wenn Sir James sie selbst durchführt.«

»Ja, mir steht das Beste zu. Lass ihn holen, John.«

Der Bruder ging in den Frühstücksraum zu Lord Holland und erklärte ihm, wie es um den Herzog stand. »Francis muss sofort operiert werden, damit die eingeklemmte Darmschlinge wieder in die richtige Lage gebracht und er von seinen Schmerzen erlöst wird. Zu Dr. Kerr hat er kein ausreichendes Zutrauen, ist aber einverstanden, Sir James Earle kommen zu lassen. Henry, würdest du so gut sein, in meinem Wagen nach London zurückzufahren und Sir James zu holen? Ich gebe dir einen Brief mit, in dem ich Francis' gefährlichen Zustand genau schildere.«

»Schreib deinen Brief. Ich lasse indessen anspannen und fahre sofort los. Er kann sich nicht in bessere Hände begeben als in jene des Leibarztes der königlichen Familie.«

John, Burke und Dr. Halifax taten alles in ihren Kräften Stehende, um Francis die stundenlangen Qualen zu erleichtern. Als Dr. Kerr schließlich die Geduld verlor und darauf bestand, sofort zu operieren, geriet der Duke of Bedford in Rage und wies ihn aus seinem Schlafgemach. Sein Gebrüll führte jedoch zu einem Hustenanfall, und plötzlich spürte er, dass sich in seinem Inneren etwas verschob.

Am Morgen war die Beule in seiner Leiste verschwunden, und die Schmerzen hatten stark nachgelassen. Unendlich erleichtert schloss Francis die Augen und schlief ein paar Stunden. John hielt Wache und hoffte gegen alle Vernunft, dass die gefürchtete Operation nicht mehr nötig sein würde.

Der Tag neigte sich dem Ende zu, als Lord Holland und Sir James Earle auf Woburn eintrafen. Als der königliche Leibarzt das Gemach des Herzogs betrat, erklärte Francis: »Es geht mir viel besser, Sir James. Ich glaube, dass ich keinen Chirurgen mehr brauche.«

»Überlassen Sie es bitte mir, dies zu beurteilen, Euer Gnaden.«

Sir James untersuchte ihn, und seine Miene war mehr als ernst.

Er bestätigte die Diagnose seiner Kollegen und eröffnete dem Duke of Bedford, dass eine Operation unverändert unumgänglich sei. Als Francis Einwände erhob, nahm der Arzt John Russell beiseite. »Ihr Bruder muss sofort operiert werden.«

»Aber solange die Auswölbung da war, hatte er viel stärkere Schmerzen. Ist es nicht besser geworden?«

»Nur vorübergehend. Ich fürchte, sein Darm ist gerissen.«

John und Sir James brachten Stunden damit zu, Francis davon zu überzeugen, dass er in höchster Gefahr schwebe, solange der perforierte Darm nicht operiert worden war. Am Morgen dann stieg, ein alarmierendes Zeichen, die Temperatur des Herzogs, und John wies Sir James an, das Zimmer für eine Notoperation vorzubereiten.

Francis glühte vor Fieber, ehe er nachgab und dem Leibarzt des Königs die Erlaubnis zu dem Eingriff erteilte.

John ließ sich vor dem Gemach seines Bruders nieder und betete für einen glücklichen Ausgang. Als Stunden später die Ärzte schließlich herauskamen, verrieten ihre Mienen, dass es nichts Gutes zu vermelden gab. Ihm sank das Herz, und Angst erfasste ihn.

»Seine Gnaden hat zu lange gewartet«, sagte Sir James finster. »Der Darmriss war schon gangränös, das heißt brandig, was immer tödlich ist.«

Aus Johns Gesicht wich das Blut. »Es gibt keine Hoffnung mehr?«

»Keine. Er hat nur mehr wenige Stunden zu leben. Ich wüsste Ihre Anwesenheit zu schätzen, wenn ich es ihm sage.«

Die Nachricht vom Zustand des Duke of Bedford hatte sich wie ein Lauffeuer in der Gegend verbreitet, und viele, die ihm privat nahestanden oder geschäftlich mit ihm zu tun hatten, waren nach Woburn Abbey gekommen. Doch Francis ließ in seinen letzten Stunden nur seinen Bruder zu sich. Während sein Leben langsam verlosch, war sein vom Fieber umnebeltes Gehirn stärker denn je von der Frau besessen, die ihn abgewiesen hatte.

»Lady Georgina ist über alle Maßen in mich verliebt. Es wird ihr das Herz brechen. Sie ist so jung, so schön; von diesem grausamen Schicksalsschlag wird sie sich nie erholen. Mich zu heiraten, war ihre größte Sehnsucht, und ich stand kurz davor, offiziell um ihre Hand anzuhalten. Leider habe ich es nicht getan. John, versprich mir, dass du Georgina eine Haarlocke von mir überbringen wirst.«

»Ich verspreche es, Francis.« Er erstickte fast an der Enge in seiner Kehle.

»Trag mich zum Diwan.«

Behutsam hob John ihn hoch und trug ihn durch den Raum. Als er hinunterblickte, sah er, dass sein Bruder in seinen Armen gestorben war.

Wie benommen und vor Kummer gebeugt, ging er die Treppe hinunter, um den unten Versammelten die traurige Nachricht zu überbringen.

Lord Holland umfasste die Schultern seines Freundes. »Euer Gnaden, Sie haben alles Menschenmögliche für ihn getan.«

John zuckte zusammen. »Sprich mich nicht so formell an. Ich möchte nicht der Duke of Bedford sein.« Doch allmählich dämmerte ihm, dass er vor ein paar Minuten den Herzogtitel mit allen damit verbundenen Verpflichtungen geerbt hatte – ob er es nun wollte oder nicht.

Die Duchess of Gordon traf völlig mitgenommen von der Unglücksnachricht, die es nun zu übermitteln galt, auf Brome ein. »Georgy, mein armer Liebling, du musst jetzt tapfer sein. Ich habe eine schlimme Neuigkeit für dich.«

Georgina fasste sich an die Brust. »Doch nicht Vater?«

»Nein, nein, viel schlimmer!« Mit wogendem Busen rang Jane um Atem. »Mein armes, liebes Kind. Der Duke of Bedford ist tot!«

»Tot?« Georgina erbleichte und griff an ihre Kehle. *Lieber Gott, ich habe ihn getötet!*

»Bist du sicher?«, fragte Louisa. »Ist es nicht nur ein Gerücht?«

»Nein, nein. Ganz London ist außer sich angesichts dieser Tragödie. Der Prince of Wales hat alle Verpflichtungen abgesagt und sich in Carlton House eingeschlossen. Die Vorbereitungen für die Beerdigung sind im Gange – die Todesanzeige wird für morgen in der *Times* erwartet.«

Louisa blickte ihre Schwester an. »Wie starb er?«

»Ich erfuhr aus zuverlässiger Quelle ganz im Vertrauen, dass er an einem Darmriss starb. Irgendwie muss er sich eine akute Verletzung zugezogen haben. Sir James Earle operierte ihn, konnte ihn aber nicht mehr retten.«

Georgina würde ganz übel. Überwältigt von Schuldgefühlen, sank sie auf einen Stuhl und schlug die Hände vor das Gesicht.

»Eine wahre Katastrophe. Unsere schönen Pläne sind völlig zunichte. Anstatt einer Hochzeit gibt es nun ein Begräbnis. Das ist mehr, als mein Herz erträgt. Mein armer, armer Liebling.«

Louisas Ehemann eilte mit einer Brandykaraffe herbei und goss Georgina ein Glas ein.

»Danke, Charles. Eine Stärkung ist genau das, was ich brauche.« Jane riss dem Schwiegersohn das Glas aus der Hand und leerte es in einem Zug.

»Bitte, entschuldigt mich«, hauchte Georgina und lief hinaus.

Louisa folgte ihr. Sie führte ihre Schwester in die Bibliothek und setzte sie vor das Feuer »Es ist nicht deine Schuld, Georgy.«

»Doch, ist es! Ich habe ihm einen Tritt in den Unterleib versetzt und mein Knie seine Leiste gerammt.«

»Es war die einzige Möglichkeit, dich gegen diesen elenden Lüstling zur Wehr zu setzen. Außerdem geschah es bereits vor einem Monat und kann unmöglich der Grund für seinen Tod sein.« Louisa kniete nieder und fasste nach den Händen ihrer Schwester. »Ich weiß, dass du dich schuldig fühlst, doch darfst du niemals jemandem verraten, was du getan hast, nicht einmal Mutter. Hörst du, Mutter schon gar nicht. Du darfst über Francis Russell kein schlechtes Wort verlieren oder gar Kritik an ihm üben. Ein ungeschriebenes Gesetz der Gesellschaft fordert, dass man einem Toten nichts Schlechtes nachsagt.«

»Alle Welt liebte ihn und wird ihn betrauern, ausgenommen wir beide, Louisa.«

»Auch du musst ihn betrauern oder zumindest so tun als ob. Ganz London weiß, dass der Duke of Bedford offiziell um dich werben wollte, und erwartet nun, dass du am Boden zerstört bist.«

»Aber das bin ich tatsächlich. Wenn ich den Kerl auch verabscheut habe, bin ich doch nicht so schlecht, ihm den Tod zu wünschen. Louisa, was soll ich nur tun?«

»Ich rate dir, ein bekümmertes Gesicht zur Schau zu tragen und den Mund zu halten.«

Die Duchess of Gordon rauschte in die Bibliothek. »Da bist du ja, mein armer Liebling. Wir müssen sofort nach London zurückkehren. Gleich morgen früh geht es zur Schneiderin.«

»Zur Schneiderin?«, murmelte Georgina ratlos.

»Du musst dich neu einkleiden, ganz in Schwarz.«

Georgina, die nicht heucheln wollte, machte den Mund auf, um zu protestieren, doch Louisas warnender Blick ließ sie verstummen. *Wenn ich Trauer trage, komme ich für den Heiratsmarkt nicht infrage und bin vor Mutters Plänen vorerst sicher.* Doch dieser egoistische Gedanke war nur dazu angetan, Georginas Schuldgefühle zu verstärken.

Wie betäubt vor Trauer, verfasste John Russell die Todesanzeige für seinen Bruder, die in der *Times* erscheinen sollte, und traf alle notwendigen Vorbereitungen für die Beerdigung. Der Gottesdienst fand in der Kirche von Chenies statt, und die leere Kutsche des Herzogs folgte dem Sarg. Entlang der Straßen standen die herzoglichen Pächter, sämtliche Angestellte und Diener sowie Hunderte von Einheimischen, die ihm die letzte Ehre erweisen wollten. Freunde, Bekannte und Politiker ließen die Trauergemeinde auf viertausend Personen anschwellen.

Nach der Beerdigung stürzte John sich ohne Verzug in die Verwaltung des Besitzes und verbrachte endlose Stunden mit Anwälten und Buchhaltern. Da Francis es versäumt hatte, in seinem Testament Legate für das Personal wegen treuer Dienste vorzusehen, sorgte John dafür, dass jeder, ob er nun im Haus oder auf den Gütern, im Garten oder im Stall arbeitete, im Namen seines Bruders einen großzügigen Betrag erhielt.

Als Nächstes berief John seine Verwalter ein und ging die Unterlagen durch, die sie ihm vorlegten. Er nahm sich die Zeit, mit jedem einzelnen Pächter auf dem Riesenbesitz persönlich zu sprechen. Er besichtigte die Gutsmeierei und nahm eine Bestandsaufnahme des Viehs vor. Während Francis das meiste seinen Verwaltern überlassen hatte, beschloss John, der seine Verpflichtungen immer sehr ernst zu nehmen pflegte, sich um vieles selbst zu kümmern. Er kontrollierte die Bücher, bezahlte die Rechnungen und hatte ein offenes Ohr für alle, die für ihn arbeiteten.

Zuletzt widmete er sich dem beileibe nicht kleinen Problem der Geliebten seines Bruders. John war schockiert und angewidert, als er in einem Schreibtischfach ein Tagebuch entdeckte, in dem Francis' sexuelle Ausschweifungen in allen Details festgehalten waren. Erschrocken sah er, dass der letzte Eintrag mit *Georgina* überschrieben war. Seinen Bruder verwünschend, riss er die Seite heraus und warf sie ins Feuer.

Da Woburn nun sein Heim war und auch das seiner Söhne, sofern sie nicht in der Schule waren, musste das Problem Molly Hill gelöst werden. Zu seiner Verwunderung erfuhr er, dass Francis' bereits bestehende Verletzung im Bett von Molly Hill offenbar den Rest erhalten hatte. Nachdem die kluge Frau sich schriftlich zu verpflichten bereit war, die Sache nicht auszuplaudern, erwarb John für sie ein kleines Haus in London.

Ganz oben auf dieser Liste stand Marianna Palmer. John war sehr betroffen, als er erfuhr, dass Francis die beiden illegitimen Kinder, einen Sohn und eine Tochter, unversorgt zurückgelassen hatte. Er kam mit seinem Anwalt überein, den beiden vom Zeitpunkt ihrer Großjährigkeit an beträchtliche Apanagen zukommen zu lassen, und sorgte auch dafür, dass Marianna finanziell abgesichert wurde.

Die Anzahl der Frauen, die nun behaupteten, die letzte Geliebte des Duke of Bedford gewesen zu sein, und sich mit finanziellen Forderungen an den neuen Herzog wandten, wuchs täglich. In einigen Fällen war zwar Skepsis angebracht, doch machte er sich nichts vor – sein Bruder hatte ein liederliches Leben geführt. Deshalb zahlte er die Frauen ohne weitere Umstände aus, machte ihnen aber unmissverständlich klar, dass sie künftig kein Geld mehr zu erwarten hätten.

Meist fiel John abends total erschöpft ins Bett. Auch half die Arbeit ihm, den Kummer über den Tod seines trotz allem geliebten Bruders wenigstens zeitweise zu vergessen. Doch obwohl hundemüde, lag er oft stundenlang wach, ehe der Schlaf ihn übermannte.

Ich will nicht Duke of Bedford sein. Der Titel versperrt mir die Tür zum Unterhaus und hindert mich daran, die Menschen von Tavistock weiterhin zu vertreten. Als gewähltes Mitglied des Unterhauses hatte ich eine ehrenvolle Aufgabe, die mir tiefe Befriedigung verschaffte. Im Oberhaus inmitten privilegierter, aristokratischer Müßiggänger zu sitzen, liegt mir nicht.

Warum habe ich nicht energischer darauf bestanden, dass Francis sich sofort operieren ließ?

Plötzlich erkannte er, dass er es seinem Bruder verübelte, dass dieser gestorben war und ihm den ungeliebten Herzogtitel vermacht hatte – eine Erkenntnis, die ihm Schuldgefühle verursachte.

Weil ich meine Frau nicht aufrichtig betrauert habe, strafte mich das Schicksal, indem es mir den Bruder raubte. John schalt sich, weil er solch abergläubischen Humbug auch nur in Betracht zog, doch war ihm klar, dass diese finsteren Gedanken nur seinem schlechten Gewissen entsprangen, das er den beiden Toten gegenüber empfand.

Er dachte an Georgina und ihren Kummer, den ihr der Tod von Francis bereitet haben musste. *Ich war gegen die Beziehung meines Bruders zu ihr. Ich wollte sie für mich und war rasend eifersüchtig, weil sie ihn liebte.* Ein Eingeständnis, das beschämend für ihn war.

Als John einschlief, träumte er wieder, doch spielte Scham nun in der leidenschaftlichen Episode, die er mit der lebensfrohen, smaragdäugigen Schönen erlebte, keine Rolle.

·23·

Zwei schwarze Kleider sind mehr als genug, Mama«, erklärte Georgina entschlossen. »Während der Trauerzeit werde ich keine Gesellschaften besuchen, und du wirst eine Zeit lang keine Einladungen geben.«

»Darüber habe ich bereits nachgedacht. Als führende Tory-Gastgeberin kann ich Einladungen in mein Haus nicht vermeiden. Da du diejenige bist, die Trauer trägt, halte ich es für schicklicher, wenn du dich für diese Zeit zu einer deiner Schwestern zurückziehst.«

Für praktischer, meinst du wohl. »Du hättest mich bei Louisa in Suffolk lassen sollen, anstatt mich nach London zu schleppen.«

»Deine spitze Zunge sei dir verziehen. Sie ist ein Zeichen deiner Trauer. Vielleicht wäre Kimbolton …«

»Absolut und mit allem Nachdruck, nein. Mit meiner Schwester Susan und diesem verdammten Duke of Manchester spreche ich kein Wort mehr!«

»Dann schicke ich Charlotte eine Nachricht.«

Als die älteste Schwester kurz nach dem Lunch an der Pall Mall eintraf, signalisierte ihr Georginas flehender Blick, wie elend sie sich fühlte. Charlotte erfasste die Situation sogleich. »Ich hätte einen Vorschlag«, sagte sie. »Da Charles' Eltern uns zur Geburt des Kleinen das schöne Haus in Richmond-on-Thames geschenkt haben, könnten wir uns gemeinsam für einen Monat dorthin zurückziehen. Ein wenig Ruhe wird uns beiden guttun.«

»Eine perfekte Lösung für unser Dilemma«, erklärte Jane. »Eines Tages werden alle Besitzungen der Richmonds euch gehören, Charlotte. Du kannst mir dankbar sein, dass du in eine so reiche und angesehene Familie einheiraten konntest.«

»Ja, Mama. Wir alle sind dir zu Dank verpflichtet«, sagte Charlotte trocken. »Geh und pack deine Sachen, Georgy.«

Kaum war ihre Schwester hinausgegangen, drückte Charlotte ihrer Mutter einen bedruckten Zettel in die Hand. »Hast du das gesehen? Es wird an jeder Ecke verkauft! Deine rücksichtslose, berechnende Heiratspolitik hat meine arme Schwester zum allgemeinen Gespött gemacht.«

Jane starrte das von dem Karikaturisten Gillray gezeichnete Pamphlet an. Die Überschrift lautete: *Jagd auf den Bedford-Bullen.* Es zeigte eine dicke Duchess of Gordon mit gerötetem Gesicht im Black-Watch-Schottenkaro, die einem Bullen nachjagte. Ihre schöne Tochter folgte ihr und rief: »Lauf, Mutter, lauf. Ach, wie gerne würde ich das liebe, schöne Geschöpf am Strick heimführen.«

»Wer wagt es, diese boshaften Schmierereien zu drucken? Obszöne Lügen, die mich in den Augen der Gesellschaft herabsetzen und diffamieren sollen.«

»Der Schaden für Georgy macht mir mehr Sorgen. Sie wird der öffentlichen Verachtung ausgesetzt, ihr Ruf kann dadurch Schaden nehmen.«

»Bedford war der Jäger, und das sollen alle ruhig wissen.«

»Mama, du solltest kein Öl ins Feuer gießen. Schweigen ist das beste Mittel, die ganze Sache aus der Welt zu schaffen. Du darfst absolut nichts verlauten lassen! Ich möchte nicht, dass Georgy diese Zeichnung zu sehen bekommt. Auch müssen wir verhindern, dass Gerüchte zu ihr dringen, die über sie und Bedford im Umlauf sind. Sie muss vor allem Klatsch und allen Verleumdungen geschützt werden. Deshalb sollte sie vorerst weg aus London.«

Die Duchess of Gordon machte sich in aller Eile daran, die ihr nahestehenden gesellschaftlichen Kreise dahingehend zu informieren, dass Francis Russell und Lady Georgina verlobt gewesen seien, als der Tod ihn ereilte.

Die engsten Freunde des Duke of Bedford bestritten dies jedoch entschieden, allen voran Sir Robert Adair und der Earl of Lauderdale. Als sie behaupteten, die Herzogin habe die ganze Geschichte nur erfunden, gab es einen bösen Streit, und Jane sprach bald nur mehr mit jenen Leuten, die an die Verlobung glaubten.

Janes Erzrivalin, die Duchess of Devonshire, versicherte allen ihren Freunden, dass ihr teuerster »Loo« niemals eine Gordon für die Rolle der Herrin auf Woburn in Betracht gezogen hätte. Das Thema spaltete schließlich die feine Londoner Gesellschaft. Denjenigen, die der Duchess of Gordon die geheime Verlobung abnahmen, standen jene gegenüber, die diese Möglichkeit generell ausschlossen. Noch ehe der März zu Ende ging, war Georgina Gordon Gegenstand des Klatsches in allen gesellschaftlichen Zirkeln.

Vergeblich wartete die Herzogin auf ein Wort von John Russell, das die Verlobungsgeschichte bestätigen würde. Verstimmt schrieb sie ihm einen Brief, in dem sie sein Verhalten tadelte.

»Wenn ich nach London gehe, muss ich einen Sekretär einstellen.« John Russell saß in der Bibliothek von Woburn und sah die Post durch, die Burke auf seinem Schreibtisch aufgehäuft hatte. »Die Beileidsbriefe nehmen kein Ende.« Er fügte die neu eingetroffenen zu jenen hinzu, die er bereits in Kartons auf dem Boden verstaut hatte.

Johns Herz setzte für einen Schlag aus, als er zu einem Umschlag griff, der das herzogliche Wappen der Gordons trug. *Georgina.* Er riss ihn auf und verspürte in seiner Enttäuschung einen Stich, als er die Unterschrift sah.

Euer Gnaden,
schweren Herzens muss ich Sie um mitfühlendes Verständnis und um Schutz für meine Tochter bitten. Ihr Stillschweigen zu Lady Georginas Verlobung mit Ihrem Bruder Francis hat dazu geführt, dass

sie öffentlich verunglimpft wird. Gleich mir müssen auch Sie daran glauben, dass der verstorbene Duke of Bedford lautere und ehrenhafte Absichten bezüglich meiner Tochter hatte. Ihr Schweigen, das von der Gesellschaft als Leugnung aufgefasst wird, vertieft den Kummer derjenigen, der nun ewiges Unglück droht.
Jane, Duchess of Gordon

»Verdammt!« John zerknüllte den Brief in seiner Faust. *Seit Francis' Tod habe ich jeden Tag an Georgina gedacht, jawohl, und schon Monate davor tagtäglich, um ehrlich zu sein.* Er konnte die Vorstellung kaum ertragen, dass ihr fröhliches Lachen vor Kummer verstummt war.

John war sich der Kontroverse durchaus bewusst, die sich um die angeblichen oder tatsächlichen Heiratsabsichten seines Bruders entzündet hatte. Er betrachtete es als Gipfel der Geschmacklosigkeit, dass Francis' Freunde ebenso wie die Duchess of Gordon die Debatte unmittelbar nach seinem schrecklichen Tod an die Öffentlichkeit gezerrt hatten.

Das ist nicht der einzige Grund meines Schweigens. Der Gedanke an eine Verlobung Georginas mit Francis ist für mich unerträglich. Ich habe meinen Bruder geliebt, war aber für seine Fehler nicht blind, vor allem nicht für sein ausschweifendes Leben.

John klammerte sich an die letzten Worte seines Bruders: *Ein Jammer, dass ich sie nie fragte.*

Ratlos, wie er den Brief beantworten sollte, legte er ihn aus der Hand und griff nach einem Schreiben seines Freundes Henry. Als er es öffnete, fand er darin ein Flugblatt mit der Gillray-Karikatur, dazu eine kurze Nachricht.

John,
diese gemeine Karikatur, die nach dem Maskenball auf Kimbolton die Runde machte, taucht nun wieder in großer Zahl auf.
Henry

»Verdammt, diese Lästermäuler!« John durchmaß den Raum, um das beleidigende Machwerk ins Feuer zu werfen, besann sich jedoch anders. »Mr. Burke, ich fahre sofort nach London.«

Als John mit seinem Anwalt in der Druckerei erschien, gab er sich erst gar nicht die Mühe, seinen abgrundtiefen Zorn zu verbergen. »Mein Bruder war zu Lebzeiten Freiwild für die Presse«, sagte er zu dem Besitzer, »doch werde ich nicht zulassen, dass sein Tod ausgenützt wird, um Geld mit dem Druck und Verkauf dieser oder anderer beleidigender Zeichnungen zu machen. Sie werden einen Boten zu allen ihren Straßenhändlern schicken, sämtliche Flugblätter zurückbeordern und diese sodann verbrennen. Sollten heute um sechs Uhr abends noch Zettel im Umlauf sein, werde ich Sie nicht nur wegen Verleumdung verklagen – ich werde dieses Haus kaufen und Sie auf die Straße setzen. Sollten Sie aber meinen Forderungen nachkommen, werde ich Sie für Ihre Verluste entschädigen. Ich benötige Ihre eidesstattliche Erklärung, dass Sie diesen Unrat nicht mehr produzieren und sich davon distanzieren. Mein Anwalt hat eine Erklärung vorbereitet, die Sie unterzeichnen müssen.«

In sein Haus am Russell Square zurückgekehrt, lief er unruhig wie ein Panther in seinem Käfig auf und ab. Was er heute unternommen hatte, war zu Georginas Schutz geschehen. Er verspürte das überwältigende Verlangen, sie zu sehen, doch der Gedanke, sie aufzusuchen und in Gegenwart ihrer Mutter mit ihr zu sprechen, war ihm zuwider. *Ich will an Charles Lennox schreiben und ihn bitten, er möge seine Schwägerin doch nach Fife House einladen, damit Georgina und ich uns unter vier Augen aussprechen können.*

»O Gott, fast sieben Uhr. Er kann jeden Moment eintreffen, Charlotte. Glaubst du, das graue Kleid reicht? Oder ist Schwarz unerlässlich?«

»Georgy, so unentschlossen kenne ich dich gar nicht. Vielleicht solltest du Schwarz wählen. John ist in doppelter Trauer – um seine

Frau und um seinen Bruder, die er beide innig liebte.« Trotz Charlottes Bemühungen, sie vor dem Klatsch zu schützen, hatte Georgina die kompromittierende Karikatur gesehen und wusste, dass ganz London sich über sie den Mund zerriss. »Du darfst nichts Ungehöriges sagen«, ermahnte ihre Schwester sie.

Georginas Herz begann heftig zu klopfen. *Charlotte ist ja nicht auf den Kopf gefallen. Sie argwöhnt schon lange, dass ich mich zu John bereits hingezogen fühlte, als seine Frau noch lebte.*

»John muss außer sich sein, weil sein Bruder zum Gegenstand von Spott und Verdächtigungen wurde.« Charlotte reichte Georgina das schwarze Kleid und hängte das graue in den Schrank.

»Francis Russell zu ermutigen, mir den Hof zu machen, war das Verrückteste, was ich je getan habe, zumal ich den Mann richtiggehend verabscheute. Und jetzt tratscht ganz London über mich.« Sie biss sich auf die zitternde Unterlippe.

»Du darfst John nicht verraten, dass du Francis nicht mochtest. Es würde ihn zutiefst kränken. Versprich mir, dass du von einem Toten nicht schlecht sprechen wirst!«

»Du weißt doch, dass ich John nie kränken würde. Und du kannst auch beruhigt sein, dass ich nichts Unschickliches tun oder sagen werde.«

»Ich höre einen Wagen vorfahren. John bat Charles, ihn zu begleiten, als er erfuhr, dass du bei mir in Richmond-on-Thames bist. Ich gehe jetzt und begrüße sie – lass nicht zu lange auf dich warten.«

John sah Georgina die Treppe herunterkommen. Ihr niedergeschlagenes Aussehen traf ihn bis ins Mark. In ihrem schwarzen Kleid wirkte sie so totenbleich, so klein und verletzlich, dass es ihm das Herz brach.

»Mein Beileid zu Ihrem großen Verlust«, murmelte sie leise.

Ich trage den Verlust viel besser als du, kleines Mädchen. Er unterdrückte sein Verlangen, sie in die Arme zu schließen und zu trösten. Er schaute erst zu Charlotte, dann zu Charles hin, und es trat ein verlegenes Schweigen ein.

Georgina spürte, dass John sie unter vier Augen sprechen wollte. »Wenn Sie mich begleiten möchten … wir könnten hinunter zum Fluss gehen.«

»Natürlich.« Er sah zu, wie Charlotte ihre Schwester in einen schwarzen Samtumhang hüllte, und dann waren sie draußen und wunderbarerweise allein. Es dunkelte schon, als sie am Fluss entlangschlenderten.

Schuldbewusstsein machte ihr das Herz schwer. Ihre Attacke auf Francis hatte sicher zu seinem vorzeitigen Tod beigetragen. Wenn John jemals davon erfuhr, würde er sie für immer meiden.

»Ich bedaure sehr, dass Tratsch und Spekulationen Ihren Kummer noch vergrößern, Lady Georgina.«

Wenn du die Schmähschrift gesehen hast, sterbe ich vor Scham! Was sie in Wahrheit für Francis empfunden hatte, wagte sie nicht einzugestehen. »Bitte, es ist zu schmerzlich, davon zu sprechen«, sagte sie mit flehendem Blick.

»Dann sprechen wir von anderen Dingen.«

Ein Schauer der Erleichterung durchlief sie.

»Sie frieren ja!« Er blieb stehen und fasste nach ihren Händen.

»Nein … doch, ja. In letzter Zeit wird es mir nur selten richtig warm. Offenbar bin ich kälteempfindlicher als andere. Das war schlimm in den Wintern im schottischen Hochland. Dort war es manchmal geradezu unerträglich. Leider, denn eigentlich liebe ich Schottland sehr.«

Entschlossen, sie vor der Kälte zu schützen, zog John seinen langen Mantel aus und legte ihn ihr um die Schultern. »Devon würde Ihnen gefallen. Dort herrscht das ganze Jahr über ein angenehmes Klima, und die üppigen Täler sind voller Blumen, Falter und Vögel.«

»Das klingt ja paradiesisch«, sagte sie wehmütig.

Plötzlich ging ihm auf, dass er soeben die Szenerie seines immer wiederkehrenden Traumes geschildert hatte, in dem er und Georgy als Vorspiel zu ihrer leidenschaftlichen Vereinigung über eine besonnte Wiese ritten. Sofort rief er sich zur Ordnung: Gedanken dieser Art waren höchst unpassend angesichts der Tatsache, dass die Frau seiner Träume um seinen Bruder trauerte.

Francis' Geist stand zwischen ihnen wie eine unüberwindliche Schranke. Ihre einzigen Gemeinsamkeiten schienen im Moment Kummer und Trauer zu sein. John wünschte aus ganzem Herzen, es wäre anders. »Ich erhielt einen Brief Ihrer Mutter.«

Sie hob die Augen zu ihm auf und ließ erkennen, wie angstvoll und verletzlich sie war.

Wie kann ich ihr sagen, dass ihre Mutter die Lage nur schlimmer macht, indem sie sich darauf versteift, es hätte eine Verlobung gegeben? John fasste den Entschluss, es der Duchess of Gordon persönlich zu sagen.

Er beeilte sich, ihre Ängste zu zerstreuen. »Ihre Mutter drückte mir ihr Beileid aus und schrieb von ihrer großen Sorge um Sie. Das drängte mich zu diesem Besuch. Ich hoffte, Ihren Kummer lindern zu können, indem ich ihn teile.«

»Danke.« Ihre Stimme war kaum mehr als ein Flüstern.

»Georgina, vielleicht ist es Ihnen ein Trost, wenn ich sage, dass Francis' letzte Gedanken Ihnen galten.« Als ihre schönen Augen sich mit Tränen füllten, glaubte er, dass es zu früh sei, an diese Dinge zu rühren. Ihr Kummer berührte ihn sehr, und wenn er sich auch wünschte, es wäre anders, fand er sich damit ab, dass sie Francis wohl geliebt hatte.

An den Russell Square zurückgekehrt, schrieb er unverzüglich einen Brief an die Duchess of Gordon.

Euer Gnaden,
ich bedaure, dass mein Schweigen Sie kränkte, doch verstehen Sie gewiss, dass mein Verhalten von dem Respekt diktiert wird, den ich dem Gedächtnis meines Bruders schulde.

Francis brachte Ihrer Tochter zweifellos größte Hochachtung entgegen, und ich gehe mit Ihnen darin einig, dass die Absichten meines Bruders lauter und ehrenhaft waren. Als Beweis seiner zärtlichen Gefühle bat er mich, Ihrer Tochter eine Haarlocke von ihm zu geben.
Sicher pflichtet eine empfindsame und kluge Lady wie Sie mir jedoch bei, dass respektvolles Schweigen am ehesten geeignet ist, Klatsch und Spekulationen im Keim zu ersticken und Ihre Tochter vor noch mehr Schmerz zu bewahren, was, wie ich weiß, das oberste Ziel einer liebevollen Mutter ist.
John Russell

Er unterschrieb nur mit seinem Namen, denn noch immer brachte er es nicht über sich, den Herzogtitel Duke of Bedford zu benutzen.

Als die Herzogin John Russells Brief las, war sie enttäuscht, dass er die Verlobung weder bestätigte noch bestritt, doch hatte er wenigstens schriftlich dokumentiert, dass Francis Georgina eine Haarlocke hinterlassen wollte. Sie nahm dies als positiven Beweis dafür, dass der Duke of Bedford Heiratsabsichten gehabt hatte, und war nun entschlossen, aufs Neue zum Angriff überzugehen. Diesmal würde ihr Feldzug bei der höchsten Autorität seinen Anfang nehmen.

Sie erschien beim monatlichen Empfang von Königin Charlotte im St James's Palace und brachte speziell für König George frischen schottischen Lachs als Geschenk mit. Sodann berichtete sie der Königin und allen anderen anwesenden Damen von der geheimen Verlobung, wobei sie ihre Geschichte mit erfundenen intimen Details der Liebesaffäre zwischen Georgina und dem Herzog, die sich angeblich auf Kimbolton Castle abgespielt hatte, ausschmückte. »Mit seinem letzten Atemzug bat Francis, seiner Geliebten eine Locke seines Haares zu übergeben.« Und als Beweis schwenkte sie John Russells Brief.

Nach Hause zurückgekehrt, schrieb die Herzogin an Susan, sie halte es für unabdingbar, dass sie und Manchester ihre Geschichte bestätigten, falls jemand bezweifelte, dass auf Kimbolton eine Verlobung stattgefunden habe. Dann ließ sie ihrem Zorn freien Lauf und verdammte John Russell. *Es steht doch in der Macht des neuen Duke of Bedford, die Verlobung zu bestätigen und den Spekulationen ein Ende zu machen. Stattdessen schweigt dieser elende Mensch und bringt mich in die peinliche Lage, Georginas Ruf verteidigen zu müssen.*

Am Tag darauf schrieb Jane einen langen Brief an den Prince of Wales, in dem sie ihm ihre innige Anteilnahme zum Verlust seines besten Freundes, des Duke of Bedford, ausdrückte.

Nur jemand, der ihm so viel tiefe Liebe und Zuneigung entgegenbrachte, kann ermessen, wie meine Tochter leidet. Francis hielt im Geheimen um Georgina an und schrieb dem Duke of Manchester, er beabsichtige, die Verlobung öffentlich bekannt zu geben. Zuvor kam es leider zur Tragödie.

Jane schloss den Brief mit einer geschickten Mischung aus Mitgefühl und Schmeichelei, wohl wissend, dass der Prinz der Versuchung nicht würde widerstehen können, die Geschichte unter seinen Freunden zu verbreiten.

Sie konnte nicht ahnen, dass der Brief in die Hände von Prinnys Geliebter, Lady Jersey, fiel, die ihn prompt las. Seit der peinlichen Begegnung anlässlich des Maskenballs auf Kimbolton hegte sie für Francis Russell wenig Sympathie und sah nun eine Möglichkeit, seinen Namen schlechtzumachen. So erzählte sie jedem, der es hören wollte, dass der verworfene Duke of Bedford vor seinem Tod Lady Georgina Gordon zu seiner Geliebten gemacht, nie jedoch die Absicht gehabt hätte, die lockere Schöne zu heiraten.

Damit war das Märchen von der heimlichen Verlobung geplatzt, und genüsslich wurde in Windeseile überall darüber getratscht. Noch schlimmer wurde es, als auch noch Prince Edward im Brooks Club ein weiteres pikantes Detail hinzufügte. Nachdem er wie immer zu viel getrunken hatte, gestand er seinen Freunden, dass er und Francis um tausend Pfund gewettet hätten, wer von ihnen die kleine Gordon als Erster ins Bett bekäme.

Als dieses Gerücht von beflissenen Freunden der Duchess of Gordon zugetragen wurde, war ihr schlagartig klar, dass der Ruf ihrer Tochter in Gefahr stand, dauerhaften Schaden zu nehmen. Wenn das so weiterging, waren Georgys Heiratschancen ebenso zum Teufel wie ihre eigenen hochgesteckten Ambitionen. Jane, die sich nun einer echten Krise gegenübersah, geriet in Panik. Und sie wusste keinen Ausweg aus dem Dilemma.

Doch das Schicksal kam ihr zu Hilfe. Just in diesem Moment nämlich traf in London die Nachricht ein, dass die Kriegshandlungen zwischen England und Frankreich eingestellt seien – und damit hatte die Gesellschaft ein neues Gesprächsthema gefunden. Mit Feuereifer wurde nun über politische Richtlinien und bevorstehende Friedensverhandlungen diskutiert – und, vor allem bei den Damen, über Paris. Eine Festlichkeit jagte die andere, und das vornehme London verlor nach und nach das Interesse an der geheimnisvollen Affäre zwischen Georgina Gordon und Francis Russell.

»Wir gehen nach Paris!« Louisas Stimme klang durch das Haus an der Pall Mall, während sie Mantel und Hut einem Diener zuwarf.

Mit stolzem Lächeln folgte Charles Cornwallis seiner Frau in Jane Gordons Salon. »Mein Vater hat in Amiens den Friedensvertrag mit Napoleon unterzeichnet. Der Krieg mit Frankreich ist damit auch formell beendet.«

»Der Marquess of Cornwallis, natürlich!« Die Duchess of Gordon lächelte seit Wochen zum ersten Mal. »Wie erfreulich, dass meine Tochter mit dem Sohn des fähigsten Generals unseres Königs verheiratet ist.«

»Wo ist Georgy? Ich kann es kaum erwarten, es ihr zu erzählen.«

»Sie verbringt ihre Trauerzeit bei Charlotte in der Abgeschiedenheit von Richmond-on-Thames. Es waren für deine Schwester schwere Wochen und für mich ebenfalls. Ich tat mein Bestes, um Diskretion zu wahren und sie vor dem infamen Klatsch zu schützen. Leider hat ihr Ruf trotz meiner Bemühungen gelitten.«

»Für mich ist es unerträglich, dass Georgy zur Zielscheibe all der bösen Lästermäuler geworden ist. Sie muss völlig verzweifelt sein. Vielleicht sollte sie mit uns nach Paris reisen und so Abstand zu der ganzen Sache gewinnen.«

Jane griff den Vorschlag begeistert auf. »Paris, eine wundervolle Idee, Louisa! Du hast die Lösung für mein Dilemma gefunden. Ich werde dieses Haus schließen und während des Frühlings und Sommers ein Domizil in Paris mieten«, erklärte die Herzogin. »London wird für die Verleumdung meiner Tochter büßen. Man wird ja sehen, wie man hier ohne mich auskommt. Schließlich bin ich die führende Tory-Gastgeberin.«

Die Gordons waren nicht die einzigen Damen der Gesellschaft, die sich auf Paris stürzten. Die französische Hauptstadt kam plötzlich groß in Mode. Sogar bei der königlichen Familie, die Anne, die Duchess of Cumberland und Witwe des königlichen Bruders, als Repräsentantin über den Kanal schickte. Der Prince of Wales schlug seinem Freund Fox vor, er solle doch mit seiner Frau Elizabeth nach Paris reisen, und bot ihm an, sämtliche Unkosten als Gegenleistung für wöchentliche Lageberichte zu übernehmen.

Die Duchess of Devonshire war untröstlich, weil sie wegen eines Gallenleidens in London bleiben musste, während ihre Schwester Lady Bessborough und deren Tochter Caroline unter den Ersten waren, die Paris heimsuchten.

Auch Georginas Schwester Susan war grün vor Neid, dass sie nicht mit nach Frankreich konnte. Sie musste wegen ihrer Schwangerschaft zu Hause bleiben – ihr Ehemann erlaubte ihr auf keinen Fall eine Schiffspassage über den Ärmelkanal.

Das alles ist John Russells Schuld! Hätte er wie ein Gentleman ge-

handelt und die Verlobung meiner Schwester bestätigt, hätte Georgina zur Wahrung ihres Rufes nicht außer Landes gehen müssen. Je länger Susan darüber nachdachte, desto wütender wurde sie. *Die Überheblichkeit dieses Menschen ist unerträglich. Er glaubt wohl, die Russells seien etwas ganz Besonderes und die Gordons nicht gut genug, um mit diesem vornehmen englischen Namen in einem Atemzug genannt zu werden.*

»Verzeihen Sie die Störung, Euer Gnaden. Es ist Besuch da.«

John Russell plante, seine Söhne übers Wochenende nach Woburn zu holen, und hatte drei Schlafzimmer mit ihren persönlichen Sachen, die aus London herübergeschafft worden waren, ausgestattet. Er wollte, dass die Jungen den Familiensitz als ihr neues Zuhause betrachteten. Eben hatte er ein Porträt ihrer Mutter über dem Kamin im Wohnzimmer aufgehängt, als Burke ihn mit seiner Ankündigung störte.

»Wer ist es?« John stieg von der Leiter herunter.

»Die Duchess of Manchester. Ich habe sie in den großen Empfangssalon geführt.« Der Butler half John in sein Jackett.

Bei Erwähnung ihrer Schwester blitzte wieder Georginas Bild vor Johns geistigem Auge auf. Er unterdrückte die unangenehme Ahnung, die ihn erfasste, als er den Salon betrat. »Guten Tag. Herzlich willkommen auf Woburn, Lady Susan.« Er sah, dass sie guter Hoffnung war – aber auch, dass sie ungeduldig mit der Fußspitze auf den Boden tippte und sein Lächeln nicht erwiderte. »Entschuldigen Sie, dass ich Sie warten ließ. Bitte, nehmen Sie doch Platz.«

»Bedford, das soll kein Besuch sein. Ich bin mit einem Anliegen hier.«

Sie strotzt nur so vor Feindseligkeit. Höflich blieb er stehen und wartete, dass sie fortfuhr.

Susan zog einen Brief aus ihrem Täschchen und reichte ihn herüber. »Bestreiten Sie, dass dies die Handschrift Ihres Bruders ist?«

Er griff nach dem mit dem herzoglichen Wappen versehenen

Briefbogen und erkannte auf den ersten Blick das flüchtige Gekritzel seines Bruders. Das an den Duke of Manchester gerichtete Schreiben war auf den dritten Februar datiert, also einen Monat vor Francis' Tod.

Mein lieber William,
ich danke Dir für die herzliche Gastfreundschaft auf Kimbolton.
Ich fühle mich verpflichtet, Dir mitzuteilen, dass meine Absichten bezüglich Deiner Schwägerin völlig ehrenhaft sind. Du sollst wissen, dass ich Lady Georgina bat, meine Frau zu werden. Obschon sie mich ihrer Liebe versicherte, wies sie mich wegen meiner Beziehung zu Mrs. Palmer ab. Es ist nun meine ernste Absicht, das Hindernis zu beseitigen, das Lady Georgina von einer Heirat abhält, und gebe dir mein Wort, dass die Affäre beendet ist.
Ich bitte dich, ihr zu versichern, dass ich nach meiner Rückkehr nach London der Duchess of Gordon formell meine Aufwartung machen werde, um sodann, Georginas Einverständnis vorausgesetzt, unsere Verlobung bekannt zu geben.
Francis Russell, Duke of Bedford

John spürte, wie sich in seinem Inneren alles zusammenkrampfte. *Francis, du elender Bastard! Mit deinem letzten Atemzug hast du geschworen, du hättest Georgina keinen Antrag gemacht.*

Er gab Susan den Brief zurück. »Ich versicherte Ihrer Mutter, dass Francis Lady Georgina höchste Achtung entgegengebracht habe und seine Absichten ehrenhaft gewesen seien.« Insgeheim stieß John einen Fluch aus. »Offenbar hätte ich mehr sagen sollen. Morgen bin ich in London und kann die Duchess of Gordon aufsuchen und mich entschuldigen.«

»Ihr Besuch wird vergebens sein, da meine Mutter das Haus geschlossen hat. Sie sah sich gezwungen, meine Schwester außer Landes zu bringen, um dem Skandal zu entgehen, den Sie so leicht hätten verhindern können. Georginas Ruf ist in Scherben, ihre Aussicht auf eine Heirat dahin. Es ist Ihre Pflicht, ihre Ehre wiederherzustellen!«

Johns Herz sank. »Ihre Schwester ist in Schottland?«, fragte er tonlos.

»Schottland, dass ich nicht lache! Der kleine Wirbelwind ist in Paris.«

· 24 ·

Du bist herzlich eingeladen, bei mir am Russell Square zu wohnen, während deine Frau in Paris ist«, forderte John seinen Freund Henry auf. »Das Haus ist so leer, dass ich deine Gesellschaft sehr zu schätzen wüsste.«

»Danke, John.« Holland legte seine Serviette auf den Tisch und griff nach seinem Glas. »Da dein Koch dem meinigen haushoch überlegen ist, bleibe ich nur zu gern einige Tage. Hast du deinen Sitz im Oberhaus bereits eingenommen?«

»Noch nicht, aber vielleicht diese Woche, nachdem ich einiges erledigt habe. Ich möchte Humphrey Repton mit der Gestaltung der Gärten von Woburn beauftragen. Sie sind ziemlich verwildert.« John griff nach seinem Glas. »Mir wird das Unterhaus fehlen. Vielleicht könnte ich hinter den Kulissen ein paar Fäden ziehen, damit William Pitt wieder als Premier eingesetzt wird.«

»Verdammt gute Idee. Unter Addington ist das Parlament wirklich handlungsunfähig.«

»Na, wenigstens wurde in diesem Frühjahr eines erreicht – Cornwallis unterzeichnete den Friedensvertrag von Amiens mit dem Ersten Konsul.«

»Meine Frau schreibt mir, dass halb London sich in Paris trifft. Alle wollen Napoleon und die Familie Bonaparte treffen. Offenbar hält man dort Hof, als wäre man königlichen Geblütes.«

»Entweder erkennt man die Ironie darin nicht, oder man schert sich nicht darum.«

»Meinst du die englischen Aristokraten oder die Bonapartes?«

Zum ersten Mal seit Wochen lachte John. »Wohl beide.«

»Das Nachtleben soll spektakulärer sein als alles, was London zu bieten hat. Beth ist täglich zu einem Ball oder einer Dinnerparty eingeladen.«

»Zweifellos werden ihre Schneiderrechnungen astronomische Höhen erreichen.«

»Zweifellos. Sie schreibt, die englische Mode sei passé. Alle Damen wollen Pariser Modelle, wiewohl diese offenbar schockierend sind. Beth bemüht sich übrigens, Lady Georgina zu überreden, ihre Trauerkleidung abzulegen und mit ihr einkaufen zu gehen.«

Die Erwähnung Georginas rief John in Erinnerung, wie bleich und verloren sie in ihrem schwarzen Kleid ausgesehen hatte. »Na, hoffentlich gelingt es Beth. Ich wünsche ihr, dass sie zu ihrer früheren Lebensfreude zurückfindet. Vielleicht wird Paris ihren Kummer lindern.« *Ich möchte, dass Georgy wieder lacht und flirtet und freche, unerhörte Dinge sagt.*

»Laut Beth hat Georgina bereits eine Eroberung gemacht. Eugène Beauharnais, Napoleons Stiefsohn, schmachtet die junge Schöne an, ohne Ermutigung ihrerseits allerdings.«

John zog die dunklen Brauen zusammen. Wieder verspürte er die vertraute innere Anspannung. »Die Duchess of Gordon täte gut daran, ihre Tochter vor unerwünschten Aufmerksamkeiten zu schützen.«

»Wie ich Jane Gordon kenne, wird sie alles in ihrer Macht Stehende tun, um Eugène als Ehemann für Georgina zu angeln.«

John war fassungslos. »Das ist doch nicht dein Ernst?«

»Mein völliger Ernst. Sie ist eine skrupellose Kupplerin, die es sich zur Lebensaufgabe gemacht hat, ihren Töchtern Männer aus der Hocharistokratie zuzuführen. Josephines Sohn steht als Napoleons Stiefsohn mit einem französischen Prinzen auf einer Stufe. Jane wird da kaum widerstehen können.«

John wechselte das Thema, und sie sprachen über Politik, bis es Zeit war, sich zurückzuziehen. Kaum aber lag er im Bett, als Gedanken an Georgina sein Bewusstsein überfluteten. *Eugène Beau-*

harnais ist in ihrem Alter. Er soll gut aussehen und hat sich auf dem Schlachtfeld bewährt. Sie muss ihn attraktiv finden.

Diese beunruhigenden Überlegungen hielten ihn stundenlang wach. Er wünschte zwar, dass Georgina Francis nicht mehr betrauerte, andererseits aber wollte er nicht, dass sie ihr Herz einem anderen Mann schenkte. Er erkannte, dass alle seine Bemühungen, sein Verlangen nach Georgina Gordon zu unterdrücken, vergeblich gewesen waren.

»Ich möchte sie für mich.« Zum ersten Mal sprach er es laut aus. Das Eingeständnis steigerte sein Schuldbewusstsein, das er empfand, weil er die Auserwählte seines Bruders begehrte. John hieb frustriert auf seine Kissen ein und schwor sich, dass seine Besessenheit ein Ende haben müsse.

Beim Frühstück am nächsten Morgen merkte John, dass seine Obsession stärker als je zuvor war. »Henry, auf die Gefahr hin, dich zu kränken – darf ich ein persönliches Thema anschneiden?«

»So leicht bin ich nicht gekränkt.«

»Wie habt ihr beide den Skandal überstanden, als Beths Mann sich von ihr scheiden ließ?«

»Sie hatte sehr unter Scham und Schuldgefühlen zu leiden, und es stand nicht in meiner Macht, dem Klatsch ein Ende zu bereiten. Sobald wir jedoch heiraten und sie Lady Holland war, wurden wir erstaunlicherweise wieder von der Gesellschaft akzeptiert, als wäre nichts geschehen. Aber es ist ja kein Geheimnis, dass der britische Adel den Gipfel an Heuchelei darstellt.«

»Natürlich hast du Recht. Nach dem Tod meiner Frau wurde ich von ihren Schwestern total geschnitten. Kaum aber war ich der Duke of Bedford, schrieben mir Lady Bath und Lady Bradford reizende Briefe, in denen sie plötzlich Sorge um meine mutterlosen Söhne äußerten und der Hoffnung Ausdruck gaben, auf Woburn willkommen zu sein.« John lachte verbittert auf. »Da können sie lange warten.«

»Und was veranlasste dich, mich nach Beths Scheidung zu fragen?«

John sah Henry an, und ihre Blicke trafen sich. »Es gibt da eine Dame, an der ich interessiert bin. Da sie von einem Skandal berührt wurde, bin ich in großer Sorge um sie. Nur, angesichts meiner Situation – ich bin schließlich in Trauer wegen zweier Todesfälle – fürchte ich, dass irgendwelche Aufmerksamkeiten meinerseits als ziemlich unschicklich angesehen und aufs Neue zu bösartigem Klatsch führen würden. Ich möchte nicht, dass sie noch mehr leiden muss.«

Guter Gott, du bist in Georgina Gordon verliebt. Henry wählte seine Worte mit Bedacht. »Natürlich werden die Lästermäuler nicht ruhen. Wenn du die Dame jedoch zur Duchess of Bedford machst, wird die Gesellschaft vor ihr in die Knie gehen.«

Plötzlich regten sich in John Zweifel. Würde sie ihn vielleicht abweisen? Und unter welchem Vorwand konnte er überhaupt in Paris auftauchen? Gleichzeitig wusste er, dass sein Verlangen ihn zu verzehren drohte. John schimpfte sich einen Feigling. *Was zum Teufel ist nur mit dir los? Nimm sie dir doch, wenn du sie begehrst!*

»Georgina, in diesem grauen Kleid kannst du unmöglich zu dem Empfang in den Tuilerien erscheinen. Es macht dich zu einer unscheinbaren alten Jungfer.« Die Duchess of Gordon trug saphirblaue Spitze und dazu einen passend eingefärbten Fächer aus Straußenfedern. »Ach, da ist Louisa. Sieh doch, wie bezaubernd weiblich deine Schwester in diesem lavendelblauen Tüll aussieht. Geh und zieh dich sofort um, Georgy.«

»Dazu ist keine Zeit«, warf Louisa ein. »Der Marquess of Cornwallis und Charles warten schon in der Kutsche. Wir dürfen uns nicht verspäten.«

»Mama, begleite du doch Louisa. Ich bleibe gern zu Hause.«

»Zu Hause? Kommt nicht in Frage. Du weißt, dass Eugène Beauharnais von dir hingerissen ist. Seit einem Monat macht er dir den Hof – wir können nicht zulassen, dass auch er uns entwischt.«

Louisa blickte von ihrer Mutter zu ihrer Schwester. »Ist mir etwas entgangen, während ich kurz weggeschaut habe?«

»Sie kann es nicht lassen. Sie treibt mich schon wieder einem Verehrer in die Arme, noch ehe der erste im Grab erkaltet ist.«

»Georgina, es ist die Chance deines Lebens. Josephine Bonaparte wird ihrem Sohn alle Möglichkeiten eröffnen. Und er will dich, wie wir alle wissen. Geh und kleide dich um.«

»Dafür ist keine Zeit. Es ist unhöflich, den Marquess warten zu lassen.«

»Louisa, du gehst voraus. Sag deinem Schwiegervater, er möge den Wagen für uns zurückschicken. Georgy und ich leisten uns eben eine Verspätung.«

Als sie allein waren, herrschte Jane ihre jüngste Tochter an: »Dir bietet sich die seltene Gelegenheit, alle deine Schwestern mit einer ganz noblen Heirat auszustechen. Eine Verbindung mit der Familie Bonaparte hätte dynastische Bedeutung. Ganz London würde sich die Mäuler zerreißen.«

»Ich bin bereits Gesprächsstoff von ganz London«, erwiderte Georgina spitz. »Eugène ist noch ein Junge, der nur ein bisschen verliebt ist.«

»Ein Junge deines Alters. Du solltest ihn um den kleinen Finger wickeln können und ihn dazu bringen, dass er hinter dir herläuft und nur daran denkt, dich ins Bett zu bekommen. Verführst du ihn, werden dich ganz England und Frankreich beneiden. Ich warte auf dich, während du dir etwas anziehst, das …«

»… das ihn glatt umwirft?«, fragte Georgina honigsüß. »Da kannst du aber lange warten, liebe Mutter.«

»Willkommen in Paris, Euer Gnaden.« Lord Charles Whitworth, der britische Gesandte, schüttelte John Russell erfreut die Hand. »Ich habe für Sie hier in der Residenz eine Suite vorbereiten lassen.«

»Ich weiß Ihre liebenswürdige Gastfreundschaft sehr zu schätzen, Charles.«

»Die Zeit ist zwar knapp, doch würde mein Ansehen ungemein steigen, wenn der Duke of Bedford mich heute zum Empfang bei Napoleon begleiten könnte.«

»Es ist mir eine Ehre.« Nichts passte besser in seine Pläne als eine Einladung in die Tuilerien gleich an seinem ersten Abend in Paris.

Als John mit dem Gesandten und seiner Begleitung vor dem Schloss der französischen Könige eintraf, stiegen sie die von einer Doppelreihe schmucker Grenadiere flankierte Treppe hinauf, durchschritten drei Säle, in denen Militärkapellen spielten, bis sie im großen Empfangssalon endlich der mit Diamanten behängten Josephine vorgestellt wurden. John fand es amüsant, dass ihre schläfrigen Augen unverblümt über seine hohe Statur glitten und ihr sinnliches Lächeln ihm verriet, dass ihr gefiel, was sie da sah.

Im Saal, wo das Dinner serviert wurde, hatten livrierte Diener entlang der Wände Aufstellung genommen.

»Das ist viel prächtiger als alles, was in St James's Palace geboten wird.« Johns höfliches Lächeln verbarg seine Belustigung.

»Das Zeremoniell von Napoleons Hofhaltung ist wirklich eindrucksvoll«, pflichtete Whitworth ihm bei.

Johns Blick wanderte durch den verspiegelten Raum, und seine Augen suchten Georgina unter den Gästen. Er sehnte sich danach, sie zu sehen, zugleich hoffte er, sie würde nicht anwesend sein. Der Gesandte blieb stehen, um mit dem Marquess of Cornwallis und Lord Brome, dessen Sohn, zu sprechen. John erkannte in Bromes schöner Frau Georginas Schwester Louisa. Sie trug ein durchsichtiges Kleid nach neuester Pariser Mode, das ihre Brüste gewagt zur Schau stellte. John wusste nicht, was er denken sollte.

Whitworth machte ihn schnell noch mit Markoff, dem russischen Gesandten, bekannt, bevor eine Fanfare die Gäste zum Schweigen aufforderte – Napoleon und Josephine betraten den Saal. Als der Erste Konsul seine Gemahlin zu ihrem erhöhten Platz geleitete, sah John, dass sie ihn um einen Kopf überragte, und er musste heimlich grinsen.

Nachdem alle Gäste Platz genommen hatten, traten die livrierten Diener an die langen Tafeln und füllten die Gläser mit Champagner. Napoleon brachte einen Toast auf seine Gäste aus, dann wurde der erste Gang aufgetragen.

In diesem Moment tauchte, ohne jedes Anzeichen von Verlegenheit, die Duchess of Gordon auf, gefolgt von ihrer Tochter. Sie schritt bis zu den erhöhten Sitzen, sank in einen Knicks und nahm sodann mit größter Selbstverständlichkeit einen Platz in der ersten Reihe ein.

Johns Blick hing an Georgina, die ein graues Seidenkleid mit dezentem Halsausschnitt trug. Sie hielt den Blick gesenkt, und ihre Wimpern lagen wie dunkle Halbmonde auf ihren bleichen Wangen. Sein Herz fühlte mit ihr, und wieder einmal verwünschte er Jane Gordons unverfrorenes Benehmen.

Erstaunt sah er, dass ein junger Mann und eine junge Dame von ihren Sitzen aufsprangen, als Georgina sich näherte. Die beiden führten sie zu einem Platz, der offenbar für sie frei gehalten worden war.

John erkannte Eugène Beauharnais auf den ersten Blick. In der hübschen Begleiterin vermutete er seine Schwester Hortense. John verließ der Mut, als er sah, mit welch vertraulicher Aufmerksamkeit Georgina von ihnen behandelt wurde.

Es war nicht zu übersehen, dass der junge Beauharnais in die englische Schöne verliebt war. Allerdings glaubte John, dass Bonaparte mit seiner unersättlichen Gier nach Macht und Anerkennung mit seinem Stiefsohn andere Pläne hatte. Mit ihm würde sich hervorragend eine Verbindung zu einer der alten königlichen und kaiserlichen Dynastien Europas herstellen lassen. *Dem Jungen wird es das Herz brechen, doch er wird sich Napoleons Befehl beugen.*

Nach dem Bankett trafen sich die Gäste in einem anderen prunkvollen Saal zu geselligem Geplauder, und Whitworth stellte seinen Gast zahlreichen Würdenträgern vor. Nachdem er drei französische

Generäle begrüßt hatte, entschuldigte John sich. Ihm reichte es. *Noch vor zwei Monaten waren sie unsere erbitterten Gegner …*

Außerdem wollte er Georgina treffen. Zunächst sah er die Duchess of Gordon und ihre Tochter Louisa im Gespräch mit Josephine Bonaparte, dann endlich entdeckte er in einiger Entfernung Georgina, die mit Hortense Beauharnais und, was für ein Glück, Lady Holland zusammenstand. John näherte sich ihnen nicht, sondern zog es vor, sie von weitem zu bewundern.

Als ahne Georgina seine Anwesenheit, hob sie den Blick und blickte ihn erstaunt an. »John.« Sie kam wie gebannt auf ihn zu. »Sie … in Paris.« Aus ihren Augen sprach Verwunderung, leichte Röte färbte ihre Wangen.

Lady Holland drehte sich um. »John, mein Lieber!«, rief sie erfreut aus. »Wie schön, Sie zu sehen. Der Tapetenwechsel wird Ihnen guttun. Wo sind Sie abgestiegen?«

»Unser Gesandter war so liebenswürdig, mich in seiner Residenz aufzunehmen.« Er sah Georgina an. »Es ist nur ein kurzer Besuch.«

»Wunderbar«, rief Beth. »Meine Wohnung liegt ganz in der Nähe an den Champs-Élysées. Na, eigentlich wohnen wir alle dort. Es ist die schönste Straße der Welt. Nummer fünfzehn. Versprechen Sie mir, dass Sie mich morgen besuchen.«

John senkte die Stimme und zog Lady Holland ein Stückchen beiseite. »Darf ich als guter Freund eine Bitte äußern?«

»Aber natürlich.«

»Ich werde um vier Uhr kommen, wenn Sie versprechen, Lady Georgina einzuladen.«

Beth machte große Augen. »Ich werde es einrichten.«

Georgina trat mit ihrer jungen Freundin zu ihnen. »Es ist mir ein Vergnügen, Ihnen Hortense Beauharnais vorzustellen. Das ist John Russell, Duke of Bedford.«

Er begrüßte das Mädchen auf Französisch und küsste ihr galant die Hand.

Die schöne Geste raubte Georgina den Atem. In elegantes Schwarz gekleidet, wirkte er mit seinem ungepuderten, dunklen Haar eher französisch als englisch. *Ist es möglich, dass er kam, um mich zu treffen?* Seine Nähe ließ ihren Puls rasen, ein Schauer überlief sie.

»Sie frieren ja, Lady Georgina.« Eugène Beauharnais schien aus dem Nichts aufzutauchen und legte ihr fürsorglich ein Samtcape um die Schultern. »Darf ich Ihnen ein Glas Wein bringen, *ma chère amie*?«

»Nein danke«, murmelte Georgina. Sie stand ruhig daneben, als Hortense dem Herzog ihren Bruder vorstellte.

John sah ihn sich genau an. Der junge Mann hatte ein unbekümmertes Lächeln und trug sein dunkles Haar im Stil der Römerzeit kurz geschnitten. *Nach dem Kampf gegen die Österreicher machte Napoleon ihn zum Oberst. Welche Frau würde ihn nicht unwiderstehlich finden?* Er verbeugte sich vor der Gruppe. »Ich glaube, mein Gastgeber will sich empfehlen, deshalb sage ich *au revoir*, meine Damen.« Er hielt Georginas Blick fest. »Bis zum nächsten Mal.«

»Einen schönen Nachmittag, meine Damen. Es war sehr liebenswürdig, mich einzuladen, Beth.« John war erleichtert, als er sah, dass Georgina in Lady Hollands Salon saß. Er war nicht sicher gewesen, ob sie kommen würde.

»Ich hoffe, mein Mann ist wohlauf?«

»Das ist er, obwohl Sie ihm fehlen. Er freut sich, dass Sie sich amüsieren, und ist auf gewaltige Schneiderrechnungen gefasst.«

Beth lachte. »Was führt Sie nach Paris, John?«

»Woburn muss neu eingerichtet werden, und die Pariser Geschäfte sind unvergleichlich. Heute Morgen erstand ich schon einige Uhren.«

»Einkaufen ist eines der größten Vergnügen. Es hebt die Lebensgeister.« Beth sah, dass seine Aufmerksamkeit abschweifte. »Wenn

Sie mich entschuldigen wollen, ich kümmere mich jetzt um den Tee.«

John nahm in der Nähe von Georgina Platz, deren schwarzes Kleid ihre Blässe noch betonte. »Beth hat Recht. Einkäufe heben die Laune. Ich glaube, es wird Zeit, dass Sie die Trauerkleidung ablegen. Zwar gilt Schwarz als Zeichen der Hochachtung für den Verstorbenen, doch sind es nicht äußere Zeichen, die zählen, sondern Gefühle. Georgina, Sie sind keine Witwe. Von Ihnen wird nicht erwartet, sich in Schwarz zu hüllen.«

»Sie würden nicht schlecht von mir denken?«, fragte sie unsicher.

»Georgina, niemals könnte ich schlecht von Ihnen denken. Wir beide liebten Francis und werden ihn immer vermissen. Und wie ich werden auch Sie ihn auf ewig im Herzen betrauern. Aber Sie sind viel zu jung und zu schön, um den Rest Ihres Lebens Trauer zu tragen.«

Du würdest schlecht von mir denken, wenn du wüsstest, dass ich Francis verabscheut habe! In meinem Herzen ist nur Platz für dich. Georgina senkte die Wimpern aus Angst, John könnte ihre Gedanken lesen.

»Mutter gibt morgen einen Ball und besteht darauf, dass ich teilnehme, doch habe ich gesagt, dass es ungehörig wäre.«

Er lächelte. »Sie lassen sich doch eigentlich nie eine Gelegenheit entgehen, ungehörig zu sein. Zumindest die Georgina nicht, die ich mag.«

Ihr Herz setzte für einen Schlag aus, sie blickte ihn unter ihren Wimpern hervor an. »Wenn Sie kommen, werde auch ich da sein.«

»Ich komme nur, wenn Sie versprechen, mit mir zu tanzen. Lassen Sie uns gemeinsam ungehörig sein«, forderte er sie auf.

Sie hielt den Atem an. *John Russell, du flirtest doch nicht etwa mit mir?*

»Morgen müssen Sie mit Beth losgehen und eines dieser hinreißend raffinierten Pariser Modelle kaufen, die jede Frau vor Neid erblassen lassen und jedem Mann vor Verlangen den Verstand rauben.«

Du flirtest tatsächlich mit mir! Georginas Herz fing zu singen an.

Einen Teewagen vor sich herschiebend, trat Lady Holland wieder ein. John dankte ihr mit einem stummen Lächeln dafür, dass sie ihm ein Alleinsein mit Georgina ermöglicht hatte. Aus Höflichkeit ließ er sich eine Tasse Tee geben und nahm ein Stück Kuchen.

»Es war wunderbar.« Er stellte den leeren Teller ab. »Wir müssen es wiederholen, ehe ich abfahre.«

»Wann wird das sein?«, fragte Beth.

John schaute Georgina an. »Sobald ich alles habe, um dessentwillen ich gekommen bin.« Er erhob sich. »Darf ich Sie nach Hause begleiten, Lady Georgina?«

»Ja …, danke«, antwortete sie rasch und verabschiedete sich von Beth.

Draußen sagte sie: »Unser Haus ist ganz in der Nähe, in Richtung Place de la Concorde.«

Als sie ihre Hand auf seinen dargebotenen Arm legte, hoffte sie, er könne nicht hören, wie laut ihr Herz hämmerte. Sie schlenderten in der beginnenden Dämmerung im Schatten der Bäume über die Champs-Élysées, begleitet vom Geräusch vorüberrollender Kutschen. »Paris im Frühling ist so schön und romantisch. Sie müssen jeden einzelnen Augenblick genießen.«

»Hm… wie die Kastanienblüten duften.«

»Ihre Sinne erwachen hier wieder zum Leben.«

Seine tiefe Stimme setzte eine Spirale köstlicher Glückseligkeit in ihrem Inneren frei. *Du bist nach Paris gekommen, um mich zu sehen – ich weiß es!*

Auf dem Ball der Duchess of Gordon erschienen alle in Paris weilenden Engländer. Auch jene Damen, die hinter Janes Rücken über sie lästerten, ließen sich die Gelegenheit nicht entgehen, mit der neuen Elite Frankreichs Tuchfühlung zu nehmen. Lady Bessboroughs Tochter Caroline, die bei dieser Gelegenheit ihr Debüt gab, erschien zum ersten Mal bei einem glanzvollen gesellschaftlichen Ereignis, und Ihre Königliche Hoheit, die Duchess of Cumberland, hatte Charles James Fox und seine Gemahlin Elizabeth überreden können, sie zu begleiten.

Die Duchess of Gordon genoss es sichtlich, als sie die berühmte Madame Juliette Récamier und Laure-Adelaide, die Herzogin von Abrantès, ihren englischen Gästen vorstellte. Als um zehn Uhr Josephine Bonaparte mit Sohn und Tochter erschien, war der Moment gekommen, auf den alle gewartet hatten und der für Jane die Krönung aller ihrer gesellschaftlichen Anstrengungen bedeutete. Sie hatte sich als führende Londoner Gastgeberin in Paris etabliert.

»John, ich habe nach Ihnen Ausschau gehalten«, schalt ihn Lady Holland. »Es ist fast Mitternacht – ich dachte schon, Sie kämen nicht mehr.«

»Darf ich Sie zum Kontretanz führen, Beth?«

»Das wird Ihre Säumigkeit mehr als wettmachen, verehrter Herzog.«

»Ich dachte, an diesem Abend würden schottische Tänze dominieren.«

Beth lachte. »Die sind zu zwanglos. Die Duchess of Gordon möchte die Gemahlin des Ersten Konsuls mit Eleganz und Würde beeindrucken.«

»Konnten Sie Lady Georgina zu einem Einkaufsbummel überreden?«

»Allerdings. Das Ergebnis wird vielleicht nicht Ihre Billigung finden, denn Georginas neues Kleid hat bei Männern wie Frauen ziemliches Aufsehen erregt.«

»Ich kann sie nirgends entdecken.« Wieder wanderte Johns Blick durch den Ballsaal.

»Sie ist mit Eugène Beauharnais im Speisesaal.« Beth beobachtete seine Reaktion, doch verrieten seine dunklen Augen nichts. »Jane

Gordon sieht zu uns herüber. Sie schien schockiert, als Sie kamen, wirkt aber mittlerweile äußerst zufrieden.«

Am anderen Ende des Raumes fragte Lady Bessborough Jane: »Was treibt Bedford denn auf Ihrem Ball? Der Mann ist doch in Trauer, und das gleich zweifach.«

Die Herzogin hatte sich diese Frage bei seinem Erscheinen ebenfalls gestellt, doch war ihr sofort die auf der Hand liegende Antwort eingefallen. »John Russell kommt mit einem edlen Anliegen und erfüllt den letzten Wunsch seines Bruders. Francis bat John nämlich auf dem Sterbebett, Georgina eine Haarlocke von ihm zu überbringen. Jetzt werden endlich alle Zweifel an der Verlobung ausgeräumt.«

Befriedigt sah Jane, dass Henrietta Bessborough davoneilte, um mit Lady Susannah Stafford zu sprechen. Deren Sohn, Granville Leveson Gower, würde mit Sicherheit umgehend durch einen Brief der Mutter darüber in Kenntnis gesetzt, was sie heute Neues gesehen und gehört hatte.

Jetzt kehrte Georgina in Begleitung der Geschwister Beauharnais in den Ballsaal zurück, doch wartete John eine Weile, bevor er sich ihr näherte. Erst als der nächste Tanz angekündigt wurde, trat er auf sie zu. Georgina trug ein rosa Kleid im Empirestil von verführerischer Durchsichtigkeit, das Haar dazu passend zu einem Lockengewirr aufgetürmt, das von Rosenknospen in Form gehalten wurde. *Sie sieht aus wie eine Tortenglasur.* Sein Verlangen, von ihrer Süße zu kosten, überwältigte ihn beinahe.

Sie bemerkte ihn erst, als er sich vor ihr verbeugte. »John.« Als sie seinen Namen nannte, war es halb Flüstern, halb Seufzen.

»Darf ich um diesen Tanz bitten, Lady Georgina?«

Sie zögerte ein wenig. »Es ist ein Walzer.« Ganz Paris war von diesem neuen Tanz begeistert, der als sehr gewagt, fast unschicklich galt, weil der Herr seine Partnerin dabei in den Armen hielt.

»Eben deswegen habe ich diesen Tanz gewählt.« Er reichte ihr einladend seine Hand.

Georgina griff danach und spürte, wie seine Finger die ihren besitzergreifend umschlossen. Dann schlang er seinen Arm um sie und drehte sich mit ihr auf der Tanzfläche. Ihr Busen hob und senkte sich vor Erregung. Von seinen starken Armen festgehalten, tanzte sie hier unter den Augen aller Anwesenden mit ihm Walzer. »Sie schaffen es, dass ich mir sehr verrucht vorkomme.«

»Sie sind heute die schönste Frau im Ballsaal, nein, in ganz Paris. Ihre Augen funkeln wie Sterne.«

Georgina, die noch nie zuvor Walzer getanzt hatte, war zunächst ängstlich, die Schritte nicht richtig zu setzen, doch John führte und drehte sie mit einer Sicherheit über die Tanzfläche, dass ihre Angst verflog. »Danke. Sie haben mein Selbstvertrauen wiederhergestellt.«

»Draußen wartet eine Kutsche. Fühlen Sie sich ausreichend verrucht und selbstsicher, sich vom Ball fortzustehlen und mit mir eine Fahrt entlang der Seine zu unternehmen?«

Georgina holte tief Luft. Musik erklang auch in ihrem Herzen, während sie sich in seinen Armen im Walzertakt wiegte. »Ja, John.« *Ja, ja und nochmals ja!*

Er sah ihr lächelnd in die Augen. »Ich werde jetzt mit Josephine Bonaparte tanzen und damit die allgemeine Aufmerksamkeit auf mich ziehen. Sie können indessen einen Mantel holen und unbemerkt aus dem Haus schlüpfen.«

· 25 ·

»Verzeihen Sie, dass ich Sie warten ließ.« Georgina war ganz atemlos. »Meine Freundin Hortense hat Mutter abgelenkt, damit ich mich ungesehen davonstehlen konnte.«

John half ihr in den Wagen und setzte sich ihr gegenüber, wohl wissend, dass er die Hände nicht würde von ihr lassen können, wenn er neben ihr saß. »Nun, Sie haben rasch Freunde in Paris gewonnen.«

»Ach, Hortense braucht eine mitleidige Seele, die sich ihre Sorgen anhört. Ihr Stiefvater will sie mit seinem Bruder Louis verheiraten und duldet keinen Widerspruch.«

»Napoleon möchte, dass Hortense eine bedeutende Position einnimmt. Vermutlich hat er für seinen Stiefsohn Eugène ähnliche Arrangements getroffen.«

»Sie haben wohl das Gefühl, mich warnen zu müssen, was aber völlig unnötig ist. Eugène interessiert mich nur als Freund.«

»Er allerdings macht kein Geheimnis aus seinen Gefühlen für Sie, Georgina.«

»Er ist noch ein Junge, der Verliebtsein mit Liebe verwechselt.«

»Ihre Mutter sieht das offenbar anders. Sie tut doch alles, um eine Verbindung zwischen Ihnen und dem jungen Beauharnais zuwege zu bringen. Ich möchte nicht, dass Sie eine erneute Kränkung erleben müssen.«

»John, ich weiß, dass meine Mutter ehrgeizige Heiratspläne für mich hegt. Aber ich habe nicht die Absicht, mich ein zweites Mal dermaßen zum Gespött machen zu lassen. Ich bin entschlossen, über meine Zukunft selbst zu entscheiden.«

»Diese Zukunft ist es, über die ich mit Ihnen sprechen möchte.« Er ermahnte sich zur Vorsicht, denn er wollte nicht heraufbeschwören, dass sie vielleicht jäh aus dem Wagen sprang. »Ich bin beträchtlich älter als Sie, Georgina«, fuhr er zögernd fort.

Sie hielt den Atem an. Er hatte ihr Herz erobert, lange bevor er Witwer wurde. Bei jeder Begegnung hatten die Funken nur so gesprüht, und stets war eine starke wechselseitige Anziehungskraft mit Händen greifbar gewesen. War es möglich, dass auch er ihr gegenüber solche Gefühle hegte, tief und voller Sehnsucht? »Ich finde, dass Reife bei einem Mann eine sehr attraktive Eigenschaft ist«, sagte sie nur.

»Schmeichelei, nichts weiter!«

Sie lachte leise, erinnerte sich daran, dass sie genau diese Worte einmal zu ihm gesagt hatte.

Um Himmels willen, sag ihr bloß nicht, dass du sie liebst. Sie liebt schließlich immer noch Francis. Er beugte sich vor. »Georgina, ich möchte mein Leben nicht allein verbringen. Ich brauche eine politisch und gesellschaftlich versierte Gastgeberin für Woburn, und ich kenne keine andere Lady, die diesen Anspruch so gut erfüllen würde wie Sie.«

Er will um mich anhalten! Innerlich sprudelte sie vor Freude.

»Meine älteren Söhne brauchen eigentlich keine Mutter mehr, mein Jüngster aber schon. Gottlob hat Johnny Sie bereits liebgewonnen.«

Frag mich …! Frag mich doch! Am liebsten hätte sie vor Erregung laut geschrien.

»Ich habe vor kurzem meine Frau und meinen Bruder verloren. Man wird mich als pietätlos schelten und mich unmoralisch nennen, und das Allerletzte, was ich möchte, ist, dass Sie unter neuem Klatsch leiden müssen. Aber wenn Sie mich wollen, Georgy, verspreche ich, mein Bestes zu tun, um Sie glücklich zu machen.«

Ihr Herz schmolz vor Liebe dahin. Sie streckte die Hand aus und berührte zärtlich sein Gesicht. »Ich will dich, alter Mann«, flüsterte sie.

Erleichterung erfasste ihn. Er nahm ihre Hand und küsste sie. »Du musstest Ja sagen«, spottete er. »Schließlich haben wir vor aller Augen Walzer getanzt. Es war meine Absicht, dich zu kompromittieren.«

»Du bist wirklich unmoralisch«, ging sie auf sein Spiel ein. *Nein, John, du bist im Herzen Romantiker, doch ist dein Geheimnis bei mir sicher.* »Lass bitte den Wagen anhalten. Wir wollen aussteigen und ein Stück gehen.«

John warf einen Blick durch das Fenster. Als er sah, wo sie sich befanden, gab er dem Kutscher ein Zeichen. Er stieg aus, bat den Mann, ihnen langsam zu folgen, und half dann Georgina aus dem Gefährt. Sie befanden sich auf dem breiten Boulevard zwischen den Jardins des Tuileries und der Seine. Die Hand schützend auf ihren Rücken gelegt, führte John sie aus der tiefen Dunkelheit zum Fluss.

Sie atmete langsam und genussvoll durch. »Was für eine schöne Nacht. Die Luft ist weich und warm … Der Mai ist doch der schönste Monat.« *Und Paris die romantischste Stadt der Welt.*

Er hasste es, von banalen Dingen zu sprechen, doch es musste sein. »Ich weiß, dass alle Bräute sich nach einer großartigen Hochzeit sehnen, mit vielen Gästen, um die Jungvermählten hochleben zu lassen, doch würde dies bedeuten, dass wir ein Jahr bis zum Ende der Trauerzeit warten müssten.« Er blickte ihr in die Augen. »Das dauert mir zu lange.« Er wollte nicht, dass womöglich ein anderer Bewerber ihm Georgina in letzter Minute wegschnappte.

Er liebt mich so sehr, dass er eine lange Wartezeit nicht erträgt. Ihre Stimmung schwang sich vor lauter Glück in schwindelnde Höhen empor. Immer schon hatte sie sich geschworen, nur einen Mann zu heiraten, den sie aus ganzem Herzen liebte, und jetzt sollte ihr Traum wahr werden. »Du hast Recht. Eine große Hochzeit würde einen Skandal verursachen. Wenn wir aber in aller Stille heiraten, müssen wir kein ganzes Jahr warten, oder?«

John war erleichtert, dass sie sich mit einer Trauung im kleinen Kreis begnügte. »Alle deine Schwestern hatten große Hochzeiten. Bist du wirklich sicher, dass es dir eines Tages nicht leidtun wird, Georgy?«

»Absolut, ganz sicher.«

John war ein wenig erstaunt, dass sie nicht nur seinem Antrag ohne Zögern zugestimmt hatte, sondern sich auch mit allen seinen Vorschlägen völlig einverstanden zeigte. *Eine Ehe ist wohl der einzige Weg für sie, ihrer Mutter zu entkommen. Diese schreckliche Frau beherrscht ihr Leben.* Er schwor sich, sie zärtlich zu lieben und ihr alle Freiheit zu lassen, die sie wollte. *Das ist der sicherste Weg, um ihr Herz zu gewinnen. Ich werde ihr viel Zeit lassen, über Francis hinwegzukommen. Und dann werde ich sie heiß umwerben.* »Was hältst du von einer Hochzeit in einem Monat?« Er drängte auf eine feste Verbindung. »Lässt dir das genug Zeit?«

»Juni ist ein wunderschöner Monat, um zu heiraten. Der dreiundzwanzigste wäre perfekt.«

Als John nach ihrer Linken griff und ihr einen Ring auf den Finger schob, um ihre Verlobung zu besiegeln, raubte ihr der große, perlenförmige Diamant den Atem. John drückte ihr einen Kuss auf die Stirn. »Ich schwöre dir, dass du es nicht bereuen wirst, Georgina.«

Sie sehnte sich nach einem richtigen Kuss, wusste aber, dass er sich aus Rücksicht auf ihre angeblichen Gefühle für seinen Bruder zurückgehalten hatte. Im Moment musste sie den Schein wahren, sobald sie jedoch verheiratet waren, würde sie John zeigen, dass sie ihn bis zum Wahnsinn liebte.

»Morgen werde ich der Duchess of Gordon einen offiziellen Besuch abstatten.«

»Ach, John, kannst du damit nicht ein paar Tage warten, damit ich das Geheimnis auskosten kann?«

»Ich muss zurück nach London. Es gibt so viele dringende Angelegenheiten, die noch vor Juni zu erledigen sind. Abgesehen von meinen Verpflichtungen auf Woburn muss ich meinen Sitz im

Oberhaus einnehmen. Außerdem endet für meine Söhne bald das Schuljahr, und sie kommen nach Hause.« Er blickte lächelnd auf sie hinunter. »Jetzt habe ich alles, dessentwegen ich kam, und brauche nicht mehr länger in Paris zu bleiben.« Plötzlich überfiel ihn ein schrecklicher Gedanke, und er zog die Brauen zusammen. »Glaubst du, deine Mutter könnte mich abweisen?«

Würde sie das Angebot, ihre Tochter zur Duchess of Bedford zu machen, ausschlagen? Verdammt unwahrscheinlich! »John, nicht sie hat zu bestimmen. Es ist meine Entscheidung, und ich habe sie bereits getroffen.«

Kleines Mädchen, ich liebe dich und bete dich an.

»Der Duke of Bedford?« Jane Gordon war angenehm überrascht, dass John Russell zu einem Besuch bei ihr erschien. »Führen Sie ihn in den Salon, und bitten Sie Lady Georgina herunterzukommen.« Sie überprüfte schnell noch ihre Erscheinung im Spiegel, war zufrieden mit dem, was sie sah, und ging nach unten.

»Euer Gnaden, wie aufmerksam …! Ich weiß zu schätzen, dass Sie den ganzen Weg nach Paris auf sich nahmen, um den letzten Wunsch Ihres Bruders zu erfüllen.«

»Meines Bruders?« John war perplex.

»Die Haarlocke, die Sie Georgina bringen, wird ihr ein großer Trost sein.«

»Gestern bat ich Lady Georgina, meine Frau zu werden.«

Die Duchess of Gordon stand eine Weile da mit vor Staunen offenem Mund, doch sie fasste sich rasch. »Ach, jetzt verstehe ich. Die Locke war ein Symbol. Auf diese Weise wollte Ihr Bruder Sie bitten, sich Georginas anzunehmen. Wie edel und selbstlos Sie doch sind, Euer Gnaden. Ihre Ritterlichkeit überwältigt mich.«

Ihre Interpretation seines Heiratsantrages bewirkte, dass John sich alles andere als ritterlich vorkam. Er wollte die Sache gerade richtigstellen, als Georgina eintrat. Ihr Anblick ließ ihn Jane Gordon und ihr Geplapper vergessen.

»Guten Morgen, John.« *Es ist wirklich passiert ... es ist kein Traum!* Sie spürte, wie ihre Wangen zu glühen begannen.

»Georgina, der Duke of Bedford bittet mich um die Erlaubnis, um deine Hand anhalten zu dürfen.«

»Nein, Mama. John ist gekommen, um dir zu sagen, dass ich gestern einen Antrag, den er mir machte, angenommen habe. Unsere Hochzeit wird am dreiundzwanzigsten Juni stattfinden.«

»Aber bis dahin ist es ja nur ein knapper Monat!«

»Es wird eben eine kurze Verlobungszeit sein.« Georgina hob ihre Hand und zeigte den Diamantring. »John muss zurück nach England.«

»Ja, also ... Nun, ihr beide scheint euch ja einig zu sein. Meinen Glückwunsch, Euer Gnaden. Die Ehre, die Sie uns erweisen, schmeichelt uns sehr. Darf ich sagen, dass mir nichts auf der Welt größere Befriedigung verschaffen könnte.« Jane streckte ihre Hand aus.

John beugte sich darüber und küsste ihre Finger. »Danke, Lady Gordon.«

»Ihr werdet mich jetzt sicher entschuldigen«, sagte Jane glatt.

Als sie allein waren, unterdrückte John sein Verlangen, Georgina in die Arme zu reißen. »Deine Mutter klang ja sehr erfreut.«

»Ihre Worte waren völlig aufrichtig. Wir sind in der Tat sehr geschmeichelt, dass uns diese Ehre zuteilwird«, sagte sie mit einem leicht spöttischen Unterton.

John legte einen Finger auf ihre Lippen. »Pst, Georgy! Die Ehre ist meinerseits. Morgen reise ich ab und werde dich erst in London wiedersehen. Lass mich wissen, wann du kommst.« Er zog sie an sich. »*Au revoir, ma petite.*«

Die französischen Worte ließen sie innerlich dahinschmelzen.

»Georgina, ich bin sprachlos vor Bewunderung. Nachdem unsere Hoffnungen, dich zur Duchess of Bedford zu machen, sich in nichts aufgelöst zu haben schienen, hast du ein Wunder bewirkt! Aber wie soll ich in weniger als einem Monat hier alles zusammenpacken, nach England zurückkehren und eine große Hochzeit vorbereiten?«

»Es wird kein Riesenfest geben. Wir wollen eine Trauung in aller Stille, bei der nur die Familie zugegen ist.«

»Aber du heiratest den Duke of Bedford! Ganz London sollte kommen und mitfeiern.«

»Mama, hast du vergessen, dass John offiziell noch in Trauer ist? Eine große Hochzeit wäre der Gipfel der Geschmacklosigkeit. Es wird schon Klatsch genug geben, weil wir das Trauerjahr nicht abwarten.«

»Ein Jahr! Gott behüte! Wir werden doch nicht riskieren, dass uns noch ein Herzog durch die Lappen geht!«

»Ist wieder jemand gestorben?«, fragte Johnny seinen Vater.

Der Duke of Bedford hatte seine Söhne von der Westminster School abgeholt und sie zum Dinner an den Russell Square gebracht, um ihnen dort von seinen Heiratsplänen zu erzählen. Er sah die Angst in der Miene seines Jüngsten und beruhigte ihn. »Nein, Johnny, alles ist in Ordnung. Aber es gibt Neuigkeiten.«

»Geht es um Napoleon?«, fragte William eifrig.

John lächelte. »Nein, es geht um mich. Ich habe mich entschlossen, wieder zu heiraten.«

Francis und William wechselten einen Blick, der ihrem Vater verriet, dass die beiden nicht begeistert waren. »Warum willst du eine neue Frau?«

Die unverblümte Frage ließ zwei Deutungen zu. Entweder wollten sie nicht, dass eine andere die Stelle ihrer Mutter einnahm, oder sie setzten Frauen mit Unglücklichsein gleich. John befürchtete, dass es sich um Letzteres handelte.

»Ist es Lady Georgina?«, fragte Johnny hoffnungsvoll.

»Ja, sie ist es, mein Sohn. Du bist sehr hellsichtig. Die Hochzeit findet in drei Wochen am dreiundzwanzigsten Juni statt, sodass wir den Sommer zusammen auf Woburn verbringen können.«

Da sie nun wussten, wer die neue Frau an des Vaters Seite war, schienen auch die beiden Großen einigermaßen versöhnt. »Lord Lennox wird durch die Heirat unser Onkel. Ich mag ihn sehr«, sagte William.

»Ihr werdet viele neue Tanten und Onkel bekommen«, setzte John hinzu.

»Das macht aber den Verlust von Onkel Francis nicht wett«, erklärte dessen junger Namensvetter.

»Natürlich nicht. Niemand kann Francis' Platz einnehmen.«

»Fein! Charlie Lennox wird mein Cousin. Wir hatten viel Spaß miteinander«, sagte Johnny. »Obwohl Mary immer versucht, uns herumzukommandieren.«

»Das ist das Schlimme bei Frauen. Sie sind herrschsüchtig«, klärte William seinen jüngeren Bruder auf. »Man muss ihnen zeigen, wer das Sagen hat.«

»Lernt ihr das in der Schule? Ich hoffe, ihr werdet euch wie Gentlemen benehmen und Lady Georgina respektvoll begegnen.«

Spätabends kam Johnny ins Schlafgemach seines Vaters und kletterte aufs Bett. John hob die Decke, damit der Junge sich neben ihn legen konnte. »Bedrückt dich etwas, Johnny?«

»Nein, Papa. Ich wollte dir nur sagen, wie froh ich bin, dass du Lady Georgina heiratest.« Dann platzte er heraus: »Und ich bin froh, dass sie nicht Onkel Francis geheiratet hat. Ist das jetzt schlecht von mir?«

»Ich bin auch froh – nein, es ist überhaupt nicht schlecht.« *Bist du sicher?*

Zwei Tage vor der Hochzeit waren John und Georgina bei Charles und Charlotte zum Dinner geladen. Das Paar hatte das Angebot, die Hochzeit in ihrem Haus in Whitehall zu feiern, gerne angenommen.

»Euer Vorschlag, uns hier trauen zu lassen, ist sehr großzügig, Charlotte. Hoffentlich ist deine Mutter nicht beleidigt.«

»Ach was, Mutter war es, die diese Idee hatte. Sie steckt bis zum Hals in Vorbereitungen für den großen Empfang, den sie zwei Tage nach der Hochzeit plant.«

Georgina warf John einen entschuldigenden Blick zu. »Sie hat halb London eingeladen. Ich konnte es ihr nicht ausreden. Sie sieht nichts Schlechtes darin, beides zu haben – eine stille Hochzeit hier in Fife House und nach unserer Abreise einen großen Empfang an der Pall Mall.«

»Sie kann einfach nicht aus ihrer Haut heraus«, fügte Charlotte hinzu.

»In Wahrheit sind Georgina und ich es, die gegen die Konvention verstoßen, also hat eure Mutter meinen Segen. Immerhin war es für sie ein großes Opfer, Paris, wo sie gesellschaftlich solche Triumphe feierte, den Rücken zu kehren.«

Huntly verzog das Gesicht. »Ich habe es richtig genossen, dass Mutter außer Landes war. Ich fühlte mich endlich völlig frei.«

Georgina zwinkerte ihrem Bruder zu. »Dann amüsiere dich heute Abend tüchtig. Es ist deine letzte Chance, dem Laster zu frönen.«

»Wir gehen zu White's und besuchen nicht das *Maison Rouge*«, erwiderte er trocken.

Georgina errötete. Nicht weil ihr Bruder ein Bordell erwähnte, sondern weil sie einst selbst dort versehentlich hineingeraten war.

Nach dem Dinner zogen Charles und George sich in die Eingangshalle zurück, damit die Verlobten sich unter vier Augen verabschieden konnten. Anschließend würden die drei Herren nämlich in den White's Club fahren, wo Lord Holland zu ihnen stoßen sollte, um mit ihnen traditionsgemäß den letzten »freien« Abend vor der Hochzeit zu begehen.

John nahm Georginas Hände. »Ich werde dich vor der Trauung nicht mehr sehen. Hast du alles, was du brauchst?«

»Das werde ich haben, wenn mein Vater morgen kommt.« Georgina blickte auf die kräftigen Hände hinunter, die sich um die ihren schlossen. Plötzlich wurde ihr klar, dass sie Alexander Gordon nicht mehr brauchte, um sich sicher zu fühlen. John Russells Liebe würde ihr von nun an und für immer diese Sicherheit bieten.

Bei White's angekommen, sahen sie, dass Lord Holland bereits da war. Er unterhielt sich mit dem Prince of Wales und dem Earl of Lauderdale. Alle drei traten vor und begrüßten John. »Herzlichen Glückwunsch, Bedford. Eben hörte ich die Neuigkeit. Lady Georgina ist unser aller Liebling.« Offenbar im Gedenken an seinen Freund Francis stieß Prinny einen von Herzen kommenden Seufzer aus. »Das Leben muss weitergehen.«

Henry lenkte John fort von dem Prinzen, der die Neigung hatte, in falsches Pathos zu verfallen. Ein livrierter Diener nahm ihre Bestellungen entgegen, und sie begaben sich in eines der Spielzimmer.

»Teufel nochmal, seit Jahren habe ich nicht mehr so viele Whigs in einem Raum gesehen. Ich dachte, sie zögen Devonshire House dem White's Club vor.«

»Das tun sie auch«, erklärte Charles Lennox. »Leider ist die Herzogin jedoch momentan gesundheitlich nicht auf der Höhe und kann keine Gäste empfangen.«

Mindestens ein Dutzend Parlamentsmitglieder beglückwünschten John, und er war froh, dass er eingewilligt hatte, heute mitzukommen. Einer, der sich im Hintergrund hielt, war George Villiers, der Earl of Jersey. John hatte den Mann seit jener unglücklichen Begegnung beim Maskenball auf Kimbolton nicht mehr gesehen. *Francis hörte Jerseys Bemerkung, ich hätte beim Tod meiner Frau die Hand im Spiel gehabt, und nannte ihn vor allen Gästen einen Lügner. Zwischen uns besteht keine Sympathie.* John amüsierte sich insgeheim, dass Jersey in dem Moment aufstand und ging, als er und seine Begleiter sich an den Pharo-Tisch setzten.

Zunächst hatte John gute Karten, aber bald wandte das Glück sich Georginas Bruder zu, und schließlich war Huntley nicht mehr aufzuhalten. Nach zwei Stunden gab John sich geschlagen und beschloss, lieber in den Nebenraum zum Baccarat zu wechseln. Sein Freund Henry schloss sich ihm an.

Im Korridor traf John auf Prince Edward. Obwohl dieser ein enger Freund seines Bruders gewesen war, empfand John Verachtung für den Duke of Kent, weil er skandalöse Dinge über Georgina gesagt hatte. Er nickte kalt und wollte vorübergehen, als der Prinz höhnisch bemerkte: »Wie ich höre, heiraten Sie, was Ihr Bruder übrig ließ.«

John geriet außer sich. »Sie haben die Dame einmal zu viel verunglimpft.« Er unterdrückte nur mit Mühe das Verlangen, ihm einen Denkzettel zu verpassen und ihn nach allen Regeln der Kunst zu verprügeln.

»Die *Dame* wettete mit mir, sie würde Duchess of Bedford werden. Es war der Titel, den sie haben wollte, und nicht der arme alte Francis. Und jetzt hat sie es fast geschafft. Ich verbeuge mich vor dem düpierten Duke of Bedford.«

Johns Schlag war so heftig, dass seine Finger Spuren auf Edwards roten Wangen hinterließen. »Wir treffen uns in zwei Stunden im St. James's Park. Lord Holland wird mir sekundieren. Pistolen oder Degen – Sie können wählen.« John machte auf dem Absatz kehrt, seinen Zorn nur mühsam beherrschend.

Während Lord Holland zurückblieb, um die Einzelheiten mit dem Sekundanten des Prinzen zu besprechen, begleiteten Lennox und Huntly John zurück an den Russell Square. Er schickte die Diener zu Bett, führte seine Freunde in die Bibliothek und zündete die Lampen selbst an.

Huntly war höchst zufrieden, dass seine Schwester einen Mann bekam, der ohne Wenn und Aber bereit war, die Ehre seiner zukünftigen Gemahlin in einem Duell zu verteidigen.

Lennox bemerkte: »Mit Ausnahme meiner Wenigkeit bist du der einzige Mensch, der so verwegen ist, einen königlichen Prinzen zum Duell zu fordern.«

»Nun, Charles, wenn ich mich so gut schlage wie du damals, ist es mir Satisfaktion genug«, erklärte John. »Entschuldigt mich, ich gehe jetzt und kleide mich um.«

Es verging mehr als eine Stunde, ehe Henry eintraf. Er sah Johns weißes Hemd und den silbergrauen Gehrock. »Du wirst ein perfektes Ziel abgeben. Er hat Pistolen gewählt.«

»Zu schade. Ich hätte ihn gerne aufgeschlitzt.« John ging an seinen Waffenschrank und entnahm ihm ein ledernes Futteral. »Wer ist sein Sekundant?«

»Lord Jersey, wie man sich denken kann«, entgegnete Henry.

»Das war vorauszusehen.« John öffnete das Futteral, zählte die Bleikugeln und reichte Holland die beiden Duellpistolen. »Sie wurden zwar gereinigt, bevor man sie wegschloss, doch ist es schon einige Zeit her, dass sie benutzt wurden.«

Henry inspizierte die Waffen und steckte sie zurück ins Futteral. »Wir haben nicht viel Zeit.« Er sah auf seine Uhr. »Fertig, Gentlemen?« Johns Begleitern glückte es, ihr Unbehagen glaubhaft zu verbergen. An Bedfords Treffsicherheit zweifelten sie nicht, doch was ihnen Sorgen machte, war die Tatsache, dass sein Gegner ein königlicher Prinz war.

Sie trafen zehn Minuten zu früh im St. James's Park ein. Die vier Männer stiegen aus und gingen zum Teich. Zwanzig Minuten verstrichen, und John, der ungeduldig wurde, lief angespannt auf und ab. Endlich, nach mehr als einer halben Stunde, hörte man eine Kutsche, die sich näherte.

Anstelle des Prinzen stieg nur der Earl of Jersey aus. Lord Holland ging ihm entgegen, und sie sprachen einige Minuten miteinander. Schließlich kam Henry zu John zurück. »Jersey sagt, Edward sei so betrunken, dass er sich nicht auf den Beinen halten, geschweige denn schießen könne.«

»Verdammt!«, fluchte John. »Dieser Trunkenbold ist nicht einmal satisfaktionsfähig. Richte Jersey aus, dass ich mich mit einer schriftlichen Entschuldigung begnüge.« Er beobachtete, wie Henry sich dem Earl näherte und dieser nach einem kurzen Wortwechsel zur Kutsche des Prinzen ging. Nach weiteren zehn Minuten kehrte er mit einem Papier zurück, dass er Lord Holland reichte. Henry las es, nickte zustimmend und überbrachte das Schreiben John. Es lautete: *Ich entschuldige mich für die Verunglimpfung des Namens einer gewissen Dame. Meine Anschuldigung war falsch.* Die Worte waren leserlich und offensichtlich von Jersey geschrieben, die gekritzelte Unterschrift mit den Initialen HRH – His Royal Highness – stammte hingegen eindeutig vom Prinzen.

Johns Freunde begleiteten ihn an den Russell Square zurück und brachten erleichtert einen Toast auf den Sieger aus, ehe sie sich empfahlen. Alles in allem war es der bestmögliche Ausgang einer unmöglichen Situation.

Eine Stunde später lag John schlaflos im Dunkeln. *Könnte an der Anschuldigung etwas Wahres gewesen sein?* Er wusste sehr wohl, dass Georgina gerne wettete. *Liegt ihr an dem Titel einer Duchess of Bedford wirklich so viel? Wenn dem so ist, hat sie ihr Ziel fast erreicht.*

Obwohl er versucht hatte, die Erinnerung zu unterdrücken, stand John immer wieder lebhaft ihre erste Begegnung nach dem Tod seiner Frau vor Augen. *Was lässt Sie glauben, ich würde mich für einen schlichten Lord interessieren, wenn ich doch einen Herzog dazu bringen kann, mir einen Antrag zu machen?*

Er stand auf und ging ans Fenster. *Ist es möglich, dass Francis und ich getäuscht wurden?*

· 26 ·

»Das ist der glücklichste Tag meines Lebens!« Georgina stand vor dem Spiegel, während ihre Schwestern den Brautschleier feststeckten. Ihr Gesicht strahlte, ihre Augen leuchteten. »Ach, Louisa, ich weiß noch, dass du vor deiner Hochzeit genau dieselben Worte gesagt hast.«

»Und weißt du auch noch, dass du mich damals ausgelacht hast?«

»Ja, und dafür entschuldige ich mich sehr. Ich hatte nicht die leiseste Ahnung, was Liebe ist.« Louisa und Charlotte waren eingeweiht, dass sie Francis verabscheut und schon vor langer Zeit ihr Herz an John verloren hatte. »Ich bin trunken vor Glück«, fuhr sie fort. »Wie soll ich für diesen feierlichen Anlass nur die nötige Würde aufbringen?«

»Deinem Bräutigam zuliebe hoffe ich, dass du dich im Zaum halten kannst und nichts Unschickliches sagst oder tust«, ermahnte Charlotte sie.

»Ich werde mich während der Zeremonie um Haltung bemühen, für die Zeit danach aber verspreche ich nichts.«

»Ach, dann bist du schon Herzogin und kannst dir alles herausnehmen – das beste Beispiel ist doch unsere Mutter. Und was John angeht: Ist die Ehe erst offiziell besiegelt, kann er nicht mehr zurück.«

»Warum sollte er das wollen? John heiratet mich, weil er mich liebt.«

Louisa lachte schallend. »Du bist eine Gordon. Und in dieser Familie geht es nicht um Liebe. Rang, Titel und gesellschaftliches Ansehen – das ist es, was allein zählt. So oder so ähnlich hast du mich am Tag meiner Hochzeit belehrt.«

Georgina stimmte in das Lachen ihrer Schwester ein. »Was für ein mieses kleines Biest ich doch damals war!«

»Und wieso glaubst du, dass du dich geändert hast?«, fragte Charlotte trocken.

Die Duchess of Gordon kam hereingerauscht. »Schon fünf vorbei, und der Geistliche aus Chenies ist noch immer nicht da. Und von Susan ist auch nichts zu sehen. Wie gut, dass dein Vater einen ordentlichen Whiskeyvorrat mitgebracht hat, damit die Männer sich stärken können, während sie warten.«

Ich bin bereit, Susan zu verzeihen, was auf Kimbolton passierte, doch es zu vergessen, das ist schwieriger. »Schade, dass Madelina nicht kommt. Wir haben sie seit Louisas Hochzeit nicht gesehen.«

»Madelina hat keinen Titel. Ihr ist nur zu gut bewusst, dass sie sich nicht mit euch anderen messen kann«, erklärte Jane.

»Aber hier findet doch kein Wettkampf statt«, meinte Georgina.

»Doch, es war einer«, widersprach Charlotte, »und du hast gewonnen.«

»Charlotte, deine Spottlust kennt keine Grenzen. Heute jedoch soll nichts mein Glück trüben.«

Als Räderrollen zu hören war, schaute Jane aus dem Fenster. »Ich glaube, der Geistliche ist angekommen, und wenn ich nicht irre, fährt gerade auch die Kutsche der Manchesters vor. Ich gebe euch noch eine Viertelstunde, dann müsst ihr euch im großen Salon präsentieren.«

Als die drei Schwestern die Treppe hinunterschritten, wurden sie bereits von ihrer Mutter erwartet. »Susan wurde auf der Fahrt übel. Sie bittet uns, ohne sie anzufangen, damit sie sich hinlegen und ausruhen kann.«

Kaum hatte Georgina den Salon betreten, als sie nur noch Augen für John hatte. Ihre Blicke trafen sich und ließen einander nicht mehr los, auch nicht, als sie ihren Platz neben ihm einnahm. Ihr Herz jubilierte und floss vor Freude schier über. Er sah mit seinem dunklen Haar und den dunklen Augen so unwiderstehlich, so umwerfend aus, dass ihr der Atem stockte. *Du bist der attraktivste Mann, dem ich je begegnet bin. Und ich bin die glücklichste Frau der Welt, weil du mich liebst.*

»Geliebte in Christo …« Georgina hörte die ersten drei Worte und verlor sich sodann in beseligenden Fantasien. Johns hochgewachsene, eindrucksvolle Erscheinung an ihrer Seite versetzte sie in einen geradezu euphorischen Glückszustand.

»Ja.«

Sie blickte zu ihm auf, und ihr wurde klar, dass er eben seinen Liebes- und Treueschwur geleistet hatte. Kerzenlicht fiel auf seinen dunklen Kopf, und sein ernster Ton berührte sie tief. Dann hörte sie den Geistlichen fragen, ob sie John gehorchen, ihm dienen, ihn lieben, ehren und ihm für immer die Treue halten wolle. Mit einem bekräftigenden Blick in Johns Augen gab sie ohne Zögern ihr Jawort.

Als Alexander, Duke of Gordon, vortrat und die Hand seiner Tochter in Johns legte, übergab er sie symbolisch ihrem Ehemann – eine Geste, die in ihr eine Woge der Zärtlichkeit für den Vater auslöste, den sie immer geliebt hatte.

»Ich, John, nehme dich, Georgina, zu meiner angetrauten Frau.«

Das sind die schönsten Worte, die du je zu mir gesagt hast. Sie lauschte aufmerksam und sprach dann ihr Gelöbnis leise und voller Inbrunst, wobei jedes einzelne Wort von Herzen kam.

John streifte ihr den breiten Goldring über den Finger. »Mit diesem Ring nehme ich dich zur Frau, mit meinem Körper ehre ich dich. Was mein ist, soll dein sein.«

Der Geistliche erklärte sie daraufhin feierlich zu Mann und Frau.

Es ist vollbracht – wir sind verheiratet! Sie hob ihren Schleier, und als John den Kopf neigte und mit seinen Lippen ihren Mund streifte, lief ein erregender Schauer ihr Rückgrat entlang.

Das frisch getraute Paar wurde sofort von Gratulanten umringt. Die Herren beglückwünschten John, und Charlotte nahm als Erste ihre jüngste Schwester in die Arme. »Viel Glück, Mrs. Russell.«

»Danke. Georgina Russell ist ein wunderschöner Name.«

Louisa umarmte und küsste sie, und dann war die Mutter an der Reihe. »Du sollst wissen, dass mein Stolz keine Grenzen kennt, weil meine Tochter soeben Duchess of Bedford geworden ist.«

Georgina sah nur, wie Charlotte ihre Augen verdrehte, und die beiden Schwestern brachen wie auf Kommando in unbändiges Gelächter aus.

Auf der entgegengesetzten Seite des Raumes unterhielt der Duke of Gordon sich mit seinem neuen Schwiegersohn. Als Georgina zu ihnen trat, nahm Alexander sie zärtlich in die Arme und drückte sie fest an sich. »Dass du mir ja auf mein kleines Mädchen achtest«, ermahnte er den Ehemann.

Georgina und John sahen einander lächelnd in die Augen. *Er nannte mich bei unserer ersten Begegnung kleines Mädchen, und jetzt nennt er mich so, wenn er mich necken will.*

Die Kinderfrauen waren angewiesen, den zahlreichen Nachwuchs in sicherer Entfernung von der Hochzeitsgesellschaft zu beschäftigen. Georgina hatte Mary versprochen, sie würde hinaufkommen und sich in ihrem Brautstaat zeigen, ehe das Dinner beim Schein unzähliger Kerzen serviert wurde.

»Schön siehst du aus, Georgy.« Mary strich sacht über den glänzenden Seidentaft. »Hast du den alten Mann geheiratet, damit du Johnnys Mutter werden kannst?«

Georgina war verblüfft. »Ich denke, das war wohl einer der Gründe.«

»Wirst du mich dann überhaupt noch liebhaben?«, fragte Mary ängstlich.

Georgina hob die Kleine hoch und schwenkte sie herum. »Natürlich habe ich dich weiterhin lieb, mein Schatz. Du wirst stets einen ganz besonderen Platz in meinem Herzen haben.« Sie zog eine zarte weiße Rose aus ihrem Brautstrauß und gab sie dem Kind. »Ich hebe dir ein Stück von der Hochzeitstorte auf. Wenn du es unter ein Kissen legst und dir etwas wünschst, geht es in Erfüllung.«

»Gibt es das überhaupt?«

»Ja, ganz sicher. Ich habe vor längerer Zeit einen Wunsch geäußert, und heute geht er in Erfüllung.«

John rückte seiner Braut den Stuhl zurecht, als man sich an der Hochzeitstafel niederließ. Die üblen Unterstellungen des Prinzen hatten ihm in den letzten Nächten den Schlaf geraubt. Schließlich aber war er zu dem Schluss gelangt, dass Edward nur missgünstig sei. Der königliche Lüstling hatte es seit ihrem ersten Ball auf Georgina abgesehen, und John war fast sicher, dass Edward mit Francis gewettet hatte, wem es gelingen würde, sie zu verführen. Offensichtlich war Francis der Gewinner gewesen, und der Prinz fühlte sich düpiert.

Als John neben seiner Frau Platz nahm, schämte er sich dieser Gedanken. Und auch, dass er einen flüchtigen Moment lang sogar daran dachte, ob Georgina vielleicht sogar Francis verführt hatte, um Duchess of Bedford zu werden. Doch als er nun neben ihr saß und ihre schlagfertigen Entgegnungen auf die Neckereien der Geschwister hörte, stellte er fest, dass es ihn nicht kümmerte. Sie war die Frau, die er sich für sein Leben ersehnt hatte. Wenn es überhaupt für ihn die Aussicht auf Glück gab, dann nur mit dieser lebenslustigen Schönheit, die ihm das Herz geraubt hatte. *Vor kurzem erst habe ich gelobt, sie mein Leben lang zu lieben und zu ehren, und das meinte ich ehrlich.*

John hörte Alexander Gordon zu, der von Schottland schwärmte und dem Landleben dort, das er so liebte. Verständlich, dass er mit der Londoner Gesellschaft nicht viel anzufangen wusste. Während

John der Brautmutter zuhörte, die die Unterhaltung beherrschte und mit pikanten Histörchen aus Paris nicht geizte, fragte er sich, wie zwei solche Gegensätze zueinanderfinden konnten. *Es muss Lust, pure, simple Lust gewesen sein,* folgerte John. *Fleisch drängt zu Fleisch.* Georginas verführerischer Duft streifte ihn und erregte ihn auf der Stelle.

John sah zu Louisa und ihrem Mann hinüber. *Sie ist in dieser Verbindung der überlegene Teil, und doch scheinen sie einigermaßen glücklich zu sein.* Sein Blick wanderte zu Susan, die sich bei ihrer Ankunft nicht wohlgefühlt hatte. Ihre schmollende Miene verriet Unzufriedenheit, und Manchester schien ihr gerade jetzt nur Gleichgültigkeit entgegenzubringen, obwohl sie mit seinem Kind schwanger war. *In den meisten Ehen ist es so, dass einer mehr liebt als der andere.* Er blickte auf seine junge Frau hinunter. *In unserer Ehe fällt diese Rolle sicher mir zu, zumindest anfangs. Wenn ich Glück habe, werde ich aber eines Tages ihr Herz gewinnen.* John sah hinüber zu Charlotte und Charles. Ihre Verbindung schien harmonisch, und doch wollte er nicht nur das für seine Ehe. Mit Georgina strebte er nach mehr, viel mehr.

»Es ist erst Mitternacht, aber wir haben die Jungvermählten lange genug mit Beschlag belegt«, erklärte Jane. »In London können wir dann bis zum Morgengrauen feiern. Außerdem sollte auch Susan schleunigst ins Bett. Sie schaut aus, als würde sie gleich umfallen.«

Plötzlich fühlte Georgina sich schuldig. Seit ihrer Flucht aus Kimbolton hatte sie gegen Susan einen tiefen Groll gehegt. Heute jedoch, da ihr Herz überfloss vor Glück, wollte sie dies mit der Schwester teilen. *Ich muss Susan sagen, dass ich sie gernhabe.*

Als die Gäste sich in die Eingangshalle begaben, winkte Georgina ihre Schwester in den kleinen Salon.

»Es war so lieb von dir, den Weg auf dich zu nehmen, obwohl du dich nicht wohlfühlst.« Georgy umarmte ihre Schwester. »Ich bin so glücklich, Susan.«

»Das hast du mir zu verdanken. Als du England verlassen hast, um dem Skandal zu entfliehen, war ich außer mir. Ich fuhr direkt nach Woburn und konfrontierte John Russell mit dem Brief seines Bruders.«

»Mit welchem Brief?«

»Mit dem Brief, den Francis nach eurem Rendezvous auf Kimbolton an William schrieb. Bedford teilte uns mit, dass er dir einen Heiratsantrag gemacht habe und Mutter einen förmlichen Besuch abstatten wolle, um anschließend eure Verlobung öffentlich bekannt zu geben. Ich machte John Russell klar, wo seine Pflicht liegt«, erklärte Susan.

»Seine Pflicht?«, hauchte Georgina. Plötzlich schien Eiseskälte im Raum zu herrschen.

»John Russell und seine Freunde bestritten eine Verlobung und gaben dich öffentlicher Demütigung preis. Nachdem ich ihm den unwiderlegbaren Beweis zeigte, dass Francis dich zur Duchess of Bedford machen wollte, erkannte Russell, dass es seine Pflicht war, deinen Ruf und deine Ehre wiederherzustellen und dafür zu sorgen, dass du den versprochenen Titel bekommst.«

Manchester erschien in der Tür zum Salon. »Wo steckst du, Susan? Dir ist doch nicht schon wieder übel?«

»Ich komme schon!« Sie senkte die Stimme. »Männer sind so verdammt ungeduldig.« Susan küsste ihre Schwester auf die Wange. »Du brauchst dich nicht schuldig zu fühlen, Georgy. Du verdienst es, Duchess of Bedford zu sein. Gute Nacht.«

Georginas Knie waren so weich, dass sie auf einen Stuhl sank. *John bat mich, seine Frau zu werden, weil er mich liebt.* Ihr strahlendes Glück umgab sie wie eine Aura, und sie klammerte sich verzweifelt daran. Sie dachte zurück an die romantische Nacht in Paris, als er um sie angehalten hatte. *Ich brauche eine Gastgeberin für Woburn und kenne keine andere Lady, die diesen Anspruch so gut erfüllt …*

Georgina spürte, wie eiskalte Finger nach ihrem Herzen griffen und es umklammerten. Sie schauderte zusammen. *John machte damals keine Liebeserklärung. Er küsste mich bloß auf die Stirn.* Ihre Hochstimmung verflüchtigte sich gleich einem Nebel und trieb davon. Ihr Glück zersprang in tausend Scherben

»Wir haben dich schon gesucht.« Charlotte drehte die Lampe höher. »Was machst du hier im Dunkeln?«

Der Kloß in ihrer Kehle hinderte Georgina an einer Antwort. Sie sah die besorgte Miene ihres Ehemannes, der an der Tür stand.

Charlotte nahm ihre Hände und zog sie vom Stuhl hoch. »Alle sind fort, endlich! Ich bringe dich hinauf, Georgy.« Im Vorübergehen raunte sie John zu: »Die übliche bräutliche Nervosität. Ich kümmere mich um sie.«

Die beiden Schwestern stiegen die Treppe hoch und bogen in den Gästeflügel ab, in dem das Brautgemach vorbereitet worden war. Georgina spürte, wie ihre Beine zitterten, und setzte sich aufs Bett.

»Ist etwas, Liebling?«, fragte Charlotte vorsichtig.

Georgina schüttelte den Kopf.

Eine Kammerzofe trat ein, um die junge Braut für das Bett zurechtzumachen, doch schickte Charlotte sie mit freundlichem Dank wieder hinaus. Als sie allein waren, kramte sie ein wenig herum, um Zeit zu gewinnen. Schaute nach den Handtüchern und anderen Toilettengegenständen, ehe sie die schweren Vorhänge vor den hohen Fenstern zuzog. Sie nahm das kunstvoll bestickte Nachthemd vom Kissen und legte es neben Georgina. »Ich helfe dir aus dem Brautkleid«, sagte sie leise.

Wie benommen ließ Georgina zu, dass ihre Schwester sie auszog und ihr das zarte weiße Hemd über den Kopf streifte. Charlotte führte sie zum Frisiertisch, drückte sie sanft auf den Stuhl vor dem Spiegel und machte sich daran, ihr Haar zu bürsten. »Ist dir bang zumute, Georgy?«

Ihre Blicke trafen sich im Spiegel. »Du brauchst keine Angst zu haben. John liebt dich sehr.«

Als Georginas Augen sich mit Tränen füllten, lief Charlotte zu dem Tisch, auf dem zwei Karaffen standen. Den Wein ließ sie stehen und griff zum Brandy, goss davon reichlich in ein Glas und brachte es ihrer Schwester. »So, trink das. Es hilft gegen deine Scheu vor der Hochzeitsnacht.«

Georgina nahm das Glas und hielt es fest. Sie sah aus, als habe sie einen Schock erlitten oder befinde sich in Trance. Charlotte meinte darin nur Unsicherheit und Nervosität zu erkennen und dachte an den Abend zurück, als Georgy sie und Charles in einer peinlichen Situation ertappt und verstört reagiert hatte. »Liebes, du ängstigst dich grundlos. Trink deinen Brandy und überlass alles andere John. Na, schon besser?«

Georgina nickte, doch konnte Charlotte ihr ansehen, dass sie noch immer tief in Gedanken versunken war. Da sie nicht mehr wusste, was sie tun konnte, zog sie sich zurück und schloss leise die Tür des Gemaches.

Am oberen Ende der Treppe traf sie mit John zusammen. »Leider ist ihre glückliche, überschwängliche Stimmung völlig verflogen. Es sind die Nerven. Ich habe sie beruhigt, ihr gesagt, es gebe keinen Grund, sich zu ängstigen. Gute Nacht, John.«

Georgina starrte in ihr Glas mit dem Brandy. Ohne zu trinken, stellte sie es auf ein Nachttischchen und setzte sich aufs Bett. Sie war wie erstarrt – benommen wie ein kleiner Vogel, der gegen eine Mauer geprallt war. *Mein Mann liebt mich nicht!* Sie wollte lachen, wusste aber, dass sie den Tränen näher war. *Ich schwor mir einst, nur aus Liebe zu heiraten. Wie dumm ich jetzt allen vorkommen muss! Ich fühle mich wie in einem Alptraum gefangen, nur ist dieser leider Wirklichkeit.*

Georgina fuhr zusammen, als sie hörte, dass die Tür geöffnet wurde. Es war John, natürlich. Enttäuschung überfiel sie. Gab es eine größere Demütigung auf Erden, als jemandem dankbar sein zu müssen, der nur seine Pflicht erfüllte.

John lächelte seiner schönen Braut zu, als er sie in ihrem Nachthemd auf dem Bett sitzen sah. Er zog Jackett und Weste aus, lockerte sein Halstuch und legte auch dieses ab, ehe er auf sie zuging. Erst aus der Nähe gewahrte er ihren unglücklichen Gesichtsausdruck, der fast schon einer Panik glich. Er hatte gespürt, dass etwas nicht in Ordnung war, als er und Charlotte Georgina im Dunkeln sitzend antrafen. John wusste, dass sie zuvor als Letztes mit Susan gesprochen hatte, und er argwöhnte, dass es eine Äußerung der Schwester war, die ihrer glücklichen Stimmung ein jähes Ende bereitet hatte.

Georgina sah so unglaublich jung aus, dass Unsicherheit ihn erfasste. Musste er ihr andersherum nicht sehr alt vorkommen? »Georgy, du hast doch keine Angst, oder?«

Ihre Augen wurden groß. Ihre Kehle war wie zugeschnürt, sodass sie keinen Ton herausbrachte. Stattdessen schüttelte sie bloß zaghaft den Kopf.

»Vielleicht ist Angst das falsche Wort. Fühlst du dich ein wenig befangen?« Er lächelte sie beruhigend an. »Georgy, das ist ganz normal. Ich könnte mir denken, dass jede Braut in ihrer Hochzeitsnacht ähnlich empfindet.« Er streckte die Hand aus, um ihr über die dunklen Locken zu streichen, doch wich sie vor seiner Berührung zurück. *Sie sieht so verloren und verletzlich aus, dass es mir das Herz bricht.*

»Möchtest du darüber sprechen, mein Schatz?«, fragte er liebevoll.

Sie schüttelte heftig den Kopf.

Er sah den Brandy, den sie nicht angerührt hatte, auf dem Nachttisch. Zwar würde der Drink sie beruhigen, war aber vielleicht zu stark für sie. »Möchtest du einen Schluck Wein, Georgy?«

Wieder schüttelte sie den Kopf.

»Geh zu Bett«, schlug er vor. Als er ihr Zögern bemerkte, dämpfte er das Licht der Lampe, bis es nur noch einen schwachen Schein warf. John war erleichtert, als sie langsam aufstand, die Decke hob und sich hinlegte. Er zog die Manschettenknöpfe aus seinem Hemd und setzte sich aufs Bett. In die großen Kissen gelehnt, sah seine Braut klein und zerbrechlich aus wie ein Kind.

Seine Hände umfassten ihre Schultern, und er zog sie an sich, um ihr einen Kuss auf die Wange zu drücken. Kaum berührten seine Lippen ihre seidige Haut, spürte er, wie sie erstarrte. *Sie denkt an Francis. Ich muss ihr Zeit lassen …, ich muss geduldig sein.*

John sah ihr lächelnd in die Augen. »Du bist heute nicht in Stimmung, so ist es doch, Georgy?«

Ihre Lippen zitterten, sie schluckte. »Nein.«

»Ich verstehe, wirklich. Schlaf jetzt.« John steckte fürsorglich die Decken um sie herum fest. Er entfernte sich vom Bett, löschte die Lampe und sank auf einem Polstersessel nieder.

Georgina lag stundenlang wach in der Dunkelheit, ehe ihre Erstarrung allmählich wich und einer umfassenden Wut Platz machte. Wut auf Francis Russell, der die Wurzel allen Übels war. Wut auch auf ihre Mutter, die sie in die Arme dieses verkommenen Lebemannes getrieben hatte.

Die größte Wut aber hatte sie auf ihre Schwester Susan und deren Mann, die sich in diesem perfiden Verführungsplan zu Handlangern ihrer Mutter gemacht hatten. Und schließlich war sie wütend auf John Russell, weil er sie unter falschen Voraussetzungen geheiratet hatte. Damit waren all ihre schönen Träume zerplatzt wie Seifenblasen.

Dieser dominante Mensch hat es fertiggebracht, dass ich mich ganz seinem Willen unterordnete. Er manipulierte mich zu einem Zeitpunkt, als ich am verwundbarsten war. Meine Instinkte hätten mich warnen müssen, dass dieser Mann sich quasi gottgegebene Gewalt über mich anmaßt.

Sie lag in der Dunkelheit, während sich in ihrem Kopf die unglücklichen Gedanken jagten. Allmählich aber dämmerte ihr, dass die Schuld ganz allein bei ihr lag. *Ich war es, die mit Francis Russell herumflirtete, ihn lockte und mit ihm spielte, sodass er mir mit hän-*

gender Zunge nachlief. Das alles tat ich, obwohl mein Bruder mich mehrmals warnte, dass der Herzog ein elender Frauenheld sei. Ich hätte Mama unmissverständlich zu verstehen geben müssen, dass ich den Mann verachtete und ihn unter keinen Umständen zu heiraten beabsichtigte. Ich hätte Susan ins Vertrauen ziehen und ihr sagen sollen, dass es John Russell sei, der mir gefällt, und nicht Francis. Ganz im Gegenteil!

Georgina stellte sich ihren Ehemann schlafend im Polstersessel vor. Der Gedanke, dass John sie aus Pflichtgefühl und nicht aus Liebe geheiratet hatte, war zwar niederschmetternd, doch musste sie sich der Tatsache stellen. *Ich bin mit einem Mann verheiratet, der mich nicht liebt, obwohl ich gelobte, mich nie auf eine Heirat ohne Liebe einzulassen. Schluss jetzt mit dem Selbstmitleid! Ob ich in Zukunft glücklich werde, liegt allein in meiner Hand. Um meine Träume wahr werden zu lassen, muss ich es schaffen, dass John Russell sich in mich verliebt.* In der Dunkelheit verzog sich ihr Mund zu einem kleinen Lächeln.

· 27 ·

Georgina schlug die Augen auf und sah, dass es Morgen war. Jemand hatte die Vorhänge aufgezogen, und die Sonne schien hell in das Brautgemach. In diesem Moment fiel ihr alles wieder ein, und ihr Blick wanderte zum Sessel. Leer – ihr Herz wurde schwer.

John ist fort! Kein Wunder. Jeder Bräutigam mit etwas Selbstachtung, der seine Hochzeitsnacht in einem Sessel verbringen muss, wäre inzwischen meilenweit weg!

Doch die Tür ging auf, und John trat mit einem Tablett ein. »Guten Morgen. Ich dachte mir, du würdest ein Frühstück im Bett zu schätzen wissen.«

Sie setzte sich auf und lehnte den Rücken in die Kissen. »Letzte Nacht war mein Benehmen unmöglich … es tut mir leid, John.«

»Unsinn.« Er stellte das Tablett vor sie hin und setzte sich aufs Bett.

Ihre grünen Augen glänzten. »Du bist ein so höflicher Mensch. Höflich ist ein anderes Wort für zivilisiert. Ich nehme an, das ist eine Eigenschaft, die wir Gordons nie für uns werden beanspruchen können.«

John hob die silbernen Deckel von den drei Platten.

»Guter Gott, das kann ich doch nie im Leben aufessen.«

»Das hoffe ich auch nicht. Das meiste ist nämlich für mich.«

»Gieriger Teufel. Und so etwas habe ich als zivilisiert bezeichnet.«

»Ich habe eben einen gesegneten Appetit.« Sein Blick wurde von ihren entzückenden Brüsten angezogen, die sich verführerisch unter ihrem dünnen Nachthemd abzeichneten. *In jeder Hinsicht bin ich am Verhungern.* Er sah sie begehrlich an und konnte nicht verhindern, dass sein Atem schneller ging.

Georgina war ihr Leben lang beigebracht worden, wie man einen Mann für sich interessierte. Feminin und verlockend zu sein, genügte nicht. Nein, eine Lady musste provozierend und zurückhaltend zugleich sein. Männer wollten immer das, was sie nicht haben konnten. Sie genossen die Jagd und fanden jedwede Herausforderung unwiderstehlich. *Ich darf John nicht merken lassen, dass ich bis über beide Ohren in ihn verliebt bin.*

Sie griff mit den Fingern nach einer Scheibe Speck, doch John kam ihr zuvor. »Magst du Speck, Georgy?«

»Ja«, gestand sie, »besonders wenn er knusprig ist.«

Er griff nach dem Teller und hielt ihr die Köstlichkeit an die Lippen. Sie schaute ihm lächelnd in die Augen und ließ sich von ihm füttern. »Jetzt habe ich ein Geheimnis erfahren: Du kannst einer Versuchung nicht widerstehen.«

»Natürlich kann ich das.«

Er griff wieder nach einem Stück Speck und schwenkte es vor ihr. Der Duft war zu verlockend. Georgina gab nach und ließ zu, dass er den gesamten Speck an sie verfütterte. Auf diese Weise wurde das gemeinsame Frühstück zu einer recht heiteren Angelegenheit, und John war sehr froh, dass Georginas gute Laune zurückzukehren schien.

Obwohl er erregt und voller Verlangen nach ihr war, beherrschte er sich mühsam. Es war besser, sie behutsam zu umwerben und in die richtige Stimmung zu versetzen, denn er wollte auf keinen Fall riskieren, dass seine schöne junge Frau erneut vor ihm zurückwich.

»Ich muss jetzt meine Toilette machen. Ich kann es kaum erwarten, mein neues Reisekleid anzuziehen. Die gesamte Ausstattung kommt aus Paris.« Ihre Augen blitzten. »Der Versuchung französischer Mode konnte ich ebenfalls nicht widerstehen.«

»Unsere Leute in Bedfordshire sind diesbezüglich sehr kritisch und wissen deine Garderobe sicher zu würdigen«, neckte er sie. »Doch kann ich nicht garantieren, dass man dich in Cambridge und Northampton nicht einfach begaffen wird.«

»Aber ich liebe es, angestarrt zu werden. Was glaubst du denn, warum ich so sensationell auffällige Hüte trage?«

»Natürlich um anderen Frauen die Schau zu stehlen und dich selbst in den Mittelpunkt der Aufmerksamkeit zu rücken. Allmählich komme ich hinter all deine Geheimnisse.«

»Ha! Das wird eine Ewigkeit dauern.«

John sah sie lächelnd an. »Wir haben eine Ewigkeit Zeit.«

Du hast das Talent, immer das Richtige zu sagen. Kein Wunder, dass ich verrückt nach dir bin.

Zwei Stunden später bestieg Georgina in einem spektakulären schlüsselblumengelben Reisekleid mit passendem Mantel die Kutsche des Duke of Bedford und warf Charlotte und ihrer Nichte Mary Kusshände zu. Die Jungvermählten wollten die Nacht auf Woburn verbringen und am nächsten Tag zu einer kurzen Reise aufbrechen.

»Es tut mir leid, dass die Zeit so knapp ist, Georgina. Ich muss unsere Güter in Cambridge und Northampton besuchen und wieder auf Woburn sein, wenn die Jungen nach Hause kommen.«

»John, du brauchst dich nicht zu entschuldigen. Als Duchess of Bedford freue ich mich, sämtliche Pflichten mit dir zu teilen. Meine Neugier ist unersättlich, und zudem lerne ich gerne neue Orte und Menschen kennen.«

»Für mich sind sie auch neu. Seit meiner Kindheit habe ich die Besitzungen nicht mehr besucht. Und ich möchte kein Gutsherr sein, der ständig durch Abwesenheit glänzt. Genauso wenig möchte ich, dass die Gutsverwalter mir das Hemd vom Leib stehlen oder meinen Pächtern das Leben zur Hölle machen.« Er schnitt eine Grimasse. »Aufregende Flitterwochen!«

»Erst die Pflicht, dann das Vergnügen«, zog sie ihn auf. »Das ist ein Zeichen von Reife und für einen Ehemann eine höchst erstrebenswerte Eigenschaft.« Georgina errötete, als ihr einfiel, dass ihre Ehe noch nicht vollzogen war. Nur dem Namen nach waren sie Mann und Frau, doch das würde sich heute ändern. Ein kurzer Moment der Panik überfiel sie bei dem Gedanken, ob John diesen Vollzug wohl als Pflicht oder Vergnügen auffassen würde. *Jetzt will ich nicht darüber nachdenken. Erst später.*

Als sie auf Woburn eintrafen, war es später Nachmittag, und Burke hatte das Hauspersonal sowie sämtliche Gutsarbeiter zusammengetrommelt, damit die Leute den Duke of Bedford und seine neue Gemahlin begrüßen konnten.

Georgina bat darum, ihr alle namentlich vorzustellen. Sie hob die Haus- und Stubenmädchen aus ihren tiefen Knicksen hoch und reichte ihnen die Hand. Dann wechselte sie mit jedem der männlichen Bediensteten einen Händedruck und wiederholte den Namen.

»Für den herzlichen Empfang sage ich Dank. Seit drei Jahrzehnten gab es keine Hausherrin auf Woburn mehr, und ich könnte mir denken, dass manche unter euch mit einem gewissen Unbehagen der neuen Situation entgegensehen. Ihr sollt wissen, dass auch mir ein wenig bang zumute ist. Herzogin zu sein, ist mir neu, und ich bitte alle, mir zu helfen, diese Rolle auszufüllen.«

Burke und der Duke of Bedford blickten beifällig und voller Bewunderung auf Georgina. Dann nahm John sie in die Arme, schwang sie hoch und trug sie über die Türschwelle. Die Frauen klatschten Beifall, und die Männer ließen das Paar hochleben. Alle freuten sich, dass sie Zeugen dieses alten Brauches sein durften. Ehe er sie wieder auf den Boden stellte, legte Georgina, einem plötzlichen Impuls folgend, die Arme um den Hals ihres Ehemannes und bot ihm kussbereit ihren Mund. Als seine Lippen die ihren fanden, applaudierte der gesamte Dienerstab. Georgina löste sich als Erste und flüsterte ihm ins Ohr: »Danke. Ein weiterer Kuss, und sei es auf die Stirn, und ich wäre verloren.«

Helen Taylor, die schon eine Woche zuvor auf Woburn eingetroffen war und Georginas Garderobe, ihre persönlichen Sachen und Besitztümer gebracht hatte, wartete in der Eingangshalle am Fuß der prachtvollen Treppe. »Nie hast du hübscher ausgesehen, mein Lämmchen. Ich bringe Mantel und Hut nach oben.«

»Danke, Helen.« Georgina hängte sich bei dem langjährigen Butler ein. »Ich vertraue mich nun Ihnen an, Mr. Burke. Während mein Mann sich in seinem Büro wichtigen Dingen widmet, bitte ich Sie, mit mir einen Rundgang durch mein neues Heim zu machen.«

John verkniff sich ein Lächeln, als er den beiden nachblickte, wie sie aus der Halle gingen. *Der gute Burke steht im Begriff, Georginas unwiderstehlichem Charme zu verfallen, und wenn ich mich nicht irre, fressen ihr die anderen schon aus der Hand.*

Burke führte Georgina in den großen Empfangssalon und dann durch zwei kleinere in den Privatsalon.

Sie ging zum Kamin und blickte zu dem Gemälde hinauf, das über dem Sims hing. »Was für eine schöne Frau. Wer ist sie, Mr. Burke?«

»Elizabeth, die erste Gemahlin des Duke of Bedford.«

»Ach …« Georginas Lippen waren plötzlich ganz trocken. Beim Anblick des Bildes verflüchtigte sich ihre neu gefundene Selbstsicherheit. *Ich hatte ja keine Ahnung, dass Johns Frau von so erlesener Schönheit war.* Ihr fiel ein Satz von Francis ein, sein Bruder habe seine Frau innig geliebt, und seine Trauer verzehre ihn fast.

Unwillkürlich verglich sie sich mit der groß gewachsenen, schlanken und blonden Elizabeth. *Ich bin zu klein, zu dunkel … Nie könnte ich ihren Platz in seinem Herzen einnehmen.* In wenigen Augenblicken war ihr Selbstvertrauen geschwunden und hatte tiefer Unsicherheit Platz gemacht.

Burke schenkte ihr ein Glas Rotwein ein. Ihre Blicke trafen sich, und Georgina erkannte, dass sie einen treuen Verbündeten gefunden hatte. Als sie an ihrem Wein nippte, überlegte sie, dass es wohl länger dauern würde, Johns Liebe zu gewinnen.

Oben öffnete Helen die Tür des Schlafgemaches, das für Georgina vorbereitet worden war. Ihre eigenen, vertrauten Möbelstücke aus dem Haus an der Pall Mall nahmen ihr ein wenig von ihrer Befangenheit.

»Ich fand diesen Raum geeignet, weil sich nebenan eine geräumige Garderobe für deine vielen schönen Kleider befindet und weil es an das Schlafgemach des Herzogs anschließt«, erklärte Helen.

»Ich wusste nicht, dass wir in getrennten Zimmern schlafen würden.«

»Ha! Schlaf wird es wenig geben. Du wirst ihn in einem Bett lieben und dich dann ins andere legen.«

Georgina fühlte sich ganz klein. »Helen, eben habe ich ein Porträt von Johns Frau gesehen. Ich fürchte, dass er noch immer in sie verliebt ist.«

»Unsinn! Du würdest bei jedem Vergleich haushoch gewinnen.«

»Wieso glaubst du das?«

»Sie ist tot. Georgina Russell aber ist lebendiges Fleisch und Blut. Außerdem bist du die Duchess of Bedford. Vergiss das nie! Und lass es auch ihn nie vergessen!«

Georgina lächelte zaghaft. »Ich bin ja so froh, dass du da bist.«

Die Neuvermählten nahmen allein ein intimes Dinner zu sich, das vom Koch eigens zubereitet worden war. Sie ließen sich zwei Stunden Zeit – John wollte jeden Anschein vermeiden, dass Georgina von ihm gedrängt wurde.

Nach dem Dinner ging sie in den Küchentrakt und machte dem Koch und seinen Helfern Komplimente. Erfreut über ihre Aufmerksamkeit, fragte er, was sie sich zum Frühstück wünsche und ob sie es oben serviert bekommen wolle.

Sie bemühte sich, nicht zu erröten. »Nein, nein, wir werden in dem kleinen Speisezimmer essen, wo wir heute diniert haben. Nach dem Frühstück brechen wir sofort nach Cambridge auf.«

Georgina ging hinauf und traf Helen im geräumigen Garderobenzimmer beim Packen der Dinge für die Hochzeitsreise.

»Deine neuen Kleider aus Paris sind schon ein kleines bisschen gewagt, wenn auch sehr schön. Ich freue mich, dass du lebhafte Farben gewählt hast. Das jadegrüne Kleid hat die Farbe deiner wundervollen Augen.«

»Ich war dieser faden Debütantinnenfarben einfach überdrüssig.« *Ganz zu schweigen von den langweiligen Trauermonstrositäten, die Mama mir aufgezwungen hat.* »Meine neuen Kleider brauchst du nicht einzupacken. Die spare ich mir für die Einladungen auf Woburn auf. Aber ich brauche einige meiner alten Sachen, ein paar Reitröcke und Jacken. Ich werde Johns Pächter auf den verschiedenen Gütern treffen und würde bei den Landleuten in meinen Empirekleidern aus Tüll nur Hohn und Spott ernten. Vergiss nicht feste Schuhe und Reitstiefel. Wenn du mit dem Packen fertig bist, ruf einen Diener zu Hilfe. Du sollst keine schweren Sachen schleppen, Helen.«

»Eines muss man Woburn lassen – an männlichem Personal ist kein Mangel. Darunter sogar etliche stattliche, schmucke Burschen!«

Sie hörten John im angrenzenden Schlafzimmer, und Helen zwinkerte ihr zu. »Apropos stattliche, schmucke Burschen …«

»Lass jetzt das Packen. Was noch fehlt, kannst du morgen erledigen.«

»Alles ist fertig. Soll ich dir beim Ausziehen helfen, Lämmchen?«

»Nein danke, Helen. Das schaffe ich schon allein.«

Als Georgina Schuhe und Strümpfe abstreifte, stieg Angst in ihr auf. Am Abend zuvor hatte ihr Mann sich sehr rücksichtsvoll betragen, doch wusste sie, dass sie sich ihm heute nicht verweigern durfte. Sie dachte zurück. Bei ihrer ersten Begegnung hatte er gefährlich und bedrohlich auf sie gewirkt. Es war der unterdrückte Zorn gewesen, der in seinen schwarzen Augen glomm und so einschüchternd wirkte. *Sollte er jemals seinem Zorn die Zügel schießen lassen, wird es sein, als würden sich die Pforten der Hölle auftun.* Sie hatte immer geglaubt, John Russell habe eine dunkle, gefährliche Seite, und geargwöhnt, dass er im Extremfall imstande wäre, ihr eine Tracht Prügel zu verpassen.

Als John die Verbindungstür öffnete, saß Georgina im Nachthemd und mit gebürstetem Haar im Bett. Er ging direkt zu ihr, schlug die Decke zurück und hob sie hoch, um sie ins angrenzende Zimmer zu tragen. »Das ist unser Schlafgemach, Georgy. Hier ist es für uns beide bequemer.«

Ihr Herz schlug so heftig, dass sie befürchtete, er könnte es hören.

Der große, luxuriöse Raum war ganz in Rot und Gold gehalten. In dem riesigen, mit orientalischen Fliesen verkleideten Kamin brannte ein Feuer. Weich gepolsterte Sessel und ein Sofa standen auf einem dicken, ebenfalls rot und gold gemusterten Teppich. Ein geschnitzter schwarzer Spieltisch aus schwerem Eichenholz wartete vor dem Feuer. Auf einem tiefen Fenstersitz stand ein Schachbrett. Das Himmelbett war riesig und so hoch, dass ein Schemel gebraucht wurde, um hinaufzusteigen.

John schlug die Decken zurück und hob Georgina aufs Bett. Er löschte die Lampe – der Raum war nun dunkel bis auf den warmen, flackernden Feuerschein des Kamins. Er zog sein Nachtgewand aus und sah die Spiegelung der Flammen in ihren Augen. »Georgy, du starrst mich an, als hättest du nie zuvor einen nackten Mann gesehen.«

»Viele nicht«, gestand sie. Sie hatte einen flüchtigen Blick auf die Ehemänner von zweien ihrer Schwestern getan, den Blick aber wegen des intimen sexuellen Aktes sofort abgewendet. »Und keinen, der so beeindruckend aussah.«

»Schmeichlerin«, sagte er zärtlich, und sie lachte nervös.

John stieg ebenfalls ins Bett und zog sie in die Arme. Wenn er wollte, dass seine junge und schöne Frau sich in ihn verliebte, musste er ihre Lust wecken. Heißes Verlangen flammte bei diesem Gedanken in ihm auf, doch er rief sich zur Ordnung. Er durfte und wollte nicht über sie herfallen und sie nehmen, um seine Begierde zu befriedigen. Er musste mit Lippen und Händen um sie werben und sie langsam und sanft in Erregung versetzen.

Die Glut seines Körpers schockierte sie, erregte sie aber gleichzeitig, ebenso wie der aufreizend männliche Duft seiner Haut. Nur mühsam widerstand sie der Versuchung, ihn mit der Zunge zu berühren, um seinen Geschmack zu kosten, doch als sie seinen Atem auf ihrer Haut spürte, den sinnlichen Druck seines Mundes, erwachte jäh ein drängendes Begehren in ihr. Sie wollte diesen Mann, der sie so zärtlich küsste und von dem sie nicht lassen konnte.

Er küsste sie eine ganze Stunde lang. Winzige, rasche Küsse auf Schläfen, Lider und Mundwinkel. Er küsste ihr Haar, ihr Ohr, dann glitten seine Lippen ihre Wange entlang und weiter hinunter zur Kehle. Er hörte ihr rasches Einatmen und erkannte, dass ihre Erregung stieg. Dann wieder suchte sein Mund den ihren, und erneut verloren sie sich in der Seligkeit unzähliger langsamer, schmelzender Küsse.

Georgina trieb in einem warmen Meer der Wonne. Ihre Haut begann zu prickeln und lustvolle Schauer liefen durch ihren Körper.

Als sein Mund ihre Lippen freigab und er ihr mit dem Finger sacht durchs Gesicht strich, folgte sie einer plötzlichen Eingebung, nahm seinen Finger in den Mund und saugte daran. Es verriet ihm, dass sie nach mehr verlangte, und als er sie diesmal küsste, teilte er ihre Lippen und erkundete mit seiner Zunge die Tiefen ihres Mundes. Hinein und wieder heraus – eine Vorwegnahme dessen, was ihre Körper bald tun würden.

Als er sich zurückzog, vernahm er ein leises, protestierendes Stöhnen. Es verriet ihm, welche Lust sein Vorspiel ihr bereitete. Er nahm ihre Hand, drückte einen Kuss auf die Handfläche, glitt dann mit seinen Lippen über ihr Handgelenk und zeichnete eine Spur von Küssen auf die weiche Haut an der Innenseite ihres Armes.

Als sie vor Wonne erbebte, umfasste er ihre Brust und strich mit dem Daumen über die zarten Spitzen. Durch die Seide ihres Nachthemdes spürte er, wie die Brustwarze ganz fest und spitz wurde. Er konnte sein Verlangen, ihre nackte Haut an seinem Körper zu spüren, nicht mehr unterdrücken.

Bei ihren Fesseln beginnend, ließ er seine Hände unter ihr Seidenhemd gleiten. Seine Hände strichen ihre Beine hinauf, liebkosten ihre Hüften, glitten über ihre Rippen; dann zog er ihr das Nachthemd über den Kopf. Im matten Schein des Feuers blickte er auf ihren nackten Körper hinunter und huldigte ihr mit seinen Augen. Seine Finger liebkosten ihre festen, vollen Brüste, streichelten ihren weichen Bauch und spielten mit den dunklen Löckchen auf ihrem Venushügel.

Georgina stockte der Atem, als Johns Finger sie zwischen den Beinen berührten, doch fühlte es sich so überwältigend an, dass sie ihm ihre Scham entgegenwölbte. Während ihr Herz immer heftiger pochte, stieß sie einen kleinen Schrei aus, als ein Finger in sie hineinglitt. Bald durchströmte lustvolle Hitze ihren Körper – Zuckungen überkamen sie, fieberheiß und eng umschloss sie seinen Finger. Ihr seliges Seufzen verriet John, dass sexuelle Empfindungen für sie völlig neu waren – und, auch das dämmerte ihm jetzt, dass Georgina noch Jungfrau war. Der Gedanke entflammte sein eigenes Verlangen. Er würde für sie der erste Mann sein – ein kostbares Geschenk, das er sich nie erträumt hätte. Er zog seinen Finger trotz ihres Protestes heraus, umfasste ihre Hüften und setzte sie auf seinen harten Körper. Er stöhnte auf, als ihr dunkles, seidiges Haar sich auf seine Brust ergoss.

Als Johns starke Hände sie auf sich hoben, wurde sie schwach angesichts seiner ungebändigten, sinnlichen Kraft. Seine harten, muskulösen Beine fühlten sich wie Granit an, und sein steinhartes Glied lag pulsierend an ihren heißen Schamlippen. Ihre Brüste waren auf seine breite Brust gepresst, wobei seine stachelige Behaarung ihre empfindlichen Knospen bei jedem Atemzug kitzelte. Als seine Handflächen ihren Rücken entlangstrichen und seine Hände ihr festes Hinterteil umfassten, als er sie noch enger an sich drückte, wollte sie vor Erregung schreien. Dann tauchten seine Finger in die Spalte zwischen den Pobacken ein, und sie schrie: »John!«

»Du glaubst, du wärst bereit, kleines Mädchen? Das erste Mal tut es immer weh.«

»Einerlei!« Sie keuchte jetzt. Ihre Brüste hoben und senkten sich heftig.

John nahm ihre Hand. »Fühl doch die Größe. Ich möchte nicht, dass du schockiert bist.« Er schob ihre Hand nach unten und spürte, wie ihre Finger sich um seine Erektion legten. Als ihr Griff fester wurde, wäre er beinahe explodiert. Sein ganzer Körper erbebte unter den lustvollen Empfindungen, die ihre Berührung ihm verschaffte.

Einen Moment lang war sie erschrocken über die Größe seines Gliedes, doch war sie erregt und schwindlig vor Verlangen, und ihre Sinne sagten ihr, dass dieser Hunger nur gestillt werden konnte, wenn John sie ausfüllte und den Liebesakt vollendete. »Jetzt, John, bitte.«

Sanft legte er sie hin und kam über sie. »Öffne deine Schenkel, Georgy.« Er schob sich erst mit der Spitze in sie hinein, wobei er ihr Gesicht nach Anzeichen von Schmerz beobachtete. Dann stieß er sich langsam, aber kraftvoll und tief ganz in sie hinein.

Der Schmerz ließ sie einmal aufschreien, doch als ihre Körper miteinander verschmolzen, spürte sie nichts mehr als Seligkeit und Wonne.

»Schling deine Beine um mich, Georgy.« Er fing an, sich zu bewegen, anfangs vorsichtig, dann schneller und härter. Hitze flammte zwischen ihnen auf, und war es auch eine Qual, so gestattete John es sich nicht zu kommen, bevor er nicht bei ihr ein Pulsieren spürte und sie sich beide in einem gewaltigen Beben zum Höhepunkt fanden.

Er rollte sich auf die Seite, umschloss sie und hielt sie fest. Die

Lippen auf ihr Haar gedrückt, spürte er, wie ihr Körper sich allmählich entspannte. Eine Woge tiefer Befriedigung erfasste ihn. Zehn Jahre lang war ihm so ein Erlebnis versagt gewesen, und er schwelgte in Georginas uneingeschränkter Erwiderung wie ein Verhungernder nach einem Festmahl. Er wusste, dass er ihr Schmerz zugefügt, aber auch Lust bereitet hatte. Wenn es ihm gelang, seine dunklen Leidenschaften zu zügeln, ihr zärtlich zu begegnen und sie zu lehren, ihre eigene Sinnlichkeit zu genießen, würde er sie vielleicht für immer an sich binden können.

In der Dunkelheit lächelte Georgina. Sie hatte ihre Angst überwunden und die Forderungen seines Körpers erfüllt. Die Lust, die er ihr bereitete, war viel größer gewesen als der kleine Schmerz, und vor allem wusste sie, dass John von der Reaktion ihres Körpers gebannt war. Der Liebesakt hatte seine Wildheit gezähmt, zumindest für diese Nacht. *Johns leidenschaftliches Verlangen nach mir könnte der geheime Schlüssel zu seinem Herzen sein.*

· 28 ·

»Der Dekan war von dir ganz und gar bezaubert. Außer bei Napoleon und Josephine habe ich nie zuvor so viele Verbeugungen und Kratzfüße gesehen.«

Georgina fühlte sich geschmeichelt. Auf der Fahrt zum Gut der Russells in Cambridgeshire hatten sie der ehrwürdigen Universität von Cambridge, an der Francis, Johns Ältester, im Herbst seine Studien beginnen sollte, einen Besuch abgestattet. »Er hing an jedem meiner Worte nur deshalb, weil ich die Duchess of Bedford bin.«

»Nein, deine Schönheit und dein Charme waren es, die ihn eroberten. Nun bekommt Francis auf jeden Fall am Trinity College einen Platz, selbst wenn man einen anderen Bewerber dafür hinauswerfen müsste.«

»Ich habe alle meine ungehörigen Impulse verdrängt, um einen guten Eindruck zu machen«, gestand sie.

»Und welcher Versuchung hast du widerstanden?«

»Ich wollte meine Röcke raffen und im Cam waten.«

»Glück gehabt! Der Fluss fließt auch durch unseren Besitz.« John stellte sie sich nackt im Wasser vor. »Vielleicht mache ich mit.«

»Was würden deine Pächter von uns denken, wenn sie sähen, dass wir umhertollen wie …«

»… wie Jungvermählte?« Er grinste. »Die Stelle, an die ich dachte, ist ganz abgeschieden, wenn ich mich recht erinnere. Wie geschaffen für mitternächtliche Wasserfreuden.«

Das Herrenhaus des Gutes war wunderschön. Die sanft getönten Mauern erinnerten Georgina an die alten Gebäude der Universität.

Wie auf Woburn war die junge Herzogin auch hier vom Personal bezaubert, das sich bemühte, es ihr in allem recht zu machen. Sie wählte ein junges Mädchen aus, das ihr beim Auspacken zur Hand gehen sollte. Ein paar ganz nebenbei gestellte Fragen verrieten ihr, dass der Haushalt reibungslos lief und die Leute zufrieden waren. In dem großen Schlafzimmer, das sich natürlich mit den luxuriösen Räumen auf Woburn nicht messen konnte, gab es immerhin einen Kamin und ein großes, bequemes Bett.

John unternahm mit dem Verwalter sofort eine Besichtigung und blieb bis zum Dinner weg. Somit hatte Georgina ausreichend Zeit, das Haus zu inspizieren, vor allem den Küchentrakt in Augenschein zu nehmen und sich anschließend ein ausgedehntes Bad zu gönnen.

Nach dem Dinner begab sich der Herzog sofort an den Schreibtisch in der Bibliothek, um die Rechnungsbücher durchzusehen. Georgina ging mit ihm, suchte sich ein interessantes Buch aus und machte es sich in einem der Ledersessel bequem. Obwohl in die Lektüre vertieft, nahm sie deutlich die Gegenwart ihres Mannes wahr. Ihr fiel auf, dass seine Aufmerksamkeit zwischen der Buchführung und ihr wechselte und er immer wieder einen Blick in ihre Richtung warf. Schließlich wurde ihr klar, dass es John schwerfiel, sich zu konzentrieren, solange sie im Raum war. Deshalb zog sie sich leise zurück und hoffte, er werde seine Arbeit noch vor Mitternacht beenden können.

Oben machte sie sich für die Nacht fertig und legte sich mit ihrem Buch ins Bett. Aber noch ehe sie eine Seite zu Ende gelesen hatte, trat John ein. Ihr Puls schlug schneller, denn sie hatte ihn erst in einigen Stunden erwartet. »Nun, bist du mit der Überprüfung fertig?«

»Nicht annähernd! Ich wurde abgelenkt«, sagte er grinsend und legte sein Jackett ab.

Sie lächelte zurück. »Das habe ich gemerkt und bin aus diesem Grunde gegangen.«

»Das macht die Sache umso schlimmer.« Er löste sein Halstuch.

»Wieso?«

»Der Gedanke an dich im Bett raubte mir die Sinne, und ich wurde von Angst verzehrt.« Er entledigte sich seines Hemdes und beugte sich zu seinen Stiefeln hinunter.

»Von Angst?«

»Ja, weil ich fürchtete, du würdest einschlafen, ehe ich mich mit dir befassen konnte.« Er nahm ihr das Buch aus den Händen und warf es auf den Tisch. Dann zog er sich rasch aus und löschte das Licht. Der Raum war jetzt voll dunkler Schatten, nur vom flackernden Feuerschein leicht erhellt.

Georgina war über die Maßen glücklich, dass er ihre Nähe suchte, bis ein beunruhigender Gedanke ihre Hochstimmung trübte. *Wieder löscht er das Licht. Warum? Damit er mich nicht sehen kann? Macht er sich im Dunkeln vor, Elizabeth liege neben ihm und nicht ich?*

Als Johns Arme sich um sie legten, erstarrte sie.

Seine Lippen streiften ihre Schläfe. »Heute sollte es nicht mehr so wehtun. Ich werde ganz sanft sein.«

Nach dem ersten Kuss schmolz ihr Widerstand dahin, und sie schwelgte im Gefühl seines harten, starken Körpers. Nicht das kleinste Hindernis durfte sie von seiner heißen, nackten Haut trennen, und so half sie ihm mit flinken Händen, ihr Hemd auszuziehen. Als seine raue Zunge federleicht über ihre Brüste glitt, wuchs ihr Verlangen, und als er die Brustspitzen leckte und liebkoste, ließen die süß quälenden Empfindungen, die seine Zunge hervorrief, sie aufschreien. »Dein Mund ist sündig«, flüsterte sie atemlos.

»Magst du es sündig?«

»Mögen drückt nicht aus, was ich fühle.«

John lächelte in der Dunkelheit und hoffte, sie würde sich dem sinnlichen Vorspiel, das er plante, nicht widersetzen. Er schlug die Decke zurück und drückte Küsse auf ihren Leib. Mit seiner Zunge umkreiste er ihren Nabel, und als sie, seine Schultern umklammernd, bebend Atem holte, wusste er, dass ihre Erregung sich steigerte. Er blies in die dunklen Haare auf ihrem Schamhügel, und als sie sich vor Lust aufbäumte, fuhr er mit der Zunge ihren heißen Spalt entlang und stieß stöhnend ins Innere vor.

Georgina war schockiert, zugleich aber aufs Höchste erregt. Es fühlte sich an wie verbotene Lust, zu Unrecht verbotene, wie sie fand. Die heißen, gleitenden Stöße weckten dunkle, erotische Empfindungen, die berauschender waren als alles, was sie jemals erlebt hatte. Johns Lippen und Zunge weckten einen sinnlichen Hunger, der sie drängte, sich windend und aufbäumend seinem fordernden Mund auszuliefern. Sie spürte die Flammen aufsteigen, und mit einem glückseligen Aufschrei erreichte sie ihren Höhepunkt und hatte das Gefühl, sich in langen, heißen Schauern aufzulösen.

John schob sich auf sie und küsste sie tief. Sie schmeckte sich selbst auf seinen Lippen, und die Intimität dessen, was er mit ihr getan hatte, ließ sie dahinschmelzen. Sie spürte, wie seine Brustmuskeln sich an ihre Brüste pressten, und merkte verwundert, dass sie erneut erregt war. Als er seine Zunge in ihren Mund schob und zu stoßen begann, öffnete sie ihre Schenkel und reizte ihn, lockte ihn, ja befahl seinem steinharten Glied, sein wundersames Werk zu tun.

John fand die völlig ungehemmte Reaktion seiner jungen, schönen Frau unglaublich. Sicher würde sie mit ihrer natürlichen Wollust schon bald seiner eigenen Leidenschaftlichkeit ebenbürtig sein. Er versank mit aller Kraft in ihr, zog sich zurück, stieß fester und kraftvoller zu, drang immer wieder in sie ein, um sich dann fast zur Gänze zurückzuziehen, bis er erneut seine harte Männlichkeit in ihr versenkte. Tief in ihr spürte er sein eigenes Pulsieren, als er sie ganz ausfüllte und sich rhythmisch in ihr bewegte, bis beiden von der Woge der Leidenschaft schwindelte, die sie erfasste. Sein Versprechen, sanft zu sein, war längst vergessen.

Georgina spürte, wie sich in ihrer Kehle ein Schrei aufbaute. Sie warf den Kopf auf dem Kissen hin und her. Nicht mehr imstande, ihre Glut zu zügeln, schlug sie ihre Zähne in sein Fleisch und biss ihn in die Schulter.

Trotz seines Bemühens, die gemeinsame Lust ewig andauern zu lassen, ließ ihr leidenschaftlicher Biss ihn die Kontrolle verlieren, sodass er sich in sie ergoss.

Georginas Körper reagierte sofort, und sie unterwarf ihren Willen den Befehlen seines Körpers. Als ihr Höhepunkt sie fast bersten ließ, spürte sie, wie die Lust spiralenförmig gleich silbernen Splittern durch ihren Leib raste, ihre Brüste erfasste und ihr Herz durchbohrte. Reglos und von seinen Armen umfangen daliegend, empfand sie ein Gefühl des Triumphes. Es spielte keine Rolle, dass es für John nur Lust war, nichts als simple Lust, dachte sie. Für den Moment war es mehr als genug. Wichtig war allein, dass es für sie die allumfassende Liebe bedeutete, in der sie schwelgte.

John wusste, dass er die Beherrschung verloren hatte, und hoffte, Georgina würde nicht empfangen. Zum einen hatte er bereits drei Söhne und damit keine Eile, die Familie zu vergrößern. Zum anderen war er der Meinung, dass Georgina noch zu jung sei, um Mutter zu werden. Auch kam er gegen eine unterschwellige Furcht nicht an, dass eine Geburt sie ebenso verändern könnte, wie es bei Elizabeth der Fall gewesen war. *Georgy ist so unwiderstehlich verlockend. Ich muss mich mehr beherrschen und lernen, mich rechtzeitig aus ihr zurückzuziehen.*

Am nächsten Morgen nach dem Frühstück begleitete Georgina John und seinen obersten Verwalter bei einer Besichtigung aller Farmen, die zu dem Gut gehörten und verpachtet waren.

Ungeniert plauderten die Farmersfrauen mit der vornehmen Lady, die ganz zwanglos in alltäglicher Kleidung daherkam. Georgina sah mit eigenen Augen, dass die Kinder gediehen und die Familien ihr Auskommen hatten. Verglichen mit den armseligen Hochlandfamilien auf den ausgedehnten schottischen Besitzungen der Gordons waren Johns Leute geradezu wohlhabend.

Beim Lunch besprach John später mit ihr, dass er den Viehbestand der größeren Farmen erhöhen wollte.

»Es war schön, die Kinder lachen zu sehen«, sagte sie ihm. »Deine Leute machen einen glücklichen und zufriedenen Eindruck.«

»Es sind nicht *meine* Leute. Es sind *unsere* Leute«, antwortete er mit Nachdruck.

»Was mein ist, soll auch dein sein«, sagte sie leichthin.

»Ich habe die Absicht, meinen Ehe- und Treueschwur zu halten.«

Sie warf ihm einen koketten Blick zu. *Ganz besonders, wenn es darum geht, mir mit deinem Körper Ehre zu erweisen.* Georgina seufzte wehmütig. *Wie lange wird es dauern, bis du deinen feierlichen Eid, mich zu lieben, erfüllen wirst?*

»Ich habe Anordnung gegeben, zwei Pferde zu satteln. Den Nachmittag werden wir damit zubringen, unseren gesamten Besitz abzureiten.«

Seite an Seite trabten sie an Feldern mit reifendem Getreide vorüber, an sonnenbeschienenen Wiesen, die darauf warteten, gemäht zu werden. Sie sahen Weiden voller Milchkühe und Hügel, auf denen Schafherden grasten. Es gab kleine Waldstücke und schier endlose Wälder, in denen sie allerlei Tiere beobachten konnten.

Auf dem Rückweg folgten sie dem Flusslauf, als sie plötzlich merkten, dass sich Regenwolken zusammengeballt hatten. John blickte wehmütig zum Himmel hoch. »Ich wollte dich eigentlich heute zu einem Mitternachtsbad hierher bringen, doch das Wetter scheint nicht mitzuspielen.« Just in diesem Moment fielen die ersten Tropfen. »Wenn wir uns beeilen, kommen wir noch einigermaßen trocken nach Hause.«

Georgina hob ihr Gesicht dem Regen entgegen. »Warum bis Mitternacht warten? Ich habe keine Angst, nass zu werden!« Lachend glitt sie aus dem Sattel und fing an, sich auszuziehen.

John konnte es nicht fassen. Wollte sie tatsächlich am helllichten Tag nackt baden? Er sah zu, wie sie ohne alles umhertanzte und der

Sommerregen ihre schimmernde Haut benetzte. Sein Herz füllte sich mit Freude. *Das ist die lebensvolle, impulsive, lachende Gefährtin, nach der ich mich immer schon sehnte.* Er sprang aus dem Sattel und entledigte sich rasch seiner nassen Sachen. Dann wollte er sie fassen …

Sie entzog sich ihm geschickt und lief auf den Fluss zu.

»Warte auf mich«, befahl er.

»Geh zum Teufel, alter Mann!« Sie sprang ins Wasser und schwamm auf das andere Ufer zu. Ehe sie dort ankam, spürte sie ein heftiges Zerren an ihrem Bein und schnappte nach Luft, als John sie unter die Wasseroberfläche zog, bis sie gemeinsam lachend und prustend wieder auftauchten. Plötzlich waren die schweren Regenwolken verschwunden, die Sonne zeigte sich aufs Neue und verwandelte den Fluss in ein schimmerndes Goldband. Er nahm sie in die Arme und hob sie hoch an sein Herz. Sie schlang die Arme um seinen Nacken und die Beine um seine Hüften. John legte seine Hände fest unter ihr rundes Hinterteil und trug sie aus dem Wasser.

Sie biss in sein Ohr und flüsterte: »Ich wette eine Guinee, dass du wieder Sündiges mit mir vorhast.«

»Diese Wette verliere ich gerne, Miss Impulsiv.« Er ging in die Knie und rollte mit ihr herum, bis sie unter ihm im nassen Gras lag. Als er ihren weichen, warmen Mund in Besitz nahm, schmeckte dieser wie in seinen Träumen nach köstlichem Lachen und sinnlicher Erwartung. Die Gewissheit, dass sie ihn so sehr wollte wie er sie, erschien ihm wie eine zu Kopf steigende Droge. Die Reaktion, die ihr Verlangen in ihm weckte, stachelte ihn an, sie ganz zu besitzen – ihren Körper ebenso wie ihre Seele – und sie zu verführen, ihm ihr Wesen auszuliefern.

Als sie anschließend regennass im Gras lagen, empfand Georgina unbändige Freude. *Es ist heller Tag. Diesmal konnte John unmöglich so tun, als sei ich Elizabeth.*

Auch John war bester Laune. *Georgina schäumt über vor Glück. Lebensfreude und Schalkhaftigkeit melden sich zurück. Ihre Trauer um Francis ist weniger spürbar – die Heirat hat, wie's scheint, ihren Kummer gemildert. Und auch meinen, Gott sei Dank!*

Als sie sich anziehen wollten, stellten sie fest, dass ihre Sachen noch immer nass waren. John lachte, als sie das Gesicht verzog und sichtbar fröstelte. Er hob sie in den Sattel, und dann sprengten sie in wahnwitzigem Tempo zurück zum Gut.

In ihrem Schlafzimmer angekommen, zogen sie sich wieder aus bis auf die Haut. Als Georgina nach einem Handtuch griff, nahm er es ihr weg. Die Vorstellung, sie trocken zu reiben, entfachte erneut ein Feuer in seinen Lenden. »Überlass das mir.« Sein Verlangen nach dieser Frau schien unersättlich. Er hatte so lange entsagungsvoll gelebt, dass er seine Hände nicht von ihr lassen konnte. Und es war noch immer ein Wunder für ihn, dass Georgina ihn so begierig und verschwenderisch empfing.

»Das Spiel am Nachmittag hat sich gelohnt«, neckte sie ihn. »Ich sehnte mich danach, dich nackt in der Sonne zu sehen, um jeden Zoll deines herrlich männlichen Körpers erkunden zu können.« Sie streckte die Hand aus, strich mit der Fingerspitze seine bereits wieder wachsende Erektion entlang und lachte entzückt über das Resultat ihrer Berührung. Plötzlich war sie versucht, ihn zu schmecken, und da sie meist ihren Impulsen nachgab, kniete sie nieder und drückte einen Kuss auf seine kecke Spitze.

John fuhr fast aus der Haut. Er vergrub seine Finger in ihrem Haar und wölbte sich ihren lockenden Lippen entgegen. Sie packte seinen Schaft fest mit einer Hand und ließ ihre Zungenspitze um die Spitze kreisen, ehe sie ihn ganz in den Mund nahm wie eine reife Pflaume. Die gleitende Bewegung ihrer nassen, glatten Zunge erregte ihn bis zum Wahnsinn. Mit eisernem Willen unterdrückte er das Verlangen, sie zu Boden zu stoßen und zu pfählen. Stattdessen nahm er sie in die Arme und trug sie zum Bett. Die nächste Stunde verbrachte er damit, seiner heißen Begierde, die ihn seit Monaten geplagt hatte, freien Lauf zu lassen.

Nach dem Dinner begab John sich in die Bibliothek, um die

Überprüfung der Abrechnungen zu Ende zu bringen. Immer wenn seine Gedanken zu Georgina abschweiften, zwang er sie zu der nüchternen Buchführung des Gutes zurück. Als er fertig und alles zu seiner Zufriedenheit gewesen war, nahm er auf dem Weg nach oben zwei Stufen auf einmal. Vor dem Bett angekommen, hatte er sich bereits seiner Kleidung fast ganz entledigt.

John blickte auf Georgina hinunter und sah, dass sie fest schlief. Beim Anblick seiner schönen Frau verzog er zärtlich den Mund. Er hob eine dunkle Strähne vom Kissen und staunte, wie seidenweich sie sich anfühlte. Er war der glücklichste Mensch auf der Welt. »Ich liebe dich, kleines Mädchen.«

Als Nächstes besuchten sie ein anderes Gut der Russells, das nahe Northampton lag. Gleich am ersten Tag ritten sie und John über Land und besuchten alle Pächter. Während der Herzog mit den Männern redete, widmete sich Georgina deren Frauen. Da sie hier eine gewisse Missstimmung spürte, ermutigte sie die Leute, freimütig zu äußern, was sie auf dem Herzen hatten.

Sie gewann ihr Vertrauen, und abends beim Dinner, weihte sie John ein. »Einer der Verwalter wollte sich eine der jüngeren Frauen gefügig machen. Als einer der Pächter ihn zur Rede stellte, wies er die Familie vom Hof.«

Noch nie hatte Georgina ihren Ehemann dermaßen erbost gesehen. Er stand so abrupt vom Tisch auf, dass sein Stuhl krachend umkippte. »Allmächtiger, warum sagen die Leute kein Wort zu mir?«

»John, du bist der Duke of Bedford. Hinzu kommt, dass du leicht herrisch und einschüchternd wirkst. Und sie glauben bestimmt auch, dass du einem Verwalter mehr Glauben schenken wirst als ihnen.«

John ging aus dem Haus und bestellte die Verwalter in die Bibliothek zu einer Besprechung, die bis kurz vor Mitternacht dauerte. Als John sich zu Georgina ins Bett legte, nahm er ihre Hand und entschuldigte sich. »Eine grässliche Hochzeitsreise. Es tut mir leid, Georgy.«

»Du hast mich zur Duchess of Bedford gemacht. Das Wohlergehen unserer Leute ist unsere gemeinsame Verpflichtung. Bitte glaub ja nicht, du müsstest mich vor unangenehmen oder schmutzigen Dingen bewahren. Anderes entschädigt mich reichlich – da ist es nur fair, dass ich einen Teil deiner Bürde übernehme.«

Am nächsten Tag berichtete ihr eine der Frauen, was sich zugetragen hatte.

»Seine Gnaden, der Duke of Bedford, hat den elenden Schuft auf der Stelle entlassen, Mylady, aber erst nachdem er ihn zuvor seine Fäuste hat spüren lassen.«

Während Georgina diese Information noch verarbeitete, merkte sie, dass sie nicht erstaunt war. Sie hatte immer gespürt, dass John zur Gewalt fähig wäre, wenn die Umstände es erforderten.

Der Duke und die Duchess of Bedford waren erst einen Tag zurück auf Woburn, als für den jüngsten Sohn die Sommerferien begannen. Da Johnny ungewöhnlich klug war, gaben ihm seine Lehrer ohne schriftliche Prüfungsarbeiten in allen Fächern hervorragende Noten.

»Ich habe somit Johnny eine Woche lang für mich, ehe Francis und William ebenfalls heimkommen«, sagte Georgina auf der Fahrt nach London. »Ich werde die Kutsche brauchen, um Einkäufe zu machen.«

Johns dunkle Brauen zogen sich zusammen. »Hoffentlich meinst du Einkäufe für dich. Mir wäre lieber, du würdest die Jungen nicht allzu sehr verwöhnen.«

»Unsinn! Ich habe die feste Absicht, sie zu verwöhnen.«

»Du machst dir einen Spaß daraus, meine Autorität zu untergraben. Ich weiß, du bist ein unverschämter Fratz, doch lasse ich nicht zu, dass du meine Wünsche ernstlich missachtest«, warnte er sie.

Ihre Miene verriet Zerknirschung. »Ich verspreche, dass ich aufmerksam alle deine Anordnungen anhören werde, Euer Gnaden.« Außerstande, sich eine Gelegenheit zum Widerspruch entgehen zu lassen, fügte sie hinzu: »Und dann werde ich tun, was ich will.«

»Du bist unverbesserlich«, murmelte er.

Vor dem Haus am Russell Square angekommen, stieg John aus. »Ich gebe dir einen Diener mit, der deine Einkäufe tragen soll.«

Sie reckte ihr Kinn und sagte spitz: »Ich weiß nicht, ob ein Diener reicht. Ich habe so vieles zu besorgen …«

In wenigen Minuten war der Diener zur Stelle. Ein Hausmädchen, das knickste und sich als Annie vorstellte, begleitete ihn. Als die beiden in der Kutsche saßen, lächelte Georgina freundlich, obwohl sie innerlich kochte. *Wenn er glaubt, ich würde eine Anstandsdame tolerieren, irrt er sich. Ich werde ihm gehörig meine Meinung sagen, sobald ich zu Hause bin!*

Die nächsten vier Stunden verbrachte Georgina mit dem Einkauf von Büchern, Landkarten, Malutensilien, Spielen und Rätseln. Sie ging in eine Konditorei und erstand Schachteln mit Marzipanfiguren, die die Form von Früchten und Tieren hatten. Und in einem Warenhaus kaufte sie wasserdichte Mäntel und ein halbes Dutzend Gummistiefel in verschiedenen Größen.

Zurück am Russell Square, sah John stirnrunzelnd auf seine Uhr. »Du bist spät dran.«

»Wie kann ich spät dran sein, wenn meine Zeit mir gehört?«, widersprach sie. »Und wenn wir schon dabei sind, ich habe nicht die leiseste Ahnung, warum du Annie mitgeschickt hast – es sei denn, sie sollte mich ausspionieren.«

»Georgina, es ist üblich, dass eine Lady von einem Mädchen begleitet wird, wenn sie in London Besorgungen macht.«

»Ich habe aber die Absicht, mich nicht an diese Sitte zu halten. Ich bin kein Kind mehr, sondern eine verheiratete Frau. Und ich brauche keine Anstandsdame. Die Ehe muss doch gewisse Vorteile bieten, warum hätte ich sonst deine Frau werden sollen?« Sie machte auf dem Absatz kehrt und wollte gehen.

John hielt sie auf, indem er die Rückseite ihres Rockes zu fassen bekam. »Die Ehe gibt dir nicht das Recht, unverschämt zu deinem Mann zu sein. Wenn du kein Kind mehr bist, sollst du dich auch nicht wie ein solches benehmen«, ermahnte er sie ernst. »Apropos Kinder, es wird Zeit, Johnny in Westminster abzuholen. Kommst du mit?«

Georgina vergaß den Streit sofort und wurde von Unsicherheit erfasst. »Bist du sicher, dass Johnny es nicht schrecklich findet, eine Stiefmutter zu bekommen?«

»Hast du den Mut, es selbst herauszufinden?«

Sie schluckte ihre Angst hinunter und setzte ihren Charme ein. »Mit dir an meiner Seite habe ich den Mut für alles.«

Georgina blieb in der Kutsche sitzen und wartete, während John das Schulgebäude betrat, um seinen Sohn abzuholen. Als die beiden wieder herauskamen, half der Kutscher dem Herzog, das Gepäck aufzuladen. Dann stiegen sie ein, und Johnny blickte von einem zum anderen. »Seid ihr wirklich verheiratet?«

Im schwindenden Licht des Nachmittages sah Georgina das Leuchten in den Augen des Jungen. »In guten wie in schlechten Zeiten.« Georgina nahm Johnnys Hand. »Ja, wir sind wirklich verheiratet.«

»Ich freue mich sehr, aber ich weiß nicht, wie ich dich nennen soll.«

»Am besten wäre Lady Georgina«, sagte John.

»Vielleicht wenn dein Vater da ist.« Sie drückte Johnnys Hand. »Unter uns kannst du mich Georgy nennen.«

John verbarg ein Lächeln. *Sie ist wirklich unverbesserlich.*

Am Russell Square nahmen sie gemeinsam das Dinner ein. Georgina merkte, wie froh Johnny war, das Schuljahr hinter sich zu haben, und wie er sich darauf freute, den Sommer in seinem neuen Heim auf Woburn zu verbringen.

Aufmerksam lauschte sie, als er alles aufzählte, was er in den Ferien machen wollte. Besonders wichtig für ihn war sein bevorstehender zehnter Geburtstag im August.

»Wann fahren wir nach Hause?«, fragte er erwartungsvoll.

Georgina schaute den Herzog an. »Ich schlage vor, dass wir heute fahren.«

»Wunderbar!« Johnny war begeistert von dem Vorschlag. »Dürfen wir, Papa?«

John hob die Hände zum Zeichen, dass er sich geschlagen gab. »Da ich in der Minderzahl bin, habe ich keine andere Wahl.«

»Hurra! Hurra!«

Georgina schenkte ihrem Mann ein strahlendes Lächeln. »Danke!«

Es war schon spät, als sie auf Woburn eintrafen, und Johnny schlief bereits fest auf den Polstern der Kutsche. John trug seinen Sohn hinauf ins Bett, und Georgina half, ihn sorgsam zuzudecken.

»Ich gehe auch zu Bett. Morgen ist ein anstrengender Tag. Ich kann kaum erwarten, dass das Vergnügen anfängt!«

John hob sie hoch und trug sie in ihr Schlafgemach. »Du brauchst nicht bis morgen zu warten. Ich habe noch nie mit einer Stiefmutter geschlafen. Ich wette eine Guinee, dass es sich lohnt.«

»Bedford, du wirst allmählich wettsüchtig!«

· 29 ·

Gehören die wirklich mir?«, fragte Johnny ungläubig, als er sich im Bett aufsetzte und den Bücherstapel sah.

»Wirf einen Blick hinein.« Georgina hatte die gesammelten Werke Shakespeares vor seinem Erwachen ins Zimmer geschmuggelt.

Er schlug den ersten Band auf. »Da steht: *Für Lord John von Lady Georgina.* Wer ist Lord John?«

»Du bist Lord John – Lord John Russell. Wusstest du das nicht?«

»Das habe ich mir nie überlegt. Da aber Vater nun Herzog ist, führen wir ehrenhalber Titel. Ich kann es kaum erwarten, es Francis und William zu sagen.«

Georgina lächelte über seine Unschuld. »Glaub mir, diese beiden jungen Teufel haben sicher schon darauf bestanden, von allen Freunden mit ihren Titeln angesprochen zu werden, seitdem euer Vater Duke of Bedford wurde.«

»Vielen Dank für die Bücher, Georgy. Du hättest mir kein schöneres Geburtstagsgeschenk machen können.«

»Das ist kein Geburtstagsgeschenk – es ist ein Willkommensgruß. Beeil dich mit dem Anziehen. Nach dem Frühstück wollen wir nach einem Haustier für dich schauen.«

In seinen Augen lag freudige Erwartung. »Darf ich es selbst aussuchen?«

»Im vernünftigen Rahmen, ja. Ich glaube nicht, dass dein Vater es billigen würde, wenn eine Ziege in den geheiligten Hallen von Woburn frei umherliefe, doch darfst du dir sicher einen Hund, der dir gefällt, aussuchen.«

»Und eine Katze? Als ich letztes Mal hier war, habe ich im Stall so eine niedliche Tigerkatze gesehen. Sie ist eine ganz liebe Mieze.«

»Ausgezeichnet! Und wie steht's mit einem Namen?«

»Hm ja, da Woburn früher eine Abtei war und Katzen gerne die erste Geige spielen, sollte ich sie wohl Abbess nennen. Äbtissinnen waren doch die wichtigsten Personen, oder?«

Georgina lachte entzückt auf. »Du gerätst deinem Vater nach, Johnny – du hast einen ganz besonders feinen Humor.«

»In der Woche, seit Johnny hier ist, seid ihr beide unzertrennlich geworden.« John hob seine Frau aus dem Sattel, nachdem sie und sein Sohn den Nachmittag für einen Ausritt genutzt hatten.

»Ist das nicht wundervoll? Ich bin begeistert von ihm.«

»Das Gefühl beruht ganz auf Gegenseitigkeit. Als ich ihn gestern Abend zu Bett brachte, fragte er mich, ob er dich Mama nennen dürfe.«

Erschrocken fasste Georgina sich an den Hals. »Das tut mir leid, John. Elizabeth wird immer die Mutter deiner Söhne und deine geliebte erste Frau sein. Ich würde mir nie anmaßen, ihre Stelle einzunehmen.«

Johns Miene verhärtete sich. »Sprechen wir nicht von ihr.«

Georgina verbarg, wie gekränkt sie war, und wechselte rasch das Thema. »Francis und William sind morgen mit ihren Prüfungen fertig. Warum holst du sie nicht in London ab, und ich warte hier? So habt ihr eine gewisse Zeit allein für euch.«

»Danke, das ist sehr aufmerksam, Georgy.«

Am nächsten Tag nahmen Georgina und Johnny den Lunch in einem kleinen Raum neben dem großen Speisezimmer ein. Plötzlich öffnete und schloss sich die Tür in der Wand gegenüber von selbst. In Johnnys Blick trat Furcht, er ließ seinen Suppenlöffel klirrend fallen. »Ich habe zuvor schon gesehen, wie Türen sich öffneten und schlossen – auf Woburn spukt es.«

Georgina wollte seine Ängste sofort zerstreuen. »Ja, ich glaube, wir haben wirklich ein Gespenst«, sagte sie harmlos. »Es ist aber unsichtbar und völlig ungefährlich. In Schottland, wo ich aufgewachsen bin, hatten wir auf unserer Burg ebenfalls ein Gespenst.«

»Und du hattest keine Angst, Georgy?«

»Nachdem wir ihm einen Namen gaben, nicht mehr. Das raubte ihm die Kraft, jemanden zu ängstigen. Warum denkst du dir nicht einen Namen für unser Gespenst aus?«

Johnny hob seinen Löffel auf und überlegte lange. »Ach, ich weiß schon. Bei Shakespeare gibt es ein wildes, exotisches Wesen, das von Magie und Emotionen beherrscht wird. Nennen wir unseren Geist Glendower!«

»Ein fabelhafter Name mit hübschem schottischen Klang. Wenn deine Brüder vor Angst schlottern, kannst du einfach mit einem Schulterzucken sagen: *Ach, das ist nur Glendower, kein Grund zur Beunruhigung. Er ist ganz harmlos.*«

Johnny verschluckte sich fast vor Lachen. »Das wird lustig, wenn ich Lord Francis und Lord William eins auswischen kann!«

Die ersten paar Tage zu Hause hielten Johns ältere Söhne Distanz zu Georgina, doch nachdem sie die beiden ermutigt hatte, sich Haustiere auszusuchen, und ihnen erlaubte, mit ihren Windhunden im Haus herumzutoben, fielen allmählich die Schranken.

Die junge Frau begleitete ihren Mann und seine Söhne, wenn sie zum Forellenfischen an den Fluss gingen, der durch ihren Besitz floss, und forderte sie zum Wettschwimmen im See heraus. Sie ermutigte die Jungen, mit dem Boot hinauszurudern und selbst gebastelte Drachen steigen zu lassen – und sie gab ihnen Zeichen- und Malunterricht. Sie schloss Wetten mit ihnen ab, dass ihnen landwirtschaftliche Arbeit gefallen würde, und so zogen die Jungen Gummistiefel an, gingen nach draußen und lernten, wie man einen Garten anlegte und pflegte oder wie man Schafe und Ziegen halten musste.

»Auf unserer Farm in Kinrara war ich immer das Ziegenmädchen«, eröffnete ihnen Georgina. »Man braucht dabei auch hinten Augen, weil die verspielten kleinen Spitzbuben einen gern von allen Seiten stoßen.« John sah erstaunt mit an, wie seine ruhigen, reservierten Söhne zu wilden Lausbuben wurden, die von früh bis spät ihre Späße trieben. Ausgelassenes Lachen und das Kläffen von Hunden ertönte nun in den heiligen Hallen von Woburn, und immer war es die junge, ungestüme Stiefmutter, die sie zu allerhand Schabernack anstiftete. John begrüßte die Veränderung seiner Jungen. Es war nicht zu übersehen, dass sie nicht nur lebhafter und gesünder, sondern endlich auch – das Wichtigste von allem – glücklich waren.

Spätabends, wenn Georgina neben ihm eingeschlafen war, blickte John oft verwundert auf sie hinunter. *Gott sei Dank habe ich sie gefunden. Wie grau und trist würde unser Leben ohne sie sein.*

»Lauf mir mit den jungen Teufeln nicht davon, ich möchte etwas mit dir besprechen.«

Georgina nahm ihren Platz am Frühstückstisch wieder ein und verfütterte ein Stück Räucherfisch an die Katze Abbess.

»Dein Geburtstag ist am achtzehnten Juli, und ich bin der Meinung, dass wir diesen Anlass in großem Stil feiern sollten. Es wird höchste Zeit, dass wir ungeachtet unserer Trauer um Francis wieder Gäste auf Woburn empfangen.«

Georgina war um Worte verlegen. Obwohl sie wusste, dass John seinen Bruder betrauerte, tat sie es nicht und hatte zudem ein schlechtes Gewissen, weil sie weiterhin den Mythos nährte, sie habe Francis geliebt. Es quälte sie ständig, dass sie mit einer Lüge lebte. Wie aber konnte sie ihrem Mann gestehen, dass sie seinen Bruder gehasst hatte? Musste ihn das nicht zutiefst verletzen? »Es ist sehr lieb, dass du meinen Geburtstag feiern möchtest, John. Bist du sicher, dass es nicht zu früh ist, wieder Einladungen zu geben?«

»Ganz sicher! Von nun an werden wir die Erinnerung an Francis im Herzen tragen, anstatt ihn öffentlich zu betrauern. Du musst eine Liste mit den Namen jener Leute zusammenstellen, die du auf deiner Party sehen möchtest. Einer der Sekretäre soll dir mit den Einladungen helfen.«

»Warum veranstalten wir nicht zwei Partys? Eine am Nachmittag für alle Kinder und abends eine für die Erwachsenen?«

John schürzte amüsiert die Lippen. »Und welche Party wirst du mit deiner Anwesenheit beehren, kleines Mädchen?«

»Natürlich beide!« Sie sprang auf und küsste ihn. »Die Tanzerei wird bis zum Morgengrauen dauern. Bist du sicher, dass du das durchstehst, alter Mann?«

An Georginas Geburtstag fuhren die ersten Kutschen schon kurz nach dem Frühstück vor. Unter diesen Gästen waren auch Susan und William aus dem nahen Kimbolton. Als Nächste traf die Duchess of Gordon ein. Georgina schlang die Arme um ihre Mutter. »Du bist aber früh auf den Beinen!«

»Nein! Ich bin spät dran, denn ich war noch gar nicht im Bett.«

»Sicher aus Angst, dass dir etwas entgeht«, neckte die Tochter sie. »Ich werde dich Mr. Burke anvertrauen, der für dich schon ein Gemach hergerichtet hat – von den Fenstern aus kannst du den See überblicken.«

»Ich bin ja so froh, dass du eine Party gibst. Hoffentlich ist dies nur die erste von vielen großen Einladungen, die ihr auf diesem prachtvollen Woburn Abbey gebt. Ich habe ein Fässchen schottischen Whiskey mitgebracht. Nimm es als Geburtstagsgeschenk deines Vaters.«

»Lieber hätte ich ihn persönlich hier, aber zu dem Whiskey werde ich nicht Nein sagen.«

Charlotte und Charles kamen mit Charlie und Mary an, während die jüngeren Sprösslinge samt Kindermädchen in weiteren Kutschen folgten. »Du hast mehr Mut als Verstand, meine gesamte Brut einzuladen.«

»Je mehr, desto fröhlicher, Charlotte. Warte, bis ich eigene habe.«

Mary sah entgeistert drein. »Du bekommst doch kein Baby, Georgy?«

»Nicht, dass ich wüsste. Aber selbst wenn: Meine eigenen Kinder werden mich nicht daran hindern, dich liebzuhaben, Schätzchen«, versicherte Georgina ihrer Nichte.

Charlotte verdrehte die Augen und ermahnte ihre Tochter: »Abwarten, Miss Vorwitz. Ein Baby ist unvermeidlich.«

Am Nachmittag trafen Dorothy und Harriet Cavendish mit ihrem Bruder Will, Lord Hartington, ein. Er war vierzehn, gleich alt wie der junge Francis Russell. Da beide Jungen im September nach Cambridge gehen würden, freundeten sie sich rasch an.

»Danke für die Einladung, Georgy. Ich wollte Woburn immer schon mal besuchen«, erklärte Dorothy. »Caro lässt sich entschuldigen.«

Harriet zwinkerte Georgina zu. »Sie erlitt einen akuten Anfall von Neid. Das arme Kind war ganz grün.«

»Grün wie Gänsesch…«, scherzte Georgina.

Als ihr Bruder George ankam, hob er sie hoch, wirbelte sie herum und wünschte ihr alles Gute zum Geburtstag. »Die Ehe bekommt dir gut, oder ist es deine Stellung als Herzogin, die dich so strahlen lässt?«

»Die Ehe bekommt mir – ich kann sie sehr empfehlen. Die Töchter der Duchess of Devonshire sind hier, falls du eine Frau suchst«, zog sie ihn auf.

»Weh mir, mein Herz gehört bereits einer anderen.«

»Wer ist sie? Ich verspreche, dass ich zu Mutter kein Wort sagen werde.«

»Sie heißt Elizabeth Brodie und ist sehr schüchtern.«

»Die Familie Brodie ist mir nicht bekannt.«

»Ihr Vater führt keinen Titel. Er ist Kaufmann im Indienhandel.«

»Du bist herzlich eingeladen, sie nach Woburn zu bringen. John und ich werden dein Geheimnis wahren«, versprach sie.

Georgina drehte sich um und entdeckte neben sich ihre Mutter. »Möchtest du etwas, Mama?«

»Ja, ich fahre in ein paar Tagen nach Kinrara, noch ehe der Sommer um ist. Ich möchte Helen mitnehmen. Da du hier Heerscharen von Dienstboten hast, kommst du sicher ohne sie aus.«

»Helen fährt sicher gerne mit nach Schottland. Ich beneide euch beide.«

Bei der Nachmittagsparty, die ein voller Erfolg wurde, spielten die Russell-Söhne die Gastgeber. Die im Freien aufgestellten Tische bogen sich unter all den Leckerbissen, wie Kinder und Heranwachsende sie liebten. Da Georgina wusste, dass mindestens ebenso beliebt Verkleidungsspiele waren, hatte sie für die Jungen Ritterschilde und Holzschwerter vorbereitet und für die Mädchen Feenflügel und Zauberstäbe. Außerdem spielten sie Reise nach Jerusalem, Blindekuh und Drachenschwanzjagen, später noch Sackhüpfen und Dreibeinrennen, wobei Georgina ihr Bein an Marys band. Sie fielen nicht weniger als sechsmal hin und mussten so schrecklich lachen, dass sie schließlich nur als Letzte durchs Ziel kamen. Ganz zum Schluss führte Georginas Bruder George die älteren Kinder noch bei einer Schatzsuche an.

»Ich wusste gar nicht, dass es so lustig sein kann, Onkel und Tanten, Cousins und Cousinen zu haben«, sagte Johnny zu seinem Vater, als die Party zu Ende war.

»Es freut mich, dass du Spaß hattest. Vielleicht können wir nächsten Monat an deinem Geburtstag wieder ein Fest veranstalten.« *Johnny so glücklich zu sehen, ist herzerfrischend. Er war zu lange scheu und still.*

Am frühen Abend kamen die Musiker. Während sie ihre Instrumente im reich mit Gold verzierten Ballsaal aufstellten, ging Georgina hinauf, um sich umzuziehen. Sie saß am Frisiertisch in ihrem eigenen Schlafraum und ließ sich von einer ihrer neuen Zofen das Haar zurechtmachen, als John aus seinem Gemach eintrat und das Mädchen hinausschickte. Ihre Augen trafen sich im Spiegel.

John legte drei große Samtschatullen vor sie auf den Frisiertisch. »Alles Gute zum Geburtstag, Georgy.«

Ihre Augen wurden groß, denn sie wusste, dass er ihr den berühmten Russell'schen Familienschmuck überreichen wollte. Als sie die Kästen öffnete, raubte ihr der Anblick der strahlenden Diamanten auf dem schwarzen Samt den Atem. Sie sah Halsbänder, Ohrringe, Broschen, Armbänder und Ringe vor sich. »Seit drei Jahrzehnten wurde der Schmuck nicht mehr getragen, und ich wette, seit einem Jahrhundert hat es keine schönere Trägerin mehr gegeben.«

»John, der Schmuck ist herrlich. Ich danke dir von ganzem Herzen.« Sie legte ein Collier an, und John half ihr mit der Schließe. »Ich werde keines meiner Pariser Kleider tragen. Sie würden meinem Schmuck nicht entsprechen. Aber das weißsilberne Kleid, das ich zu meinem Debütball trug, wird die Diamanten perfekt zur Geltung bringen.«

John beugte sich vor und küsste ihren Nacken. »Im Moment wünsche ich alle unsere Gäste sonst wohin. Ich möchte dich mit Diamanten behängen und ins Bett tragen.«

Sie lachte zu ihm auf. »Und mich daran hindern, Ballkönigin zu sein? Ich glaube nicht, Bedford.« Sie band sein Halstuch und küsste ihn. »Du musst bis zum Morgengrauen warten. Nach den schottischen Tänzen wirst du mich ohnehin ins Bett tragen müssen.«

Im Ballsaal drängten sich alle Damen um Georgina und bewunderten ihren Schmuck.

Lady Holland hob Georginas rechte Hand, um den exquisiten Solitär zu begutachten. »Die Russell-Diamanten sind legendär. Endlich gibt es wieder eine würdige Duchess of Bedford, die sie trägt.«

Jane Gordon raunte ihrer Tochter hinter dem Fächer zu: »Habe ich nicht einst gesagt, wenn es dir gelänge, Bedford einzufangen, würdest du so reich belohnt, dass es deine kühnsten Träume übersteigt?«

Die Worte ihrer Mutter drohten, ihr viel von ihrer Freude zu nehmen. *Dir scheint entfallen zu sein, dass du damals Francis meintest.* Georgina schloss die Augen. *Ich werde nicht zulassen, dass das Gespenst Francis Russells mir den Geburtstag verdirbt.*

»Ach, hier versteckt ihr euch!« Die Hände in die Hüften gestemmt, stand Georgina in der Tür zur Bibliothek und ließ den Blick durch den Raum wandern. John, Henry Holland, William Montagu, Charles Lennox und ihr Bruder George Huntly rauchten und tranken Brandy. Plötzlich kam ihr ein Verdacht. »Ihr werdet doch nicht etwa über Politik sprechen? Und das ohne mich?«

Die Männer lachten gutmütig.

»Mir scheint, die Lady hat die Absicht, ein politisches Haus zu führen«, erklärte Henry.

»Das wird sie früher tun als erwartet.« John zwinkerte ihr zu.

»Na, heraus damit, du hinterhältiger Teufel.«

»Während der Sommerpause von Regierung und Parlament werden wir in zwei Wochen ein Treffen zwischen Whigs und Torys auf Woburn arrangieren.«

Georgina schenkte ihrem Mann ein strahlendes Lächeln. »Wie aufregend – ich kann es kaum erwarten.« Im Ballsaal wurden schottische Weisen angestimmt. »Rasch, kommt mit. Man spielt den ersten schottischen Tanz. Für Mitternacht habe ich mir den Gay Gordons bestellt, den ich mit dem verruchten Duke of Bedford zu tanzen gedenke. Die Politik kann warten.«

»Ach, er ist verrucht?«, johlten die Männer.

Georgina verdrehte viel sagend die Augen. »Ihr habt ja keine Ahnung.«

Kaum war auf Woburn wieder Ruhe eingekehrt, als Georgina daranging, die politische Zusammenkunft am ersten August zu planen. Sie befragte John wegen der Gästeliste. »Politiker haben doch immer ein bestimmtes Ziel vor Augen. Was hoffst du zu erreichen?«

»Du bist doch so ein kluges kleines Ding, also sag es selbst.«

»Ich nehme an, du möchtest Addington abservieren und durch Pitt als Premier ersetzen.«

»Du triffst verlässlich den Kern der Sache. Aber leicht wird es nicht. Es bedarf einiger heikler Schachzüge. Henry sagte, dass Pitt sich vor der Sommerpause nur selten im Parlament sehen lasse.«

»Eine kluge Taktik.« Georgina verbiss sich den Spruch: *Wer sich rar macht, steigt im* Wert. John sollte nicht glauben, sie hätte damit auf Francis oder seine Frau Elizabeth angespielt. »Pitt ist sehr klug und weiß natürlich, dass man Wasser erst schätzt, wenn der Brunnen trocken ist.«

»Ich frage mich, ob Pitt unsere Einladung annehmen wird.«

»Ich könnte Mutters engstem Freund Henry Dundas schreiben und ihn bitten, er solle ihn zum Kommen überreden.«

»Das könnte der Anstoß sein, den er braucht. Also schreib deinen Brief.«

»Warum forderst du Pitt und Dundas nicht auf, einen Tag früher zu kommen, damit ihr alles in Ruhe besprechen könnt, ehe die anderen eintreffen?«

»Dein Vorschlag hat seine Vorteile. Aber auch Holland sollte dabei sein – ich werde Henry eine Nachricht schicken.«

»Leider können wir heute nicht *en famille* speisen. William Pitt und Henry Dundas kommen zum Dinner«, erklärte Georgina ihren Stiefsöhnen.

Francis antwortete daraufhin: »William und mir ist das egal. Anders als Johnny finden wir Politik äußerst langweilig. Sieh lieber unter dem Tisch nach, ob der kleine Spitzbube sich nicht dort versteckt.«

Georgina freute sich, als der jüngere Bruder dem älteren einen tüchtigen Puff versetzte, weil dieser ihn verspottet hatte. Den ganzen Sommer über hatte sie ihm zugeredet, sich nichts gefallen zu lassen, auch keine Hänseleien wegen seiner geringen Größe. »Johnny braucht sich nicht unter dem Tisch zu verstecken; er weiß, dass ich ihm alles berichten werde, was besprochen wurde.«

»Aha, eine Verschwörung der Kleinen«, spottete Francis.

Georgina versetzte ihrem ältesten Stiefsohn einen kleinen Klaps hinters Ohr.

Er sah grinsend auf sie hinunter. »Wenn ich noch ein wenig wachse, reichst du gar nicht mehr zu mir hoch.«

»Dann bekommst du eben einen Tritt in den Allerwertesten!«

John, der mitgehört hatte, verbarg seine Belustigung und fragte ganz ernst: »Bringt ihr meiner Frau schlimme Wörter bei?«

Sie brüllten vor Lachen, da Georgina es war, die ihnen beim Fluchen Nachhilfe erteilt hatte.

»Meinen Glückwunsch zu Ihrer Heirat, Bedford. Ich kenne Lady Georgina seit ihrer Kindheit. Sie hätten weit und breit keine bessere Herrin für Woburn finden können.«

»Danke, Mr. Pitt. Ich weiß mein Glück zu schätzen.« John schenkte ihm Rotwein ein, da Pitt bekanntermaßen nichts Stärkeres trank.

»Da ich keine Frau habe, die diese Rolle hätte übernehmen können, fungierte die Duchess of Gordon viele Jahre lang für mich als politische Gastgeberin. Ihre Überredungskunst, der sich selbst der König nicht entziehen kann, ist geradezu legendär.«

John nickte. *Georgina besitzt alle Tugenden ihrer Mutter und keines ihrer Laster.* »Ach, da kommt sie ja.«

Georgina hatte sich auf einer Seite bei Henry Dundas und bei Lord Holland auf der anderen eingehängt. Sie kamen aus dem Garten, wo sie dessen Neugestaltung durch den berühmten Landschaftsarchitekten Humphrey Rapton bewundert hatten. Als sie Pitt sah, leuchtete ihre Miene auf. »William, wie schön, Sie zu sehen!«

Sie stellte sich auf die Zehenspitzen und gab ihm einen Kuss auf die Wange. »Es ist mir ein Vergnügen, Sie auf Woburn willkommen zu heißen.«

Sie nahm seinen Arm und geleitete ihn ins Speisezimmer, wo sie den vormaligen Premierminister zu ihrer Rechten platzierte, zwischen sich und dem Duke of Bedford.

»Das Unterhaus fehlt mir«, klagte John. »Das Oberhaus befasst sich nur mit nichtigen Angelegenheiten. In der letzten Sitzung, der ich beiwohnte, ging es um die Ehescheidung eines der Mitglieder.« Als William Pitt sich sogar bei einer solchen Lappalie eines Kommentars enthielt, fragte John sich, wie er ihn zu einer Diskussion über die politische Lage veranlassen sollte.

In dieser schwierigen Situation konnte John erleben, was seine schöne Frau mit ihrem Charme und ihren subtilsten Schmeicheleien zuwege brachte. Sie schaffte es, dass der zurückhaltende Pitt plötzlich zu sprechen begann.

»Neuerdings bin ich nur selten im Parlament anzutreffen. Ich kann meine Zeit in meinem Haus in Wimbledon besser nutzen als im Unterhaus.«

»Da sind Sie nicht der Einzige, Mr. Pitt«, erklärte Henry. »Vor der Sommerpause waren die Bänke nur ganz schwach besetzt.«

»Als Sie noch Premierminister waren, William, gab es keine freien Plätze, und die meisten Besucher auf der Galerie mussten stehen«, sagte Georgina voller Bewunderung. »Ihre Rednerkunst ist eben unübertroffen.«

»Nach allem, was Lord Holland mir berichtet, unterstützen die Tory-Abgeordneten Addington nur sehr zögernd«, sagte John.

»Addington forderte mich auf, in sein Kabinett einzutreten, doch habe ich abgelehnt«, gestand Pitt.

Georgina schenkte dem ehemaligen Premier ihre ungeteilte Aufmerksamkeit. »Warum haben Sie abgelehnt, William?«

»Als Kabinettsmitglied könnte ich an der Regierung keine Kritik üben.«

»Gibt es denn etwas zu kritisieren?«, fragte Georgina drängend.

»Allerdings, meine Liebe. Die steigenden Schulden laufen der Regierung aus dem Ruder. Das Steuersystem müsste reformiert werden, doch können sich Whigs und Torys nicht einigen, sodass wieder nichts geschieht.«

John warf eine grundsätzliche Frage auf. »Mr. Pitt, sind Sie Gegner eines strikt parteipolitischen Systems?«

»Das bin ich, Euer Gnaden. Ich gelte als Tory, bin in Wahrheit aber ein unabhängiger Whig.«

Dieses erstaunliche Eingeständnis veranlasste Georgina, ihrem Mann einen Blick zuzuwerfen. Johns Augen trafen die ihren, und sie wusste, dass sie beide dasselbe dachten. Jetzt war es an ihr, mit passenden Themen William Pitt aus der Reserve zu locken.

Nachdem alle sich zurückgezogen hatten, wartete Georgina im Bett sitzend voller Ungeduld auf John. Als er eintrat, wurde sofort wieder über Politik gesprochen. »Glaubst du, Pitt würde sich überreden lassen, sich der Opposition anzuschließen?«

»Deine Überlegungen sind das genaue Spiegelbild meiner eigenen Gedanken. Wenn Addington im Parlament keine Unterstützung findet, wird er zurücktreten müssen.«

»Wirst du es Pitt vorschlagen?«

»Ich bin nicht sicher, ob ich ihn überreden könnte.« John legte den Arm um sie und zog sie an sich. »Du bist deiner Aufgabe als Gastgeberin heute ganz brillant gerecht geworden. Aber genug jetzt von Politik. Konzentriere dich lieber auf deine Aufgabe als Ehefrau.«

Sie schloss die Augen und bot ihm ihren Mund dar. Ganz plötzlich aber zog sie sich zurück. »Ich hab's! Charles James Fox sollte derjenige sein, der Pitt vorschlägt, die Seite zu wechseln.«

»Wieso hat es so lange gedauert, bis dir das einfiel? Du warst es doch, die ihn eingeladen hat.«

»Natürlich habe ich Fox eingeladen. Er ist nicht nur Oppositionsführer, er ist auch Henrys Onkel. Fox ist zudem ein enger Freund der Gordons, und in Paris waren wir oft zusammen.«

»Wieder ein männliches Wesen, das deinem fatalen Charme zum Opfer gefallen ist.« Dann löschte sein besitzergreifender Mund alle anderen Männer aus ihrem Bewusstsein.

Nachdem sie sich geliebt hatten, lag Georgina im Dunkeln da und fühlte sich irgendwie verletzt. Nicht zum ersten Mal hatte John sich vor dem Höhepunkt zurückgezogen. *Er will mich nicht als Mutter seiner Kinder. Er liebt mich nicht genug. Diese Ehre bleibt seiner engelsgleichen Elizabeth vorbehalten.*

·30·

»Ich liebe den Duft frisch gemähten Heus.« Georgina war mit Johns Söhnen ausgeritten, damit sie bei der Ernte zusehen konnten. Die Männer schnitten Getreide und Gras, und die Frauen folgten ihnen dichtauf und banden die Halme zu Garben. »Bist du sicher, dass du auf dem Feld mithelfen möchtest?«

»Für die Farmer ist es Arbeit, für uns aber ist es ganz neu und faszinierend, Heuschober zu bauen«, versicherte Francis ihr.

»Oder sind es etwa die hübschen Farmerstöchter, die dich locken?«, neckte sie ihn. »Ich muss jetzt gehen und mich fertig machen. Die Regierung fällt heute in Scharen über Woburn her.«

Wieder im Haus, ging Georgina sofort in den großen Speisesaal, um die gedeckte Tafel zu überprüfen »Sie haben sich selbst übertroffen, Mr. Burke. Besonders die Blumen sind begeisternd.« Arrangements von stachligen Astern in den Bedford-Farben Purpur und Weiß standen überall im Raum.

»Sie können den schottischen Whiskey ausschenken, den Mutter neulich mitbrachte. Politiker sind heikel, wenn es um einen guten Schluck geht.« Sie wechselte zwei Tischkarten aus und setzte Premierminister Addington neben Lauderdale und damit weiter weg von William Pitt.

Sie begab sich nach oben, nahm ein Bad und wählte dann im Ankleidezimmer eine Abendrobe aus. Sie war froh, dass es ein warmer Abend war, denn all ihre Pariser Modelle waren aus hauchdünnem Stoff gefertigt. Sie entschied sich für das hellgrüne Empirekleid, steckte eine einzelne weiße Rose in den tiefen Ausschnitt und legte ein Diamantohrgehänge an.

Georgina bewunderte gerade ihr Spiegelbild, als John durch die Verbindungstür aus seinem Schlafzimmer eintrat. Sie drehte sich um und vollführte kokett eine Drehung.

»Das kannst du nicht tragen. Wir haben heute ausschließlich männliche Gäste. Das Kleid ist höchst unpassend«, tadelte er sie.

»Um Himmels willen, was meinst du damit?« Sie wandte sich zum Spiegel um.

»Das Material ist fast durchsichtig, sodass man die Umrisse deines Körpers erkennen kann.« Sein Ton signalisierte, dass er zu keinem Kompromiss bereit war.

»Aber das ist die neueste Mode aus Paris«, protestierte Georgina.

»Französinnen sind für ihre geschmacklose, aufreizende Aufmachung bekannt. Englische Damen sind feiner und schicklicher.«

»Wirklich? Du scheinst ja eine richtige Autorität zu sein, was respektable englische Damen betrifft. Schließlich warst du mit einer verheiratet. Und was hältst du von Schottinnen, wenn man fragen darf?«

Seine dunklen Augen wurden schmal. »Diese spezielle schottische Lady ist ein vorlauter Fratz, der gerne seine Schönheit zur Schau stellt. Ich weiß, dass du es genießt, dich auffallend zu präsentieren, aber ich wüsste es sehr zu schätzen, wenn du dich jetzt umziehen würdest. Unsere Gäste treffen eben ein.«

Sie wollte sich auf ihn stürzen und ihm das arrogante Gesicht zerkratzen. Stattdessen zügelte sie ihr Temperament und versuchte die Situation mit seinen Augen zu sehen. *Er gab mir klar zu verstehen, dass er mich geheiratet hat, weil er eine Gastgeberin auch für politische Zusammenkünfte auf Woburn braucht.*

Georgina hätte sich am liebsten über die Einwände ihres dominanten Mannes hinweggesetzt. Da sie aber wusste, wie wichtig der Abend für ihn war, gab sie mit einem Lächeln nach. »Gut, ich werde mich umziehen. Du gehst schon hinunter und begrüßt unsere Gäste.«

Georgina zog ein rosenfarbiges, raschelndes Taftkleid an, denn es war gegen ihre Natur zu schmollen. So hatte man es ihr von Kindheit an beigebracht.

John beobachtete seine junge Frau, als sie die Gäste begrüßte. Sie bewegte sich so anmutig und unbefangen, dass er seinen Blick nicht von ihr abwenden konnte. Ob sie mit dem polternden Lauderdale oder mit dem eher langweiligen Adair plauderte, sie bezauberte alle. Zog sie einen Gentleman ins Gespräch, konzentrierte sie ihren Charme auf ihn, als sei er der einzige Mensch im Raum außer ihr, und es wirkte immer.

Die Atmosphäre, die sie auf Woburn verbreitete, war elegant und behaglich zugleich. Das Dinner war ein voller Erfolg, und der Whiskey trug dazu bei, die Zurückhaltung zwischen den politischen Gruppierungen abzubauen und angeregte Gesprächen zu ermöglichen.

Nach Tisch bedachte Georgina John mit einem bedeutsamen Blick und wandte sich sodann an Premierminister Addington. »Ich würde gerne um Ihre Hilfe und Ihren Rat bitten, wenn Sie so gut wären, Mr. Prime Minister.«

»Es wird mir eine Ehre sein, Euer Gnaden.«

»Ich habe den Vorratsraum in eine Art Apotheke verwandelt. Da Sie ein renommierter Arzt sind, könnten Sie wohl mitkommen und einen Blick auf meine pflanzlichen Mixturen werfen. Ich möchte wissen, welche zur Behandlung leichter Erkrankungen unserer Leute am wirksamsten sind.«

John trat zu seinem Freund. »Henry, meine Frau hat Addington mit Absicht hinausgelotst, damit wir Fox und Pitt zusammenbringen können. Hoffen wir, dass die Verbindung Früchte trägt.«

Nachdem die Gäste sich verabschiedet hatten und sie in ihrem Schlafgemach allein waren, wandte John sich voller Bewunderung an seine Frau. »Heute hast du dich selbst übertroffen, Georgy. Ich glaube, wir sind unserem Ziel einen großen Schritt näher gekommen, und das geht zu einem Großteil auf dein Konto.«

Georginas boshafte Seite meldete sich prompt. »Wie erfreulich. Stell dir vor, was ich erreicht hätte, wenn ich das Pariser Modell hätte tragen dürfen.«

»Das klingt ja, als wäre ich ein herrischer Despot«, protestierte er reuig.

»Das bist du auch. Unvernünftige Forderungen kommen nur von unvernünftigen Menschen. Heute habe ich dir durchgehen lassen, dass du über meine Garderobe bestimmst, aber lass dir gesagt sein: Es war das letzte Mal, Bedford. Die Ehe sollte eine Partnerschaft sein und keine Diktatur.«

»Und wie wäre es mit einer Tory-Whig-Beziehung?«

»Nur wenn ich eine *unabhängige* Tory sein darf.« Als er lachend zustimmte, schmiegte sie sich in seine Arme und küsste ihn.

Georgina begann mit der Arbeit an Johnnys Geburtstagsgeschenk. Er hatte sich ein Porträt gewünscht, das ihn mit seiner Katze zeigte. Abbess saß neben ihm auf dem Sofa und schnurrte laut, während er ihr den Rücken streichelte.

»Wen soll ich zu deiner Geburtstagsfeier einladen?«

»Meinen Cousin Charlie und Onkel George Huntly.«

»Nein, ich meine, wen von deinen Schulfreunden. Francis lädt Will Cavendish und den Abercorn-Jungen ein, und William seine Freunde Jack Rawdon und Teddy Lister.«

Lautes Schnurren füllte die Stille aus. Georgina legte den Pinsel beiseite.

Schließlich murmelte Johnny: »Ich habe keine Schulfreunde.«

Eisige Finger legten sich wie Klammern um ihr Herz. »Und was ist mit deinen Klassenkameraden?«

»Die sollen nicht eingeladen werden. Sie lachen mich aus, weil ich gerne lese, und verspotten mich, weil ich klein bin.«

Georgina war außer sich. »Diese elenden Lümmel haben dir das Leben schwer gemacht! Nenn ihre Namen, Johnny!«

Er lächelte traurig. »Das spielt keine Rolle, Georgy.«

Es spielt eine große Rolle. Ich werde dafür sorgen, dass es der glücklichste Geburtstag deines Lebens wird. »Wenn du einen Wunsch frei hättest, was würde das sein?«

»Ich wünsche mir … Ich wünsche mir – ich möchte ins Theater gehen.«

Georgina spürte, dass er etwas anderes hatte sagen wollen und zu schüchtern war, um es auszusprechen. »Dein Wunsch ist mir Befehl. Ich werde es einrichten, dass wir alle nach London fahren und das Drury Lane besuchen. Wusstest du, dass das Theater auf dem Grund und Boden der Bedfords steht?«

»Heißt das, dass wir immer hingehen können, wenn wir wollen?«

»So ist es, Johnny.«

Am achtzehnten August, genau einen Monat nach Georginas Geburtstag, wurde Johnnys Ehrentag mit gebührendem Aufwand von allen Gordons, Russells und ihren Freunden gefeiert. John hatte nach langem Zögern den Bitten seiner Frau nachgegeben und seinem Jüngsten ein eigenes Pferd geschenkt – einen jungen Fuchswallach, der der eher schwerfälligen Grey Lady, die Johnny den ganzen Sommer über geritten hatte, haushoch überlegen war.

»Vielen, vielen Dank, Georgy. Ich weiß, dass es deine Idee war. Ich werde ihn Titus nennen.«

Georgina zwinkerte ihm zu. »Was wären wir ohne Shakespeare?«

Am nächsten Tag führten John und Georgina die Jungen zu einer Vorstellung der *Fahrt nach Scarborough* ihres Freundes Richard Sheridan aus. Das Stück geißelte die Anmaßung von Menschen, die sich anderen überlegen dünkten. Der Herzog hielt die Komödie für ein nützliches Lehrstück.

Und wenn in der Woche darauf Francis sich einmal wieder überheblich aufführte, verspottete Johnny ihn zur Belustigung aller als Lord Foppington, einer Figur des Stückes.

Ende August brachte John seinen Ältesten nach Cambridge. »Ich werde Lord Foppington vermissen«, erklärte William. »Aber ich kann den Schulbeginn kaum erwarten. Seit vier Jahren freue ich mich darauf, in Westminster endlich zum Abschlussjahrgang zu gehören und alle Privilegien zu genießen. Meine Chancen, Kapitän des Kricketteams zu werden, stehen sehr gut.«

»Dein Vater und ich werden kommen und bei jedem Spiel zuschauen, William. Mach dich jetzt ans Packen. Soll ich dir helfen?«

William lief rot an. »Nein danke, Lady Georgina. Mr. Burke hat es für mich erledigt.«

»Dann werde ich Johnny zur Hand gehen, obwohl ich sicher nicht so gut beim Packen bin wie Mr. Burke.« Georgina fiel auf, dass Johnny jetzt, da in zwei Tagen das neue Schuljahr beginnen sollte, wieder still und in sich gekehrt wirkte. Ihr Herz fühlte mit ihm.

Am Morgen ihrer Abfahrt nach London wurde Johnny so übel, dass er sein Frühstück erbrach. Georgina brachte ihn zu Bett und versprach, gleich zurückzukommen und bei ihm zu sitzen, bis er sich wieder besser fühlte. Dann ging sie hinunter, um mit seinem Vater zu sprechen.

»John, warum bringst du William nicht nach Westminster und lässt Johnny noch ein paar Tage hier? Vielleicht brütet er eine Krankheit aus. Und William kann es kaum erwarten, sein Seniorjahr zu beginnen.«

»Und was ist mit morgen Abend? Wäre es dir lieber, wir würden das geplante Dinner verschieben?«

»Nein, natürlich nicht. Das Parlament wird in wenigen Tagen eröffnet, und zuvor müssen wir die Mitglieder zusammenbringen.« Es stand ein neuerliches politisches Treffen auf Woburn an, diesmal aber ohne Addington und seine engsten Tory-Freunde.

»Ich freue mich, dass es dir besser geht.« Georgina sah zu, wie Johnny sein Abendessen verspeiste, das sie ihm gebracht hatte, und bediente sich mit einem seiner Quittentörtchen.

»Es war ein Spaß, mit den Hunden zu laufen. Die Windspiele vermissen Francis und William. Wirst du dich um meine Katze kümmern, wenn ich in der Schule bin, Georgy?«

»Natürlich. Ich werde sie täglich mit Räucherfisch füttern. Aber jetzt muss ich gehen und mich umkleiden. William Pitt ist immer pünktlich.«

Georgina badete und ließ sich von Jenny eine neue Frisur machen. Ihr seidiges schwarzes Haar war mit Diamantkämmen hochgesteckt, abgesehen von einer langen Locke, die ihr bis auf die Schulter fiel. Sie bedankte sich bei der Zofe und erklärte, sie würde sie nicht mehr brauchen. Georgina hatte beschlossen, eines ihrer Pariser Kleider zu tragen – und war auf die Reaktion ihres Mannes gespannt.

In ihrem Ankleidezimmer hörte sie, wie John ihr Schlafgemach betrat. »Ach, genau der Mann, den ich brauche. Würdest du mein Kleid am Rücken schließen?« Sie sah, dass seine dunklen Brauen sich als Vorboten eines Donnerwetters unwillig zusammenzogen.

»Mir wäre lieber, du würdest etwas anderes wählen«, sagte er ohne Umschweife.

»Aber diesen blass lavendelblauen Musselin liebe ich ganz besonders. Er passt so gut zu meinen purpurfarbenen Pantoletten und Handschuhen. Ich dachte, du wärst gekommen, um mich nach unten zu begleiten, und nicht, um mich einer Musterung zu unterziehen!«

John war nicht amüsiert. »Du hast die Musterung nicht bestanden. Dieses Kleid kannst du tragen, wenn wir allein speisen, aber nicht, wenn wir lauter Gentlemen zu Gast haben.«

Sie schob ihr Kinn vor. »Nur wenige, den Hausherrn eingeschlossen, sind Gentlemen!«

»Schuldig im Sinne der Anklage. Zieh dich um, Georgina.«

Sie gab scheinbar ihre starrsinnige Haltung auf und seufzte tief, als würde sie den Forderungen ihres Mannes resigniert Folge leisten.

»Braves Mädchen. Ich gehe jetzt und begrüße unsere Gäste.«

»Zuerst solltest du aber Johnny gute Nacht wünschen.«

Sie wusste, dass es einige Minuten dauern würde, bis er das Zimmer seines Sohnes erreicht hatte, das sich nicht nur im Geschoss über ihnen, sondern auch in einem ganz anderen Flügel des Herrenhauses befand. Sie streifte die Handschuhe über, nahm ihren Fächer und ging nach unten.

Charles Lennox traf als Erster ein, und sie begrüßte Charlottes Ehemann mit einer herzlichen Umarmung. Charles James Fox kam in Begleitung seines Neffen Lord Holland. »Henry, Sie haben das Unmögliche geschafft … Sie sind vor Mr. Pitt da. Charles, du möchtest sicher einen Schluck Whiskey.«

Fox führte ihre Hand an seine Lippen. »Sie sehen exquisit aus, meine Liebe. Wirklich, Sie sind eine der wenigen Ladys, die den Pariser Modellen gerecht werden.«

John betrat den Salon just in dem Moment, als seine Gemahlin Fox mit einem strahlenden Lächeln bedachte. Er kniff die Augen drohend zusammen, als er Georginas Kleid sah. Er ging direkt auf sie zu und packte sie fest am Arm. »Würden Sie uns einen Moment entschuldigen, Gentlemen?« Er führte sie hinaus, verstärkte seinen Griff und geleitete sie hinauf in ihr Schlafzimmer. »Du hast eingewilligt, dich umzuziehen.«

Sie machte sich los von ihm. »Ich willigte keineswegs ein. Bei Befehlen habe ich taube Ohren, Bedford.«

John beherrschte sich nur mühsam. »Dann werde ich dich freundlich bitten. Bitte, zieh dich um, Georgina.«

Sie wandte sich ab und sah zum Fenster hinaus. »Ach, eben traf William Pitt ein. Wie unhöflich, dass wir nicht unten stehen und ihn begrüßen. Bitte entschuldige mich, John.«

Als Georgina den Salon betrat, begrüßte sie Pitt überschwänglich. »William, hoffentlich haben Sie nichts dagegen, auch heute wieder mein Tischnachbar zu sein? Neben Ihnen sitze ich lieber als neben jedem anderen Mann in ganz England.«

John, der inzwischen ebenfalls heruntergekommen war, biss die Zähne zusammen. Er schenkte zwei Gläser Rotwein ein und brachte eines davon Pitt. Als er das andere Georgina reichen wollte, entglitt es seinen Fingern, und der dunkelrote Wein ergoss sich über die Vorderseite ihres Kleides.

»Wie ungeschickt von mir. Verzeih, Georgy!«

Sie lächelte liebenswürdig. »Das kann passieren. Entschuldigen Sie mich, Gentlemen.«

Oben klingelte sie nach Jenny. »Ein kleines Missgeschick! Wenn du das Kleid in kaltem Wasser einweichst, setzt sich die Farbe erst gar nicht fest.« Kaum hatte die Zofe ihr aus dem Kleid geholfen, schleuderte sie ihre Schuhe von sich und eilte in ihr Ankleidezimmer. Georgina wusste genau, was sie wollte.

Als sie in ihrem hellgrünen Empirekleid mit dem tiefen Ausschnitt unten erschien, erntete sie lauten Applaus von ihren Gästen.

»Danke, Gentlemen. Es ist Johns Lieblingskleid.« Sie lächelte verführerisch. »Das Dinner ist angerichtet.«

Um Mitternacht hatten sich die letzten Gäste empfohlen – der Abend hatte seinen Zweck erfüllt. Pitt war auf Fox' Vorschlag eingegangen, sich den in Opposition befindlichen Whigs anzuschließen. Die beiden waren übereingekommen, nach der in zwei Tagen stattfindenden Parlamentseröffnung die Politik der Regierung äußerst kritisch zu verfolgen.

»Das war eine schamlose Zurschaustellung ungebührlichen Benehmens. Du hast dich aufgeführt wie ein liederliches Flittchen. Ich habe dir untersagt, das erste Kleid zu tragen, also hast du mit Absicht das grüne gewählt, das deinen Körper noch unverhüllter zur Geltung bringt.«

Sie zuckte mit den Schultern. »Ich hatte erwogen, nackt nach unten zu kommen.«

»Hör auf! Du spielst nichts lieber als das verwöhnte Mädchen, das sich an keine Regeln hält. Deine Familie hat dich offenbar darin bestärkt, ich aber nicht. Ich verlange Gehorsam von dir, Georgina.«

»Gehorsam?« Sie stützte die Hände in die Hüften »Mag ja sein, dass deine engelhafte Elizabeth deine Befehle befolgte. Georgina Gordon tut das nicht.«

»Über meine erste Frau wollen wir nicht sprechen.« Sein Ton war gefährlich und drohend.

Da flammte ihr Zorn auf. »Noch ein Wort, und ich nehme ihr Porträt von der Wand über dem Kamin und zerbreche es in tausend Stücke.«

Georgina verfügte über ein hitziges Temperament, und es war ihr eine Genugtuung, als sie sah, dass sie ihn bis zum Äußersten gereizt hatte. Nicht zum ersten Mal fragte sie sich, was passieren würde, wenn die Grenze endgültig überschritten war – wozu er bei einem unkontrollierten Wutausbruch fähig sein könnte.

Er sah das Blitzen ihrer grünen Augen. »Hör auf, dich wie eine kleine Wildkatze aufzuführen!«

Sie entblößte die Zähne. »Hindere mich daran!«

Er packte ihre wohlgeformten Schultern und schüttelte sie.

»Du Grobian! Seit unserer ersten Begegnung wolltest du mich verprügeln. Hast du deine erste Frau auf diese Weise gezähmt?«

Ihre Worte verstärkten das Schuldgefühl, das unter der Fassade begraben lag. John ließ die Hände sinken und versuchte, seinen Zorn zu zügeln.

»Ich weigere mich, die zweite Geige hinter einer Frau zu spielen, sei sie nun tot oder lebendig.«

Damit drehte sie sich auf dem Absatz um und lief durch die Verbindungstür in ihr eigenes Zimmer. Sie nahm den Schmuck ab, legte ihn zurück in die schwarzen Samtschatullen und rannte damit in Johns Schlafgemach zurück.

Georgina warf sie aufs Bett. »Deine verdammten Bedford-Juwelen kannst du behalten.« Sie versetzte ihm einen Schlag ins Gesicht, weil seine Miene ihr schrecklich arrogant vorkam. »Lieber hätte ich ein Kind als alle Geschmeide der Welt. Aber ich bin ja nicht gut genug für deinen kostbaren Samen!« Sie stürmte hinaus, knallte die Tür zu und schloss ab.

Wie betäubt von ihrem Gefühlsausbruch stand John lange da. Dann ging er entschlossen zur Verbindungstür und rüttelte am Knauf. »Mach die Tür auf! Jetzt!« Sein wilder Ton warnte sie vor dem, was folgen könnte, wenn sie sich zu widersetzen wagte.

Georgina entschied sich trotzdem, die Warnung zu missachten. »Verschwinde! Ich vertrage herrschsüchtige Männer nicht, die ihre angebliche Überlegenheit für gottgegeben halten!«

Johns innere Dämonen gewannen die Oberhand. Der Rahmen splitterte, als er mit aller Kraft gegen die schwere Tür trat. Er durchmaß den Raum und blieb drohend vor ihr stehen. »Lass dir nie wieder einfallen, vor mir eine Tür zu versperren, auch wenn du dich entschließen solltest, allein zu schlafen. Ich würde mich nie einer Frau aufdrängen, doch wird es in Zukunft keine versperrten Türen zwischen uns geben. *Jetzt nicht, niemals.*«

Georgina schob trotzig ihr Kinn vor. Sie wusste, dass sie ihn an die Grenzen seiner Beherrschung gebracht hatte, und war nicht wenig erleichtert, als er hinausging. Trotzdem schmerzte ihr Herz unter der Zurückweisung. Langsam zog sie sich aus, hängte die exquisite grüne Robe auf und fragte sich, wie etwas so Schönes Grund für so viel Unglück sein konnte. *Ich wusste immer, dass John ein dominanter Teufel ist, doch glaubte ich, dass meine Liebe ihn ändern würde.*

Sie stieg ins Bett und warf einen Blick in Richtung des großen Schlafgemaches. Die bedrohliche Stille ließ sie schaudern. *Will ich wirklich immer einen Streit vom Zaun brechen, wenn ich mich durchsetzen möchte?* Sie zögerte und war den Tränen nahe. Dann wischte sich Georgina die Augen, schluckte den Kloß in ihrer Kehle hinunter und hieb auf ihr Kissen ein. *Ja, und immer wieder ja. Mein Naturell ist nun einmal so!*

· 31 ·

Als Georgina die Vorhänge aufzog, entdeckte sie das erste bunte Blatt, das von den Bäumen fiel. Es wurde Herbst, und ihr fiel ein alter keltischer Spruch ein: »Septemberwind, ach blase sacht, bis die Ernte eingebracht.«

Sie blickte hinüber zum großen Schlafgemach, dessen Tür zertrümmert im Rahmen hing. Trotzdem drang kein Laut zu ihr herüber. Vermutlich war John, ein passionierter Frühaufsteher, bereits unten an der Arbeit. *Ich werde diesen Raum erst wieder betreten, nachdem mein Mann sich bei mir entschuldigt hat. Wenngleich er mich nicht richtig liebt, so muss er mich mit Respekt behandeln, oder diese Ehe ist zu Ende – bei allem, was mir heilig ist.*

Sie ging hinauf zu Johnnys Zimmer. Die Tür stand offen, und sie beobachtete den Jungen heimlich, wie er sich bemühte, seinen Koffer zu schließen, die Schultern hoffnungslos und resigniert nach vorne gesunken. Georgina spürte, dass eine Aura unendlicher Traurigkeit ihn umwehte.

Ihre schwelende Wut erhielt frische Nahrung und flammte von Neuem auf. Sie zog sich leise zurück, lief die zwei Geschosse hinunter und marschierte kampfbereit in die Bibliothek.

»Ach übrigens, du sollst wissen, dass er nicht zurückgehen wird!«

John saß reglos hinter dem Schreibtisch. Georgina sprach, als befänden sie sich noch immer mitten in einem erbitterten Kampf, und das entsprach ja vermutlich den Tatsachen. »*Wer* geht nicht mehr *wohin*?«

»Johnny geht nicht in dieses blöde Internat zurück. Er weiß schon mehr als alle seine eingebildeten Professoren zusammen, die ihre höchste Aufgabe darin sehen, junge Adelssprösslinge zu totalen Snobs zu machen.«

»Und welche Schule schlägst du vor, wenn ich fragen darf?«

»Gar keine Schule. Ich möchte, dass er bei mir auf Woburn bleibt. Ich ertrage es nicht, ihn so unglücklich zu sehen. Du kannst ja Hauslehrer für ihn engagieren. Anstelle von Lateinstunden braucht er mehr Liebe.«

»Brauchen wir das nicht alle?« Johns Stimme klang ironisch.

»Ob es dir gefällt oder nicht, ich gehe jetzt hinauf und sage ihm, dass er wieder auspacken soll.«

John machte keinerlei Anstalten, sie daran zu hindern. Er hatte in diesem Sommer gesehen, wie Johnny aus seinem Schneckenhaus hervorgekrochen war, weil Georgina ihn mit ihrer Liebe förmlich überschüttete. Da er wusste, wie einsam sein Jüngster sich auf der Schule fühlte, hatte er selbst bereits mit dem Gedanken gespielt, ihn zu Hause zu behalten. Insofern war er unendlich erleichtert, dass seine Frau diese unkonventionelle Entscheidung vorweggenommen hatte.

Er ging hinunter zu den Stallungen und sagte dem Kutscher, dass sich seine Pläne geändert hätten. Heute würde niemand nach London fahren. John ließ stattdessen sein Pferd für einen Ausritt satteln, denn er wollte nachschauen, ob überall das Heu vollständig abgemäht war. Dabei blieb ihm Zeit, über die Anschuldigungen nachzudenken, die Georgina ihm am Abend zuvor an den Kopf geworfen hatte. Im Nachhinein erkannte er, dass er an der Auseinandersetzung ebenso schuld war wie sie. *Meine verdammte Eifersucht lässt mich so besitzergreifend reagieren. Ich bin nicht nur eifersüchtig auf ihre Liebe zu Francis, sondern fürchte sogar, sie könnte andere Männer anziehender finden. Was ich allerdings nicht verstehe, sind ihre Anspielungen auf zärtliche Gefühle meinerseits für Elizabeth. In Wahrheit ist es mir unerträglich, den Namen dieser Frau auch nur auszusprechen. Ich glaube, es wird Zeit, dass ich ihr gestehe, was für ein Alptraum meine erste Ehe gewesen ist.*

»Johnny, du gehst nicht mehr zurück nach Westminster. Lass dir von mir beim Auspacken helfen.«

Er starrte sie fassungslos an. »Bist du sicher, dass ich nicht wieder auf die Schule muss? Und was ist mit Vater?«

John liebt Johnny über alles. Sicher wird er tun, was im Interesse seines Sohnes ist. »Ich habe ihm vorgeschlagen, er soll Hauslehrer für dich engagieren, und er erhob keine Einwände.«

Johnny schlang seine Arme um sie. »Georgy, du bist die beste Mutter der Welt.«

Ein Blick auf sein Frühstückstablett verriet ihr, dass er nichts angerührt hatte. »Wie wär's, wenn wir jetzt hinuntergehen und etwas essen? Und dann machen wir mit den Hunden einen Spaziergang und lassen sie laufen. Die Blätter fallen schon – so herrliche Tag wie heute sind gezählt.«

Er grinste von einem Ohr zum anderen. »Wirklich ein herrlicher Tag!« Er kraulte seine Katze hinter den Ohren. »Komm schon, altes Mädchen!«

Unterwegs zum Frühstückszimmer schloss sich ihnen einer der Windhunde an. Doch als die Katze fauchte, zog er den Schwanz ein. Georgina und Johnny lachten, weil Abbess sich gegen den viel größeren Hund so tapfer behauptete.

Nach dem Frühstück riefen sie die Hunde und brachen zu einem ausgedehnten Marsch durch den Park von Woburn auf. »Vielleicht werde ich mich hin und wieder mit dir in eine Schulstunde setzen, Johnny. Meine Rechtschreibung ist ganz elend.«

»Vielleicht können wir auch ein paar Bücher zusammen lesen. Ich würde es gern mit *Gullivers Reisen* versuchen.«

Sie liefen etwa zwei Meilen, pfiffen dann den Hunden und machten sich auf den Rückweg. Die Windspiele liefen ihnen die ganze Stecke nach Woburn voraus, bis sie im Vorgarten Abbess erspähten, die ihre Krallen am Stamm einer uralten Eiche schärfte. Gemeinsam stürzten sie sich auf sie, sodass die Tigerkatze sich der Übermacht geschlagen gab und in den Baumwipfel flüchtete.

»Verdammte Hunde! Wir führen euch aus, und das ist der Dank dafür.« Johnny war völlig außer sich, weil sie seinen Liebling gejagt hatten.

»Ich bringe die Hunde ins Haus, und du versuchst, Abbess vom Baum zu locken.«

Als Georgina zurückkam, erschrak sie zutiefst. Johnny hatte den Baum bis zur Hälfte erklettert. »Komm um Gottes willen herunter! Dein Vater bekommt einen Anfall, wenn er dich so sieht!«

»Aber Abbess traut sich nicht, allein herunterzuklettern. Ich glaube, sie hockt zu weit oben.«

»Johnny, bitte komm herunter. Ich weiß, dass du es schaffen würdest, aber wenn dir etwas zustößt, gibt man mir die Schuld.«

»Ich kann sie doch nicht hier oben lassen. Angst zu haben, ist das schlimmste Gefühl auf der Welt.«

»Ja, ich weiß. Nur wer Angst kennt, weiß, wie man sich dabei fühlt. Wenn du herunterkommst, klettere ich hinauf und hole sie.«

»Weißt du denn, wie man auf einen Baum steigt, Georgy?«

»Ich kann klettern wie ein Affe. Du kannst mir zuschauen.«

Widerstrebend stieg Johnny herunter. Als er wieder auf sicherem Boden stand, rief Georgina die Katze und versuchte, sie herunterzulocken. Vergeblich – Abbess rührte sich nicht, und so raffte Georgina ihre Röcke und machte sich vorsichtig an den Aufstieg. Auf einer Höhe mit dem verängstigten Tier, wagte sie sich auf einen Ast hinaus, von wo aus sie die Katze packen konnte. Sie streckte die Hand nach Abbess aus, als plötzlich ein lautes Knacken ertönte. Von dem Geräusch erschreckt, sprang die Katze von Georgina fort und kletterte allein nach unten. Der große Ast jedoch, auf dem die junge Frau stand, brach vom Stamm, und sie spürte, dass sie fiel. Vergebens suchte sie Halt: Sie stürzte wie ein Stein in die Tiefe, wo ihr Kopf mit einem hässlichen, dumpfen Geräusch aufschlug. Schlaff und reglos blieb sie liegen.

Johnny war außer sich. »Georgy! Georgy!« Er fiel auf die Knie und betastete ihr Gesicht, doch blieben ihre Augen geschlossen. »Wach auf! Bitte, wach auf!«

Johnny sah seinen Vater, der gerade zum Stall ritt. Er stand auf und rannte zu ihm hin. »Papa, Papa! Komm rasch!« Tränen liefen ihm über das Gesicht. »Ich glaube, Georgy ist tot!«

John sprang mit einem Satz aus dem Sattel und eilte auf seinen Sohn zu. »Wo ist sie?«

»Sie ist von der großen Eiche gefallen.« Der Junge war atemlos vom Laufen.

Beim Anblick der auf dem Boden liegenden, leblosen Gestalt drohte sein Herz stehen zu bleiben. Er sank auf ein Knie nieder und beugte sich über sie. »Georgina! Georgy … kannst du mich hören?« Als sie nicht reagierte, spürte er, wie sich sein Inneres vor Angst zusammenkrampfte.

Er hob ihre Schultern an, strich mit der Handfläche über ihren Hinterkopf und ertastete eine große Beule. Er war ein wenig erleichtert, dass sie nicht blutete, befürchtete aber, dass sie schwere innere Verletzungen davongetragen haben könnte.

John hob seine Frau behutsam hoch und trug sie zum Haus, wobei er undeutlich wahrnahm, wie Johnny etwas von seiner Katze plapperte. »Ist sie am Leben, Papa? Lebt sie noch?«

»Ja, Johnny. Sie atmet, ist aber bewusstlos. Öffne die Haustür für mich.«

John brachte seine leblose Last durch den Empfangsraum in den Salon und legte sie sanft auf ein Sofa. Georginas Zofe Jenny und ein besorgter Burke folgten ihnen in den Raum.

»Was ist passiert?«, fragte der Butler.

»Sie ist von der großen Eiche gefallen.« Mit grimmiger Miene tastete John sie nach Knochenbrüchen ab.

»Es ist meine Schuld.« Johnny war weiß wie ein Laken. »Sie wollte meine Katze vom Baum holen«, jammerte er.

»Ich kann keinen Bruch finden«, sagte John zu Burke. »Aber sie könnte sich eine Schädelverletzung zugezogen haben. Immerhin stürzte sie etwa fünfzehn oder zwanzig Fuß herunter.« Er klopfte leicht auf ihre Wange. »Aufwachen, Liebling!«

John zog ihr die Stiefel aus und massierte ihre Füße. Als jegliche Reaktion ausblieb, bekam er es wieder mit der Angst zu tun. »Wir müssen den Arzt kommen lassen. Würden Sie den Stallmeister losschicken, ihn zu holen, Mr. Burke?«

Johnny kniete neben dem Sofa. »Bitte, wach auf, Georgy. Sag uns, wo es dir wehtut.«

John sah seinem Sohn an, wie schuldig er sich fühlte. »Jenny, bringen Sie den Jungen in die Küche. Er soll etwas trinken. Hier ist er nur im Weg. Und bringen Sie mir eine Schüssel mit Wasser und ein Handtuch.«

Als das Gewünschte gebracht wurde, benetzte er Georginas Gesicht in der Hoffnung, sie würde dadurch wieder zu sich kommen, doch nichts geschah. »Jenny, geh und frag nach, ob die Köchin Riechsalz hat.«

Bald kam das Mädchen mit einem Fläschchen zurück, das John seiner Frau unter die Nase hielt. Als Georgina auch darauf nicht reagierte, konnte er seine Angst kaum noch unter Kontrolle halten. Äußerlich ruhig, war er innerlich von Panik erfüllt. Er fasste sie um die Schultern und hob sie hoch, damit er sie in die Arme nehmen konnte. Es zerriss ihm das Herz, wie klein und zerbrechlich sie sich anfühlte.

»Mein Liebling, mein armer Liebling, öffne die Augen«, bat er leise.

Schließlich, nach einer endlos scheinenden Zeit, traf Dr. Halifax ein. John schob für ihn einen Stuhl ans Sofa und berichtete, was sich zugetragen hatte. Beklommen wartete er auf die Diagnose des Arztes.

»Wie lange dauert dieser Zustand Ihrer Frau schon an?«

John versuchte abzuschätzen, wann der verhängnisvolle Sturz passiert war. »Inzwischen müssten es fast zwei Stunden sein. Ich glaube nicht, dass sie sich etwas gebrochen hat, und Fieber hat sie auch keines.« Eine Feststellung, die nur seiner eigenen Beruhigung dienen sollte.

»Ist sie unmittelbar nach dem Sturz zu sich gekommen?«

»Nein, Doktor.«

Halifax zog ein Lid Georginas mit dem Daumen hoch. »Ihre Augen sind blutunterlaufen. Das sieht nach einer schweren Gehirnerschütterung aus.«

Johns Herz tat einen heftigen Schlag. »Sie wird doch wieder zu sich kommen?«

»Das lässt sich schwer voraussagen, Euer Gnaden. Je länger der Zustand andauert, desto geringer wird die Wahrscheinlichkeit, dass sie ihr Bewusstsein wiedererlangt. Tut sich in der nächsten oder übernächsten Stunde nichts, so muss man davon ausgehen, dass sie im Koma liegt.«

John erstarrte. Das Wort Koma beschwor in ihm eine unheilvolle Erinnerung herauf. Elizabeth war ins Koma gefallen und daraus nicht mehr erwacht.

»Ihre Frau könnte sich irreparable Gehirnschäden zugezogen haben. Ich möchte Ihnen keine falschen Hoffnungen machen.«

»Vielleicht sollte man sie zu Bett bringen?«, schlug John vor.

»Meiner Meinung nach wäre es besser, sie nicht zu bewegen.«

»Können Sie denn gar nichts für sie tun, Halifax?«

Der Arzt nickte. »Doch, ich werde mein Bestes versuchen.« Er öffnete seine Ledertasche und entnahm ihr eine Schale und ein Skalpell. Dann griff er nach Georginas Arm und schob ihren Ärmel hoch.

»Was soll das?«, fragte John beunruhigt.

»Ich werde sie zur Ader lassen. Das könnte helfen.«

»Sie wollen sie schröpfen? Ist das Ihr Ernst, Halifax?«

»Vielleicht erweist es sich als wirksam – man weiß ja nie.«

»Wirksam … dass ich nicht lache!«

Halifax empfand Johns Worte als Beleidigung. »Ihr Bruder ließ sich damit zu lange Zeit … und bezahlte mit dem Leben.«

»Das können Sie nicht vergleichen«, rief John laut. »Ich verbiete Ihnen, meine Frau zur Ader zu lassen. Sie wird ihre ganze Kraft für die Genesung brauchen.«

»Wie Sie wünschen, Euer Gnaden.« Er verstaute seine Geräte wieder in der Tasche und ließ diese laut zuschnappen, ehe er sich zum Gehen wandte.

»Wie lange kann ein Koma andauern?«, wollte John wissen.

»Stunden, Monate, sogar Jahre. Wir wissen wenig über diese Zustände.«

»Wozu sind dann Ärzte gut?« John wusste, dass er jetzt ungerecht war, doch konnte er nicht anders. Seine groben Worte halfen ihm, seine Angst wenigstens ein bisschen zu dämpfen.

»Wenn Sie es wünschen, kann ich abends kommen und nach Ihrer Gnaden sehen«, sagte Halifax steif.

»Ja, danke! Ich würde es zu schätzen wissen, Doktor.«

John durchmaß den Salon. Sein Blick blieb an dem Gemälde über dem Kamin hängen. Ein Schaudern überlief ihn. Rasch stieg er auf einen Stuhl, nahm Elizabeths Porträt herunter und lehnte es im Nebenraum so an die Wand, dass nur die Rückseite zu sehen war. *Ich habe es für die Jungen aufgehängt, doch muss es Georgina sehr geschmerzt haben. Wie konnte ich nur so verdammt gedankenlos und gefühllos sein?*

Zurück bei seiner Frau, beugte er sich über sie und schüttelte sie behutsam. Als sich nichts rührte, hob er sie auf seine Arme und trug sie, fest an sein Herz gedrückt, hinauf in ihr Schlafgemach. Dort zog er ihr Kleid und Strümpfe aus und legte sie im Unterrock aufs Bett. Ein Korsett hatte sie an diesem Tag zum Glück nicht getragen.

John goss Wasser in ein Glas und führte es an ihre Lippen, doch sie machte keine Anstalten zu schlucken. Aus Angst, sie könnte ersticken, versuchte er es nicht wieder.

Mutlos blickte er auf sie hinunter, betete im Stillen, dass sie zu sich kommen möge, sobald die Schwellung in ihrem Kopf zurückging. Er wusste, dass es seine einzige Hoffnung war.

Johnny klopfte an und öffnete die Tür einen Spaltbreit. »Ist sie wach?«

»Noch nicht. Möchtest du eine Weile hereinkommen?«

»Ich habe ein Buch dabei. Glaubst du, dass sie mich verstehen kann, wenn ich ihr daraus vorlese, Papa?«

»Das ist sehr aufmerksam von dir.« *Lieber Gott, ohne sie kann keiner von uns weiterleben.* »Vielleicht hört sie dich ja, Johnny.«

Der Junge setzte sich auf die Fensterbank und schlug sein Buch auf. »Es ist eine unserer Lieblingsstellen aus Skakespeares *Heinrich dem Fünften.*«

Noch einmal stürmt, noch einmal, liebe Freunde!
Sonst füllt mit toten Englischen die Mauer.
Im Frieden kann so wohl nichts einen Mann
Als Demut und bescheidne Stille kleiden,
Doch bläst des Krieges Wetter euch ins Ohr,
Dann ahmt den Tiger nach in seinem Tun;
Spannt eure Sehnen, ruft das Blut herbei,
Entstellt die liebliche Natur mit Wut,
Dann leiht dem Auge einen Schreckensblick
Und lasst es durch des Hauptes Bollwerk spähn
Wie ehernes Geschütz; die Braue schatt' es
So furchtbarlich wie ein zerfressner Fels
Weit vorhängt über seinen schwachen Fuß,
Vom wilden wüsten Ozean umwühlt.
Nun knirscht die Zähne, schwellt die Nüstern auf,
Den Atem hemmt, spannt alle Lebensgeister
Zur vollen Höh! – Auf, Englische von Adel!
Das Blut von kriegsbewährten Vätern hegend,
Von Vätern, die, wie so viel Alexander,
Von früh bis Nacht in diesen Landen fochten,
Und nur weil Stoff gebrach, die Schwerter bargen!
Entehrt nicht eure Mütter; nun bewährt,

Dass, die ihr Väter nanntet, euch erzeugt.
Seid nun ein Vorbild Menschen gröbern Bluts
Und lehrt sie kriegen. – Ihr auch, wackres Landvolk,
In England groß gewachsen, zeigt uns hier
Die Kraft genossner Nahrung; lasst uns schwören,
Ihr seid der Pflege wert, was ich nicht zweifle;
Denn so gering und schlecht ist euer keiner,
Dass er nicht edlen Glanz im Auge trüg'.
Ich seh' euch stehn, wie Jagdhund' an der Leine
Gerichtet auf den Sprung; das Wild ist auf,
Folgt eurem Mute, und bei diesem Sturm
Ruft: Gott mit Heinrich! England! Sankt Georg!

John war betroffen, dass Johnny diese Textstelle ausgesucht hatte, die so kämpferisch war. Dann begriff er. »Das sind sehr aufmunternde Worte, Johnny. Wir müssen unseren ganzen Mut zusammennehmen, um diese Prüfung zu bestehen.«

»Auch Georgy muss es. Ich hoffe, sie konnte mich hören. Sie soll nicht sterben wie Mama und Onkel Francis.« Er klappte das Buch zu und senkte den Kopf wie zum Gebet.

»Johnny, ich lasse sie nicht sterben.« *Gott steh mir bei, ich darf keine Versprechungen machen, die ich vielleicht nicht halten kann.*

Als sein Sohn gegangen war, dachte John an des Königs Rede. »Ja, genauso hielt ich es: *Ich entstellte die liebliche Natur mit Wut und lieh dem Auge einen Schreckensblick.* Das habe ich dir angetan, Georgy.« Dann sagte er sich verwundert: »Und du hast dich überhaupt nicht einschüchtern lassen.«

Am Abend kam Halifax zu einem zweiten Besuch und wurde von Burke ins obere Geschoss geführt. Als er sah, dass die junge Herzogin das Bewusstsein nicht wiedererlangt hatte, schüttelte er den Kopf. »Sie wurde entgegen meinem Rat umgebettet. Sie müssen wissen, dass jede Bewegung gefährlich ist. Dadurch können sich

Blutgerinnsel bilden, die Ihrer Frau vielleicht das Leben kosten.« Er fühlte ihren Puls. »Ist Ihre erste Gemahlin nicht unter mysteriösen Umständen gestorben?«

John war empört. »Wie können Sie es wagen!« Er trat drohend einen Schritt auf Halifax zu. »Verlassen Sie mein Haus! Auf der Stelle!«

Als der Arzt gegangen war, steckte John liebvoll die Decken um die Bewusstlose fest, trat ans Fenster und starrte blicklos in die herabsinkende Dunkelheit. *Ich gestehe offen ein, dass ich an Elizabeths Tod nicht unschuldig bin, doch ist Georgina anders. Ich liebe sie mit Herz und Seele. Um ihr zu helfen, würde ich bereitwillig durchs Feuer gehen.*

Flüchtig fragte er sich, ob er auf diese Weise büßen sollte. War es die erbarmungslose Strafe grausamer Götter, dass Georgina wie Elizabeth ins Koma gefallen war? Sofort tat er diesen lächerlichen Gedanken ab.

Als der Butler ihm ein Tablett mit dem Abendessen brachte, bedankte sich John, obwohl er wusste, dass er keinen Bissen hinunterbringen würde. Er setzte sich ans Bett und griff nach der schmalen Hand seiner Frau. »Georgy, bleib bei mir.«

Er wachte bis zum Morgen bei ihr und schloss die Augen kein einziges Mal. Es war die längste und schmerzlichste Nacht seines Lebens. Allein mit seinem Willen wollte er sie zwingen aufzuwachen – er streichelte unablässig ihre Hand, hielt sich aber zurück, ihren Körper zu schütteln, um ihr vielleicht doch eine Reaktion zu entlocken.

Als das Morgenlicht den Raum erfüllte, hob er eine dunkle Haarsträhne vom Kissen. Sie ringelte sich um seinen Finger. Seine Augen wurden feucht. *Nie habe ich ihr gesagt, dass ich sie liebe.* Ungeduldig wischte er die Tränen weg und schwor sich, die Hoffnung nicht aufzugeben.

Burke brachte ihm ein Tablett mit dem Frühstück und nahm jenes mit, das er am Abend zuvor nicht angerührt hatte. John trank nur den Tee – das Essen ließ er wieder stehen. Obwohl er nicht an einen lebendigen Gott glaubte, sondern bestenfalls an irgendein höheres Wesen, begann der Duke of Bedford jetzt inbrünstig zu beten – betete, der liebe Gott möge Georgina erwachen lassen.

Ein energisches Pochen ertönte an der Tür. »Was gibt es?«

»Hier ist Jenny, Euer Gnaden. Johnny weint sich die Augen aus. Er hat sich eingeschlossen und antwortet nicht.«

Der Herzog öffnete. »Ich kümmere mich um ihn, Jenny. Würden Sie indessen bei meiner Frau wachen? Sie soll nicht allein sein.«

Er ging hinauf und rüttelte am Türknauf. »Mach auf, Johnny. Was geschehen ist, war ein Unfall. Es war nicht deine Schuld.« John wusste, wie verhängnisvoll Schuldgefühle sich auswirken konnten.

Langsam schlug Georgina die Augen auf. Sie war völlig desorientiert, wusste nicht, wo sie sich befand und was geschehen war. Als sie sich aufzusetzen versuchte, spürte sie einen stechenden Schmerz in der Stirn. Übelkeit überfiel sie.

»Ach, Euer Gnaden, Sie sind ja wach!«, rief Jenny erleichtert aus.

Georgina hielt sich ihren Kopf, während sie sich langsam weiter aufrichtete. »Wo bin ich?«

»Euer Gnaden sind zu Hause … auf Woburn.«

»Auf Woburn?« Sie war ratlos. »Warum sprichst du mich mit *Euer Gnaden* an?«

»Weil Sie die Duchess of Bedford sind, Euer Gnaden.«

»Nein! Das kann nicht sein! Ich wollte ihn nicht heiraten, niemals! Ich hasse und verachte den Duke of Bedford. Niemals würde ich ihn heiraten.«

Jenny war völlig verwirrt. »Ich muss jetzt gehen und dem Herzog sagen, dass Sie aufgewacht sind.«

»Nein! Ich verbiete dir, diesen Raum zu verlassen. Hilf mir auf! Ich muss hier fort«, äußerte sie verzweifelt.

»Um Himmels willen, Sie dürfen nicht aufstehen, Euer Gnaden.«

»Verdammt, du sollst mich nicht so nennen. Wo sind meine Hausschuhe?« Sie setzte sich auf die Bettkante, damit Jenny ihr die leichten Hausschuhe überstreifen konnte. »Sie dürfen nicht fort, bitte Mylady!«

Georgina erhob sich in panischer Angst. »Ich muss fort von hier!« Sie stürzte zur Tür und riss sie auf. Dann lief sie los.

»Sie können doch nicht im Unterrock nach draußen, Euer Gnaden«, rief Jenny ihr hinterher. Sie eilte zur Tür, doch die Kranke war bereits die Treppe hinunter. Die Zofe sah sich einem Dilemma gegenüber: Sollte sie ihrer Herrin folgen oder lieber erst den Herzog zu Hilfe holen? Nach kurzem Überlegen raffte sie mit zitternden Händen die Röcke und stürmte mit klopfendem Herzen die Treppe hinauf.

Sie klopfte an Johnnys Tür, und als der Duke of Bedford öffnete, stieß sie atemlos hervor: »Mylady ist aufgewacht, Euer Gnaden.«

»Gott sei Dank!« John stürzte an ihr vorüber und eilte die Treppe hinunter.

Jenny hastete ihm nach. »Aber sie ist nicht ganz bei Verstand, Euer Gnaden. Sie weiß nicht, wo sie ist. Lady Georgina sagte, sie müsste fort. Verzeihung, Euer Gnaden – sie sagte, dass sie Sie hasst und verachtet!«

· 32 ·

»Georgina!« Von einem Raum zum anderen eilte John Russell, dabei den Namen seiner Frau rufend. Burke kam aus der Küche, als er den Herzog hörte. »Haben Sie Mylady gesehen, Mr. Burke? Hat sie das Haus verlasen?«

»Nein, ich habe sie nicht gesehen, Euer Gnaden, aber ich danke dem Himmel, dass sie zu sich gekommen ist.«

John schoss durch die Haustür hinaus. *Wenn Georgy fort will, wird sie ihr Pferd holen.* Er rannte über den Hof hinüber zum Stallgebäude. Durch die Bäume konnte er ihren weißen Unterrock hervorblitzen sehen. »Georgina! Georgy!«

Sie drehte sich um und erblickte den Mann, der ihr nachlief. Ihre Angst wich Erleichterung. »John!« Sie griff nach ihrem Kopf. »Du musst mir helfen, John«, sagte sie hastig, als er sie erreicht hatte. »Ich muss fort von ihm!«

Er legte die Arme um sie. »Von wem denn, Liebling?«

Sie klammerte sich verzweifelt an ihn. »Von Francis.«

John spürte, wie seine Frau in seinen Armen erschlaffte. »Bleib bei mir, Georgy. Du darfst nicht wieder das Bewusstsein verlieren.« Er hob sie auf seine Arme und trug sie mit größter Vorsicht zurück ins Haus, hinauf in ihr Schlafgemach.

Dort legte er die erneut Bewusstlose aufs Bett und stützte ihren Kopf sanft gegen ein Kissen. »Du bist einmal zu dir gekommen, Liebes, du wirst es wieder schaffen. Öffne die Augen, Georgy.« Er zog ihr die Hausschuhe aus und massierte ihre Füße. Dann nahm er ihre Hände und hielt sie fest.

Während die Minuten langsam verstrichen, hielt John den Atem an. Schließlich sah er, dass ihre Lider zuckten. Dann fuhr sie sich mit der Zunge über ihre trockenen Lippen, schlug die Augen auf und blinzelte. »Ich bin so durstig.«

Ihm war schwindlig vor Erleichterung. Vorsichtig setzte er ein Glas mit Wasser an ihren Mund und ließ sie in kleinen Schlucken trinken.

»Mein Kopf schmerzt.« Sie massierte ihre Stirn. »Was ist passiert? Ach, ich weiß – ich bin von der Eiche heruntergefallen.«

Johnny kam aus seinem Zimmer gelaufen. »Ist sie wieder wach?«

»Natürlich bin ich wach. Und bist du in Ordnung, Johnny?«

»Jetzt schon.« Seine Worte kamen wie ein befreiter Stoßseufzer. Und dann stürzte der Junge sich in Georginas ausgebreitete Arme.

»Achtung!«, warnte der Vater lächelnd. »Sie braucht Ruhe.«

»Warum?« Georgina schien die Aufregung der beiden nicht zu verstehen.

»Du warst nach deinem schlimmen Sturz vierundzwanzig Stunden lang bewusstlos, meine Liebe.« John nahm ihre Hand. »Du hast mit einer Gehirnerschütterung im Koma gelegen. Als du vorhin erwacht bist, wusstest du nicht, wo du bist. Und du warst so entsetzt, die Duchess of Bedford zu sein, dass du Reißaus genommen hast, im Unterrock. Als ich dich endlich bei den Stallungen fand, hast du mich angefleht, dich von Francis fortzubringen.«

Georgina seufzte tief und senkte die Wimpern auf die Wangen.

»Ich glaube, sie braucht absolute Ruhe, Johnny. Geh hinunter und sag allen, dass Lady Georgina aufgewacht ist und sich wieder erholen wird.«

Als sie allein waren, setzte John sich neben sie und streichelte ihre Hand. *Ich werde sie wegen Francis nicht drängen. Sie wird mir alles erzählen, wenn sie wieder wohlauf und dazu bereit ist.* »Georgy, erinnerst du dich, dass wir am Abend vor deinem Unfall einen bösen Streit hatten?«

»Ja, ich weiß. Ich war so schrecklich wütend auf dich, weil du so herrisch und rechthaberisch warst.« Sie bedeckte die Augen. »Und auch wegen anderer Dinge.«

»Du hast mich beschuldigt, ein Ungeheuer zu sein, das dich schlagen will. Du sollst wissen, dass ich dir nie wehtun könnte, Georgina.«

»Ja, aber ich wollte dich aus der Reserve locken. Dich provozieren, bis du vielleicht wirklich deinen dunklen Seiten nachgegeben hättest, die manchmal hinter deiner Fassade aufscheinen.«

»Du warst gefährlich nahe dran. Nicht als du mir den Schmuck an den Kopf geworfen oder mich geschlagen hast. Aber du wolltest dich in deinem Zimmer einschließen und mich damit aussperren. Da fühlte ich mich zurückgewiesen, und meine Dämonen hätten beinahe die Oberhand gewonnen.«

»Nachdem du die Tür eingetreten hast, wusste ich, dass ich zu weit gegangen war«, gestand sie. »Es tut mir leid, John.«

»Nein, ich bin es, der sich entschuldigen muss. Als du bewusstlos dalagst und ich fürchten musste, dich zu verlieren, erkannte ich die Kleinlichkeit meiner Eifersucht. Du bist der Mittelpunkt meines Lebens, Georgy. Wenn Freiheit dich glücklich macht, werde ich sie dir nie wieder versagen. Kannst du mir verzeihen?«

»Natürlich verzeihe ich dir, denn ich habe dich schließlich mit voller Absicht gereizt.«

Nach einer Weile brachte Burke heiße Brühe. »Ich nahm mir die Freiheit, etwas Wein zur Stärkung hineinzutun, Mylady.«

»Danke, Mr. Burke, und richten Sie auch der Köchin meinen Dank aus.« John nahm die Schale und führte den Löffel an ihre Lippen.

Georgina schien dies zu amüsieren »Das kann ich doch wirklich allein.«

»Bitte erlaube mir, dass ich dich füttere, kleines Mädchen«, sagte er zärtlich.

Immer wenn John ihr in die Augen sah, wich Georgina seinem Blick aus. Sie wusste, dass jetzt der Zeitpunkt gekommen war, mit der Wahrheit über Francis herauszurücken und allen Mut für dieses Geständnis zusammenzunehmen.

»Ich will nicht im Bett bleiben«, erklärte Georgina, nachdem sie die Brühe ausgelöffelt hatte.

»Du sollst dich nicht rühren, sagt der Arzt«, erklärte John.

»Das tue ich auch nicht, wenn ich mich auf die Fensterbank setze.« Sie schlug die Decke zurück, ging durch den Raum und ließ sich so am Fenster nieder, dass sie hinausschauen konnte. Lange Zeit verharrte sie reglos dort, dann suchte sie Johns Blick. »Komm und setz dich zu mir.«

Er kam ihrem Wunsch nach und wartete.

»Ich habe eine Lüge gehegt und gepflegt. Du dachtest, ich hätte deinen Bruder Francis geliebt, und ich ließ dich in dem Glauben. In Wahrheit jedoch hasste ich ihn abgrundtief.«

John zog die dunklen Brauen zusammen. »Du hast ihn gehasst?«

»Ach, anfangs nicht. Als er nach meinem Debüt Interesse für mich zeigte, war ich ihm gegenüber völlig indifferent, während zwischen dir und mir von Anfang an Funken sprühten und ich mich, gegen meinen Willen, unglaublich zu dir hingezogen fühlte. Du warst verheiratet, und deshalb dachte ich, es sei falsch. Nach dem Tod deiner Frau hoffte ich auf eine Chance, dass du meine Gefühle erwidern würdest. Dann hast du mir eine Abfuhr erteilt, und ich wollte dich eifersüchtig machen. Zu diesem Zweck habe ich mit deinem Bruder gespielt, es darauf angelegt, dass er mir den Hof machte. Es war gemein von mir.«

»Ich weiß, dass er um deine Hand angehalten hat«, sagte John leise.

»Mehrmals, und obwohl es Mutter riesig gefreut hätte, gab ich ihm immer wieder einen Korb und ließ keinen Zweifel daran, dass ich ihn nicht liebte. Ich wollte fort von ihm und weg aus London. Deshalb fuhr ich zum Geburtstag meiner Schwester Susan nach Kimbolton, wo meine Familie ohne mein Wissen jedoch ein Rendezvous für mich und Francis arrangiert hatte.«

Georgina zögerte, und John war klug genug zu schweigen.

»Ich wahrte die Form, weil ich Susan den Geburtstag nicht verderben wollte. Um Mitternacht dachte ich erleichtert, die Gefahr sei vorbei, und zog mich zurück in mein Zimmer. Aber Manchester hatte Francis einen Schlüssel gegeben … Plötzlich stand er mitten im Raum.« Sie hielt inne und atmete tief durch, um sich zu beruhigen. »Francis versuchte, mich zu vergewaltigen. Ich rammte ihm mein Knie in die Leiste und trat ihn in den Unterleib. Er wand sich vor Schmerzen auf dem Teppich, raffte sich jedoch wieder auf und wollte mir hinterher. Da nahm ich die Champagnerflasche, die er mitgebracht hatte, und schlug sie ihm auf den Kopf. Anschließend flüchtete ich nackt, nur in eine Decke gehüllt, aus Kimbolton.«

»Dieser elende Schuft!« Entsetzt über Francis, rückte John näher zu ihr und legte den Arm um sie.

»Mein Kutscher brachte mich nach Suffolk zu Louisa. Ein paar Wochen später traf Mutter mit der schrecklichen Nachricht von Francis' Tod ein. Ich litt unter großen Schuldgefühlen wegen der Verletzungen, die ich ihm zufügte und die zu seinem Tod führten.«

»Die Verletzung, an der er starb, zog er sich im Bett seiner Hure Molly Hill zu«, stieß John zähneknirschend hervor.

»Ich hasste ihn noch mehr, als Louisa mir gestand, dass Francis ihr dasselbe angetan hatte. Aber niemals habe ich ihm den Tod gewünscht.«

Dieser niederträchtige Schurke brüstete sich damit, er hätte Louisa ins Bett gekriegt, freiwillig.

»Als Mutter darauf bestand, ich müsse um Francis trauern, hielt ich den Mund und trug Schwarz. Es hatte den Vorteil, dass sie mich nicht gleich wieder auf dem Heiratsmarkt feilbieten konnte.«

Georgina fing leise zu weinen an, und John nahm sie in die Arme und wiegte sie zärtlich. »Pst, Liebling, pst! Er ist deine Tränen nicht wert.«

»Als wir heirateten, wusste ich, dass du deinen Bruder ehrlich betrauerst, und ich tat so, als würde ich das ebenfalls tun. Es war falsch von mir, dich so zu belügen.«

John lachte leise. »Und ich war rasend eifersüchtig wegen deiner angeblichen Liebe zu Francis. Ich kämpfte dagegen an – vergeblich, wie sich zeigte.«

»Der Einzige, den ich liebte – jemals geliebt habe –, das warst du.«

Johns Herz schlug schneller vor Freude. Hoffentlich war es auch die Wahrheit!

»Als du in Paris um mich angehalten hast, war ich außer mir vor Glück. Ich hatte mir nämlich geschworen, nie einen Mann zu heiraten, der mich nicht liebt. Ich glaubte fest daran bis zum Tag unserer Hochzeit. Da kam Susan zu mir und ließ eine Bombe platzen. Du hättest mich nur aus reinem Pflichtgefühl geheiratet, um meinen Ruf zu retten und damit ich den Titel bekäme, den Francis mir versprochen hatte. In diesem Augenblick brach eine Welt für mich zusammen. Meine Träume, mein Glück – alles war dahin.«

John kniete vor ihr nieder und nahm ihre Hände. »Ich wusste, dass Susan etwas Schlimmes gesagt haben muss – etwas, das dich zutiefst getroffen hat. Aber es stimmt nicht, das schwöre ich dir, Georgy. Es war nicht Pflichtgefühl, das mich zu meinem Antrag bewog. Ich bat dich, meine Frau zu werden, weil ich dich liebte. Noch ehe ich das Recht dazu hatte, war ich dir bereits verfallen.«

In ihr Gesicht trat ein Leuchten. »Wirklich, John?«

»Ich schwöre es bei meinem Leben. Mein Freund Holland las mir einen Brief seiner Frau aus Paris vor. Sie schrieb, Eugène Beauharnais sei völlig vernarrt in dich, und deine Muter spinne bereits mit Feuereifer Fäden, um Napoleons Stiefsohn zu umgarnen. Da geriet ich in Panik. Ich musste schleunigst nach Paris, bevor dich ein anderer wegschnappte.«

Georginas Augen wurden feucht. Eine Träne rann über ihre Wange hinunter.

»Liebling, nicht weinen. Du hast schon genug Tränen vergossen.«

»Es sind Glückstränen, John.« Sie schlang die Arme um seinen Nacken und hob ihre Lippen seinem Mund entgegen.

Er suchte ihren Blick. »Fühlst du dich wohl? Schmerzt dein Kopf noch?«

»Nicht am Hinterkopf, wo die Beule sitzt.« Sie strich über ihre Stirn. »Ich habe leichte Kopfschmerzen.«

»Das macht die Gehirnerschütterung. Du solltest ruhen, aber nicht richtig einschlafen, damit du mir nicht wieder ins Koma fällst.«

Eng umschlungen saßen sie auf der Fensterbank und genossen still ihre neu gewonnene vertraute Zweisamkeit.

Am Abend brachte ihnen Burke das Dinner nach oben, und sie schauten beim Essen verträumt in den Sonnenuntergang. Als der Mond strahlend am dunklen Himmel aufging, trug John seine Frau zu Bett und lehnte sie in die Kissen.

Georgina zog den Unterrock aus und warf ihn von sich. »Ich möchte nichts zwischen uns, heute nicht. Niemals wieder!«

John zog sich ebenfalls aus, glitt unter die Decke und nahm Georgina in die Arme. »Liebling, ich habe niemals mit dir über meine erste Ehe gesprochen, weil sie schrecklich unglücklich und eine reine Katastrophe war. Elizabeth war immer schon melancholisch, doch nach Johnnys Geburt stellten sich so schwere Depressionen ein, dass unser aller Leben dadurch vergiftet wurde. Sie tat nichts, außer in einem verdunkelten Raum zu liegen und sich ihren bösen Vorahnungen hinzugeben – manchmal konnte man den Eindruck gewinnen, sie wäre dem Wahnsinn verfallen.«

Kann das denn wahr sein? Ich dachte, sie sei ein Engel gewesen.

»Als ich für Tavistock ins Unterhaus gewählt wurde, wollte sie nicht mit nach London kommen. Ich meldete Francis und William auf der Westminster School an und ließ Elizabeth in Devon. Eine Kinderfrau kümmerte sich um Johnny, bis auch er alt genug für Westminster war. Ich hätte ihn niemals bei ihr zu Hause lassen dürfen, denn sie begann, ihm die Schuld an ihren depressiven Zuständen zu geben. Als er ins Internat kam, war er einsam, doch immer noch besser dran als mit einer verbitterten, von Wahnvorstellungen besessenen Mutter.«

Georgina berührte Johns Wange. »Ich hatte ja keine Ahnung. Ich war der Meinung, deine Ehe sei glücklich und von Liebe erfüllt gewesen – ich dachte, du hättest nach ihrem Tod unter gebrochenem Herzen gelitten.«

»Vor einigen Jahren entdeckte ich, dass sie süchtig nach Laudanum war, was natürlich ihren Zustand noch verschlechterte. Ich verbot ihr das Mittel, warnte ihre Zofe, doch Elizabeth gelang es immer wieder, sich das Zeug irgendwie heimlich zu beschaffen. Vergangenes Jahr brachte ich sie dann zu ihrer Schwester Isabelle nach Longleat. Dort nahm sie eine Überdosis. Als ich bei ihr ankam, lag sie im Koma. Zwar konnte ich sie wiederbeleben, doch in der Nacht schluckte sie noch mehr von dem Opiat und starb.«

Georginas Arme umfingen ihren Mann fester. »John, das wusste ich nicht. Kein Wunder, dass du aussahst, als müsstest du gegen eine dunkle, innere Wut ankämpfen.«

»Wie oft wünschte ich mir in all den Jahren, sie wäre tot! Als es dann aber geschah, plagten mich Schuld und Reue.«

»Mit Schuld lässt sich schwer leben. Das weiß ich, weil mich wegen Francis mein Gewissen ebenfalls drückte.«

»Es wird Zeit, die alten Geschichten zu vergessen und unser Glück zu genießen.« Er drückte federleichte Küsse auf ihre Schläfe. »Immer habe ich mich nach einer lebensfrohen Frau gesehnt, die Freude und Lachen in mein Dasein und das meiner Söhne bringen würde. Als ich dich endlich fand und das Glück hatte, dich zu meiner Frau zu machen, konnte ich es gar nicht fassen.«

Georginas Herz schlug vor Freude höher.

»Und dann der Gedanke, dich wieder zu verlieren, als du im Koma lagst! Ich wollte gar nicht denken an ein Leben ohne dich. Bei Johnny war es fast noch ärger. Du bist die Mutter, nach der er sich immer sehnte. Du liebst ihn bedingungslos, und der Gedanke, dass du uns entrissen werden könntest, war für uns beide unerträglich.«

»Es ist ein herrliches Gefühl, so umfassend und ohne Einschränkungen geliebt zu werden«, flüsterte sie. »Wusstest du, dass ich mein Herz gleich bei unserer ersten Begegnung an dich verloren habe?«

»Georgy, jetzt flunkerst du. Du warst doch schrecklich wütend auf mich, weil ich dir befahl, dich nach Hause zu scheren.« Er liebkoste ihr Ohr. »Ich kann mich genau an deine Worte erinnern. *Geh zum Teufel, alter Mann!*«

»In der Nacht darauf träumte ich von dir. Ich angelte im Spey und ertrank fast. Da eiltest du zu meiner Rettung herbei, und als ich in deinen Armen lag, fühlte ich mich sicher wie noch nie zuvor im Leben.« Sie küsste seine Mundwinkel. »Du hast mich wieder *kleines Mädchen* genannt, doch war es jetzt ein Kosewort. Du wusstest nämlich sehr gut, dass ich eine erwachsene Frau war.«

»Ja, das wurde mir deutlich, als Charlotte mich nach Marylebone Manor zum Lunch lud. Du warst so aufreizend, dass ich dich am liebsten übers Knie gelegt hätte.« Er küsste ihre Lider, und seine Hände liebkosten ihren Rücken. »Ich konnte nicht aufhören, an dich zu denken.«

»Das freut mich. Hast du auch von mir geträumt?«

»Und wie! So sinnlich und so unsittlich, dass sich selbst der Teufel schämen würde.«

»Erzähl's mir!« Sie schmiegte sich verführerisch an ihn. »Nein, zeig es mir.«

»Nicht so übermütig! Heute wirst du dich mit Kuscheln begnügen müssen. Du brauchst Ruhe. Morgen … das ist eine andere Geschichte. Ich werde eine Leidenschaft in dir entfachen, die dich wild und hemmungslos werden lässt.«

Sie lächelte insgeheim. »Ich liebe dich so sehr, John.«

»Und ich liebe dich mehr als mein Leben, kleines Mädchen.«

In den nächsten Monaten empfingen der Duke und die Duchess of Bedford Woche um Woche die Mitglieder beider Häuser des Parlaments auf Woburn. Da Lady Georgina als Gastgeberin gewährleistete, dass neben der Politik die Unterhaltung nicht zu kurz kam, riss man sich um eine Einladung zu den Gesellschaften.

Bei der Wahl ihrer Garderobe hatte Georgina jetzt völlig freie Hand, denn John hielt sein Versprechen, ihr keine Vorschriften mehr zu machen.

Addington, der glücklose Premierminister, konnte sich gegen die vereinte Opposition von William Pitt und Charles James Fox im Unterhaus nicht länger durchsetzen. Seine Mehrheit schwand, denn immer mehr Torys schlossen sich aus taktischen Gründen den oppositionellen Whigs an, sodass Addington sich schließlich zum Rücktritt gezwungen sah. Sein Nachfolger wurde erwartungsgemäß William Pitt, der damit zur Freude aller ins Amt des Premierministers zurückkehrte.

Eines Tages nahm Lord Holland, mit seiner Frau häufig zu Gast auf Woburn, seinen Freund Russell beiseite. »John, wenn du nächstes Mal in London bist, möchte Pitt dich sehen.«

»Ach, sicher will er mir sagen, dass er die Gleichstellung der irischen Katholiken durchgesetzt hat«, scherzte der Herzog.

»Solange unser guter George den Thron innehat, wird das nicht der Fall sein. Ich denke, Pitt wird dir danken wollen. Deinem großen Einfluss ist es zuzuschreiben, dass er wieder im Amt ist.«

»Henry, auf Dank kann ich gerne verzichten. Mir reicht das Wissen, dass Georgina und ich ihm helfen konnten. Dennoch, eine Bitte des Premiers kann man nicht ignorieren. Ich werde ihn aufsuchen, wenn ich demnächst eine Sitzung des Oberhauses wahrnehmen werde, obwohl ich mich dort tödlich langweile.«

An jenem Abend besprachen John und Georgina im Bett wie immer alle Vorkommnisse des Tages. Es war eine Zeit, die ihnen allein gehörte und die sie stundenlang ausdehnten, eng aneinandergeschmiegt daliegend und in der Stille flüsternd.

»Henry sagte, dass Pitt mich sehen möchte. Würdest du mich mit Johnny nach London begleiten?«

»Abbess bekommt bald ihre Kätzchen, deshalb möchten weder ich noch Johny jetzt fort.« *Ich darf John nicht sagen, dass ich heute mein Frühstück erbrechen musste, sonst bleibt er zu Hause.* »Fahr allein, Liebling, wenn du es fertigbringst, dich von mir loszureißen.«

»Eitles kleines Biest.«

Sie biss ihn in die Schulter. »Anders möchtest du mich doch nicht.«

»Bedford, ich danke Ihnen für Ihr Kommen. Ich möchte mit Ihnen unter vier Augen etwas besprechen. Es geht um eine Angelegenheit von großer Wichtigkeit.«

»Es ist mir ein Vergnügen, Mr. Prime Minister. Wenn ich etwas tun kann, stehe ich zur Verfügung.«

»Nicht so schnell, Euer Gnaden. Ich habe Ihnen einen Vorschlag zu machen. Sollten Sie aber Vorbehalte dagegen haben, bitte ich Sie, diese zu äußern. Sie waren immer ein Befürworter der irischen Sache, und die Gleichberechtigung der Katholiken ist Ihnen ein Herzensanliegen. Wenngleich es uns gelang, den Einigungsbeschluss durchzubringen, besitzt Dublin nach wie vor zu unserer beider Bedauern keinen richtigen politischen Status. Sie wären der richtige Mann, in Irland als Stellvertreter der Krone ausgleichend zu wirken. Charles James Fox und sein Neffe, Lord Holland, schlugen vor, ich solle Sie zum neuen Vizekönig von Irland ernennen, denn dieses Amt steht demnächst wieder einmal zur Verfügung.«

»Sie erweisen mir eine große Ehre, Mr. Prime Minister.« *Henry, altes Schlitzohr, du hast auch nicht die leiseste Andeutung gemacht.*

Pitt hob die Hand. »Diese Position wird nur mit zwanzigtausend Pfund jährlich abgegolten. Leider übersteigen die Unkosten das Gehalt um ein Vielfaches, sodass nur ein sehr vermögender und großzügiger Mann dieses Amt annehmen kann.« Pitt räusperte sich.

»Ich wüsste nicht, wer sich besser dafür eignen würde als der Duke und die Duchess of Bedford. Lady Georginas lebensfroher Charme und ihr politischer Verstand machen sie zur perfekten Vizekönigin. Wenn Sie dieses Amt antreten, gelten Ihnen mein tief empfundener Dank und meine hohe Wertschätzung.«

»Mr. Pitt, es ist mir eine große Ehre, Ihren Vorschlag anzunehmen.«

· 33 ·

»Vater ist wieder da!« Johnny hatte von einem der oberen Fenster die herzogliche Kutsche erspäht. Er eilte hinunter und rannte zu den Stallungen. »Abbess hat zwei Kätzchen geworfen, Männchen und Weibchen. Und ich habe zugeschaut, wie sie geboren wurden.«

»Dem Wunder der Geburt beizuwohnen, ist bestimmt ein unvergessliches Erlebnis.« Er reichte Johnny eine Reisetasche, griff nach der anderen, und zu zweit gingen sie zum Haus.

Georgina war rasch in eines der Lieblingskleider ihres Mannes geschlüpft und erwartete ihn ungeduldig im Empfangssalon. Kaum war Johnny auf der Treppe, um die Tasche hinaufzutragen, als Georgina sich ihrem Mann in die Arme warf. »Liebling, du hast mir so sehr gefehlt!«

John küsste sie liebevoll, stellte sie wieder auf den Boden, und beide sagten wie aus einem Munde: »Ich muss dir etwas sagen.«

John lachte. »Erst die Dame!«

»Wir bekommen ein Baby!«

John war wie vom Donner gerührt. »Guter Gott, ich dachte, du wolltest mir den Nachwuchs der Katze melden.«

»Bei dieser Gelegenheit dämmerte es mir ja. Ich erklärte Johnny, dass die Trächtigkeit einer Katze sechs Wochen dauere, und wir fingen an zu zählen. Da traf es mich plötzlich wie ein Schlag, und ich fing an, für mich selbst zu zählen. Und plötzlich wusste ich, was es mit dieser morgendlichen Übelkeit auf sich hat.«

»Das ist wundervoll, Liebling. Du strahlst ja richtig, Georgy. Was hältst du davon, wenn wir noch einmal heiraten? Diesmal ganz groß, denn ich möchte, dass du die Hochzeit bekommst, die du verdienst, von der du immer geträumt hast und zu der du halb London einladen kannst.«

Georginas Augen strahlten. »Bedford, du bist im Herzen ein richtiger Romantiker. Eine großartige Idee! Ach, Mutter wird außer sich sein vor Freude. Ich muss ihr gleich schreiben und ihr die Neuigkeit mitteilen.« Sie lief an den Schreibtisch und setzte sich. »Und was wolltest du mir sagen?«, fragte sie und blickte lächelnd zu ihm auf.

»Ich wurde zum Vizekönig von Irland ernannt.«

Georgina sprang auf. »John! Du Teufel! Warum hast du das nicht sofort gesagt? Das ist das Aufregendste, was ich je erlebte – außer unserer Heirat und dem Baby natürlich.«

Er hob sie hoch und schwang sie im Kreis. »Pitt meint, du wärst die perfekte Vizekönigin. Deine Hauptaufgabe wird es sein, Partys für die Dubliner Gesellschaft zu geben. Neben Dublin Castle werden wir eine Residenz haben, Phoenix Hall, die in einem riesigen Park liegt. Und im Dubliner Schloss gibt es kostbar ausgestattete Staatsgemächer und einen Thronsaal.«

»Wir werden also wahrhaft königlich residieren! Und Johnny nehmen wir natürlich mit.«

»Natürlich.«

»Erst recht muss ich unser verspätetes Hochzeitsfest planen, das nun zugleich unsere Abschiedsparty sein wird. Das ist alles so aufregend!«

John Russell gab sich keinerlei Illusionen über sein künftiges Amt hin. Er wusste, dass es ungemein schwierig sein würde, ein so tief gespaltenes Land zu verwalten. Prinzipiell gegen ein System eingestellt, das den einen Teil der Bevölkerung diskriminierte, war er überzeugt, dass ein dauerhafter Frieden ohne Konzessionen an die Katholiken nicht zu haben sei. Allzu oft flammte Gewalt in den verschiedenen Grafschaften auf, und seine Aufgabe würde es sein, an den Brennpunkten des Konfliktes immer wieder Ruhe und Ordnung herzustellen.

Er gab seiner Besorgnis Georgina gegenüber Ausdruck. »Ein reines Vergnügen wird es nicht sein. Sehr oft werden wir es mit heiklen politischen Situationen zu tun haben.«

»Wenn wir den Tag des heiligen Patrick mit einem Ball und einem Festessen im Schloss feiern, wird es die Katholiken sehr freuen und ein wenig versöhnen. Und ich lasse meine gesamte Garderobe in Irland schneidern, damit alle Damen, die an den Hof kommen, es mir gleichtun.«

»Du willst auf deine gewagten Pariser Modelle verzichten?«, neckte er sie.

Sie lachte. »In ein paar Monaten werden sie mir ohnehin nicht mehr passen.«

»Auf uns kommen häufige Trennungen zu. Du wirst die Stellung in Dublin halten müssen, während ich die Grafschaften besuche. Ich muss dort nicht nur nach dem Rechten sehen, sondern auch den Vorsitz bei Anhörungen der Friedensrichter und bei verschiedenen Debatten übernehmen.«

»Ich werde dir pflichtbewusst Bericht erstatten, John.«

»Die Frau eines Politikers zu sein, ist deine zweite Natur, Georgy. Du bist immer schon für die Armen und Unterdrückten eingetreten.«

»Ich hatte eine gute Lehrerin. Apropos Mutter, du darfst dich nicht daran stoßen, wenn sie kommt und sich in die Vorbereitungen für das Fest stürzt. Immerhin haben wir sie um das Vergnügen gebracht, die Hochzeit des Jahrzehnts auszurichten, als wir uns für eine Trauung im kleinen Kreis entschieden. Diesmal soll sie sich ohne Rücksicht auf die Kosten austoben.«

»Du bist eine sehr aufmerksame Tochter, Georgy. Und du hast ein großzügiges Herz.«

»*Au contraire!* Ich habe einen großzügigen Gatten.«

»Da kommt die Braut!«

Gefolgt von ihren vier Schwestern, die ihre Schleppe trugen, glitt

Georgina zwischen den versammelten Gästen dahin. Der Ballsaal auf Woburn war mit Rosen und Lilien festlich geschmückt. Zarter Blumenduft lag in der Luft.

Alexander, Duke of Gordon, prächtig angetan mit seinem Black-Watch-Kilt, führte seine Tochter Georgina noch einmal John Russell, Duke of Bedford, zu und nahm den Platz neben Jane ein. Die Brautmutter befand sich auf dem Gipfel ihrer Karriere als Ehestifterin und strahlte entsprechend vor Stolz.

Nachdem das Paar sein Ehegelöbnis vor dem Geistlichen wiederholt hatte, drehten sich die beiden Hand in Hand zu den Gästen um, und Georgina kündigte an: »Ich möchte allen ein Geheimnis verraten.«

John hielt den Atem an. *Selbst ein vorlautes Ding wie sie wird doch nicht so weit gehen und laut in die Welt posaunen, dass sie schwanger ist?*

Georgina schenkte ihrem Publikum ein strahlendes Lächeln und sagte: »Ich werde euren Spekulationen ein Ende bereiten. Alle sollen wissen, dass es sich um die größte Liebesheirat des ganzen Landes handelt!«

John atmete erleichtert auf und grinste von einem Ohr zum anderen, als die Gäste in lauten Jubel ausbrachen. Bevor sie sich auf die angrenzenden Räume verteilten, wo sich die Büffets bereits unter der Fülle von Köstlichkeiten aller Art bogen – neben diversen Sorten von Fleisch, Wild und Geflügel natürlich auch Fisch und besonders der berühmte schottische Lachs. Die Dessertauswahl war ebenfalls spektakulär und die gigantische Hochzeitstorte ein wahrer Traum. Nicht weniger Eindruck machte das erlesene Geschirr: Porzellan aus Sèvres, Gläser aus Waterfordkristall und ein kostbares georgianisches Service aus Sterlingsilber machten gebührend Eindruck auf die zweihundert Gäste – genauso wie die Duchess of Gordon es sich immer erträumt hatte.

Von Champagner und Whiskeypunsch beflügelt, tanzte die Gesellschaft die ganze Nacht hindurch. Am Ende kamen wie immer die schottischen Reels und Strathspeys und schließlich der Gay Gordons.

Um drei Uhr morgens versammelten sich die Gäste am Fuß der Prachttreppe und jubelten, als der stattliche Bräutigam seine schöne Braut hochhob und die Treppe hinauftrug. Dann begaben sie sich vor das Haus, um ein fulminantes Feuerwerk zu bestaunen.

»Sollten wir uns nicht auch das Spektakel ansehen?«, scherzte Georgina.

John biss ihr spielerisch ins Ohr. »Ich werde dir Himmelsraketen verpassen!«

In ihrem Schlafgemach kniete sie sich auf den Fenstersitz und beobachtete das Farbenspiel am Himmel.

John sah, dass sie die Augen schloss. Jetzt wünschte sie sich etwas, dachte er. Er legte den Arm um sie. »Verrätst du mir deinen Wunsch, Georgy?«

»Dass wir immer so glücklich sein werden wie heute, das habe ich mir gewünscht.«

»Ich werde mein Bestes tun, dass es so kommen wird, kleines Mädchen.«

Dann lagen sie flüsternd im Bett.

»Ich liebe dich von ganzem Herzen, Georgy.«

»Warum?«, wollte sie neugierig wissen.

»Weil du ein fröhliches Geschöpf bist und das Leben in vollen Zügen genießt. Du liebst die Natur, Kinder und Tiere, und ich werde nie müde, dein silberhelles Lachen zu hören. Es ist das reizvollste Geräusch, das ich mir denken kann.«

Er umarmte sie und rollte sich auf sie. »Wenn ich deinen weichen, warmen Mund erobere, schmeckt er nach köstlichem Lachen und sinnlicher Erwartung. Es ist berauschend zu wissen, dass du mich so begehrst wie ich dich. Deine Leidenschaft bringt mich dazu, deinen Körper und deine Seele besitzen zu wollen und dich zu bewegen, mir dein innerstes Wesen preiszugeben.«

»Hm, sag mir noch mehr.«

»Ich liebe es, mich in den verlockenden, süßen Tiefen deines Körpers zu verlieren, weil du mir gestattest, jede sündige Fantasie auszuleben, nach der es mich gelüstet und verlangt. Du bescherst mir selige, fast unerträgliche Wonnen, die mich in eine Sphäre satter, dunkler Empfindungen entführen.«

Georgina machte seiner Litanei ein Ende. »Wir geben uns einer Leidenschaft hin, die so stark ist, dass sie exquisite Wonnen hervorbringt«, sagte sie, um zu einem Schluss zu kommen, und hob ihren Mund John entgegen. Dann ließen beide ihrem Begehren freien Lauf.

Epilog

Dublin, Irland

»Es ist hier alles so grün! Jetzt weiß ich, warum man Irland die Smaragdinsel nennt.« Johnny stand zwischen Georgina und seinem Vater an der Reeling.

Die königliche Jacht *Dorset* lief in die Dublin Bay ein, und die Russells gingen von Bord. Ungeachtet der frühen Morgenstunde hatte sich eine große Menschenmenge eingefunden, um dem neuen Vizekönig und seiner Familie einen freundlichen Willkommensgruß zu entbieten.

Der Duke und die Duchess of Bedford wurden offiziell vom Bürgermeister und den Ratsmitgliedern Dublins begrüßt. In einer offenen Kutsche fuhren sie, eskortiert von einer Ehrengarde der Dragoner, zum Schloss. Die Straßen waren von Menschen gesäumt, die einen Blick auf den neuen Vizekönig und seine Gemahlin erhaschen wollten.

»Das ist der Liffey«, erklärte Georgina Johnny und deutete auf den Fluss.

»Und das ist Macartney's Bridge«, setzte John hinzu. »Du wirst noch sehen, wie viele Brücken Dublin hat.«

Die Menschen waren so begeistert, dass sie am liebsten die Pferde ausgespannt und den Wagen selbst gezogen hätten. John und sein Sohn winkten, während Georgina der Menge Kusshände zuwarf. Und weiter rollte die Kutsche zum Dublin Castle über Straßen, an deren Rändern Soldaten Spalier standen.

»Was passiert jetzt?«, fragte Johnny. »Ich werde alles aufschreiben, damit wir einen Bericht über unsere Zeit in Irland haben. Ich wette, dass wir Geschichte machen werden.«

»Der Earl of Hardwick, der scheidende Vizekönig, wird uns zu Ehren einen Frühstücksempfang geben«, entgegnete sein Vater.

»Das ist gut. Ich habe Hunger.«

»Dann greif nur herzhaft zu. Der Tag wird lang, und bis zum Empfang um vier wird es nichts mehr zu essen geben«, meinte Georgina.

»Ich habe über die Vereidigung gelesen, Papa. Du wirst den St.-Patricks-Orden am Band bekommen und das Staatsschwert erhalten. Ich darf es nicht zufällig über Nacht mit in mein Zimmer nehmen?«, fragte Johnny hoffnungsvoll.

»Nein, es wird in der Schatzkammer des Schlosses aufbewahrt und gut bewacht«, erklärte sein Vater.

Georgina zwinkerte Johnny zu. »Ich werde mich mit dem Wachposten anfreunden, damit er uns einmal dort hineinlässt und wir uns ein wenig unter den Insignien umsehen können.«

»Georgy.« John warf ihr einen Blick zu, der besagte, sie solle sich bitte zurückhalten.

Nach der Vereidigungszeremonie schossen Kanonen Salut für die Russells. Es folgte eine Musketensalve von einer Schwadron Soldaten.

Es blieb ihnen nur Zeit, in ihre Gemächer zu laufen, sich ihr vom Wind zerzaustes Haar zu kämmen und die Hände zu waschen, ehe der Empfang begann und sie den führenden gesellschaftlichen Persönlichkeiten der Stadt begegnen würden.

»Darf ich aufbleiben und die Beleuchtung ansehen?«

»Natürlich, wenn du noch wach bist«, antwortete Georgy.

»Ich habe Hunger. Kann ich hinuntergehen und mir etwas zum Essen holen?«

»Fort mit dir, ehe dein Vater entdeckt, dass ich dich noch nicht ins Bett geschickt habe.«

Georgina griff nach dem Terminkalender für die nächsten Wochen. Sie hob die Stimme, um in Johns Ankleidezimmer gehört zu werden. »Wir haben eine eigene Theaterloge. Ich muss alle möglichen Benefizvorstellungen besuchen. Voraussichtlich werde ich unseren Aufenthalt in Irland sehr genießen.«

Georgina legte ihr Cape ab und enthüllte das weißsilberne Kleid von ihrem Debütball, zu dem sie ihre herrlichen Diamanten trug. Jetzt posierte sie zufrieden vor dem schimmernden Silberspiegel.

John, der aus dem Ankleidezimmer kam, warf einen Blick auf sie und stutzte. »Georgy, dein Dekolleté ist eindeutig gewagt. Und ist es nicht sehr übertrieben, *alle* deine Diamanten zur Schau zu stellen?«

Georgina legte den Kopf in den Nacken und lachte. »Nimm mich, wie ich bin, oder geh zum Teufel, *alter Mann!*«

Nachwort

Georgina und John Russell waren sechsunddreißig Jahre verheiratet. Sie bekamen zehn Kinder, sieben Jungen und drei Mädchen.

In ihrem Briefwechsel nannte er sie »liebes kleines Mädchen« und sie ihn ihren »liebsten alten Mann«.

Georginas jüngster Stiefsohn Johnny (Lord John Russell) wurde 1846 Premierminister von England.

Der Duke of Bedford erbaute für seine Gemahlin ein palastähnliches Sommerhaus in Endsleigh, Devon, mit malerischem Ausblick auf den Fluss Tamar. Sowohl Endsleigh als auch Woburn Abbey sind heute der Öffentlichkeit zugänglich.